BASTEI LÜBBE

Von Viktoria Platowa sind bei Bastei Lübbe Taschenbücher lieferbar:

15 115 Das Taufbecken des Teufels
15 301 Das Blut des Leoparden
15 443 Der Schweif des Todes
15 750 Das Ritual der letzten Nacht

Über den Autor:

Viktoria Platowa ist seit Jahren der Star der russischen Krimiszene. Sie absolvierte das Filminstitut in Moskau und arbeitet als Szenaristin für verschiedene Studios. Ihre Romane haben sich millionenfach verkauft und wurden für das Fernsehen adaptiert. Die erfolgreiche Autorin lebt in Sankt Petersburg.

Viktoria Platowa

DIE KRISTALLFALLE

Thriller

Aus dem Russischen übersetzt von
Ingolf Hoppmann und Olga Kouvchinnikova

BASTEI
LÜBBE

BASTEI LÜBBE TASCHENBUCH
Band 15908

1. Auflage: Oktober 2008

Vollständige Taschenbuchausgabe

Bastei Lübbe Taschenbücher in der Verlagsgruppe Lübbe

Deutsche Erstausgabe

Titel der russischen Originalausgabe: »Chrustalnaya lovushka«
Originalverlag: Eksmo-Press

Titelillustration: BCI/IFA Bilderteam
Umschlaggestaltung: Nadine Littig
Satz: Urban SatzKonzept, Düsseldorf
Gesetzt aus der Adobe Garamond
Druck und Verarbeitung: GGP Media GmbH, Pößneck
Printed in Germany
ISBN 978-3-404-15908-6

Er wird das Paradestück meiner Sammlung. Dieser selbstverliebte Aufreißertyp mit seiner gehätschelten Dressmanfigur, die er am liebsten in teure ›Salomon‹-Skiklamotten wickelt. Außer Skifahren und seinem Ego interessieren ihn vor allem drei Dinge: frisches Fassbier, Armdrücken und naturblonde Frauen. Blondinen haben wir hier zurzeit gerade mal fünf; zwei davon sind verheiratet, die dritte ist geschieden, und die vierte versucht offenbar, ihre extreme Kurzsichtigkeit und ihr frühes Klimakterium mit einer mir bisher unbekannten Art von Freestyle zu bekämpfen. Die fünfte und letzte, eine Philosophiedozentin an einer Moskauer Hochschule, hat ihn schon nach zwei Minuten mitsamt seinem Fassbier in die Wüste geschickt. Aber der Gerechtigkeit halber muss man anerkennen, dass er es bei allen fünfen probiert hat, obwohl er kaum eine Woche in der ›Windrose‹ war. Und zweimal war er sogar erfolgreich: bei der Kurzsichtigen und bei der Geschiedenen – was allerdings keine große Leistung war, denn sie sind ihm praktisch ohne weitere Aufforderung ins Bett gehüpft. Er brauchte ihnen bloß zuzuzwinkern.

Es versteht sich von selbst, dass die beiden Mädels sich inzwischen hassen bis aufs Blut.

Und er ist tot.

Wie er gestorben ist, wird man nie erfahren.

Und auch seine Leiche werden sie niemals finden, da können sie suchen, bis sie schwarz werden. Zwei Lawinen sind unmittelbar nacheinander niedergegangen, und in der kurzen Pause dazwischen konnte ich ihn retten. Ich habe ihn gerettet, um ihn zu töten. Das hatte er nicht erwartet. Er hatte nicht erwartet, dass mein Skistock, den ich zu einem tödlichen Dolch umfunktioniert habe, so scharf geschliffen war. So scharf, dass er zwischen seine Schulterblätter eindrang wie in warme Butter.

Bevor er starb, hat er mir seinen Namen genannt: Kyrill. ›Kira‹ nannte ihn die Kurzsichtige, ›Larik‹ die Geschiedene. Ich habe mich ebenfalls vorgestellt. Er wollte mit mir Bier trinken, frisch gezapftes, und Armdrücken, sobald wir wieder in der ›Windrose‹ wären. Dann fuhren wir den Hang hinunter: zuerst er auf seinem Snowboard, dann ich. Ich fuhr nach links, obwohl die ›Windrose‹ rechter Hand lag. Er hat es überhaupt nicht gemerkt: Anfänger haben Schwierigkeiten, sich im Gelände zu orientieren, und er war ein Anfänger, das war unverkennbar. »Ich komme nächstes Jahr ganz bestimmt wieder!« Das waren seine letzten Worte – bevor das Messer an meinem Skistock zwischen seinen Schulterblättern verschwand wie in einem Stück Butter. Streichfähiger Butter.

Ich war sehr lange hinter ihm her. Und er wird das Prachtstück meiner Sammlung, obwohl er mir sicher einige Mühe bereiten wird.

Ein gut geformter Kopf, klassisch geschwungene Schlüsselbeine, ein kräftiger Brustkorb und ein schmaler fester Hintern – alles ganz vorzüglich. Das Einzige, was mich ärgert, ist sein erstaunter Gesichtsausdruck. Das ist wirklich alles, was man in seinem erstarrten Gesicht liest: Erstaunen, nichts als Erstaunen. Warum sind sie bloß alle so maßlos überrascht, wenn der Tod sie erwischt? Nur bei einem einzigen meiner Modelle hatte ich in dieser Hinsicht Glück. Er war ein typischer Hobby-Alpinist, der während des Aufstiegs am Südhang den Anschluss zu seiner Gruppe verloren hatte und von einer Lawine begraben wurde. Er brauchte mehrere Stunden, um zu sterben, obwohl er es in einer knappen Viertelstunde hätte schaffen können: Mehrere Stunden Quälerei nur deshalb, weil es ihm gelang, einen Luftsack um sich herum zu bauen, indem er immer wieder mit seinem Helm gegen den Schnee stieß, in den er eingeschlossen war. Gerettet hat ihn das am Ende auch nicht, es verlängerte nur seinen Todeskampf. Auf der anderen Seite jedoch verlieh es seinem Gesicht genau den Ausdruck, den ich den Gesichtern aller meiner Modelle bisher vergeblich zu geben suchte: den Ausdruck unbeschreiblichen, unmenschlichen, alles verschlingenden Grauens.

Das Grauen ist das zentrale Motiv meiner Sammlung.

Grauen, eingeschlossen in eine kompakte Schicht aus Eis. Das Grauen als Kompositionsprinzip einer großen Skulpturengruppe. Sechs Figuren, wenn man den Freestyle-Fan Kyrill nicht dazuzählt. Mit ihm werden es sieben sein, eine Zahl, die dem Jüngsten Gericht natürlich gegen den Strich gehen muss. Ich werde ein weiteres Modell brauchen, am besten noch eine Frau – als Gefährtin für die, die ich schon habe. Aber weder die Kurzsichtige noch die Geschiedene möchte ich hier sehen. Und die anderen Naturblonden auch nicht; ihr Haar eignet sich nicht gut für das Eis. Nicht ein geeignetes Objekt während der ganzen Saison! Das kann einen direkt zur Verzweiflung treiben.

Aber ich bin geduldig. Ich bin tausendmal geduldiger als diese verdammten Berge.

Ich werde auf die richtige Frau warten, solange es nötig ist. Ich werde warten, bis ich den Baustein gefunden habe, der es mir ermöglicht, meine Komposition zu vollenden. Der letzte Strich, der finale Akkord.

Sie wird ihren Platz auf dem eisigen Sockel einnehmen – einen würdigen Platz. Schade, dass niemand es jemals sehen wird.

Niemand außer dem blinden Gewölbe der Höhle, die mein Geheimnis hütet, mein kleines Museum der Eisskulpturen. Dabei könnte es eine viel beachtete Attraktion der ›Windrose‹ sein! Schulklassen würden in den Winterferien Ausflüge hierher unternehmen! Nein, Schulklassen nicht, das gäbe viel zu viel Durcheinander. Bonbonpapiere, die überall herumliegen, Kaugummis, die an den Wänden kleben, leere Coladosen, benutzte Kondome; nein, Schulkinder sind kleine Ungeheuer, so war es immer und so wird es immer bleiben, sie haben keinen Respekt vor der hohen Kunst.

Und das ist es – hohe Kunst!

Vier von meinen sieben Modellen, von meinen wunderbaren, faszinierenden Modellen, sind von den Bergen getötet worden, drei von mir.

Ja, das ist es – hohe Kunst!

Kyrill, diesen sexsüchtigen Schmachthaken und treulosen Halunken wird man erst am Abend vermissen. Ich muss rechtzeitig wieder in der ›Windrose‹ sein, um an der Suche nach ihm teilzunehmen. Ich werde, wie immer, der Letzte sein, der die Suche aufgibt.

Die Retter hoffen immer das Beste, obwohl sie mit dem Schlimmsten vertraut sind.

Außerdem muss ich die Hunde füttern. Wie konnte ich bloß die Hunde vergessen?

Teil I

Es war einmal ein Mädchen, das konnte Flugzeuge auf den Tod nicht ausstehen. Sie hasste sie mehr als Lebertran und Kniestrümpfe mit Bommeln, sogar mehr als ihr Schneeflöckchenkostüm, dass sie zur Neujahrsfeier tragen musste. Aus irgendeinem Grund wurde sie immer als Schneeflöckchen verkleidet, obwohl sie doch viel lieber als Domino gehen wollte. Schwarze Kästchen – weiße Kästchen. Mit einem großen Spitzenjabot um den Hals ... Vielleicht wäre ja ihr Hals heute nicht so dünn, wenn sie sich an Flugzeuge gewöhnt hätte.

Und dann war das Mädchen erwachsen, schloss das Studium an der Moskauer Staatlichen Universität ab (Philologische Fakultät, letzter Zufluchtsort für alle braven Dummchen aus wohlhabenden Familien), und ihr Hass auf Flugzeuge, der bisher nur abstrakt gewesen war, wurde konkreter. Das gesamte Flugwesen ging ihr komplett gegen den Strich – von der schlichten Etagere der Gebrüder Wright bis zum modernsten Modell von Boing. In ihr persönliches Hasspaket gehörten auch solche Banalitäten wie die Leuchtanzeige ›Nicht rauchen! Sicherheitsgurte anlegen!‹, die Fluggesellschaften ›SAS‹ und Lufthansa, Mineralwasser in Plastikbechern, Mentholbonbons Marke ›Pilot‹ und ...

Luftlöcher!

Luftlöcher, eine Geißel für jeden Menschen mit gesundem Verstand. Unserem Mädchen wird jedes Mal sofort speiübel, und immer fragt sie sich, ob irgendein Einfaltspinsel vielleicht mal auf die Idee kommt, ihr eine Papiertüte zu bringen, bevor ein Unglück geschieht.

»Ob irgendeiner von diesen Einfaltspinseln mal auf die Idee

kommt, mir eine Papiertüte zu bringen, bevor ein Unglück geschieht?«, fragte Olga mit schwacher Stimme.

»Ich glaube, ich weiß sogar, wie dieser Einfaltspinsel heißt, Cara.« Nicht einmal in diesem Moment ließ er die Gelegenheit aus, sie zu küssen.

Nach zwei und einem halben Jahr Ehe. Lieber, lieber, unendlich lieber Mark, was für ein Glück hatte sie mit ihm gehabt!

Wer sonst – außer vielleicht einem sizilianischen Mini-Mafioso – hätte sie ›Cara‹ genannt? ›Cara‹ war die Reminiszenz an ihre Flitterwochen in Venedig; wohin sie übrigens ebenfalls mit dem Flugzeug gereist waren.

O ja, Venedig! Mark hatte ihr diese Reise zur Hochzeit geschenkt. Bezahlt hatte er sie allerdings mit dem Geld *ihres* Vaters. Ein halbes Jahr lang musste er diese Schulden abarbeiten, und zwar heimlich. Olga erfuhr davon erst, als es schon vorbei war. Ein halbes Jahr Schufterei ohne ein einziges freies Wochenende, ein halbes Jahr, in dem doch die Gondeln auf dem Canal Grande und der Dogenpalast längst nur noch Erinnerungen waren – nicht jeder Mann würde so etwas auf sich nehmen, und wenn er noch so leidenschaftlich verliebt wäre.

Lieber Mark. Heiliger Mark.

›San Marco‹ – so hätten ihn seine Verwandten ganz bestimmt genannt, wären sie Italiener gewesen. Aber sie waren keine Italiener. Die Stadt, in der er geboren wurde, hieß Kisyl-Arwat, ein gnadenlos unaussprechlicher Name, nichts als eine Ansammlung fremder Laute, ein ferner Klang, irgendwo im Sand der turkmenischen Steppen verweht. Einem fast biblischen Sand, wie Mark gern scherzhaft bemerkte. Vielleicht hatte sich seine Mutter deshalb an die Bibel gehalten, als sie ihren Kindern Namen gab:

Mark – der Älteste, sein jüngerer Bruder Jonas und ihre beiden Schwestern Maria und Magdalena. Wäre sie nicht vorher gestorben, hätte die Mutter wahrscheinlich das gesamte Neue Testament abgehakt.

Die Übelkeit ging vorüber, Olga lehnte sich in ihrem Sitz zurück und schloss die Augen.

Mark war der älteste Spross dieser ganzen Kisyl-Arwatischen biblischen Brut und ihr angetrauter Ehemann – vor Gott und den Menschen, wie es heißt. Außerdem war er ein hoch talentierter Manager, die ›rechte Hand‹ ihres Vaters, und durfte sich mit seinen dreiunddreißig Jahren Leitender Geschäftsführer eines großen Erdölkonzerns nennen. Diesen Posten hatte er erworben ohne jegliche Protektion von ihrer Seite. Ihr Vater war in dieser Hinsicht eisern, er hätte Mark niemals auf eine Führungsposition gesetzt, nur weil er sein Schwiegersohn war. Nein, Mark war wirklich gut, das hatte ihr Vater schnell erkannt.

Mark erinnerte sich nicht allzu gern an seine Kindheit und Jugend in Kisyl-Arwat, die geprägt waren von bedrückender Armut. Außer ein paar trostlosen Salzseen, Sand, Schlangen und Geckos, die an den Wänden ihres Hauses entlanghuschten, gab es nichts, das der Erinnerung wert war. Er floh von dort, wie man aus der Hölle flieht. Die Mutter war gestorben, seine ältere Schwester Magda, ihrem Namen alle Ehre machend, verschwand in einem Amsterdamer Striptease-Club (Mark hatte fast keine Erinnerung an sie, aber er hasste seine Schwester – fast so sehr wie Olga Flugzeuge). Maria war in Kisyl-Arwat geblieben und hatte einen turkmenischen Zimmermann geheiratet, womit sie die Bestimmung ihres Namens ebenfalls getreulich erfüllte. Sie arbeitete jetzt in einer Teppichfabrik, und zur Hochzeit hatte sie ihnen, wen wundert's, einen Teppich geschenkt. Er lag jetzt in ihrem Schlafzimmer.

Olga hatte bisher niemanden aus Marks Familie je zu Gesicht bekommen. Auch der Teppich war als Beiladung aus Aschchabad geschickt worden. Aber heute würde sie endlich seinen jüngeren Brüder Jonas kennen lernen.

›Jonas im Leib des Walfisches‹ – so hieß doch die Story, wenn sie sich richtig erinnerte.

Vielleicht, weil sich kein passender Walfisch für diesen Jonas finden ließ, hatte er sich einen Ersatz gesucht: die Berge, in denen er sich verkriechen konnte wie in einem Walfischleib. Er hatte einen Job als Bergretter im Nationalpark Prielbrusie angenommen.

In einer Stunde würde er sie am Flughafen abholen. Und wenn sie Mark glauben konnte, erwarteten sie zehn wunderbare Tage in einer zauberhaften Berglandschaft. Oder zwei Wochen, wenn es ihnen sehr gefiel.

Olga wäre allerdings lieber ans Meer gefahren. Sandstrände waren ihr allemal lieber als Schneefelder.

Aber Mark – Mark liebte die Kälte über alles, Kälte und Wasser in allen Aggregatzuständen: eine Folgeerscheinung seiner Kindheit in der Wüste.

So war auch das Venedig ihrer Flitterwochen ein herbstliches Venedig gewesen: Wasser in allen Aggregatzuständen, bis hin zu dem kleinen Dunstwölkchen vor dem Mund, am Morgen gleich nach der Liebe und kurz vor dem Kaffee. Mark war glücklich. Er war glücklich in der fremden Stadt, in der alles an ihn selbst erinnerte: die Piazza San Marco, die Bibliothek San Marco, die Kirche San Marco. Damals in Venedig hätte Olga sich niemals vorstellen können, dass Mark verrückt auf Skifahren war. Sie besaßen ja nicht einmal eine Skiausrüstung. Die kaufte Mark erst zwei Wochen vor dieser Reise in die Berge; natürlich die teuerste, die es gab – für sich und Olga.

Der Skihelm stand ihm ausgezeichnet. Und die Skibrille ›Turbo S. A. M.‹ für 134 Dollar ebenfalls.

»Wie fühlst du dich, Cara?« Mark kam mit einem Stapel Papiertüten zurück, die die Fluggesellschaft für solche betrüblichen Fälle von Luftkrankheit bereithielt. Er sah so unglücklich aus, dass Olga wider Willen lächeln musste.

»Schon besser, Liebling. Vielleicht geht es ja gleich vorbei.« Und wieder konnte er sich nicht zurückhalten, sie zu küssen. *Sein*

Mund erregt mich immer noch, dachte Olga. ›*So wie vor zweieinhalb Jahren, als wir Liebe gemacht haben, wo immer es uns gerade überkam. Dabei passt das eigentlich gar nicht mit der Position eines kaufmännischen Direktors zusammen, der eigentlich per definitionem ein impotenter Workaholic sein müsste. Ja, sein Mund erregt mich immer noch, und auch seine Angewohnheit, sich mit seinen Lippen ganz vorsichtig Zentimeter für Zentimeter von meinem Kinngrübchen aus weiter vorzutasten. Mark nennt das ›den Gipfel erobern‹.*

Seltsam, warum fährt er eigentlich Ski? Er müsste bergsteigen!

Es ist ulkig, aber ich liebe es, meinen eigenen Mann zu küssen . . .‹

»Sei bloß vorsichtig, gleich kotzt sie dich voll!«

Olga rückte erschrocken von Mark ab und biss sich auf die Lippen.

Inessa! Wie konnte sie die vergessen! Sie war die unvermeidliche Augenzeugin aller ihrer Küsse. Inessa entging auch nicht die geringste ihrer Gefühlsäußerungen.

Mark ließ sich enerviert in seinen Sitz zurückfallen. »Man muss schon sagen, deine Stiefmutter – beziehungsweise meine teuerste Schwiegermutter – ist ein ausgemachtes Biest.«

»Danke, Mark, Herzchen, du bist sehr liebenswürdig, wie immer«, konterte Inessa, die neben Mark saß, und legte ihm die Hand aufs Knie.

Mark runzelte die Augenbrauen, aber er schob die Hand nicht weg. Olga kam ihm zu Hilfe. Der Griff, mit dem sie Inessas Finger umschloss, war unmissverständlich: Lass die Finger von meinem Mann, du Biest!

»Perfekte Fingernägel, Inessa«, sagte sie sanft.

»Nicht wahr? Ich kann dir meine Maniküre nur wärmstens empfehlen. Und meine Kosmetikerin ebenfalls.«

»Ich werde mich vertrauensvoll an dich wenden – wenn es so weit ist.«

Inessa lachte und befreite ihre Hand. Olga hatte dieses Lachen immer sehr gemocht, ein Lachen, durchsichtig und zart wie kleine

Glöckchen im Wind. *Nein, sie ist kein Biest. Sie ist meine beste Freundin. Und die Frau meines Vaters.*

›Deine Stiefmutter, beziehungsweise meine teuerste Schwiegermutter‹ – das war auch so ein Spiel, das sich Mark ausgedacht hatte. Anlass für allerlei Witzeleien im Kreis der Familie.

Inessa – Inka – war seit Urzeiten Olgas beste Freundin, zuerst in der Schule, dann an der Universität. Inka, eine hübsche Brünette mit ungewöhnlich dunklen Lippen, so dunkel, dass sie wie verkohlt aussahen. Nur ein einziges Mal im Leben hatte es zwischen ihnen Streit gegeben; das war in der siebten Klasse gewesen, und es ging um einen sommersprossigen Jungen, der zwei Wochen danach die Schule wechselte. Inka und Olga aber sprachen ein halbes Jahr lang kein Wort miteinander. Bis zu dem Tag, an dem Olgas Mutter starb.

Sie beging Selbstmord – *nein, lieber nicht daran denken. Nicht daran denken, nicht daran denken, nicht daran denken …*

Olga hatte schon immer nur ihren Vater geliebt. Nur ihn und niemanden sonst. So war ihre kleine Familie immer eine Dreiecksbeziehung gewesen, und zwar genau seit jener Neujahrsfeier im Kindergarten, für die man Olga zum ersten Mal in ein Schneeflöckchenkostüm gesteckt hatte. Es stand ihr wirklich nicht besonders gut, das muss der Ehrlichkeit halber gesagt werden: mit ihren rabenschwarzen Haaren, die ihr mütterliches Erbteil waren.

Olgas Mutter stammte aus Georgien, aus einer angesehenen Tbilissier Familie, und sie war Cellistin gewesen. Der Vater hatte sie in der Philharmonie kennen gelernt, bei einem Debussy-Konzert. Eine unpassendere Konstellation für eine romantische Begegnung könnte man sich kaum ausdenken. Anderthalb Jahre nach der Aufführung des ›Prélude à l'après-midi d'un faune‹ kam Olga zur Welt.

Als sie fünf Jahre alt war, fuhr ihre Mutter zum ersten Mal mit ihr nach Tbilissi. Früh gealterte Frauen in Schwarz, geisterhaft kühle Zimmer, schwerer Familienschmuck; vor dem Einschlafen spielte die kleine Olga mit einem Ring, der nach einer Familienlegende dem Baumeister David gehört haben sollte. Tbilissi wurde für das fünfjährige Moskauer Kind zum absoluten Albtraum. Ohne ihren Papi, der in Moskau geblieben war, das ihr auf einmal wie eine märchenhaft schöne Lebkuchenstadt vorkam, fühlte sie sich vollkommen verloren. Sie heulte sich die Augen aus. Nach vier Tagen reiste ihre Mutter mit ihr wieder ab.

Jetzt war Olga siebenundzwanzig, aber noch immer schämte sie sich für ihre damalige Flucht aus Tbilissi. Sie war seitdem nie mehr dort gewesen, nicht einmal zur Beerdigung ihrer Mutter. Früh gealterte Frauen in Schwarz holten ihre Leiche in Moskau ab. Ein Schüttelfieber fesselte Olga zwei Wochen lang ans Bett, bis der Vater aus Tbilissi zurückkehrte.

Verzeih mir, Mama. Als du noch lebtest, habe ich dich selten so genannt. Nur Manana, wie der Vater, sogar darin wollte ich es ihm gleichtun. ›Manana, du hast schon wieder dieses scheußliche Lobio gemacht, ich mag deine georgische Küche nicht, das weißt du doch …‹ ›Manana, ich will dieses schreckliche Kleid nicht anziehen …‹ Und Manana gab immer nach. Für eine Georgierin war sie viel zu sanftmütig. Nur in ihren Augen brannte ein unerträgliches, verzehrendes Feuer. Olga fürchtete dieses Feuer, und manchmal vor dem Einschlafen dachte sie sogar, wie gut es doch wäre, wenn Manana fortginge und für immer in ihrem schwarz-roten Tbilissi bliebe.

Am Ende ging sie tatsächlich für immer fort, in ihr schwarzrotes Tbilissi – in einem Zinksarg. Mit ihr verschwanden der Geruch nach Koriander, orientalischen Gewürzen und starkem Kaffee. Bald danach lösten sich das Metallgeschirr und die Tonkrüge in Nichts auf. Niemand hatte sie fortgeworfen, es schien, als hätten diese Dinge das Haus ganz von selbst verlassen. Das Einzige, was blieb, war Mananas Cello. Der Vater besaß es noch immer, obwohl ihr altes Haus längst nicht mehr existierte. Der Vater hatte sich eine Villa vor der Stadt gebaut, und für Olga kaufte er eine Wohnung in einem noblen Haus auf dem Lenin-

Prospekt, mit Überwachungskameras und einer alten Ziege von Concierge.

Noch viele Jahre nach dem Tod ihrer Mutter peinigte Olga das schlechte Gewissen. Sie redete sich ein, dass Manana sich vielleicht nicht umgebracht hätte, wenn sie sie besser behandelt hätte. Erst als Olga schon an der Universität war, erzählte ihr der Vater einmal, als er sehr betrunken war, *die ganze Wahrheit*.

Manana war krank gewesen.

Sie sei ihm schon immer ein wenig seltsam vorgekommen, schon zu der Zeit, als er um sie warb, als sie zusammen lange Spaziergänge im Sokolniki-Park machten. Viel zu oft bekam sie Anfälle von Jähzorn, litt an geradezu krankhafter Eifersucht, und ihre Stimmung konnte sich innerhalb von fünf Minuten radikal verändern, ohne dass es einen ersichtlichen Grund dafür gab. Mit Olgas Geburt wurde alles nur noch schlimmer. Manana verfiel in tiefe Depressionen, die regelmäßig in unkontrollierte Tobsuchtsanfälle mündeten. Dann musste der Vater ganz schnell alle scharfen und spitzen Gegenstände im Haus in Sicherheit bringen, einschließlich der Nagelfeilen und Nagelscheren. Mehrmals war Manana in eine psychiatrische Klinik eingewiesen worden. All dies hatten die Eltern vor ihrer Tochter geheim gehalten, um ihr zartes kindliches Gemüt nicht zu erschüttern. Manana war zu stolz, um zuzulassen, dass ihre Tochter Zeugin ihrer Krankheit wurde.

Drei Tage vor ihrem Selbstmord war sie zum letzten Mal aus der Klinik entlassen worden.

Der Vater hatte Manana geliebt, und noch lange nach ihrem Tod dachte er nicht daran, sich wieder zu verheiraten. Um nicht vollkommen zu verzweifeln, stürzte er sich kopfüber in die Arbeit, und in diesem Sinne konnte man wohl sagen, dass sein heutiges Konzernimperium auf dem Fundament schlichter Einsamkeit errichtet war.

Das erste Studienjahr an der Philologischen Fakultät war für Olga sehr schwer. Das schreckliche Familiengeheimnis schwebte wie ein Damoklesschwert über ihr. Jeden Moment fürchtete sie, die Zeichen der Krankheit könnten auch bei ihr auftreten. Inka war es, die sie aus diesem Zustand herausholte. »Das ist einfach deine Manana-Manie, Lelischna«, sagte sie bloß, wenn es Olga mal wieder besonders böse erwischt hatte.

Niemand außer Inka nannte Olga Lelischna. Es klang ein wenig ironisch, zugleich aber auch sehr beruhigend. Inka hatte überhaupt eine wohltuend beruhigende Wirkung auf Olga. Bis zu jenem Tag, an dem sie zusammen nach Bulgarien fuhren, zum Strandurlaub: Olga, Inka und Olgas Vater.

Zwei Nächte nacheinander hatte Inka nicht in ihrem Zimmer geschlafen, und Olga dachte, die hübsche und heißblütige Inka hätte sich einen der knackigen Bulgaren mit üppigem Brusthaar geangelt, von denen immer eine ganze Meute um sie herumscharwenzelte. Aber die Wirklichkeit war viel abstruser. Auf der Rückreise, im Flugzeug, eröffnete ihr der Vater plötzlich, er werde ihre Freundin heiraten.

Zu allem Überfluss fiel das Flugzeug in diesem Moment in ein Luftloch.

Olga übergab sich.

»Ich hoffe nicht, dass das die Reaktion auf die Erklärung unserer Verlobung ist, Lelischna«, bemerkte Inka trocken. Sie blieb sich eben in jeder Lage treu.

»Streitet euch nicht, Mädchen, ich liebe euch doch beide«, sagte der Vater versöhnlich.

Euch beide – das hatte ihr gerade noch gefehlt! Inka, ihre beste Freundin seit der ersten Klasse; Inka, mit der sie unter der Bettdecke geflüstert und gekichert hatte, wenn sie bei ihr übernachtete. Jetzt schlief sie mit ihrem Vater! Wahrscheinlich nannte sie ihn Igor!

»Wie nennst du ihn?«, fragte sie Inka, als sie gelandet waren und der Vater zur Gepäckausgabe ging.

»Wen?«, fragte Inka verwundert.

»Meinen Vater.«

»Wie meinst du das? Wie soll ich ihn nennen?«

Inka verpasste für gewöhnlich den Männern, mit denen sie im Bett war, die ulkigsten Spitznamen. Nicht einmal die, mit denen sie eine längere und romantische Beziehung hatte, kamen ungeschoren davon. Ein gesunder Zynismus war ihre hervorstechende Charaktereigenschaft.

»Du weißt ganz genau, was ich meine.«

»Lelischna, wir sind doch immer noch Freundinnen, hoffe ich«, sagte Inka und schaute an ihr vorbei ins Leere.

Olga antwortete nicht.

Es ist unmöglich, ganz und gar unmöglich, sich damit abzufinden, dass die beste Freundin, deren sämtliche Affären man bis in die letzten unappetitlichen Einzelheiten kennt, die Frau des eigenen Vaters wird. Er wird sie so umarmen, wie ein Mann eine Frau umarmt, sie werden miteinander Liebe machen, wie ein Mann und eine Frau Liebe machen – mit dem kleinen Unterschied, dass er nicht ›irgendein Mann‹ ist. Inka hatte einen Mordsspaß daran gehabt, sich während der Vorlesungen auf kleinen frivolen Zettelchen über ihre sexuellen Abenteuer zu verbreiten. Sie befleißigte sich dabei einer ziemlich deftigen Ausdrucksweise. Ihre abgelegten Partner nannte sie zum Beispiel ›Tote Säcke‹, und die Liste ihrer Eroberungen ›mein Martyrologium‹.

Und genau dieses explosive Weib wollte jetzt Olgas Vater heiraten.

Nach der Hochzeit herrschte zwischen den beiden Freundinnen erst einmal Funkstille. Olga brauchte Zeit, um sich an die neue Situation zu gewöhnen.

Aber dann erschien plötzlich Mark in ihrem Leben, und alles andere trat für eine Weile in den Hintergrund. Mark und Inka konnten sich von der ersten Minute an nicht leiden. Mark hielt Inka für eine berechnende Nutte, was allerdings wirklich ungerecht war: Inka war ihrem Mann treu, das immerhin musste man ihr zugestehen. Aber Inka zahlte Mark in derselben Münze zurück:

›Ein turkmenischer Parvenü, das bist du, weiter nichts.‹ Davon abgesehen ließen es sich die beiden fortan nicht nehmen, einen gut gerüsteten kalten Krieg zu führen und einander bei jeder Gelegenheit mit spitzer Zunge zu attackieren. Im Grunde hatte Olga sogar Spaß an diesen spontanen, unblutigen Kämpfen, und ihr Vater auch.

Letztlich konnte man das als eine Art Familiensport betrachten, warum nicht?

Jetzt allerdings erwartete sie eine völlig andere Sportart.

Es war Marks Idee gewesen, seinen Bruder im Skigebiet des Naturparks Prielbrusie zu besuchen. Kaum hatte Inka davon Wind bekommen, wollte sie sofort mit. Warum sie auf einmal unbedingt Ski fahren wollte? Warum nicht etwas weniger Exotisches – zum Beispiel Darts in einem irischen Pub mit obligatorischem Ausflug zum Geburtsort von Sean Connery? Oder Austernschlürfen an der französischen Riviera mit anschließender Bridgepartie? Nein, auf einmal musste es durchaus Wintersport sein – Ski alpin! Aber dann versprach auch der Vater, übers Wochenende vielleicht einmal vorbeizukommen, und letzten Endes musste man zugeben, dass Inka ohne die intellektuellen Scharmützel mit Mark im Nu geistig verkümmert wäre. Ihre blasierte Abneigung gegen Olgas Mann musste wenigstens dreimal am Tag gepflegt werden.

So flogen sie also zu dritt.

Das sollte ein Urlaub werden!

»In zehn Minuten werden wir landen. Wir bitten, die Sicherheitsgurte anzulegen ...«

Na, Gott sei Dank, endlich raus aus dieser grässlichen Kiste und ab in die Berge! Zwei wunderbare Wochen lang weit weg von Moskau, wenn auch mit derselben Zirkustruppe.

Mark nahm Olgas Hand und drückte sie sanft. Olga erwiderte

den Druck. Wie gut ihm der Ehering stand! Ihr übrigens auch. Man konnte es ohne Eitelkeit sagen: Sie waren ein schönes Paar.

»Wie heißt noch dieses Eskimo-Nest, wo du uns hinschleppst?«, fragte Inka.

»Es nennt sich ›Windrose‹.« Mark hielt immer noch Olgas Hand.

»›Windrose‹ ... Sehr mondäner Name. Komischerweise muss ich dabei an die künstlichen Blumen in der Werkskantine denken.«

»Niemand hat dich gezwungen, mitzukommen.« Mark war wie immer sehr korrekt. »Wir wären auch gern ohne dich gefahren.«

»Du solltest im Umgang mit mir lieber ein bisschen Vorsicht walten lassen, geschätztes Schwiegersöhnchen, sonst bist du ganz schnell deinen Posten los.«

»Noch bist du nicht Chefin des Konzerns, meine Liebe.«

»Aber die Chefin im Bett, das ist fast dasselbe, wie du eigentlich wissen solltest, Mark-Herzchen.«

Olga verzog das Gesicht. Inka war ein Biest, Mark hatte vollkommen Recht. Aber ihr Vater war glücklich mit ihr, das ließ sich nicht leugnen. Er war so glücklich, wie er mit Manana niemals gewesen war, und auch niemals in der Zeit danach. Allein dafür schon musste man ihr eigentlich all ihre Überspanntheiten verzeihen.

Das Flugzeug rüttelte, als die Räder die Erde berührten. Ein letzter kurzer Anflug von Übelkeit ergriff sie und verging sofort wieder. Sie waren wieder auf festem Boden, dem Schöpfer sei Lob und Preis!

»Ich verspreche dir zwei wunderschöne Wochen, Cara«, flüsterte Mark zärtlich.

»Ich liebe dich, Mark.«

»Ich dich auch, Cara.«

Er hatte überhaupt keine Ähnlichkeit mit Mark.

Jonas stand wartend in der Flughafenhalle. Sein Gesicht hob sich von der gleichförmigen Menschenmenge ab. Jonas! Was für ein ungewöhnlicher, vollkommen unrussischer Name. Es schien, als habe dieser Name sich die Erscheinung seines Trägers nach und nach anverwandelt. Solch ein Gesicht hat eigentlich nur ein Eremit oder ein Heiliger, jedenfalls ein Mensch, der sich unentwegt der unterschiedlichsten Versuchungen erwehren muss: dunkle, sonnenverbrannte Wangen, schwarze, über der Nasenwurzel fast zusammengewachsene Augenbrauen, ein empfindsamer, eigensinnig geschwungener Mund und anthrazitfarbene Augen, so dunkel, dass kein Lichtstrahl in sie einzudringen schien. Neben seinem hellhaarigen und helläugigen Bruder wirkte Jonas wie ein dämonischer Verführer, ein Verkünder des flammenden Infernos des Jüngsten Gerichts.

Die Brüder gaben sich die Hand und überwanden sich erst nach einem kurzen Zögern zu einer steifen Umarmung.

Allzu nah steht ihr euch nicht, wie ich sehe, dachte Olga.

»Darf ich vorstellen, Jonas: meine Frau und meine Schwiegermutter. Ich habe die ganze Heilige Familie mitgebracht.«

Jonas hob verwundert die Augenbrauen: Nach Schwiegermüttern sahen die beiden jungen Frauen nicht gerade aus.

»Ich heiße Inessa!« Inka streckte ihm die Hand entgegen und brachte es dabei mit ihrem Blick fertig, Jonas innerhalb weniger Sekunden zu entblättern und wieder anzuziehen. Eine professionelle Musterung, die sie in den ungezügelten Jahren ihres Studiums bis zur Perfektion entwickelt hatte. »Kaum zu glauben, dass ihr Brüder seid.«

»Wieso denn?«, fragte Mark barsch. Olga kam es vor, als sei er tatsächlich ein wenig beleidigt.

»Ihr seid einfach vollkommen unterschiedliche Typen. Oder war eure Mutter etwa eine kleine Sünderin?«

»Nicht mehr als deine ... Beachte sie einfach nicht, Jonas.«

»O doch! Beachten Sie mich! Ich schätze das sehr.«

»Das ist meine Schwiegermutter, wie sie leibt und lebt«, meinte Mark ironisch. Jonas gab den Frauen vorsichtig die Hand.

»Und, wie geht's dir hier so?«, fragte Mark seinen Bruder endlich.

»Ganz gut.« Jonas anthrazitfarbene Augen ruhten auf Marks Begleiterinnen; kein Gefühl war darin zu erkennen, außer verhaltener Anerkennung: Gar nicht schlecht, deine Mädels, Brüderchen!

»Und wie ist das Wetter?«

»In der letzten Woche war es ziemlich lausig«, gestand Jonas.

»Lausig, tatsächlich?«, rief Inka zweifelnd.

»Der Frühling steht vor der Tür. Lawinen«, erklärte er. »Gerade vorgestern sind zwei hier in der Nähe niedergegangen. Ihr habt euch nicht gerade die beste Jahreszeit ausgesucht.«

»Lawinen? Wie interessant! Werden wir welche zu sehen bekommen?« Die Launen des regionalen Klimas schienen Inka offensichtlich zu faszinieren.

»Worauf ihr euch verlassen könnt!«, versicherte Jonas.

»Und ist das nicht gefährlich?«

»Für manchen schon ... Vor fünf Tagen hat es gerade wieder einen erwischt.«

Sieh einer an! Ein schönes Aushängeschild für einen luxuriösen Skiort! Aber jetzt nahm Mark seinem Bruder, der sich gerade mit Unschuldsmiene daran machte, die aktuellsten Schauergeschichten seiner Wahlheimat zum Besten zu geben, das Ruder des Gespräches aus der Hand. Er legte den beiden Frauen beschützend die Arme um die Schultern.

»Keine Angst, meine Damen, Sie stehen unter dem besonderen Schutz der Flotte seiner Majestät!«

Inka feixte: »Wer hat denn hier Angst? Katastrophen sind doch höchst unterhaltsam, findest du nicht auch, Lelischna?«

»Jedem, wie es ihm gefällt«, entgegnete Olga und zuckte die

Achseln. »Jedenfalls ist es nicht unbedingt der fröhlichste Auftakt.«

Die Männer gingen das Gepäck holen, Olga und Inka blieben allein zurück.

»Na, was hältst du von diesem phänomenalen Bruder? Ich weiß natürlich nicht, wie es mit seinem Köpfchen steht. Wahrscheinlich nicht mehr drin als bei einem gefüllten Hecht. Aber er hat einen perfekten Körper!« Nachdem sie Jonas gebührend taxiert hatte, inspizierte sie unter gesenkten Augenlidern den übrigen Bestand an Männlichkeit, den die nähere Umgebung bot. Eine ganze Rotte von Ulanen des Skisports in voller Kampfausrüstung warfen wollüstige Blicke zu ihnen herüber. Da war nichts zu machen, Inka war lebenslänglich dazu verurteilt, von Männern umschwärmt zu werden.

Einer der jungen Kämpen beschloss schließlich, sein Glück zu versuchen.

»Fahren Sie zufällig zur ›Windrose‹, meine Damen?«, fragte er mit strahlendem Lächeln.

»Vielen Dank, wir haben unsere eigenen Skilehrer«, wies Inka ihn herablassend zurück und wandte sich wieder Olga zu. »Also wie gefiel dir dein Verwandter?«

«Schauen wir mal.« Olga wurde es auf einmal in diesem kleinen Flughafen zu eng. So war es immer, wenn Mark nicht bei ihr war.

»Also sehr gut, wenn ich dich richtig interpretiere. Kein Wunder, das liegt in der Familie.«

»Genau.«

»Jetzt guck dir bloß mal an, was da für appetitliche Jungs mitgekommen sind! Die wird man sich kaum vom Leibe halten können! Es sei denn, dein Göttergatte fordert sie alle nacheinander zum Duell! Mit Skistöcken natürlich.«

»Ich glaube, wir hätten nicht herkommen sollen«, sagte Olga plötzlich dumpf.

»Wieso denn? Ich finde, es lässt sich gar nicht schlecht an. O Gott, das hat mir gerade noch gefehlt!«

Inkas letzte Bemerkung bezog sich auf ein buntes Zigeunerlager, das sie gerade in einer entfernten Ecke des Saales erspäht hatte. Die malerischen Gestalten lagerten zwischen einer verstaubten Palme und einem nicht weniger verstaubten Plakat, das noch aus sowjetischer Zeit stammte: ›Fliegen Sie mit Aeroflot!‹ Ein winzig kleiner Zigeunerjunge scharwenzelte schon seit einiger Zeit unbemerkt zwischen ihren Beinen herum und wollte gerade seine Hand in Inkas Reisetasche stecken. Im nächsten Moment wurde er am Kragen geschnappt, oder genauer gesagt: am Ohr. Und während Inka das winzige schmutzige Zigeunerohr knautschte, fing der Kleine an zu brüllen:

»Lass mich los, lass mich los, du Ziege!«

»Die Ziege werde ich dir schon geben, du kleiner Lauser!«

»Lass ihn doch, Inka!«, sagte Olga müde.

»Ich denke gar nicht daran!«, fauchte Inka, ließ den Jungen aber trotzdem los. »Jetzt muss ich mir schleunigst eine Desinfektionsanstalt suchen.«

Da kam schon eine alte Zigeunerin auf sie zugeeilt. Ihre Röcke flatterten wie Flügel hinter ihr her. Aber der Angriff der Zigeunerin fiel nicht so heftig aus, wie sie erwartet hatten.

»Wozu, Fräulein? Wozu schlägst du Kind?«, sagte sie ganz ernst zu Inka, sah dabei aber aus irgendeinem Grund Olga an.

»Weil er ein Dieb ist«, entgegnete Inka angewidert.

»Hast du das gesehen? Es ist falsch, Menschen immer verdächtigen.«

»Das ist meine Sache.«

»Ja, das ist deine Sache«, stimmte die Zigeunerin sofort zu und rückte noch näher an Olga heran. »Lass mich aus deiner Hand lesen, meine Schöne!«

Olga verzog das Gesicht, als hätte sie Zahnschmerzen, schob schnell ihre Hand in die Jackentasche und streifte heimlich ihren goldenen Ring mit dem kleinen Smaragd ab – Marks Geschenk zum letzten Valentinstag.

Sicher ist sicher, dachte sie. Zumal sie schon einmal schlechte Erfahrungen gemacht hatte. Irgendwie schien sie eine unerklärliche Anziehungskraft auf Zigeuner auszuüben, und ihre Gutgläubigkeit hatte sie dabei um ein kostbareres altes Erbstück gebracht, einen Ring mit einem echten Saphir, ihr einziges Andenken an Manana.

Dieser Verlust bedrückte sie bis heute.

»Schick sie zum Teufel«, flüsterte Inka. Aber der Blick der Zigeunerin hatte Olgas Willen gelähmt. Schon griffen flinke Finger nach ihrer Hand.

»Warum hast du den Ring abgenommen?«, fragte die Zigeunerin. In ihrer Stimme lag ein Tadel, aber dieser Tadel war so mild, dass Olga sich plötzlich schämte. »Denkst du, ich stehle dir deine Smaragde?«

»Natürlich klaust du sie, was denn sonst!«, bemerkte Inka grob, schaute dabei jedoch den Bewegungen der Zigeunerin mit sichtlichem Interesse zu.

Diese drehte jetzt Olgas Handfläche nach oben, schaute hinein, so wie man in einen Abgrund blickt, und zuckte sofort erschrocken zurück.

»Eine schlechte Hand, meine Süße, oj-oj, eine schlechte Hand. Eine kranke Hand. Geh weg von hier. Geh weg, ehe es zu spät ist! Gleich sofort! Sonst wirst du sterben, Mädchen. Du wirst sterben und die Deinen mit dir reißen ...«

Nach diesen Worten ließ sie Olgas Hand abrupt fallen, als hätte sie sich an diesen unschuldigen Handlinien die Finger versengt. Sie rief den kleinen Dieb zu sich und lief eilig, sich im Gehen immer wieder zu Olga umdrehend, zu ihrem Zigeunerlager zurück.

»Was sollte das denn, Lelischna? Was hat dir diese Idiotin da eigentlich vorgezwitschert?«, fragte Inka beunruhigt. »So ein Quatsch! Du bist auch zu naiv, dir so einen Unsinn anzuhören. Ich hab schon immer gesagt, man muss sich dieses ungewaschene

Volk einen Pistolenschuss weit vom Leib halten. Man kann sich wirklich nur über dich wundern.«

Aber Olga hörte ihr nicht zu. Diese verdammte Zigeunerin, ihr so die Laune zu verderben, gerade jetzt, vor dem Urlaub mit Mark, seinem einzigen im Jahr! Nein, sie hatte keine Angst vor dieser Wahrsagerei, sie gab keinen Pfifferling darauf. Aber trotzdem, trotzdem ...

Olga bot einen bejammernswerten Anblick. Die Tränen standen ihr in den Augen. Nicht einmal Inka konnte sie trösten.

»Jetzt sieh dir das mal an«, rief Inka empört. »Was für ein Gesindel! Dieser Urlaub fängt wirklich schön an! Aber egal: Lass nichts Schlimmes in deinen Kopf und nichts Fremdes in deinen Mund! Ein sehr praktischer Spruch von einer alten Bekannten, die auf der Twerskaja anschaffen geht. Und die Männer treiben sich natürlich wieder sonst wo herum; wenn man sie dringend braucht, sind sie weit und breit nicht zu finden!«

Tatsächlich, wo blieb eigentlich Mark? Olga merkte, dass sie ärgerlich wurde. Ein solches Gefühl in Bezug auf Mark war ihr vollkommen neu, und sie schämte sich dafür.

»Ist schon wieder in Ordnung«, sagte sie, presste ihre Hände aufs Gesicht und nahm sie sofort wieder weg. Was verrieten diese Handlinien, was die Zigeunerin so erschreckt hatte? Sie musste das alles so schnell wie möglich vergessen. Wenn sie die Worte ernst nahm, käme sie aus dem Grübeln nicht mehr heraus. Das war einfach nur abergläubisches Gebrabbel, es hatte wirklich keinen Sinn, daran auch nur einen einzigen Gedanken zu verschwenden. Es war, als habe sie in einen Spiegel geschaut und dort etwas gesehen, was sie nicht hätte sehen dürfen. *Ich muss es vergessen, bevor ...*

Bevor was? Die leisen Worte der Zigeunerin ließen Olga keine Ruhe mehr.

Verflixt noch mal, wo treibt Mark sich nur herum? Wenn er kommt und mich in die Arme nimmt, dann ist alles wieder gut.

Aber es dauerte noch eine halbe Stunde, bis Mark und Jonas, schwer beladen mit dem Gepäck, sich endlich wieder bei ihnen blicken ließen. Mark spürte sofort, dass etwas passiert war. In Bezug auf seine Frau hatte er eine phänomenale Intuition.

»Was ist los, Cara? Hast du schlechte Laune?«

»Nein, nein, es ist alles in Ordnung.« Olga seufzte erleichtert auf und hängte sich an Marks Arm. Und es war ja wirklich alles in Ordnung. Wer würde denn von Sterben reden, wo sie doch die feste Absicht hatte, mit Mark zusammen uralt und wahnsinnig glücklich zu werden?

»Du bist sehr blass«, sagte Mark ernst und sah sie durchdringend an.

»Das gibt sich. Spätestens übermorgen hat sie den schönsten Sonnenbrand.« Inka hatte sich längst wieder gefasst. Kaum hatte sie Mark gesehen, waren Ärger und Beunruhigung wie weggewischt; nur ihr Zynismus blieb.

Aber Mark war noch immer nicht beruhigt.

»Es ist nichts! Eine schwachsinnige Alte mit Glasperlenkette und Flatterrock hat Olga mal kurz den Weltuntergang vorausgesagt.« Es war gut, dass Inka mit ihrem flinken Mundwerk Olga zuvorkam und die Schilderung des Vorfalls übernahm. So bekam alles eine amüsante Note und wirkte weitaus weniger bedrohlich.

»Aha?« Mark hob die Augenbrauen.

»Achte nicht darauf, Liebling. Ich ziehe Wahrsager und Handleser wie magisch an, das war schon immer mein Problem.«

»Dann lasst uns losfahren. Wir müssen da sein, ehe es dunkel wird.« Mark hatte offenbar beschlossen, nicht weiter in sie zu dringen. Sie setzten sich alle zusammen in Bewegung, Richtung Ausgang.

Als sie schon an der Tür waren, drehte Olga sich noch einmal um.

Die Zigeunerin sah ihr aus ihrem Winkel hinter der verdorrten Palme unverwandt nach. Sie stand ein wenig abseits von den anderen, und ihre Augen, in denen ein irres Licht glühte, schienen Olga auf einmal so vertraut, dass ihr die Sinne schwinden wollten.

Es waren die fast vergessenen Augen ihrer Mutter.

Mananas Augen.

›Geh weg‹, sagten sie. ›Fahr ab, fliehe von hier, sonst wirst du sterben!‹

Die Fahrt bis zur ›Windrose‹ dauerte vier Stunden. Jonas saß am Steuer seines geländegängigen Niva, Inka hatte sich auf dem Beifahrersitz niedergelassen, Mark und Olga auf den Rücksitzen. Olga lehnte an Marks Schulter und nickte immer wieder kurz ein. *Seltsam, dass ihm nicht der Arm einschläft*, wunderte sie sich im Halbschlaf. Aber Mark war nun einmal unglaublich geduldig, genau wie die turkmenischen Schlangen, mit denen er aufgewachsen war.

Als die frühe Dämmerung hereinbrach, begann Inka, die bis dahin schweigend auf die schroffe Berglandschaft hinter der Windschutzscheibe gestarrt hatte, sich zu langweilen, und lenkte ihre geballte Aufmerksamkeit auf den verhassten Schwiegersohn und seinen gutmütigen Bruder. Aber Jonas war ein unerwartet harter Gegner, er ließ sich einfach nicht in ein Gespräch verwickeln. Damit brachte er ihr die bisher vermutlich einzige Niederlage in ihrer langen Karriere als Verführerin bei.

»Jonas, erzählen Sie doch mal ein bisschen von Ihrer finsteren Ritterburg da oben«, piesackte sie ihn.

»Ich bin Bergretter, kein Fremdenführer …«

»Na und? Sie müssen doch auch an neuen Gästen interessiert sein.«

»Nein, eher nicht. Unsereinem bringt ihr nur Ärger. Ständig passiert irgendwas.«

»Sie meinen, wie diesem verschwundenen Bergsteiger? Hat man ihn eigentlich gefunden?«

»Nein.«

»Sehr interessant.« Tragische Geschichten griffen Inka immer ans Herz. Olga stellte sich nicht zum ersten Mal vor, dass ihre Freundin im Alter wahrscheinlich gern ein anatomisches Museum eröffnen würde, in dem die Opfer von allerlei Unglücksfällen ausgestellt wären.

»›Interessant‹ würde ich das nicht gerade nennen. Die ganze Bude steht Kopf.«

»Bude?« Inka hob pikiert die Augenbrauen. »Mark, Herzchen, du hast uns ein Luxushotel versprochen.«

»Das ist es auch«, intervenierte Jonas sofort. »Ihr werdet ganz bestimmt nicht enttäuscht sein.«

Er schaute in den Rückspiegel. Olga sah seine Augen ganz nah vor sich. Irgendetwas war in diesem Blick ... Etwas, das sie noch näher zu Mark rücken ließ.

»Deine Frau ist nicht sehr gesprächig«, sagte Jonas, der doch selbst nicht der redseligste Mensch war.

»Dafür plappert meine Schwiegermutter für zwei.« Mark beugte sich vor und zupfte an Inkas kurz geschnittenem Haar. »Das stimmt doch, meine Liebe, oder?«

»Es ist die reine Wahrheit«, stimmte Inka bereitwillig zu. »Gibt es bei euch eigentlich auch Dancing?«

»Was gibt es?«, fragte Jonas verblüfft.

»Mark, Herzchen, du solltest dich schämen für so einen ungebildeten Bruder! Dancing ist so etwas Ähnliches wie Ringelreihen mit Ziehharmonika.«

»Ach, davon gibt's hier jede Menge.« Noch immer ruhte Jonas' Blick auf Olga. »Wir haben zwei Bars und ein Restaurant, samt Streichquartett, für besonders anspruchsvolle Gäste.«

»Ausgezeichnet.« Inka kicherte. »Dann werde ich Sie heute Abend gleich auf die Tanzfläche schleifen.«

»Heute Abend wird nichts daraus. Wir müssen weitersuchen, bis wir ihn gefunden haben.«

»Sie meinen dieses bedauernswerte Lawinenopfer?«, fragte Inka amüsiert.

»Ich würde an Ihrer Stelle meine Zunge ein wenig im Zaum halten, Inessa«, erwiderte Jonas nüchtern. »Man sagt bei uns: Die Berge hören alles. Solche Worte können Sie teuer zu stehen kommen.«

»Schon gut, seien Sie doch nicht gleich beleidigt.« Inka legte versöhnlich ihre Hand auf seine Schulter. »Erzählen Sie uns lieber, was uns alles Schönes bei Ihnen erwartet. Was der kommende Tag uns verspricht«, trällerte sie unbeeindruckt.

»Ich vermute mal, außer den Bars, dem Restaurant und Ihrem Dancing gibt es nichts, was Sie hier näher interessieren könnte.«

»Sie haben das Streichquartett vergessen, Jonas.«

»Entschuldigung.«

»Sonst haben Sie nichts zu bieten?«

»Doch: drei Skilifte, eine Drahtseilbahn, fünf Skipisten. Eine davon ist hervorragend für Anfänger geeignet. Von den Möglichkeiten für Extremsportarten, wie Snowboard und so weiter, will ich gar nicht reden. Wenn ich das richtig verstehe, seid ihr ja blutige Anfänger ...«

»Da täuschst du dich aber«, protestierte Mark sofort, der das nicht auf sich sitzen lassen wollte. »Wie steht's denn bei euch mit Carving?«

»Oho!« Jonas pfiff anerkennend. »Du kennst dich anscheinend aus! Klar, das ist hier auch ziemlich beliebt ... Aber ich denke, dabei wirst du auf die Gesellschaft der Damen verzichten müssen.«

»Warum denn?« Inka zeigte ein hinreißendes Lächeln. »Wenn dieses wunderbare menschliche Material in die Hände eines fähigen Skilehrers gerät ...«

»Ich bin kein Skilehrer.«

»Sie habe ich auch gar nicht gemeint.«

Jonas wandte sich zu seinem Bruder um. »Kann es sein, dass dein Schwiegervater Probleme mit seiner reizenden Gattin hat?«

»Aber nicht doch, liebster Jonas, ich bin wie Cäsars Frau: über jeden Verdacht erhaben. Sie müssen also nicht ernsthaft um Ihre Jungfräulichkeit bangen.«

»Ich werd's mir merken.«

Hinter einer scharfen Kurve erblickten sie jetzt Lichter. Das kleine Städtchen inmitten von Bergen und Gletschern sah einfach märchenhaft aus. Ein dreistöckiges Hotelgebäude ganz aus Glas, umgeben von lauter kleinen Hütten, alles im Stil der Schweizer Alpen gehalten. Sogar der Himmel über ihnen schien hell erleuchtet zu sein. Solche Pracht hatten sie nicht erwartet.

»Meine Güte! Wo sind wir hier?«, brachte Inka endlich heraus. Sogar ihr hatte es für einen Moment die Sprache verschlagen.

»Jedenfalls nicht in Österreich«, entgegnete Jonas. Er schien zufrieden mit der Wirkung.

»Cara«, rief Mark begeistert und nutzte dabei die Gelegenheit, Olga zu küssen. »Wir pfeifen auf Moskau und lassen uns hier für immer nieder! Was hältst du davon?«

»Einverstanden«, sagte Olga einfach.

»Na ja, dann herzlich willkommen in der ›Windrose‹!« Jonas drückte auf die Hupe, und das Auto tat einen fröhlichen Jauchzer. »Angenehmen Aufenthalt!«

Und seine Augen im Spiegel leuchteten dabei sonderbar zärtlich auf.

Mark hatte noch kurz vor der Abreise in Moskau eine separate Hütte mit zwei Zimmern reserviert. Sie stand am Rand der Anlage, aber man hatte von dort aus den schönsten Blick auf die Berge. Natürlich hätten sie auch eine Suite im Hotelgebäude beziehen können, wie Inessa, aber davon wollte Mark nichts wissen.

»Diese Hotels sind doch alle gleich, Cara«, erklärte er. »Das ist langweilig.«

»Auch die Fünf-Sterne-Hotels?«

»Die vor allem. Aber so ein Kamin und ein zünftiger Holzfußboden, das ist etwas ganz anderes!«

Olga staunte. Marks romantische Ader war ihr bisher verborgen geblieben.

Beim Portier – einem hübschen jungen Mann mit melancholischem Gesichtsausdruck – nahmen sie die Schlüssel zu ihrer Hütte in Empfang. Der junge Mann war ausgesucht höflich. Es war deutlich zu spüren, dass er nach Kräften versuchte, internationalen Standards zu entsprechen.

»Herzlich willkommen in der ›Windrose‹«, sagte er und zeigte ein geschultes Lächeln. »Wir wünschen Ihnen einen angenehmen Aufenthalt.«

»Die Sätze ›Herzlich willkommen‹ und ›Angenehmen Aufenthalt‹ sind hier wohl stehende Begriffe«, bemerkte Inka säuerlich. »Ich heiße Schmarinowa, die Luxussuite, bitte.«

Olga zuckte zusammen. Sie konnte sich einfach nicht daran gewöhnen, dass Inka jetzt ihren Namen trug. Olga selbst hatte allerdings auch den Namen ihres Mannes angenommen. Olga Krassinskaja – sie fand, das klang sehr hübsch und betonte zudem ihre Nähe zu Mark. Der uralte, dumme Traum – ganz, ganz nah beieinander zu sein, sich so nahe zu kommen, wie es nur geht ...

Der Portier reichte Inka den Schlüssel. »Nummer zwölf, der Boy wird Sie hinaufbringen.«

»Nicht nötig, das schaffe ich schon alleine«, sagte Inka nach einem kurzen Blick auf den wohlgenährten Pagen, der sich in ihrer Nähe herumdrückte und dessen Gesicht ein krankhaftes Verlangen nach üppigen Trinkgeldern ausdrückte.

»Ganz wie Sie wünschen.«

»Du hilfst mir doch, Mark, Herzchen?«

»Was bleibt mir anderes übrig?«

Inkas Zimmer lagen in der zweiten Etage. Ein schickes Appartement, wie geschaffen für die Flitterwochen eines eingefleischten

Alpinistenpärchens, auf dessen Schultern die missglückte Erstürmung des Gipfels des Kommunismus' lastet.

»Gar nicht so übel«, urteilte Inka bescheiden. »Sogar die Bademäntel sind ganz passabel. Ich denke, Igor wird zufrieden sein.«

Olga schüttelte skeptisch den Kopf. Der Vater hatte zwar versprochen, für ein paar Tage zu kommen, wenn er es einrichten konnte, aber sie glaubte nicht recht daran. Die Arbeit ging ihrem Vater über alles. Allerdings hatte sie in der letzten Zeit eine gewisse Veränderung an ihm bemerkt; eine ganze Woche ohne seine Frau hielt er nicht mehr aus.

»Ihr könnt mich jetzt allein lassen, Kinder«, sagte Inka großspurig und warf sich auf das riesige Bett. »Wir sehen uns in einer halben Stunde in der Bar.«

»Lieber in zwei Stunden«, warf Mark vorsichtig ein.

»Mark, Herzchen, du bist sexsüchtig. Bist du sicher, dass euch zwei Stunden reichen?«

»Inka!« Olga verzog das Gesicht. »Kannst du deine blöden Sprüche nicht mal lassen?«

»Wieso denn? Die Berge wirken stimulierend auf das Sexualverhalten. Ich würde es mir niemals verzeihen, wenn ich euch beiden Turteltäubchen im Wege stünde.«

»Und was ist mit meinem Trinkgeld?« Mark stand wie angewurzelt.

»Was soll das heißen – Trinkgeld?«, fragte Inka verblüfft.

»Ich hab schließlich deinen ganzen Plunder hier raufgeschleppt! Im Schweiße meines Angesichts!«

Und Plunder hatte Inka in der Tat reichlich: Wie es aussah, hatte sie ihre komplette Garderobe in dieses bergige Hintertupfingen mitgeschleppt, einschließlich ihrer Cocktailkleider für die Empfänge in der Moskauer Stadtverwaltung.

»Gott wird es dir lohnen, mein Schwiegersöhnchen. Treibe nicht eine arme alte Frau mit deiner zügellosen Geldgier in den Ruin. Ich erwarte euch in zwei Stunden. Abendkleidung obligatorisch.«

Eine Viertelstunde später waren sie schon in ihrer Hütte.

Mark kümmerte sich erst einmal um ihr Gepäck: zwei Reisetaschen und zwei Rollkoffer, die Mark im letzten Jahr aus Kiel mitgebracht hatte, wohin er im Auftrag ihres Vaters geflogen war; dazu ein ziemlich geräumiger Aktenkoffer mit Geschäftspapieren, den Mark immer sorgfältig unter Verschluss hielt, eine Gewohnheit, die er sich in den vielen Jahren seiner Tätigkeit im Konzern ihres Vaters zugelegt hatte. Olga fand diese fast paranoide Angst vor Wirtschaftsspionage geradezu rührend.

Jetzt stand sie an dem riesigen Fenster, das fast die ganze Seitenwand der Hütte einnahm, und konnte sich gar nicht losreißen von dem überwältigenden Anblick: die märchenhafte Pracht des stillen blauweißen Schnees und der fast schwarze Himmel darüber, eingerahmt von hohen Kiefern. Die dumme Szene im Flughafen hatte sie vollkommen vergessen. Ihr Herz schlug vor Aufregung schneller, wie ein kleiner Stieglitz im Käfig. Mark trat leise hinter sie und legte den Arm um ihre Schultern. »Gefällt es dir?«, hauchte er und barg sein Gesicht in ihrem Haar.

»Einfach ein Märchen, Liebling! Schöner kann man es sich gar nicht ausdenken!«

»Ich liebe dich.«

Olga lachte und drehte sich um. »Weißt du, wie oft du das schon zu mir gesagt hast?«

»Nein«, sagte er verdutzt. »Hast du etwa nachgezählt?«

»Am Anfang ja.«

»Und? Wie oft habe ich es gesagt?«

»Bei zweitausend hab ich aufgehört zu zählen.«

»O Gott, bin ich etwa so ein Plappermaul? Ich sollte besser auf mich aufpassen. In meiner Position muss man seine Zunge im Zaum halten können.«

»Ich bin so glücklich, Mark!«

»Ich auch! Und ich hoffe, nicht einmal dieses Aas von Inka wird uns das verderben.«

»Ach komm schon, Mark, sie ist immer noch meine beste Freundin.«

»Ja, aber sie ist auch die Frau deines Vaters, vergiss das nicht.«

»Dieses Thema ist tabu. Du siehst doch, er wirkt um Jahre verjüngt, seit er mit ihr zusammen ist.«

»Ich hab ja schon immer gesagt, dass dein Vater ein erstaunlicher Mensch ist. Diese Stute im Zaum zu halten ist viel schwieriger als die Leitung des ganzen Konzerns.«

»Du hast ja vielleicht eine Meinung von den Frauen!« Olga zauste Marks helles weiches Haar.

»Nicht von allen ... Komm her ...«

Sie wusste, was jetzt folgen würde: Bestimmt würde sich der Widerschein des Kaminfeuers sehr hübsch auf seinem gebräunten, gut gebauten Körper ausmachen. Olga mochte den Geruch seiner Haare. Die Leidenschaft gab diesem Geruch eine Nuance von Vanille. Mark schwitzte niemals bei der Liebe. Einmal, als sie zu zweit eine Flasche Cognac ausgetrunken hatten, war Olga so unvorsichtig gewesen, Inka von diesem seltsamen Phänomen zu erzählen.

»Ich hab ja immer gesagt, dass dein Mark eine ganz gewöhnliche Provinznutte ist«, zog sie das überraschende Fazit.

»Was meinst du damit?«, fragte Olga irritiert.

»Nur Nutten schwitzen nicht beim Vögeln.«

»Woher willst du das denn wissen?«

»Eine alte Freundin von mir geht jetzt auf der Twerskaja anschaffen. Die sagt das. Nutten kommen nie ins Schwitzen, sie bleiben immer knochentrocken, weil ihnen der Freier nämlich wurst ist. Sie beschäftigen sich beim Akt mit Geldzählen oder anderen unterhaltsamen Denkspielen.«

»Und was hat das jetzt zu bedeuten?«

»Das bedeutet, dass wahre Liebe nicht ohne die Absonderung von Körperflüssigkeiten vor sich geht. Ich an deiner Stelle würde mal gründlich über die Natur seiner Gefühle zu dir nachdenken, Lelischna.«

Damit war das Thema beendet gewesen. Aber Inkas blödsinnige Bemerkung saß ihr seitdem wie ein Splitter im Kopf. Irgendwann hielt sie es nicht mehr aus und sprach Mark so beiläufig wie möglich darauf an. Er war einen winzigen Moment lang irritiert, nur einen winzigen Moment – dann hatte er sich wieder gefangen. Er lachte unbefangen, drehte sie einfach auf den Rücken und küsste sie. Es wurde der längste und zärtlichste Kuss, an den sie sich erinnern konnte.

»Ich bin Südländer, Cara, und zwar durch und durch. Wo ich geboren bin, gibt es nirgends auch nur einen Tropfen Wasser. Das trockene Klima hat mich verdorben, verzeih mir.«

Und jetzt stand er ganz dicht bei ihr, sie sah seine Augen im warmen Schein des Kaminfeuers, sah die vertraute Leidenschaft in ihnen, spürte den fordernden Druck seiner Hände.

»Komm, Cara«, flüsterte er wieder.

Olga schob den Moment der Vereinigung immer so weit wie möglich hinaus – so lange, wie er sich überhaupt aufschieben ließ. Aber wie lange diese Phase der zärtlichen Einstimmung auch dauerte, was danach folgte, war immer dasselbe: eine heftige, wenn auch zugleich ein wenig pragmatische Leidenschaft, die immer ein ganz klein wenig unerfüllt blieb. Olga war immer bestrebt, dieser Leidenschaft zu entsprechen, und genau darin bestand der Pragmatismus. Einen Brunnen kann man nicht austrinken, daran glaubte sie unumstößlich. Sogar nach zweieinhalb Jahren Ehe.

»Weißt du, wovor ich am meisten Angst habe, Cara?«

Sie hatten sich gerade voneinander gelöst, Mark streichelte ihren flachen Bauch und blickte nachdenklich ins Feuer.

»Dass ich eine Hängebrust bekomme, wenn ich dir einen Sohn gebäre?«

»Ach Unsinn!« Er lachte leise. »Ich werde dich immer lieben, egal wie du bist. Nein, das wollte ich überhaupt nicht sagen. Am meisten habe ich davor Angst, dass du mich eines Tages verlassen könntest … Dass du meiner irgendwann überdrüssig wirst, dass du mich irgendwann langweilig und fade findest.«

Olga legte den Finger auf seine Lippen.

»Sei still, bitte … Ich werde dich immer lieben.«

»Darauf hast du gar keinen Einfluss, Cara … In der Liebe sind wir vollkommen machtlos.«

Mark zog sie fest an sich. Die Berührung seines harten, trockenen Körpers ließ ihren Verstand jedes Mal aussetzen, aber jetzt empfand sie außer Leidenschaft auch eine stille Zärtlichkeit. Das war eine völlig neue Empfindung, und Olga lag minutenlang einfach nur da und gab sich ganz diesem Gefühl hin. Dann stand Mark auf, ging ins andere Zimmer und kam mit zwei Gläsern Champagner zurück.

»Auf uns. Und auf unsere Berge«, sagte er und gab ihr ein Glas.

Sie tranken, und Olga verzog ein wenig das Gesicht.

»Der schmeckt aber seltsam.«

»Ach ja?«, fragte Mark erstaunt. »Ich finde, er schmeckt ganz normal. Du hast einfach lange keinen Champagner mehr getrunken, Cara.«

»Kann sein«, sagte sie nachdenklich und stellte das Glas ab. »Erzähl mir von deinem Bruder.«

»Er interessiert dich, was?«

»Jemand mit so einem ungewöhnlichen Namen muss einen doch interessieren.«

»Das dachte ich mir schon«, Mark zog die Augenbrauen zusammen.

»Quatsch! Nicht, was du denkst!«

»Außerdem finde ich, dass dieser Name viel besser zu mir passt. Weißt du, ich war immer neidisch auf diesen Namen. Einmal habe ich meiner Mutter gegenüber sogar einen riesigen Streit vom Zaun gebrochen, weil sie diese kleine Rotznase Jonas genannt haben und nicht mich.«

»Und was hat sie dazu gesagt?«

»Du wirst es mir nicht glauben! Sie sagte, ich könnte ja mit ihm tauschen. Sofern Jonas einverstanden wäre.«

»Und er war nicht einverstanden.«

»Den Teufel war er. Er hatte schon längst spitz gekriegt, dass so ein Name die Mädchen anzieht wie das Licht die Mücken. Sogar in unserer gottverlassenen turkmenischen Steppe.«

»Da lag er nicht ganz falsch.«

»Ja klar. Mit so einem Namen verbindet man nur die edelsten Gefühle. Keine billigen Präser aus der öffentlichen Bedürfnisanstalt, sondern die ganz romantische Liebe, mit Rosenblüten auf dem Kopfkissen in der ersten Nacht und so weiter.«

»Wirklich sehr romantisch.«

»So romantisch wie unglaubwürdig.«

»Ist er etwa ein Schürzenjäger? Zieht er billige Präservative aus dem Automaten?«

»Keine Ahnung.«

»Und was ist jetzt? Trauerst du diesem Namen immer noch nach?«

»Nein, keine Spur. Wenn ich Jonas hieße, wäre mein Leben vollkommen anders verlaufen, ich wäre Bergretter geworden, hockte hier in diesem paradiesischen Erdenwinkel und hätte dich niemals kennen gelernt.«

Die Uhr an Marks Handgelenk begann irgendeine exotische Nationalhymne zu spielen. Sie zuckten beide zusammen. Olga griff Marks Hand und schaute auf das leuchtende Zifferblatt.

»O Gott, die zwei Stunden sind schon um.«

»Tatsächlich?«

»Inka klatscht uns an die Wand, mein Lieber. Dafür dürfen wir ihr keinen Anlass geben.«

»Ach, zum Teufel mit Inka!«

»Wenn sie dir so gleichgültig ist, warum hast du dann überhaupt den Wecker gestellt?«

Ein ganz und gar nicht angenehmes, sogar peinliches Gefühl

kroch in ihr Herz. ›Das sieht aus wie ganz banale Eifersucht, Cara‹, hätte Mark gesagt.

Aber Mark sagte nichts. Er setzte sich aufs Bett und fing an zu lachen.

»Ich gestehe alles! Ich habe Angst, dieses Luder zu lange allein zu lassen unter all diesen hohlköpfigen Müßiggängern, die jedes weibliche Wesen bumsen, das bei drei nicht auf dem Baum ist.«

»Glaubst du das wirklich?«

»Und ob. Ein Skiurlaub ist eine Art Kriegszustand, da ist alles erlaubt.«

»Na und? Ist das deine Sache?«

»Sagen wir mal, wenn sie nicht die Frau meines Chefs wäre, könnte mir das völlig egal sein. Aber so muss ich auf seinen Ruf achten.«

»Aha, und wie willst du das anstellen, wenn ich fragen darf? Willst du sie bespitzeln lassen?«

»Nein, nicht bespitzeln, einfach ein bisschen auf sie aufpassen.«

Olga musste wider Willen lächeln. Der Gedanke, dass irgendjemand auf die überirdisch hübsche Inka aufpassen wollte, war geradezu rührend. Dieser Mark! Nichts konnte ihn davon abhalten, einsam über das Wohl ihrer Familie zu wachen. Eine erstaunlich altväterliche Tugendhaftigkeit, gewürzt mit einer Prise moslemischem Ehrenkodex. Wie war es möglich, dass all diese disparaten Eigenschaften in einem einzigen Menschen miteinander harmonierten?

»Apropos aufpassen ... Ich will mir mal kurz die Frontberichte ansehen.« Er klappte sein Notebook auf, um seine E-Mails abzurufen. Ohne seinen Computer tat er keinen Schritt. Olga pflegte darüber des Öfteren ihre Scherze zu machen:

»Wenn du weiterhin so viel Zeit mit deinem Notebook verbringst, müssen wir diese verflixte Maschine irgendwann adoptieren und polizeilich bei uns anmelden.«

»Du verstehst das nicht, Cara. Ohne den Laptop wäre ich vollkommen hilflos, ohne ihn kann ich nicht arbeiten ...«

»Schon gut, gibt es etwas Interessantes?«, fragte Olga resignierend.

»Nein, im Westen nichts Neues«, antwortete Mark und runzelte die Brauen.

»Erwartest du denn etwas Bestimmtes?«

»Eigentlich schon. Es geht um die Verträge mit ... Aber mit solchen Sachen will ich dich gar nicht belasten.«

»Mark, du hast mir versprochen, dass wir nur zur Erholung hier sind. Keine Arbeit!«

»Ich arbeite ja eigentlich auch gar nicht. Ich muss bloß auf dem Laufenden sein. Davon hängt doch unsere Zukunft ab, Cara. Du willst doch nicht, dass wir auf der Straße landen und unsere Kinder am Ende auf eine staatliche Schule gehen müssen.«

»Mein Gott, ich bin auch auf einer staatlichen Schule gewesen und trotzdem ein halbwegs guter Mensch geworden. Oder findest du nicht?«

»Doch, ich finde, dass du ein ausgesprochen kluges Köpfchen bist.«

Die Bergretter waren in einem kleinen Haus am Rand des Geländes der ›Windrose‹ untergebracht. Sie waren zu fünft. Neben Jonas gab es da den umwerfend schönen Tscherkessen Achmed, dann Jurik Sjerjanow, Wasja Sikatschinski und Wlad.

Wlad war der Einzige von ihnen, der aus idealistischen Gründen Bergretter geworden war. Lawinenopfer waren seine geheime Leidenschaft. In besonders ertragreichen Jahren brachte er es auf Dutzende von Geretteten. Und wer immer von all den Möchtegern-Alpinisten die Frechheit besaß, tödlich zu verunglücken, der zog sich damit seinen ewigen Hass zu. Wie konnten diese Kretins es wagen, nicht auf ihre Rettung zu warten und ohne Erlaubnis zu verrecken! Trotzdem suchte er gerade diese mit ganz besonderem Eifer. Natürlich kam es vor, dass die Berge ihre Beute nicht mehr freigaben. Dann wurde Wlad zum wahren Teufel. Er weigerte sich schlichtweg, vor irgendjemandem zu kapitulieren.

Wasja Sikatschinski und Jurik Sjerjanow waren beide wegen einer unglücklichen Liebesaffäre in die Bergeinsamkeit geflohen; um sich die Wunden zu lecken. Wasja hatte in Kiew sein amouröses Waterloo erlebt, Jurik musste still mit ansehen, wie seine heimlich Angebetete sich in die Kreisstadt Buturlinowka in der fernen Oblast Woronesch davonmachte, ohne von seinen Gefühlen auch nur zu ahnen. Sowohl Jurik als auch Wasja hatten versucht, ihrem unglücklichen Leben ein Ende zu setzen. Jurik wählte den Strick, Wasja die Rasierklinge. Beides ging schief. Danach machten sie sich auf in die Berge, in dem berechtigten Glauben, die beste Art und Weise, sich selbst zu retten, sei immer noch, andere zu retten.

In der ›Windrose‹ lernten sie sich kennen und freundeten sich miteinander an. Wasja, der kontaktfreudigere von beiden, arbeitete nebenher noch als Skilehrer, der düstere, ungesellige Jurik hielt sich lieber an die Schneekanonen und Pistenraupen. Außerdem war er für die Rettungshunde verantwortlich: zwei Bernhardiner, einen Berner Sennhund und die Promenadenmischung Jack, der weithin berühmt war für seine ausgezeichnete Nase.

Wasja widmete jede freie Minute dem Verfassen rasanter Krimis. Er war so felsenfest von seinen schriftstellerischen Fähigkeiten überzeugt, dass er meinte, er brauche nur in Sichtweite eines halbwegs kompetenten Verlegers zu geraten und allen seinen Werken würde eine glanzvolle Zukunft als Bestseller bevorstehen. Sich selbst sah er als König des russischen ›Pulp Fiction‹. Wasjas Graphomanie kannte keine Grenzen, Tag und Nacht ohne Unterlass misshandelte er seine alte ›Underwood‹ und verbrauchte einen Großteil seines Gehalts für Papier und Farbbänder. Einmal im Monat nahm irgendein abreisender Gast das nächste gewichtige Manuskript aus der ›Windrose‹ mit in die Stadt. Manchmal flogen die Manuskripte auch unter Umgehung des örtlichen Postamtes auf direktem Weg nach Moskau oder nach Sankt Petersburg, je nachdem, wo der betreffende Kurier von Wasjas Gnaden gerade seinen Wohnsitz hatte. Aber die niederträchtigen Verleger rührten sich einfach nicht. Und Wasja feilte an seinem nächsten Werk, trieb seine Schriftstellerei zu immer höherer Vollkommenheit. Wahre Ströme von Blut ergossen sich durch die verschlungenen Wege seiner nervenzerreißenden Thriller, jeder verdächtigte jeden, und trotzdem wusste man immer sofort, wer der Mörder war, sobald er nur in Erscheinung trat. Wasjas Mörder rauchten ohne Ausnahme billige kubanische Zigarren Marke ›Portogas‹, hatten ein Faible für protzige Krawattennadeln und schwere Manschettenknöpfe, sammelten exotische Insekten, lasen Baudelaire im Original und hörten in der verbrechensfreien Zeit am liebsten klassische Musik. Wasja vertrat die Ansicht, dass diese Momente seinen Krimis einen gewissen intellektuellen Charme verliehen. Und irgendwann würde sich ganz bestimmt jemand finden, der das zu würdigen wusste.

Der Tscherkesse Achmed, der Letzte in der Runde, verbrachte die meiste Zeit auf der Piste oder in der Umgebung der Skilifte. Er hatte eine unheilbare Schwäche für die scheuen nordischen Frauen und verführte sie gleich dutzendweise. Der blauweiße Schnee und sein braunes Gesicht bildeten ein klassisches Beispiel der Lehre von der Einheit und dem Kampf der Gegensätze und übten auf das schwache Geschlecht eine unwiderstehliche Anziehungskraft aus. Achmed war für den Hotelbetrieb ungefähr so nützlich wie ein Ziegenbock für die Milchwirtschaft. Er nahm nicht einmal an den Schulungen für die Bergretter teil, die zweimal im Jahr stattfanden. Nur bei einer einzigen dieser Veranstaltungen hatte man ihn je gesehen, und das aus dem banalen Grund, weil er durch einen Tripper, den er sich in irgendeiner Ritze zwischen den Pisten geangelt hatte, zu einer Zwangspause verurteilt war.

Wasja Sikatschinski nannte Achmed ›den Spielzeugtrainer‹.

Aber jetzt hatte sich sogar der ›Spielzeugtrainer‹ eine Auszeit bei den Mädchen genommen. Seit fünf Tagen durchkämmten die Bergretter das Gelände auf der Suche nach dem Gast, der möglicherweise zwei kurz nacheinander niederstürzenden Lawinen zum Opfer gefallen war.

Der Gast hieß Kyrill. Er war eine Woche vor seinem Verschwinden in der ›Windrose‹ eingetroffen und hatte sich rasch den Ruf eines ausgemachten Don Juan eingehandelt. Jeden Abend trieb er sich auf der Bowlingbahn herum und arbeitete mit Fleiß und Erfolg an der Liste seiner Eroberungen. Dabei war es ihm auch schon gelungen, mit Achmed handgreiflich aneinanderzugeraten. Sieg und Frau gingen an Kyrill, und seitdem war Achmed sein unversöhnlicher Feind. Wenn es um seine männliche Selbstachtung ging, gab es bei Achmed kein Verzeihen.

Bei der Suche nach Kyrill erhielten die fünf Bergretter der ›Windrose‹ Unterstützung von den Kollegen aus den anderen Wintersportorten in der Umgebung, zudem standen ihnen reichlich Freiwillige aus dem großen Heer von Abenteurern zur Seite. Sogar ein Hubschrauber wurde eingesetzt. Trotzdem hatte die Suche bisher zu keinem Ergebnis geführt. Selbst der Einsatz einer Spezialausrüstung, mit der man einen menschlichen Körper bis in eine Tiefe von zehn Metern orten konnte, blieb erfolglos. Die Hunde schienen ebenfalls zu streiken. Jeden Abend kehrten sie mit eingezogenen Schwänzen in ihre Unterkünfte zurück – Fehlanzeige.

Noch wenige Minuten vor dem Niedergang der ersten Lawine war Kyrill auf einer seit längerem ungenutzten, westlich der ›Windrose‹ gelegenen Freestylepiste gesehen worden. Die Piste wurde kurz danach von den beiden Lawinen vollständig begraben. Eine von Kyrills treuen Verehrerinnen, die aus der Ferne andächtig seine riskanten Übungen auf dem Snowboard beobachtet hatte, behauptete sogar, sie habe eine weitere Person mit ihm zusammen gesehen. »Ich kann mich nicht getäuscht haben«, berichtete sie erregt. »Es hatte gerade angefangen zu schneien, die Wolken hingen sehr tief, Sie erinnern sich doch. Der andere stand direkt neben ihm, sie schienen sich miteinander zu unterhalten. Kyrill trug seinen Helm, so einen blauen, wissen Sie, ›Freeride‹ steht darauf. Der andere hatte nichts auf dem Kopf, nicht mal eine Mütze. O Gott, wie schrecklich das alles ist ...« Allerdings wurde der Aussage der etwas exaltierten Dame nicht allzu viel Bedeutung beigemessen. Erstens erbrachte die Befragung der übrigen Gäste der ›Windrose‹ sowie der Angestellten diesbezüglich keine Resultate – außer Kyrill wurde keine weitere Person vermisst. Zudem schien es höchst unwahrscheinlich, dass die Lawine nur einen von zwei dicht nebeneinander stehenden Menschen mitgerissen hätte. Und da die bedauernswerte Verehrerin Kyrills offenbar nicht nur an einem unstillbaren Verlangen nach dem attraktiven Freestyler litt, sondern darüber hinaus auch an starker Kurzsichtigkeit, schickte man sie mitsamt ihrer zweifelhaften Aussage nach Hause.

»Die ist doch blind wie ein Maulwurf, die hat überhaupt nichts gesehen«, kommentierte Wasja Sikatschinski ein wenig genervt. »Stiftet bloß Verwirrung, diese blöde Tussi.« Wasja verfügte über ein gewisses Insiderwissen, weil er mit dem Sicherheits-Chef der ›Windrose‹, dem ehemaligen FSB-Major Pal Palitsch Swjaginzew, gut befreundet war und gelegentlich sogar für ihn als freiwilliger Helfer agierte. Swjaginzew war übrigens auch der Einzige, der Wasjas Sikatschinskis belletristischen Bestrebungen mit einem gewissen Ernst begegnete.

Der unverbesserliche Pedant Swjaginzew nannte das Verhör der einzigen vermeintlichen Augenzeugin das ›Sammeln operativer Informationen‹. Aber dieses Sammeln operativer Informationen erbrachte in etwa das gleiche Ergebnis wie Pilze suchen im Dezember.

An dem fraglichen Tag war Kyrill während des Mittagessens, als auch die ersten Lawinenwarnungen ausgegeben wurden, zum letzten Mal gesehen worden. Für gewöhnlich zog man sich bis zur Entwarnung in die lawinensicheren Freizeiteinrichtungen der

›Windrose‹ zurück, als da wären Bowlingbahn, Restaurant oder Bar. An diesen Orten trafen dann praktisch alle Gäste zusammen und konnten ihre Anwesenheit dementsprechend auch wechselseitig bezeugen. Das ergab ein Universalalibi für alle, falls es mal benötigt wurde.

Besagtes ›Sammeln operativer Informationen‹ – beziehungsweise die Suche nach möglichen Zeugen – fand am dritten Tag von Kyrills Verschwinden statt, nachdem man das, was kurz zuvor noch eine etwas vernachlässigte Freestylepiste gewesen war, Zentimeter für Zentimeter abgesucht hatte. Man hatte sich dabei zunächst aufgrund der Angaben der kurzsichtigen Freundin des Vermissten auf ein relativ eng begrenztes Territorium konzentriert, und erst als man zu der Ansicht kam, dass diese Angaben keinen Pfifferling wert seien, die Suche ausgedehnt und endlich auch die Bergretter der anderen Wintersportorte hinzugezogen.

Aber auch nach fünf Tagen Suche gab es kein Ergebnis.

Am fünften Tag gelangte Swjaginzew noch ein sonderbares Detail zur Kenntnis: Das Zimmermädchen, das Kyrills Zimmer saubermachte, berichtete ihm, dass dessen Necessaire verschwunden sei. Wasja Sikatschinski, der als Privatdetektiv voll in seinem Element war, behauptete sofort, ›dieser Schweinehund‹ Kyrill habe auch das Zimmermädchen flachgelegt. Woher sonst käme ihr auffälliges Interesse an den persönlichen Besitztümern des Verschwundenen? Zumal sie sogar den Inhaltes des Necessaires genauestens beschreiben konnte: welches Rasierwasser er benutzte, welche Body Creme und welches Duschgel.

Aber Swjaginzew, der schon die ganze Woche über rheumatische Schmerzen im Rücken geklagt hatte (während der Befragung des Zimmermädchens peinigten sie ihn gerade ganz besonders), hörte ihr geduldig zu und schickte sie dann wieder zu ihren Staubwedeln. Was hätte er auch tun sollen? Dem Toten (und niemand zweifelte daran, dass Kyrill nicht mehr am Leben war) konnte es egal sein, ob sein Necessaire noch auf seinem Waschtisch lag oder nicht. Davon abgesehen warf dieser alberne Kulturbeuteldiebstahl ein ungutes Licht auf die Bewohner der ›Windrose‹, was Swjaginzew gar nicht gefiel. Und genau genommen war dieser Diebstahl nicht nur albern, sondern vollkommen unsinnig. Kyrill Posdjakows Zimmer war das reinste Warenlager: haufenweise Wintersportbedarf höchster Qualität. Allein seine beiden Snowboards waren ein kleines Vermögen wert. Von den Skiern gar nicht zu reden. Davon war aber offenbar nichts verschwunden. Also ließ man den Kulturbeutel Kulturbeutel sein und konzentrierte sich auf die Suche nach seinem Besitzer.

Aber die Motivation der Bergretter war inzwischen auf den Nullpunkt gesunken. Man wusste, dass nur noch ein Zufall helfen konnte, den Vermissten zu finden.

Vielleicht würde ein ahnungsloser Skifahrer ein Jahr später die vom Eis konservierte Leiche an einem Ort finden, wo niemand sie vermutet hatte: eine wenig angenehme, aber jetzt die bei weitem wahrscheinlichste Aussicht.

Der Hubschrauber, der seit Beginn der Operation im Einsatz gewesen war, wurde wieder abgezogen. Es war sinnlos und überdies sehr kostspielig, ihn noch weiter zu beanspruchen. Die Bergretter der benachbarten Skiorte verließen die ›Windrose‹, sie wurden an ihren heimischen Einsatzorten gebraucht. In den Bergzügen des Großen Kaukasus' gingen zurzeit überall Lawinen nieder. Nur Wlad wollte nicht aufgeben. Als Jonas in die ›Windrose‹ zurückkehrte, traf er ihn an, wie er sich gerade bereit machte, um sich erneut auf die Suche zu begeben.

Wasja Sikatschinski hockte wie üblich vor seiner vorsintflutlichen Schreibmaschine und beobachtete Wlads Vorbereitungen mit wohlwollendem Mitgefühl.

»Willst du nicht lieber bis morgen früh warten?«, fragte er schließlich gutmütig.

Aber Wlad würdigte ihn keines Blickes. Er gab Jonas kurz die Hand und stampfte aus dem Zimmer.

»Wozu reißt du dir eigentlich so den Arsch auf? Dem armen Kerl kann sowieso niemand mehr helfen!«, rief Wasja ihm nach.

Da drehte sich Wlad in der Tür noch einmal um und knurrte durch die zusammengebissenen Zähne:

»Die erste und wichtigste Regel hier oben heißt: Man darf dem Berg nicht überlassen, was ihm nicht gehört. Hast du kapiert?«

»Schön und gut, aber eine andere Regel sagt: Versuche nicht, über deinen eigenen Kopf zu springen, wenn du kein Freestyler bist. Wie gefällt dir das?«

Wlad gab sich niemals mit so banalen Dingen wie Freestyle ab, dafür war ihm seine Zeit zu schade, wie er immer betonte. Wahrscheinlich konnte er deshalb mit Wasjas harmlosem Scherz nichts anfangen. Wortlos drehte er sich um und schlug die Tür hinter sich zu. Jonas und Wasja hörten, wie er draußen die Hunde rief.

»Wenn er wenigstens Rücksicht auf die Tiere nähme, dieser Scheißkerl«, seufzte Wasja. »Die sind fix und fertig.«

»Du hast eine feine Beobachtungsgabe«, bemerkte Jonas lakonisch, während er Schuhe und Pullover auszog. Dann nahm er ein Handtuch und verschwand in der Dusche.

Als er sich gerade Shampoo auf die Haare klatschte, erschien Wasja im Duschraum. Er lehnte sich an die Wand, holte eine zerdrückte Zigarette aus der Tasche und starrte Jonas an.

»Hast du mal Feuer?«, fragte er.

»Deine blöden Witzchen kannst du dir für die gemischte Dusche aufheben.« Jonas hasste Sikatschinskis Angewohnheit, zu den unpassendsten Zeiten an den unpassendsten Orten aufzukreuzen und einem sofort auf die Nerven zu fallen. »Und mach, dass du rauskommst. Nicht einmal beim Duschen hat man hier seine Ruhe.«

»Du wirst noch genug Ruhe haben, wenn du im Sarg liegst«, konterte Wasja lässig. »Der Mensch ist ein geselliges Tier.«

»Darf ich mir trotzdem mal den Kopf waschen, du geselliges Tier?«

»Sind deine Verwandten inzwischen angekommen?«

»Wieso fragst du?«

»Einfach so. Weißt du, Jonas, was ich mir überlegt habe? Diese Geschichte mit dem Burschen, der verschwunden ist, gefällt mir irgendwie ganz und gar nicht.«

»Nenn mir einen, dem sie gefällt.«

»Ich meine die Art, wie er verschwunden ist. Es war doch eine Lawinenwarnung ausgegeben.«

»Juckt es dich auf einmal, Detektiv zu spielen, Wasja? Vergiss nicht, es gibt jede Menge Idioten, die ihr Schicksal auf die Probe stellen wollen. Dagegen ist kein Kraut gewachsen.«

Damit drehte Jonas das Wasser ab und verschwand in den Umkleideraum. Wasja folgte ihm nachdenklich.

»Das stimmt natürlich, aber ... Ich würde dir gern etwas zeigen, Jonas. Ich habe es zufällig gefunden. Den ganzen Tag denke ich darüber nach, was ich davon halten soll.«

»Und was hast du so Interessantes gefunden? Ein Ufo? Oder einen Stoff für deinen nächsten Roman?« Jonas hatte angefangen, sich die Haare trocken zu rubbeln, und schaute Sikatschinski mit einer Mischung aus Nachsicht und Gereiztheit unter seinem Handtuch hervor an. Das ständige Zusammensein mit dem Ex-Schnüffler Swjaginzew war an Wasja offenbar nicht spurlos vorbeigegangen.

»Vielleicht auch das. Möglicherweise hat es ja gar nichts zu bedeuten, aber ich finde es in jedem Fall hochinteressant. Ich habe so etwas noch nie gesehen.«

Jonas legte resigniert sein Handtuch zur Seite und nickte ihm auffordernd zu. »Na gut, hol's schon her, dein interessantes Wunderding.«

»Es ist nicht hier. Ich habe es da gelassen, wo ich es gefunden habe.«

»Also schön.« Jonas seufzte gottergeben. »Wenn es so dringend ist. Wo ist er denn vergraben, dein Schatz?«

»Im Steinsack.«

›Steinsack‹ nannte man in der ›Windrose‹ einen großen Abstellraum, in dem schon zu Zeiten der Sowjetunion nicht mehr benötigtes Inventar eingelagert wurde. Der Steinsack war bis unter die Decke vollgestopft mit alten Skiern, Schuhen, Bindungen und sonstigem Krimskrams.

»Was hast du denn im Steinsack verloren, Wasja?«

»Ich hab da gar nichts verloren, aber Achmed ...«

»Achmed? Was ist mit Achmed?«

»Er hat doch seinen Neffen zu Besuch. Vor drei Tagen ist er hier angekommen ... Keine Ahnung mehr, wie er heißt, Said-Girej oder so was in der Art. Oder war's Ali-Baba? Der Knabe ist gerade dreizehn Jahre alt geworden, der will ordentlich Spaß haben, ist ja klar. Achmeds Klamotten sind ihm natürlich zehn Nummern zu groß, in jeder Hinsicht, und deshalb hat dieser tscherkessische Teufel mich gefragt, ob ich nicht etwas Passendes für seinen kleinen Dschigiten aus unserem Fundus kramen kann.«

»Im Steinsack.«

»Klar. Wenn man richtig sucht, kann man da durchaus noch eine vernünftige Ausrüstung zusammenstellen.«

»Und warum hat Achmed sich nicht selber darum gekümmert?«

»Ach der, den hat gerade wieder irgendeine Nymphomanin beim Wickel, du weißt doch, der kommt praktisch nicht mehr in seine Hosen. Jedenfalls ist er vollauf beschäftigt. Ich habe quasi die Patenschaft für diesen minderjährigen Gebirgsräuber übernommen. Also bin ich mit ihm losgezogen und hab ein paar passende Klamotten für den Kleinen rausgesucht. Und dabei habe ich etwas gefunden.«

Zehn Minuten später standen sie vor der Kammer. Jonas' Haare hatten sich in der kurzen Zeit schon mit einer dünnen Eiskruste überzogen, aber er trug prinzipiell keine Kopfbedeckung.

Wasja schloss umständlich die Tür auf.

»Darf ich bitten?«

Die Speicherkammer bot einen reichlich beklagenswerten Anblick. Dabei hatte genau an dieser Stelle die Geschichte des Skiortes ›Windrose‹ ihren Anfang genommen, als in den glücklichen siebziger und frühen achtziger Jahren die weltoffene Intelligenzija beider Hauptstädte in Scharen in diesen stillen Winkel des Kaukasus' strömte: Koch-Gurus, Liedermacher und Journalisten (vorzugsweise in Begleitung langbeiniger Elevinnen der Dichtkunst). Alles, was Rang und Namen hatte, fand sich hier ein.

Wasja ging durch den engen Raum, der nur von einer schwachen Birne erleuchtet wurde, und strich mit leichter Hand den hier für alle Ewigkeit abgelagerten, in Ehren verstaubten Skiern über die Flanken. Mit sicheren Schritten steuerte er auf die hinterste Ecke der Kammer zu. Jonas folgte ihm geduldig. Bei einem unordentlichen Haufen Skistöcken bückte sich Wasja und zog mit einem raschen Griff einen davon heraus.

Ein Skistock. Ein ganz gewöhnlicher – zumindest auf den ersten Blick.

»Hier, jetzt sieh dir das mal an«, sagte Wasja gedehnt. »Was sagst du zu diesem interessanten Detail?«

Bei näherer Betrachtung bot der harmlose Skistock eine Überraschung: Jemand hatte die Spitze auf eindrucksvolle Weise modifiziert. Sie war breit und flach und hatte scharf geschliffene Kanten. Jonas fuhr mit dem Finger darüber und zuckte sofort zurück. Ein Blutstropfen erschien auf seiner Haut.

»Vorsicht«, warnte Wasja verspätet. »Auf die Art bist du schnell deinen Finger los.«

»Das hab ich gemerkt.«

»Was hältst du davon, Chef?«

»Sieht aus wie ein selbstgebasteltes Messer.«

»Das ist sehr milde ausgedrückt! Ich würde sagen, das ist ein professionell geschmiedeter Dolch. Ich würde sogar noch weiter gehen: Das ist das reinste Bajonett, und zwar ein ziemlich neues. Man sieht nicht die kleinste Spur von Rost.«

Das Messer war allerdings scharf wie eine Rasierklinge, das hatte Jonas am eigenen Leib zu spüren bekommen. Sogar eine Blutrinne war vorhanden, wie bei einem Jagdmesser.

»Das ist aber noch nicht alles, Chef«, sagte Wasja in bedeutsamem Ton, nachdem sie das Messer eine Weile schweigend betrachtet hatten. »Es gibt da noch eine Kleinigkeit, die deine Aufmerksamkeit verdient. Sieh dir mal den Stiel ganz genau an, da, kurz über dem Ring.«

Jonas untersuchte den Stock gewissenhaft.

»Ich sehe nichts.«

»Das Licht hier ist zu schlecht, verdammt. Zum Glück habe ich eine Taschenlampe dabei.« Im hellen Schein der Lampe schimmerte die Klinge des Messers jungfräulich rein, aber ein Stück höher erkannt man dunkle Flecken.

»Sieht aus wie Blut«, sagte Jonas nach einer Weile.

»Das sieht nicht nur so aus, das ist Blut. Ich weiß, wie Blut aussieht. Ich hab mir schließlich mal die Pulsadern aufgeschnitten, ich bin Experte. Und ich sage dir noch was: Dieses Blut hier ist ziemlich frisch.«

»Meinst du?«

»Hundert Prozent. Jedenfalls ist klar, dass dieses Ding nicht benutzt wurde, um auf der legendären Bergsteigertagung im Jahre 78 Argaliziegen abzustechen.«

»Du scheinst tatsächlich ein richtiger Experte zu sein, Wasja. Wieso bist du eigentlich mit diesen Fähigkeiten noch nicht bei unseren ruhmreichen Schutzorganen gelandet?«

»Das verstehe ich selber nicht.«

Jonas untersuchte den Stock noch einmal gründlich.

»Das ist ein ›Fischer‹, und zwar das aktuellste Modell. Das

heißt, dieses hübsche Spielzeug ist so gut wie neu, auf keinen Fall älter als ein Jahr. Was man von dem übrigen Gerümpel hier drin ja nicht gerade sagen kann.« Jonas sah sich skeptisch um. »Lauter wertvolle Stücke natürlich, für Sammler typischer sowjetischer Skiantiquitäten. Was meinst du, Wasja?«

»Ich meine, wir müssen den Fall den zuständigen Stellen melden. Diese Flecken verursachen mir eine Gänsehaut.«

»Wann hast du den Stock eigentlich gefunden?«

»Heute morgen.«

»Und hast du schon jemandem davon erzählt?«

»Nein, du bist der Erste.«

»Auch nicht deinem Swjaginzew?«

»Ach, der! Der hat mal wieder einen seiner angeblichen Radikulitisanfälle; kommt nicht aus dem Bett, behauptet er. Ich wollte ihm das Ding zeigen, aber er hat mir nicht einmal die Tür aufgemacht. Ich soll mich zum Teufel scheren, mitsamt meinen verdammten Bergen, meint er. Wenn ich ehrlich bin, kann ich ihn sogar verstehen. Diese kitschige Winterlandschaft hängt mir selber langsam zum Hals raus. Ich gehöre auf eine karibische Insel, nicht in die Eiszeit.«

»Und was ist mit dem Schlüssel? Wer außer dir kommt an den ran?«

»Jeder, der will. Er hängt beim Portier. Aber interessanterweise hat ihn in der letzten Zeit niemand genommen.«

»Woher willst du das wissen?«

»Weil ich nachgefragt habe. Wir haben ja nur zwei Portiers, Sergej und Iwan, wie du weißt ... Und beide haben gesagt, dass sich seit längerem niemand für den Schlüssel zum Steinsack interessiert hat.«

»So, das weißt du also auch schon. Du bist ja wirklich fix.«

»Tja. Und weißt du, was ich glaube? Ich glaube, dass dieses verrückte Weib, diese kurzsichtige Freundin von Kyrill, tatsächlich jemanden zusammen mit ihm auf der Piste gesehen hat.«

»Das glaubst du?« Jonas grinste breit. »Die ist doch blind wie ein Maulwurf, das weiß jeder.«

»Und wenn schon. Verstehst du nicht? Wenn da wirklich noch jemand war ...«

»Das ist doch Unsinn. Wer sollte das sein? Es wird niemand vermisst, außer Kyrill. Und wenn sie dort nebeneinander gestanden und sich unterhalten hätten, dann würden wir heute nach zwei Vermissten suchen, statt nach einem. Die Lawine hätte mit Sicherheit beide erwischt. Niemand kann einer Lawine entgehen, schon gar nicht jemand, der sich in den Bergen nicht auskennt.«

»Und wenn es jemand war, der sich sehr gut auskennt?«

Jonas grinste noch immer und fuhr sich mit der Hand über das nasse Haar. Das Wasser tropfte von seinen Haarspitzen. Er rieb sich die Hand an der Jacke trocken und kratzte sich die Nasenwurzel.

»Einer, der sich hier auskennt? Wer sollte das sein? Du, zum Beispiel? Oder ich? Meinst du das?«

Wasja sah ihn erschrocken an: In seinen winzigen Pupillen blinkte eine Ahnung auf – und zog sich sofort wieder zurück wie ein feiger Hund mit eingezogenem Schwanz.

»Aber nein«, sagte er hastig und machte eine erschrockene Grimasse. »Was soll das denn jetzt?«

»Gar nichts soll das, du hast vollkommen Recht. Und solange wir nicht einmal diesen Kyrill gefunden haben, sowieso nicht. Also pass mal auf, Wasja, wir werden jetzt dieses miefige Kabuff einfach verrammeln und brav wieder an unsere Arbeit gehen.«

»Und der Skistock?«

»Der bleibt hier drin, soll er in Frieden ruhen.«

»Du meinst, wir sollen einfach so tun, als sei nichts passiert?«

»Genau das meine ich. Es ist nämlich nichts passiert. Was es mit diesem Blut auf sich hat, das kann nur ein Experte wirklich beurteilen, und dazu sind tausend komplizierte Analysen erforderlich.«

»Dann müssen wir eben so einen Experten besorgen.«

»Sag mal, was hat diese Tussi noch über Kyrills angeblichen Begleiter gesagt? Er habe weder Helm noch Mütze getragen?«

»So was Ähnliches.«

»Tja, ich zum Beispiel kann auch keine überflüssigen Konstruktionen auf meiner Schädeldecke ertragen. Also passt ihre Beschreibung ja eigentlich perfekt auf mich.«

Jonas nahm den Skistock wieder in die Hand und betrachtete nachdenklich die geschliffene Spitze. Das Metall funkelte bedrohlich. Wasja trat instinktiv einen Schritt zurück.

»Dieser Kyrill war doch ein ziemlich auffälliger Typ, oder? Fast zwei Meter groß, wenn ich mich recht erinnere.«

»So etwa«, flüsterte Wasja mit pergamentenen Lippen. Der stumme Stahl schien ihn zu hypnotisieren.

»Und wie groß bist du, Wasja?«

»Einen Meter sechsundsiebzig. Warum fragst du?«

»Ich bin einen Meter achtundsiebzig groß. Dieser Kyrill gehört in eine andere Gewichtsklasse. Um so einen Koloss zu erledigen, muss man ziemlich schnell sein und ganz präzise zustechen, was meinst du?«

Wasja wurde es immer unbehaglicher.

»Keine Ahnung.«

»Schade. Aber wenn man ein bisschen nachdenkt ... Glatte zwei Meter, das ist selten. Da können Zwerge wie du und ich den Stich nur von unten nach oben ansetzen, in der Regel, und dann läuft das Blut natürlich am Skistock entlang nach oben. Ist doch logisch, oder?«

Wasja starrte Jonas wie gebannt an und machte unbewusst einen Schritt rückwärts. Dabei stolperte er über den Haufen von Skistöcken, verlor das Gleichgewicht und fiel. Im nächsten Moment stand Jonas über ihm und hielt ihm das Messer an die Brust.

»Was soll das, Chef?«, krächzte Wasja mit schwacher Stimme.

»Aber jetzt kommt der Stoß von oben, und das Blut fließt in die umgekehrte Richtung, also von oben nach unten. Das bedeutet, es gibt keine Spuren an dem Stock. Man braucht die Spitze nur ein paar Mal kurz in den Schnee zu stoßen.«

»Machst du jetzt Witze, oder was?«

Das Schweigen, das folgte, kam Wasja wie eine Ewigkeit vor. Schließlich nahm Jonas das Messer von seiner Brust und fing an zu lachen.

»Natürlich, Wasja, ich scherze, was denn sonst? Hast du dich erschreckt, kleiner Wasja?«

Wasja schnappte nach Luft und kicherte unsicher.

»Hättest du dich etwa nicht erschreckt?«

»Kein guter Krimi ohne Angst. Vielleicht sollte ich ja Co-Autor bei dir werden, was meinst du?«

»Ich überleg's mir.«

»Also los. Lass uns von hier verschwinden.«

Jonas stellte den Skistock dorthin zurück, wo sie ihn vor wenigen Minuten gefunden hatten, und Wasja rappelte sich auf.

»Sollte das ein Schaukampf sein, Chef?«, fragte er mit schiefem Grinsen. »Kurz mal zeigen, wer der Stärkere ist?« Wasja hatte sich wieder gefasst.

»Ich wollte dir bloß zeigen, was alles so passieren kann, wenn man sich übernimmt und auf eigene Faust Privatdetektiv spielen will. Überlass das lieber den Profis, die können das besser als wir. Zum Beispiel deinem Swjaginzew, der wird schließlich dafür bezahlt.«

»Also was sollen wir deiner Meinung nach jetzt tun?«

»Wir lassen die Finger von dieser Sache, ganz einfach. Weiß der Geier, was das für ein Stock ist und wie er hier reinkommt. Vielleicht irgendein blöder Witz. Ich für meine Person habe jedenfalls keine Lust, zum Gespött der Leute zu werden. Wir werden Swjaginzew einen diskreten Hinweis zukommen lassen und fertig.«

»Sofern er sich irgendwann mal aus seinem Bett herausbewegt!«

»Irgendwann wird er schon aufstehen. Bis dahin sollten wir hier ein dickes Schloss vor die Tür hängen und uns ansonsten nicht weiter darum kümmern. Und vor allem die Klappe halten. Man kann leicht an den Falschen geraten. Bei mir hast du noch Glück gehabt.«

»Weil nicht du es warst, der dieses Messer benutzt hat.«

»Aber das klärt sich erst auf den letzten Seiten deines Romans auf«, grinste Jonas. »Hast du schon angefangen zu schreiben? Gib es ruhig zu!«

»Logisch, Chef!« Wasja grinste noch breiter.

Die Bar hieß ›Richard Bach‹.

Sie hätten sich für diesen ersten Gang unter Menschen natürlich auch mit einem Besuch des Restaurants bescheiden können, in dem das von Jonas so warm empfohlene Streichquartett spielte, aber Inka wollte es geselliger. Außerdem gehörte zum ›Richard Bach‹ eine Bowlinganlage, und das war die einzige Sportart, die ihr Mann, Igor Anatoljewitsch Schmarinow, für akzeptabel hielt. Selbst Tennis lehnte er aus Prinzip ab, sodass in der Regel Mark mit potentiellen Geschäftspartnern oder anderen nützlichen Personen auf den Court ging, wenn die Interessen des Geschäftes es erforderten.

Das ›Richard Bach‹ war bis zum Bersten voller Menschen. Im Unterschied zu dem piekfeinen Restaurant mit seinen erlesenen Weinen trank man hier vor allem volkstümliches Bier und Tequila und aß gesalzene Erdnüsse dazu.

Inka hatte Zeit, einen ganzen Schwarm sonnengebräunter Verehrer abzuwimmeln, bis Mark und Olga endlich erschienen. Sie winkte ihnen lebhaft zu.

»Ihr seid zu spät, Herrschaften«, bemerkte sie mit mildem Vorwurf, als die beiden sich an ihrem Tisch niederließen. »Es ist unverantwortlich, eine hübsche Frau ohne jede Aufsicht zu lassen.

Ich wäre inzwischen um ein Haar Opfer zweier Heiratsanträge und mehrerer Vergewaltigungen geworden.«

»Für ein Opfer siehst du aber noch ziemlich gut aus«, sagte Mark unbeeindruckt.

Sie bot tatsächlich einen ausnehmend hübschen Anblick: ein knapper, auf Figur geschnittener Pullover und enge Jeans, dazu ein dezentes Make-up und um den schlanken Hals ein elegantes Kollier mit kleinen Smaragden.

Das Kollier war Igor Anatoljewitschs Geschenk zu ihrem ersten Hochzeitstag gewesen, und Inka trug es fast ständig. Solche Klunker seien das beste Mittel, eine Frau im Zaum zu halten, kommentierte sie in ihrer zynischen Art.

»Was trinken wir, Mädels?«, fragte Mark galant.

»Tequila«, rief Inka wie aus der Pistole geschossen. »Und deine züchtige Ehegattin wird sich vermutlich lieber an alkoholfreiem Bier delektieren, vermute ich mal.«

»Hör nicht auf sie, Mark. Ein Gläschen Cognac werde ich wohl vertragen.«

Mark verschwand in Richtung Tresen.

»Dein Vater lässt dich grüßen«, sagte Inka, als sie allein waren. »Ich habe vorhin mit ihm telefoniert, um ihm unseren aktuellen Leistungsstand durchzugeben.«

Olga verspürte leichte Gewissensbisse. In den letzten Stunden hatte sie ihren Vater vollkommen vergessen. Dabei hatte er sie dringend gebeten, ihn auf dem Laufenden zu halten und über all ihre Aktivitäten zu berichten.

»Kommt er vorbei?«, fragte sie verlegen.

»Vielleicht nächste Woche. Dann fahren wir alle zusammen wie die Wilden Ski und fliegen anschließend gemeinsam nach Moskau zurück. Wie findest du das?«

»Großartig! Wie eine richtige Großfamilie. Eine idyllische Vorstellung.«

»Bloß dein geliebter Ehemann verzerrt das Bild ein wenig.«

»Inka, ich bitte dich!«

»Na gut, sagen wir, er macht aus der kitschigen Familienpostkarte ein Witzbild. Gefällt dir das besser?«

»Du bist unverbesserlich.«

Da kam Mark zurück. Er balancierte ein Tablett durch die Menge, beladen mit Gläsern und kleinen Schüsseln mit Knabbereien: Pistazien, Zitronenscheiben und *Suchariki*, gesalzenes Trockenbrot.

»Kommt, Mädels, trinken wir auf die Erholung!«, rief er aufgeräumt. »Ich finde, unser Urlaub fängt gut an.«

Er setzte sein Bierglas an und winkte plötzlich jemandem zu. In der Tür der Bar war Jonas erschienen.

Augenblicke später saß er neben Olga.

»Und, seid ihr zufrieden mit eurer Unterkunft?«, fragte er. Seine Stimme klang seltsam unbeteiligt.

»Wunderbar«, antwortete Mark für alle drei.

»Schön, dann werde ich euch morgen gleich die Skipisten zeigen.«

»Habt ihr eigentlich schon den geheimnisvollen Märtyrer der Lawinen gefunden?«, fragte Inka und schaute Jonas dabei vollkommen ungeniert an.

»Nein. Wir suchen«, gab Jonas lakonisch zurück. »Allerdings bisher ohne Erfolg.«

Inka seufzte dramatisch und ließ ihren Blick durch die Bar schweifen.

»Das ist der Pulsschlag des Lebens. Jemand wurde von einer Lawine begraben, und die Leute amüsieren sich, als sei nichts geschehen.«

»Nicht alle amüsieren sich«, hörten sie plötzlich eine leise Stimme.

Alle blickten sich synchron um. Am Nachbartisch saß eine etwa vierzigjährige Frau allein vor einer imposanten Kollektion leerer Whiskygläser und Bierkrüge. Allem Anschein nach war sie dabei, sich planmäßig zu betrinken. Es war unmöglich zu beurteilen, ob sie hübsch war oder nicht, weil ein Großteil ihres Gesichts von einer riesigen, unförmigen Hornbrille verdeckt wurde. Ihre Augen, die hinter den dicken Gläsern grotesk verzerrt aussahen, hefteten sich jetzt mit flehendem Ausdruck auf Jonas.

»Ich habe immer noch keine positive Nachricht für Sie«, kam Jonas ihrer Frage zuvor. »Tut mir leid, Natascha.« Sein Gesicht war vollkommen reglos, er nahm eine Pistazie aus der Schüssel und knackte sie mit den Zähnen.

Aber die Frau schien ihn gar nicht gehört zu haben. Sie hatte seine Antwort wohl schon im Voraus gewusst. Wie im Schlaf stand sie auf und ging zur Theke. Jetzt sah man, dass sie eine perfekte Figur hatte. So perfekt, dass sogar Mark und Jonas ihr automatisch einen interessierten Blick nachwarfen.

»Das ist wohl die unglückliche Witwe?«, fragte Inka. Es klang ein wenig eifersüchtig, sie duldete keine Konkurrenz.

»Seine Freundin.« Jonas löste seinen Blick von der Frau und schaute Olga an. Inka schien er gar nicht wahrzunehmen.

»Mach dir nichts draus, mein Herzchen, wenn wir wieder zu Hause sind, kaufe ich dir einen Zauberspiegel, der dir immer zuflüstert, wer die Schönste im Lande ist«, schnurrte Mark böse. »Ich hoffe, du wirst dich dann wieder beruhigen.«

»Vielen Dank, ich habe schon einen Spiegel.«

Der DJ, der im hinteren Teil des Barraumes auf einem Podest saß, legte gerade eine uralte Vinylplatte auf. Olga erkannte die Musik sofort. Natürlich, das war das Thema aus dem Film ›Ein Mann und eine Frau‹ mit jenem dunklen, leidenschaftlichen französischen Sprechgesang.

Inka schien nur darauf gewartet zu haben.

»Darf ich bitten, Jonas?«, fragte sie mit schmachtender Stimme. »Das ist meine ganz persönliche Lieblingsmusik.«

»Ich tanze nicht«, entgegnete Jonas knapp und machte ihr damit eisenhart einen Strich durch die Rechnung. Eine unverzeihliche Dummheit.

Für einen Moment hing ein eisiges Schweigen über ihnen. Aber dann hatte Inka sich schon wieder im Griff.

»Könntest du vielleicht deinem kleinen Bruder erklären, dass man einer schönen Frau keinen Korb gibt? Das wird sie ihm niemals verzeihen. Und nachher findet man ihn mit durchschnittener Kehle in seinem Bett.«

»Pass auf dich auf, Jonas!« Mark lachte. »Diese Frau ist zu allem imstande.«

»Ich werde es mir merken.« Jonas lehnte sich zurück und schlürfte den Schaum von seinem Bier.

»Können Sie eine arme, unschuldige Frau, die von einem Bösewicht verführt und dann verlassen wurde, wirklich so herzlos behandeln, Jonas?«

Aber Jonas zuckte nur die Achseln.

Sogar Olga, die dieses Gespräch nur mit halbem Interesse verfolgte, fiel der Starrsinn ihres Schwagers unangenehm auf. Sie bedachte erst Mark und dann Jonas mit einem vorwurfsvollen Blick.

Mark versuchte, die Situation zu retten: Er stand auf und machte eine formvollendete Verbeugung vor der gekränkten Inka.

»Darf ich bitten?«

»Na ja, mein Traummann bist du natürlich nicht gerade. Gibt es hier wirklich keinen anderen?«

»Vergiss nicht, dass ich hier nicht einfach bloß Ferien mache, sondern zugleich als Repräsentant der Firma deines Mannes agiere.«

»O weh! Und das heißt?«

»Das heißt, dass ich die Verantwortung für dich trage.«

»Ist das ein Dienstauftrag?«

»Sei nicht albern ...«

»Na gut, ich verstehe schon.« Inka seufzte gespielt. »Ich kann zwar nicht gerade behaupten, dass ich begeistert wäre, aber in der Not frisst der Teufel Fliegen. Ich hoffe, dir ist klar, dass ich dir gezielt auf die Füße treten werde«, sagte Inka mit dem Lächeln einer Giftschlange.

»Das trifft sich gut, ich dir nämlich auch.«

Mark und Inka verschwanden auf der Tanzfläche, und während Olga ihnen nachschaute, ertappte sie sich plötzlich bei dem Gedanken, dass die beiden eigentlich ein ganz hübsches Paar abgaben: Sie dunkel, er blond, Schwarz und Weiß ... Und dann diese ständigen demonstrativen Neckereien ... Was sich liebt ... Und Inka trat Mark tatsächlich auf die Füße, dieses Biest ... Allerdings perfekt im Takt der Musik.

Worüber sie wohl sprachen? Sie unterhielten sich miteinander, das konnte Olga sehen. Dabei hatte Inka einen Gesichtsausdruck, als müsste sie etwas Ekliges anfassen.

»Hören Sie mir überhaupt zu?« Wie durch einen Nebel drang plötzlich Jonas' Stimme an ihr Ohr.

»Aber ja, natürlich.« Sie straffte die Schultern und zwang sich, ihn aufmerksam anzusehen.

»Ich habe Sie gerade gefragt, ob Ihnen Ihre Hütte gefällt?«

»O ja, sie ist wunderbar.«

»Waren Sie schon einmal in den Bergen?«

»Nein, noch nie.«

Das entsprach nicht ganz der Wahrheit. Da war ihre Erinnerung an Tbilissi, gekrönt von einem Namen: Mtazminda. Wie sie diesen Namen liebte: Mtazminda, Mtazminda. Das klang wie ein Kinderreim. Aber trotzdem, wie alles, was mit Manana zu tun hatte, war auch diese Erinnerung irgendwie unwahr. Wie Manana selbst, wie ihre Krankheit.

»Wenn Sie möchten, zeige ich Ihnen die Berge.«

›Warum sieht er mich so seltsam an?‹, dachte Olga. Der Blick seiner anthrazitfarbenen Augen versengte ihr die Haut, fraß sich in ihren Körper. Aber warum auch nicht, Anthrazit brennt nun einmal ...

»Natürlich, wir würden uns freuen. Morgen früh vielleicht.«

»Ich meine nicht Mark.« Inka hielt er nicht einmal der Erwähnung für wert. »Ich meine Sie. Sie allein.«

»Ach so, ja ... Ich weiß nicht.« O Gott, warum hatte sie das jetzt gesagt? Ein höfliches, aber deutliches ›Nein‹, das wäre hier angemessen gewesen. Oder eine kleine, scherzhafte Bemerkung, quasi auf verwandtschaftlicher Ebene. Aber ›Ich weiß nicht‹ – das klang ja fast ermutigend. Das hatte ihr gerade noch gefehlt!

Rasch verschanzte sie sich hinter ihrem Cognacglas. Während sie daran nippte, dachte sie traurig: ›Wann ist diese Musik endlich zu Ende?‹

Der Cognac schien ihr ein wenig Sicherheit zu geben.

»Wann haben Sie Ihren Bruder zuletzt gesehen?«, fragte sie möglichst ungezwungen.

»Vor siebzehn Jahren. Als er aus Kisyl-Arwat wegging. Als er seine ans Bett gefesselte Mutter verließ und sich aus dem Staub machte. Ein halbes Jahr später haben wir sie begraben. Damals war er achtzehn und ich elf. Ich habe ihn gehasst.«

Olga fröstelte, aber dann fiel es ihr wieder ein: Natürlich, da war dieser Streit wegen des Namens gewesen – Jonas ... Mark hatte ihr ja davon erzählt.

»Sie haben sich wegen Ihres Namens gestritten. Mark mochte ihn ...«

»Mein Name!« Jonas stieß verächtlich die Luft durch die Nase. »Er wollte ihn mir einfach wegnehmen. Wie er sich immer nimmt, was er haben will. Und wenn man sich nicht wehrt ... wird er alles und jeden unter sich zertreten.«

Das war eine so ungeheuerliche Ungerechtigkeit, dass Olga im ersten Moment nicht wusste, was sie darauf entgegnen sollte. Das passte überhaupt nicht zu Mark. *Ihr* Mark war so vollkommen anders! Er war zärtlich und hingebungsvoll bis zur Selbstaufgabe. Sie hatte ihn doch in so vielen verschiedenen Situationen erlebt, und immer war sein Verhalten tadellos gewesen.

»Sie sind ihm gegenüber voreingenommen«, entgegnete sie reserviert.

»Verzeihen Sie. Aber es ist leider die Wahrheit.«

»Das glaube ich nicht. Sie sind bloß neidisch auf ihn.« Sie fühlte sich plötzlich mutig, der Alkohol in ihrem Blut entfaltete seine Wirkung. »Genau so ist es, Sie sind neidisch, weiter nichts.«

»Neidisch?« Jonas' Verwunderung war echt. »Weshalb?«

»Nun, und wenn nur darauf, dass er mit seinen fünfunddreißig Jahren schon so viel erreicht hat.«

»Ach, was hat er denn Großartiges erreicht?«

»Er ... Er ist zum Beispiel leitender Angestellter eines großen Konzerns! Und diese Position hat er aus eigener Kraft erreicht, er hat seine Karriere ganz allein aufgebaut. Und Sie wissen ja: In Moskau Erfolg zu haben, das bedeutet, dass man wirklich etwas auf dem Kasten hat. Er ist echt, Jonas ...«

»Sie sind echt.«

Er legte seine Hand auf ihre; seine Handfläche war hart und kühl, und sie ertappte sich bei dem albernen Gedanken, dass sie sich einen kleinen Urlaubsflirt anders vorgestellt hätte.

»Was tun Sie da?«, fragte sie dumm. »Was soll das?«

Jonas lächelte sie an, aber dann zog er seine Hand zurück.

»Nichts«, sagte er langsam.

»Das ist nicht richtig.« Olgas Haut brannte von seiner Berührung. »Mark ist Ihr Bruder. Sie bringen mich in eine peinliche Lage.«

»Entschuldigen Sie. Ich wollte Sie nicht kränken. Sie haben Recht, Mark ist allerdings mein Bruder. Und Sie sind seine Frau, das stimmt. Wir sind also verwandt. Oder etwa nicht?«

Jetzt kam sich Olga tatsächlich dumm vor. Was einer jungen Frau so alles einfiel, wenn sie sich langweilte! Aber sie war eine sehr treue Frau; und sie hatte einen sehr treuen Mann. Dieser verflixte Jonas war ihr geschickt worden, um sie in Versuchung zu führen. Ihre Beziehung zu Mark war einfach zu heilig, zu rein, da gab es nicht das Geringste, was sie hätte trüben können.

Die zufällige – oder absichtliche? – Berührung von Jonas' Hand war ihr angenehm gewesen, das musste sie zugeben. Aber irgendwo lauerte darin eine Gefahr, das spürte sie in ihrem Unterbewusstsein ganz deutlich. Und doch wusste sie, dass sie diesen Weg niemals gehen würde, diesen Weg, der gesäumt war mit schmutzigen Schildern, auf denen stand: ›Untreue‹, ›Laster‹, ›Ehebruch‹. Inka hätte darüber natürlich nur gelacht und gesagt: »Jonas, mal ehrlich, könnten Sie mit der Frau Ihres eigenen Bruders bumsen?« Aber Inkas laszive, abgeklärte Art passte nicht zu Olga, sie war schon immer viel zu geradlinig, viel zu redlich gewesen, niemals wäre es ihr in den Sinn gekommen, in die Abgründe ihrer eigenen Seele zu blicken.

»Haben Sie eigentlich einen Beruf, Olga?«, fragte Jonas, als sei nichts geschehen.

Gute Frage.

Sie war Tochter eines erfolgreichen Geschäftsmannes, Ehefrau eines ehrgeizigen Jungmanagers, verfügte über durchschnittliche Computerkenntnisse, sprach fließend Englisch, etwas weniger gut Französisch und Spanisch. Zweimal im Monat ging sie ins ›Satyricon‹ (ihr Lieblingstheater), einmal im Monat ins Lenkom (Marks Lieblingstheater, banaler konnte man sich's nicht ausdenken). Und dann gab es da natürlich noch César Vallejo.

»Kennen Sie César Vallejo?«

»Nie gehört.« Auf Jonas' Gesicht erschien ein Ausdruck gespannter Aufmerksamkeit.

»Das ist ein peruanischer Dichter. Ich übersetze ihn gerade.«

»Ach, dann sind Sie also Übersetzerin.« Er betrachtete sie mit einer Mischung aus Skepsis und Interesse.

»Wenn man das so sagen kann.«

Das heißt, wenn man einrechnete, dass sie den Abgabetermin bei der Zeitschrift ›Ausländische Literatur‹ schon deutlich überschritten hatte und trotzdem vollkommen unklar war, wie lange sie sich noch mit dem Text herumschlagen würde. Vallejo passte eigentlich gar nicht zu ihr; und zu Mark erst recht nicht.

Er passte zu Jonas, dachte Olga plötzlich mit überraschender Klarheit. Dieselbe eisige Wut im Blick, dieselbe eisige Wut in den Worten.

›Ich werde ihm einfach ein paar Verse aus meiner Übersetzung vortragen‹, dachte Olga plötzlich. ›Und dann wird der Tanz endlich vorbei sein, Mark kommt zurück, und alles ist wieder in Ordnung.‹

»Soll ich Ihnen etwas von Vallejo rezitieren?«, fragte sie hoffnungsvoll.

»Danke, ein andermal.«

»Jonas!«

Olga blickte erschrocken auf. Neben ihrem Tisch stand ein etwas dreißigjähriger Mann von kräftiger Statur. Das Gesicht über der geöffneten Skijacke war bärtig und sonnenverbrannt, er hatte breite Nasenflügel und kohlschwarze Augenbrauen.

»Darf ich vorstellen, das ist Wlad, ein Kollege von mir.«

Olga nickte verlegen und wünschte wieder einmal, sie könnte auf Inkas lockere Art irgendeine scherzhafte Bemerkung oder einen sarkastischen Kommentar abgeben.

Wlad warf ihr einen kurzen Blick zu und nickte gleichgültig.

»Hör mal, weißt du, wo dieser verdammte Wasja ist?«, fragte er gereizt.

»Keine Ahnung. Was ist mit den Hunden?«

»Das ist es ja gerade. Jack hat sich die Pfote verletzt. Wasja muss die Salbe haben ... Ich finde sie jedenfalls nicht, und er ist wie vom Erdboden verschluckt.«

Olga seufzte erleichtert auf. Ein ausgezeichneter Anlass, sich zurückzuziehen und die beiden Kollegen unter sich zu lassen. Sie stand auf.

»Sie wollen gehen?«, fragte Jonas und wandte seinen Blick für einen Moment von dem empörten Wlad ab. »Und was soll ich Mark sagen?«

Tatsächlich, Mark und Inka polierten immer noch die Tanzfläche. Anscheinend bereitete sich dieses reizende Pärchen auf einen Tanzmarathon vor.

»Sagen Sie ihm, dass ich gleich wiederkomme.«

Als sie die Damentoilette betrat, hörte sie aus einer der Kabinen eindeutige Geräusche. Eine Liebhaberin kräftiger Getränke kehrte gerade ihr Innerstes nach außen. Olga rümpfte die Nase. Sie verabscheute diese Begleiterscheinungen unmäßigen Alkoholgenusses. Sie hatte sich in ihrem Leben bisher nur wenige Male richtig betrunken, und das war jedes Mal von solch schweren Katerzuständen und solchen Gewissensbissen begleitet, dass es ihr einfacher schien, ganz auf Alkohol zu verzichten. Daran hatte sie sich im Wesentlichen auch gehalten und sich seitdem auf Cognac beschränkt, und den auch nur in verträglichen Mengen: Niemals mehr als hundertfünfzig Gramm, und auf jeden Fall ein Scheibchen Zitrone dazu.

Inka war in dieser Hinsicht wesentlich ungehemmter. Sie trank, was ihr in die Finger geriet, und das in jeder beliebigen Reihenfolge. Aber Olga musste zugeben, dass ihr diese Zwanglosigkeit sogar noch zusätzlichen Charme verlieh, und im Geheimen beneidete sie sie darum. Im Grunde verstand sie ihren Vater sehr gut: Das war genau das Temperament, das er eigentlich brauchte.

Während sie sich die Hände wusch, betrachtete Olga sich kritisch im Spiegel. Je älter sie wurde, desto deutlicher traten die Erbanlagen ihrer georgischen Mutter in ihrem Gesicht hervor. Die schmale Nase mit der unmerklichen Krümmung, ihre nur leicht gewellten Haare. Nur der Mund stimmte nicht, er war zu blass. Ein bisschen blutarm, aber letztendlich mochten die Männer das an ihr. Aha. Schon wieder ein graues Haar!

Mit einem verstohlenen Blick zur Seite riss sie es aus. Mark musste das ja nicht sehen.

Hinter ihrem Rücken hörte sie, wie eine Kabinentür geöffnet wurde. Die bedauernswerte Liebhaberin kräftiger Getränke kam wohlbehalten ans Licht. Sie stellte sich neben Olga und drehte sofort die Wasserhähne bis zum Anschlag auf. Jetzt erst bemerkte Olga, dass es sich um ihre Tischnachbarin von vorhin handelte, die Jonas mit Fragen nach ihrem verschwundenen Mann bedrängt hatte.

Natalja war ihr Name, erinnerte sie sich.

Die Frau setzte ihre Brille mit den schweren Gläsern ab, und Olga bemerkte, wie schön sie eigentlich war. Oder besser gesagt, wie schön sie einmal gewesen sein musste. Ihr Gesicht hatte die Schönheit eines Parks im Herbst, der vom ersten Hauch des Welkens berührt wird.

»Haben Sie vielleicht ein Taschentuch für mich?«, fragte sie, ohne Olga anzusehen.

Olga suchte in ihrer Handtasche und reichte ihr dann ein Erfrischungstuch, das sie noch vom Flug übrig behalten hatte. Aber sie hatte sofort verstanden, dass diese verblühte Frau weder ein Taschentuch noch ein Erfrischungstuch brauchte. Sie wollte sich aussprechen, das war alles.

»Wie fühlen Sie sich?«, fragte Olga.

»Ekelhaft.«

Damit stockte das Gespräch erst einmal. Olga schloss ihre Handtasche und wollte gerade wieder in den Barraum zurückkehren, als Natalja weitersprach.

»Glauben Sie, dass er tot ist?«, fragte sie.

»Wer?«

»Kyrill ...«

Olga war die Situation auf einmal peinlich.

»Um Gottes willen, seien Sie mir nicht böse, aber ich kann dazu überhaupt nichts sagen. Wir sind nämlich gerade angekommen, wissen Sie.«

»Sind diese Bergretter Freunde von Ihnen?«

»Aber nein, überhaupt nicht!«

»Aber Sie kennen sie, Sie unterhalten sich mit ihnen. Hören Sie, Sie müssen ihnen sagen, dass sie die Suche nicht einstellen dürfen!

Sie müssen Kyrill finden, das ist ihre Pflicht! Sie müssen es! Lebend oder ...« Sie stockte, schluckte trocken und fuhr dann fort, so als sei ihr diese Möglichkeit gerade erst eingefallen: »Oder tot.«

»Sie tun ja ihr Möglichstes«, erwiderte Olga beschwichtigend.

»Ihr Möglichstes!« Ein bitteres Grinsen entstellte Nataljas Gesicht. »Das sehe ich, wie sie ihr Möglichstes tun! Amüsieren sich den ganzen Tag mit irgendwelchen Schlampen an der Bar, anstatt ... Entschuldigen Sie!«, unterbrach sie sich kraftlos. »Ich meinte nicht Sie.«

»Ich verstehe schon. Ich fühle aufrichtig mit Ihnen, glauben Sie mir.«

Natalja sah Olga böse an.

»Sie fühlt mit mir, die Rotznase! Großartig.« Natalja stieß ein schrilles Lachen aus. »Sie haben ja überhaupt keine Ahnung, was er für ein wunderbarer Mann war! Hören Sie nicht darauf, was man über mich erzählt.«

»Mir hat niemand etwas über Sie erzählt.«

»Na ja, das kommt schon noch. Ich weiß genau, was hinter meinem Rücken über mich geredet wird. Für die bin ich bloß seine durchgeknallte halbblinde Liebhaberin, so denken sie über mich! Ich sehe doch ihre frechen, schamlosen Blicke! Nein, ich brauche kein Mitleid. Finden Sie ihn, dann habe ich, was ich brauche!«

»Sie suchen doch ununterbrochen«, wiederholte Olga stumpfsinnig. Dieses sinnlose Gespräch wurde ihr allmählich lästig.

»Warum will niemand hören, dass ich ihn gesehen habe? Warum glaubt mir niemand?«

Olga entfuhr ein abschätziges Geräusch. Verflixt, gesunder Zynismus war anscheinend ansteckend – genauso hätte wahrscheinlich Inka reagiert. Ob diese Natalja durch ihre dicken Linsen überhaupt etwas sah?

»Ich habe mir den Ort, wo sie standen, genau gemerkt!«

»Wer – sie?«, fragte Olga mechanisch.

»Kyrill und der Mann, mit dem er gesprochen hat. Wenige Minuten, bevor ...« Natalja schnappte nach Luft. »Bevor sie von der Lawine begraben wurden.«

»Haben Sie gesehen, wie es passiert ist?«

»Nein, da war ich schon auf der Piste. Aber das hat nichts zu bedeuten.«

»Und dieser andere Mann? Was ist dann mit ihm passiert?«

»Das weiß ich doch nicht! Alle halten mich hier für eine durchgedrehte Irre. Sie behaupten, ich hätte mir diesen Mann nur eingebildet, es könne ihn gar nicht geben. Sie haben überall herumgefragt.«

»Und warum ist das überhaupt so wichtig? Ist es nicht egal, ob dort noch jemand war?«

»Doch, mir persönlich ist das völlig egal. Sie sollen Kyrill finden, das ist alles, was mir wichtig ist.«

»Ich verstehe Sie sehr gut«, sagte Olga. Aber auch das war gelogen, denn eigentlich war ihr diese halbblinde Fledermaus mit der perfekten Figur herzlich gleichgültig.

»Gar nichts verstehen Sie!«, schrie Natalja auf einmal böse. »Wenn es jemanden trifft, den Sie lieben, dann, dann verstehen Sie mich!« Sie fing an zu weinen.

Olga überlief es eiskalt. Sie stellte sich plötzlich vor, wie sie um Mark weinte; um ihren Mann. Sie stellte sich vor, er wäre vermisst und man würde ihn nie finden. Niemals. Diese Empfindung war so klar und deutlich, dass ihr das Blut in den Adern gefror. Am liebsten wäre sie auf der Stelle Hals über Kopf davongelaufen, zurück in die Bar, um sich davon zu überzeugen, dass Mark heil und gesund war.

Nein, das würde sie nicht überleben. Es gibt Dinge, die man nicht überleben kann.

»Wenn ich irgendetwas für Sie tun kann ...«, sagte Olga sanft.

»Trinken Sie mit mir.« Natalja zog eine kleine flache Flasche aus der Tasche. »Ich heiße übrigens Natalja. Und Sie?«

»Olga.«

»Auf unsere Bekanntschaft, Olga!«

»Eigentlich trinke ich fast nie Alkohol.« Olga warf einen skeptischen Blick auf den winzigen Behälter.

»Ich eigentlich auch nicht.«

Das sieht man.

»Sie halten mich für eine notorische Säuferin, stimmt's?« Natalja hatte Olgas Blick anscheinend bemerkt.

»Aber nein!«

»Kyrill hat mir beigebracht, Whisky zu trinken.« Die riesigen Augen hinter den dicken Gläsern blickten verträumt. »Seitdem trinke ich nichts anderes mehr.«

›Außer Bier‹, dachte Olga im Stillen und erinnerte sich an die Batterie leerer Krüge auf Nataljas Tisch. Ein pastorales Herrengedeck.

»Na gut, trinken wir einen Schluck Whisky zusammen«, erklärte sie gutmütig. Sie konnte diese so unglückliche Frau nicht so herzlos abweisen.

Natalja hielt ihr bereitwillig das Fläschchen hin. Olga nahm einen Höflichkeitsschluck und hustete. Der Whisky war überraschend stark.

»Gib schon her!« Natalja leerte die Flasche bis auf den letzten Tropfen. Dann starrte sie Olga an. Taxierte ihr Gesicht mit geradezu unverschämter Gründlichkeit, prüfte und wertete jedes einzelne Detail. Olga wusste nicht, was sie davon halten sollte.

»Möchten Sie ihn sehen?«

»Wen?«, fragte Olga verblüfft.

»Kyrill!«

›O Gott, die ist wirklich komplett verrückt‹, dachte Olga mitleidig.

»Wie meinen Sie das – ihn sehen?«, entfuhr es ihr, und sofort tadelte sie sich für ihre Taktlosigkeit. Das Gesicht der betrunkenen Frau verhärtete sich.

»Ich habe ein Foto. Das ist alles, was mir von ihm geblieben ist.«

Ohne die Antwort abzuwarten, griff sie in die hintere Tasche ihrer Jeans und holte ein schon ziemlich abgewetztes Polaroidfoto hervor.

Auf dem Bild sah man Natalja im Arm eines lächelnden jungen Mannes, der dem Betrachter das sorgsam gepflegte Gesicht eines ganz gewöhnlichen, höchst durchschnittlichen Allerweltshallodris präsentierte: genau der Typ, der immer auf der Jagd nach schnellem Vergnügen, extremem Sex und Frauen mit den Standardmaßen 90–60–90 ist. Natalja entsprach diesen Vorgaben, deshalb war das Grinsen des jungen Mannes auf dem Bild wohl auch besonders strahlend.

»Er ist schön, was?«, sagte sie kläglich.

»Sehr.« Olga lächelte verbindlich und bedauerte, dass sie nicht ein paar nützliche Sätze parat hatte, um das Herz dieser untröstlichen Frau zu erwärmen. Sätze, in denen die Adjektive ›großartig‹ oder ›göttlich‹ vorkamen.

Sie gab das Foto zurück, und Natalja barg es wieder in ihrer Gesäßtasche.

»Es ist so ungerecht ... O Gott, wie ungerecht ist das, wenn so ein junger Mensch, so ein schöner Mann ... Es wäre besser gewesen, wenn ich an seiner Stelle ...«

Olga zweifelte keine Sekunde an der Aufrichtigkeit ihrer Worte. Diese Frau wäre tatsächlich bereit, ihr Leben für diesen Gelegenheitsflirt hinzugeben.

»Geht es Ihnen jetzt etwas besser?«, fragte sie flau.

»Nein. Trotzdem danke. Ich werde mich jetzt volllaufen lassen und dann ins Bett gehen. Was anderes kann man in dieser Einöde sowieso nicht tun, Olga, glauben Sie mir.«

»Mir gefällt es hier eigentlich ganz gut.«

»Jeden Tag will ich abhauen von hier; seit Kyrill verschwunden ist.«

»Sind Sie zusammen hergekommen?«

»Nein ...« Sie warf Olga einen schuldbewussten Blick zu. »Aber ich dachte ... Ich hoffte, wir würden zusammen von hier abreisen.«

Alles klar. Es war also tatsächlich ein ganz banaler Urlaubsflirt, in den sich diese Natalja Hals über Kopf hineingestürzt hatte.

»Er fuhr so gern Snowboard. Er liebte alles Extreme.« Jetzt sprudelte es nur so aus ihr hervor: Sie wäre bereit gewesen, jedem beliebigen Menschen ihre intimsten Erinnerungen anzuvertrauen. »Er war ein Mensch, der das Risiko liebte. Mein Gott, jetzt sage ich auch schon ›war‹. Nur weil er seit fünf Tagen verschwunden ist, von einer Lawine begraben. Das ist schon Grund genug, ›war‹ zu sagen. Dabei hat niemand seine Leiche gesehen, Olga, verstehen Sie? Und solange niemand seine Leiche gesehen hat, muss ein Mensch als lebendig gelten!«

Na schön, wunderbar, wenn dich das tröstet, ist es ja gut.

»Entschuldigen Sie, Natalja, ich muss leider gehen, meine Bekannten warten auf mich.«

»Aber ja, ich verstehe schon. Gehen Sie ruhig, amüsieren Sie sich«, sagte Natalja mit plötzlich aufkeimendem Hass in der Stimme.

Sie hätte nicht von diesem Whisky trinken sollen. Er war mit der Verzweiflung dieser fremden Frau verseucht. Olga spürte plötzlich, wie ihr die längst überwunden geglaubte Übelkeit der Flugreise in die Kehle stieg. Das hatte ihr gerade noch gefehlt. Was würde Mark sagen, wenn sie mit so einem Gesicht an den Tisch kam. Und auch Inka würde sie auslachen. ›Du bist selber schuld, Lelischna, du hättest eben dein Training nicht vernachlässigen sollen.‹ Olga konnte diese Worte ganz deutlich hören.

Ein paar Minuten an der frischen Luft würden ihren Kopf wieder klar machen. Zurück in der Bar stieß Olga die schwere Eingangstür auf und trat ins Freie. Sie ging ein paar Schritte auf dem schmalen Trampelpfad, dann ließ sie sich in den weichen Schnee fallen. Das brauchte sie jetzt.

In der eisigen Luft verging die Übelkeit allmählich. Sie nahm etwas Schnee in die Hand und wusch damit ihr erhitztes Gesicht. Eine Weile blieb sie so mit offenen Augen ganz still liegen und schaute in die unendliche Kristallkuppel des Himmels.

Das Geräusch schweren Atmens ließ sie aufschrecken. Rasch richtete sie sich auf und hätte beinahe laut aufgeschrien. Ein riesiger, zottiger Bernhardiner stand vor ihr und beschnupperte sie vorsichtig. Olga erstarrte.

»Sie brauchen keine Angst zu haben!«, hörte sie da eine Männerstimme. »Er beißt nicht. Pfui, Jack!«

Nicht weit von ihr stand ein junger Mann in einem wattierten Overall und einem dicken Norwegerpullover. Die farbige Außenbeleuchtung der Bar warf bizarre Reflexe auf sein Gesicht und ließ es viel zu düster wirken. Auf dem schweren, kantigen Unterkiefer mit dem überraschend weichen, fast femininen Mund lag ein knallroter Streifen von Neonlicht. Der junge Mann trat näher, und der Streifen auf seinem Kinn schob sich über seine Augen.

»Ist Ihnen nicht gut?«, fragte er mitfühlend.

»Doch, doch. Ich brauchte einfach ein bisschen frische Luft.«

»Sie sollten sich nicht so in den Schnee legen. Sie erkälten sich.«

»Ja, ich weiß. Ich wollte gerade wieder reingehen.«

»Ich helfe Ihnen auf.« Der junge Mann streckte ihr seine schaufelartige Hand entgegen.

Aber Olga nahm sie nicht, und die Hand blieb hilflos in der Luft hängen.

»Sie gehören zu Jonas«, sagte der Bursche.

Das war wirklich ein Dorf hier, jeder wusste über jeden Bescheid.

»Übrigens werden Sie schon gesucht.«

»Danke«, antwortete Olga streng und presste die Lippen aufeinander. Auf einmal hatte sie Lust, dem Hund, der immer noch vor ihr stand, über die Schnauze zu streicheln, aber sie traute sich nicht. Wer wusste denn, wie sein Herrchen darauf reagieren würde.

»Jurik!«, hörte man von fern einen empörten Ruf. »Wie lange sollen wir hier noch auf dich warten! Bist du in eine Gletscherspalte gefallen, oder was?«

»Entschuldigen Sie, ich muss weiter. Aber Sie sollten trotzdem nicht so lange im Schnee liegen.«

Er rief seinen Hund zu sich, und im nächsten Augenblick waren sie schon in der Dunkelheit verschwunden. Olga wartete, bis sie nicht mehr zu sehen waren, dann stand sie auf und kehrte müde in die Bar zurück. In der Halle begegnete ihr wieder Natalja, aber sie nickte ihr nur kurz zu und ging an ihr vorbei.

Mark empfing sie mit finsterem Gesicht, während Inka eine ihrer üblichen spöttischen Bemerkungen machte. Jonas dagegen saß mit gleichgültigem Ausdruck am Tisch und schien sie überhaupt nicht zu beachten.

»Wo treibst du dich denn herum?«, fuhr Mark sie an. »Wir haben schon angefangen, uns Gedanken zu machen.«

»Hat Jonas euch denn nicht Bescheid gegeben?«, fragte Olga gekränkt.

Natürlich hatte er ihnen nichts gesagt, etwas anderes hätte man von ihm auch nicht erwarten können; eine kleinliche Rache an seinem Bruder und seiner hypersensiblen Frau.

»Ich denke, du hast ein wenig zu viel getrunken, Cara«, sagte Mark und sah seine Frau scharf an. Er kannte sie viel zu gut.

»Gott sei Dank!«, rief Inka beifällig. »Das hast du goldrichtig gemacht, Lelischna. Lass dich ordentlich volllaufen, dann steckt er dich in die Badewanne, wickelt dich in ein flauschiges Badetuch und trägt dich ins Bett. Männer mögen es, wenn eine Frau sich dann und wann betrinkt, sie finden das aufregend. Das ist so eine Art von gesellschaftsfähiger Perversion. Sie lieben uns dann nur um so mehr.

»Du scheinst damit ja Erfahrung zu haben«, konterte Mark.

»Und, habt ihr schön getanzt?«, unterbrach Olga betont munter ihren unerquicklichen Schlagabtausch.

»Wunderschön! Deine reizende Freundin hat mir jede Zehe einzeln platt getreten.«

»Ich habe mein Bestes getan«, bemerkte Inka zufrieden.

Zwischen den beiden hat sich überhaupt nichts verändert, dachte Olga. Da kann man draußen im Schnee liegen oder auf der Toilette mit fremden Frauen plaudern, so lange man will, zwischen den beiden bleibt immer alles beim Alten.

»Na gut, ich muss jetzt los«, sagte Jonas. Olga hatte das Gefühl, als hätte er nur ihre Rückkehr abgewartet. Ihr Herz sank auf einmal. Wie war das möglich? Nur weil ein Mann, der ihr doch gar nichts bedeutete, irgendetwas sagte, das ihr ebenfalls nichts bedeutete. Wahrscheinlich hatte sie wirklich zu viel getrunken ...

»Morgen früh hole ich euch ab. Seht zu, dass ihr pünktlich fertig seid. Wir überprüfen die Ausrüstung und machen uns dann auf. Um neun bin ich bei euch, Mark.«

Damit verabschiedete er sich und verschwand.

»Ich glaube, ich möchte auch gehen«, sagte Olga zaghaft.

»Du hast Recht, ja. Heute war wirklich ein langer Tag, Cara.« Mark zog sie an sich.

Sie brachten Inka bis zum Hotel und beschlossen, noch ein wenig spazieren zu gehen. Dieser Beschluss war ganz spontan entstanden, sie wussten selber nicht, von wem der Vorschlag kam, ob von Olga oder von Mark – oder von den irgendwo in der Tiefe der Nacht verborgenen Bergen.

»Wie geht's mit Vallejo voran?«, fragte Mark plötzlich. Er hatte die harmlose intellektuelle Tätigkeit seiner Frau von Anfang an mit teilnahmsvoller Aufmerksamkeit begleitet.

»Ich weiß nicht ... Ich glaube, irgendetwas fehlt mir. Vielleicht die Erfülltheit seines Lebens. Die Fülle seiner Sicht auf die Welt.

Genau wie bei ihm«, sagte Olga unvermittelt und bereute ihre Offenbarung sofort.

Mark blieb stehen und sah sie mit gerunzelten Brauen an.

»Du findest dein Leben nicht erfüllt, Cara?«

»Nein, das meine ich nicht ... Ich habe mich falsch ausgedrückt ... Verstehst du, Vallejo, das ist die männliche Sicht auf die Welt, stark und leidenschaftlich. Das ist es, was mir fehlt.«

»Natürlich. Weil du eine Frau bist. Eine Frau, die geliebt wird. Meine Frau.«

Er zog sie an sich und küsste sie – unter den fernen, funkelnden Sternen, zu Füßen der schweigenden Berge, am Herzen der schweigenden Lawinen; und es war ein herber und süßer Kuss zugleich.

Ein venezianischer Kuss.

O ja, ihr hochzeitliches Venedig war voll von solchen Küssen gewesen: an den schwarzen Wassern mit seinen faulenden Pfosten, an den vom Alter dunklen Fassaden der Häuser. Sollte sich das noch einmal wiederholen?

»Es ist wie in Venedig, stimmt's?«, sagte Mark auf einmal, als hätte er ihre Gedanken gelesen.

Olga schrak zusammen und presste sich noch fester an seinen Körper.

»Ich habe gerade genau dasselbe gedacht.«

»Wirklich? Und was hast du noch gedacht?«

»Dass diese Reise wie eine zweite Hochzeitsreise ist.«

O Gott, wie konnte sie bloß so lügen! Denn sie log, zum ersten Mal im Leben belog sie Mark, ihren Mann, den sie mehr als alles auf der Welt liebte. In Wirklichkeit nämlich hatte sie gedacht, dass sie Jonas so gerne aus Vallejos Gedichten vorgetragen hätte. Sie hätte ganz bestimmt die richtigen Verse gefunden.

Es war reiner Zufall, dass sie auf diesen kleinen, von allen Seiten eingeschlossenen Platz gelangten. Im hellen Licht vielfarbiger Scheinwerfer sah er einfach fantastisch aus: Überall waren Figuren aus Eis aufgestellt, es gab ganze Burgen und Springbrunnen aus

Eis, in ihrem Lauf für immer und ewig angehalten. Die Beleuchtung war höchst vielfältig, aber vor allem in den Farben Blau und Rot gehalten, was die Eisskulpturen ideal zur Geltung brachte. Sie schienen zu atmen, sie lebten ihr eigenes, geheimnisvolles Leben. Märchenhelden und Trickfilmprotagonisten waren deutlich in der Unterzahl, man sah vor allem sorgsam gearbeitete Kopien berühmter Skulpturen, hauptsächlich antiker griechischer und römischer Werke. Dazu einige Arbeiten von Michelangelo und sogar der ›Ewige Frühling‹ von Rodin.

Olga stand wie angewurzelt und konnte sich vor Entzücken nicht fassen.

»Wusstest du davon, Mark?«, fragte sie.

»Ich hatte keine Ahnung. Sieht aus wie eine Außenstelle der Eremitage oder des Puschkinmuseums.«

»Mein Gott, was für eine Pracht! Ich hätte mir niemals vorstellen können, dass Eis so schön sein kann!«

Eine Weile irrten sie wie verlorene kleine Kinder zwischen dieser ganzen schimmernden Herrlichkeit umher, trennten sich bei der einen Skulptur, um sich an der nächsten wieder zu finden, lachten und staunten. Und auf einmal war Mark verschwunden.

Olga lief kreuz und quer durch den ganzen Skulpturengarten – kein Mark. Verzweifelt irrte sie durch das eisige Labyrinth und rief immer wieder seinen Namen.

Keine Antwort.

Nur der Widerhall ihrer eigenen Stimme, die, von dem toten, durchsichtig schimmernden Eis zurückgeworfen und gebrochen, verändert zu ihr zurückkehrte. Sie klang seltsam fremd und voller Unruhe, als wollte sie sie warnen. Und dann bekam sie plötzlich Angst, sie sah, nein, eher spürte sie einen dunklen Schatten irgendwo hinter sich.

»Mark!«, rief sie unsicher. »Mark.«

Wieder kam keine Antwort.

»Mark! Mark, erschreck mich nicht!«

Der Schatten veränderte seine Position, jetzt war er seitlich von ihr. Er kam nicht näher, entfernte sich aber auch nicht, er hielt beständig denselben Abstand zu ihr. Olga nahm allen Mut zusammen und drehte sich um.

»Wer ist da?«

Aber der Schatten war verschwunden. Sie musste sich getäuscht haben.

Plötzlich wollte sie nur noch heraus aus der eisigen Stadt, so schnell wie möglich heraus aus dieser erbarmungslosen Kristallfalle. Aber das war leichter gesagt als getan. Sie hatte sich zwischen all dem Eis regelrecht verirrt. Irgendwo – ganz nah und doch so schwer erreichbar – schimmerten die Lichter des Hotels, hier aber im Schatten des schimmernden Eises war es dunkel. Im selben Moment überkam sie ein Gefühl, das sie bisher nicht gekannt hatte: Wut, vermischt mit einem Tropfen Gram. Dieser unkontrollierte Jähzorn raubte ihr den Atem. Und dann geschah etwas Beschämendes: Olga stürzte sich auf die nächste Figur – eine unschuldige, winzige Mickey Maus – und schlug mit der Faust auf sie ein.

Der Schmerz in ihrer Hand brachte sie zur Besinnung.

O Gott, was tue ich da.

Sie rieb sich die schmerzenden Fingerknöchel. ›*Nimm das Aua, lieber Wind, blas es weg von meinem Kind.*‹ Das hatte Manana immer gesungen, wenn die kleine Olga sich die Knie aufgeschrammt hatte. Und Olga konnte es nie abwarten, bis die Wunde geheilt war, um den Schorf abzukratzen. Denn darunter fand sie immer eine neue, rosige, geheimnisvolle, noch unbekannte Haut.

Manana.

Warum musste sie gerade jetzt an ihre Mutter denken?

Dieser heftige Jähzorn, dieser Gram, dieses klaustrophobische Gefühl dort im Eis ... O Gott, vielleicht hatte ihre Mutter ja etwas Ähnliches gespürt. Olga fror bis ins innerste Mark, und für einige schreckliche Sekunden fühlte sie sich selber wie eine dieser eisigen Figuren um sie herum.

Oh, nein, bitte nicht, bitte nur nicht das ... Alles, aber nicht das. Ich darf nicht, ich darf nicht, bitte ...

»Mark!«, rief sie mit versagender Stimme, als sie kraftlos auf den Boden sank.

Er war in derselben Sekunde bei ihr, als wäre er die ganze Zeit in ihrer Nähe gewesen. Er hockte sich neben sie in den festgetretenen Schnee und fragte besorgt:

»Was ist denn, Cara? Was ist passiert?«

»Wo warst du?«, flüsterte Olga zornig.

»Ich war hier. Ich suche dich seit einer Viertelstunde.«

»Nein, ich suche dich. Ich schreie und schreie, aber du hältst es nicht einmal für notwendig, mir auch nur zu antworten!«

»Aber nein! Das ist doch Unsinn! Was redest du denn?«

Olga krallte sich in seine Jacke, ihre Lippen bebten.

»Hältst du mich eigentlich für eine komplette Vollidiotin?«

»Olga, was ist denn mit dir? Hast du den Verstand verloren?«

Warum sagte er das jetzt? Warum, warum?

»Wage es nicht, so mit mir zu reden!« Sie war kurz davor, auf ihn einzuschlagen.

»Was ist bloß mit dir?«

»Sag niemals zu mir, ich sei verrückt! Hörst du?«

»Das sage ich ja gar nicht, aber du musst dich jetzt beruhigen.«

»Ja, schon gut. Ich bin schon wieder in Ordnung.« Olga musste auf einmal lächeln, erhob sich und presste sich mit ihrem ganzen Körper fest an ihn.

Da endlich bemerkte er ihre blutigen Finger. Vorsichtig nahm er sie in seine Hand und führte sie an sein Gesicht.

»Hast du dich verletzt, Cara?«

»Es ist nicht so schlimm«, sagte sie ausweichend. Sie schämte sie für ihren Ausbruch.

Ich benehme mich wie ein kleines Mädchen. Es ist alles meine Schuld, Mark kann überhaupt nichts dafür.

»Jetzt erzähl mir endlich! Was ist denn überhaupt passiert?«

»Ich habe dich gesucht. Und dann hatte ich auf einmal das Gefühl, dass mich jemand beobachtet.«

»Aber Cara! Wer sollte dich denn hier beobachten?«

»Ich weiß es nicht. Aber auf einmal hatte ich furchtbare Angst, und du warst weg und hast auf mein Rufen nicht geantwortet.«

»Jetzt beruhige dich.« Mark legte den Arm um ihre bebenden Schultern. »Ich bin ja bei dir, ich passe auf dich auf.«

»Ja, ja, natürlich.«

»Vergiss das alles. Du hast ein wenig getrunken, und dann all diese neuen Eindrücke. Da wird jeder ein wenig wirr im Kopf.«

»Lass uns zurück in unsere Hütte gehen. Ich möchte hier nicht mehr bleiben.« Sie zitterte am ganzen Körper.

»Ja, natürlich, Cara.«

»Ich komme nie mehr hierher.«

»Das brauchst du auch nicht.«

»Mit diesem Ort stimmt etwas nicht, das fühle ich. Diese Figuren wirken irgendwie lebendig. Ich habe das Gefühl, als beobachteten sie uns.«

»Das bildest du dir nur ein. Deine Fantasie ist einfach ein wenig überreizt.«

»Wenn es nur so wäre!«

»Natürlich, und das ist auch gar kein Wunder.« Er lächelte und berührte wieder ihre verletzte Hand mit seinen Lippen. »Du musst ja auch eine ungewöhnliche Einbildungskraft haben, sonst könntest du doch nicht solche Gedichte übersetzen, oder?«

Es schien, als sei es Mark gelungen, die Situation zu entschärfen. Auch Olga lächelte jetzt, ein zartes, ein wenig verlegenes Lächeln. Gerade dieses Lächeln liebte Mark an seiner Frau am meisten.

»Du bist wahnsinnig schön«, flüsterte er. »Komm, wir gehen in unsere Hütte. Wir lassen uns was zu trinken bringen. Kaffee, ja?«

»Und einen Cognac.« Die Ängste, die sie eben noch so gequält hatten, schienen ihr jetzt fast lächerlich.

»Natürlich, Cara. Etwas Cognac und ein wenig Liebe. Ist dir das recht?«

»Wie sollte es mir wohl nicht recht sein, Liebster?«

Wie schön sie ist.

Die Frau, auf die ich gewartet habe. Nur auf sie habe ich gewartet, und sie ist gekommen.

Jetzt wird meine Sammlung endlich vollständig sein.

Ich kann es kaum erwarten, den Ausdruck des Grauens auf ihrem Gesicht zu erblicken. Das Grauen steht jungen Frauen so gut, es macht ihre Lippen so bezaubernd und unwiderstehlich – bereit für den letzten Kuss. Das Grauen bringt ihre Augen zum Leuchten. In Eis gebannt wird sie noch schöner sein als lebendig. Ich muss nur den richtigen Moment abwarten und sie von ihren Begleitern trennen: es muss alles ganz natürlich wirken. Sie darf keine Angst vor mir haben. Niemand soll vor einem Künstler Angst haben. Warum auch? Schließlich ist es der Künstler, der den Menschen Unsterblichkeit verleiht, nur der Künstler, niemand sonst.

Und träumt nicht ein jeder von der Unsterblichkeit?

Auch sie wird davon träumen, ganz bestimmt.

Diese verdammte kurzsichtige Brillenschlange lässt mich nicht in Ruhe. Sie kann sich einfach nicht mit dem Verlust ihres teuren Kyrill abfinden. Manchmal treibt es mich regelrecht, ihr zu zeigen, was aus ihm geworden ist. Vielleicht gefiele es ihr ja. Vielleicht möchte sie bei ihm bleiben. Das passt zwar eigentlich nicht in meine Pläne, aber, na ja …

Es wäre besser, sie reiste ab. Wenn man so wenig sehen kann, sieht man Dinge, die alle anderen nicht sehen. Das beunruhigt mich. Sie ist eine unbedeutende Zeugin, aber trotzdem eine Zeugin. Das ist schlecht. Und dieser Idiot Wasja hätte das nicht finden dürfen, was er gefunden hat.

Auch das ist schlecht. Zwei Fahrlässigkeiten nacheinander – ich muss wirklich vorsichtiger werden. Aber bis jetzt habe ich die Lage im

Griff. Ein paar Zeilen auf seiner alten Schreibmaschine haben alles ins Lot gebracht. Seine Underwood schreibt ganz von allein ein neues Finale für sein Leben. Das tatsächliche Finale wird niemand je kennen lernen. Der arme Wasja hatte natürlich keine Ahnung, welches Ende unsere kleine Unterhaltung nehmen würde. Dabei hat er schon so viele Krimis fabriziert! Aber wie so eine Unterhaltung mit einem richtigen Mörder für gewöhnlich endet, das weiß er immer noch nicht. Ein unverzeihlicher Fehler.

Und für Fehler muss man zahlen.

Er war ein schlechter Schriftsteller, aber das wird jetzt niemand mehr erfahren. Ich habe alle seine Manuskripte gelesen, und ich glaube, dass sogar ich besser schreiben könnte.

Ja, Wasja war ein schlechter Schriftsteller. Aber ich bin ein guter Bildhauer. Und ich habe es nicht nötig, mir dafür von irgendeinem Menschen Bestätigung zu holen. Die, die meine Arbeit beurteilen könnten, sind längst tot. Wüsste ich doch nur, was sie jetzt dort unter dem Eis empfinden! Wie gerne wüsste ich, was Kyrill fühlte, als ich seine erstarrten Wangenknochen mit seinem albernen ›Gillette‹ aus seinem eigenen Necessaire rasierte und ihm mit seinem nicht weniger albernen Eau de Toilette von Kenso die Schläfen einrieb. Vielleicht war es ja keine so gute Idee gewesen, sein Necessaire mitgehen zu lassen, aber die Versuchung war einfach zu groß; es hat keinen Sinn, dagegen ankämpfen zu wollen. Das habe ich schon vor vielen Jahren begriffen, und seitdem lebe ich in völliger Harmonie mit mir selbst. Letztendlich hat auch niemand dem Verschwinden der Kulturtasche große Bedeutung beigemessen. Ich kenne die Menschen, die hier arbeiten, wie meine Westentasche. Sie vertrauen mir, die meisten halten mich für einen guten Kerl, und manche zählen mich in den Kreis ihrer besten Kumpel. Und so muss es auch sein. Ich mag es nicht, wenn ich jemanden entzaubere. Ich habe noch nie jemanden enttäuscht.

Aber jetzt sollte ich besser über diese Frau nachdenken, die gerade angekommen ist.

Über meine Frau. Ich wusste sofort, gleich als ich sie zum ersten

Mal sah, dass sie es ist. Dieses anmutige Profil, diese perfekte Rundung ihres Kinns. Was will ein Künstler mehr? Er muss sich sein Modell fügsam machen, das ist es. Und das bedeutet, alles, was nicht zu ihr gehört, im richtigen Moment entfernen: vor allem die Menschen, die sie umgeben. O ja, sie werden jammern und klagen, wenn sie plötzlich verschwunden ist, genauso wie diese verdammte blinde Fledermaus um ihren Kyrill jammert und klagt. Aber das ändert gar nichts.

Noch nie war ich meinem Ziel so nahe.

Niemals.

Endlich ließ der höllische Schmerz in seinem Rücken, der ihn seit zwei Tagen ohne Pause geplagt hatte, ein wenig nach.

Wie immer war es in der Stunde des Stiers, an der Schwelle des neuen Tages. Der Schmerz verkroch sich in das Innere seines von diesem Hundeleben zermürbten Körpers, so wie eine Schlange sich in seine Höhle verkriecht; verzog sich in sein warmes Nest, wo er auf den nächsten unpassenden Zeitpunkt warten würde, um von Neuem anzugreifen und ihn irgendwann endgültig kleinzukriegen.

Pal Palitsch Swjaginzew stand ächzend auf und schlurfte zu seinem Tisch, dessen Fläche unter zahllosen leeren Wodkaflaschen und Bierdosen fast vollständig verschwand. Akribisch prüfte er jede einzelne Flasche und jede Dose und goss die letzten Tropfen in einem Glas zusammen. Viel war es nicht, kaum ein halbes Gläschen, aber es reichte immerhin, um die vermaledeite Radikulitis mit einem saftigen Gruß zu verabschieden und den neuen Tag würdig zu begrüßen.

Dann pflanzte sich Swjaginzew vor seinem Kleiderschrank auf, öffnete ganz vorsichtig die Tür und warf, Böses ahnend, einen Blick in den Spiegel auf der Innenseite.

Eine unrasierte, aufgedunsene Visage mit einem wackelnden Doppelkinn darunter. Ein Gesicht wie eine Bulldogge, Borsten wie bei einem Wildschwein und dazu winzige rote Schweineäuglein – alle Achtung, da kommt ein kompletter Kinderbauernhof zusammen.

Am liebsten hätte er sich selber ins Gesicht gespuckt. Seufzend machte er sich daran, seine Kleidung einer Bestandsaufnahme zu unterziehen. In keinen seiner Anzüge passte er noch hinein, aber er brachte es nun einmal nicht fertig, sich davon zu trennen. Sie waren ein Andenken an ein anderes Leben, in dem er fünfzig überflüssige Kilo weniger mit sich herumgeschleppt hatte. In diesem Leben waren keine Berge und nicht solch glänzend weißer Schnee vorgekommen, da hatte es nur die ewig gleiche rotbraune Brühe unter den Füßen gegeben.

Pal Palitsch hatte sein ganzes bisheriges Leben in Petersburg verbracht, genauer gesagt auf der Wassili-Insel, jenes idyllische Eiland, das sich heutzutage die Penner mit den ›Neuen Russen‹ teilen. Dort hatte er gelebt, war jeden Tag brav zur Arbeit in sein Milizrevier an der Ecke Kleiner Prospekt/Achte Linie gegangen, hatte jeden Samstag die Banja aufgesucht, dort brav sein Gläschen Wodka (oder auch mehr) getrunken und war dann genauso brav wieder nach Hause gegangen.

Dort erwartete ihn seine Frau, zog ihm getreulich mit der Nudelrolle eins über die Rübe, und anschließend begab sich Pal Palitsch zufrieden zu Bett. Im Alter von fünfzig Jahren hatte er es gerade einmal bis zum Hauptmann gebracht. Neben seinem Hang zum Alkohol hatte vor allem eine gewisse Trägheit des Denkens einen günstigeren Verlauf seiner Karriere behindert, beides Eigenschaften, die seine Vorgesetzten bewogen, ihm nur unbedeutende Fälle anzuvertrauen, wie kleinere Raufereien im Familienkreis, Zwistigkeiten in Kommunalwohnungen oder Randalierereien unter Betrunkenen.

Allerdings befand sich Swjaginzew durchaus im Einklang mit seiner schleppend verlaufenden Dienstkarriere. Auf diese Art und Weise, dachte er, konnte man es immerhin bis zur Rente schaffen, ohne seine Gesundheit allzu sehr zu ruinieren. Aber dann …

Dann brach in einem einzigen Augenblick alles zusammen.

Wolodja starb.

Wolodja, sein einziger Sohn, die Sonne seines Lebens, der ganze Stolz seines Vaters. Er war Student an der Petersburger Universität und schrieb in seiner Freizeit heimlich lustige Geschichten für Kinder. Diese Geschichten waren immerhin so gut, dass ein Petersburger Verlag sich dafür interessierte und sie zusammen mit hübschen Illustrationen herausbrachte: ›Wiegenlied für einen kleinen Igel‹ hieß das schmale Bändchen.

Wolodja starb auf die banalste Art und Weise. Er stürzte vom Dach ihres eigenen Hauses, auf das er geklettert war, um eine lockere Eisenplatte zu befestigen. Die Platte hatte Tag und Nacht im Wind geklappert und war jedem im Haus auf die Nerven gegangen. Die Mutter hatte immer wieder bei der Hausverwaltung angerufen, aber die Dachdecker ließen und ließen sich nicht blicken. Schließlich hatte Wolodja beschlossen, die Sache auf eigene Faust in Ordnung zu bringen.

Er war auf dem regennassen Dach ausgerutscht und fünf Stockwerke tief hinabgestürzt, direkt auf den Asphalt vor ihrer Haustür. Der Aufschlag war furchtbar: Beinahe jeder Knochen seines Körpers war zerschmettert, nur sein Gesicht war unversehrt geblieben. Ein zufriedenes Lächeln lag auf seinen Zügen: Bevor er stürzte, hatte er die unselige Platte noch befestigt.

Nach dem Tod seines Sohnes hatte Swjaginzew zwei Monate lang gesoffen wie ein Loch. Anders hätte er den Schmerz, der ihn auszehrte wie ein tödliches Fieber, nicht ertragen können. In volltrunkenem Zustand gelang es ihm, sich einzureden, Wolodja wäre immer noch am Leben. Pal Palitsch hätte sich um ein Haar um den Verstand gesoffen. Er hörte erst auf zu trinken, als die letzte Kopeke verflüssigt war. Dann bemerkte er, dass seine Frau ihn in der Zwischenzeit verlassen hatte. Sie war zu ihren Verwandten nach Tosno gezogen und wollte nichts mehr von ihm wissen.

Im Revier war man seinem Kummer mit dem größten Verständnis begegnet, man hatte ihm sogar angeboten, unbezahlten Urlaub zu nehmen. Stattdessen reichte er seinen Abschied ein, und einen Monat später verließ er Petersburg. Er konnte nicht mehr in dem Haus leben, das seinen Sohn umgebracht hatte. Fast seine gesamte Habe ließ er zurück, alles, außer Wolodjas Buch: ›Wiegenlied für einen kleinen Igel‹.

Der Zufall führte Swjaginzew in die ›Windrose‹. Ein alter Freund aus Armeezeiten war Personalchef in dem frisch eröffneten Skisportparadies und bot ihm die Stelle als ›Security‹ an – Swanginzew selbst gebrauchte lieber das gute alte Wort ›Rausschmeißer‹ – mit einem breiten, allerdings recht vagen Spektrum von Pflichten.

Es gab tatsächlich kaum etwas tun: Die Gäste der ›Windrose‹ waren intelligente, wohl situierte Leute, Schlägereien unter Betrunkenen und ähnliche Banalitäten kamen hier nicht vor. Natürlich gab es so unerfreuliche Dinge wie Lawinen. Seit Beginn seiner Tätigkeit waren bereits mehrere Menschen unter herabstürzenden Schneemassen begraben worden. Wenn es gelang, sie wieder auszubuddeln, trat Swjaginzew in Aktion: Die Vernehmung von Zeugen und das Abfassen von Berichten war sein ureigenes Metier – eine Frucht seiner langjährigen Erfahrung bei der Miliz.

Bisheriger Gipfelpunkt seiner Karriere in der ›Windrose‹ war der Diebstahl eines Paars von Amethystohrringen. Swjaginzews geschultes, wenn auch vom Wodka ein wenig aufgeweichtes Kriminalistenhirn war der Übeltäterin schnell auf die Schliche gekommen: Nach zwei Tagen hartnäckiger Verhöre legte eines der Zimmermädchen ein Geständnis ab und wurde mit Schimpf und Schande davongejagt. Die Ohrringe landeten wieder bei ihrer Besitzerin, und der Skandal war abgewendet – dank Pal Palitschs tatkräftigem Einsatz. Und ein gutes Skihotel muss auf seinen Ruf achten.

Das Trinken hatte Swjaginzew in der ›Windrose‹ erheblich reduziert: Ihm lag sehr daran, seinen gemütlichen Posten als Security-Mann möglichst lange zu behalten, und zu diesem Zweck musste er gewisse Spielregeln berücksichtigen. Jetzt ließ er sich nur noch an den Abenden von Samstag auf Sonntag volllaufen, und der einzige Zeuge dieser stillen Besäufnisse war das Büchlein ›Wiegenlied für einen kleinen Igel‹, das Swjaginzew stets bei sich trug. Natürlich gab es auch Ausnahmesituationen. In den Bergen hatte Swjaginzew die Radikulitis gepackt: ein Abschiedsgruß des feuchten Petersburger Klimas. Und wenn die Radikulitis ihn in ihren Klauen hatte, brauchte er verständlicherweise erheblich mehr Wodka als an gewöhnlichen Tagen. Aber auch damit verstand er mittlerweile umzugehen. Swjaginzew hatte die feste Absicht, für den Rest seiner Tage in der ›Windrose‹ sesshaft zu bleiben. Und dieser Wunsch war umso stärker geworden, seit der Bergretter Wasja Sikatschinski in sein Leben getreten war.

Sogar Swjaginzew selbst wunderte sich über diese sonderbare Freundschaft: Was, so fragte er sich manchmal im Stillen, verband einen jungen Mann in der Blüte seines Lebens mit einem dicken alten Mann, der zu allem Überfluss auch noch an Kurzatmigkeit, Radikulitis und einem unseligen Hang zu billigem Wodka litt? Aber irgendwann entdeckte Swjaginzew das verbindende Moment: Wasja hatte eine unglaubliche Ähnlichkeit mit seinem toten Sohn Wolodja.

Rein äußerlich nicht, nein. Aber Wasja *schrieb.*

Zwar keine Kindergeschichten, sondern nur Krimis, aber immerhin: Er schrieb. Er tat das, was sein eigener Sohn immer hatte tun wollen. Und so fanden Wasjas Kriminalschmonzetten in Swjaginzew bald ihren dankbarsten Leser. Er fand sie allesamt und ohne Ausnahme ganz tadellos.

Wasja selbst zog es ebenfalls sehr zu Swjaginzew hin. Er gierte förmlich danach, wahre Geschichten aus dem Leben echter Verbrecher zu hören. Bei einer ihrer ersten Begegnungen musste Pal Palitsch wohl der Teufel geritten haben. Ihm lag so viel daran, diesem Burschen, der seinem Sohn so sehr ähnelte, zu gefallen, dass er ihm, ehe er selbst begriff, was er tat, erzählte, er habe sein Leben lang im KGB gedient (Ach, blauäugiger Traum einer bettelarmen Jugend!). Er legte sogar noch eins drauf, indem er behauptete, er habe es dort bis zum Major gebracht (Ach, ach, blauäugiger Traum seiner späten Jahre!). Wasja wiederum hatte nichts Eiligeres zu tun, als diese heiße Information unter sämtlichen Angestellten der ›Windrose‹ zu verbreiten, und wie nicht anders zu erwarten, stieg dadurch Swjaginzews Ansehen um ein Beträchtliches. Pal Palitsch seinerseits hatte es nicht eilig, diesen Mythos zu zerstören.

Gestern hatte der brave Wasja vor seiner Zimmertür gestanden und wollte ihm irgendetwas Wichtiges mitteilen, etwas *sehr* Wichtiges, wie er betonte. Aber Swjaginzew, von der Radikulitis an den Rand einer Nervenkrise getrieben, hatte seine Tür verrammelt und schickte den armen Kerl mit ein paar saftigen Flüchen zum Teufel. Jetzt peinigten ihn Gewissensbisse. Er sollte zu Wasja gehen und versuchen, herauszufinden, was er von ihm gewollt hatte. Dabei könnte er auch gleich in Erfahrung bringen, wie sich die Suche nach diesem Kyrill Posdjakow entwickelte. Swjaginzew hatte sich während der fünf Tage, die die Suche mittlerweile dauerte, sämtliche verfügbaren Informationen über den verschwundenen Skifahrer besorgt. Posdjakow war im Jahre 1967 in Apatiti im Gebiet Murmansk zur Welt gekommen, lebte inzwischen in Karelien und trieb Handel mit Bauholz. Hier in der ›Windrose‹ trieb er es allerdings vor allem mit Frauen. Das stand nun zwar nicht in seinem offiziellen Lebenslauf, aber Swjaginzew hatte das Vergnügen gehabt, diese Tatsache höchstselbst in unmittelbarer Anschauung zur Kenntnis zu nehmen. Sogar das Zimmermädchen Maja, die den Verlust des Necessaires entdeckt hatte (zum Teufel mit diesem albernen Necessaire, das steckte ihm wie eine Gräte im Hals!), war mit ihm im Bett gewesen.

Dabei konnte man für so ein Techtelmechtel mit einem Hotelgast ganz fix mal seine Arbeitsstelle verlieren!

Aber die größten Kopfschmerzen bereitete Swjaginzew jene Natalja Wladilenowna Sapessozkaja, eine dreiundvierzigjährige Brillenschlange aus Moskau. Dieses Weib klebte ihm wie ein Birkenblättchen am Hintern und nervte ihn mit ihren unerwünschten Aussagen, wo sie nur konnte. Dazu lag sie ihm ununterbrochen in den Ohren, man müsse unbedingt die Suche nach ihrem geliebten Verschollenen intensivieren, noch mehr Bergretter einsetzen, noch mehr Hunde, noch mehr Hubschrauber und was nicht noch alles. Anfangs hatte sie sogar gefordert, sie selber in die Rettungsmannschaften aufzunehmen, aber dieses Mütchen hatte man schnell gekühlt: ›Das überlass mal lieber den Profis, Mädchen!‹

Pal Palitsch mied diese Natalja wie der Teufel das Weihwasser. In gewisser Weise empfand er seine Radikulitis sogar als eine Befreiung von diesem penetranten Weib. Swjaginzew wäre bereit gewesen, einen weit höheren Preis zu zahlen, um sie endlich loszuwerden.

Aber jetzt musste er wohl oder übel seine sichere Höhle verlassen, und das hieß, dass er früher oder später wieder dieser Furie in die Hände geriete. Swjaginzew hatte die schwache Hoffnung, dass man Posdjakow inzwischen vielleicht gefunden hatte. Das wäre seine Rettung. Dann könnte diese penetrante Brillenschlange ihre ganze Energie darauf verwenden, die tiefgefrorene Leiche ihres Liebhabers zu beweinen. Denn dass man Posdjakow nur noch als Leiche finden würde, daran zweifelte Pal Palitsch keine Sekunde. In den zwei Jahren, die er in diesem idyllischen Prielbrusie saß, hatte er die Berge hinreichend kennen gelernt, er wusste, dass sie ihre Beute niemals herausgaben, wenn sie sie einmal in ihren eisigen Fängen hatten. Aber er wusste auch, dass die Suche fortgesetzt wurde, solange man die Leiche nicht gefunden hatte.

In Posdjakows Fall gab es allerdings eine Reihe von Ungereimtheiten. Obwohl man die Suche auf ein konkretes, relativ kleines Territorium eingrenzen konnte, war es bisher nicht gelungen, seine Leiche aufzuspüren, auch nicht mit Hilfe der Hunde. Pal Palitsch hatte in dieser Hinsicht seinen eigenen Aberglauben: Man muss den Bergen ein Opfer bringen, damit sie die anderen verschonen.

Eine heidnische Grausamkeit, aber so ist das nun mal ...

Die Freundin des Vermissten, jene gefürchtete Natalja Sapessozkaja, hatte ausgesagt, Posdjakow kurz vor Abgang der Lawine auf der Freestyle-Piste gesehen zu haben, und das, obwohl eine Lawinenwarnung ausgegeben worden war. Diese Piste wurde seit gut einem Jahr nicht mehr benutzt, weil sie als besonders gefährdet galt. Im vergangenen Jahr waren dort zwei Skifahrer von einer Lawine verschüttet worden, Swjaginzew erinnerte sich noch sehr gut an den Fall. Es handelte sich um ein Professorenehepaar (organische Chemie), zwei ausgesprochen reizende Menschen. Sie hatten einen trauernden Königspudel hinterlassen. Und jetzt hatte es an derselben Stelle diesen Kyrill Posdjakow aus Apatiti erwischt.

Was die Sapessozkaja in die Nähe der alten Freestyle-Piste gelockt hatte, war sonnenklar: Sie folgte ihrem flatterhaften jungen Liebhaber wie ein Schatten überallhin. Aber was hatte Kyrill selbst dazu veranlasst, sich auf diese heruntergekommene, seit langem nicht mehr präparierte Piste zu wagen? Das blieb ein Rätsel. Die Sapessozkaja hatte ihren kostbaren Schatz aus sicherer Entfernung beobachtet, um ihm mit ihrer Anhänglichkeit nicht zu sehr auf die Nerven zu fallen, und als sich die Lawine löste, hatte sie den Instinkt besessen, sich in die richtige Richtung zu bewegen. Liebe ist etwas sehr Schönes, aber manchmal muss man auch ans eigene Überleben denken. Dann hatte sie dort, wo eben noch eine Piste gewesen war, nur noch jungfräulich reinen Schnee gesehen und sofort begriffen, dass nur ein Soforteinsatz der Bergretter ihren Kyrill noch heil aus dem Schnee holen konnte. Aber der ersten Lawine folgte kurz darauf eine zweite, und damit sanken Kyrills Chancen auf null. Als die Retter endlich ihre Arbeit aufnehmen konnten, war keine Spur mehr von ihm zu finden.

Das bebrillte Satansweib faselte ununterbrochen vor sich hin, sie habe neben ihrem Kyrill noch einen anderen Skifahrer gesehen. Aber auch dessen Leiche wurde nicht gefunden.

»Ein toter Fall«, sagte Pal Palitsch. »Das könnt ihr vergessen.« Er empfahl, Posdjakows Gepäck zusammenzusuchen und nach Karelien zu schicken, seinen letzten Wohnort.

Leise vor sich hinschimpfend und laut in sein Taschentuch schnaubend stieg Swjaginzew in einen zerknitterten Anzug, knotete sich umständlich eine völlig verdrehte Krawatte unter das Kinn und bemerkte dabei, wie immer, dass er allmählich dick wurde. Der Kragen passte kaum mehr um den Hals, und die Hosen bekam er auch nur noch mit größter Mühe zu.

Das kann nicht so weiter gehen, dachte er, wie immer, und betrachtete sich mit Abscheu im Spiegel. Wasja hat Recht, ich sollte mit dieser verdammten Skifahrerei anfangen, vielleicht krieg ich dann ja doch mal ein paar Pfunde runter. Aber das blieb wie immer ein guter Vorsatz. In den beiden Jahren, die er jetzt hier war, hatte er es geflissentlich vermieden, sich auch nur in die Nähe irgendwelcher Skibretter zu bringen. Und den schönen Hang der Slalompiste sah er höchstens in seinen allerschlimmsten Albträumen, wenn ihn die Radikulitis beinahe um den Verstand brachte.

Und damit verließ Swjaginzew – wie üblich in seinen alten, mit Watte gefütterten Wintermantel gehüllt anstatt in warme sportliche Skikleidung – sein Zimmer. Seinen wuchtigen Schädel bedeckte ein Hut mit umgeknickter Krempe, den Wasja für ein unverzichtbares Accessoire eines jeden echten Privatdetektivs hielt und dessen Anblick ihm regelmäßig wohlige Schauer über den Rücken jagte.

Als Pal Palitsch an die Tür des Bergretterhäuschens klopfte, rührte sich zunächst gar nichts. Aber die Spürnase des alten Bullen sagte ihm, dass der Fuchsbau nicht leer war. Pal Palitsch hatte sogar eine

Vorstellung davon, wer sich da drinnen versteckte, und das brachte ihn in Rage. Die Tür bebte unter den Schlägen seiner schweren Faust, es fehlte nicht viel und sie wäre aus den Angeln geflogen.

»Macht auf, ihr Blödmänner!«, brüllte Swjaginzew mit Donnerstimme. Prompt wurde die Tür vorsichtig geöffnet, und Achmeds Räubervisage erschien in dem Spalt.

»Ah ... Du bist es, Palitsch!« Achmed versuchte ohne großen Erfolg, seinem Gesicht den Ausdruck von freudiger Überraschung zu verleihen.

»Nein, deine Tussi aus dem Restaurant.« Wenn Achmed einmal nicht von liebeshungrigen weiblichen Gästen beansprucht wurde, stellte er einer der Restaurantkellnerinnen nach, einer etwas herben Schönheit, die weder Brust noch Eifersucht besaß. »Was machst du für ein Gesicht, Achmed? Wenn man dir ein Messer zwischen die Zähne klemmt, siehst du aus wie ein lebender Steckbrief.«

»Bist du etwa neidisch, du alter Teufel?«, gab Achmed zurück und fletschte gutmütig sein strahlendes Gebiss.

»Logisch«, gestand Swjaginzew mit einem Seitenblick auf die sehnige, gertenschlanke Figur des Bergretters.

»Ich bin krank«, bemerkte Achmed mit bedeutsamem Augenaufschlag. »Angina, verstehst du.«

»Verstehe«, brummte Swjaginzew und drückte sich an Achmed vorbei ins Haus.

Achmed wich ihm geschmeidig aus und schob mit der Fußspitze hinterlistig eine niedrige Bank vor Swjaginzews Füße, sodass dieser, der alles, was unterhalb seines Bauches lag, nicht bemerkte, darüber stolperte und sich fast den Hals gebrochen hätte.

Achmed verschwand laut lachend hinter der Tür zu einem großen Zimmer, das als Aufenthaltsraum diente.

Swjaginzew folgte ihm fluchend.

Als er den Raum betrat, hatte Achmed schon seine Hose angezogen und angelte gerade nach seinem Hemd. Achmeds Oberkörper war von einem dichten schwarzen Pelz bedeckt, womit er bei den Frauen für gewöhnlich einen außerordentlichen Eindruck erzielte.

Eine dieser empfindsamen Damen lag auf einer niedrigen, breiten Ottomane und hatte sich die Decke bis zum Kinn heraufgezogen. Ihre Kleider waren auf dem Fußboden verstreut. Swjaginzew hatte sie schnell klassifiziert: Wieder so eine losgelassene Hausfrau, wie sie Achmed reihenweise an den Haken gingen.

»So, so, du bist also krank«, sagte er mitfühlend.

»Jeden erwischt es mal.«

»Klar. Und das da ist wohl deine Medizin«, schnurrte Pal Palitsch ironisch und deutete mit dem Kinn auf die Gestalt unter der Decke.

»Mhm.«

»Eine Wärmflasche, vermute ich«, sagte Pal Palitsch und stieß Achmed mit der Faust scherzhaft in den Bauch.

»Mhm.«

»Du lässt wirklich nichts anbrennen«, spottete Swjaginzew weiter.

»He, he!« Endlich schien der smarte Tscherkesse seine Gelassenheit zu verlieren. »So redet man nicht über die Frauen!«

»Ja, ja, reg dich ab.«

»Mein Herz, zieh dich an, und geh schon mal vor zum Skilift. Ich komme gleich nach.«

Das Mädchen nickte gehorsam und starrte Swjaginzew dabei mit großen Augen an.

»Dreh dich um, Papi«, sagte Achmed. Swjaginzew wandte dem Mädchen den Rücken zu und schlenderte zu einem kleinen Schreibtisch, der in einer Ecke neben dem Fenster stand: Auf diesem Tisch thronte Wasjas riesige Schreibmaschine, eine uralte ›Underwood‹, der man eine gewisse Ähnlichkeit mit einem reich verzierten Sarg nicht absprechen konnte.

Jetzt war die Schreibmaschine von einem schwarzen Überzug

bedeckt, was Swjaginzew erstaunte. Wasja war eigentlich viel zu faul, seine Maschine ständig zu- und abzudecken. Sie stand normalerweise offen herum.

»Was soll das denn heißen?«, brummte Swjaginzew vor sich hin. Die Antwort kam postwendend. Auf dem Tisch, gleich neben der Schreibmaschine, lag ein Blatt Papier, auf dem in der ihm wohl vertrauten Schrifttype der ›Underwood‹ stand: »BIN IN DIE STADT GEFAHREN, MEIN MANUSKRIPT ABGEBEN. BIN MORGEN ABEND ZURÜCK. GRUß AN DEN OPA. WASJA.«

Swjaginzew staunte immer mehr. Einerseits schmeichelte es ihm, dass Wasja an ihn gedacht hatte (denn der Gruß galt ihm, Wasja nannte ihn schon seit längerem nur noch ›Opa‹, das wusste jeder), aber andererseits ...

Was sollte das denn für ein Manuskript sein, das er in die Stadt bringen wollte? Das letzte, das er beendet hatte, war vor zwei Wochen wohlbehalten mit einer menschenfreundlichen Hundezüchterfamilie nach Moskau gelangt. Wasja war ihnen so lange auf die Nerven gegangen, bis sie einwilligten, sein Machwerk mitzunehmen, nur um ihn endlich vom Hals zu haben.

Das Manuskript trug den Titel ›Tödlicher Tango‹.

Nach der Abreise der Hundezüchter hatte sich Wasja unverzüglich wieder an die Schreibmaschine gesetzt und ein neues Opus mit dem Arbeitstitel ›Blutiger Sonntag‹ begonnen. Bisher hatte er erst fünfzig Seiten geschrieben, und der übliche Umfang seiner Schauergeschichten betrug wenigstens 400 Seiten. Swjaginzew war über den Fortgang von Wasjas schöpferischer Tätigkeit genauestens im Bilde, er hatte sogar das Privileg genossen, einer Lesung der ersten Seiten des neuen Romans teilhaftig zu werden. Sie hatten sich seit zwei Tagen nicht gesehen, aber selbst Wasja in einem seiner graphomanischen Anfälle hätte in dieser Zeit keine dreihundertfünfzig Seiten schreiben können. Das war schon physisch unmöglich.

Was für ein Manuskript sollte das also sein, das er in die Stadt bringen wollte?

Während Swjaginzew noch über diese Frage nachdachte, hatte das Mädchen die gastliche Unterkunft der Bergretter verlassen und Achmed die Prozedur des Ankleidens erfolgreich beendet.

»Also, wo ist Wasja?«, fragte Swjaginzew.

»Du hast es doch gerade gelesen. Dein Wasja ist in die Stadt gefahren.«

»Wann?«

Es war deutlich zu sehen, dass diese Frage Achmed überraschte.

»Gestern, denke ich.«

»Hast du gesehen, wie er gefahren ist?«

»Nein. Ich war ja nicht hier. Er war morgens mit Kasbek unterwegs, meinem Neffen, weißt du. Ich kann dir auch nicht mehr sagen.«

»Er hatte gestern irgendwas auf dem Herzen, das er mir unbedingt erzählen wollte. Er hat mir fast die Tür eingetreten. Hast du eine Ahnung, worum es ging?«

»Nein.«

Vielleicht hatte er ihm ja tatsächlich bloß sagen wollen, dass er in die Stadt fuhr? Aber was sollte das für ein Manuskript sein …

Dieser Gedanke bohrte sich wie ein Nagel in Swjaginzews Kopf fest. Seit er Wasja kannte, hatte dieser die ›Windrose‹ nur ein einziges Mal verlassen; dieses Unternehmen war von einem Riesenbrimborium begleitet gewesen. Und plötzlich sollte er so ganz still und heimlich verschwinden? Tschüss, ich geh dann mal, Gruß an Opa? Er hatte nicht einmal nachgefragt, ob Swjaginzew vielleicht Tabak für sein altes Pfeifchen brauchte! (Jeder, der ins Tal fuhr, brachte dem Security-Chef Tabak mit, und Pal Palitsch hatte selber vor ein paar Tagen Wasja gegenüber geklagt, dass sein Vorrat zur Neige ginge.)

Swjaginzew stützte sich schwer auf die Schreibtischplatte und zog die Schubladen auf.

»He«, empörte sich Achmed. »Hast du einen Durchsuchungsbefehl?«

»Klar, in meinem Backenzahn, zieh ihn dir raus!«

Wasja hatte die Gewohnheit, von all seinen Werken einen Durchschlag anzufertigen. Das Original behielt er für sich (damit um Gottes willen niemand ihm die Autorenrechte streitig machte), die Kopie schickte er an einen Verlag. So machte er es immer. Die Manuskripte füllten zwei Schubladen. Sikatschinski hatte bisher insgesamt acht Romane verfasst. Der ›Blutige Sonntag‹ sollte demnach der neunte werden.

Swjaginzew zählte die Exemplare in den Schubladen durch: Alle acht waren vorhanden, auch der ›Tödliche Tango‹.

Nur der ›Blutige Sonntag‹ fehlte. Nicht ein einziges Blatt aus dem begonnenen Manuskript, weder Original noch Durchschlag.

Das gefiel Swjaginzew ganz und gar nicht.

Wasja war zwar normalerweise ziemlich schlampig, aber wenn es um seine Manuskripte ging, war er ein extremer Pedant. Das Original des Manuskripts musste an seinem Platz liegen, das war eine eiserne Regel.

Aber das Original des ›Blutigen Sonntags‹ war und blieb unauffindbar.

Swjaginzew dachte plötzlich, dass gestern Sonntag gewesen war.

Warum fiel ihm das gerade jetzt ein?

Irgendetwas an Wasjas Abreise war faul. Es gab dafür einfach keine vernünftige Erklärung. Warum, zum Henker, hatte er Wasja nicht in sein Zimmer gelassen? Was war es, das er ihm so dringend hatte mitteilen wollen? Jetzt tat es ihm bitter leid, dass er so stur gewesen war.

Swjaginzew versuchte, die düsteren Gedanken abzuschütteln, und wandte seine Aufmerksamkeit wieder Achmed zu. Um Wasja würde er sich später kümmern.

»Also gut, ich verstehe«, sagte er. »Wasja ist in die Stadt gefahren ...« Kaum hatte er diesen Satz laut ausgesprochen, wurde ihm schlagartig klar, dass Wasja gar nicht hatte wegfahren können. »Wo sind denn die anderen?«

»Wo Wlad ist, weißt du selber, und da findest du auch Jurik.«

Swjaginzew seufzte. Das hieß, dass man Posdjakow noch immer nicht gefunden hatte. Aber das war ihm auch so klar gewesen. Sonst hätten sie ihn nämlich schon längst aus seinem Zimmer gezerrt, Radikulitis hin oder her.

»Und Jonas?«

»Der kümmert sich um seine Gäste.«

»Verstehe. Wann hast du Wasja eigentlich zum letzten Mal gesehen?«

Achmed runzelte die Stirn und dachte nach.

»Gestern früh. Er wollte Kasbek eine Skiausrüstung zusammenstellen.«

»Interessant. Wer war noch mal dieser Kasbek?«

»Mein Neffe. Er verbringt hier seine Ferien.«

»Aha, verstehe. Und hat er sie zusammengestellt, die Ausrüstung?«

»Klar!«

»Und wo ist er dann hin?«

»Hör mal, Palitsch! Was willst du eigentlich von mir? Ich bin selber erst heute Morgen zurückgekommen. Ich habe den Zettel gelesen, und sonst weiß ich gar nichts.«

Der Gedanke an Wasja ließ Swjaginzew keine Ruhe, er quälte und peinigte sein ohnehin nicht allzu gesundes und ziemlich verfettetes Herz.

»Wlad und Jurik sind also immer noch am Buddeln. Und wo finde ich deinen Neffen?«

»Keine Ahnung, wahrscheinlich auf der Piste.«

»Na schön, dann gute Besserung, Achmed. Ich verschwinde.«

Die folgenden beiden Stunden verbrachte Swjaginzew – erfolglos – damit, eine Erklärung für Wasjas plötzliche Abreise zu suchen. Warum war er so urplötzlich verschwunden? Das sah ja fast aus wie eine Flucht. Er hätte es natürlich einfach dabei belassen können, aber es gab zwei Dinge, die ihn stutzig machten: Das war erstens das Verschwinden des Manuskriptes, und zweitens hatte Wasja mehrmals versucht, mit ihm zu sprechen.

So diskret wie nur möglich – um nur ja keine bösen Gerüchte in die Welt zu setzen –, befragte Swjaginzew jeden, den er eben erwischen konnte. Fast jeder hatte Wasja im Verlaufe des Tages irgendwo einmal gesehen, aber niemand wusste irgendetwas, das ihm weiterhelfen konnte. Der Portier Sergej, der an dem Tag Dienst gehabt hatte, erzählte ihm, Wasja habe sich am Morgen den Schlüssel zum Steinsack geben lassen. (»Er hat ihn immer noch nicht zurückgebracht, der Halunke!«) Sergejs Dienst ging bis Mitternacht, dann wurde er von Iwan abgelöst. Und am gestrigen Morgen war Wasja mit irgendeinem lebhaften Knaben aufgekreuzt, wahrscheinlich mit diesem Neffen von Achmed ...

Swjaginzew begab sich ins Hotel, um mit Iwan zu sprechen. Aber das erwies sich als überflüssig, denn plötzlich sah er etwas, womit er nicht gerechnet hatte.

Der Schlüssel zum Steinsack! Er hing fromm und friedlich an seinem Platz.

Swjaginzew kannte diesen Schlüssel sehr gut, denn Wasja hatte ihn schon mehrfach in den Steinsack mitgeschleppt, um ihm wenigstens eine halbwegs brauchbare Skiausrüstung zusammenzustellen. (»Es ist eine Schande, Pal, da lebst du inmitten dieser wunderschönen Berge und hast keinen Schimmer davon, wie ein Paar Skier aussehen.«) Aber bisher hatte sich Pal Palitsch Wasjas Bemühungen widersetzt.

Wie gebannt starrte Swjaginzew auf den verflixten Schlüssel. Der hyperkorrekte Sergej hatte ihm doch unmissverständlich – und ziemlich sauertöpfisch – erklärt, dass Wasja den Schlüssel bis zu seinem Dienstende um Mitternacht nicht zurückgebracht hatte. Und an dem Abend waren nur zwei Fahrzeuge von der ›Windrose‹

aus gestartet: ein Kleintransporter und der Jeep eines Gastes. Beide waren vor zwanzig Uhr losgefahren.

Rein theoretisch bestand die Möglichkeit, dass Wasja auf Skiern bis zum ›Adlerhorst‹ abfahren wollte, einem größeren Skiort, der ein wenig unterhalb der ›Windrose‹ lag. Von dort aus fuhr ein Autobus weiter. Aber das wäre ein reines Selbstmordunternehmen gewesen, mitten in der Nacht, bei bedecktem Himmel ...

Weder der Kleintransporter noch der Jeep waren bisher zurückgekehrt. Aber selbst wenn Wasja mit einem von ihnen weggefahren wäre, wer hatte dann den Schlüssel wieder an seinen Platz gehängt?

›Das ist wohl das Alter‹, dachte Swjaginzew. ›So muss es sein! Eine ganz banale Alterserscheinung. Irgendwelche Einbildungen geistern einem in der Rübe herum, einfach so, ohne irgendwelche Veranlassung. Pathologische Angstzustände nennt man das, irgendwelche albernen Phobien, die einen piesacken wie das Zipperlein. Oder kommt das aus meinem Unterbewusstsein? Nach mehr als dreißig Jahren bei der Miliz muss das ja in jedem Fall völlig verkorkst sein! All diese miesen kleinen menschlichen Gemeinheiten, mit denen ich da jeden Tag zu tun hatte, rächen sich jetzt bitter an mir und nagen mit ihren zahnlosen Mäulern an meiner zerfransten Seele!

He, Moment, was soll das jetzt eigentlich? Pal Palitsch, du warst doch noch nie ein großer Analytiker. Oh, Mist, ich glaube, ich brauche einen Psychiater!‹

Aber um einen Psychiater zu konsultieren, hätte er absteigen müssen in die große, schlechte Welt, jene Welt, die ihm den einzigen Sohn genommen hatte. Und das wollte Swjaginzew auf gar keinen Fall.

Als Erstes musste er jetzt mal diesen kleinen Kasbek auftreiben, den liebreizenden Neffen ihres liebreizenden Tscherkessen.

Swjaginzew steuerte seine Leibesmassen zielstrebig in Richtung Schlepplift, der die Novizen der Skifahrtskunst zu ihrer Piste brachte. Am Fuße des Liftes saß wie immer der alte Arik Stiller in seinem durchgesessenen Korbschaukelstuhl, mit einem nagelneuen Strohhut auf dem Kopf.

Arik Stiller war eine der bedeutendsten Sehenswürdigkeiten der ›Windrose‹. Im vergangenen Jahr hatte er sein achtzigstes Lebensjahr vollendet, und dieses bescheidene Jubiläum war im engen Kreis seiner nächsten Freunde und Bekannten würdig begangen worden. Man hatte Arik zu diesem Zweck mitsamt seinem Schaukelstuhl in den Bankettsaal des Restaurants verfrachtet, wo ihm eine teure Skibrille und eine kolossale Geburtstagstorte, die die Umgebung der ›Windrose‹ nachbildete, überreicht wurden. Über den stillen Deutschen Arik waren die unglaublichsten Gerüchte im Umlauf. Man erzählte sich, er habe im Krieg der legendären Division ›Edelweiß‹ angehört und er sei seinerzeit ein hervorragender Skifahrer und vorzüglicher Scharfschütze gewesen. Angeblich hatte er Dutzende unvorsichtiger russischer Soldaten auf dem Gewissen, und Göring selbst sollte ihn mit dem Eisernen Kreuz ausgezeichnet haben. Aber als die Division ›Edelweiß‹ den Kaukasus verließ, blieb er zurück. Jahrzehntelang lebte er einsam auf den Gletschern, und dann erschien er eines Tages in einer der Basisstationen für Bergsteiger. Am Ende seines langen Weges stand die ›Windrose‹. Dort wollte er sterben.

Arik leistete dem wundersamen Mythos vom ›Edelweiß‹ keinen Vorschub, er dementierte ihn aber auch nicht. Er lebte gleichmütig dahin, saß den ganzen Tag still an seinem Schlepplift und kontrollierte die Tickets der Skisportneulinge.

»Grüß dich, Arik«, brüllte Pal Palitsch dem Alten ins Ohr. »Ist das Leben noch frisch?«

Arik mümmelte. Das hieß: »Grüß dich, Pal Palitsch, alte Schildkröte! Das Leben läuft wie geschmiert.«

»Sag mal, kennst du zufällig Achmeds Neffen?« Das war eine rein rhetorische Frage, der hochbetagte Stiller hatte ein phänomenales Gedächtnis für Namen und Gesichter, sogar für solche, die er nur beiläufig gesehen hatte.

»Kasbek meinst du?«, nuschelte Arik. »Der ist gerade rauf.«

»Sagst du mir Bescheid, wenn er runterkommt?«

»Geht in Ordnung.«

Sie mussten nicht lange warten. Die Anfängerpiste war sehr kurz, alles in allem nur etwa fünfhundert Meter lang. Kaum zwanzig Minuten waren vergangen, da hob Arik seinen krummen Zeigefinger und deutete auf eine schmächtige Gestalt, die sich hinkend auf den Lift zu bewegte.

Achmeds Neffe war eine perfekte, nur ein wenig kleinere Kopie seines Onkels, und zwar innerlich wie äußerlich: Jetzt steuerte er Volldampf voraus im Kielwasser zweier junger Skifahrerinnen, die wie er auf dem Weg zum Lift waren. Sein dreizehnjähriges Gesicht leuchtete von unverhülltem Interesse für diese leuchtenden Schmetterlinge in ihren roten Skianzügen. Als er beim Schlepplift angekommen war, schnappte sich Swjaginzew den Burschen am Schlafittchen.

»He, bist du Kasbek?«

»Na und?«

»Ich muss dich was fragen. Komm mit.«

Der kleine Kasbek warf den farbenfrohen Nymphen einen sehnsüchtigen Blick hinterher. Swjaginzew tröstete ihn:

»Mach dir nichts draus, du hast schon noch genug Zeit, dich zu amüsieren. Jetzt erzähl.«

»Was soll ich erzählen?«

»Über Wasja. Er hat dir doch deine Skiausrüstung zusammengestellt, oder?«

»Na und?«

»Also damit das klar ist: Die Fragen stelle hier ich!«, knurrte Swjaginzew den Miniaturachmed an.

»Ich habe nichts verbrochen!«

»Immer schön der Reihe nach: Also dein Onkel hat Wasja gebeten, dir Skier rauszusuchen, stimmt's?«

»Hat er.«

»Und ihr seid zusammen losgegangen, richtig?«

»Sind wir.«

»Und hat er sie dir ausgesucht?« Swjaginzew verlor allmählich die Geduld.

»Hat er.«

»Und was weiter?«

»Nichts weiter.«

Zwecklos. Swjaginzew kam ins Schwitzen. Er zog ein Taschentuch aus der Tasche, das eher nach einer nicht mehr ganz sauberen Tischdecke aussah, und trocknete sich damit die Stirn.

»Also noch mal: Ihr seid morgens losgegangen, um die Skier auszusuchen, ja?«

»Sind wir. Um halb zehn war das!« Kasbek offenbarte auf einmal unerwartete Intelligenz. »Gleich nach dem Frühstück.«

»Aha, und warum weißt du das noch so genau?« Swjaginzew konnte sein Glück nicht fassen. Verblüfft schob er seinen Hut in den Nacken.

»Frühstück ist um neun. Danach hab ich auf ihn gewartet.«

»Und ihr seid abmarschiert.«

»Sind wir.«

»Und dann habt ihr dir eine Ausrüstung zusammengestellt«, leierte Swjaginzew wie eine Gebetsmühle herunter. »Wie lange habt ihr dazu gebraucht?«

»Keine Ahnung. Das heißt, genauer gesagt war es so: Zuerst hat er ein Paar Schuhe rausgesucht. Dann die Skier. Fehlten noch die Bindungen und die Stöcke. Und dann hat er plötzlich gesagt, ich soll schon mal vorgehen, er müsse schnell bei jemandem vorbeigehen, um ihm etwas zu sagen.«

Da erinnerte sich Swjaginzew.

Natürlich, das erste Mal war Wasja gegen zehn Uhr früh bei ihm aufgetaucht. Swjaginzew hatte noch geschlafen, weil er die ganze Nacht unter seiner Radikulitis gelitten hatte. Deshalb war er auch so erbost gewesen: Er hatte Wasja zum Teufel geschickt.

Es war neun Uhr zweiundfünfzig gewesen, plus die Viertelstunde, die seine Uhr nachging. Folglich war es zehn Uhr sieben.

Wasja musste sehr plötzlich irgendetwas eingefallen sein, denn er hatte den Jungen weggeschickt, obwohl er zwar seine Schuhe, aber noch nicht die dazugehörigen Skibindungen, zwar die Skier, aber noch keine Skistöcke hatte. Was konnte das so Dringendes gewesen sein, dass es keinen Aufschub duldete? Jedenfalls war er nicht losgerannt, um mit Swjaginzew über seinen neuen Roman zu plaudern, das war damit geklärt.

Was, verdammt noch mal, konnte es dann gewesen sein? Hatte er sich vielleicht an irgendetwas erinnert? Oder hatte er etwas entdeckt?

Kasbek, der bemerkte, dass der dicke Typ intensiv über irgendetwas nachgrübelte, versuchte sich in Richtung Schlepplift zu verdrücken. Aber Swjaginzew hatte ihn mit einem raschen Griff an seinem Jackenzipfel erwischt und hielt ihn fest.

»Was hast du gesagt? Wasja wollte dir gerade ein paar Stöcke raussuchen, stimmt das?«

»Stimmt.«

»Und warum wollte er auf einmal so plötzlich weg? Hat er dir das nicht gesagt?«

»Hat er nicht. Er hat da irgendwo in einer Ecke rumgewühlt, und auf einmal sagt er, er müsse mal schnell weg und käme bald wieder.«

»Was machte er für einen Eindruck dabei?«

»Gar keinen. Ganz normal.«

»Normal? Nicht irgendwie aufgeregt oder nachdenklich? Hattest du nicht vielleicht das Gefühl, dass er über irgendetwas nachdenkt? So als hätte er plötzlich irgendeine Idee gehabt, oder so was? Weißt du, wie einer aussieht, wenn er eine Idee hat?«

»Äh ... Na ja, vielleicht schlägt man sich mit der Hand an die Stirn?«, vermutete Kasbek unsicher.

»Genau, man schlägt sich mit der Hand an die Stirn«, seufzte Swjaginzew.

»Nein, hat er nicht. Er ist einfach gegangen und hat gesagt, ich solle auf ihn warten. Sonst nichts.«

»Und du hast gewartet?«

»Klar hab ich. Er kam auch ziemlich schnell wieder.«

»Und dann?«

»Er hat ziemlich geflucht. ›Dieser alte Bock, nie ist er da, wenn man ihn braucht‹, hat er gesagt. Aber was für einen alten Bock er meinte, hat er nicht gesagt.«

Tja, da brauchte man nicht lange zu raten. Dieser alte Bock war niemand anderes als er selbst, Pal Swjaginzew. Andererseits hätte es auch schlimmer kommen können. Er hätte ihn ja auch, zum Beispiel, einen kastrierten Eber nennen können. Aber was wollte er?

Swjaginzew fühlte instinktiv, dass dieser ungewöhnliche Morgenbesuch etwas mit Wasjas Verschwinden zu tun hatte.

›Warum habe ich ihm bloß nicht aufgemacht?‹, dachte er zum wiederholten Male verdrossen. ›Na gut, das ist jetzt nicht mehr zu ändern. Hackfleisch kann man nicht wieder zurückdrehen, wie Wasja selber zu sagen pflegte. Und jetzt werde ich wohl als Erstes mal den verdammten Steinsack aufsuchen müssen.‹

Swjaginzew ließ den Jungen laufen, verabschiedete sich von dem alten Stiller und trollte sich zur Rezeption, um den Schlüssel zu holen.

Eine halbe Stunde später öffnete er die Tür zum Steinsack; ohne die geringste Ahnung, wonach er dort eigentlich suchen sollte.

Und wie nicht anders zu erwarten, fand er auch nichts.

Swjaginzew rief sich noch einmal ins Gedächtnis, was der Junge erzählt hatte. Wasja hatte zuletzt in den Skistöcken und Skibindungen herumgewühlt. Folglich nahm sich Swjaginzew diese als Erstes vor, wobei er sich ständig die Hände rieb, weil es im Steinsack fast noch kälter war als draußen.

Aber da gab es nichts in irgendeiner Form Kriminelles zu sehen – außer eben alten Skibindungen und Skistöcken.

Er fing noch einmal von vorne an. Dabei wurde ihm immer klarer, dass das vollkommen sinnlos war, was er da tat. Schon wollte er aufgeben, als er auf dem Fußboden einen Gegenstand bemerkte: eine Kette mit einem winzigen Medaillon.

Dieses Medaillon kannte Swjaginzew sehr gut. Es gehörte Wasja. Die Jungfrau Maria mit inbrünstig im Gebet erhobenen Händen. Wasja war nämlich tatsächlich Katholik, wenn auch kein besonders gläubiger. Das Medaillon diente ihm eher als Talisman.

Ächzend bückte sich Swjaginzew und hob das silberne Teilchen auf. Glück gehabt, die Kette war nicht zerrissen, nur das Schloss war aufgegangen.

Swjaginzew verwahrte seinen Fund in der Tasche. Wasja würde sich riesig freuen, wenn er sein gutes Stück unversehrt wiederbekam.

Swjaginzew lieferte den Schlüssel wieder an der Rezeption ab und ging auf sein Zimmer.

Die Geschichte mit Wasja erschien ihm immer absurder. Das Theater, das er selber darum veranstaltete, allerdings auch. Sicher würde der Junge demnächst zurückkommen, und alles würde sich aufklären. Seine Aufregung war vollkommen überflüssig. Wahrscheinlich hatte diese verdammte Radikulitis sein Hirn inzwischen zu einem trüben Brei verarbeitet. Jedenfalls hatte sein Denkvermögen zweifelsohne ziemlich gelitten. Aber das war ja nicht das erste Mal. Nach seinen Anfällen würde er immer sentimental und in der Birne blöd wie ein Haushuhn.

Um sich wieder in die Spur zu bringen, beschloss Swjaginzew, sich einen winzigen Wodka aus seinem Spezialkanister zu genehmigen, den er für besondere Fälle in seinem Kleiderschrank versteckt hatte, und dann würde er erst einmal in aller Ruhe die Rückkehr des Suchtrupps abwarten. Vielleicht wusste er dann ja schon mehr. Und bis dahin würde er sein persönliches Orakel befragen: das ›Wiegenlied für einen kleinen Igel‹.

Dieses Büchlein war für ihn schon seit langem zu einer Art Mao-Bibel geworden. Er fand darin Antwort auf alle Fragen. Swjaginzew machte es sich in seinem Sessel bequem, schlürfte seinen Wodka (pur, kein Gemüse dazu) und schlug das Buch auf. Seite dreizehn, Zeile fünf. Was er dort las, versetzte ihn in tiefe Nachdenklichkeit. »*Merke dir, Igel, niemals darfst du jemandem vertrauen, der vom Südrand der Wiese kommt und dorthin zurückkehrt. Er kann dir Böses zufügen, denn er vermag sich nach Belieben zu verwandeln und zu verstellen.*«

Inka kam wie immer zu spät.

Jonas und Mark zündeten die dritte Zigarette an, und sogar Olga, die sich für gewöhnlich nicht aus der Ruhe bringen ließ, wurde schon nervös. Als Inka endlich auf der Bildfläche erschien, erkannten sie die anderen kaum wieder. Sie sah aus wie die leibhaftige Verkörperung einer aktuellen Skimode-Werbung, und sie bewegte sich dabei so affektiert, als baumelten noch die Preisschildchen mit den langen Zahlen an ihr. ›Na ja, kein Wunder, Papa hat ja auch ein kleines Vermögen in ihre Ausstattung gesteckt‹, dachte Olga. Sie selber hatte er in ihrer Kindheit viel weniger verwöhnt. Seine materielle Lage hatte das allerdings auch gar nicht ermöglicht. Heute konnte er sich jede Großzügigkeit erlauben, und Inka verstand es, dies virtuos auszunutzen. Der Gerechtigkeit halber musste man ihr allerdings zugestehen, dass sie wirklich etwas hermachte. Sie war das Idealbild einer hübschen, charmanten Frau – und nebenbei ihre beste Freundin.

»Bin ich zu spät?«, schnurrte sie und schob sich die Skibrille in die Stirn.

»Natürlich, aber das ist ja nichts Neues«, antwortete Mark. »Wenn ich bitten darf, Gnädigste, die Berge stehen für Sie bereit.«

»Ist das nicht ein wenig übertrieben? Ich dachte, wir wollen Ski fahren und nicht zur Modenschau?« Offenbar konnte auch Jonas Komplimente machen.

»Ach ja? Ich finde, es ist genau richtig.« Inka war für derartige Provokationen unempfindlich.

Von weitem gesehen stellten sie ein schillerndes Ensemble dar. Jonas füllte perfekt die Rolle des einheimischen Führers aus, die anderen übernahmen den Part der übersättigten ›Neuen Russen‹, die wild entschlossen waren, ihr Geld beim Skifahren zu verschleudern. Mark war der Einzige mit einem Skihelm. Die Frauen hatten sich modische Mützen übergezogen, Jonas trug keinerlei Kopfbedeckung.

Mark und Inka hatten sich wie auf Absprache für kurze Slalomskier entschieden; offenbar hielten sie das für die sportlichere Variante. Olga, die noch nie im Leben auf einer richtigen Skipiste war, hatte die klassische Ausrüstung gewählt: einfach, aber geschmackvoll, ohne irgendwelche Schnörkel oder Schleifchen.

»Was ist, kann's endlich losgehen?«, fragte Jonas.

»Es ist schon längst losgegangen, mein Bester, hast du das noch nicht bemerkt?« Inka lief bereits zu Hochtouren auf.

Die Tickets für den Lift hatte Mark bereits am Abend zuvor an der Rezeption erstanden. Also setzte sich die Karawane ohne weitere Verzögerung in Bewegung.

Kaum saßen sie in der Kabine, begannen sie zu diskutieren, wie sie mit Olga verfahren sollten. Olga hatte nach ihrem eigenen Bekunden zum ersten und letzten Mal in der achten Klasse auf Skiern gestanden, und das auch nur auf den flachen Hängen der Moskauer Umgebung. Von einem richtigen Abfahrtslauf auf einer echten Skipiste hatte sie nicht die geringste Vorstellung. Deshalb wollte sie vernünftigerweise auf die Anfängerpiste gehen. Mark war aber auf einmal dagegen. Offenbar fiel es ihm schwer, sich im Urlaub auch nur für eine Stunde von seiner Frau zu trennen.

»Du brauchst dir keine Sorgen zu machen«, versicherte ihm Jonas. »Ich kümmere mich schon um sie.«

»Genau das befürchte ich«, sagte Mark und schob die Augenbrauen zusammen. Ihm missfiel wohl das offensichtliche Interesse, das Jonas seiner Frau von Anfang an entgegenbrachte.

»Mark, mein Liebster, du leidest an pathologischer Eifersucht«, kommentierte Inka scharfsinnig. »Du solltest vielleicht doch mal einen Psychiater aufsuchen, findest du nicht?«

»Nein, finde ich nicht«, entgegnete Mark barsch.

Danach standen sie schweigend da und bewunderten die grandiose Landschaft, die sich ihnen von der Gondel aus präsentierte. Die Berge waren so ergreifend schön, so vollkommen rein, dass es Olga das Herz zusammenpresste. Direkt unter ihnen schauten sie auf die Spitzen der Kiefern, auf die Slalomtore und die spielzeugkleinen Gestalten der Skifahrer. Die ›Windrose‹ war weit unter ihnen zurückgeblieben, ihre Gebäude sahen aus wie Teile einer Baukastenstadt. Olga musste plötzlich an den Skifahrer denken, der vor einigen Tagen verschwunden war. Sicher war er auch mit dieser Gondel gefahren, vielleicht hatte er sogar auf demselben Platz gesessen, auf dem sie jetzt gerade saß. Aber die Berge hatten nicht viel Federlesens mit ihm gemacht und ihn in irgendeinen versteckten Winkel verschleppt. Bestimmt gab es in diesen Bergen ungezählte solcher Winkel, genau wie in der Seele eines Menschen auch. Und in jedem von ihnen lag ein toter Skifahrer unter dem Schnee: die geheimen Wünsche, von denen man niemandem erzählen kann, die unterdrückten Leidenschaften und unbefriedigten Bedürfnisse. Man musste nur aufpassen, nicht zufällig darauf zu stoßen und sie plötzlich ans Licht zu holen.

Aber darüber brauchst du dir keine Sorgen zu machen, Olga, du warst immer ein Muster an Ausgeglichenheit. Du hast niemals auch nur daran gedacht, deinen Mann zu betrügen oder deinen Vater um Geld für ein Auto zu bitten; oder den Abgabetermin für eine Übersetzung um mehr als eine Woche zu überziehen. Und auch bei den Skiern hast du die schlichte, klassische Variante gewählt, ohne irgendwelche Extras.

Wenige Minuten später spuckte die Gondel sie auf einem festgestampften ebenen Platz aus. Bis zur Piste waren es höchstens hundert Meter.

»Findet ihr nicht, dass hier ein bisschen zu viel los ist?«, fragte Inka plötzlich.

»Wie meinst du das?«, entgegnete Mark.

»Wie ich es sage. Hier gibt es mehr Menschen als in Jalta während der Hochsaison.«

»Wäre es dir lieber, wenn es hier zuginge wie in einem Dorftheater bei der Premiere eines experimentellen Theaterstücks?«

»Ich hätte nichts dagegen!«

Aber Inkas Gejammer war in Wahrheit etwas übertrieben. In der näheren Umgebung zählten sie kaum zwei Dutzend Skifahrer.

»Was hast du eigentlich auf einmal gegen Publikum? Das ist doch sonst nicht deine Art.«

»Weißt du, Mark, mein Herzchen, so ein rasanter Abfahrtslauf, das ist doch eine sehr intime Angelegenheit, ungefähr so wie das Rasieren der Beine. Ich ziehe es vor, dabei möglichst wenige Zeugen zu haben.«

»Zeugen wobei? Beim Rasieren oder bei deinem tollkühnen Abfahrtslauf?«

»Sowohl als auch.«

»Dann bitte ich um Entschuldigung.«

Aber Inka war es offenbar leid, mit Mark nutzlose Sticheleien auszutauschen. Deshalb nahm sie jetzt seinen Bruder ins Visier. »Helfen Sie mir, die Skibindungen anzulegen, Jonas?«, flötete sie zuckersüß.

»Natürlich.« Jonas lächelte sauer zurück. »Ich habe eine Schwäche für die ›Neuen Russen‹.«

»Tatsächlich? Für alle? Oder suchen Sie sich die besten heraus?«, hörte sich Olga auf einmal zu ihrer eigenen Überraschung fragen. Und gleichzeitig bemerkte sie bestürzt, dass in ihrer Stimme genau die gleiche leichte Koketterie mitschwang, die eigentlich Inkas Markenzeichen war. Wenn sie so weitermachte, dann würde sie sich demnächst die Haare kurz schneiden lassen und ihren Mann ›Mark, mein Herzchen‹ nennen.

»Für ausnahmslos alle.«

»Womit haben wir diese Ehre bloß verdient?« Inka zwinkerte Olga zu. Sie hatte nichts dagegen, als ›Neue Russin‹ aufzutreten. Immerhin hatte sie den größten Teil ihres Lebens in edler Armut verbracht, entsprechend dem kümmerlichen Gehalt ihrer Mutter, die als Erzieherin in einem Heim für lernbehinderte Kinder gearbeitet hatte.

»Es ist richtig interessant, euch so zuzusehen«, antwortete Jonas bereitwillig. »Ihr kauft euch sündhaft teure Skiausrüstungen für Tausende von Dollars, rutscht zweimal mit rausgestrecktem Hintern und durchgedrückten Beinen die Piste runter, und das war's dann mit der brennenden Leidenschaft für den Skisport.«

»Was soll das heißen – das war's?«

»Dann hängt ihr nur noch in den Bars rum, schlürft euren Wodka oder irgendwelche süßen Cocktails, und zwischendurch bestellt ihr euch Zigeuner mit Tanzbären und Gewehre zum Rumballern.«

»Wozu denn Gewehre?«, fragte Mark.

»Egal. Es müssen ja nicht Gewehre sein«, sagte Jonas und schaute seinen Bruder seltsam an. »Es können auch einfach ein paar Nutten sein, sportlich gebaut, aber mit romantischen Gefühlen, und mit denen geht's dann ab in die finnische Sauna.«

»Ich kann mich des Eindrucks nicht erwehren, dass Sie schlicht und einfach neidisch sind, Jonas!« Inka lachte. »Sie wären ganz bestimmt auch gern so ein schnuckeliger ›Neuer Russe‹.«

Mark wartete das Ende dieser Diskussion nicht ab. Er stapfte los, um sich eine geeignete Stelle für die Abfahrt zu suchen. Kurz darauf sahen die anderen, wie er im tiefen Schnee hangabwärts schoss.

Es war ein mustergültiger Abfahrtslauf. Olga spürte, dass es für Mark, für sein Selbstbewusstsein, sehr wichtig war, gut zu fahren. Aber im nächsten Moment war dieser Gedanke schon wieder vergessen, verdrängt von der Faszination an seinen perfekten Bewegungen. Er jagte durch den lockeren, unberührten Schnee, als wollte er die Erdanziehung auf die Probe stellen. Mehrere Male sah es so aus, als würde er bei einem seiner extrem scharfen Bögen im nächsten Moment zur Seite weggerissen. Jedes Mal war Olga ganz sicher, dass er schrecklich stürzen würde. Plötzlich bemerkte sie kurz vor ihm einen großen Felsen, der unter einer dünnen heimtückischen Schneeschicht kaum zu erkennen war; Mark fuhr direkt darauf zu.

Das hielten ihre Nerven nicht mehr aus. Sie wandte sich ab und schaute in Inkas Gesicht, nur um den unvermeidlichen Sturz nicht mit ansehen zu müssen. Vor unerträglicher Anspannung ballte sie die Fäuste, und sie hätte bestimmt auch die Augen zugekniffen, aber da sah sie Inkas Gesichtsausdruck: die Pupillen ganz klein vor Aufregung, die Lippen zusammengepresst ...

Seltsam, wer hätte gedacht, dass diese Inka, die doch Mark auf den Tod nicht ausstehen konnte, so mitfieberte!

»Ist er gestürzt?«, fragte Olga mit stockender Stimme und wusste im selben Moment, dass nichts passiert war. Inkas Gesicht hatte sich entspannt, ihre Augen füllten sich mit einem entzückten Leuchten.

»Sieh doch mal, Lelischna!«, rief sie. Olga drehte sich um und sah, wie Mark in einem waghalsigen Sprung über den gefährlichen Felsen setzte. Er flog buchstäblich darüber hinweg. Eine scharf gezeichnete Silhouette vor dem grellen Hintergrund des Himmels.

»Na, was sagst du dazu, Jonas?«, fragte Inka in provozierendem Ton, als Mark aus ihrem Sichtfeld verschwunden war.

»Er kann Ski fahren, na und?«, entgegnete Jonas arrogant. »Aber da ist nicht viel dabei, er hat die besten Skier, die es gibt, die fahren fast von allein. Mit den Dingern könnte das fast jeder.«

Das war alles, was er dazu zu sagen hatte?

Das war so maßlos ungerecht, dass Olga vor Empörung die Tränen in die Augen traten. Natürlich hatte Mark die besten Skier gekauft, die es gab, das wusste sie selber. Er sprach ja ständig darüber. Gestern Abend, als sie aus der Bar kamen, hatte er ihr erst wieder davon vorgeschwärmt.

›Das sind einfach großartige Skier, Olga, die machen unglaubliche Dinge. Du fühlst dich wie beim Motorradrennen, einfach atemberaubend!‹ – ›Bist du etwa mal Motorradrennen gefahren, Mark? Davon hast du mir ja noch nie etwas erzählt. Als Autofahrer bist du jedenfalls ausgesprochen brav, du hast doch noch keinen einzigen Strafpunkt auf deinem Konto.‹ – ›Das liegt nur daran, dass ich die Verkehrspolizisten schmiere, Cara, an sich bin ich der geborene Rennfahrer.‹

Mark, Mark, wie wenig weiß ich über dich! Und wie gut es mir gefällt, dich kennen zu lernen! Motorräder, Skifahren! Und dieser fantastische Flug über den Felsen! Noch ein Grund, sich unsterblich in den eigenen Mann zu verlieben ...

Olga war so in ihre Gedanken versunken, dass sie nicht mitbekam, wie sich die Streiterei zwischen Inka und Jonas immer mehr zuspitzte. Anscheinend hatte sie sich die Brüder Krassinski als Prügelknaben ausgesucht.

»Ich finde, er ist ein absolut professioneller Skifahrer, Jonas. Finden Sie nicht auch?«

»Sagen wir, für den Anfang ist es nicht schlecht.«

»Nicht schlecht?« Das war selbst für Marks Intimfeindin Inka zu viel. »Wenn das so ist, dann können Sie das ja gleich mal nachmachen. Zeigen Sie mal Ihre Klasse!«

»Kein Problem.«

»Und zwar dieselbe Spur. Inklusive Felsen.«

»Kein Problem.«

»Na dann vorwärts, ich kann mich inzwischen um unsere Anfängerin kümmern.«

Jonas warf einen schnellen Blick auf Olga.

»Sie sollten besser auf der gesicherten Piste abfahren, Inka. Dahinten, ein Stück weiter rechts von hier. Die Abfahrt ist leichter, die meisten fahren dorthinunter. Am besten wäre es freilich, wenn Sie warten würden, bis wir wieder hier sind. Und Ihnen, Olga, würde ich erst recht von dieser Piste abraten. Das ist eine Slalomstrecke, die ist für Anfänger nicht geeignet. Sie könnten sich in den Toren verfangen.«

»Ach was, sie wird schon aufpassen«, unterbrach Inka ihn brüsk. »Außerdem fährt sie wahrscheinlich sowieso nicht, sondern sie wird hier auf euch warten und sich inzwischen ein bisschen sonnen. Stimmt's, Lelischna?«

Olga schwieg. Was hätte sie darauf auch sagen sollen?

»Also dann los, Jonas!«

»Fahren Sie nicht«, sagte Olga plötzlich leise und so ernst, dass Inka sie verwundert anschaute.

»Bleiben Sie hier, Jonas. Zeigen Sie mir, wie man Ski fährt.«

»Aber Lelischna! Lass ihn doch! Er soll uns mal zeigen, was er kann. Er ist schließlich ein Einheimischer, ein Bergbewohner, er muss uns mit gutem Beispiel vorangehen.«

Olga hatte sich plötzlich vorgestellt, dass Jonas es vielleicht nicht schaffen würde, Marks waghalsigen Flug nachzumachen. Mark hatte ihr ja erklärt, wie viel von der Qualität der Skier abhing. Und er besaß die beste Ausrüstung, die man bekommen konnte. Jonas' Ski waren dagegen ganz gewöhnlicher Durchschnitt. Was wäre, wenn er scheiterte, wenn er bei dem Versuch, Marks Leistung zu wiederholen, zu viel riskierte und …

Sie schüttelte den Kopf und ärgerte sich über sich selbst. Woher kam plötzlich ihre Sorge um diesen Mann, den sie gestern Abend erst kennen gelernt hatte? Ihre Angst um Mark war ein spontanes Gefühl gewesen, das schnell wieder verging. Die Angst um Jonas aber war unterschwellig gekommen und saß jetzt tief im Innern ihres Herzens.

Ohne ein Wort stieß Jonas sich mit seinen Skistöcken ab und

fuhr zu der Stelle, an der Mark gestartet war. In dem frischen Schnee waren die Spuren seiner Skier kaum zu sehen.

Jonas fuhr genauso sicher wie Mark, nur seine Schwünge waren etwas weiter. Als er über den Felsen setzte und sekundenlang in der Luft schwebte, kniff Olga die Augen zu und machte sie erst wieder auf, als Inka ihr mit dem Ellenbogen in die Seite stieß.

»Alles in Ordnung, Lelischna. Du scheinst ja wirklich ziemlich mit den Nerven runter zu sein. Ich sollte mir wohl ein Fläschchen Riechsalz besorgen, damit ich dich gegebenenfalls wiederbeleben kann.«

»Aber nein, ich bin vollkommen in Ordnung.«

»Ach ja? Tatsächlich?« Inka musterte ihre Freundin skeptisch. »Meiner Meinung nach ist überhaupt nichts in Ordnung.«

»Wie meinst du das?«

»Ich würde sagen, dass uns zu Füßen dieser Berge ein gebrochenes Herz erwartet. Vielleicht sogar mehr als eins.«

Olga stieg das Blut ins Gesicht. Dieser Satz war typisch Inka. Sie zeichnete sich nicht gerade durch einen hoch entwickelten Intellekt aus, über Arthur Conan Doyle war sie in der Literatur nie hinausgekommen. Strawinsky, Olgas Lieblingskomponist, verursachte ihr Magenbeschwerden, und schon der Anblick des harmlosen Cellos Mananas, das in ihrem Landhaus stand, versetzte Inka regelmäßig in einen Zustand akuter Melancholie. In allen Fragen, die die Beziehung zwischen Männern und Frauen betrafen, war Inka dagegen ein Ausbund an Scharfsinn.

»Wie meinst du das?«, fragte Olga noch einmal leise.

»Ich meine, dass es nicht mehr lange dauert, bis diese Streithähne anfangen, sich um dich zu prügeln.«

»Ich verstehe nicht ...«

»Hör mal, das versteht jede Frau. Also, Lelischna: Komm raus aus deinen spanischen Gedichtchen, und mach die Augen auf.«

»Ich liebe Mark«, sagte Olga plötzlich.

O Gott, das stand doch außer Zweifel: Sie liebte ihren Mann. Aber Olga spürte auf einmal, dass sie diesen Satz nicht wegen Inka gesagt hatte, sondern ihretwegen. So wie man einen Text immer wieder laut vor sich hin sagt, um ihn nicht zu vergessen. Man versucht sich vor allem die Schlüsselwörter einzuprägen. So hatte Manana es ihr beigebracht: Sinn – Schlüsselwort.

Ich liebe Mark.

Sinn – ich liebe.

Schlüsselwort – Mark.

Oder war Mark schon kein Schlüsselwort mehr? Genau das hatte sie doch in den dreisten Augen von Jonas gelesen.

»Du kannst lieben, wen du willst«, sagte Inka hart. »Um dich geht es dabei gar nicht.«

»Ach ja?« Olga spürte einen Stich banaler weiblicher Eitelkeit in ihrer Brust.

»Nein, das ist eine Sache zwischen den beiden Jungs. Sie sind sich nicht besonders grün, das sieht man mit bloßem Auge. Vor allem der Kleine steht ziemlich unter Strom. Das ist ja auch nicht schwer zu verstehen. Diese Berge, das ist Romantik pur, und wenn man das ganze Jahr hier von der Hand in den Mund lebt und ständig die Überreste von irgendwelchen reichen Knöpfen aus dem Schnee buddeln muss, da kriegt doch jeder irgendwann das große Heulen. Und da kommt auf einmal das reiche Brüderchen angeflattert und bringt so ein Prinzesschen von Ehefrau mit ... Selbst die Götter können nichts dagegen haben. Und mit welchen Mitteln Männer die Frauen verführen, weißt du ja wohl selber.«

»Womit denn?«

»Mit ihrem Geld oder mit ihrem Schwanz, je nachdem, wovon sie mehr haben.«

»O Gott, was redest du da?«

»Ich spreche über Anatomie, Lelischna, reine Anatomie. Der

Mensch ist im Grunde sehr primitiv, ein paar Knochen und ein bisschen Fleisch, das ist alles.«

»Das klingt irgendwie bedrohlich.«

»Ach was, das klingt nur so. In Wirklichkeit ist es ganz harmlos. Hör mal, hast du etwa deinen Mann noch nie betrogen?«

»Du denn?«

Das war natürlich eine ziemlich provokative Frage: Weder Olga noch Inka vergaßen auch nur für einen Moment, dass Igor Anatoljewitsch Olgas Vater war, eine Tatsache, die ihre Beziehung bisweilen sehr belastete. Noch während ihres Studiums hatte Inka die Gewohnheit entwickelt, alle ihre sexuellen Erfahrungen der Freundin haarklein mitzuteilen. Das war eine kleine Schwäche, die Inka einfach unwiderstehlich machte. Jetzt lag über diesem Thema ein Tabu.

»Weißt du, was ich denke?«, lenkte Inka das Gespräch in eine andere Richtung.

»Irgendetwas Scheußliches wahrscheinlich.«

»Quatsch. Igor und ich überlegen ernsthaft, dir ein Brüderchen oder Schwesterchen zu schenken. Was hältst du davon?«

»Ich bin begeistert.«

»Igor möchte einen Jungen.«

Natürlich, das verstand sich von selbst. Ein Junge. Ein Stammhalter. Heute konnte ihr Vater einem Kind alles geben, inklusive einer Ausbildung in dem düsteren altmodischen Cambridge. Oder Oxford. Andererseits ... Seltsam, dass Inka überhaupt darüber sprach. Sie hatten sich ein paar Jahre zuvor schon einmal über das Thema Kinder unterhalten. Damals hatte Inka geringschätzig bemerkt: »Rotznasen, Windeln, Schwangerschaftsfalten, Hämorrhoiden, Hängebrüste, aufgequollenes Gesicht ... Nein, Lelischna, das ist nichts für mich ...«

»Also was ist, wollen wir auf die Piste? Solange ich noch nicht schwanger bin? Solange ich noch an etwas anderes denken kann als an Eisprünge!«

Olga lächelte. Einmal mehr verstand sie, was die Männer an Inka so faszinierte. Dieser ein wenig schwere, zynische Humor, der ihr sogar eine Art intellektuelles Flair gab, diese reizende Schnute und dieser zarte Nacken – eine bezaubernde Mischung. Olga war ein ganz anderer Typ. Sie war schön, sogar erheblich schöner als Inka. Aber ihre Schönheit war ein wenig fade, salzlos. Seit ihrer frühen Kindheit hing über Olga das Verdikt eines Satzes aus ihrem Lieblingsfilm ›Ein Mann und eine Frau‹: ›Samba singen ohne Traurigkeit, das ist wie eine Frau lieben nur wegen ihrer Schönheit.‹

Sie war einfach nur schön, mehr nicht. Ihr fehlte der Pfeffer. Sie hatte sich immer gefragt, warum Mark, ein intelligenter Mann und ausgemachter Zyniker, gerade sie zur Frau gewählt hatte. Objektiver Betrachtung nach passte Inka viel besser zu ihm. Wer wohl als Erster wieder bei ihr wäre – Mark oder Jonas?

»Also, ich sause jetzt los!«, rief Inka und schlitterte mit ihren Skiern auf dem festen Schnee hin und her. »Was soll ich den Jungs sagen, wenn ich sie sehe?«

»Einen heißen Gruß von hier oben!«

»Gebongt! Willst du's nicht doch mal riskieren?« Inka kannte kein Erbarmen. Sie wusste ganz genau, dass Olga noch nie einen Hang hinuntergefahren war und vom Skifahren ungefähr so viel verstand wie von der Glasbläserei.

Olga schüttelte den Kopf. »Nein, ich schaue euch lieber von hier oben aus zu.«

»Es ist wirklich gar nichts dabei.« Inka konnte der Versuchung nicht widerstehen, ein wenig anzugeben, jetzt, da die Männer außer Hörweite waren. »Ich bin eigentlich gleich von Anfang an ziemlich gut Ski gefahren.«

»Kaum zu glauben.«

»Aber wahr!«

»Dann fahr mal los, ich warte hier auf Mark.«

»Auf Mark oder auf Jonas?«

»Auf meinen Mann.«

»Wirst du dich irgendwann von seinem Hosenstall befreien, Lelischna? Du bist doch ein großes Mädchen!«

Und ohne eine Antwort abzuwarten, stieß Inka sich kraftvoll ab und sauste den Hang hinunter. An den ersten Toren wirkten ihre Schwünge noch ein wenig unsicher, aber dann fand sie ihren Rhythmus und bewältigte die Abfahrt ziemlich bravourös.

Olga blickte ihr hinterher, solange sie konnte, dann drehte sie sich um und hielt ihr Gesicht in die wärmenden Strahlen der Sonne. Mit geschlossenen Augen stand sie minutenlang da, bis sie plötzlich eine Stimme neben sich hörte.

»An Ihrer Stelle wäre ich vorsichtiger, Sie sollten am ersten Tag nicht gleich so ein Risiko eingehen, Olga.«

Olga fuhr zusammen und schaute zur Seite.

Natalja, die Whiskytrinkerin von der Frauentoilette. Auch jetzt schien sie schon ein wenig angetrunken. Olga verzog das Gesicht. Mark hatte ihr erzählt, dass Betrunkene den Skilift eigentlich nicht benutzen durften, aber wenn man genug Geld hatte und etwas unbedingt wollte ... Natalja trug ein Tuch um den Kopf, sie hatte keine Skistöcke dabei. Seltsam, dass sie ausgerechnet hier aufeinander trafen. Diese unglückliche Fledermaus schien sie zu verfolgen. Gestern Abend im künstlichen Licht der Bar war sie Olga erheblich älter vorgekommen. Heute, im hellen Sonnenschein, sah ihr Gesicht fast jung aus. Und vor allem trug sie keine Brille. Die schweren, dicken Gläser machten sie hässlich. Sah sie das denn nicht selber?

»Ich gehe kein Risiko ein«, sagte Olga sachlich. »Ich denke, ich werde heute nicht mehr abfahren. Jedenfalls nicht auf meinen eigenen Skiern.«

»Sind Sie zum ersten Mal in den Bergen?« Natalja gestattete sich ein Lächeln. »Herzlichen Glückwunsch! Ich habe allerdings nicht die Abfahrt gemeint. Ich meine, Sie sollten Ihr Gesicht nicht so unvorsichtig der Sonne aussetzen. Die Sonne in den Bergen ist erbarmungslos. Alles hier ist erbarmungslos.«

Natalja schluckte.

Natürlich, sie hatte das Verschwinden ihres Liebhabers immer noch nicht überwunden. Warum kam sie in dieser Stimmung hier hoch auf den Gipfel?

»Wollen wir zusammen hinunterfahren?«, schlug sie plötzlich vor. »Sie könnten mir doch ein wenig helfen.«

»Wo sind denn Ihre Begleiter?«

»Irgendwo da unten.« Olga machte eine vage Geste den Hang hinunter.

»Hat man Sie verlassen?« In Nataljas Frage schien eine seltsame, ungesunde Befriedigung mitzuklingen. »Mich hat man auch verlassen. Aber ich bin nicht traurig. Ich habe mich daran gewöhnt. Aber Sie sollten besser die Piste für Anfänger nehmen.«

»Ich werde Ihren Rat befolgen.«

»Wollen Sie zuschauen?«

»Wobei?«

»Egal.« Natalja kicherte. »Irgendetwas ist immer zu sehen.«

»Hören Sie . . .«, begann Olga und zögerte. »Warum tragen Sie eigentlich keine Kontaktlinsen? Sie würden Ihnen viel besser stehen.«

»Wozu denn?«, fragte Natalja argwöhnisch.

»Diese Brille macht Sie viel älter . . . Sie sind doch noch eine junge Frau. Sie sehen großartig aus ohne Brille.«

»Vielleicht möchte ich so aussehen, Olga«, gab Natalja herausfordernd zurück. Doch dann milderte sie ihren scharfen Ton sofort wieder. »Aber ansonsten vielen Dank. Man trifft nicht allzu oft eine Frau, die einer anderen Frau ein ehrliches Kompliment macht.«

»Unsinn, ich meine es ernst: Ohne Brille sind Sie ein vollkommen anderer Mensch.«

»Tja, ich denke, ich fahre jetzt.«

Und ehe Olga noch etwas erwidern konnte, war Natalja verschwunden.

›Nicht schlecht‹, dachte Olga, als sie allein war. ›Anscheinend bin ich von lauter snobistischen Profis umgeben! Ohne Skistöcke sieht es sogar noch eindrucksvoller aus.‹

»Ist Ihnen diese Verrückte schon wieder auf die Nerven gegangen?« Jonas – wer sonst!

»Wo ist Mark?«, fragte Olga.

»Keine Ahnung.« Als er ihren beunruhigten Blick bemerkte, lächelte er gönnerhaft. »Machen Sie sich keine Sorgen, er ist heil unten angekommen. Ich habe ihn selber gesehen.«

»Und warum kommt er nicht zu mir?«

»Keine Ahnung.«

Bevor Olga Gelegenheit hatte, gekränkt zu sein, war Jonas mit einem letzten eleganten Schwung ganz dicht an ihre Seite gefahren und legte seine Hand auf ihre.

»Also was ist, können wir mit dem Unterricht anfangen?«

»Werden Sie mich jetzt zur Anfängerpiste verschleppen? Man hat sie mir wiederholt wärmstens empfohlen.«

»Nein. Ich möchte Ihnen einen Alternativvorschlag machen.«

»Und befindet sich dieser Alternativvorschlag weit von hier?«

»Nein, näher als Sie denken.«

Olga schaute sich noch ein letztes Mal suchend um. In der Ferne sah sie den Skilift. Von ihrem geliebten Mann gab es weit und breit keine Spur. ›Dann scher dich zum Teufel, wenn du dich so um mich kümmerst! Ich werde mit deinem Bruder durch die Gegend sausen und wild mit ihm flirten!‹

»Einverstanden. Aber ich warne Sie, ich bin keine gute Schülerin!«

»Und ich bin kein sehr guter Lehrer. Also wären wir quitt.«

»Bedenken Sie, dass Sie sich übernehmen könnten.«

»Ich kann schon auf mich aufpassen.«

Jonas schaute ihr dermaßen offen in die Augen, dass Olga nicht wusste, was sie antworten sollte. Inka an ihrer Stelle wäre sicherlich irgendetwas Witziges, Pikantes eingefallen, irgendetwas hart an der Grenze des Schicklichen.

»Finden Sie nicht, dass Sie sich gerade auf verbotenem Terrain bewegen?«

»Für Sie verboten oder für mich?«

»Für Sie. Immerhin ist Mark Ihr Bruder.«

»In manchen Dingen ist sich jeder selbst der Nächste. Im Übrigen steht Ihnen die Wahl frei.«

»Genug, es reicht. Sie wollten mir Unterricht geben? Also bitte, fangen Sie an!«

Olga bewegte sich absichtlich langsam, um Jonas zu ärgern. Aber er zeigte eine Engelsgeduld, obwohl sie eine geschlagene halbe Stunde für eine Strecke brauchten, die er normalerweise innerhalb von fünf Minuten zurücklegte.

»So, da sind wir. Ist das nicht eine nette Spielwiese?«

»Wunderschön.«

Der Ort war tatsächlich wunderschön. An drei Seiten von Felsen umgeben, ging es terrassenförmig einen relativ flachen Abhang hinunter bis zu einem kleinen, ebenen Plateau.

»Der Schnee ist ausgezeichnet, Olga, Sie haben beste Bedingungen.«

»Und kann ich auch nicht …«, begann Olga vorsichtig.

»Keine Angst, das Plateau ist groß genug, da fallen Sie nicht runter. Wir beginnen erst mal mit ein paar einfachen Übungen. Sind Sie bereit?«

»Und wie.«

In der folgenden Stunde zeigte Jonas ihr die Grundhaltungen beim Fahren, erklärte ihr die richtige Gewichtsverteilung auf den Skiern, und sie übte die verschiedenen Arten von Schwüngen.

Zu ihrer eigenen Überraschung machte ihr alles einen Riesenspaß, und nach einer Weile stellte sie fest, dass sie die ganze Zeit weder an Mark noch an Inka gedacht hatte. Sie fand alles herrlich: die Felsen in ihrer Nähe, die über ihrem Kopf beinahe aneinanderzustoßen schienen, den festen, grobkörnigen Schnee, das sanfte Gleiten auf den gut gewachsten Skiern. Sie wagte sogar die Fahrt über die erste Terrasse hinaus – vorsichtig und behutsam, wie sie ja überhaupt ein sehr vorsichtiger Mensch war.

»Und?«, fragte sie Jonas, als sie wieder einmal oben ankam.

»Nicht schlecht«, sagte er, allerdings ohne besonderen Enthusiasmus. »Gar nicht so schlecht. Bloß …«

»Was? Mache ich etwas falsch?«

»Nein, Sie machen alles goldrichtig, nur vielleicht ein wenig zu zaghaft.«

»Ich dachte, es ist gerade gut, wenn ich vorsichtig bin.« Ihre Wangen glühten. Sie verstand nicht warum: Wollte sie diesem Mann etwa gefallen? Wollte sie deshalb unbedingt seine Erwartungen an sie so penibel erfüllen?

»Natürlich ist das gut. Aber mit Zaghaftigkeit kommt man beim Alpinski nicht sehr weit.«

»Und was braucht man noch dazu?«, fragte Olga. Aber sie wusste die Antwort schon selber: früh aufstehen und fleißig trainieren. Dann erreicht man alles.

Inspiration. Genau das war es. Inspiration. Mark, in dessen Wortschatz solche veralteten Ausdrücke nicht mehr existierten, nannte es Courage. Nach einem Bankett mit ausländischen Investoren sagte er auch schon mal ›drive‹ dazu.

Courage – genau das fehlte ihr. Mit der Inspiration war es ein wenig einfacher: Dafür brauchte sie nur ihren César Vallejo aufzuschlagen und sich in seine Poesie zu versenken. Jonas allerdings schien zum Thema Inspiration ganz andere Vorstellungen zu haben.

»Haben Sie irgendwann einmal Liebe gemacht?«

»Woher nehmen Sie sich das Recht …«, fuhr Olga auf und wurde rot.

»Sie haben mich falsch verstanden. Ich wollte Sie nicht kränken. Ich wollte nur sagen … Um Liebe zu machen, braucht man Inspiration. Ansonsten ist es reine Akrobatik. Freestyle, mehr nicht.«

»Um Liebe zu machen, muss man lieben. Mehr nicht«, sagte

Olga leise und böse. Und dann – ehe er begriff, was passierte – schoss sie den Hang hinunter.

Zum Teufel mit diesen Terrassen, zum Teufel mit diesem Plateau, ich muss mich nach vorne beugen und das Gewicht auf die Außenkanten verlagern ... Ach, zum Teufel mit diesem Jonas und seinen Spitzfindigkeiten. Diese Rotznase hat doch keine Ahnung von Liebe ... Was kennt der denn schon? Gelegenheitsbeziehungen, flüchtige Romanzen in klobigen Skischuhen, sinnlose Küsse, die nach Bier riechen, Präservative, die man cool in der hinteren Jeanstasche trägt; dazu ein paar zerdrückte Kartoffelchips auf den Bettlaken, in der engen Schlucht zwischen zwei Körpern. Das ist seine ganze Inspiration in der Liebe.

Das Tempo war zu hoch für sie, ein Schwung misslang, und sie fiel auf die Seite, schlitterte den Hang hinunter, verwirrte sich in ihren Skiern und Stöcken, verwirrte sich in ihren bösen, verletzenden Worten, die sie Jonas hatte sagen wollen, die sie aber nicht ausgesprochen hatte.

Dieser eingebildete Grünschnabel, der begehrliche Blicke auf das wirft, was ihm nicht gehört. Der mit seiner hinterhältigen Flegelhaftigkeit ... Ich glaube, es ist alles in Ordnung, bloß das Knie habe ich mir gestoßen, aber nicht schlimm ...

Olga lag im Schnee und rührte sich nicht.

Ja, ihre erste Abfahrt hatte sie mit Erfolg hinter sich gebracht, ohne Zweifel! Mit den Zähnen zog sie sich die Handschuhe aus und rieb sich das Gesicht mit Schnee ab.

Der Schnee schmeckte süßlich, fast wie die Zuckerwatte, die ihr Vater ihr immer gekauft hatte, heimlich, damit Manana es nicht mitbekam. Manana wollte immer, dass sie Bärlauch aß. Von Bärlauch wachsen die Haare, sagte sie, Zuckerwatte verdirbt die Zähne.

Jonas kam eine Minute später bei ihr an und ließ sich neben ihr in den Schnee fallen.

»Haben Sie sich verletzt?«

»Nein, Sie haben sich zu früh gefreut, ich bin noch ganz.«

»Sind Sie mir böse?«

»Wie kommen Sie darauf? Dafür gibt es doch gar keinen Grund ...«

»Verzeihen Sie mir ... Das wollte ich nicht. Ich wollte Sie nicht kränken.«

»Wenn Sie mich kränken wollen, müssen Sie sich schon mehr Mühe geben.«

»Das klingt wie eine Herausforderung.«

»Nein, das ist nur eine Feststellung.«

Jetzt machte der freche Kerl es sich neben ihr richtig bequem. Er steckte den Ellenbogen in den Schnee und stützte den Kopf auf die Hand.

Sie hatte wohl zu lange mit offenen Augen dagelegen und in das grelle Licht des Himmels gestarrt. Sie musste die Augen halb schließen, um Jonas anzuschauen (Gott weiß, dass sie ihn nicht anschauen wollte!), und erst nach einigen Sekunden traten seine Gesichtszüge deutlich hervor: seine Stirn, seine Wangenknochen, sein Kinn ...

Sie hörte seinen stockenden Atem.

»Ich glaube, jetzt bin ich bereit.«

»Wofür?«

»Für Ihren César Vallejo. So heißt er doch, oder? Sie wollten mir etwas von ihm zitieren. Aus Ihrer Übersetzung.«

Natürlich war ihm César Vallejo vollkommen gleichgültig, und ihre Übersetzung erst recht. Ihn interessierte etwas ganz anderes.

»Und was möchten Sie hören?«, fragte Olga spöttisch.

»Irgendetwas mit Liebe.«

»Bei Vallejo gibt es keine Liebesgedichte. Er beschäftigt sich viel zu sehr mit dem Tod, um Zeit für die Liebe zu haben.«

»Nicht schlecht gesagt. Sind Sie eigentlich eine gute Übersetzerin?«

»Ich weiß nicht. Wahrscheinlich nicht.«

Er rückte noch näher. ›Ich muss aufstehen‹, dachte Olga apathisch. ›Diese Situation ist ziemlich verfänglich. Was wäre, wenn plötzlich Mark hier erschiene?‹ Aber sie rührte sich nicht von der Stelle. Jonas' Hartnäckigkeit war ihr seltsamerweise gar nicht unangenehm. Olga seufzte. Es war Zeit, das Visier hochzuklappen und zu tun, was Inka in so einem Fall getan hätte.

»Kann es sein, dass Sie gerade die Frau Ihres Bruders anbaggern?« Olga versuchte, diesen Satz mit so viel Ironie wie nur möglich auszusprechen.

Aber ihre kleine Attacke misslang. Jonas ließ sich nicht so leicht aus dem Konzept bringen.

»Nein«, sagte Jonas einfach. »Ich habe nicht vor, Sie anzubaggern. Ich habe etwa ganz anderes mit Ihnen vor.«

»Das ist nicht recht, Jonas.«

»Ich weiß, dass es nicht recht ist«, sagte er. »Trotzdem ...«

Sein Gesicht schwebte über Olga wie der traurige Gewölbebogen einer Gruft, in der ihre reine, unbefleckte Liebe zu Mark zu Grabe gelegt wurde. Diese Liebe, in der es die Schatten von Bäumen an den Wänden gab – die Fenster ihres Schlafzimmers gingen nach Süden –, Kaffee und Toast am Morgen, Abendessen bei ihrem Vater, Venedig, die Suche nach den passenden Krawatten für seine Anzüge und nach den passenden Socken zu den Krawatten. Der obligatorische Kuss auf die Schulter vor dem Einschlafen: ›Gute Nacht, Cara.‹

Sie durfte nicht zulassen, dass dieser treulose Grünschnabel, dieser unverschämte jüngere Bruder, dessen Lippen ... Dessen dunkle, trockene Lippen gleich tun würden, was sie sich am sehnlichsten wünschte.

Olga nahm ihre letzte Kraft zusammen, schloss die Augen und sagte leise:

»Nein.«

Aber nichts geschah. Durch ihre Lider schimmerte weiches Licht – das bedeutete, dass sein Gesicht den Himmel nicht mehr verdeckte. Sie schlug die Augen auf. Jonas stand vor ihr, auf seine Skistöcke gestützt, und sah sie an.

»Geben Sie mir die Hand, ich helfe Ihnen auf«, sagte er mit ganz alltäglicher Stimme. O Gott, wie dumm musste sie ausgesehen haben. Da lag sie im Schnee und dachte sich eine idiotische Liebesgeschichte aus, inklusive idyllischer Bergkulisse. Sie lachte auf. Wie geschickt er sie ausgetrickst hatte, dieser Skilehrer und Bergretter in einer Person. Schon war sie bereit gewesen, ihren Mann zu betrügen, obwohl überhaupt niemand dieses Opfer von ihr verlangt hatte. Idiot, Idiot, Idiot.

»Danke, es geht schon selbst.«

Ungeschickt stand sie auf und sah Jonas fast hasserfüllt an.

»Vielen Dank für die Lektion. Ich werde mir Mühe geben, nichts zu vergessen.«

Es klang wie eine zweideutige Drohung, aber in diesem Moment war ihr vollkommen egal, wonach es klang.

»Das hoffe ich«, gab er zurück.

Tja, aus die Maus. Du bist eben eine ausgemachte Idiotin, Olga. Du weißt doch überhaupt nicht, was dort unten am Fuß der Skipiste vor sich gegangen ist. Vielleicht ist Mark ja absichtlich nicht mit seinem Bruder nach oben gefahren. Ein Treuetest, so nennt man das, wie aus einem kitschigen Film aus dem Jahre 1954. Und du spielst die Hauptrolle darin.

Ganz langsam zog sie ihre Handschuhe aus – und schlug Jonas damit ins Gesicht. Mit aller Kraft, die sie besaß. Seltsamerweise schien Jonas gar nicht überrascht. In seinem Gesicht regte sich kein Muskel.

»Das ist nicht für das, was Sie getan haben, sondern für das, was Sie nicht getan haben.« Was redete sie da? »Ich denke, mit dem Übrigen komme ich allein zurecht.«

Der sonnige Tag kam Olga auf einmal unerträglich grell vor. Das Beste, was sie jetzt tun konnte, war, zurück in ihre Hütte zu gehen. Sie hatte die Nase voll von Skiausflügen an der frischen

Luft. Sie kniete sich hin und versuchte, ihre Skibindungen zu öffnen, aber es wollte ihr nicht gelingen, sei es, weil sie zu aufgeregt war oder weil sie keine Ahnung hatte, wie man mit diesem einfachen System umging.

»Helfen Sie mir doch!«, zischte sie mit zusammengebissenen Zähnen.

Jonas öffnete leicht und geschickt ihre Bindungen, und wieder kam sein Gesicht dem ihren gefährlich nahe. Sie sah ihn unverwandt an. Das war ein Duell gleichwertiger Gegner, in dem jeder seine Waffen gewählt hatte. Und dann ... Dann erschien plötzlich ein seltsamer Ausdruck in Jonas' Gesicht ... Es sah aus, als wollte er seine Kapitulation erklären und um Gnade flehen. Und Olga erbarmte sich und wandte ihren Blick ab.

»Geben Sie her, ich trage Ihnen die Skier bis zum Lift«, sagte Jonas. Er hatte sich schon wieder gefasst.

»Danke, das ist nicht nötig, ich kann sie sehr gut selbst tragen.«

»Wie Sie wollen.«

Sie schulterte die Skier und stapfte los. ›Wenn ich mich jetzt umdrehe‹, dachte sie, ›dann steht er dort und schaut mir nach. Ich gebe mir eine halbe Minute. Vielleicht hat Inka ja Recht, und es ist nicht mehr als uralter, längst von einer dicken Moosschicht bewachsener Hass zwischen zwei Brüdern.‹ Aber irgendetwas stimmte nicht mit diesem so plötzlich in ihr Leben getretenen Bruder Marks. Da war etwas in seinem Blick, in der Art, wie er sie anschaute. Achtundzwanzig, neunundzwanzig, dreißig. So, die halbe Minute war vorbei. Sie durfte sich umdrehen. Sie wettete hundert zu eins, dass er ihr nachschaute.

Olga drehte sich um.

An der Stelle, wo sie sich getrennt hatten, war weit und breit niemand mehr zu sehen.

Swjaginzew erkannte Jurik schon von weitem.

In den zwei Jahren seiner Tätigkeit als Security-Chef hatte er sämtliche Angewohnheiten der Angestellten der ›Windrose‹ ganz genau studiert; er wusste, wie und mit wem jeder von ihnen die Zeit verbrachte, die nicht von den ermüdenden Pflichten des Skisportbetriebes beansprucht wurde. Die Jungs von der Security, zum Beispiel, denen sowohl der Schnee als auch der Skisport in all seinen Erscheinungsformen längst zum Hals heraushing, hockten den ganzen Tag lang in der Sauna und spielten Preference. Dieses Spiel war zu einer Art Volkssport unter den Wächtern geworden. Sie hockten um ihren Tisch herum, kratzten sich abwechselnd an den Eiern und ihren strammen Hintern und spielten um alles, was ihnen gerade einfiel: um Geld, um Schichten und um die Zimmermädchen, die sie einander genauso regelmäßig und flink zuschoben wie die Spielkarten. Diese Zimmermädchen waren allerdings auch vom Feinsten – sie sahen durch die Bank aus wie per Katalog bestellt: nur erstklassige Frauen, wie es sich für ein erstklassiges Skisporthotel gehört. Und sie wussten ganz genau, was von ihnen erwartet wurde. Sie ließen sich nur in den allerteuersten Ausrüstungen auf den Pisten blicken – Geschenke dankbarer ›Neuer Russen‹ für professionell gespendete Freuden. Die ›Neuen Russen‹ reisten ab zu ihren Frauen und Geliebten, die Ausrüstung blieb und leistete den Mädchen gute Dienste beim Fang neuer solventer Gäste. So kam der Kreislauf des Lebens niemals zum Stillstand.

Swjaginzew wusste bisher nur von zwei Mädchen, die wirklich Glück gehabt hatten. Die eine nahm ein zuckersüßer Italiener mit einem nicht weniger süßen Namen, den es auf wer weiß welche obskure Art in die ›Windrose‹ verschlagen hatte, mit nach Mailand, die andere wurde von einem Freestyletrainer aus Elista entdeckt. Er versprach ihr eine sagenhafte Karriere in seinem heimatlichen Kalmückien, wo die höchsten Erhebungen Ameisenhaufen sind.

Die Kellnerinnen schwärmten für den kollektiven Konsum lateinamerikanischer Serien, die Barleute, Köche und Portiers für Formel-1-Rennen. Die Lieblingsfreizeitbeschäftigung der Skilehrer, denen die ewig gleichen Anfängerkurse bis zur Halskrause standen, war nächtliches Bowling, und das Personal der Skilifte liebte Abfahrtsrennen – ebenfalls vorzugsweise nachts.

Nur die Bergretter galten als Individualisten. Sie gingen keinen gemeinsamen Vergnügungen nach – sofern man die Suche nach verschwundenen Touristen nicht als Vergnügung ansah.

Jurik verbrachte jede freie Minute bei seinen Schneekanonen auf einer der letzten noch nicht präparierten Pisten. Die Schneekanonen hatte man ein Jahr zuvor aus der Schweiz kommen lassen, als wegen der geringen Schneefälle die Gäste auszubleiben drohten. Mit Hilfe dieser Apparate wollte man der launischen Witterung eine lange Nase drehen.

Natürlich brachte die darauf folgende Saison einen Rekordschneefall, und kein Mensch interessierte sich von da ab für die teuren Schneekanonen – außer Jurik Sjerjanow, der mit dem Fanatismus eines Konvertiten alle und jeden von der Notwendigkeit dieser Technik zu überzeugen suchte. Unermüdlich arbeitete er daran, die vorhandenen Pisten immer mehr zu verbessern, und man musste zugeben, dass er hervorragende Erfolge erzielte. Jurik hatte ein phänomenales Gespür für den Schnee.

Gerade erklärte er irgendeinem aufgetakelten Weib die Funktionsweise seiner Maschine. Swjaginzew konnte sich ihren Dialog wortwörtlich ausmalen: »Schauen Sie, meine Liebe, das hier sind Rohre aus Aluminium. (Seine Hand legt sich dabei auf ihre Schulter.) In denen befindet sich Druckluft, auf fünfzehn Grad minus gekühlt, und Wasser. (Seine Hand gleitet ihre Wirbelsäule abwärts, wobei sie eine Sekunde mit leichtem Druck zwischen den Schulterblättern verweilt.) Die beiden vereinigen sich (So wie wir beide es vielleicht in der bevorstehenden Nacht tun werden, sagt Juriks Hand, die sich mit eindeutiger Absicht auf den Hintern der verzückt lauschenden Dame senkt) und tritt in Form von Schnee ans Tageslicht!«

Damit waren sein Vortrag und der Weg seiner Hand am Ziel angelangt. Jetzt müsste die aufgetakelte Madame entweder diesem Burschen eins auf die Finger geben, dachte Swjaginzew, oder ihm zart den Hinterkopf tätscheln, womit der weitere Verlauf des Abends geklärt wäre.

Er verlangsamte seinen Schritt, um Jurik Gelegenheit zu geben, seine Aktion planmäßig zu Ende zu bringen. Er winkte ihm nur von weitem zu: Mach dich bereit, Jurik, die Bersaglieri kommen!

Die aufgetakelte Dame entfernte sich von Jurik, ohne ihm eins auf die Finger gegeben zu haben. Aber sie hatte ihm auch nicht den Hinterkopf getätschelt. Das konnte nur eines bedeuten: Das erste Match war unentschieden ausgegangen, man würde noch eine Reihe von weiteren Freundschaftsspielen ansetzen müssen. Swjaginzew kratzte sich den Bauch und seufzte. Zu seiner Zeit war er den Frauen genauso hinterher gewesen. Da war er allerdings auch genau so ein schmales Hemd gewesen wie Jurik. Seitdem hatte sich gewichtsmäßig einiges bei ihm verändert.

Weitere fünfzig Meter musste Swjaginzew durch den lockeren Schnee stapfen, bis er Jurik erreicht hatte. Er war völlig außer Atem.

»Grüß dich, du alter Schürzenjäger!«, sagte er schwer atmend.

»Grüß dich.« Jurik drückte ihm vorsichtig die Hand.

»Wie stehen die Chancen?« Swjaginzew drehte sich umständlich um und sah der sich schnell entfernenden Madame nach.

»Fifty-fifty.«

»Das dachte ich mir. Hör mal, Jurik, ich wollte dich etwas fragen.« Pal Palitsch dachte auf einmal, dass er sich beeilen sollte. »Hast du vielleicht Wasja irgendwo gesehen?«

»Ist etwas passiert?«

»Nein, nein. Ich suche ihn einfach. Schon seit heute früh.«

»Soviel ich weiß, ist er weggefahren, gestern schon.«

»Und wohin?«

»Wohin kann man von hier aus schon fahren? In die Stadt natürlich. Er wollte ein Manuskript abliefern, unser Schriftsteller.«

»Tatsächlich! Bloß seltsam, dass er mir nichts davon gesagt hat. Und verabschiedet hat er sich auch nicht.«

»Was soll das, Palitsch, bist du seine Amme? Oder sein Kindermädchen? Wenn er sich nicht verabschiedet hat, dann will er wohl nicht lange bleiben. Das ist doch ganz einfach.«

»Wahrscheinlich hast du Recht ...« Swjaginzew spielte den Naiven. »Er hat mir bloß versprochen, mir beim nächsten Mal Tabak aus der Stadt mitzubringen. Und dann fährt er weg, ohne einen Ton zu sagen.«

»Er hat zu niemandem einen Ton gesagt, Palitsch, er hat bloß einen Wisch dagelassen, sonst nichts.«

»Das heißt, du hast auch nicht gesehen, wie er losgefahren ist?«

»Nein.«

»Na schön ...«

»Mach dir keine Sorgen wegen deines Tabaks. Ich fahre demnächst auch in die Stadt. Dann bringe ich dir einen Spitzenknaster mit.«

»Prima. Sag mal, was ist eigentlich mit diesem vermissten Posdjakow?«

»Das sieht ziemlich mies aus. Bisher keine Spur.«

»Schöne Scheiße.«

»Ja, das kann man wohl sagen. Aber da ist ja Wlad! Der wird dir alles ganz ausführlich berichten.«

Swjaginzew legte seine Hand wie einen Schirm über die Augen und erspähte in der Ferne eine winzige Silhouette.

»Du hast ja Adleraugen, Jurik!«

»Dazu braucht man keine Adleraugen.«

Aber Swjaginzew hatte selber schon bemerkt, woran Jurik Wlad erkannt hatte: an den Hunden, die ihm weit vorausgelaufen waren und jetzt schon bei ihnen anlangten. Pal Palitsch ignorierten sie völlig. Sie stürzten sofort auf Jurik zu und wedelten aufgeregt mit den Schwänzen. Am wildesten trieb es Jack. Er stellte sich sogar auf die Hinterpfoten und stützte sich mit den Vorderpfoten gegen Juriks Brust.

»Wie ich sehe, verdrehst du nicht nur den Weibern den Kopf«, bemerkte Swjaginzew und beobachtete erstaunt die aufgeregten Tiere.

»Na ja, bei den Weibern ist es einfacher«, entgegnete Jurik melancholisch. »Die hier muss man zusätzlich noch füttern.«

Wlad stoppte mit einem kühnen Schwung neben ihnen und sah Swjaginzew düster an. Die beiden hatten seit jeher ein gespanntes Verhältnis. Andererseits hatte Wlad eigentlich zu jedem ein gespanntes Verhältnis, der nicht in irgendeiner Weise in Katastrophen involviert war. Und nur mit den Opfern der Berge fühlte Wlad eine echte Seelenverwandtschaft.

»Sag mal, wann hast du Wasja zum letzten Mal gesehen?«, fragte Jurik ihn statt einer Begrüßung.

»Gestern Abend, wieso?«

»Unser Sicherheitsdienst hier interessiert sich dafür.«

Wlad wurde sofort munterer. »Ist irgendwas passiert?«, fragte er schnell. Auf seinen blassen, pergamentgrauen Wangen zeigte sich tatsächlich ein Anflug von Farbe.

»Bisher nicht«, sagte Swjaginzew zurückhaltend.

»Gestern war er jedenfalls noch in Ordnung.«

Wie sich herausstellte, war auch Wlad nicht dabei gewesen, als Wasja den Zettel geschrieben hatte, aber er hatte ihn am Abend noch gesehen, und zwar an jenem Ort, den Swjaginzew gerade aufgesucht hatte: im Steinsack. Und er hatte noch eine Information. Wasja war nämlich nicht allein gewesen, sondern in Begleitung von Jonas.

Schon wieder dieser Steinsack. Aber das war immerhin ein Anfang.

»Ich möchte ja mal wissen, was die da gemacht haben«, sagte Jurik nachdenklich.

»Woher soll ich das wissen. Ich habe sie nur von weitem gesehen.«

»Gingen sie hinein, oder kamen sie gerade heraus?«, fragte Swjaginzew.

»Sie gingen einfach in die Richtung, das ist alles.«

»Ist Jonas eigentlich mit in die Stadt fahren?«, fragte Swjaginzew in gleichmütigem Ton.

Wlad und Jurik wechselten einen Blick.

»Nein«, sagte Jurik vorsichtig. »Wozu überhaupt die ganze Aufregung?«

In ihren jungen, frechen Augen las Swjaginzew noch etwas anderes. ›Warum gehst du eigentlich allen Leuten mit deinen Problemen, die sowieso nur in deiner Fantasie existieren, auf den Sender? Hast du nichts Besseres zu tun, du alter Trottel?‹

»Ich rege mich nicht auf. Es interessiert mich nur, das ist alles.«

»Aha«, sagte Wlad gedehnt.

Das sah fast nach einer Verschwörung aus. Swjaginzew beschlich auf einmal der böse Verdacht, dass dieser verflixte Wasja mit seiner Graphomanie und dem ständigen Hämmern auf seiner Schreibmaschine allen seinen Kollegen dermaßen auf die Nerven gefallen war, dass sie ihn mit irgendeinem Trick möglichst weit weggelockt hatten, damit sie endlich mal in Ruhe pennen konnten.

Swjaginzew begriff, dass er aus den beiden nicht mehr herausholen würde. Er verabschiedete sich und machte sich auf die Suche nach Jonas.

Er fand ihn in der Bar, wo er allein am Tresen hockte und an einem Gläschen Cognac nippte. Hundert Gramm Cognac, das war für Jonas schon das höchste der Gefühle. Er war schon immer ein penetranter Abstinenzler gewesen, etwas, das Swjaginzew grundsätzlich sehr misstrauisch machte. Pal Palitsch war ein Anhänger jener populären Lehre, deren zentrales Postulat besagte: Wenn jemand nicht trinkt, ist er entweder krank oder ein Halunke.

Krank sah Jonas nicht aus, allerdings war er wie immer ganz in Gedanken versunken.

Pal Palitsch wuchtete sich ächzend neben Jonas auf einen Barhocker, der ein alarmierendes Quietschen von sich gab.

»Sie riskieren Ihren Hals, Chef«, bemerkte Jonas melancholisch, ohne sich nach ihm umzusehen. »Das Mobiliar hier ist nicht besonders stabil. Würde mich nicht wundern, wenn er demnächst zusammenbricht.«

»Ach was, er wird schon halten«, knurrte Swjaginzew und ärgerte sich sofort über seinen entschuldigenden Ton.

Er bestellte Wodka, Elbrus-Salat – eine Spezialität des ›Richard Bach‹ – und Krevetten. Den Krevetten – in Dillwasser gekocht! – widmete sich Swjaginzew mit höchster Andacht und Hingabe; weitaus mehr Hingabe, als er für die scharfen Zimmermädchen oder seine Jungs von der Security aufbrachte, gar nicht zu reden von den übersättigten Urlaubern, die ihm bloß Kopfschmerzen verursachten. Es gab für ihn nur einen Menschen, dessen Gesellschaft er höher schätzte als diese Krevetten – das war Wasja Sikatschinski.

Aber Wasja war wie vom Erdboden verschluckt.

Swjaginzew wühlte mit seinen dicken Fingern in den warmen Leibern der appetitlichen Wirbellosen und Krebsartigen und riss knackend der ersten Krevette den Kopf ab.

»Trinkst du was mit mir?«, fragte er Jonas.

»Danke, ich bin versorgt.« Eine andere Antwort hatte Swjaginzew auch nicht erwartet. Dieser eingebildete Dalmatiner hatte noch nie etwas für ihn übrig gehabt.

»Dann eben nicht.«

»Wie ich sehe, haben Sie Ihre Radikulitis inzwischen überstanden«, sagte Jonas bedauernd. Er war der Einzige der Bergretter, der Swjaginzew siezte. Aber seine Höflichkeit hatte immer etwas so

Anmaßendes, dass Swjaginzew sich nur schwer beherrschen konnte, diesem Schnösel eins aufs Maul zu geben.

»Woher weißt du überhaupt, dass sie mich gepackt hatte?«

»Wasja hat es mir erzählt.«

Damit waren sie schon beim Thema, Swjaginzew fackelte nicht lange.

»Apropos, weißt du zufällig auch, warum er mich neulich gesucht hat?«, fragte Swjaginzew in möglichst desinteressiertem Ton.

»Nein, keine Ahnung.«

Tja, auch diese Antwort hatte er erwartet. Er trank seinen Wodka aus, krächzte zufrieden und bestellte sich gleich noch einen.

»Sie trinken zu viel, Pal Palitsch«, sagte Jonas tadelnd. »Wodka, und dann auch noch tagsüber und allein. Das ist schlechter Stil.«

Swjaginzew rieb sich mit seinem wurstförmigen Zeigefinger unter der Nase entlang und dachte: ›Das geht dich einen feuchten Kehricht an, du Grünschnabel.‹ Laut sagte er:

»Also Wasja ist weggefahren.«

»Keine Ahnung«, entgegnete Jonas gleichgültig und starrte wieder vor sich hin.

»Aber er hat euch doch einen Zettel dagelassen.«

»Ich hab ihn nicht gelesen.«

»Aber du bist gestern mit Wasja im Steinsack gewesen, wie ich hörte.«

»Wenn Sie das gehört haben, wird es wohl stimmen«, gab Jonas nach einem kurzen Zögern zurück.

»Und was hattet ihr da zu suchen?«

»Ist das ein Verhör?«

»Ein freundschaftliches Gespräch.« Swjaginzew knackte die letzte Krevette und saugte sie mit einem Schmatzen in seinen Rachen.

»Also muss ich auch nicht antworten. Wenn Sie einen offiziellen Auftrag haben, kommen Sie wieder. Und jetzt entschuldigen Sie mich, ich muss los. Schönen Tag noch.« Jonas rutschte von seinem Hocker und ging aus der Bar. Selbst von hinten drückte seine ganze Haltung tiefste Geringschätzung aus. Sogar wenn er etwas gewusst hätte, hätte er Swjaginzew nie etwas gesagt. Swjaginzew schickte ihm in Gedanken ein paar gesalzene Flüche hinterher.

Heute hätte ich sie beinahe geküsst.

Niemand wird je erfahren, was es mich gekostet hat, es nicht zu tun.

Sie wollte es, das habe ich deutlich gesehen. Sie wollte es sehr. Wenn sie ihren Mann bisher auch niemals betrogen hat, jetzt ist sie dazu bereit. Eigentlich sonderbar, dass eine so schöne Frau niemals fremdgegangen ist. Wir kennen uns kaum, aber das hat nichts zu bedeuten, weder für sie noch für mich.

Noch nie hat mich eine Frau so berührt. Das ist nicht gut. Alle, die mir bisher begegnet sind, waren ganz gewöhnliche vergnügungssüchtige Durchschnittsfrauen, die nur aus dem einen Grund hierhergekommen sind: um wenigstens für ein paar Tage das zu sein, was sie auch tatsächlich sind – läufige Weibchen. Sie kommen und werfen ihr Fell ab, was immer sie auch für ein Fell tragen: das der Geschäftsfrau, das der ehrbaren Mutter und Hausfrau, das der Journalistin, der Liebhaberin von klassischer Musik, Seifenopern oder von Robert de Niro, und werden zu Weibchen, die nur noch ihre eigene Haut tragen.

Aber sie ist anders.

Sie ist anders, obwohl sie sich sehr bemüht, so zu scheinen wie alle anderen.

Ich weiß noch nicht, was ich mit der Leiche dieses blöden Wasja machen soll. Es ergibt keinen Sinn, ihn in die Höhle zu bringen. Als Modell interessiert er mich nicht. Er stört die Gesamtkonzeption. Alles Zufällige stört die Gesamtkonzeption. Ich habe seine Leiche an dem belebtesten Ort deponiert, den man hier finden kann, das ist die beste Methode, damit er niemals gefunden wird. Ich bezweifle allerdings, dass man ihn überhaupt suchen wird. Höchstens dieser ewig kranke und ewig besoffene Security-Typ, eine erbärmliche Jammergestalt, viel zu dick und viel zu alt, um irgendwas zu merken. Was von seinem Hirn noch übrig ist, steckt komplett in seiner porösen Wirbelsäule. Was für ein Idiot ist bloß auf den Gedanken gekommen, diesen Typen als Security-Chef einzustellen?

Er hat sich bei mir nach Wasja erkundigt. Daran wäre nichts Auffälliges, nur seine Beharrlichkeit macht mich ein wenig misstrauisch. Aber auch das kann mir gleichgültig sein, er wird nichts erreichen. Er liebt den Wodka, und das ist gut. Wer Wodka liebt, liebt nichts anderes mehr.

Mir ist schon wieder diese Kurzsichtige in die Quere gekommen. Ich sah, wie sie mit der Frau sprach, die ich so sehr brauche. Sie hat einen unguten Einfluss auf sie, das sehe ich. Ich will nicht, dass sie traurig ist.

Es soll ihr gut gehen, bis ganz zum Schluss.

Ich muss sehr, sehr einfühlsam vorgehen. Sie soll Zutrauen zu mir gewinnen. Egal, was es mich für Mühe kostet. Sie darf keinen Verdacht schöpfen.

Teil II

Olga erwachte mitten in der Nacht, in Schweiß gebadet. Irgendwo weit fort, am Rande des Universums, schlief Mark. Olga sah sein ruhiges Gesicht. Er war wie immer schön und distinguiert, als achtete er auch im Schlaf auf sein Benehmen: kein schnarchend geöffneter Mund, jedes Haar an seinem Platz, er wirkte so akkurat, als säße er auf einer Vorstandssitzung in seinem Konzern.

Ihr Laken war zerwühlt, das Kissen feucht, so feucht wie ihr ganzer Körper. Sie presste die Hand auf den Mund, um nicht aufzuschreien. Ein Albtraum, so deutlich und so real, und er hatte sie kaum loslassen wollen ...

»Mark«, rief sie schwach. »Mark ...«

Aber ihre Stimme verlor sich im weiten Feld des Bettes, in den Falten der Decken, sie erreichte den schlafenden Mark nicht, und Olga hatte einfach nicht die Kraft, ihre Hände auszustrecken und sein so sorgloses Gesicht zu berühren.

Der schreckliche Traum hatte eine halbe Ewigkeit gedauert. Er tötete sie ganz langsam, saugte das Leben Tropfen für Tropfen aus ihr heraus und hinterließ nichts als eine leere Hülle: Eis, Eis, Eis ... Viel zu viel Eis, das sie von allen Seiten einengte. Sie war in das Eis gebannt, sie war eine Gefangene. Durch die glitzernde Oberfläche hindurch erkannte sie Gesichter, Gesichter, die sie nie im Leben gesehen hatte. Dann zerbrachen sie in viele kleine Splitter und schoben sich übereinander, sodass sie nicht einmal mehr feststellen konnte, ob sie einem Mann, einer Frau oder einem Kind gehörten ... Augen, vor Schreck in ihre Höhlen gesunken, die Münder dunkle Schlünde, abgetrennte Kiefer – es war unerträglich. Ein einziges Mal glaubte sie, plötzlich etwas Bekanntes zu sehen: das stille Lächeln, die zärtliche Krümmung der Lippen.

Manana.

Was tust du hier, Manana? Bitte hol mich hier heraus, Manana! Ich will auch ein braves Mädchen sein, nur hol mich hier heraus!

Aber ihr stummer Schrei schien die sanftmütige Manana zu erschrecken, sogar im Schlaf, ihr Lächeln wurde plötzlich zu einer Grimasse, ihre weiße Haut dunkel und fleckig. Nein, das war gar nicht Manana, das war die Zigeunerin vom Flughafen! Sie sagte irgendetwas, aber ihre Worte zerschellten an der undurchdringlichen Wand des Eises, sie drangen nicht bis zu Olga vor.

Ich höre nichts, ich höre nichts …

Die Zigeunerin schien sie zu verstehen.

Ihr Mund trennte sich von ihrem Gesicht und kam näher: Jetzt konnte Olga die Lippen der Zigeunerin ganz genau erkennen, sie waren rissig und mit eitrigen Geschwüren bedeckt. Die Lippen berührten den eisigen Panzer, der Olga umgab, und brannten ein Loch hinein. Dann konnte Olga hören, was sie sagten.

Geh fort von hier – oder du wirst sterben.

Geh fort von hier …

Von den Lippen ging ein so heftiger Gestank aus, dass Olga es schließlich nicht mehr ertrug. Sie erwachte.

Minutenlang lag sie einfach nur da, sie scharrte kraftlos mit den Fingernägeln über ihr Laken und versuchte, das schreckliche Bild abzuschütteln. Aber es war so schwer, so schwer, so schwer … Wieder ergriff sie eine unerträgliche Trauer – so wie damals in der Stadt aus Eis. Sie fühlte sich so entsetzlich allein, sie war sicher, jeden Moment den Verstand zu verlieren …

Aber vielleicht hatte sie ja längst den Verstand verloren, in jener Nacht, als sie die aus dem Eis geschlagenen Stufen hinabgestiegen war? Bei diesem Gedanken packte sie eine so grauenhafte Angst, dass sie alle ihre Kräfte zusammennahm und schrie:

»Mark!«

Endlich wachte er auf und sah sie an: zu einem jämmerlichen Häuflein Elend zusammengerollt, am ganzen Körper zitternd, die Haare an die feuchte Stirn geklebt.

»Was ist denn mit dir, Cara?«, rief er erschrocken und schloss sie fest in seine Arme.

Aber nicht einmal sein ruhiger und kühler Körper konnte sie beruhigen. Sie klammerte sich an seine festen, schützenden Schultern und weinte bitterlich.

»Beruhige dich doch ... Ich bin ja bei dir, Cara, beruhige dich!«

»Ich hatte einen furchtbaren Albtraum!« Mit stockender Stimme, immer wieder von Weinkrämpfen unterbrochen, erzählte sie ihm ihren Traum.

Und, seltsam, als sie darüber sprach, schien sich der Traum zu materialisieren, als hätte sie unwissentlich den Geist aus der Flasche gelassen. Eissplitter glitzerten in den dunklen Ecken des Zimmers, sie loderten im Kamin, loderten und brannten doch nicht herunter. Die Flammen züngelten darüber hinweg, aber sie konnten nichts gegen sie ausrichten, sie waren so hilflos wie Olga selbst.

Olga musste Mark jetzt auch von der furchtbaren Szene in der Flughafenhalle erzählen. Er war zutiefst gekränkt. Er reagierte nicht erschrocken und auch nicht in der normalen ironischen Art eines rational denkenden Menschen, nein, er war einfach gekränkt. Und irgendwo hinter seiner Gekränktheit versteckte sich Beunruhigung. Aber den Grund für diese Beunruhigung erkannte Olga erst einige Minuten später.

»Du musst dich ausruhen«, sagte er.

»Ja, aber nicht hier. Lass uns von hier wegfahren. Ich will hier nicht mehr bleiben.«

Mark küsste sie auf die Stirn. Er war immer ein praktischer und ausgeglichener Mensch gewesen.

»Aber das wäre doch dumm, Cara. Wo wir gerade angekommen sind! Es ist wirklich wunderschön hier, dir hat es doch auch gleich gefallen. Das hast du doch gesagt. Stimmt's oder stimmt es nicht?«

»Ja … Aber ich habe Angst.«

»Aber Cara, willst du wirklich, dass wir abreisen, nur weil du mal schlecht geträumt hast? Sei doch nicht kindisch.«

»Du verstehst nicht. Ich hatte noch nie Albträume.« Das war die Wahrheit. Alle ihre Träume zeichneten sich aus durch weiches, klares Licht, waren voller Vernunft und Ruhe. Niemals flog sie unkontrolliert durch die Lüfte, niemals wurde sie verfolgt; ihre Träume waren der Spiegel ihres realen Lebens, das jeder Erschütterung entbehrte.

»Irgendwann gibt es immer ein erstes Mal.« In Marks Stimme schwang eine Gereiztheit mit, die sie bisher nicht an ihm gekannt hatte. Aber sofort hatte er sich wieder im Griff.

»Ich meine nur, jeder hat doch irgendwann im Leben mal einen Albtraum. Das ist kein Grund zur Panik, Cara.«

»Ich möchte abreisen. Irgendetwas Furchtbares wird passieren, ich fühle es.«

Plötzlich wurde ihr eiskalt. Ihr war eingefallen, wie Mananas Depressionen begonnen hatten. Ihre Mutter hatte sich eines Tages wie ein ängstliches Tier in eine Ecke des Schlafzimmers verkrochen, eingezwängt zwischen dem Bett und einer japanischen Stehlampe, und sie hatte genau dasselbe gesagt: *Ich fühle, dass etwas Schlimmes passieren wird.* Olga bekam auf einmal schreckliche Angst – ganz genau so wie in ihrem Traum.

»Es wird nichts passieren, Cara, ich bin doch bei dir.«

»Nimm mich in die Arme«, bat sie kläglich, und sofort presste er sie fest an sich. An seiner Brust geborgen, kam Olga langsam zu sich. Natürlich, solange Mark bei ihr war, konnte ihr nichts Schlimmes passieren. Sie verstand auf einmal nicht mehr, wie sie mit seinem Bruder hatte flirten können, wenn auch nur in Gedanken. Da war er, ihr eigener Mann, ganz nah bei ihr, und er würde sie niemals verraten, sie niemals verlassen.

»Wirst du auch immer bei mir bleiben?«

»Wie kannst du so etwas fragen? Ich gehöre doch zu dir. Du musst dich einfach beruhigen. Schlaf dich aus, und erhol dich ein wenig. Ich habe schon immer gesagt, dass diese Übersetzungen dir nicht gut tun.«

»Was haben meine Übersetzungen damit zu tun?«

»Sie kosten dich sehr viel Kraft. Und überhaupt ...«

»Was – überhaupt?«

»Mir gefällt dieser César Vallejo nicht, den du so verehrst. Ich finde, er ist ein sehr düsterer Mensch. Da muss man ja auf seltsame Gedanken kommen, wenn man sich zu viel mit dem beschäftigt. Und erst recht ...«

Erst recht jemand wie du, das wollte Mark sagen. Jemand wie du muss dabei den Verstand verlieren. Irgendwann, ganz am Anfang ihrer Beziehung, hatte sie ihm von Manana erzählt. Sie wollte nicht, dass er dieses schreckliche Geheimnis, das unter einer dünnen, brüchigen Schicht des Schweigens ruhte, von irgendjemand anderem erfuhr. Von einem fremden Menschen, der es so ganz nebenher im Plauderton erwähnte, zum Beispiel während eines Tennismatches, während er sich lässig mit dem Schläger an die Ferse schlug: ›Weißt du eigentlich, Mark, dass deine Schwiegermutter verrückt war und sich umgebracht hat?‹ Mark hatte ihr Geständnis mit der allergrößten Ruhe aufgenommen, und sie hatten dieses Thema danach niemals wieder berührt. Aber wie sich jetzt zeigte, hatte er es durchaus nicht vergessen. Während der ganzen zwei Jahre, die ihre Familienidylle jetzt währte, hatte er immer ganz genau darauf geachtet, was er sagte, damit niemals eine Bemerkung über seine Lippen kam, die irgendwie darauf hätte anspielen können.

Und Olga hatte ihm auch keinerlei Anlass dafür gegeben, sie zeigte nicht die geringste Neigung zu Depressionen, im Gegenteil, sie war ein ungewöhnlich vernünftiger und ausgeglichener Mensch. Und doch, jetzt, wo ihre Selbstsicherheit zum ersten Mal nur ein wenig ins Wanken kam, verlor er schon das Vertrauen in sie. Eine tiefe Verzweiflung überkam sie. Aber sie wollte diesem Gefühl nicht nachgeben, sie wollte nicht, dass diese Verzweiflung Macht über sie bekam.

»Du bist ungerecht, Mark. Vallejo ist ein sehr guter Dichter«, sagte sie leise.

»O Gott, Olga, meinetwegen kann er ja der beste Dichter der Welt sein ... Aber wenn es um meine Frau geht ... Wenn es um dein seelisches Gleichgewicht geht ...«

»Ich habe keine Probleme mit meinem seelischen Gleichgewicht, ich finde eigentlich, dass ich ein sehr ausgeglichener Mensch bin.«

»Natürlich bist du das«, antwortete er schnell. Olga sah, wie seine Lippen logen, doch sie war machtlos dagegen. »Natürlich bist du ausgeglichen. Du bist nur ein wenig ... überreizt.«

Er stand auf – nackt und schön und seiner selbst vollkommen gewiss – und ging aus dem Zimmer. Als er zurückkam, brachte er eine Packung Tabletten und ein Glas Mineralwasser mit.

»Bitte nimm das«, sagte er.

»Was ist das?«, fragte Olga argwöhnisch.

»Das ist ein Schlafmittel. Ein ganz harmloses, es wird dir nicht schaden.«

»Ein Schlafmittel? Woher hast du das?« Eine nahe liegende Frage, und Mark war offensichtlich darauf vorbereitet.

Er setzte sich auf den Rand des Bettes und hob mit den Fingerspitzen ihr Kinn an.

»Ich liebe dich, Cara.«

»Woher hast du die Schlaftabletten?«, wiederholte Olga unbeirrt. »Hast du sie etwa für mich besorgt?«

»Nein, für mich. Ich habe dir nichts davon gesagt, aber wir hatten in letzter Zeit in der Firma einige Probleme. Aber das muss dich ja überhaupt nicht interessieren, das ist eben mein Job. Es war einfach ein ziemlich schweres Jahr, ununterbrochen Auktionen,

Fusionen, kleine Firmen werden von großen geschluckt ... Bisher haben wir uns sehr gut behauptet, aber du kannst dir gar nicht vorstellen, was das für ein Stress ist. Da liegen irgendwann bei jedem die Nerven blank. Deshalb habe ich mir vor einiger Zeit die Tabletten besorgt.«

Marks Blick bat um Nachsicht.

Olga wusste, dass er die Wahrheit sagte. Der Konzern ihres Vaters hatte eine schwere Krise hinter sich und sich gerade erst wieder stabilisiert. Aus diesem Grund hatte Mark sich erst jetzt im März einen kurzen Urlaub gönnen können. Es war ungerecht von ihr, ihm diese zehn Tage in den Bergen zu missgönnen. Olga bekam Gewissensbisse. Doch irgendwo in der Tiefe ihrer Seele glomm immer noch ein Gefühl der Gekränktheit. Vor einer halben Stunde hatte Mark so süß und seelenruhig geschlafen wie ein Baby, er hatte ganz und gar nicht den Eindruck gemacht, als müsste man seinem Schlaf künstlich nachhelfen.

»Irgendwie siehst du nicht aus wie jemand, der an Schlaflosigkeit leidet.«

»Das liegt an den Bergen. Wir sind hier doch den ganzen Tag an der frischen Luft, da schläft man wie ein Murmeltier, ob man will oder nicht.« Er lächelte entschuldigend. »Ich habe mich schon lange nicht mehr so gut erholt. Ich glaube, in Venedig habe ich mich zum letzten Mal so wohl und entspannt gefühlt. Man muss an nichts denken, du bist bei mir ...«

Venedig – das war ein verbotener Griff. Der einzige Ort auf der Welt, wo sie eine Einheit gewesen waren, vierundzwanzig Stunden am Tag. Nicht eine Sekunde hatten sie sich getrennt, nicht einmal in den winzigen Antiquitätengeschäften, die Olga so liebte und Mark hasste wie die Pest. »Sie haben einen ausgezeichneten Geschmack, Signora, das ist sehr, sehr altes Porzellan! Diese Tasse gehörte einst Napoleon!« Ja, von wegen, wenn überhaupt, dann hätte sie vielleicht Mussolini gehören können, aber bestimmt nicht Napoleon. Aber spielte das irgendeine Rolle? Venedig, das war der einzige Ort auf der Welt, wo sie wirklich glücklich gewesen waren. Natürlich wollte Mark, dass sie wirklich glücklich waren ... Er gab sich solche Mühe, alles Böse von ihr fernzuhalten. Olga strich ihm sanft über das Haar.

»Du musst dir die Haare schneiden lassen«, sagte sie.

»Jetzt sofort?« Mark lachte.

»Nein, es hat noch Zeit bis morgen.«

»Wenn ich mir die Haare schneiden lasse, liebst du mich dann mehr als jetzt?«

»Dich noch mehr lieben? Das geht gar nicht.«

»Nimm eine Schlaftablette, Cara. Morgen früh fühlst du dich wie neu geboren.«

»Na gut«, willigte sie endlich ein. »Gib schon her.«

Sie nahm eine von den ovalen, rosafarbenen Tabletten und streckte sich auf dem Bett aus.

»Mach die Augen zu, Cara!«, flüsterte er und küsste sie auf beide Lider.

»Verzeih mir, bitte ...«

»Du Dummchen!«

»Und du gehst auch nicht weg?«

»Wohin sollte ich denn gehen? Und meine kleine Frau allein lassen? Ich bin hier, bei dir.«

Er stand auf und setzte sich an den Tisch, auf dem sein Computer stand.

»Mark!«, sagte Olga tadelnd.

»Ich werde ein bisschen arbeiten, Cara.«

»Nein, bitte ... Bleib bei mir, bis ich einschlafe.«

Mark gab lächelnd nach. Er legte sich wieder neben sie auf das Bett und schloss sie in die Arme. Und so, in dem festen Ring seiner Umarmung, beruhigte sich Olga schnell. Der Albtraum zog sich zurück und hatte nicht länger Macht über sie. Alles wird gut, Cara, alles wird gut.

Als sie die Augen aufschlug, war Mark nicht im Zimmer. An den Holzwänden zitterten die Schatten der Kiefern. Die Sonne stand schon hoch, es musste mindestens Mittag sein.

Olga setzte sich im Bett auf.

Auf dem Kissen neben ihr lag ein Zettel: ›GUTEN MORGEN, CARA! ICH HOFFE, DU HAST SCHÖNE TRÄUME GEHABT. ICH WARTE BIS ZWÖLF IN DER BAR AUF DICH. DANN GEHE ICH ZU DER PISTE, AUF DER WIR GESTERN ABGEFAHREN SIND. ICH TRAGE MEINEN ROTWEIßEN ANZUG, DU KANNST MICH NICHT VERWECHSELN. KUSS, DEIN MARK.‹

Olga nahm ihre Uhr vom Nachttisch.

Tja, wie sie sich gedacht hatte, es war schon kurz nach eins. Sie hatte hoffnungslos verschlafen.

Sie spürte eine merkwürdige Trockenheit im Mund, und ihr Kopf fühlte sich an, als hätte man ihn mit Nadeln gespickt. Aber eigentlich empfand sie diesen Zustand nicht direkt als unangenehm. Es war eher unbequem. Zu ihrer eigenen Überraschung ärgerte sie sich plötzlich über Mark. Er war gegangen und hatte sie einsam und allein zurückgelassen. Natürlich konnte sie nicht von ihm verlangen, dass er einen so schönen und sonnigen Tag verschwendete, nur um bei seiner Frau am Bett zu sitzen und ihren Schlaf zu bewachen.

Sie stand auf und ging ins Bad. Ihre Beine schienen sie nicht richtig tragen zu wollen, aber sie führte das auf die Wirkung der Schlaftablette zurück. Schließlich hatte sie noch nie im Leben so etwas zu sich genommen.

Aber auch unter der Dusche wollte die Schwäche nicht nachlassen, und auch die seltsame Trockenheit im Mund ließ sich nicht vertreiben. ›Ich hätte mich nicht so schnell überreden lassen sollen‹, dachte sie. In dem beschlagenen Spiegel betrachtete sie nachdenklich die rabenschwarze Kaskade ihrer Haare. Sie fand, dass sie gar nicht so übel aussah, vielleicht nur ein wenig blasser als normal. Und je älter sie würde, desto stärker ähnelte sie ihrer Mutter.

Olga seufzte und berührte ihr Spiegelbild mit den Fingerspitzen. In letzter Zeit dachte sie ziemlich oft an Manana. Das war seltsam.

Das Döschen mit den Schlaftabletten stand auf dem schmalen Regal vor dem Spiegel, neben Zahnbürsten, Zahncreme und dem Rasierzeug ihres Mannes. Olga nahm es, drehte es um und las die Aufschrift: NITRASEPAM.

Der Name sagte ihr nichts.

Ob Manana auch solche Ekligkeiten gegen Albträume eingenommen hatte? Kurz vor ihrem Tod litt sie mehr und mehr an Schlaflosigkeit. Das hatte ihr jedenfalls der Vater erzählt.

Dann geht meine Mutter im Garten spazieren,
schmeckt etwas, das keinen Geschmack mehr hat.
Wie mild sie jetzt ist,
ganz Flügel, ganz Ausweg, ganz Liebe.

César Vallejo; er hätte keinen passenderen Zeitpunkt wählen können, um in Erscheinung zu treten.

Es war der rechte Augenblick, sich den Übersetzungen zu widmen, da der Tag eh schon hoffnungslos verdorben war. Zumal die Abgabefrist drängte und man sie im Verlag ohnehin ein wenig schief ansah: Die reiche Frau eines reichen Mannes beschäftigt sich ein bisschen mit Übersetzen, weil sie sonst nichts zu tun hat.

In den unkonventionellen Kreisen, in denen sie während ihres Studiums verkehrte – immer ein wenig an Inkas Rockzipfel –, hieß das: aus Liebe zur Kunst. Sie hatten ihr mit voller Absicht ausgerechnet Vallejo gegeben, diesen wütenden und ärmsten Vertreter seiner Zunft. Und es war genau das passiert, was man erwartet hatte: Vallejo hatte sie kurzerhand absorbiert, eingesaugt wie in einen Trichter.

Sie schaltete das Notebook ein. Mark hatte ihr erlaubt, seiner innig geliebten Maschine eine Datei mit dem frivolen Namen ›Passion‹ einzuspeisen. Das war ihre ganz persönliche Datei, und darin hatte sie alle Erstfassungen der Gedichte Vallejos gesammelt.

Oh, Mark hatte inzwischen schon wieder mehrere E-mails bekommen.

Ob er sie schon gelesen hatte?

Olga öffnete ihre Datei und vertiefte sich in die Übersetzungen, die sie in Moskau angefertigt hatte.

»Mit einem Wort, ich habe, mein Leben auszudrücken, nichts als den Tod.«

»Ihr Toten mit den schimmernden Knien,
durch Ergebung geläutert,
wie schneidet ihr in das andere Herz ...«

»Weil in Spanien man tötet, töten andere
das Kind, sein Spielzeug, das stillhält,
die herrliche Mutter Rosenda.«

»Ich werde sterben in Paris, mit Wolkenbrüchen,
schon heut erinnre ich mich jenes Tages.
Ich werde sterben in Paris, warum auch nicht.
an einem Donnerstag vielleicht, wie heut, im Herbst.«

Mein Gott, hatte sie wirklich nicht bemerkt, wie düster Vallejo war, was für giftige, tödliche Gedanken in diesem Kopf entstanden waren, der jetzt schon so lange unter der Erde moderte? Mark hatte eindeutig Recht. Es war für sie einfach unerträglich, immer wieder Reime auf Worte wie ›Mord‹ und ›Tod‹ zu finden.

Nein, nicht heute. Heute nicht.

Letztlich war sie nicht auf diese Arbeit angewiesen. Sie konnte jederzeit in die Firma ihres Vaters eintreten, in die Abteilung für Public relations, das hatte er ihr schon lange angeboten. Und warum nicht, auf irgendwelchen internationalen Messen konnte sie mit ihrer äußeren Erscheinung bestimmt die eine oder andere Medaille abgreifen.

Olga musste über ihre eigenen Gedanken lächeln.

Ja, ein paar Medaillen für schickes Aussehen, das war doch nicht schlecht. Sie schaltete den Computer aus, hob den Telefonhörer ab und wählte Inkas Nummer.

Lange Rufzeichen.

Natürlich, wie sollte es anders sein. Ihre Freundin flitzte sicher gerade irgendeinen Abhang hinunter, und wenn sie unten ankam, fielen ihr die männlichen Skisportler wie reifes Obst zu Füßen. Vielleicht wäre es das Beste, sich einfach dazu zu gesellen. Ja, genau das würde sie tun.

Bei hellem Tageslicht verblasste der nächtliche Albtraum rasch, und bald machte Olga sich Vorwürfe wegen der furchtbaren Szene, die sie veranstaltet hatte. Der arme Mark, er hatte doch wahrlich genug am Hals. Nein, ihr Entschluss stand fest: Sie würde sich anziehen und auf die Suche nach dem rot-weißen Skianzug ihres Mannes machen. Außerdem waren die lästigen Symptome inzwischen vergangen.

Gerade wollte sie aufbrechen, als es zaghaft an der Tür klopfte. Wer das wohl war? Mark konnte es nicht sein, der hatte doch seinen Schlüssel. Die ungeduldige Inka hätte die Tür einfach eingetreten. Vielleicht das Zimmermädchen?

Vor der Tür stand Jonas.

»Guten Tag, Olga«, sagte er. Kein Lächeln zur Begrüßung, nur das strenge Gesicht eines Lehrers.

»Guten Tag. Hat Mark Sie geschickt?«

»Nein. Darf ich reinkommen?« Und ohne Olgas Antwort abzuwarten, schob er sie sanft zur Seite.

»Ich wollte gerade gehen.«

Ihre Worte riefen keine Reaktion bei ihm hervor. Er stand mitten im Zimmer und sah sie einfach an.

»Haben Sie Mark gesehen?«, fragte sie.

»Nein, ich war heute noch nicht auf der Piste.«

»Woher wissen Sie, dass er dort ist?«

»Da er nicht hier ist ... Ich nehme an, er ist nicht in die Berge gekommen, um von morgens bis abends an der Bar zu stehen.«

Er kam einen Schritt auf sie zu, und Olga erschrak.

Nicht vor Jonas, o nein.

Sie erschrak vor sich selbst.

Ihr war plötzlich klar geworden, dass sie unterbewusst auf ihn gewartet hatte. Die gestrige Szene auf dem Plateau hatte einen Nachgeschmack des Unausgesprochenen hinterlassen. Sie musste sich unbedingt im Griff behalten, sonst könnte wer weiß was geschehen.

»Mark müsste jeden Moment kommen.«

»Na und?«

Tatsächlich, na und? Er war gekommen, um seinen Bruder zu sprechen, und hatte nur dessen Frau angetroffen. Da gab es nichts Verfängliches, nichts Anstößiges. Ein guter Anlass für eine ungezwungene Plauderei über die Besonderheiten des örtlichen Klimas, weiter nichts.

»Möchten Sie etwas trinken?«

So war es gut, jetzt hatte sie die angemessene Verhaltensrichtlinie gefunden.

»Nein.«

»Wir haben ausgezeichneten Cognac. Oder Martini? Mark hat extra zwei Flaschen erstklassigen Martini mitgenommen.«

Olga fiel plötzlich ein, dass die beiden Brüder ihr Wiedersehen nach siebzehn Jahren überhaupt nicht gebührend gefeiert hatten. Nicht einmal ein bescheidenes Abendessen im Kreis der Familie hatte es gegeben. Seltsam, was hatte Mark dazu bewogen, ausgerechnet die ›Windrose‹ als Urlaubsort zu wählen? Sie hätten diese zehn Tage genauso gut in der Schweiz oder in den französischen Alpen verbringen können. Ohne diesen mürrischen Verwandten.

»Nein.«

»Vielleicht Kaffee?«

»Nein.«

Damit war Olgas Fantasie bezüglich Getränke eigentlich erschöpft. Aber sie wollte sich nicht kampflos ergeben.

»Mineralwasser?«

»Nein.«

»Tequila?«

»Nein.«

»Bacardi?«

»Nein.«

»Oder vielleicht Champagner?«

»Nein.«

Olga biss sich auf die Lippen und versuchte angestrengt, sich den Inhalt des Bildbandes ›Alkoholische Getränke‹ ins Gedächtnis zu rufen, das Mark seinen Untergebenen zum letzten Weihnachtsfest geschenkt hatte. Das Buch war dick und sehr farbig gewesen, erheblich farbiger jedenfalls als die einsilbigen Antworten Jonas'.

Sie spielte ihre letzte Trumpfkarte aus. »Mosel- oder Rheinwein?«

Und zu ihrer Überraschung kapitulierte er.

»Na gut, meinetwegen, geben Sie mir einen Mosel.«

Olga lachte auf und hob bedauernd die Hände.

»Das tut mir jetzt aber leid. Ich habe gar keinen Moselwein.«

»Ach, schade, gerade wollte ich mich dafür erwärmen. Warum

sind Sie eigentlich nicht mit Mark auf die Piste gegangen? Er ist doch schon heute früh los.«

»Woher wissen Sie das? Spionieren Sie ihm nach?«

»Ja«, sagte er einfach.

»Ach, und warum?« Eine dümmere Frage konnte man wirklich nicht stellen.

»Einfach so. Ich wollte sehen, was er tut.« Wie es sich gehört: Wer dumm fragt, bekommt eine dumme Antwort, das hätte sie sich denken können.

»Und was jetzt?«

Jonas schien zu überlegen. »Ich weiß nicht.«

Olgas spürte plötzlich, dass ihre Knie anfingen zu zittern. Sie setzte sich aufs Bett, sprang aber sofort wieder auf wie von der Tarantel gestochen. Das fehlte gerade noch, am Ende verstand Jonas das als Aufforderung! Eilig brachte sie einen Sicherheitsabstand zwischen sich und das Bett, das ihr auf einmal wie eine gefährliche Falle vorkam. Sie setzte sich in einen Sessel und begann, ihre Skischuhe anzuziehen.

»Wenn Sie möchten, können Sie mich ja begleiten, Jonas«, sagte sie und bemühte sich dabei, ihre Stimme so normal wie möglich klingen zu lassen.

»Gern, natürlich.«

Warum war sie nur so nervös? Sie konnte kaum die verflixten Schuhe schließen.

»Ich werde wohl niemals lernen, mit diesen dummen Dingen zurechtzukommen!«, sagte Olga ärgerlich.

»Ach, das ist gar nicht so schwer. Alles nur eine Frage des Trainings.« Als hätte er nur darauf gewartet, kniete er sich vor sie hin und begann, ihr die Schuhe zu schließen.

Ganz nah sah sie seinen Hinterkopf mit dem jungenhaften Wirbel im Haar. Es sah so trotzig und zugleich so schutzlos aus, dass sie nicht widerstehen konnte und ihn mit den Fingerspitzen berührte. Jonas erstarrte. Olga spürte, wie sogar sein Rücken unter der dicken Skijacke sich anspannte. Dann glitten seine Hände langsam von den Schuhen aufwärts zu ihren Knien. Olga war wie gelähmt.

»Siehst du, wie einfach alles ist«, sagte Jonas und schaute zu ihr auf.

»Ja«, flüsterte sie. »Alles ist ganz einfach.«

Seine Augen verengten sich wie bei einem Tier kurz vor dem Sprung, tief in seinen Pupillen glomm ein gefährliches Feuer. Langsam öffnete sich sein Mund und entblößte seine feucht schimmernden Zähne.

Sie legte ihre Fingerspitzen auf seine Nasenwurzel (*O Gott, was tue ich da?*) und ließ sie zu seinen Lippen abwärtswandern. Seine Lippen brannten wie glühende Kohlen. Aber es war zu spät, ihre Hand zurückzuziehen, schon hatte Jonas sie in Besitz genommen wie eine kostbare Beute. Er gebrauchte seine Küsse wie ein Jäger sein Messer, er zerlegte sein Wild, trennte geschickt das Fleisch von den Knochen.

Aber jetzt war es ihr schon egal. Es war sowieso alles verloren, sie hatte nicht mehr die Kraft, gegen sich selbst anzukämpfen.

Und Olga wollte auch gar nicht kämpfen. Sie unterwarf sich auf Gnade und Ungnade dem Sieger.

Was jetzt zwischen ihr und Jonas geschah, war etwas vollkommen anderes als Marks Liebe zu ihr – der leidenschaftlichen, immer verständnisvollen, immer ein wenig ironischen Liebe eines Intellektuellen, eines Yuppies, eines Selfmademan. Jonas war ganz anders, er verkörperte die Ursprünglichkeit der Steppen, er hatte etwas Zügelloses, Wildes, etwas Gefährliches an sich, mit ihm war es wie in einem Kampf ohne Regeln. Und sie wusste sehr wohl, dass sie in diesem Kampf unterliegen musste.

Aber vielleicht war es genau das, was sie wollte, mehr als alles andere auf der Welt.

Unter seinen Küssen dachte sie an nichts mehr, sie wollte nur noch ein Teil von ihm sein, wollte aufstehen, sich erheben von der

Liebe, wie man sich von einer schweren Krankheit erhebt, und sich als Herrscherin eines ganzen Königreiches fühlen.

Als seine Hände den ersten Knopf an ihrer Bluse öffnen wollten, klingelte das Telefon.

Vielleicht klingelte es auch schon seit einer Ewigkeit, und sie hatte es nur nicht gehört. Das monotone Piepsen ernüchterte sie sofort. Sie stieß Jonas' Hände von sich und griff nach dem rettenden Hörer.

»Hallo!«

Aber das Telefon schwieg, der Anrufer hatte wohl die Geduld verloren. Das sah eigentlich ganz nach Inka aus. Geduld war nie ihr hervorstechender Charakterzug gewesen. Bei jedem Buch las sie sofort das Ende, kein Theaterstück hielt sie länger als einen Akt durch. Kein Wunder, wenn sie da den Hörer aufwarf.

Und wenn es Mark war?

Als sie sich, zum ersten Mal seit fünfzehn Minuten, erlaubte, an Mark zu denken, wurde ihr kalt. Was sollte das eigentlich werden? Ein schäbiger Seitensprung mit dem Bruder ihres Mannes, noch dazu in der Hütte, die ihr Mann gemietet hatte! Bloß gut, dass sie nicht in dem Bett gelandet waren, in dem sie mit ihrem Mann Liebe gemacht hatte! Idiotin! Vollidiotin! Jeden Moment konnte Mark auftauchen, und was hätte er dann gesehen? Sie stöhnte auf.

»Geh weg!«, sagte sie.

»Nein.« Das klang genauso wie vorhin, als er die Getränke abgelehnt hatte.

»Das ist nicht in Ordnung.«

»Du brauchst es ja Mark nur zu sagen, dann ist es in Ordnung.«

»Was soll ich ihm sagen?«

»Dass du ihn nicht liebst.«

»Das ist nicht wahr.« Sie bedeckte ihr Gesicht mit den Händen, als wollte sie sich schützen.

»Es ist wahr.«

»Geh weg!«

»Nein.«

»Dann gehe ich eben.«

Sie war schon an der Tür, als er sie einholte. Seine Lippen fanden ihre Lippen und hielten sie fest, peinigten sie so lange, so verzweifelt, dass Olga glaubte, sie müsste das Bewusstsein verlieren. Jetzt wird er sie zum Bett tragen, und diesmal wird sie kein Telefon stören.

Sie nahm all ihre Kräfte zusammen, riss sich los und stürzte aus der Hütte. Sie rannte, wie man nur rennt, wenn man seinem eigenen Schicksal entfliehen will, genau wissend, dass es an der nächsten Straßenkreuzung wieder auf einen wartet. Sie schaute nicht zurück. Hätte sie es getan, dann hätte sie gesehen, dass Jonas auf der Schwelle ihrer Hütte stand, mit verschränkten Armen, und lächelte – zärtlich und triumphierend zugleich.

Aber sie schaute sich nicht um.

Verräterin.

Das war das richtige Wort: Verräterin.

Sie hatte alles verraten, was man verraten konnte. Mark, sich selbst, zweieinhalb Jahre ihres Lebens, Venedig, ihren eigenen Vater.

Sie musste Mark alles erzählen, noch heute. Er sollte wissen, was für ein Schuft sein Bruder war. Mit welcher Dreistigkeit er versucht hatte, sie zu verführen. Olga biss wütend die Zähne aufeinander. Aber dann musste sie ihm auch alles andere erzählen: welchen Aufruhr Jonas' Nähe in ihr auslöste, so als pochten unzählige Herzen in ihrer Brust. Sie musste ihm gestehen, wie sehr sie Jonas begehrte.

Nein, sie konnte Mark nicht anlügen. So wenig, wie sie Jonas widerstehen konnte. Wie sie auch sich selbst nicht widerstehen konnte. Der einzige Ausweg war, abzureisen. Sofort, gleich morgen. Nein, am besten heute noch.

Sie wusste, was sie zu Mark sagen musste: Lass uns von hier fliehen, sonst werden wir einander verlieren. Verflucht sei dieser Ort, verflucht sei dieser Jonas, der allein schon mit seinem Namen verführen kann. Mark hat Recht. Es ist ein Verbrechen, solch einen Namen zu tragen ...

Als sie heirateten, war Mark zweiunddreißig Jahre alt gewesen, sie kaum vierundzwanzig. Mark war ihre erste Liebe, was Inka immer zu hysterischen Lachanfällen reizte. Aber natürlich hatte sie auch vor Mark Männer gehabt, sogar eine Abtreibung hatte es gegeben, nach einer Reise auf die Krim mit einem Kommilitonen von der Uni, einem Verehrer von Sartre und Haschisch. Und es gab einen Litauer namens Ramunas, mit dem sie sogar schon einen Termin auf dem Standesamt ausgemacht hatte. Doch eine Woche vor der Hochzeit war Ramunas mit seinem Motorrad tödlich verunglückt. Sie hatte seinen Tod viel leichter verwunden, als sie jemals geglaubt hätte. Und Inka, die Ramunas von Anfang an nicht hatte leiden können, kommentierte nur zynisch, er habe sowieso eigentlich gar nicht Olga heiraten wollen, sondern nur ihre georgische Hälfte, um sein litauisches Phlegma ein wenig aufzumöbeln.

Als dann die Geschäfte ihres Vaters steil in die Höhe schossen, wurde sie eine Zeit lang von Schmarotzern und professionellen Heiratsschwindlern umschwärmt. Aber Inka hatte ein Auge für diese Art von Typen und machte kurzen Prozess mit ihnen. Ihr Rezept für solche Fälle war einfach, aber höchst wirksam. Sie trat an den fraglichen Kandidaten heran und erklärte: ›Nur damit du es weißt, Dima (Wasja, Micha, Slawik, Reso), gegen Olgas Vater läuft zurzeit ein Ermittlungsverfahren, sein gesamtes Vermögen wird vermutlich in Kürze konfisziert.‹ Erwartungsgemäß verspürte keiner der luxusbedürftigen Freier große Lust, einem verarmten Schwiegervater in spe Carepakete ins Butyrka-Gefängnis zu bringen.

Mit Mark war alles anders.

Als sie sich kennen lernten, arbeitete er bereits in der Firma ihres Vaters. Auf einer großen Party anlässlich des fünfjährigen Bestehens des Konzerns goss Mark ihr versehentlich ein Glas Champagner übers Kleid. Das war der Beginn ihrer Romanze. Er machte ihr ganz altmodisch den Hof, war immer sehr förmlich und beherrscht, und das erste Mal, dass er Olga wirklich küsste, das war, als er bei ihrem Vater um ihre Hand angehalten hatte.

Er bekam sie.

Die Hochzeit war mehr als bescheiden: Ein Tisch für vier im Restaurant ›Metropol‹ – Mark, Olga, Inka und der Vater. Inka machte auch dort ihrem Ruf alle Ehre. In dem üppigen Rosenstrauß, den sie den beiden Jungvermählten überreichte, steckte eine schmucklose Postkarte mit einem selbstverfassten Gedicht, in dem sie das wohlhabende Brautpaar in schlüpfrigen Worten verspottete.

Olga war exakt fünf Minuten lang böse auf Inka, nämlich genau bis zu dem Moment, als Mark einen Toast auf ihre Familie ausbrachte.

Denn wir sind doch jetzt alle eine Familie, oder nicht?

›Aber in jeder Familie gibt es ein schwarzes Schaf‹, sagte Olga immer noch ein wenig grollend und sah dabei Inka an.

›Da muss ich dir unbedingt Recht geben‹, parierte Inka und sah dabei Mark an.

Aber eigentlich war es Olga vollkommen gleichgültig, was ihre Freundin über ihren Mann dachte. Sie liebte Mark, und damit basta.

Und sie liebte ihn noch immer. Sie wollte mit keinem anderen Mann schlafen, sie wünschte sich Kinder von ihm, und immer noch, auch nach zweieinhalb Jahren, raubten ihr seine Zärtlichkeiten den Verstand. Ja, sie wollte nur mit ihm schlafen, mit keinem anderen Mann.

›Das ist nicht wahr. Du willst ja mit einem anderen Mann schlafen. Du willst es, du willst es‹, knirschte der Schnee unter ihren

Skiern. Dieser ketzerische Gedanke hatte sich in ihrem Kopf festgesetzt, und um ihn zu vertreiben, fuhr sie so lange Ski, bis sie vor Erschöpfung fast umfiel. Und dabei fürchtete sie die ganze Zeit eines am meisten: dass sie Mark oder Jonas begegnen könnte.

Nein, wen sie jetzt wirklich brauchte, das war Inka. Inka, ihre gute alte Freundin und Vertraute, ihre Amme, ihr persönlicher Seelendoktor. Inka allein konnte sie alles, alles erzählen. Aber sie brauchte ihr auch gar nichts zu erzählen. Inka hatte es sofort erkannt, ein Blick auf diese fürchterliche Mesalliance hatte ihr gereicht: zwei eifersüchtige Brüder und eine verrückte Georgierin zwischen ihnen.

Aber Inka war wie vom Erdboden verschluckt. Nur einmal war es Olga so vorgekommen, als hätte sie sie gesehen: Inka in ihrem exquisiten Skianzug, eskortiert von einem blassen jungen Mann, der neben ihr bemitleidenswert unscheinbar wirkte. Sicher war das ihr Skilehrer, denn da sausten sie schon elegant um die Slalomtore.

Olga war so in ihre Gedanken versunken, dass sie gar nicht bemerkte, wie sie sich immer mehr von den befahrenen Pisten entfernte. Schließlich fand sie sich wieder in dem idyllischen Winkel, den Jonas ihr am vergangenen Tag gezeigt hatte: ein Hang, der auf drei Seiten von hohen Felsen umgeben war und terrassenförmig bis auf ein kleines Plateau hinabführte. Und nur weil Olga sich selber so hasste für ihren beinahe begangenen Seitensprung, beschloss sie, allein über diese Terrassen abzufahren.

Gerade verschwand die Sonne hinter den Felsen, und der Schnee wurde fast lila, leuchtete von innen heraus, mit einem gleichmäßigen, beruhigenden Licht.

›Wenn ich nicht hinfalle, dann geht doch noch alles gut aus, wir fahren nach Moskau zurück, und ich werde Jonas' Namen genauso vergessen wie diesen Albtraum‹, dachte Olga. ›Und nächstes Mal fahren wir irgendwo ganz anders hin, nach Lappland vielleicht, in irgendein gottverlassenes Saariselkä oder so etwas, zu den

Schlittenhunden und dem Nikolaus, in den hintersten Winkel der Welt.

Oder nach Venedig.

O ja, nach Venedig! In die süße, geheimnisvolle Stadt ihrer Liebe. Ja! Aber jetzt musste sie sich konzentrieren! Und nicht vergessen: Immer den Körperschwerpunkt auf den inneren Ski legen! Was noch? Ach, egal, diese Skier werden wie von selbst laufen, schließlich sind das superteure Superski, wie der Verkäufer gesagt hat. Die machen alles von alleine. Und wenn sie glücklich unten ankam, würde alles gut sein. Basta. Letztes Wort!‹

Olga setzte ihre Skibrille auf und stieß sich kräftig ab.

Vorwärts, frisch mit dem Kopf durch die Wand, wie ihr Vater immer sagte.

Der Fahrtwind brannte auf ihren Wangen, die Skier flogen über den lockeren Schnee, und irgendwo in ihrem Brustkorb erklang auf einmal eine zarte Note des Triumphes. Ich kann es, ich kann es, ich kann ...

Mit kühnem Schwung nahm Olga die erste Terrasse, die sie wie eine kleine Sprungschanze auf die zweite führte. Was hatte Jonas gesagt? Inspiration, alles nur Inspiration! Und Mark nannte es ›drive‹! *Du musst deinen Skiern vollkommen vertrauen, dir selbst vollkommen vertrauen, dann geht alles gut! Nicht daran denken, was du tust. Tu es einfach, das ist alles!*

Den nächsten Bogen ging sie eine gute Spur schärfer an, und es gelang tadellos. Das Herz wollte ihr aus der Brust springen: Alles ging gut, alles gelang ihr! Schon hatte sie die zweite Terrasse hinter sich, der Schwung war noch größer als vorher, und fast wäre sie gefallen. Aber sie presste sich an ihre Skier, wie man sich an einen Liebhaber presst, kurz bevor man die Augen schließt. Sie flog dem Plateau entgegen.

Geschafft!

Sie hatte es geschafft – sie hatte ihre Wette mit sich selbst gewonnen. Jonas würde für immer aus dem Tempel verjagt, dieser jämmerliche Pharisäer und Brudermörder! Jonas würde verjagt, und sie hatte gewonnen!

Und genau in dem Moment, als sie dies dachte, schoss sie über das Plateau hinaus und sauste weiter den Abhang hinunter, durch den unberührten, reinen, lila leuchtenden Schnee. Das hatte sie nicht geplant. Offenbar war ihre Geschwindigkeit doch zu hoch gewesen, und sie beherrschte nicht die Technik, um so eine Fahrt zu kontrollieren. Der Hang wurde immer steiler und steiler, aber seltsamerweise hatte sie auf einmal gar keine Angst mehr. Komme, was kommen muss! Sie spürte plötzlich genau den gesunden Abenteuergeist in sich, den sie ihr ganzes Leben lang immer vermisst hatte, genau diese intensiven Empfindungen …

Und dann fiel sie doch noch.

Als sie mit einer ungeschickten Kehre versuchte, einer einsamen Kiefer auszuweichen, rutschte sie zur Seite weg. Der Sturz war nicht schlimm und nicht schmerzhaft, sie hatte sich im Fallen instinktiv richtig verhalten. Sie hatte den Stamm der Kiefer leicht gestreift und einen Skistock verloren, sonst war nichts passiert.

Allerdings war es ein ganz ausgezeichneter Stock gewesen. Als sie nach dem Fall benommen im Schnee saß, dachte sie zunächst überhaupt nur an diesen Stock und wie schade es wäre, ihn verloren zu haben. Dann tastete sie vorsichtig ihren Körper ab. Zumindest nichts gebrochen, wie es aussah. Als der erste Schreck verflogen war, schaute sie sich in der Gegend um. Das war allerdings gar nicht so einfach in der Dämmerung, die sich inzwischen niedergesenkt hatte. Da war die unselige Kiefer, dunkel dräuende Felsen überall um sie herum, alles andere versank in der trüben Dunkelheit.

Wenn sie bloß wüsste, wo sie hier gelandet war. Es konnte höchstens eine halbe Stunde vergangen sein, seitdem sie ihre tollkühne Abfahrt begonnen hatte. Allerdings hat die Zeit die fatale Tendenz, unter ungewöhnlichen Umständen dramatisch zusammenzuschrumpfen und sich dann wieder tückisch auszudehnen; es hatte also nicht viel Sinn, dem eigenen Gefühl zu vertrauen.

Die ›Windrose‹ sollte irgendwo rechter Hand liegen, so kam es ihr vor. Wenn sie versuchte, den Hang wieder hinaufzusteigen …

Aber diesen Gedanken verwarf sie nach einem kurzen Blick auf die steilen Schneemassen schnell wieder. Vielleicht konnte sie versuchen, die Felsen zu umgehen und dann irgendwie nach rechts …

Aber erst musste sie den Stock finden.

Tastend suchte sie das Gelände unmittelbar um sich herum ab, aber der verdammte Stock blieb verschwunden. Noch länger hier herumzutrödeln ergab aber auch keinen Sinn. Anstelle des euphorischen Gefühls, das sie während ihrer Abfahrt empfunden hatte, schlich sich eine leichte Panik ein. Das hatte ihr gerade noch gefehlt. Sie musste sich zusammenreißen, einfach aufstehen und losgehen. Der Teufel hatte sie geritten, so eine riskante Abfahrt kurz vor dem Einbruch der Nacht zu unternehmen! Olga stützte sich auf den einen verbliebenen Stock und fuhr in der dichter werdenden Dämmerung langsam an den Felsen entlang. Nach einer Weile wurde ihr allerdings klar, dass sie zu Fuß besser vorankommen würde, weil es in der Nähe der Felsen zu wenig Schnee gab. Olga schnallte die Skier ab und lud sie sich auf die Schulter. Jetzt war sie beweglicher, obwohl sie immer noch nicht wusste, ob sie überhaupt in die richtige Richtung ging.

Es wurde rasch dunkler und auch kälter, und sie begann sich ernsthaft Sorgen zu machen. Sie hatte wirklich keine Lust, in diesem vornehmen Skiort zu erfrieren, nachdem sie doch so viel Geld für die ganze Ausrüstung und Reise hingeblättert hatten! Dieser Gedanke stimmte sie fast fröhlich. Immerhin, wenn sie erfröre, dann hätte Jonas keine Freude an ihrem Körper!

Vor allem musste sie vermeiden, tatsächlich in Panik zu verfallen. Sie befahl sich, an ihren Vater zu denken: Vater wird bestimmt böse sein, wenn er erfährt, dass du einfach so erfroren bist, weil du dich verlaufen hast wie ein dummes Rotkäppchen und nicht imstande warst, einen Ausweg aus deiner Lage zu finden.

Olga ging, solange ihre Kräfte es zuließen, aber immer noch gab es nichts als schwarze, hohe Felsen.

Halt.

Sie musste irgendwo rasten und ganz in Ruhe ihre Lage überdenken. Nach einer Weile fand sie ein geeignetes Plätzchen: eine Nische in der Felswand, die ihr als Zufluchtsort dienen konnte. Olga lehnte ihre Skier an die tiefschwarze Oberfläche des Felsens und hockte sich daneben auf die Erde. Ja, es war höchste Zeit, vernünftig zu überlegen, was sie jetzt tun sollte. Sie griff in die Taschen ihres Skianzugs: Gott sei Dank, Zigaretten und Feuerzeug hatte sie dabei.

In Moskau rauchte sie nur sehr selten, und auch hier in der ›Windrose‹ hatte sie bisher insgesamt höchstens fünf Zigaretten geraucht. Aber jetzt konnte sie ein paar Züge gebrauchen. Sie schlug sich eine Zigarette aus der Schachtel, zündete sie an und sog den Rauch gierig ein. Das Aufleuchten der Glut übte sofort seine beruhigende Wirkung auf sie aus, sie lehnte sich entspannt zurück, schloss die Augen und begann nachzudenken.

Spätestens in einer halben Stunde würde es vollkommen dunkel sein. Das war die Zeit, die ihr noch blieb. Realistisch gesehen konnte die Abfahrt nicht mehr als zwanzig Minuten gedauert haben. Als sie losfuhr, lag die ›Windrose‹ rechts von ihr. Zehn Minuten hatte sie für die Auffahrt mit dem Skilift gebraucht. Olga nahm ihren Stock und zeichnete ein Quadrat in den Schnee. Die rechte untere Ecke stand für die Talstation, die rechte obere Ecke für den Gipfelpunkt des Skilifts. Die linke obere Ecke stellte dann den Punkt dar, an dem sie ihre irrwitzige Abfahrt begonnen hatte, und die linke untere Ecke den Ort, an dem sie sich jetzt befand. So ein Quadrat ist eine wunderbar klare geometrische Figur, sehr praktisch, um ein überreiztes Gehirn zur Ruhe zu bringen.

Olga kam zu dem Ergebnis, dass sich ihr jetziger Aufenthaltsort mit der ›Windrose‹ ungefähr auf derselben Höhe befand. Sie fasste wieder ein wenig Mut und musste sogar über sich selber lächeln. Manchmal sind eben auch Geisteswissenschaftler zu mathematischem Denken fähig! Sie suchte eine bequemere Sitzposition und hörte plötzlich ein leises Klirren.

Der Schlüssel zu ihrer Hütte.

Sie hatte vergessen, ihn beim Portier abzugeben, nachdem sie noch einmal zu ihrer Hütte zurückgegangen war, um ihre Skier zu holen. (Insgeheim hatte sie gehofft, dass Jonas dort auf sie warten würde, aber er war schon gegangen).

Jetzt war er ihr aus der Tasche gefallen. Das fehlte gerade noch, dass sie den auch noch verlor – wie sie schon den Skistock verloren hatte! Aber er konnte ja nicht weit gefallen sein! Mit ihrem Feuerzeug leuchtend, kroch sie auf allen vieren durch den Schnee, und zu ihrer großen Erleichterung sah sie ihn schon nach kurzer Zeit zwischen den Steinen an der Felswand blinken.

Als sie die Hand nach dem Schlüssel ausstreckte, bemerkte Olga, dass sich die Flamme des Feuerzeugs auf die Felswand zuneigte, als übte die glatte Oberfläche des Steines einen magischen Sog auf sie aus. Dabei herrschte völlige Windstille! Aber das sonderbare Verhalten der Flamme fand schnell eine ganz natürliche Erklärung: Am Fuße des Felsens entdeckte Olga einen schmalen Spalt, der im Schnee kaum zu erkennen war. Hätte sie nicht ihren Schlüssel verloren und hätte sie nicht die Flamme ihres Feuerzeugs darauf hingewiesen, hätte sie diesen Spalt niemals bemerkt. Aus purer Neugier schob sie den Schnee davor zur Seite, und die Öffnung vergrößerte sich.

Sieh mal an, eine waschechte Ali-Baba-Höhle!

Aufgeregt schaufelte sie weiter, und nach kurzer Zeit hatte sie einen genügend großen Durchlass freigelegt, durch den sich ein Mensch bequem hindurchzwängen konnte.

Olga zauderte nicht lange. Die waghalsige Fahrt durch den unberührten Schnee hatte anscheinend eine bis dahin unbekannte abenteuerliche Saite in ihr berührt. Was, wenn sich dort im Inneren des Felsens tatsächlich eine echte Räuberhöhle befand? Sagenhafte Schätze, das Gold der Skythen, das Gold des Dritten Reiches, das Gold der KPdSU? Sie schlüpfte durch den Spalt, ohne auch nur eine Sekunde über die möglichen Folgen nachzudenken.

Die Rutschpartie war kurz und nicht sehr steil. Als Olga im Inneren des Felsens angelangt war, ließ sie wieder ihr Feuerzeug aufflammen.

Sieh mal an!

Unmittelbar neben ihr lagen ein Bündel Fackeln und eine große, in Plastikfolie gehüllte Schachtel Streichhölzer. Olgas Aufregung erreichte ihren Höhepunkt. Rasch griff sie eine der Fackeln und entzündete sie. In dem hellen Licht der Flamme erblickte sie einen engen Gang, der, ähnlich einem Stollen, weiter ins Innere des Felsens führte. Ohne zu überlegen, folgte sie ihm. Schon nach wenigen Schritten verbreiterte sich der Stollen und mündete schließlich in einen großen Gewölbesaal. Die Wände des Saales verloren sich in der Dunkelheit, sodass Olga seine tatsächlichen Ausmaße nicht abschätzen konnte.

Rechts neben dem Eingang bemerkte sie einen sonderbaren Mechanismus, eine schlichte Konstruktion aus Aluminiumröhren, die an eine ganz gewöhnliche Abwasserleitung erinnerte. Und dann sah sie etwas . . .

Im Schein der Fackel ging eine seltsame Verwandlung mit dem Saal vor sich.

Er lebte auf, erstrahlte plötzlich in unerträglich grellen Lichtreflexen. Dann erkannte Olga, *woher* dieses Licht kam.

In der Mitte der riesigen Kaverne war ihr eigener Albtraum zum Leben erwacht.

Sie hatte es schon gespürt, noch bevor sie richtig verstand. Vor Angst fast gelähmt, mit zitternden Knien näherte sie sich ganz langsam der grauenhaften Erscheinung, die Fackel krampfhaft vor sich gestreckt.

Dies war das grauenhafteste Museum, das man sich überhaupt vorstellen konnte. Das Museum einer einzigen, aber vollkommenen Skulptur.

Das war ihre erste Empfindung: eine vollkommene Skulptur. Ein Abkömmling jener Stadt aus Eis, die sie so sehr erschreckt hatte. Aber dort hatte es wirklich nur Eis gegeben, ganz und gar unschuldiges Eis und sonst nichts. Eis, dessen Bruchstücke man auch für seinen Martini nehmen konnte. Pures Eis ohne irgendeinen Zusatz.

Aber unter diesem Eis hier lauerte der Tod. Sie sah es, als sie nahe genug an die Skulptur herangekommen war. Sieben menschliche Gestalten aus Eis, jede in einer anderen Haltung für immer erstarrt. Nur handelte es sich nicht um künstlich geschaffene Figuren.

Jede einzelne davon war irgendwann einmal ein Mensch aus Fleisch und Blut gewesen.

Aber nein, was dachte sie da! Es waren ja Menschen!

Zaghaft näherte Olga ihre Fackel der ersten der Figuren und erkannte durch eine dicke Schicht aus Eis hindurch ein menschliches Gesicht, dessen Züge von einer namenlosen Qual entstellt waren. Die züngelnden Reflexe der Flamme auf der glatten Oberfläche ließen die toten Züge zum Leben erwachen: weit geöffnete, farblose Augen, eine dunkle Haarsträhne, die in die Stirn gefallen war. Der Mensch unter dem Eis war vollkommen nackt.

Der kräftige Brustkorb, die dunklen Schlünde der Brustwarzen, das gelockte Haar unter dem flachen Bauch – eine griechische Skulptur, ein Knabe noch, ein jugendlicher Ganymed, der den Bewohnern des Olymp Wein ausschenkt.

Olga schrie auf.

Ihr Schrei, von den Wänden des Saales und dem gleichmütigen Eis zurückgeworfen, kam tausendfach verstärkt zu ihr zurück. Aber so verzweifelt ihr Schrei auch war, er konnte die grauenerregende Ruhe dieses Toten nicht stören, der keine Ähnlichkeit mehr besaß mit einem toten Menschen.

... Die Frau schaute sie an. Im Widerschein des Feuers schienen ihre Augen vollkommen lebendig. Auch sie war nackt. Wer immer diese Skulptur geschaffen hatte, besaß ein perfektes Gefühl für das Fleisch. Die nackten Körper waren hingebungsvoll in all ihren Details nachmodelliert, obwohl die Hülle aus Eis, die sie umschloss, sehr dick war. Eine perfekte, vollkommen glatte Oberfläche. Die Frau saß zu Füßen eines weiteren Mannes. Wie lange sie wohl schon so dasaß? Seit sie gestorben war?

Oder hatte man sie getötet? Vielleicht der, der dieses Pantheon geschaffen hatte? Vielleicht standen sie ja schon seit Jahrhunderten hier, vielleicht war dies der Opferaltar eines heidnischen Volkes, das sich in späteren Zeiten in Vögel verwandelt hatte … Aber nein – am Hals der Frau sah Olga ganz deutlich eine dünne goldene Kette und dazu passende Ringe in den Ohren – kleine glänzende Blätter, ähnlich wie die, die ihr der Vater zum sechzehnten Geburtstag geschenkt hatte.

Die Fackel in ihrer Hand begann zu zittern und beleuchtete den Mann, zu dessen Füßen die Frau saß.

Sie hatte dieses Gesicht schon einmal gesehen! Aber wo?

Natürlich, auf der Fotografie, die ihr diese betrunkene Natalja gezeigt hatte! Das war doch ihr Freund, dieser Kyrill, der fünf Tage vor ihrer Ankunft verschwunden war. Und alle glaubten, er sei von einer Lawine begraben worden!

Olga wurde schwarz vor Augen. O nein, nur nicht in Ohnmacht fallen! Sie würde bestimmt nie mehr erwachen. Und dann – dann würde sie den nächsten, der diesen Ort aufsuchte, mit genau solchen toten Augen anblicken.

Sie hatte wohl die Fackel zu nah an Kyrills Gesicht gehalten. Das Eis war an einer Stelle geschmolzen, und sofort war die Vollkommenheit der Skulptur zerstört. Das Gesicht des Mannes, aus der Gefangenschaft befreit, war auf einmal erschreckend nah und lebendig. Die Kälte ist der treueste Gefährte der Ewigkeit. Niemals war ihr das so klar gewesen wie jetzt. Auf dem Gesicht des Toten war ein verwundertes Lächeln erstarrt.

Wem hatte er wohl so zugelächelt vor seinem Tod?

Olga fühlte, dass ihre Selbstbeherrschung an ihre Grenzen kam. Was sie hier erlebte, war der reine Wahnsinn. Wahnsinn war es, hier zu sein, mit all diesen Toten, in ihrem eisigen Grab.

Wahnsinn.

Natürlich, sie war wahnsinnig, auch ihre Träume waren die Träume einer Wahnsinnigen. Aber diesem Traum hier musste sie unbedingt entfliehen. Sie musste all ihren Willen zusammennehmen und wieder in die Wirklichkeit zurückkehren, zurück in ihr Bett, zu ihren zerrauften Laken, zu Mark, ihren Mann, der einen so feinen Schlaf hatte und niemals schnarchte.

Aber der Traum wollte nicht aufhören: Noch immer sah sie Kyrills Gesicht vor sich, sah sie die Lippen der Zigeunerin.

Wach auf, wach auf!

Vor Verzweiflung hielt sie die Handfläche dicht über die Flamme und schrie auf vor Schmerz. Aber das änderte nichts, noch immer stand sie in dem eisigen Pantheon. Winzige Details an den Figuren fielen ihr auf, als sollten sie ihre Anwesenheit in diesem Albtraum bezeugen: ein winziger Kratzer auf Kyrills Wangenknochen, die Kette und die Ohrringe der Frau, die lockigen Haare in der Leiste des jugendlichen Ganymed. Hinter ihnen standen vier weitere Gestalten, aber Olga hatte nicht mehr die Kraft, sie zu betrachten.

Wie es ihr gelungen war, aus der grauenhaften Gruft zu fliehen, wusste sie später selber nicht mehr. Sie wusste nur, dass sie die Fackel weggeworfen hatte und, sich mit den Fingernägeln in die eisigen Wände krallend, ins Freie gelangt war.

Sie rannte und rannte, kämpfte sich durch den knietiefen Schnee, bis sie irgendwann vollkommen entkräftet in eine Mulde fiel und das Bewusstsein verlor.

Warm, Gott sei Dank, es war warm.

So warm war es hier unter Wasser, wohin kaum je eine Stimme drang. Doch, eine Stimme! Eine einzige, so vertraute Stimme.

»Cara! Cara, Hörst du mich?«

Ganz allmählich kehrte ihr Bewusstsein zurück – sanft schimmerte Licht durch ihre Lider. Nicht das tödliche Licht des Eises, nein. Erst als sie das begriffen hatte, traute sie sich, die Augen zu öffnen.

Sie lag in ihrem Bett, in ihrer Hütte, und neben ihr, hohlwangig und blass, saß Mark. Olga begann zu weinen.

Mark nahm ihren Kopf in seine Hände und presste die Lippen in ihr Haar.

»Was du uns für einen Schrecken eingejagt hast, Cara!«

»Mark ...«

»Ich bin fast gestorben ... Wie konntest du nur! Wie konntest du uns das antun? Wie konntest du mir das antun? Einfach ganz allein loszufahren, so kurz vor der Dunkelheit! Ich werde dich nie mehr aus den Augen lassen! Ich, nur ich bin an allem schuld ...«

»Nein, das stimmt nicht, du kannst nichts dafür ...«

»Wir haben dich die ganze Nacht gesucht. Erst gegen Morgen haben wir dich gefunden. Nur gut, dass du den Thermoanzug anhattest. Sonst wärst du mit Sicherheit erfroren.«

Mark atmete schwer, sein Adamsapfel zuckte krampfhaft.

»Niemals, niemals mehr werde ich dich allein lassen.« Dann erzählte er ihr, dass sie sich, beunruhigt von ihrer langen Abwesenheit, irgendwann auf die Suche nach ihr gemacht hätten. Er, Jonas mit seinen Bergretterkollegen, und sogar Inka. ›Die gute Inka‹, dachte Olga, ›meine einzige Freundin.‹ Ein Skifahrer, der noch ziemlich spät auf der Piste gewesen war, hatte sie bei dem Felsendreieck gesehen, und dort hatten sie die Suche aufgenommen. Wlad und Jonas hatten sie dann gefunden, gegen Morgen, in einer kleinen Senke liegend, halb von Schnee bedeckt (während der Nacht hatte es offenbar geschneit). Sie hatte weder Skier noch Skistöcke bei sich gehabt. Ihre linke Handfläche wies eine starke Verbrennung auf, vermutlich hatte sie sie sich bei dem Versuch, sich eine Zigarette anzuzünden oder ein Feuer zu machen, zugezogen.

Olga schaute auf ihre verbundene Hand. Also war alles wahr, es war kein Traum gewesen! Sie sah wieder das Gesicht des toten Kyrill vor sich, so deutlich, dass es sogar Marks Gesicht verdrängte. Sie begann zu zittern.

»Was ist mit dir, Cara?« Nicht einmal Marks Hände boten ihr Schutz vor der schrecklichen Erinnerung.

»Erinnerst du dich an meinen Albtraum, Mark?«
Seine Augenbrauen hoben sich verwundert: Das war nicht der geeignete Zeitpunkt, über böse Träume zu reden, wo sie doch gerade glücklich gerettet worden war.

»Wovon sprichst du, Cara?«

»Von diesem Albtraum, den ich gestern Nacht hatte. Ich habe dir doch davon erzählt! Von all diesen Toten, weißt du nicht mehr? Sie waren in das Eis gebannt ... Erinnerst du dich?«

»Lass doch, Cara, denk nicht mehr daran.«

»Doch, ich muss davon sprechen. Weil es nämlich überhaupt kein Traum ist! Es ist die Wahrheit!«

»Die Wahrheit? Was meinst du damit?«

»Ich habe etwas geträumt, was tatsächlich existiert. Ich habe diese Höhle gesehen, und diese Menschen ... Sie waren ganz in Eis eingehüllt ... Verstehst du?«

Auf Marks Gesicht erschien ein schmerzliches, ungläubiges Lächeln.

»Cara, du hast dich sehr aufgeregt, du warst in Panik. Wir waren alle in Panik.«

»Du verstehst nicht, Mark! Ich habe diese Toten wirklich gesehen ... Ich habe sogar einen von ihnen erkannt. Diesen Kyrill, den Skifahrer, der verschwunden ist.«

»Was denn für einen Kyrill?«

»Sie meint den Kerl, der unter der Lawine begraben wurde«, erklang plötzlich eine Stimme. Die Stimme, die sie im Moment am wenigsten hören wollte.

Olga sah sich um. In einem Sessel nicht weit vom Bett saß Jonas. Er war genauso blass und hohlwangig wie Mark.

»Davon weiß ich nichts ...« Mark kümmerten keine Lawinen und keine vermissten Skifahrer, die Hauptsache war, sein Mädchen war am Leben.

»Dieser Typ, den wir seit Tagen vergeblich suchen.« Jonas war noch eine Spur blasser geworden. »Er verschwand kurz vor eurer Ankunft.«

»Was für ein Blödsinn! Wenn es vor unserer Ankunft passiert ist, woher soll sie ihn dann kennen?« Mark sah wieder Olga an. »Woher willst du wissen, dass er es war, Cara?«

»Ich habe doch seine Fotografie gesehen ...«

»Was denn für eine Fotografie?«

»Seine Freundin hat sie mir gezeigt.«

»Diese kurzsichtige Natalja«, warf Jonas wieder ein.

»Und wieso zeigt diese Natalja dir ein Foto von ihrem Freund?«

»Mark!« Olgas Augen füllten sich mit Tränen. »Warum redest du so mit mir? Wie ein ... wie ein Staatsanwalt!« Mark machte ein betretenes Gesicht.

»Entschuldige ... Ich hatte einfach schreckliche Angst ... Angst, dich zu verlieren ...«

»Ja, unglaubliche Angst!« Jonas entblößte grinsend die Zähne, ein unangenehmes Lächeln.

»Halt die Klappe«, fuhr Mark seinen Bruder an. »Und jetzt erzähl uns alles von Anfang an, Cara.«

Aber das war gar nicht so einfach. Olga holte ein paar Mal tief Luft und bat dann Mark, ihr ein Glas Wasser zu bringen.

Als er hinausging, schaute sie Jonas zum ersten Mal direkt an. Ihr nächtliches Erlebnis hatte das unsichtbare Band zwischen ihnen jäh zertrennt.

»Geh«, flüsterte sie.

»Nein.« Er biss trotzig die Kiefer zusammen.

»Du sollst gehen!«

»Ich habe dich gerettet. Du könntest ja wenigstens danke sagen.« Sie bedeckte ihr Gesicht mit den Händen. Wo blieb Mark bloß so lange? Schon saß Jonas neben ihr auf der Bettkante – er nahm einfach Marks Platz ein. Und war genau das nicht letztlich auch sein Ziel? Aber bevor Olga darüber nachdenken konnte, hatte er schon ihre Hand ergriffen. Jetzt wunderte sie sich nur, wie heiß seine Hände waren. So ganz anders als die kühlen, gleichmütigen Hände ihres Mannes.

Endlich erschien Mark.

»Hier, Cara, trink erst mal was.«

Jonas zog sich sofort von ihrem Bett zurück. Sie zwang sich, ihn nicht anzusehen, nahm das Glas und trank einige Schlucke.

»Fühlst du dich jetzt besser?«, fragte Mark fürsorglich.

»Ja, wunderbar.«

»Kannst du uns jetzt erzählen, was passiert ist?«

Aber noch einmal wurde sie gestört. Die Tür der Hütte schwang auf, und Inka stürmte herein, so laut und ungestüm wie immer. Sie schob die beiden Brüder einfach zur Seite und bedeckte Olgas wächsernes Gesicht mit einer Flut von Küssen. Inka roch nach Schnee, nach nassen Haaren, nach Frische.

»Lelischna! Bist du eigentlich bei Sinnen? Du bringst uns noch ins Grab! Was hätte ich bloß Igor sagen sollen?« Und mit einem verächtlichen Seitenblick auf Mark und Jonas schimpfte sie weiter. »Männer! Stinkende Ziegenböcke allesamt, weiter nichts! Keiner passt auf einen auf. Einen schönen Mann hast du, alle Achtung!«

»Halt gefälligst den Mund, ja!« Mark verzog müde das Gesicht. »Halt wenigstens einmal deinen losen Mund.«

»Kümmere dich nicht um mich, sondern um deine Frau«, entgegnete Inka spitz. Dabei betrachtete sie aufmerksam Olgas Gesicht. »Alles unversehrt, du hast Glück gehabt. Jedenfalls hättest du hinreißend ausgesehen, im Sarg.«

»Inka!«

»Schon gut, ich bin ja schon still. Also jetzt erzähl, was ist passiert?« Olga war es gleichgültig, ob Jonas und Inka zuhörten, ihr ging es allein um Mark. Mark, der ihren Albtraum kannte, der von der Zigeunerin auf dem Flughafen und ihrer Weissagung wusste.

»Ich wollte nur ... Ich wollte einfach nur ein bisschen Ski fahren. Deshalb sind wir doch hier, oder?«, begann sie schließlich mit tonloser Stimme. Mit voller Absicht vermied sie es, zu erwähnen, warum sie sich eigentlich auf diese gefährliche Abfahrt begeben hatte. Alles, was mit Jonas zu tun hatte, schien ihr jetzt nebensächlich. »Ich habe euch gesucht.«

Mark drückte sie wieder fest an sich.

»Zuerst ging auch alles gut ... Aber dann ... Dann habe ich mich verirrt. Ich bin von der Piste abgekommen, es wurde dunkel. Und ich habe einen Skistock verloren. Dann habe ich die Skier abgenommen und bin zu Fuß weitergegangen, weil es zu felsig war. Und dann habe ich diese Höhle gefunden, durch einen Zufall.«

Mit stockender Stimme berichtete sie von der schrecklichen Höhle und von den Toten, die sie dort entdeckt hatte. Sie wünschte sich so sehr, dass man ihr glaubte, dass sie möglichst viele Details aufzählte, um ihren Bericht glaubhaft zu machen. Sie erzählte von den Streichhölzern in der Plastiktüte, von dem Kratzer auf Kyrills Wange, von der Kette um den Hals der Frau und wie sie sich selber die Hand verbrannt hatte. Je mehr sie redete, desto deutlicher wurde ihr, dass weder Mark noch Inka ihr glaubten. Aber sie hätte sich wohl selbst auch nicht geglaubt, es klang einfach alles viel zu fantastisch. ›Das klingt viel zu blumig, um wahr zu sein‹, hätte ihr Vater gesagt. ›Zu viele überflüssige Details.‹

Als sie mit ihrem Bericht zum Ende kam, wusste sie, dass sie sich ihr eigenes Urteil geschrieben hatte. Jetzt würde man sie endgültig für verrückt halten.

»Und was war dann?«, fragte Inka mit glühendem Interesse. Sie hatte nun einmal ein Faible für Gruselfilme.

»Ich erinnere mich nicht«, gestand Olga. »Ich lief weg, ich rannte, solange meine Kräfte reichten. Danach weiß ich nichts mehr.«

»Und deine Skier, was hast du mit denen gemacht?«

Olgas Gesicht leuchtete auf. Die Skier, natürlich! Sie hatte sie an den Felsen gelehnt, direkt neben dem Eingang zur Höhle. Dort mussten sie doch immer noch stehen, und es sollte nicht allzu schwer sein, sie zu finden.

»Ich habe sie da gelassen, bei der Höhle«, sagte Olga mit unverhohlenem Triumph. »Wenn wir meine Skier finden, haben wir auch den Eingang zu der Höhle!«

Mark sah seine Frau skeptisch an.

»Mark, du musst mir glauben!« Die anderen waren ihr vollkommen egal, die Hauptsache war, dass Mark zu ihr hielt.

»Doch, natürlich«, sagte er so übertrieben vorsichtig, dass Olga auf einmal das Bedürfnis verspürte, ihn zu schlagen. »Ich glaube dir, Cara ... Nur ... Möglicherweise bist du ja unglücklich gefallen und ...«

»Du meinst ...« Olga stieg das Blut in den Kopf. »Dass ich möglicherweise ein bisschen auf den Kopf gefallen bin, wolltest du das sagen? Und dass danach mein armes krankes Hirn endgültig seinen Dienst versagt hat? Ja?«

»Aber nein ... Unsinn, Cara. Aber die ganze Geschichte klingt doch sehr nach ... Na ja, irgendwie klingt das doch sehr nach einem Grand-Guignol.«

»Du meinst, ich habe das alles nur erfunden?«

»Stopp, stopp!«, rief Inka aufgeräumt. Sie fand offenbar Gefallen an der Situation, sie zwinkerte Olga sogar zu, als wollte sie sagen: ›Siehst du, Lelischna, du kommst mit diesen verkorksten Kopfmenschen auch nicht klar.‹ »Immer mit der Ruhe, Jungs. Wir brauchen doch Lelischnas Geschichte bloß zu überprüfen.«

»Und wie, wenn ich fragen darf?«

»Mark, Herzchen! Manchmal frage ich mich, wie du es eigentlich so weit bringen konntest mit deinem kümmerlichen Verstand. Deine kluge Ehefrau hat es uns doch gerade gesagt: Wir müssen ihre Skier suchen, dann haben wir auch die Höhle. Wie gefällt dir dieser Plan?«

»Tja, ich weiß nicht ... Wenn das wirklich alles wahr ist ...«, er legte die Betonung auf das Wort ›wahr‹, »dann sollten wir uns um Unterstützung von kompetenter Seite bemühen. Es muss hier doch jemanden geben, der für Sicherheitsfragen zuständig ist.«

»O ja, den gib es allerdings«, murmelte Jonas. »Ein Prachtexemplar. Hundertvierzig Kilo Lebendgewicht.«

»Na also, wunderbar!«, rief Mark munter. »Die schaffen wir her, und dann sehen wir, was zu tun ist. Vorausgesetzt, es ist wirklich wahr, was Olga erzählt hat ...«

Olga ergriff eine tiefe Traurigkeit. Mark, ihr Mann, der einzige Mensch, dem sie bedingungslos vertraute, hielt nicht mehr zu ihr. Niemand hielt zu ihr. Auch Inka nicht. Für die war das alles nicht mehr als eine spannende Gruselgeschichte, ein harmloses Abenteuer, ein paar bunte Pfefferkörner in der süßen Schneesuppe. Und Jonas ... Jetzt würde auch Jonas sie bestimmt für verrückt halten, jetzt würde er das Gefühl kennen lernen, wie es ist, eine Verrückte zu lieben. Aber wie kommst du überhaupt auf die Idee, dass er sich in dich verliebt hätte? Ist es möglich, dass du dir das wünschst?

»Ich hole ihn«, sagte Jonas, stand hastig auf und verließ die Hütte. Es wirkte fast wie eine Flucht, aber außer Olga schien das niemand zu bemerken. Na gut, sie brauchte sich darüber auch nicht zu wundern, wer will sich schon gern die Faseleien einer hysterischen Frau anhören, die nach einer Nacht im Schnee mehr tot als lebendig ist?

Als Jonas gegangen war, sprach eine Weile niemand. Mark scheute sich offensichtlich davor, das heikle Thema anzurühren, und für Inka gab es nichts mehr zu bereden. Sie würden gleich einen kleinen unterhaltsamen Ausflug unternehmen und nach den Skiern suchen – wer weiß, was da alles passieren konnte.

»Wie spät ist es eigentlich?«, fragte Olga schließlich.

»Halb vier, Cara.«

Halb vier. Also musste sie an die zwölf Stunden ohne Bewusstsein gewesen sein, das war keine Kleinigkeit.

»War ich so lange ohne Bewusstsein?«

»Aber nein, du bist zwischenzeitlich einmal kurz aufgewacht, und dann war der Arzt da und hat nach dir gesehen.«

»Der Arzt?«

»Natürlich, Cara ... Du hast doch mehrere Stunden dort draußen im Schnee gelegen. Selbstverständlich habe ich einen Arzt kommen lassen, das wirst du doch einsehen.«

»Und was hat er gesagt?« Sie fror innerlich bei der Frage.

»Du bist vollkommen in Ordnung. Ein paar blaue Flecken und Kratzer und eine Brandwunde an der Hand, sonst ist dir nichts passiert.« Mark setzte sich wieder neben sie aufs Bett und küsste die verbundene Handfläche. »Und du hast eine dicke Beule am Kopf. Also hast du dich wirklich irgendwo gestoßen.«

Olga betastete ihren Kopf und fand schnell die kleine Schwellung neben ihrer Schläfe.

»Ich fühle mich aber ganz normal«, sagte sie trotzig.

»Na, Gott sei Dank!« Mark hob den Telefonhörer ab und bestellte das Mittagessen auf die Hütte. Jetzt erst fühlte Olga, dass sie einen Bärenhunger hatte. Immerhin hatte sie seit gestern Nachmittag nichts mehr gegessen. Aber als das Essen gebracht wurde, bekam sie keinen Bissen herunter. Die Erinnerungen an die Höhle kamen mit Macht zurück, schnürten ihr die Brust zusammen und wollten ihr mit ihren scharfen Krallen das Innerste zerkratzen.

Wieder begann sie zu weinen, und wieder musste Mark sie trösten. Inka sah ihnen amüsiert zu. Sie schlenderte durchs Zimmer, stöberte in einem Koffer herum und brachte eine Flasche Martini zum Vorschein.

»Ich finde, wir sollten erst einmal auf Olgas glücklich überstandenes Abenteuer trinken, was haltet ihr davon, werte Verwandte?« Und ohne ihre Antwort abzuwarten, füllte sie drei Gläser mit der bernsteinfarbenen Flüssigkeit. Mark machte ein böses Gesicht, aber den Martini, den sie ihm reichte, nahm er trotzdem.

»Ich möchte nicht«, sagte Olga kläglich. »Ich habe Kopfschmerzen.«

Und tatsächlich waren ihre Kopfschmerzen, die erst ganz leicht und kaum spürbar begonnen hatten, immer heftiger geworden. Mark war darüber sehr besorgt.

»Ich lasse sofort den Arzt kommen«, sagte er.

»Nein, lass doch!« Olga hatte einfach nicht die Kraft, schon wieder fremde Menschen zu sehen und ihnen von ihren schmerzlichen Gefühlen erzählen zu müssen.

»Na gut, aber dann iss wenigstens etwas.«

»Nicht jetzt, später.«

Die Atmosphäre war auf einmal angespannt, und um die Stimmung ein wenig aufzulockern, begann Inka, allerlei lustige Begebenheiten zu erzählen, die ihr in den zwei kurzen Tagen ihres Aufenthaltes in der ›Windrose‹ schon widerfahren waren. Wie es ihrer lebhaften Art entsprach, hatte sie bereits eine ganze Menge von Leuten kennen gelernt, sich in die aufregende Arbeitswelt der Bergretter einführen lassen und sogar ihren Teil zum Trost der armen Natalja beigetragen. Die Krönung stellte allerdings die Einladung zu dem Wettbewerb der ›Miss Windrose‹ dar.

»Was soll das denn sein?«, fragte Olga verwundert.

»Ein Schönheitswettbewerb, Lelischna, bei dem ich die Hauptrolle spielen werde. Wenn du willst, kannst du auch mitmachen.«

»Ich frage mich bloß, was du dafür anziehen willst?« Mark grinste verächtlich.

»Für alle Fälle habe ich einen Badeanzug dabei, also ist mir ein großer Palmenzweig schon mal sicher. Ich frage mich bloß, wo unser fröhlicher Junggeselle so lange bleibt? Ich finde, er könnte langsam wieder hier antanzen, zusammen mit dem örtlichen Vertreter des Gesetzes.«

In diesem Moment klopfte es energisch an der Tür.

»Aha, Besuch«, sagte Mark.

Er riss die Tür auf, und mit einem Mal wirkte das Zimmer sehr klein. Ein gewaltiger Bauch schob sich durch die Öffnung, von den Ausmaßen her in etwa mit dem eines Flusspferdes vergleichbar, nur dass dieser hier mit einem grauen Wintermantel bekleidet war und auf seinem oberen Ende einen Filzhut balancierte. Der Ankömmling war allein, Jonas hatte es offenbar nicht für nötig befunden, in die Hütte zurückzukehren.

Das Flusspferd im Mantel brachte ein ganzes Bukett von Gerüchen mit sich, die ausnahmslos scharf und extrem penetrant waren. Eine bestialische Mischung aus unterschiedlichen Alkoholika und Rauchwaren sowie Schweiß und einem nicht identifizierbaren, aber ausnehmend vulgären Rasierwasser.

Inka stieß einen bewundernden Pfiff aus und betrachtete den Hort all dieser verheerenden Gerüche mit unverhohlener Neugier. Mark war erheblich diskreter, er brachte es sogar fertig, dem aromatischen Flusspferd die Hand zu drücken.

»Krassinski«, stellte er sich knapp vor.

»Swjaginzew. Pal Palitsch«, sagte der Ankömmling hüstelnd. Dann sah er sich suchend im Zimmer um, erspähte einen Sessel, steuerte zielstrebig darauf zu und ließ sich hineinplumpsen. Der Sessel ächzte markerschütternd. Es klang wie ein Todesschrei.

»Und?« Swjaginzew sah Mark an. »Worum geht es? Erzählen Sie.«

»Genau genommen geht es nicht um mich, sondern um meine Frau«, begann Mark, dem man seine Enttäuschung deutlich anmerkte. »Und Sie sind also, äh, verzeihen Sie, die verantwortliche Person für Sicherheitsfragen?«

»Möchten Sie meinen Ausweis sehen?«, nuschelte Swjaginzew.

»Nein, nein, das wollte ich damit nicht sagen«, beschwichtigte Mark sofort.

»Na schön, dann schießen Sie mal los.«

Und Olga erzählte alles noch einmal von vorn. Auf Swjaginzews massigem Bulldoggengesicht war keinerlei Reaktion zu erkennen, aber immerhin erschien darauf auch nicht das befürchtete skeptische Lächeln, und allein dafür war sie ihm schon dankbar. Einmal schien es ihr, als höre er ihr gar nicht mehr zu, als schweiften seine Gedanken weit ab. Aber als sie seinem Blick irritiert folgte, verstand sie, was ihn abgelenkt hatte.

Auf dem Tisch neben seinem Sessel standen noch das Tablett mit dem Kaffee, den Olga nicht angerührt hatte, und ein Körbchen mit Gebäck.

›Klar, so ein Fettmops muss natürlich ununterbrochen fressen‹, dachte Olga mit jähem Zorn. Und Swjaginzew bestätigte ihren Verdacht umgehend.

»Sie erlauben?«, sagte er seelenruhig und streckte dabei schon seine gewaltige Pranke nach der Kaffeetasse aus.

»Bitte sehr«, sagte Mark. »Entschuldigen Sie, ich hätte ...«

»Aber nicht doch.«

»Möchten Sie vielleicht einen Martini?«

»Martini?« Der Dicke spitzte genießerisch die Lippen. »Eigentlich dürfen wir im Dienst nicht trinken ...« *Genauso siehst du aus, als würdest du im Dienst nicht trinken.*

»Aber ein winziges Gläschen lehne ich nicht ab.«

Swjaginzew leerte das Glas in einem Zug und machte sich über das Gebäck her. In Rekordgeschwindigkeit war das Körbchen leer, und Swjaginzew ging wieder zum Alltagsgeschäft über, als sei nichts geschehen.

»Aha, Sie haben also sieben Leichen gesehen?«, fragte Swjaginzew mit ganz alltäglicher Stimme.

Olga erschrak. »Ja.«

»Und wenn ich Sie richtig verstanden habe, war jede Einzelne von ihnen von einer Eisschicht umgeben.«

»Ja, so war es.«

»Und eine von diesen Leichen haben Sie als den vermissten Kyrill Posdjakow erkannt, richtig?«

»Erkannt ist vielleicht nicht das richtige Wort. Ich habe ihn ja nie getroffen, wir sind erst hier angekommen, als der Unfall schon passiert war. Aber ich habe ein Foto von ihm gesehen.«

»Ein Foto?«

»Seine Freundin hat es mir gezeigt. Ein Polaroid.«

»Verstehe.« Swjaginzews Gesicht nahm einen vollkommen leeren Ausdruck an. »Die Bürgerin Sapessozkaja, Natalja Wladilenowna. Und warum hat sie Ihnen das Foto gezeigt?«

»Sie hat es mir eben gezeigt, ohne besonderen Grund.« Sie würde diesem schmuddeligen Ungetüm doch nicht erzählen, dass diese Natalja krank vor Liebe war, so wie nur eine nicht mehr junge Frau krank vor Liebe sein kann.

»Und nach diesem Foto haben Sie also sein Gesicht erkannt.«

»Ja, warum nicht. Er ist ein sehr schöner Mann ... Ich meine, er war es ...«, verbesserte sich Olga eilig.

Ein dümmeres Gespräch konnte man sich nicht ausdenken. Olga machte eine müde Geste.

»Und die anderen?«

»Da war noch eine Frau und ein Junge. Die anderen habe ich mir nicht angesehen, dazu war ich einfach nicht mehr in der Lage.«

»Und was haben Sie dann gemacht?« Swjaginzew betrachtete Olga interessiert.

»Was hätten Sie denn an meiner Stelle getan?«

Natürlich gar nichts, du alter Esel. Nein, du altes Nilpferd, alter, zauseliger Elefant mit Hut, du verlottertes Mammut, du pensionierter Pottwal! Bei deinem Umfang wärest du erst gar nicht durch den Spalt gekommen!

»Beantworten Sie einfach meine Fragen.«

»Sie werden entschuldigen«, schaltete sich Mark ein, »aber meine Frau hat eine schwere nervliche Belastung durchgemacht.

Ich möchte Sie bitten, etwas rücksichtsvoller mit ihr umzugehen.«

Swjaginzew zeigte keinerlei Reaktion auf Marks Worte. In aller Seelenruhe fegte er die Krümel auf seinem Mantel zusammen und warf sie sich mit einer geschickten Bewegung in den Mund.

»Na gut, lassen wir das. Ich denke, wir sollten uns zunächst den Ort des Geschehens ansehen. Sind Sie in der Lage, uns die Stelle zu zeigen?«

»Ich weiß nicht. Es war ziemlich dunkel, und die Gegend war mir vollkommen unbekannt ... Aber ich habe meine Skier neben der Höhle stehen lassen, nach denen könnte man doch suchen. Und es muss ja auch irgendwelche Spuren geben.«

»Daran hege ich berechtigte Zweifel. Es hat in der Nacht geschneit, von Ihren Spuren wird nicht mehr viel zu sehen sein.«

Natürlich hegst du Zweifel. Weil du sonst nämlich deinen dicken Hintern in Bewegung setzen müsstest.

»Aber die Skier müssten wir doch finden können«, beharrte Olga.

Aus den Augenwinkeln bemerkte sie, dass Mark unwillig die Stirn runzelte. Das ganze Unternehmen hatte ihm von Anfang an nicht gefallen.

»Waren es gute Skier?«, fragte Swjaginzew plötzlich.

»Hervorragende Ski«, antwortete Mark für Olga. »Fischer Radarc, wenn Ihnen das etwas sagt.«

»Das sagt mir was. Vor allem sagt es mir, dass Sie Ihre Skier vergessen können«, bemerkte Swjaginzew lakonisch.

»Was soll das heißen?«

»Dass soll heißen, dass sich für solche hübschen Teile in der Regel sehr schnell ein Liebhaber findet.«

»Wollen Sie damit sagen, dass hier geklaut wird?«

»Hier passiert alles Mögliche. Obwohl ich sagen muss, dass mir sieben Leichen auf einen Schlag bisher noch nicht untergekommen sind.«

»Werden Sie sich nun darum kümmern, oder nicht?«, fragte Olga mit erhobener Stimme.

»Aber natürlich, warum nicht«, entgegnete Swjaginzew ohne große Begeisterung. »Das ist schließlich meine Pflicht.«

»Und wann?«

Swjaginzew kratzte sich das schlecht rasierte Kinn.

»Wie fühlen Sie sich?«

»Mir geht es ausgezeichnet.«

»Aha, schön für Sie.« Swjaginzew manövrierte seine Körpermasse auf den Tisch mit der Martiniflasche zu und goss sich ohne falsche Bescheidenheit seine benutzte Tasse voll.

»Meinetwegen kann es sofort losgehen«, erklärte Olga trotzig.

»Niemand verlangt so ein Opfer von dir, Cara«, sagte Mark sanft.

»Ich bin nicht das Opfer, verstehst du nicht, Mark?« Sie schaute ihren Mann verzweifelt an.

»Schon gut, Cara, beruhige dich.«

»Mein Gott, wie soll ich mich denn beruhigen?«

»Ihr Gatte hat vollkommen Recht, gnädige Frau«, sagte Swjaginzew, den der Martini in eine friedliche Stimmung versetzte. »Man sollte nichts übereilen. Ich trommele ein paar von den Jungs zusammen, und wir durchkämmen das Gelände. Und dann machen wir ein Protokoll. Was halten Sie davon?«

»Einverstanden.«

»Dann ist ja alles wunderbar. Also, ich schlage vor, wir treffen uns in einer Stunde am Skilift, sofern Sie sich kräftig genug fühlen.«

»Aber ja, wie oft soll ich das noch sagen?«

»Entschuldigen Sie, kein Grund zur Aufregung. Mit ein wenig Glück finden wir wenigstens Ihre Skier, und das ist doch auch schon was. Wäre schade drum.«

»Was wollen Sie bloß immer mit den Skiern? Haben Sie überhaupt verstanden, was ich erzählt habe?«

»Natürlich, natürlich! Ich will damit bloß sagen, dass man mit seinen Kräften haushalten soll, gnädige Frau.« Swjaginzew warf einen traurigen Blick auf die halbleere Martiniflasche, erhob sich ächzend aus seinem Sessel und schob sich Richtung Tür.

Mark verließ zusammen mit ihm die Hütte, Inka und Olga blieben allein zurück.

»Das ist ja ein Typ!«, platzte Inka heraus, kaum dass sich die Tür geschlossen hatte.

»Ein schrecklicher Kerl«, presste Olga durch die Zähne hervor. »Ein stinkender alter Esel.«

»Da muss ich dir vollkommen Recht geben, Lelischna. Hast du noch Kopfschmerzen?«

»Ein wenig.«

»Trinken wir noch was?«

»Danke, ich möchte nicht.«

»Sag mal, bist du dir eigentlich wirklich sicher?«

»Was meinst du? Dass ich diesen parfümierten blöden Martini nicht will? Absolut!«

»Nein, ich meine, bist du sicher, dass du das alles wirklich gesehen hast?«

»Inka!«

»Entschuldige ... Ich wäre wahrscheinlich vollkommen durchgedreht. Und sie waren wirklich alle ganz nackt?« Aus Inkas Stimme klang nichts als brennende Neugier. Olga kannte diesen Ton noch aus der Schulzeit, wenn Inka sie aufgeregt gefragt hatte, wessen Busen größer sei.

»Lass doch, Inka«, sagte Olga kläglich.

»Schon gut, ich hör auf.«

»Ich möchte bloß wissen, wohin Mark gegangen ist.« Als Olga aus dem Bett stieg, schwankte der Boden unter ihren Füßen wie das Deck eines kleinen Bootes auf hoher See. Vielleicht war das ja wirklich eine Nachwirkung ihres Sturzes.

Sie trat an die Tür, die einen Spalt offen stand, und schaute hinaus.

Mark und Swjaginzew standen an der Vortreppe. Der dicke Teufel leckte gerade eine ›Belomor‹ an und hörte Mark aufmerksam zu. Und Mark ... Mark sagte schreckliche, geradezu unglaubliche Dinge ...

»Man kann im Augenblick leider nicht viel auf ihre Worte geben. Glauben Sie mir, ich kenne meine Frau sehr gut. Sie hat eine ziemlich ... äh, sagen wir mal, traurige erbliche Veranlagung. Ihre Mutter litt an einer Geisteskrankheit ... Bei ihr ist das bisher noch nie zum Vorschein gekommen, aber ich bin seit langem darauf vorbereitet, wie ich zugeben muss.«

Olga stand wie erstarrt und klammerte sich mit blutleeren Fingern an den Türrahmen.

»Sie hatte einen Albtraum«, fuhr Mark fort und blickte Swjaginzew vertraulich an. »Vorletzte Nacht. Und dieser Albtraum deckt sich präzise mit dem, was sie über diese Höhle erzählt hat, bis in die letzten grauenhaften Einzelheiten. Verstehen Sie? Sie hat sich bei ihrem Sturz im Schnee den Kopf angeschlagen, vielleicht wurden ja dadurch irgendwelche Halluzinationen bei ihr ausgelöst.«

»Hat es so etwas früher schon mal gegeben?«

»Nein.« Danke, wenigstens darin war er ehrlich. »Bisher niemals. Allerdings häufen sich in der letzten Zeit Ereignisse, die mir Sorgen machen ... Irgendwelche seltsamen Menschen laufen ihr über den Weg und sagen ihr eine düstere Zukunft voraus, solche Sachen halt. Olga hat eine sehr zarte Psyche, möglicherweise hat sie einfach ihren Albtraum extrapoliert ...«

»Von solchen Dingen verstehe ich nichts«, gestand Swjaginzew eilig.

»Ich meine, sie hat einfach ihren Albtraum als Wirklichkeit wahrgenommen, verstehen Sie? Und jetzt will sie unbedingt, dass wir ihr glauben.«

»Und was ist mit Kyrill Posdjakow?«, bemerkte Swjaginzew nachdenklich. »Warum sagt sie, dass sie ihn dort im Eis erkannt habe?«

»Das ist doch ganz einfach. Sie hat wohl tatsächlich ein Foto von ihm gesehen und sich das Gesicht gemerkt. Vielleicht wollte sie dadurch ihre Darstellung glaubwürdiger machen. Wir wissen ja nicht, was in unserem Unterbewusstsein alles so vorgeht. Aber das ist eine komplizierte psychologische Thematik. Ich habe natürlich das größte Verständnis dafür, schließlich ist sie meine Frau, aber ich finde, man sollte deswegen nicht die Leute über die Hänge hetzen, verstehen Sie, nur wegen irgendwelcher Fantasien ... Ich bin sehr, sehr besorgt, glauben Sie mir ...«

»Und die Skier?«, fragte der Dicke plötzlich.

»Was soll damit sein?«

»Die sind doch sicher teuer?«

»Sicher. Aber was macht das schon? Vielleicht 700 Dollar.«

»Sehen Sie. Wir müssen sie unbedingt finden, 700 Dollar sind kein Pappenstiel. Es wäre uns sehr unangenehm, wenn Sie von hier mit einem schlechten Eindruck abreisten. Wir kümmern uns um unsere Gäste, wissen Sie!«

»Ach, zum Teufel mit diesen Skiern! Verstehen Sie denn nicht? Auf meine Frau kommt es mir an!«

»Selbstverständlich, ich verstehe, aber 700 Dollar sind 700 Dollar, da beißt die Maus kein' Faden ab.«

»Ich möchte nicht, dass sie sich zu tief in ihre Fantasien einspinnt, das könnte ernsthafte Schäden bei ihr hinterlassen ...«

»Du hast vergessen zu sagen: Herr Doktor«, sagte Olga und öffnete die Tür ganz.

Mark wurde blass. Er sah aus wie ein kleiner Dieb, den man auf frischer Tat ertappt hatte.

»Was erzählst du da eigentlich für einen Unsinn, Mark? Wenn ich das richtig sehe, hast du nicht meinen Psychiater vor dir! Aber vielleicht kannst du dich ja mal von dem Hotelarzt beraten lassen, er hat bestimmt eine Idee, wie man mein krankes Hirn wieder zurechtrückt! Vielleicht hat er auch gleich eine hübsche Zwangsjacke zur Hand, eine ganz elegante, die zu meiner Garderobe passt!«

»Cara!«

»Ich lasse mich von dir nicht wie eine Verrückte behandeln!«

»Du verstehst das ganz falsch ... Ich mache mir doch nur Sorgen um dich ... Ich bin selbst halb wahnsinnig nach dem, was dir passiert ist! Ich möchte, dass du dich beruhigst.«

»Ich werde vollkommen beruhigt sein, wenn ihr mir endlich glaubt. Warum glaubt ihr mir bloß nicht?«

»Also ich gehe dann mal«, unterbrach Swjaginzew ihren bitteren Streit. »Familienstreitigkeiten vertrage ich schlecht, davon hatte ich selber zu viel. Wenn Sie es sich nicht anders überlegen, seien Sie in einer Stunde wie besprochen am Skilift, und dann sehen wir weiter.«

So übel war er gar nicht, der Dicke, egal worauf sich sein vages ›dann sehen wir weiter‹ auch beziehen mochte.

Olga bedachte Swjaginzew plötzlich mit einem weichen Blick.

»Ich komme auf jeden Fall.«

»Na prima.«

Bedenklich hin und her schaukelnd stieg Swjaginzew die Stufen hinunter und entfernte sich. Olga maß ihren Mann mit einem verächtlichen Blick und ging in die Hütte zurück. Mark folgte ihr wie ein geprügelter Hund.

Eine Stunde später war Olga am Skilift. Sie trug ihren neuen Skianzug, den Mark ihr kurz vor der Reise geschenkt hatte, hellgrau und weiß abgesetzt. Mark hatte sich über diesen Kauf gefreut wie ein Kind: so ein erstklassiger Anzug, leicht wie eine Feder, und er ließ sich zu einem winzigen Paket zusammenrollen. Und außerdem ...

»Er steht dir einfach verdammt gut, Cara. Du siehst überirdisch schön darin aus ...« Das war noch in Moskau gewesen. Olga hatte den Anzug anprobiert und war graziös vor Mark damit auf und ab defiliert. »Jetzt wird niemand behaupten können, dein Mann habe keinen Geschmack.«

Aber heute trug Olga den Anzug nur aus dem Grund, weil der andere, den sie besaß, sie zu sehr an ihr schreckliches nächtliches Abenteuer erinnerte.

Mit Mark sprach sie die ganze Zeit kein Wort. Aber er machte selber gar nicht den Versuch, mit ihr zu reden. Um Gottes willen, das war die erste ernsthafte Verstimmung zwischen ihnen, seit sie verheiratet waren. Und es ging nicht um die Farbe seiner Krawatte oder den Schnitt seines Sakkos. Und der Grund war auch nicht, dass ihr der aristokratische Pechvogel César Vallejo so gut gefiel, er aber Stephen King vorzog.

Mark hielt sie für verrückt, für schizophren, für einen unglücklichen Ableger der armen Manana. Na bitte! Soll er doch! Irgendwann würde er das bitter bereuen!

Als sie zusammen wieder in die Hütte kamen – mit bösen und verwirrten Mienen –, suchte Inka schleunigst das Weite. Es ist keine leichte Aufgabe, eine ganze Stunde lang auf den Menschen sauer zu sein, den man liebt, aber Olga schaffte es. Die Wut machte sie stark.

Während Mark vor seinem Computer saß und versuchte, sich durch Arbeit abzulenken, lag Olga zu einem Bündel zusammengerollt im Bett. Niemals würde sie als Erste mit ihm sprechen, nie, nie.

Als die Stunde um war, machte sie sich fertig, feuerte böse Blicke auf Mark ab und erlaubte sich sogar die Frechheit, seine Skier zu nehmen, obwohl sie wusste, dass sie ihr eigentlich zu groß waren.

Als sie am Skilift ankam, traf sie Swjaginzew dort allein an, von einem Bein aufs andere stampfend. Kurz danach gesellten sich Jonas und Wlad hinzu, und viel zu spät erschien endlich auch Inka. Alle hatten ihre Skier dabei, mit Ausnahme von Swjaginzew. Der hatte einen riesigen Plastikteller unter den Arm geklemmt, im Volksmund ›Arschhobel‹ oder ›Eishobel‹ genannt: eine schlichte, aber umso praktischere Vorrichtung zum Rodeln.

»Ein klasse Snowboard haben Sie da«, stichelte Inka.

»Ich mag keine Skier«, erklärte Swjaginzew mit einem verlegenen Lächeln. »Mich kriegt man nur im äußersten Notfall auf solche Bretter. Sie werden einem alten Mann vergeben.«

»Aber natürlich«, entgegnete Inka, die bisweilen überraschend großzügig sein konnte. »Wenn es Ihnen bequem ist.«

»Na dann, auf in den Kampf«, kommandierte Swjaginzew und setzte sich an die Spitze des kleinen improvisierten Trupps.

Als sie schon in die Gondel stiegen, stieß Mark zu ihnen. Er sah ein wenig zerzaust aus, wirkte jedoch konzentriert. Ohne Olga in irgendeiner Weise zu beachten, drückte er sich in eine Ecke und sprach während der ganzen Fahrt kein Wort.

Die Konversation ihrer kleinen Reise wurde vollständig von Inka bestritten, die anscheinend frisches Männerblut gewittert hatte. Ihr aktuelles Opfer war Wlad.

»Bergretter, das ist doch bestimmt ein furchtbar schwerer Beruf, stimmt's?«, seufzte sie zuckersüß.

»Ein Beruf wie jeder andere«, brummte Wlad, dessen hervorstechende Charaktereigenschaft nicht die Redegewandtheit war.

»Und warum seid ihr nur zu zweit hier? Ihr seid doch insgesamt fünf, oder?«

»Die anderen sind unabkömmlich.«

»Oh, wie schade.« Für einen Moment war Inka sichtlich betrübt; sie schätzte es nicht, wenn ihr Männer vorenthalten wurden. Aber das währte nicht lange.

»Hat Ihnen schon mal jemand gesagt, dass sie ein sehr männlicher Typ sind, Wlad?«

»Nein.«

»O doch! Sie haben das Profil eines Wikingers, wissen Sie das?«

»Nein.«

»Männer wie Sie sollte man eigentlich klonen. Zum Wohl der Menschheit. Des weiblichen Teils, meine ich.«

So plätscherte das Gespräch vor sich hin. An Wlads hartnäckigem Schweigen biss sich sogar Inka die Zähne aus, und allmählich schien sie das Interesse zu verlieren.

Und dann fing Olga diesen Blick auf.

Einen Blick, der voller rasender Zärtlichkeit war. Er zog sie in sich hinein wie in einen Strudel, und es war unmöglich, ihm zu widerstehen. Jonas, natürlich Jonas. Er hatte den Kampf um sie immer noch nicht aufgegeben. ›Siehst du denn nicht, was hier los ist, Olga?‹, sagten seine anthrazitfarbenen Pupillen. Nur mit Mühe konnte sie sich diesem brennenden Blick entziehen, und nur, um einem anderen Blick zu begegnen, der voll von Reue war.

Mark.

Bestimmt schämte er sich für die unangenehme Szene mit Swjaginzew. Das Beschämende war natürlich, dass sie alles mit angehört hatte. Olga schlug die Augen nieder, aber in ihrem Inneren spürte sie einen wehen Schmerz. Was für ein fatales Dreieck, was für eine niederträchtige Kette des Verrats! Sie hatte Mark verraten, Mark hatte sie verraten, und Jonas verriet sie beide.

Alle atmeten erleichtert auf, als sie endlich auf dem Berg ankamen. Hier hielt Swjaginzew eine kurze Lagebesprechung ab.

»Also, ich denke, wir werden folgendermaßen vorgehen: Die gnädige Frau wird uns die Stelle zeigen, von wo aus sie die Abfahrt begonnen hat. Wissen Sie noch, wo das war?«

»Ja, natürlich, das würde ich nie vergessen!«

»Sehr gut! Von da aus werden wir dann unsere Suche den Hang abwärts starten.«

»Und wonach genau sollen wir suchen?«, fragte Wlad.

»Zunächst einmal suchen wir nach den Skiern. Hier gibt es relativ wenig Publikumsverkehr wegen der vielen Felsen. Unsere Chancen, die Dinger zu finden, stehen also ganz gut.«

Wlad machte ein Gesicht, als hätte er auf eine Zitrone gebissen. »Ich verstehe nicht … Dieses ganze Brimborium wegen eines Paars beschissener Skier?«

»Mäßige deine Ausdrucksweise, Wlad!«, sagte Swjaginzew tadelnd. »Es sind schließlich Damen anwesend.«

»Ich sage nur: ohne mich.«

Und da geschah etwas vollkommen Unglaubliches. Swjaginzew stand mit einem einzigen katzenartigen Satz, den man ihm bei seinen Körpermassen niemals zugetraut hätte, neben Wlad und packte sein Kinn mit einer seiner riesigen Pranken.

»Ich bitte um ein bisschen Respekt vor dem Alter, Wlad!«

Wlads Gesicht lief rot an.

»Lass mich los, Pal Palitsch«, krächzte er heiser. »Lass sofort los, verdammte Scheiße!«

»Ich habe dich doch gerade eben darum gebeten, deine Ausdrucksweise zu mäßigen! Habe ich das, oder habe ich es nicht?«, zischte Swjaginzew. Dann ließ er Wlad genauso unvermutet wieder los und wandte sich in vollkommen nüchternem Tonfall an Olga.

»Zeigen Sie uns jetzt die Stelle, wo Sie losgefahren sind.«

»Das war da hinten, bei den drei Felsen.«

»Aha, die ›Rotunde des Nordens‹, alles klar. Gut, dann kann's ja losgehen.« Und ohne sich nach den anderen umzusehen, stiefelte Swjaginzew drauflos.

»Eine pittoreske Persönlichkeit, alle Achtung«, sagte Inka anerkennend. »Man müsste ihn vielleicht noch ein wenig dressieren, dann könnte man ihn ohne weiteres im Zirkus zeigen. Mark, Herzchen! Möchtest du ihn nicht vielleicht zum Chef deines Sicherheitsdienstes machen? Er wird sämtliche Betriebsspione in null Komma nichts in die Wüste jagen!«

»Du bist zu spät, Inka. Mark hat ihn bereits als Familienpsychiater eingestellt«, bemerkte Olga böse.

»Hör bitte auf damit!«, platzte Mark heraus.

Bei den drei Felsen angekommen, mussten sie auf Swjaginzew warten, der, weil er zu Fuß ging, hinter ihnen zurückgeblieben war. Jonas kam dicht an Olga heran und fragte leise:

»Du bist über das Plateau hinausgeschossen?«

»Ja. Weil mir niemand erklärt hat, wie man anhält.«

»Du hättest dir das Genick brechen können.«

»Natürlich, ich hätte mir das Genick brechen können, ich hätte erfrieren können ... Was spielt das schon für eine Rolle, es ist doch nichts passiert. Mir jedenfalls nicht.«

»Ich hätte mir das nie verziehen.«

»Du bist ziemlich anmaßend. Hat dir das noch nie jemand gesagt?«

»Nein.«

»Dann bin ich jetzt die Erste.«

Endlich kam Swjaginzew bei ihnen an. Sein Hut war in den Nacken gerutscht, der Schweiß lief ihm in Strömen von der Stirn. Sein Gesicht war tiefrot, und Olga fragte sich, ob dafür die Anstrengung verantwortlich war oder möglicherweise die kleine flache Flasche, an der er immer wieder nippte. Sie empfand plötzlich Mitgefühl mit dem erschöpften Mastodon. Wie schwer musste es ihm fallen, seine hundertvierzig Kilo durch den Schnee zu schleppen. Für solche extravaganten Ausflüge brauchte man eigentlich Schneeschuhe, erst recht hier in den Bergen.

Swjaginzew allerdings war voller Optimismus, obwohl der Schnee, der in der Nacht gefallen war, ihnen die Arbeit in der Tat nicht unerheblich erschwerte.

»So, jetzt versuchen wir mal, ein paar Orientierungspunkte zu finden«, forderte er Olga munter auf.

Olga schaute ängstlich den Hang hinab. War sie wirklich da hinuntergefahren, ganz allein? »Da unten ist das Plateau. Ich bin darüber hinausgeschossen und den Abhang hinuntergerast. Dort gab es eine einzelne Kiefer, die habe ich gestreift und dabei vermutlich den Skistock verloren.«

»Eine einzelne Kiefer, das ist ein hervorragender Orientierungspunkt. Daran werden wir uns halten.« Swjaginzew kratzte sich die borstige Wange, die aussah wie ein bemooster Baumstrunk. »Also, dann fahrt ihr mal vor und wartet unten bei der Kiefer auf mich. Ich komme dann gemütlich hinterher.«

Wlad, dem die erlittene Kränkung noch im Magen saß, machte eine spöttische Bemerkung und schoss lachend als Erster davon. Wie selbstverständlich gesellte sich Mark zu Olga.

»Ich sichere dich, Cara«, sagte er in versöhnlichem Ton.

»Das hättest du besser gestern Abend getan.«

»Verzeih mir.« Er sah zerknirscht aus. »Verzeih mir bitte, ich weiß selber nicht, was ich tue. Ich habe einfach Angst um dich.«

»Schon gut.«

»Ich wünsche mir so sehr, dass zwischen uns wieder alles so ist wie früher.«

»Das wünsche ich mir auch. Du kannst dir gar nicht vorstellen, wie sehr ich mir das wünsche, Mark.« Nie hatte sie in ihre Worte so viel Leidenschaft und so viel Hoffnung gelegt.

Sie erreichten die einzelne Kiefer und begannen, das Gelände einer ersten Sondierung zu unterziehen. Diese beendeten sie gerade, als in der Ferne ein kleiner dunkler Punkt auftauchte, der sich mit rasender Geschwindigkeit näherte und dabei rasch größer wurde: Pal Palitsch in höchsteigener Person. Er bot einen malerischen Anblick. Die Rodelschüssel verschwand unter seiner Körperfülle praktisch vollständig, sodass es aussah, als rutsche er einfach auf seinem Hintern über den Schnee.

»Erinnert dich das nicht an irgendetwas, Lelischna?«, fragte Inka kichernd.

»Woran denn?«

»An den hoch avantgardistischen Film ›Das Hotel zum toten Bergsteiger‹. Ich finde, er hat eine verblüffende Ähnlichkeit mit einer fliegenden Untertasse, oder nicht?«

»In dem Film haben sich die Außerirdischen allerdings mit Hilfe von Robotern fortbewegt und nicht auf dem eigenen Hintern«, widersprach Mark pedantisch. »Aber ansonsten hast du Recht, die Ähnlichkeit ist verblüffend.«

In einem flotten Bogen schlitterte Swjaginzew um die Kiefer herum und brachte seine Rodelschüssel vor ihren Füßen zum Halten. Ohne unnötige Zeit mit dem Aufstehen zu vergeuden, zog er seinen Flachmann aus der Tasche und ließ sich die letzten Tröpfchen in den Hals fließen.

»Also, meine Herren, wie ist die Lage?«, erkundigte er sich dann munter.

»Alle zur Stelle. Wir warten nur auf Sie, Chef«, sagte Wlad. »Brauchen Sie Hilfe?«

»Nicht doch, das ist nicht nötig.«

Unter gewaltigem Ächzen erhob Swjaginzew sich aus seiner niederen Lage und machte sich unverzüglich daran, den Verlauf der Ermittlung zu organisieren und Anweisungen zu erteilen.

»Von hier aus haben Sie sich also in Richtung dieser Felsen dort bewegt, ja?«, fragte er und wedelte mit seiner schweren Flosse.

»Ja, genau, und dort habe ich dann meine Skier abgenommen und getragen.«

»Schön. Und wo habt ihr sie dann gefunden?«, fragte er weiter, an Jonas gewandt, wobei er Wlad ostentativ ignorierte.

»Wir sind von der entgegengesetzten Seite gekommen. Von der ›Windrose‹ her.«

»Dann ist die Richtung ja klar. Also Abmarsch!«

Eine halbe Stunde später hatten sie die Skier gefunden. Tatsächlich brauchten sie gar nicht danach suchen, kaum waren sie bei den Felsen angekommen, stießen sie wie von selbst darauf. Die Skier standen am selben Ort, wo Olga sie zurückgelassen hatte, von einer dünnen Schneeschicht überzogen.

»Halt! Keiner rührt sich von der Stelle!«, brüllte Swjaginzew laut und schob sich vorwärts, wobei er sich ununterbrochen den Hintern rieb, der bei seiner Rutschpartie offenbar Blessuren erlitten hatte. »Außer dem Opfer.«

Warum er sie bloß immer als Opfer bezeichnete? Das gefiel ihr überhaupt nicht. Und dabei zitterten ihr jetzt die Knie, als sie sich plötzlich dem Ort ihrer schrecklichen Erlebnisse so nahe sah.

Mark bemerkte ihre Schwäche.

»Stütz sich auf mich, Cara!«, flüsterte er und legte den Arm um sie. »Ich helfe dir.«

»Ich sagte: Nur das Opfer!« Swjaginzews Stimme brachte Mark zum Anhalten wie ein Peitschenknall ein Kutschpferd.

»Schon gut, Mark, ich schaffe es allein.« Olga lächelte ermutigend.

Swjaginzew erwartete sie ungeduldig.

»So«, sagte er. »Erkennen Sie die Stelle wieder?«

»Ja, hier habe ich gesessen ... Aber es gibt leider keine Spuren mehr.«

»Tja, es hat eben geschneit, da kann man nichts machen. Wie lange haben Sie hier gesessen?«

»Ich weiß nicht ... Ich hatte keine Uhr dabei.«

»Und was haben Sie getan, während Sie hier so saßen?«

»Gar nichts, ich habe eine Zigarette geraucht.«

Swjaginzew, der inzwischen mit zusammengekniffenen Augen die nächste Umgebung abgesucht hatte, bückte sich mühsam, scharrte kurz in dem frischen Schnee und brachte eine aufgeweichte Zigarettenkippe zum Vorschein. Dann kramte er aus der bodenlosen Tiefe seiner Manteltaschen eine mit Klebeband geflickte Brille hervor, platzierte sie umständlich auf seiner fleischigen Nase und machte sich daran, seinen kostbaren Fund zu inspizieren, indem er sich das verdächtige Objekt dicht vor die Gläser hielt.

»Tja, eine Marlboro. Ist das Ihre?«

»Ja, ich rauche Marlboro.«

»Dann wäre das ja geklärt. Und die Skier sind auch Ihre, richtig?«

»Ja, das sind meine.«

»Sie erkennen also sowohl Skier als auch Zigarettenkippe mit Bestimmtheit wieder?«

»Ja, Herrgott! Was soll das denn jetzt alles?«

Swjaginzew nahm seelenruhig seine Brille ab und verstaute sie wieder in seiner sackartigen Manteltasche. Dann unternahm er einen unvorsichtigen Versuch, in seiner Nase zu bohren, aus der schwarze, drahtige Borsten herausragten.

»Gehen wir jetzt also zum nächsten Kapitel über«, sagte er dann streng. »Wie Sie berichtet haben, stießen Sie zufällig auf den Eingang zu einer Höhle, in welcher Sie eine größere Anzahl von Leichen fanden.«

Swjaginzews hölzerne, protokollartige Sprache ließ die Situation irgendwie irreal erscheinen. Olga fühlte sich wie eine kleine Ladendiebin, die ein Glas finnischen Senf im Supermarkt gestohlen hatte.

»Also dann los, zeigen Sie mir die Höhle.«

Das brauchte man ihr nicht zweimal zu sagen. Eifrig suchte sie die Felsen ab. Fünf Minuten später fragte Swjaginzew mitleidig:

»Und, haben Sie etwas gefunden?«

»Nein.«

»Sieh an, interessant. Mitten in der Nacht haben Sie die Höhle einfach so gefunden, aber am helllichten Tag finden Sie sie plötzlich nicht mehr. Sehr interessant.« Der Klang seiner Stimme wirkte auf Olga niederschmetternd.

»Dann helfen Sie mir doch!«, zischte sie ihn durch die zusammengebissenen Zähne an. »Ich weiß genau, dass es hier war!«

»Dann muss der Eingang inzwischen wohl ziemlich geschrumpft sein, wie? Vielleicht haben Sie da irgendetwas durcheinandergebracht, gnädige Frau? Irgendwas verwechselt?«

Olga wurde flammend rot.

»Man kann seine Stromrechnungen durcheinanderbringen oder den Vater seines ungeborenen Kindes verwechseln, aber nicht so was!«

»Tja, vielleicht haben Sie Recht ...« Swjaginzew kaute nachdenklich auf seinen Lippen.

»Ich weiß genau, dass es hier war!«, rief Olga verzweifelt.

»Schon gut, regen Sie sich nicht auf! Das war alles ein bisschen zu viel für Sie, ich verstehe schon. Inmitten der Berge von der Nacht überrascht zu werden, noch dazu als Frau und ganz allein, das ist keine schöne Angelegenheit. Kein Wunder, wenn Ihnen da die Nerven versagen. Aber wir haben hier ein wunderbares Klima, Sie werden sich schnell wieder erholen und zu Kräften kommen. Außerdem steht Ihnen ein wunderbarer Ehemann zur Seite. Er macht sich große Sorgen um Sie, das sieht man ja.«

»Sie glauben wohl, ich wäre verrückt?«

»Aber nein, um Gottes willen!« Swjaginzew hüstelte verlegen. »Wie kommen Sie nur auf so einen Gedanken?«

Olga sah Swjaginzew böse an. »Sagen Sie doch schon, dass Sie mich auch für verrückt halten!«

»Aber nein, das würde ich mir niemals erlauben. Sie sind schließlich ein Gast! Es ist uns nicht gestattet, die Gäste der ›Windrose‹ in irgendeiner Form zu kritisieren. Das ist die oberste Maxime für unser Personal, wissen Sie!«

Er hätte besser gar nichts gesagt. Seine Worte waren für Olga wie ein Schlag ins Gesicht. Natürlich mussten ihre wirren Erzählungen auf einen Unbeteiligten wie die Fantasien einer Verrückten wirken. Und Mark hatte das mit seinen unglaublichen Kommentaren noch unterstützt. Jetzt würde dieser alte Zausel überall herumtratschen, sie leide an Wahnvorstellungen, und ein ganzer Trupp von Bergrettern habe sich auf den Weg machen müssen, nur weil eine hypernervöse Tussi Albträume hat.

Sie ließ sich wieder in den Schnee sinken und suchte verzweifelt in der Nähe der Felsen herum.

»Das kann nicht sein! Ich weiß es ganz genau! Er war hier, genau hier! Verdammt, so helfen Sie mir doch endlich!«

»Wenn es Sie beruhigt ...«

Swjaginzew ging dicht neben ihr in die Hocke, und sofort stieg ihr ein scharfer Geruch nach Alkohol in die Nase.

»Ich dachte, die Angestellten dürften keine alkoholischen Getränke während der Arbeitsstunden zu sich nehmen?«, fragte sie spitz.

Swjaginzew hielt eine Antwort offenbar für überflüssig.

Gemeinsam durchsuchten sie den Boden Zentimeter für Zentimeter. Nach zehn Minuten ließen sie sich erschöpft in den Schnee sinken. Swjaginzew machte es sich bequem, als säße er nicht auf einem felsigen Berghang, sondern in einer gut geheizten Präsidentenloge, brachte eine Schachtel ›Belomor‹ aus seiner Manteltasche zum Vorschein und bot Olga eine davon an.

»Qualmen wir eine auf den Frust?«

»Danke, die sind mir zu stark«, sagte Olga ungnädig und rümpfte die Nase.

»Mir eigentlich auch. Ich bin vor einiger Zeit auf Pfeife umgestiegen, das ist wesentlich wirtschaftlicher und auch angenehmer für die Umgebung. Aber leider ist mir gerade der Tabak ausgegangen; man bekommt ihn nämlich nur unten in der Stadt, wissen Sie. Bisher hat sich noch keine Gelegenheit ergeben. Also muss ich mich wohl oder übel mit dem Kraut hier begnügen.«

Olga wendete sich angewidert ab. Sie fühlte sich nicht mehr imstande, diesem alten Schwätzer noch länger zuzuhören. Aber Swjaginzew gab sich nicht so leicht geschlagen. Er versenkte seine Hand wieder in die unergründliche Manteltasche und kramte ein Bonbon hervor, das sehr klebrig aussah und voller Tabakkrümel war. Außerdem hing ein uraltes Straßenbahnticket daran. Swjaginzew brauchte eine Weile, bis er es abgepult hatte, ein kleines Stück von dem Fahrschein leistete ihm hartnäckigen Widerstand. Endlich hatte er es geschafft und hielt Olga mit der Pose eines Siegers die antike Süßigkeit hin.

»Da, nehmen Sie.«

»Danke, ich möchte lieber nicht.«

»Nehmen Sie schon, tun Sie einem alten Mann den Gefallen.«

Olga sah ihn von der Seite an: ein alter, dicker, schrecklich vernachlässigter Mensch. Aber immerhin war er bereit gewesen, mit ihr hierherzukommen, und hatte sogar einen kleinen Suchtrupp für sie zusammengestellt. Er hätte sie ja auch zum Teufel schicken können.

»Danke.« Olga nahm das Bonbon, steckte es aber nicht in den Mund, sondern verstaute es in der Außentasche ihres Overalls. »Ich esse es später ... Wirklich.«

»Na gut, machen wir für heute Schluss?«, fragte Swjaginzew.

Olga lehnte sich mit dem Rücken an den Felsen und schloss resigniert die Augen. Sie würden nichts finden, das war ihr auf einmal ganz klar. Und doch: Sie hatte das alles tatsächlich erlebt!

Oder nicht?

Vielleicht hatten sie ja Recht: Mark, der dicke Swjaginzew, Jonas, Inka ... Die Tür zum Zimmer ihres vererbten Wahnsinns hatte sich einen kleinen Spalt weit geöffnet, und sie bereitete sich darauf vor, darin zu wohnen. Das Pantheon der toten Eisgötter stand auf dem zentralen Platz in der Stadt ihres Wahnsinns, die so wenig Ähnlichkeit mit Venedig hatte. Sie würde als Stadtführer bei einem lokalen Reisebüro arbeiten und sogar einen kleinen Lohn bekommen. Die Stadt ihres Wahnsinns, nicht übel, das könnte von César Vallejo stammen.

»Gehen wir«, sagte Swjaginzew sanft. »Wir sollten nicht so lange im Schnee sitzen, sonst erkälten wir uns noch.«

»Sie glauben mir nicht, stimmt's?«

Swjaginzew zog es vor, sich in diplomatisches Schweigen zu hüllen.

»Es ist für mich sehr wichtig, dass mir jemand glaubt. Ich kann mir das doch nicht alles ausgedacht haben, verstehen Sie? Dafür habe ich gar nicht die Fantasie!«

Olga brach ab.

Ihr Traum.

Die Menschen in der Höhle waren die Menschen aus ihrem

Traum. Sie hatte zwar nicht ihre Gesichter erkannt, nein, aber das Grauen, das von ihnen ausging, war genau dasselbe gewesen. Es war alles ganz einfach. So wie es schon die frühen Theoretiker der Psychiatrie lehrten: In seinen Träumen ist jeder Mensch wahnsinnig, in seinen Träumen agiert er unbekümmert um die Gesetze der Logik oder der Vernunft. Aber der Wahnsinn der Träume ist vergnüglich und unterhaltsam, wie ein unschuldiger Witz, und wenn um acht Uhr früh der Wecker klingelt, holt er uns in die Wirklichkeit zurück.

Und wenn er nicht klingelt?

Was ist, wenn ein Mensch nicht mehr aus seinen Träumen herausfindet? So wie sie selbst? War sie dazu verdammt, für immer im Labyrinth dieser violetten Dämmerung umherzuirren und sich immerzu an leblosen Eisblöcken zu stoßen, die einmal Menschen gewesen waren?

»Sie hören mir ja gar nicht zu!« Swjaginzew zupfte an ihrem Jackenärmel.

»Entschuldigen Sie.«

»Sie sollten versuchen, diese schreckliche Geschichte möglichst schnell zu vergessen. So etwas kann jedem mal passieren. Sie waren einfach müde und erschöpft.«

»Ja, vielleicht ...«

»Wenigstens haben wir die Skier gefunden. Und jetzt sollten wir erst mal gehen. Ich denke, damit werden wir den anderen eine große Freude bereiten.«

Olga sah Swjaginzew nachdenklich an. Diese alte angetrunkene Bulldogge konnte erstaunlich taktvoll sein, er brachte die peinliche Situation auf den alltäglichsten Nenner: Die teuren Skier der reichen Touristin waren gefunden, Auftrag ausgeführt, alles war wieder in Ordnung ...

»Einverstanden«, seufzte Olga. »Und entschuldigen Sie, dass ich Ihnen solche Umstände gemacht habe. Vergessen Sie einfach, was ich Ihnen über die Höhle erzählt habe. Wahrscheinlich war ich wirklich nicht ganz bei mir.«

»Ist schon vergessen«, sagte Swjaginzew fröhlich und stand auf. Olga folgte ihm müde zu den anderen.

»Und?«, fragte Mark ungeduldig.

»Nichts, alles in Ordnung«, antwortete Olga mit tonloser Stimme. »Die siebenhundert Dollar sind gefunden. Wir können wieder zur Tagesordnung übergehen.«

»Und ... Und was ist mit der Höhle?«

»Ihr hattet wohl Recht, ich habe an einer vorübergehenden geistigen Umnachtung gelitten. Entschuldigt, ich habe mich einfach dumm verhalten.«

»Aber nein, Cara, du hast dich ganz wunderbar verhalten. Du musst das jetzt einfach vergessen, wie einen bösen Traum.«

»Kann man denn einen bösen Traum so einfach vergessen? Ich will zurück in unsere Hütte, Mark, ich habe genug von diesen dummen Felsen und von diesem dummen Schnee und überhaupt von allem.«

Sie machten sich allein auf den Weg zu ihrer Hütte. Inka hatte sich verabschiedet, sie wollte noch Ski fahren. (»So einen sonnigen Tag darf man doch nicht verschwenden, und so einen wunderbaren Schnee schon gar nicht! Ihr solltet lieber mitkommen, seid doch keine Idioten!«) Swjaginzew, Jonas und Wlad zogen sich diskret zurück, wie es sich für Dienstpersonal gehört.

Den Rest des Tages verbrachte Olga im Bett, reglos, die Knie ans Kinn gezogen. Marks Fragen beantwortete sie nur einsilbig. Die furchtbare Nacht allein in den Bergen und auch die sinnlose Suche nach der Höhle forderten ihren Tribut. Zu alledem kam noch hinzu, dass sie sich eine böse Erkältung zugezogen hatte und kaum sprechen konnte. Der Arzt hatte ihr empfohlen, ein paar Tage im Bett zu bleiben. Mark kümmerte sich fürsorglich um sie, er rührte Honig in Milch, köchelte unentwegt Tees aus allen nur erdenklichen Kräutern und fütterte Olga sogar mit irgendeinem neumodischen Mittel gegen Angina. Er hatte, im Unterschied zu der leichtsinnigen Olga, immer eine kleine Reiseapotheke dabei.

Olga ließ alles gehorsam über sich ergehen. Nur bei den Senfpflastern versuchte sie kurz, sich aufzulehnen, aber Mark setzte sich durch.

»Du musst mehr auf deine Gesundheit achten, Cara.«

Olga nickte demütig. Sie konnte weder richtig sprechen noch schlucken, alles tat ihr weh.

Gegen Abend kam Inka auf einen kurzen Besuch vorbei. Sie hatte einen ganzen Schwarm sportlicher junger Männer im Schlepptau, die fröhlich lärmend vor der Tür auf sie warteten.

»Ich geh mich ein bisschen amüsieren«, verkündete sie. »Wir wollen zum Bowling. Und wie sieht es bei euch aus?«

»Olga ist krank«, sagte Mark gedämpft, und Olga deutete wortlos auf ihren umwickelten Hals: ›Ich kann nicht sprechen.‹

»Du machst ja Sachen, Lelischna!«, rief Inka aufrichtig betrübt »Einen besseren Zeitpunkt zum Krankwerden hättest du nicht finden können! Du willst mich also wirklich mit voller Absicht diesen grausamen Vergewaltigern und notorischen Ehebrechern ausliefern?« Sie deutete in Richtung ihrer ahnungslosen Begleiter.

»Wo hast du denn dieses exquisite Sortiment schon wieder aufgegabelt?«, fragte Mark maliziös.

»Alle Männer sind doch gleich, es sei denn, sie sind impotent oder Idealisten.«

»Ist das so?«

»Mit Ausnahme meines Mannes, natürlich.«

»Hauptsache, du vergisst das nicht beim Bowlen, vor lauter Anstrengung.«

»Das vergesse ich nie, Mark, mein Herzchen.« Sie winkte Olga zu, schoss noch ein paar halbherzige Bosheiten in Marks Richtung ab (»Da siehst du mal, Mark, wie du deine wunderschöne Gattin ruinierst. Jetzt übernachtet sie schon unter freiem Himmel, damit sie nur nicht mir dir in einem Bett schlafen muss!«) und war verschwunden.

Olga wünschte Mark brav eine gute Nacht und nahm widerspruchslos eine Schlaftablette ein.

»Mir tun die Augen weh, Liebster ...«

»Das kommt von der Sonne und dem Schnee. Du musst eine Sonnenbrille tragen, dann geht das bald wieder vorbei. Versprichst du mir, in Zukunft daran zu denken?«

»Ich verspreche es. Was du willst. Mark, du darfst mich nicht in die Psychiatrie geben!« Sie sah ihn flehend an. Aus ihrem geschwollenen Rachen kam nur noch ein heiseres Krächzen. »Bitte, mach was du willst, nur lass nicht zu, dass ...«

»Aber was redest du denn da, Cara?« Er nahm sie fest in die Arme, aber seltsam, seine Geste kam Olga nicht echt vor.

»Hast du etwa Angst vor mir, Mark?«, fragte sie, und ihre Stimme klang auf einmal sehr traurig.

»Nicht doch, Cara. Ich habe Angst *um dich.*«

»Nein, ich sehe es doch, du hast Angst vor mir. Du hast Angst, dass mit mir dasselbe geschieht, was meiner Mutter passiert ist.«

»Was für ein Unsinn, Cara!«

»Nein, das ist kein Unsinn. Aber du kannst denken, was du willst, halt mich meinetwegen für verrückt, für schwachsinnig, für schizophren, für manisch-depressiv, egal, aber das ändert nichts an der Tatsache, dass es diese Höhle wirklich gibt. Ich habe sie gesehen! Ich bin dort drin gewesen! Und das war weder ein Albtraum noch eine Wahnvorstellung!«

Mark machte ein unglückliches Gesicht.

»Wir hatten doch beschlossen, nicht mehr darüber zu sprechen, Cara.«

»Ich kann es aber nicht vergessen. All diese Toten ... Wenn du sie gesehen hättest! Es war so furchtbar!«

»So, jetzt hör mir mal gut zu!« Marks Kinn verhärtete sich, und seine Augenbrauen zogen sich zu einem geraden Strich zusammen. »Ich verbiete dir, darüber noch länger nachzudenken! Sonst wirst du nämlich irgendwann wirklich noch verrückt.«

Wie abscheulich er doch war!

Warum hatte sie das bisher nie bemerkt? Olga wurde von einer jähen Welle der Wut überschwemmt, die für einen Moment jeden klaren Gedanken erstickte. Sie ballte die Fäuste und fühlte eine unbändige Lust, Mark in sein feines, gepflegtes Gesicht zu schlagen. Aber genauso plötzlich, wie sie gekommen war, verebbte die Welle auch wieder, zog sich in den dunklen Ozean ihres Unterbewusstseins zurück.

Olga biss sich auf die Lippen: Was war nur in letzter Zeit mit ihr los?

Wasja war immer noch nicht wieder aufgetaucht.

Swjaginzew hatte sich am Abend mit einem Six Pack dunklem Bier in sein Zimmer zurückgezogen, wo er sich, ohne auch nur Hut oder Mantel abzulegen, auf das ungemachte Bett fallen ließ.

Ein schwerer Tag, verdammt noch mal, ein richtig schwerer Tag.

Eine Weile lag er einfach nur da und sah mit trübem Blick einer Kakerlake zu, die gemächlich über den Tisch spazierte, zwischen leeren Flaschen, Bierdosen und Essensbehältern aus dem ›Richard Bach‹. ›Tja, Bruder, hier ist nichts für dich zu holen‹, dachte Swjaginzew mit unverhohlener Schadenfreude. ›In dieser schlichten Zelle weiß man gutes Essen zu schätzen, da bleibt kein Krümel übrig.‹

Hätte eines der zart besaiteten Zimmermädchen die unschuldige Kakerlake zu Gesicht bekommen, wäre sofort ein Riesenskandal ausgebrochen. Die noble ›Windrose‹ war Tempel eines exzessiven Sauberkeitskultes. Aber dies hier war das Reich Pal Palitsch Swjaginzews, sein ureigenes Territorium, das er verteidigte wie ein räudiger Straßenkater sein Revier. Und in diesem seinem kleinen Reich hatte eine Kompanie von Kakerlaken Quartier bezogen, ein Zug friedlicher Weberknechte und sogar ein kleiner Trupp Mäuse. Letztere allerdings hatte Swjaginzew noch niemals zu Gesicht bekommen, auf ihre Existenz schloss er nur auf Grund einer Reihe von Indizien.

Swjaginzew hatte mit der versammelten Fauna seines Reiches einen gut funktionierenden Nichtangriffspakt geschlossen.

In Anbetracht dessen verfolgte er die Kakerlake jetzt nur träge mit den Augen und verspürte nicht die geringste Neigung, dem Frechling mit einem Schuhabsatz zu Leibe zu rücken.

Ein schwerer Tag, verdammt noch mal, ein richtig schwerer Tag.

Sieben Leichen in einer Höhle! Meine Güte! Das tapfere Schneiderlein war nichts dagegen!

Allerdings musste Swjaginzew zugeben, dass sie ihn ziemlich beeindruckt hatte, diese überdrehte Schöne, ungeachtet der nebulösen Andeutungen ihres Mannes, sie sei nicht ganz richtig im Kopf. Es war schon möglich, dass sie eher in ein Nervensanatorium gehörte als in ein Skihotel. Andererseits war das auch wieder normal für diese Neuen Russen, die hatten doch alle einen Dachschaden. Und so einer wie er war für die bloß ein schäbiger Plebejer.

Trotzdem, dieses Mädel gefiel ihm irgendwie.

Er wusste bloß nicht, was er von dieser Horrorstory halten sollte, die sie da von sich gegeben hatte! Der reinste Gruselfilm! Eine finstere Höhle im Bauch des Bergs, sieben vereiste Leichen! Die sollte Schauerromane schreiben. Apropos, wo blieb bloß dieser verdammte Wasja?

Olga hieß sie. Ob sie wohl seinem Wolodja gefallen hätte? Er selber, der alte Pal Palitsch, hätte jedenfalls bestimmt nichts dagegen gehabt, wenn er ein Auge auf sie geworfen hätte. Lange schwarze Haare, dunkle Augenbrauen, diese seltsame Schüchternheit im Blick.

Swjaginzew drehte sich auf die Seite und rieb sich wieder den Hintern, der immer noch schmerzte von seinem heroischen Abfahrtsrennen. Und alles nur, um diese irrwitzige Schauergeschichte zu überprüfen! Dabei war von vornherein klar gewesen, dass die keinen Pfifferling wert war!

Als hätte er mit dieser Natalja Wladilenowna nicht genug Verrückte in der ›Windrose‹. Allmählich wurde ihm das ein bisschen zu viel.

Swjaginzew seufzte. Diese aparte Dunkle tat ihm natürlich irgendwie leid. Deshalb hatte er versucht, die Situation so weit wie möglich zu verharmlosen, damit sie nicht ganz so dumm aussah. Aber egal, ihr Mann würde ihr den Kopf schon wieder geradebiegen; das war ein fähiger Mensch, das sah man ja sofort.

Aber jetzt trinken wir erst mal ein Döschen mit den Herrschaften Kakerlaken, und dann kann man sich endlich aufs Ohr hauen.

Aber Swjaginzew konnte nicht schlafen.

Ein Gedanke saß ihm wie ein Nagel im Kopf und ließ ihm einfach keine Ruhe. So etwas war ihm während seiner Dienstzeit bei der Miliz schon des Öfteren passiert, und zwar immer genau dann, wenn Hauptmann Swjaginzew irgendein wichtiges Indiz übersehen hatte.

In den dunklen Tiefen des swjaginzewschen Organismus, irgendwo in einem stillen Winkel hinter seiner ruinierten Leber, gab es einen zweiten Swjaginzew, der bedeutend klüger war als Pal Palitsch, ein Swjaginzew, der mindestens den Rang eines Oberstleutnants bekleidete, wenn nicht sogar eines Generalmajors. Und dieser Generalmajor Swjaginzew, volkstümlich auch ›Intuition‹ genannt, peinigte und piesackte den armen alten Hauptmann a.D. Swjaginzew wie jener legendäre Kahlkopfgeier den bedauernswerten Prometheus.

Das war schlimmer als jede Radikulitis.

Und schuld war nur diese verflixte überkandidelte Braut!

Irgendetwas war dran an dem, was sie da erzählte, so ganz ließ sich die Sache nicht beiseiteschieben. Als Swjaginzew endlich begriff, dass aus seinem verdienten Schönheitsschlaf nichts wurde, schob er sich eine ›Belomor‹ zwischen die Lippen und begann ernsthaft nachzudenken.

Da war zunächst mal dieser Kyrill, den sie beschreiben konnte, obwohl sie ihn nie im Leben gesehen hatte. Aber dafür gab es eine einfache Erklärung, nämlich die Fotografie, die diese grässliche Brillenschlange ihr offenbar gezeigt hatte. Schön, aber dann war da noch dieser komische Albtraum, von dem ihr fürsorglicher Ehemann ihm ausführlich berichtet hatte.

Swjaginzew schob missmutig die Unterlippe vor. Ihm wäre es allerdings nie im Leben eingefallen, seine eigene Frau in dieser Form vor fremden Leuten preiszugeben.

Dabei stimmte eigentlich alles. Sie hatten die einzelne Kiefer gefunden und ihre Skier auch, genau an der angegebenen Stelle bei den Felsen. Die einzige Unstimmigkeit war ihre Zeitangabe. Sie hatte behauptet, sie sei wenigstens eine halbe Stunde von der Kiefer bis zu den Felsen gelaufen. Der Suchtrupp hatte aber nicht mehr als zehn Minuten für diesen Weg gebraucht. Natürlich musste man bedenken, dass sie sich in dem Gelände nicht auskannte, und außerdem war es fast dunkel gewesen. Vielleicht war sie ja einfach ein wenig im Kreis herumgelaufen, bis sie an dem fraglichen Punkt anlangte. Ja, das war die wahrscheinlichste Erklärung.

Die Skier jedenfalls standen an ihrem Platz, als hätten sie nur auf sie gewartet. Und auch der Zigarettenstummel war da gewesen, ein einsamer kleiner Stummel unter einer hauchdünnen Schicht aus frischem Schnee. Swjaginzew hatte gar nicht lange danach suchen müssen, er konnte ihn eigentlich gar nicht übersehen, wenn er es recht bedachte.

»Ein Indiz präparieren, so würde ich das nennen«, sagte Pal Palitsch laut und ärgerte sich im nächsten Moment über sich selbst. Dieses Mädel mit ihren scheuen Rehaugen hatte ihn um den Finger gewickelt. Jetzt fing er tatsächlich schon an, ihre Märchen zu glauben.

›Na gut, unterstellen wir mal, nur versuchsweise natürlich, dass sie die Wahrheit gesagt hat. Nehmen wir mal an, einfach nur rein hypothetisch, dass sie das alles tatsächlich gesehen hat, diese romantischen Fackeln, den kleinen Kratzer auf Kyrills Wangenknochen (das konnte übrigens ein wichtiger Anhaltspunkt sein; er musste unbedingt die Brillenschlange danach fragen). Sie hatte sich verhalten, wie vermutlich jedes zart besaitete weibliche Wesen sich verhalten hätte: Sie war in Panik geraten und weggerannt, so weit sie ihre Beine trugen. Das war ohne weiteres nachvollziehbar. Und einige Zeit später erscheint dann der Besitzer dieses eisigen Panoptikums auf der Bildfläche, sieht die Skier neben dem Eingang, die abgebrannte Fackel, und versteht natürlich gleich, woher der Wind weht: Da war jemand in sein geheimes Reich eingedrungen.‹

Was hätte Swjaginzew an seiner Stelle getan? ›Tja, klar wie Kloßbrühe‹, dachte Pal Palitsch melancholisch und riss eine weitere Dose Bier auf. ›Ich hätte es genauso gemacht wie er.

Es verstand sich ja von selbst, dass das gut getarnte Schlupfloch nur durch einen Zufall gefunden worden sein konnte, und da der Eindringling nicht mehr in der Höhle war, hätte ich als Erstes mal die Umgebung des Eingangs sorgfältig nach Spuren abgesucht. Ich hätte den Zigarettenstummel gefunden und eingesammelt. Dann hätte ich die Skier genommen und an einer anderen, möglichst weit weg gelegenen Stelle platziert. Und auch für den Zigarettenstummel hätte ich ein neues Zuhause gefunden, quasi zur Abrundung und als kleines Schmankerl für den guten alten Pal Palitsch, schön bequem zurechtgelegt, damit er auch nicht mühsam danach suchen musste. Und Pal Palitsch, das dumme alte Borstenvieh, würde sich folgerichtig von Herzen amüsieren über die arme hübsche Märchentante, die so nette Schauergeschichten erzählte von Höhlen und Eisleichen und solchen Sachen.

Niemand, der halbwegs klar im Kopf war, konnte so etwas glauben. Eine einzelne Leiche, über die man irgendwo zufällig stolperte, das wäre noch angegangen. Aber gleich sieben auf einen Streich, und alle sorgfältig zu Eispuppen verarbeitet?‹

Swjaginzew fuhr hoch.

Der Generalmajor in seinen Eingeweiden hatte seinen Leberwinkel verlassen und ihm einen Tritt in den Hintern versetzt.

Das war's! Das war der Nagel, der ihn die ganze Zeit gepiekt und ihn um den Schlaf gebracht hatte!

Es waren sieben!

Eine heilige Zahl, so wie die sieben Todsünden! Mit erstaunlicher Gewandtheit sprang Swjaginzew aus seinem Bett und stürzte zum Kleiderschrank. Zwischen mottenzerfressenen Jacken und hüfthohen Anglerstiefeln, die er aus Petersburg mitgeschleppt hatte (ein Souvenir vom Finnischen Meerbusen), stand eine große alte Holzkiste, die bis zum Rand mit Papieren gefüllt war.

Das war Swjaginzews Privatarchiv, seine Kartothek, zusammengetragen während der zwei Jahre seiner Arbeit in der ›Windrose‹. Hier befanden sich sämtliche Protokolle und Ermittlungsunterlagen zu allen Lawinenunglücken dieser Zeit, umfangreiches Material über jedes einzelne Opfer; die vielen Jahre bei der Miliz hatten ihn ein für alle Mal geprägt: Pedanterie und Leidenschaft fürs Detail waren seine hervorstechenden Eigenschaften. Da waren sie aufgelistet: die Alpinisten, die durch die Berge flanierten wie andere über den Broadway, kahlköpfige Gletscherforscher und kriminelle Schatzsucher auf den Spuren der legendären SS-Division ›Edelweiß‹, deren schwarze Seelen sowieso längst in der Hölle schmorten – Swjaginzew hätte sie allesamt am liebsten persönlich auf den Mond geschossen.

Er hockte sich vor seine Kiste und fing an zu wühlen. Eine Stunde später war alles fein säuberlich sortiert und analysiert. Vor seinen Augen stand jetzt ein klares Bild. Er wusste, wonach er suchen musste. Alles sah danach aus, dass die erbarmungslosen Berge einen Komplizen besaßen.

In den vergangenen beiden Jahren, also in dem Zeitraum, den die ›Windrose‹ existierte und in dem Swjaginzew hier tätig war, waren in der umliegenden Gegend genau sechs Menschen verschwunden, bis heute unauffindbar geblieben.

Kyrill war der siebte. Pal Palitsch schrieb die Namen in alphabetischer Reihenfolge untereinander.

1. Astachnowitsch, Juri Karlowitsch, 39 Jahre.
2. Woloschenjuk, Dmitri Leonidowitsch, 33 Jahre.
3. Knjashinski, Eduard Staljewitsch, 19 Jahre
4. Maljarenko, Nikita Andrejewitsch, 41 Jahre.
5. Maljarenko, Oksana Stanislawowna, 35 Jahre.
6. Sulejmenow, Timur Bolotjekowitsch, 28 Jahre.

Drei Personen aus dieser Liste waren, von Kyrill Posdjakow abgesehen, Gäste in der ›Windrose‹ gewesen, nämlich das Ehepaar Maljarenko aus Kiew und Astachnowitsch aus Moskau. Genau wie Posdjakow waren sie unter eine Lawine geraten und nie gefunden worden. Astachnowitsch kannte Swjaginzew fast gar nicht, aber an die freundlichen Ukrainer Maljarenko konnte er sich noch sehr gut erinnern. Oksana, eine rundgesichtige Mama mit sanftem Lächeln, war in ihrer Jugend Schauspielerin am ukrainischen Nationaltheater gewesen – und zudem eine Frau ganz nach Swjaginzews Geschmack. Dieser ruhige, um die Hüften ein wenig schwere Frauentyp hatte ihm schon immer gefallen. Swjaginzew hatte sich sogar ein paar Mal mit ihr zusammen fotografieren lassen, als kleines Souvenir.

Die anderen drei hatten keinen Bezug zur ›Windrose‹. Alle jedoch waren sie unter ähnlich ungeklärten Umständen ums Leben gekommen. Sie hatten sich beim Klettern von ihrer Gruppe entfernt und sich zu den Kontrollzeiten nicht an den verabredeten Punkten eingefunden. Die anschließende Suche nach ihnen war ergebnislos verlaufen. Alle hatten sich zum Zeitpunkt ihres Verschwindens in der Nähe der ›Windrose‹ aufgehalten.

Swjaginzew ließ das Blatt sinken und zündete sich eine Zigarette an.

Sieben Menschen.

Sieben auf einen Streich …

Swjaginzew räumte seine Papiere zusammen. Dabei stieß er auf die Fotos von Oksana Maljarenko, und wieder rührte ihn ihr offenes Gesicht an, die reine Linie ihres Nackens mit der feinen goldenen Kette darum.

Wieder ein Rippenstoß von Generalmajor Swjaginzew.

Die Kette, natürlich.

Olga hatte genau eine solche feine goldene Kette beschrieben. Und die passenden Ohrringe in Form von kleinen Blättern. Swjaginzew fiel es jetzt siedend heiß wieder ein.

Er setzte seine Brille auf und sah sich die Fotos noch einmal aufmerksam an. Die Ohrringe waren deutlich zu erkennen. Damit bekam die Geschichte von diesem verrückten Reh ein ganz anderes Gesicht. Wie war das möglich? Olga hatte Oksana nie gesehen, sie wusste nicht einmal, dass sie jemals existiert hatte. Die Maljarenkos waren vor mehr als einem Jahr verschwunden.

Das ließ nur eine Folgerung zu: Alles, was sie erzählt hatte, war wahr. Swjaginzew nahm einen kräftigen Schluck von seinem Bier und dachte wieder nach.

›Na schön, meinetwegen passt alles zusammen. Dann bleibt aber immer noch die Frage, was ich jetzt mit dieser Erkenntnis anfangen soll?

Ich könnte natürlich diese ganze Geschichte einfach nehmen und an Wasja weiterreichen, als Sujet für seinen nächsten Gruselkrimi (Verdammt, mir gefällt das ganz und gar nicht! Wo steckt der Kerl nur?). Es war eigentlich alles da: ein ganzer Haufen Leichen und mittendrin ein mordlustiger Psychopath. Man muss wirklich ziemlich krank in der Birne sein, um ein paar nackte Leichen mit Wasser zu übergießen und einzufrieren.‹

Bei diesem Gedanken fraß sich Swjaginzews Denkapparat fest, aber seltsamerweise war er ganz froh darüber. ›Er kann ja wohl nicht das Wasser in Eimern in die Höhle getragen haben, oder? Und einen Wasserhahn wird es dort auch nicht geben. Also wie hat er es dann gemacht? Ich muss unsere lokalen Kunsthandwerker mal befragen, die Typen, die die kleine Eisstadt gebaut haben.‹

Genau, das war ein ausgezeichneter Gedanke.

Wasja hätte dafür sicher ein Extrakapitel reserviert. Aber er hätte dem Ganzen natürlich noch einen speziellen Pfiff gegeben: Sein Held würde mit dem Mörder reden, ohne zu ahnen, wen er vor sich hatte!

Das klang nicht schlecht.

Swjaginzew stand schwerfällig auf und ging in seinem Zimmer unruhig im Kreis herum. Dabei kratzte er sich nervös den mächtigen Wanst. ›Ohne zu ahnen, wen er vor sich hatte ...‹

Und wenn die Geschichte von dieser Olga Krassinskaja und das Verschwinden von Wasja in Zusammenhang stünden? Vielleicht hatte Wasja ja irgendetwas Wichtiges herausgefunden und wollte ihn, Swjaginzew, davon in Kenntnis setzen? Und Swjaginzew, von seiner verdammten Radikulitis halb zum Wahnsinn getrieben, hatte ihn zum Teufel geschickt, anstatt ihn anzuhören. Und deshalb hatte Wasja mit jemand anderem gesprochen ...

Nämlich mit dem Mörder. ›Ohne zu ahnen, wen er vor sich hatte ...‹

Swjaginzew wurde bei diesem Gedanken ganz mulmig. Er zupfte sich ärgerlich am Ohrläppchen. ›Wie's aussieht, bin ich mal wieder an allem schuld, ich alter Esel!‹ Verdammt, er hätte nur seinen dicken Hintern aus dem Bett wälzen und den Schlüssel im Schloss herumdrehen müssen, mehr nicht!

Aber das half ihm jetzt auch nicht weiter.

Fakt war jedenfalls, dass alle diese sieben vermissten Personen in der mittelbaren oder unmittelbaren Nähe der ›Windrose‹ verschwunden waren, woraus man mit einiger Wahrscheinlichkeit folgern konnte, dass derjenige, der möglicherweise für ihr Verschwinden verantwortlich war, in unmittelbarer Beziehung zu diesem Skiort stand. Außerdem wusste Swjaginzew, dass dieser Jemand die Technik der Eisskulptur beherrschte, und weiterhin, dass er fröhlich und frei mitten unter ihnen weilte, ohne das irgendjemand irgendeinen Verdacht gegen ihn hegte. Im Gegenteil, vermutlich war er ein ganz umgänglicher Geselle, mit dem man gern einen Plausch hielt. So wie Kyrill, sofern man die Schilderung dieser Natalja für bare Münze nahm, die ihren Liebhaber angeblich kurz vor Abgang der Lawine in angeregter Unterhaltung mit seinem Mörder gesehen hatte. Und zu guter Letzt musste man annehmen, dass sich dieser Jemand vorzüglich in der Umgebung der ›Windrose‹ auskannte. Zu dieser Schlussfolgerung war Pal Palitsch selber gekommen.

Swjaginzew ließ sich wieder ins Bett fallen und starrte minutenlang die Decke an. ›Was ist, wollen wir eine operative Sitzung abhalten und eine Zwischenbilanz unserer bisherigen Ermittlungen ziehen, Genosse Generalmajor?‹

Swjaginzew griff sich ein zerknittertes Blatt Papier, auf dem das Menu des Hotelrestaurants abgedruckt war, drehte es um und begann zu kritzeln (anders konnte man den Schreibvorgang bei ihm nicht nennen; seine Handschrift war noch nie besonders elegant gewesen). Eine halbe Stunde später war der Rapport an den Genossen Generalmajor fix und fertig. Die Resultate Swjaginzews angestrengter Denktätigkeit sahen folgendermaßen aus:

1. Im Verlauf der vergangenen zwei Jahre verschwanden in der Umgebung des Skiortes ›Windrose‹ unter bisher ungeklärten Umständen insgesamt sieben Personen (s. Anlage). Es besteht die Möglichkeit, dass ihre Leichen jetzt von der Bürgerin Olga Krassinskaja durch einen Zufall aufgefunden wurden. Drei Personen konnten bisher identifiziert werden:
    a) Bürger Posdjakow, K.
    b) Bürgerin Maljarenko, O.
    c) Bürger Knjashinski, E.

Den jugendlichen Bergsteiger Edik Knjashinski aus Toljatti hatte Swjaginzew auf Verdacht zur Liste der Identifizierten hinzugefügt.

Olga hatte von einem Jungen erzählt, den sie als Ersten gesehen haben wollte. Und von den sieben vermissten Personen war nur einer jünger als zwanzig Jahre alt gewesen.

2. Alle Opfer wurden an ein- und demselben Ort aufgefunden, obwohl sie zu verschiedenen Zeiten und an verschiedenen Orten verschwunden waren. Woraus sich die Schlussfolgerung ergab, dass sie in verbrecherischer Absicht dorthin gebracht worden sein mussten.
3. Dies wiederum legte den Verdacht nahe, dass die Getöteten nicht durch unvorhergesehene Naturereignisse umgekommen waren, sondern Opfer einer vorsätzlichen Tötung waren.
4. Die Bürgerin Sapessozkaja, Natalja Wladilenowna, sagte aus, den vermissten Posdjakow, Kyrill kurz vor Abgang der Lawine zusammen mit einer weiteren Person gesehen zu haben. Die Identität dieser fraglichen Person konnte bisher nicht ermittelt werden. Alle weiteren vernommenen Zeugen bestätigten die Angaben der Zeugin Sapessozkaja allerdings nicht.
   (Woraus Swjaginzew folgerte, dass er entweder noch nicht den richtigen Zeugen befragt hatte oder dass ein von ihm bereits befragter Zeuge gelogen hatte. Was wiederum darauf schließen ließ, dass es sich bei diesem Zeugen um den Herrn jener unheimlichen Höhle handelte.)
5. Aus den oben dargelegten Punkten ließ sich zusammenfassend folgern, dass sich die Person (oder die Gruppe von Personen), die möglicherweise für den Tod der vermissten sieben Menschen verantwortlich war, zum jetzigen Zeitpunkt immer noch auf dem Territorium der ›Windrose‹ aufhielt.

Damit hatte Swjaginzew sein Tagwerk vorläufig beendet. Er versank in tiefes Nachdenken. Mit voller Absicht hatte er in keinem seiner fünf Punkte den Namen Wasja Sikatschinski erwähnt, obwohl es dafür sicher Grund genug gab. Aber damit hätte er ihn in eine Reihe mit den sieben verhängnisvollen Untoten gestellt, und das wollte Swjaginzew um alles in der Welt vermeiden.

›Alter Schwede, du steckst den Kopf in den Sand, so ist das nämlich.‹

Als Nächstes kam die Getränkekarte des ›Richard Bach‹ dran. Swjaginzew schrieb auf die Rückseite:

Ermittlungsmaßnahmen

1. Nochmals die Zeugin Sapessozkaja, N.W. bezüglich der Fotografie des Bürgers Posdjakow, K. sowie ihrer Verbindung zur Bürgerin Krassinskaja, O. befragen.
2. Feststellen, ob noch irgendjemand Posdjakow auf der Freestylepiste mit der unbekannten Person gesehen hat.
3. Informationen über die Eisstadt auf dem Territorium der ›Windrose‹ einholen, insbesondere feststellen, wer an ihrem Bau beteiligt war.
4. Feststellen, wer von den Angestellten der ›Windrose‹ Kontakt zu dem Vermissten hatte.
5. Ermittlungen über den Aufenthalt von Sikatschinski, Wassili Andrejewitsch einleiten.

Jetzt war also Wasja doch noch auf der Liste gelandet. Sein mysteriöses Verschwinden beunruhigte Swjaginzew im Lichte der neuen Fakten immer mehr. Das Einzige, was ihn noch ein wenig tröstete, war, dass Olga nur sieben Leichen gesehen hatte, nicht acht.

Swjaginzew beschloss, sich gleich morgen früh an die Arbeit zu machen und alle Punkte strikt nacheinander abzuarbeiten. Aber jetzt konnte er erst einmal in Ruhe sein Bier austrinken und vor dem Einschlafen noch ein bisschen lesen.

Swjaginzew stand nur ein einziges Buch zur Verfügung: ›Wiegenlied für einen kleinen Igel‹. Und wieder konnte er der Versuchung nicht widerstehen, sein Schicksal zu befragen.

»Seite dreiundzwanzig, Zeile sieben von unten«, sagte er laut vor sich hin und schlug mutig das Buch auf. Was er dort las, stürzte ihn augenblicklich in tiefste Niedergeschlagenheit: *»Die ganze Nacht suchten die Tiere das Füchslein, aber sie konnten es nicht finden. Es kam ihnen überhaupt nicht in den Sinn, dass das schlaue Füchslein gar nicht daran dachte, sich zu verstecken, gemäß der uralten Weisheit der Füchse: Verstecke dich nie, dann kann man dich auch nicht finden.«*

Sie weiß alles über die Höhle.

Heute hat sie es mir selber erzählt. Und sie hat gesagt, es sei der reinste Albtraum. Ich habe ihr zugestimmt, und dann sprachen wir über etwas anderes.

Sie hat perfekte Brüste. Wenn man sie umfasst, ist es, als hielte man ein Vögelchen in der Hand. Es gefiel ihr, das konnte ich deutlich sehen. Sie hat ihren Mann dabei vergessen.

Ich glaube, ich habe alles richtig gemacht. Vor allem bin ich nicht in Panik geraten, als ich erkannte, dass die Ruhe meines Ateliers durch einen unglücklichen Zufall zerstört worden war. Das ist gut. Ich habe die Skier genommen und an eine andere Stelle getragen, und ich habe sogar den Zigarettenstummel mitgenommen und daneben gelegt. Das wird mich hoffentlich vor weiteren Heimsuchungen bewahren.

Am meisten macht mir Sorgen, dass meine Arbeit zerstört werden könnte, bevor ich sie vollendet habe. Für einen Moment gab es eine reale Bedrohung. Aber ich habe sie glücklich abgewendet.

Der Schnee, der kleine Bruder des Eises, so zart, so rührend, hat mir dabei geholfen. Er hat alle Spuren beseitigt. Auch meine eigenen.

Sie hat mitgesucht, nach ihren Skiern, zusammen mit den anderen und mit diesem dicken, ekelhaften Security-Typ. Was für ein Körper.

Der könnte mich niemals inspirieren. Sein Körper ruft nichts hervor außer Ekel und Hass.

Sie hat sich mit auf die Suche gemacht, sie musste es tun. Sie musste sich davon überzeugen, dass es tatsächlich nur ein Albtraum war, mehr nicht.

Sie schien gar nicht enttäuscht darüber, nicht einmal, als sie über die Höhle sprach. Was man über mich nicht sagen kann. Ich war sehr enttäuscht. Eine der zentralen Figuren meiner Komposition wurde beschädigt. Nur gut, dass ich den Schaden reparieren konnte.

Es ist sogar noch besser geworden als vorher.

Es ist so gut geworden, dass ich lange darüber nachdachte, ob ich nicht alle Figuren mit einer weiteren Schicht Eis überziehen soll. Dieses Material ist so wunderbar lebendig, es macht die ganze Launenhaftigkeit des Todes sichtbar.

Der Tod hat viele Seiten. Das ist ein Thema, über das ich unbedingt einmal nachdenken muss. Über die vielen Gesichter des Todes.

Ich bin jetzt bereit, meine Konzeption noch einmal ganz neu zu überdenken. Sie hat mich dazu gebracht. Die Frau, die das Herz meiner Schöpfung sein soll. Die Frau, die ich anbeten werde. Meine Frau, meine Geliebte; sie wird auf mich warten. Und ich werde auf sie warten. Wir werden niemals mehr auseinandergehen.

Niemals.

›Es ist kalt.

O Gott, warum ist es nur so kalt?

Im Kamin brennt doch immer ein Feuer, und Mark hat extra noch Holz nachgelegt, bevor ich eingeschlafen bin. Warum ist es nur so kalt, und warum tut mir der Kopf so weh? Und meine Hand, die ich mir an der Fackel verbrannt habe. Die Fackel in der Höhle. Mark wollte mir einreden, ich hätte mich an meinem Feuerzeug verbrannt, als ich mir eine Zigarette anzünden wollte. Ich hätte es einfach vergessen.

Wie hätte ich das denn vergessen können?

Und warum ist es nur so kalt?

So kalt, so eiskalt, dass ich Angst habe, die Augen zu öffnen Vielleicht bin ich ja wieder in dieser schrecklichen Höhle mitten im Eis? Mein Hals tut immer noch weh, die Umschläge haben nicht geholfen. Und diese seltsame Trockenheit im Mund; woher kommt die nur? Ich habe nichts getrunken, nicht einmal den Martini habe ich genommen. Ich sollte keinen Alkohol trinken, das ist für alle das Beste. Dann bewahre ich einen klaren Kopf.‹

Endlich schlug Olga doch die Augen auf. Was sie sah, versetzte ihr einen Schock. Es war viel schlimmer als in der Höhle. Die Menschen dort unter dem Eis hatten nichts mit ihr zu tun gehabt, sie war nur eine zufällige Zeugin gewesen, mehr nicht. Jetzt aber ging es um sie, sie selbst, und es war vollkommen abstrus, vollkommen grotesk.

Sie lag im Schnee, zusammengerollt wie ein kleines Kätzchen, nur mit einem Overall und Schuhen bekleidet. Als sie den Kopf hob, sah sie, dass ihre Hütte nicht weit entfernt war. Sie betrachtete ihre verbundene Hand und betastete dann damit ihre Haare, die unter der Wollmütze hervorsahen. Eine Skibrille presste ihr den Kopf zusammen wie eine eiserne Klammer. Wozu brauchte sie die Brille mitten in der Nacht? Und was machte sie überhaupt hier?

Eingeschlafen war sie in ihrem Bett, und Mark hatte noch am Computer gesessen. Dann hatte er Holz nachgelegt. In diesem Moment hatte sie einen sonderbaren, unerklärlichen Hass gespürt. Dieser Anfall hatte sie erschreckt, aber er war schnell wieder vorbei gewesen, noch bevor ... Bevor was?

Sie konnte sich anscheinend nicht erinnern, wie sie eingeschlafen war.

Olga versuchte aufzustehen. Das war gar nicht so einfach ... überhaupt nicht einfach.

Das fehlte ihr gerade noch, die ganze Nacht hier liegen zu bleiben und am Ende zu erfrieren. Das rettende Haus war ganz nah, aber es schien unmöglich, es zu erreichen. Ihr Körper wollte ihr irgendwie nicht gehorchen.

Jetzt bekam sie wirklich Angst. Was tat sie hier, und wie war sie hierhergekommen?

Nur Manana konnte das wissen – Manana, ihre verrückte Mutter. In der Zeit kurz vor ihrem Tod war es öfter passiert, dass sie einfach weglief. Der Vater musste sogar für eine Zeit lang seine Arbeit aufgeben, damit er sich um sie kümmern konnte. Warum kamen diese längst vergessenen, längst im hintersten Winkel ihrer Seele vergrabenen Erlebnisse ihrer unglücklichen Kindheit gerade jetzt wieder an die Oberfläche, in der präzisen chronologischen Reihenfolge?

Weil sie, Olga, sämtliche Kreise der Hölle durchlief, die auch Manana durchlaufen hatte, in der präzisen chronologischen Reihenfolge?

Olga begann ganz leise zu winseln und hielt sich den Kopf mit den Händen.

Die Brille ... Warum hatte sie die Brille auf? Und warum erinnerte sie sich nicht, wie sie hierhergekommen war? Die Brille störte sie, sie drückte ihren Kopf wie ein glühender Reif zusammen. Olga riss sie sich vom Kopf, aber der Schmerz in ihren Schläfen hörte nicht auf.

»Mark!«, rief sie leise. »Mark! Ich bin hier ... Komm doch ... Bitte komm ... Hol mich hier weg!«

Und als habe er die Bewegung ihrer beinahe körperlosen Stimme gespürt, öffnete sich die Tür der Hütte. Auf der Schwelle erschien im Scheine des warmen Lichtes seine Gestalt. Eine Weile stand er so da und schaute in die Dunkelheit. Dann stieg er die Stufen herab und folgte schnell dem Trampelpfad durch den Schnee.

In die entgegengesetzte Richtung.

»Mark!« Sie legte in ihre schwache, heisere Stimme die ganze Verzweiflung und die ganze Qual, die sie in diesem Moment empfand. Und er hörte sie. Er drehte sich um.

»Mark!« Sie musste ihm klarmachen, dass es keine Sinnestäuschung war, nicht das nächtliche Geflüster der Kiefern, nicht der heimtückische Gesang diabolischer Verführer.

Es gelang ihr, sich auf die Knie aufzurichten.

»Mark! Bitte! Mark!«

Endlich sah er ihre klägliche Gestalt im Schnee und lief zu ihr.

»Cara!«

»Mark! Liebster!« Sie brach in Tränen aus und schlang die Arme um seinen Hals. »Bring mich hier fort ... Bring mich fort, sonst sterbe ich ...«

»Was tust du hier, Cara?« Ohne auf ihr zusammenhangloses Gestammel zu hören, zog er seine Jacke aus und legte sie ihr um die Schultern.

»Ich ... ich weiß nicht ... Ich erinnere mich nicht ... Bitte ...«

Er biss die Zähne zusammen, hob sie auf die Arme und trug sie zur Hütte. Aber auch sein starker Körper gab Olga nicht das Gefühl der Sicherheit zurück.

Wenig später saß sie in ihrem Bett und weinte leise. Mark hatte ihr einen Becher mit heißer Milch in die Hände geschoben, aber sie spürte die Hitze nicht einmal.

»Cara, erklär mir das!«, drängte Mark wieder, während er ihr einen neuen Umschlag machte. Was hätte sie ihm antworten sollen?

»Warum bist du aus dem Haus gegangen? Haben dir deine gestrigen Eskapaden nicht gereicht? Du bist doch krank. Der Doktor hat gesagt, dass du unbedingt ein paar Tage im Bett bleiben sollst.«

Was hätte sie ihm antworten sollen?

Mark begann, ihr die froststarre Kleidung auszuziehen, öffnete die Knöpfe und Schnallen ihres Overalls.

»Was ist mit deinen Händen, Cara?«, fragte er plötzlich.

»Was denn?«

»Sieh doch nur!«

Gehorsam schaute sie ihre Hände an. Ihre Fingernägel, für gewöhnlich sorgsam gepflegt, waren abgebrochen, der Verband, der die verbrannte Hand bedeckte, zerschlissen und schmutzig.

»Hast du Steine geschleppt, Cara? Oder im Schnee gewühlt? So etwas sollst du nicht tun, dafür ist der Hausmeister zuständig.« Sein verunglückter Scherz klang fast wie eine Kränkung.

»Ich weiß nicht ... Ich kann mich nicht erinnern.« Ein trockener Husten zerriss ihr fast die Kehle.

»Sprich nicht. Du musst dich schonen.«

»Mark.« Angstvoll sah sie ihren Mann an. »Ich kann mich an nichts erinnern.«

»Wie meinst du das? Ich habe mich um eins hingelegt, da hast du fest geschlafen ...«

»Ich erinnere mich einfach nicht mehr. Ich weiß nur noch, dass ich ...« Fast hätte sie ihm von ihrer unbeherrschten Wut erzählt, die sie für ihn empfunden hatte, aber im letzten Moment schwieg sie. »Du hast am Computer gesessen und dann Holz nachgelegt.«

Er sah sie seltsam an.

»Ich habe Angst, Mark ... Angst vor mir selber ... Wegen Manana.«

Er strich ihr übers Haar.

»Wir wollten doch darüber nicht mehr reden. Vergiss das alles.«

»Aber wenn ... Wenn mir dasselbe geschieht?«

»Unsinn«, sagte Mark bestimmt, und Olga war ihm dafür dankbar. »Also, Cara, wir lassen das jetzt. Reden wir später darüber, wenn du wieder gesund bist. Hab keine Angst, ich bin ja bei dir. In Ordnung? Alles gut?«

Sie nickte.

Mark nahm ihr den Becher aus der Hand. Aber dann fragte er doch noch einmal:

»Aber trotzdem, wo warst du denn, Cara?« Es klang jungenhaft und ein wenig eifersüchtig.

»Ich weiß es doch nicht!« Marks Frage löste von neuem einen Strom von Tränen aus.

»Komm, jetzt beruhige dich erst einmal.«

Er legte sich neben sie und nahm sie fest in die Arme.

Swjaginzew erwachte von einem penetranten Klopfen an der Tür. Das lange, nervtötende und hysterische Klopfen einer Frau. Kein Mann würde so an eine Tür klopfen. Seine Frau hatte zum Beispiel immer so an die Badezimmertür gepocht, wenn er die Frechheit besessen hatte, nach einem ordentlichen Besäufnis in der Wanne einzuschlafen.

Swjaginzew hörte sich das eine Weile an und betrachtete dabei versonnen ein Loch in seinem Socken. Dann seufzte er resigniert und hielt sich die Uhr dicht vors Gesicht.

Halb drei.

Demnach also Viertel vor drei, seine ›Komandirskie‹ – ein Geschenk Wolodjas von seinem ersten Stipendium – ging konstant eine Viertelstunde nach. Swjaginzew hatte sich schon lange damit abgefunden, er sah in diesem Nachgehen mittlerweile sogar einen tieferen Sinn: Wenn alle Ereignisse seines Lebens mit fünfzehnminütiger Verzögerung stattfanden, würde auch der Tod mit einer Viertelstunde Verspätung zu ihm kommen.

Das Klopfen hörte nicht auf.

Er blieb ihm vermutlich nichts anderes übrig, als aufzumachen, sonst würde diese unbekannte Furie mit ihren manikürten Nägeln noch seine arme Tür zu Holzspänen verarbeiten.

Als er endlich öffnete, stieß er vor Überraschung einen Pfiff aus. Vor der Tür stand Natalja Sapessozkaja. Sie war hochgradig erregt, und Swjaginzew dachte im ersten Moment, dass man endlich die Leiche von Posdjakow gefunden hätte.

Sein zweiter Gedanke war, dass vielleicht ihr heiß geliebtes Foto verschwunden war.

»Hier geschehen unerhörte Dinge!«, rief sie mit schriller Stimme, und Pal Palitsch, der sich ein Gähnen nicht verkneifen konnte, dachte träge: ›Da bin ich ganz deiner Meinung.‹

»Und Sie – Sie schlafen!«

›Ich habe geschlafen, allerdings. Und das solltest du am besten auch tun, du dummes Huhn.‹

»Direkt vor Ihrer Nase geschehen unerhörte Dinge! Sind Sie hier nun für die Sicherheit der Gäste verantwortlich, oder nicht?«

»Im Augenblick bin ich nur für meinen Schlaf verantwortlich, wenn Sie es genau wissen wollen«, bemerkte Swjaginzew bedächtig. »Insofern kann ich für niemandes Sicherheit garantieren. Nicht einmal für meine eigene.«

»Sehen Sie sich das doch bloß mal an!«, kreischte die Sapessozkaja unbeeindruckt weiter und zeigte ihm etwas, das bis vor kurzem noch ihre Brille gewesen war.

Notgedrungen nahm Swjaginzew das bejammernswerte Brillenrudiment in die Hand und sah es sich aufmerksam an. Da hatte jemand gründliche Arbeit geleistet, ohne Frage. Das eine Glas war herausgebrochen, das andere zersplittert. Außerdem fehlte ein Bügel.

»Ich bin nun allerdings kein Optiker«, gab Swjaginzew vorsichtig zu bedenken. »Ich fürchte, ich kann Ihnen nicht helfen.«

»Ist das alles, was Sie dazu zu sagen haben?«

»Vielleicht könnten Sie mir ja erst einmal erklären, wie das überhaupt passiert ist ...«

»Darf ich reinkommen?«

»Natürlich, bitte sehr.«

Swjaginzew drehte sich zur Seite und ließ sie in sein Zimmer eintreten.

»Machen Sie Licht!«, befahl sie knapp. Ihr Ton klang drohend und duldete keinen Widerspruch.

Das hatte ihm gerade noch gefehlt! Drang hier mitten in der Nacht in sein Zimmer ein und verlangte dabei auch noch nach guter Beleuchtung! Swjaginzew hatte die wohlbegründete Befürchtung, dass, wenn er jetzt das Licht anmachte, sein Ruf als leitender Sicherheitsbeauftragter der ›Windrose‹ nachhaltig ruiniert wäre. Die Batterie leerer Bierdosen neben dem Bett, das traute Grüppchen leerer Wodkaflaschen unter dem Tisch, Mantel und Hut auf dem Fußboden. Und dazu noch die übliche nächtliche Kakerlakenprozession ...

»Tut mir leid, die Birne ist kaputt«, log Pal Palitsch kleinlaut.

»Ist ja auch egal«, gab die Sapessozkaja wider Erwarten nach. »Ich sehe sowieso nichts. Aber lassen Sie mich mich wenigstens irgendwo hinsetzen.«

Swjaginzew schob ihr einen Stuhl zurecht und machte es sich selbst auf dem Bett bequem.

»Also, erzählen Sie.«

»Jemand hat meine Brille zerbrochen ... Das ist eine Katastrophe. Solche Gläser kann man nicht so einfach nachkaufen.«

»Wie viel haben Sie?«

»Wie bitte?«

»Ich habe minus drei. Vielleicht passt Ihnen meine Brille?«, bot Swjaginzew an, der bisweilen Anfälle von Großmut hatte. »Sie ist nicht besonders schön, aber für den Übergang ...«

»Es geht hier doch überhaupt nicht um die Brille. Es geht darum, dass diese reichen Schnösel glauben, sie könnten sich alles erlauben! Das ist einfach unerhört! Sie vertreten doch das Gesetz! Tun Sie etwas dagegen!«

»Jetzt erzählen Sie erst einmal von Anfang an.«

»Ich war heute in der Bar.« ›Das ist nicht weiter erstaunlich, du bist jeden Tag in der Bar, lässt dich nach allen Regeln der Kunst volllaufen und jammerst dabei jedem die Ohren voll, der den Fehler begeht, in deine Nähe zu kommen. Apropos ...‹

»Darf ich Ihnen vielleicht ein Bier anbieten, Natalja Wladilenowna? Das hebt die Laune. Sie sind ein wenig aus dem Tritt, wie mir scheint.«

»Meinetwegen, her damit.«

Swjaginzew öffnete zwei Bierdosen und reichte eine davon der Sapessozkaja.

»Und weiter?«, ermunterte er sie gleichmütig.

»Ungefähr um halb zwei bin ich auf mein Zimmer gegangen. Genau weiß ich es nicht, ich habe nicht auf die Uhr geschaut. Aber das ist ja auch völlig unwichtig. Ich wohne im ersten Stock, müssen Sie wissen, aber nicht neben der Haupttreppe, sondern im linken Flügel, im letzten Zimmer auf dem Gang, gleich neben der Hintertreppe. Ich wollte mich gerade hinlegen, da bemerkte ich es.«

»Ich verstehe nicht. Was bemerkten Sie?«

»Diesen Vandalismus!«, zeterte die Sapessozkaja wütend und leerte dann ihre Dose in einem Zug.

»Noch eine?« Swjaginzew hatte schon die nächste Dose in der Hand.

»Danke, ich habe genug. Von meinem Fenster aus kann ich diese reizende kleine Stadt aus Eis sehen. Kennen Sie die?«

»Sicher.«

»Ich mag dieses Städtchen, ich habe mir extra ein Zimmer mit Blick darauf ausgesucht. Bevor ich mich schlafen lege, schaue ich immer noch einmal hinunter ... Heute auch. Es gibt dort eine hübsche Skulptur, nach Rodins ›Ewiger Frühling‹ ...«

Swjaginzew seufzte. Sogar er kannte diese Skulptur. Jede hinreichend exaltierte Frau im Angesicht der Wechseljahre schwärmte für dieses Ding. Er hatte in seinem Leben nicht allzu oft mit intellektuellen Frauen zu tun gehabt, eigentlich nur ein einziges Mal, als ihm im Zusammenhang mit einem ganz normalen Wohnungseinbruch eine Diplomkunsthistorikerin über den Weg gelaufen war, eine gewisse Nadine Jukoff. Diese Dame rauchte ausschließlich Zigaretten der Marke ›Astra‹, pflegte einen Nimbus des Verruchten und offenbarte sich dem ahnungslosen Swjaginzew gegenüber als Anhängerin einer ziemlich verschwiemelten Theorie über den magischen Zusammenhang zwischen Frauen und gewissen Skulpturen. Sie selbst rannte zweimal die Woche in die Eremitage, um vor den Werken Rodins in Verzückung zu geraten. Die Skulptur ›Ewiger Frühling‹ stand dabei ganz oben auf der Liste ihrer bevorzugten Stimulanzien.

Folglich konnte Swjaginzew sich jetzt ganz als Kenner geben. »›Der ewige Frühling‹, verstehe. Weiter.«

»Als ich aus dem Fenster schaute, bemerkte ich, dass dort unten irgendjemand systematisch die Skulpturen zu zerstören begann.«

»Was für ein Jemand?«

»Ich weiß genau, wer das war, ich kenne die Frau! Sie hat wie besessen auf die Figuren eingeschlagen, wie wahnsinnig!«

»Wozu das denn?«, fragte Swjaginzew unpassenderweise.

»Woher soll ich das wissen? Ich stand unter Schock! Wie würde es Ihnen denn gehen, wenn vor Ihren Augen so ein Wunder zerstört wird ...«

»Und niemand hat sie daran gehindert?«

»Wer hätte sie denn daran hindern sollen? Um zwei Uhr nachts! Außerdem ist mein Fenster fast das einzige, von dem aus man dieses Städtchen sehen kann!«

Das stimmte. Die ›Windrose‹ war von einem hypermodernen finnischen Architekten entworfen worden. Die Fenster aller Zimmer des hufeisenförmig angelegten Hotels schauten auf die Berge. Nur zwei Zimmer waren nach dem Innenhof ausgerichtet, wo die Eisskulpturen standen, nämlich das der Sapessozkaja im ersten und das des vermissten Posdjakow im zweiten Stock.

»Und was haben Sie dann unternommen?«, fragte Swjaginzew möglichst sanft, um die Sapessozkaja aus den Fängen ihrer sentimentalen Erinnerungen zu befreien.

»Was?« Sie fuhr auf. »Ich ... Ich habe versucht, das Fenster zu öffnen, aber es ging irgendwie nicht. Dann habe ich beim Portier angerufen, aber da war ständig besetzt.«

›Sehr interessant. Warum war Iwans Telefon um zwei Uhr nachts besetzt? Sauwirtschaft!‹, dachte Swjaginzew.

»Und dann beschloss ich, eben selber nach unten zu gehen, um dieser Barbarei Einhalt zu gebieten«, fuhr die Sapessozkaja fort. »Ich bin über die Hintertreppe direkt hinunter in den Hof gelaufen. Da war sie gerade dabei, den ›Ewigen Frühling‹ zu zerstören. Ich schrie sie an, ich flehte, appellierte an ihre Vernunft. Aber sie hörte nicht auf. Erst als sie die Figur ganz zerstört hatte, schien sie mich überhaupt zu bemerken.« Die Sapessozkaja schauderte.

»Und dann?«

»Dann passierte etwas Ungeheuerliches! Sie schlug mir ins Gesicht! Stellen Sie sich das vor! Sie schlug auf mich ein und schrie immerzu: ›Du altes Luder, hau ab! Verschwinde!‹«

»Genau mit diesen Worten?«, fragte Swjaginzew und dachte dabei: ›So alt bist du nun auch wieder nicht. Eigentlich bist du sogar ein ziemlich knackiges Mädchen, mehr als fünfunddreißig würde ich dir nicht geben, jedenfalls wenn du keine Brille trägst.‹

»Genau mit diesen Worten«, bekräftigte die Sapessozkaja und wiederholte mit einer Art masochistischer Wollust die ihr verabreichte delikate Titulierung: »›Du altes Luder, hau ab!‹ Dabei bin ich erst dreiundvierzig!«

›Tja, mein lieber Pal Palitsch, da hast du's wieder. Du bist wohl tatsächlich zu alt und zu dick, wenn die Frauen in deiner Gegenwart sogar über ihr Alter reden. Mit dir ist nichts mehr los, mein Guter.‹

»Ich hatte meine Brille auf, und als sie auf mich einschlug, fiel sie auf die Erde. Und dann hat diese ... diese ... Sie hat einfach draufgetreten! Sehen Sie sich das doch bloß mal an!«

»Tja, tatsächlich, das sieht schlimm aus ...«

»Und dann hat sie noch gesagt, niemand werde sie daran hindern, ihr Werk zu vollenden, und sie werde das Böse vernichten.«

»Das Böse vernichten? Sehr interessant! Und Sie wissen nicht zufällig, wer diese Person war?«

»Natürlich weiß ich das! Ich habe sie klar und deutlich gesehen!«

Daran allerdings hatte Swjaginzew so seine Zweifel, angesichts der Stärke ihrer Brillengläser.

»Sie heißt Olga. Sie ist vor kurzem mit ihrem Mann hier angekommen. Wir haben uns neulich sogar kennen gelernt, zusammen mit ihrer Freundin. Eigentlich habe ich diese Leute für sehr sympathische, intelligente Zeitgenossen gehalten. Vor allem diese Olga.« Die Sapessozkaja schnappte empört nach Luft, als müsste sie die schreckliche Szene in der Eisstadt noch einmal erleben.

Swjaginzew dagegen war von diesem Bericht nicht besonders erschüttert. Er empfand eher so etwas wie Enttäuschung. All die mühsame Denkarbeit, all die Geistesblitze und Offenbarungen des gestrigen Abends waren für die Katz gewesen. Er, der alte, durchtriebene Bulle hatte die Gebäude seiner Theorien auf der Grundlage der Aussagen einer Verrückten errichtet. Dieses Luder hatte ihn ganz schön hinters Licht geführt, alle Achtung! Swjaginzew spuckte wütend aus – wischte aber sofort verstohlen mit dem Absatz darüber.

»Sie müssen Maßnahmen ergreifen! Tun Sie etwas!«

»Unbedingt!«, sagte Swjaginzew mit Nachdruck, aber er hörte schon nicht mehr zu.

Warum hatte er nicht sofort erkannt, dass all das, was diese Olga Krassinskaja erzählt hatte, tatsächlich nur der Ausbund eines kranken Hirns war? Dabei hatte ihn doch ihr eigener Mann, dieser sympathische Mark Krassinski, persönlich darüber informiert, dass sie an einer seelischen Krankheit litt!

»Dieser Frevel darf nicht ungestraft bleiben!« Das schrille Fanal riss ihn aus seinen Grübeleien.

»Gehen Sie wieder auf Ihr Zimmer, Natalja Wladilenowna. Morgen früh werde ich mich sofort darum kümmern.«

»Nein!«, sagte die Sapessozkaja stur. »Heute! Jetzt gleich!«

»Es ist drei Uhr in der Nacht!«

»Genau. So etwas muss sofort geahndet werden!«

»Es gehört sich nicht, die Leute mitten in der Nacht ohne irgendwelche Legitimation zu belästigen«, begann Swjaginzew umständlich.

»Aber Akte brutalen Vandalismus zu begehen und harmlose Bürger ins Gesicht zu schlagen, das gehört sich wohl, oder wie? Ich werde Anzeige erstatten!«

»Das ist ganz überflüssig! Ich denke, wir sollten versuchen, diese Angelegenheit gütlich zu regeln.«

»Gütlich regeln?« Der Sapessozkaja blieb vor Empörung der Mund offen stehen. »Das kommt überhaupt nicht in Frage!«

»Also gut«, versuchte Swjaginzew die aufgebrachte Idealistin der Bildhauerei zu beschwichtigen. »Ich schlage vor, wir besichtigen erst einmal den Tatort und sehen dann weiter.« Solche unternehmungslustigen Frauen paralysierten seinen Willen, und der Tatbestand des Vandalismus schien ja tatsächlich vorzuliegen.

»Ich warte im Gang auf Sie«, sagte die Sapessozkaja herablassend. »Zustände sind das! So ein solider Ferienort und keinerlei Sicherheitspersonal! Als wäre man allein im Wald, wenn Sie meine Meinung hören wollen!«

»In den Bergen, wollten Sie sagen, in den Bergen!«, korrigierte Swjaginzew sie mechanisch.

Die Sapessozkaja rauschte hinaus, ohne ihn eines weiteren Blickes zu würdigen. Swjaginzew wartete, bis die Tür hinter ihr ins Schloss gefallen war, dann schaltete er verstohlen die Wandlampe an und machte sich fertig. Er brauchte allein eine kleine Ewigkeit, um in seine Schuhe zu kommen, und zum wiederholten Male grübelte er darüber nach, was nun besser wäre: Sport zu treiben, um seine Wampe zu reduzieren, oder sich Schuhe ohne Schnürsenkel anzuschaffen. Sein allmählich völlig aus dem Rahmen geratener Bierbauch machte jedes Schnürsenkelbinden zu einer Herkulesaufgabe. Als der Kretische Stier endlich gebändigt war, zwängte er sich seufzend in seinen Mantel, schob sich den Hut tief in die Stirn und trat auf den Flur.

Als sie bei der kleinen Stadt aus Eis eintrafen, zeigte sich, dass alles, was die Sapessozkaja erzählt hatte, auf erschreckende Weise der Wahrheit entsprach.

Fast alle Skulpturen waren mit einem scharfen Gegenstand zerstochen und hoffnungslos ruiniert worden. Vor allem der ›Ewige Frühling‹ war stark mitgenommen, die Sapessozkaja hatte nicht übertrieben. Die Köpfe der Verliebten lagen von den Körpern abgetrennt auf dem Boden. Swjaginzew fröstelte.

»So, jetzt sehen Sie es selbst«, sagte die Sapessozkaja triumphierend.

»Ja, ich sehe es.«

Am meisten schockierte Swjaginzew die Kraft oder eher noch die Besessenheit, mit der die Hiebe gegen das wehrlose Eis ausgeführt worden waren. Er sah sich ein wenig um und hatte bald auch die Waffe der kunstfeindlichen Vandalin gefunden. Es handelte sich um einen ganz normalen Skistock. Deshalb also die Stiche.

»Hat sie es damit gemacht?«, fragte er und deutete auf den Stock.

»Ja ... Ich glaube. Irgendetwas in der Art war es. Ich habe nicht so genau darauf geachtet. Und nachdem sie mir die Brille heruntergeschlagen hatte ...«

»Sie können dankbar sein, dass sie sie nicht auch perforiert hat.«

»Hätte sie das gekonnt?« In ihrer Stimme hörte man verspätete Angst.

»Keine Ahnung«, gestand Swjaginzew.

Von so einer Tobsüchtigen war vermutlich alles zu erwarten. Während seiner Zeit bei der Miliz waren ihm des Öfteren solche Gestalten untergekommen, in der Hauptsache Fälle von Delirium tremens, nach seiner Erfahrung eine beliebte Begleiterscheinung von Messerstechereien unter Nachbarn oder Gewaltexzessen im Familienkreis. So eine raffinierte Geistesstörung allerdings begegnete ihm zum ersten Mal.

Swjaginzew nahm den Stock an sich und begab sich zusammen mit der Sapessozkaja zur Hütte der Krassinskis.

Auf dem Weg dorthin sprachen beide kein Wort.

Swjaginzew sah keinerlei Notwendigkeit, sich noch weiter mit der Sapessozkaja zu unterhalten. Ihre Aussagen über den geheimnisvollen Skifahrer ohne Kopfbedeckung hatten jetzt keine Bedeutung mehr. Und sein eigener innerer Generalmajor musste wohl mindestens zum Hauptmann degradiert werden.

Die brillenlose Sapessozkaja stolperte immer wieder auf dem ebenen Weg, aber den Arm, den Swjaginzew ihr ungeahnt galant reichte, lehnte sie mit erhobener Nase ab.

»Wie viel verdienen Sie hier eigentlich?«, fragte sie auf einmal.

»Soll ich Ihnen meine Steuererklärung vorlegen?«

»Unnötig. Ich finde bloß, in Ihrer Position könnten Sie sich wenigstens etwas anständiger kleiden. Dieser, na, nennen wir es mal ›Hut‹ ist nicht gerade Vertrauen einflößend.«

Swjaginzew zog beleidigt die Nase hoch, verkniff sich aber seine Antwort. Immerhin hatte sie gerade eine böse Attacke überstanden, da war ein wenig Rücksicht angebracht.

Sie stiegen die vereisten Stufen vor der Hütte der Krassinskis hinauf und blieben vor der verschlossenen Tür stehen.

»Los, klopfen Sie schon!«, kommandierte die Sapessozkaja barsch. »Machen Sie doch! Ich will ihr in die Augen sehen, dieser Vandalin! Soweit ich noch etwas sehen kann!«

In der Hütte der Krassinskis brannte noch Licht, ungeachtet der späten Stunde, und das beseitigte Swjaginzews Hemmungen. Er schlug mehrmals wuchtig mit der Faust gegen die Tür. Fast im selben Augenblick hörte er die aufgeregte Stimme Mark Krassinskis.

»Wer ist da?«

»Swjaginzew!« Pal Palitsch hüstelte, um seine Kehle frei zu bekommen. »Bitte machen Sie auf.«

»Was ist denn los?«

Mark öffnete. Er trug Pullover und Schuhe und sah nicht aus, als hätte er schon geschlafen. Pal Palitsch war das sehr recht, ein Mark Krassinski im chinesischen Pyjama hätte ihm die Sache um einiges schwerer gemacht.

»Ich muss mit Ihrer Frau sprechen.«

»Wissen Sie, wie spät es ist?«

»Das ist mir vollkommen bewusst. Trotzdem, könnten Sie sie bitte rufen?«

»Sie schläft natürlich.«

»Mark? Was ist denn? Mit wem sprichst du?«, erklang Olgas Stimme hinter der Tür.

»Aha, sie schläft also«, erkundigte sich Swjaginzew sicherheitshalber. Mark antwortete nicht.

»Lassen Sie uns jetzt rein oder nicht?«, fuhr die Sapessozkaja ungeduldig dazwischen.

»Worum geht es denn überhaupt?«

»Gehört dieser Skistock hier zu Ihrer Ausrüstung?«, fragte Swjaginzew sachlich.

»Ich verstehe nicht …« Mark warf einen flüchtigen Blick auf den Stock. »Kann schon sein. Haben Sie ihn gefunden? Vielen Dank, aber hätten Sie damit nicht bis morgen warten können?«

»Heißt das ja?«

»Wer ist denn dort, Mark?«, rief Olga wieder.

»Alles in Ordnung, Cara. Pal Palitsch war so liebenswürdig, uns den Skistock zurückzubringen, den du letzte Nacht in den Bergen verloren hast.«

»Ich fürchte, sie hat ihn nicht in der vergangenen Nacht verloren, Herr Krassinski, sondern in dieser. Und zwar gar nicht weit von hier, in der Stadt der Eisskulpturen«, sagte Swjaginzew nachdrücklich.

»Ich verstehe nicht, was soll das heißen?«

»Das weiß ich auch noch nicht so genau. Aber ich hoffe sehr, Ihre Frau wird uns das gleich erklären.« Und ohne eine Antwort abzuwarten, schob Swjaginzew Mark einfach mit seinem Bauch in die Hütte hinein. Die Sapessozkaja folgte ihm auf dem Fuße.

Olga saß in ihrem Bett. Sie wirkte ganz klein und unglücklich und sah sie mit großen, angstvollen Augen an. Eine Sekunde lang hatte Swjaginzew Mitleid mit ihr. Sie sah so gar nicht nach einer zerstörungswütigen Vandalin aus, die imstande wäre, so ein Pogrom in der wehrlosen Eisstadt zu veranstalten. Außerdem schien sie krank zu sein. Ihre nassen Haare klebten ihr an der Stirn, dunkle Ringe lagen unter ihren Augen.

Die Sapessozkaja schien ganz ähnlich zu empfinden wie Pal Palitsch; zumindest kühlte sich ihr kriegerischer Eifer sichtlich ab.

»Guten Abend, Olga Igorjewna«, brummelte Swjaginzew und versuchte, seine Stimme so freundlich wie möglich klingen zu lassen.

»Was ist denn passiert?«, fragte Olga ihren Mann, ohne die nächtlichen Besucher anzusehen.

»Wissen Sie, Olga Igorjewna, ich verstehe, dass dies für Sie alles sehr unangenehm ist ... Aber eigentlich habe ich nur eine einzige Frage: Warum haben Sie das getan?«

»Was?« In Olgas Gesicht spiegelte sich die Qual des Nichtverstehens.

»Wie – was? Warum haben Sie die Eisskulpturen zerstört?«

»Ich?« Ihre Stimme war so voll von maßlosem Erstaunen, dass Swjaginzew für einen Moment Zweifel kamen, ob er die Zerstörung auch wirklich mit eigenen Augen gesehen hatte. »Wovon reden Sie da? Was soll das heißen: die Skulpturen zerstört?«

»Olga, was soll das jetzt?« Die Sapessozkaja konnte einfach nicht tatenlos zusehen, wie das Jammerbild eines Gesetzesvertreters hilflos vor sich hinstammelte. »Sie haben die Skulpturen zerstört, und als ich versuchte, Sie daran zu hindern, haben Sie auf mich eingeschlagen. Und dann haben Sie meine Brille zertreten!«

»Was?« Olga sah sie erschrocken an, und die Tränen traten ihr in die Augen. »Wie können Sie so etwas sagen!«

»Zeigen Sie ihr die Brille, Sie Trauerkloß!«, flüsterte Natalja Swjaginzew zu. Laut sagte sie: »Wir haben das Beweisstück mitgebracht.«

Swjaginzew zog gehorsam die Brille aus seiner Manteltasche und reichte sie Mark. Der starrte verständnislos darauf.

»Stimmt das, Cara?«, fragte er dann irritiert.

»Mark!«

»Offensichtlich handelt es sich hier um ein Missverständnis. Warum sind Sie so sicher, dass meine Frau . . .«

»Versuchen Sie nicht, mich für dumm zu verkaufen, junger Mann. Die Sache ist zu ernst.«

»Es ist nur so, dass meine Frau und ich die ganze Zeit zusammen gewesen sind. Ihre Beschuldigungen sind also leider vollkommen haltlos.«

»Wollen Sie etwa behaupten, ich sei eine Lügnerin?«, tobte die Sapessozkaja los. »Es mag ja sein, dass ich nicht gut sehe, aber gut genug, um jemanden auf zwei Schritte Entfernung zu erkennen, sehe ich allemal! Und außerdem hat sie mich geschlagen!«

In diesem Augenblick klopfte es wieder fordernd an der Tür.

›Ziemlich viel Publikumsverkehr hier für diese Uhrzeit‹, dachte Swjaginzew melancholisch. ›Hier geht es ja zu wie in einer Schwarzbrennerei zu Zeiten der Prohibition.‹

Mark öffnete wieder die Tür.

»Mark, mein Herzchen, was ist mit Lelischna?« Das war die Freundin der Krassinskaja, diese blasierte Kurzhaarkatze, dieses exaltierte Möchtegernmodell.

Swjaginzew konnte diesen Typ Frau nicht ausstehen: schmalhüftige Luder, die pfundweise Ringe und Kettchen und Amulettchen am Körper baumeln haben. So eine hatte seinem Sohn Wolodja das Herz gebrochen, drei Monate vor seinem Tod.

»Nicht so laut, Inka, bitte!«, mahnte Mark mit gedämpfter Stimme.

»Was ist, schläft sie?«

»Ja, sie schläft. Hör mal, komm morgen wieder, Inka.«

»Ich wollte sie bloß fragen, wieso sie mich vorhin am liebsten auf den Mond schicken wollte!«

»Später! Geh jetzt, bitte!«

»Ich habe ja immer gewusst, dass du deine Frau eines Tages mit deiner komischen Pfaffenmoral und deiner ganzen langweiligen Vernunft in den Wahnsinn treibst, Mark, Herzchen! Sie hätte mir fast eins auf die Nase gehauen. Dabei bestand meine ganze Schuld darin, dass ich in der Bar noch ein Gläschen trinken wollte. Dann bin ich nach draußen, um ein bisschen frische Bergluft zu schnuppern, und da kam sie mir entgegen. Sie war vollkommen aufgelöst, sie ist an mir vorbeigerast, als hätte sie die Walpurgisnacht verpasst. Fehlte nur der Besen. Ist sie eigentlich heil hier angekommen?«

»Ja. Geh jetzt endlich!«

»Sag mal, Mark, was ist bei euch eigentlich los?«

»Genau das versuchen wir auch gerade herauszufinden!«, verkündete Swjaginzew fröhlich und kam wie ein Sprungteufel hinter Mark zum Vorschein.

»Oh! Ich sehe, ihr habt nette Gäste.« Inka schien allerdings nicht wirklich erstaunt über Swjaginzews Anwesenheit mitten in der Nacht.

»Treten Sie doch ein, Gnädigste, wir haben gerade ein interessantes Gespräch.« Swjaginzew übernahm großmütig die Rolle des Gastgebers.

Inka trat ein, begrüßte Natalja mit einem kurzen Nicken und ließ sich in einen Sessel fallen. Die Sapessozkaja okkupierte den zweiten Sessel, und Mark setzte sich auf das Bett neben seine Frau, die sich sofort schutzsuchend an ihn klammerte. Für Swjaginzew fand sich somit kein passender Sitzplatz mehr, sodass er mehr oder weniger gezwungen war, sich an der Martiniflasche festzuhalten, die er – Gott sei Dank – auf dem Kaminsims entdeckt hatte.

»Na gut, fangen wir an«, sagte er und wischte sich zufrieden die Lippen. »Machen wir uns an die Befragung der Zeugen.«

»Ich verstehe gar nichts!«, zwitscherte Inka und klimperte fragend mit den Wimpern.

»Tja, meine Liebe, Ihre Freundin hat in dieser Nacht wohl ein wenig randaliert ...«

»›Ein wenig‹ halte ich nicht gerade für den passenden Ausdruck!«, warf die Sapessozkaja grimmig dazwischen.

»Wie dem auch sei. Die Zeugin Natalja Wladilenowna hat mir gegenüber glaubwürdig erklärt, Ihre Freundin dabei beobachtet zu haben, wie sie auf barbarische Art und Weise mehrere Eisskulpturen auf dem Gelände der ›Windrose‹ zerstörte. Ich habe diese Zerstörung mit eigenen Augen gesehen.«

»Sie haben gesehen, wie sie sie zerstört hat?«

»Nein, aber die Folgen ihrer Handlung.«

»Und woher wollen Sie wissen, dass sie es war und nicht irgendjemand anderes?«

»Weil es, wie gesagt, eine Zeugin gab. Natalja Wladilenowna, die die Freundlichkeit hatte, mich hierher zu begleiten.«

»Stimmt das?«, wandte sich Inka an die Sapessozkaja.

»Allerdings!«

»Aber warum hast du das denn getan, Olga?« Diese Frage aus dem Mund ihrer engsten Freundin traf Olga bis ins Mark. Sie brach in Tränen aus und weinte so bitterlich, dass sogar die Sapessozkaja sichtlich verlegen wurde.

Swjaginzew presste es das Herz zusammen. Diese ganze Angelegenheit gefiel ihm absolut nicht. Er war nie ein großer Psychologe gewesen, aber jeder Laie konnte erkennen, dass diese bedauernswerte junge Frau sich in einem Zustand hochgradiger geistiger Verwirrung befand.

Vor lauter Verlegenheit wandte er sich nochmals an Mark: »Sie sagten, Ihre Frau sei die ganze Nacht nicht ausgegangen?«

»Und ich wiederhole es nochmals.« Marks aufeinandergepresste Lippen demonstrierten seine Bereitschaft, seine Frau bis aufs Messer zu verteidigen.

›Richtig so, du Hundesohn!‹, dachte Swjaginzew. ›Nichts wie ran an die Schießscharten und die Liebste rausgeboxt. Meinetwegen können wir diese hässliche Akte so schnell wie möglich schließen.‹

»Das hat doch keinen Sinn, Mark«, sagte Olga plötzlich und stieß die Hände ihres Mannes fast grob von sich. »Sag ihnen die Wahrheit.«

»Es gibt keine Wahrheit!«, schimpfte er trotzig.

»Erzähl ihnen, wie du aufgewacht bist, und ich war nicht in der Hütte. So war es doch! Erzähl schon, Mark!« Sie lachte bitter auf.

»Cara!« Mark sprach mit flehender Stimme auf sie ein. Aber sie wollte ihn nicht anhören.

Sie sprang aus dem Bett und lief zum Bad.

»Entschuldigen Sie mich«, sagte Mark mit matter Stimme und stürzte ihr nach. An der Tür hielt er sie auf. Sie drehte sich um und schrie ihn an.

»Wofür entschuldigst du dich, Mark? Für deine wahnsinnige Frau? Die sich an nichts mehr erinnern kann? Die du vor einer Stunde erst draußen im Schnee aufgelesen hast, in diesen ... diesen ...« Sie griff hinter sich und schleuderte die nassen Kleidungsstücke auf den Fußboden, die sie getragen hatte, als Mark sie fand. Den Overall, die Stiefel, die zerrissenen Handschuhe. »Los, erzähl es schon!«

Kraftlos ließ sie sich auf den Boden sinken und begann wieder zu weinen. Die Szene wirkte so bedrückend, dass sich das Gesicht der Sapessozkaja mit roten Flecken überzog und ihre Augen sich mit Tränen füllten. Sie stand auf.

»Los, lassen Sie uns gehen, Swjaginzew«, sagte sie heiser.

Pal Palitsch folgte ihr gehorsam. Nicht weit von der Hütte entfernt blieb sie stehen, bückte sich und rieb sich das Gesicht mit Schnee ab.

»Das ist ja der reinste Albtraum. So eine nette Frau. Hören Sie, Swjaginzew, ich will mit dieser Sache nichts zu tun haben.«

»Aber ein Protokoll müssen wir schon aufsetzen«, wandte Pal Palitsch ein. »Wir müssen in jedem Fall Ihre Zeugenaussage bezüglich der Zerstörung der Skulpturen aufnehmen. Das ist Vorschrift!«

»Ohne mich.«

»Aber ich muss meinen Vorgesetzten irgendeine Erklärung geben.«

»Erklären Sie, was Sie wollen.«

Swjaginzew machte ein finsteres Gesicht. Auch er empfand für Olga eher Sympathie, trotz ihrer nächtlichen Streiche, aber diese Sapessozkaja! Deren Menschenliebe war ja geradezu beschämend!

Plötzlich hörten sie schnelle Schritte hinter sich. Sie drehten sich um und sahen Mark, der ihnen nachgelaufen war.

»Ich muss mit Ihnen sprechen«, sagte er, als er sie erreichte, noch ein wenig außer Atem.

»Es tut mir leid, dass ich ... Ich meine, dass ich Sie belogen habe ... Ich wollte nur meine Frau schützen. Sie ist ... Sie hat ...«

»Ich denke, im Augenblick muss man Ihre Frau vor allem vor sich selbst schützen, junger Mann«, erklärte die Sapessozkaja mit Bestimmtheit. ›Was für ein kluges Mädchen!‹, dachte Swjaginzew beeindruckt. ›Das hat sie wirklich gut gesagt, und vollkommen richtig. Das hätte nicht einmal mein Wolodja besser sagen können, dabei war er doch ein Schriftsteller!‹

»Hat sie das eigentlich öfter?«, hakte die Sapessozkaja nach.

»Nein, ich versichere es Ihnen! Das war das erste Mal!«, erklärte Mark erschrocken.

»Solche Anfälle unkontrollierten Jähzorns können üble Folgen haben ... Vielleicht sollten Sie mal einen guten Psychiater konsultieren. Sie leben doch in Moskau, oder?«

»Ja, genau.«

»Ein guter Freund von mir leitet dort eine psychiatrische Klinik. Wenn Sie wollen, gebe ich Ihnen die Anschrift.«

»Aber wissen Sie, so etwas ist bisher noch nie vorgekommen.«

»Alles geschieht irgendwann zum ersten Mal.«

»Würden Sie mir noch einmal erzählen, was dort eigentlich passiert ist?«, bat Mark zerknirscht.

Natalja erzählte noch einmal die Geschichte des sinnlosen Zerstörungswerks in der Stadt aus Eis. Und je mehr sie erzählte, desto finsterer wurde Marks Gesicht.

»Ich weiß wirklich nicht, was ich davon halten soll. Natürlich werde ich Ihnen den Schaden ersetzen.« Mark holte seine Brieftasche hervor. »Sind tausend Dollar genug?«

Swjaginzew schluckte trocken.

»Das ist nicht nötig, junger Mann«, sagte die Sapessozkaja kühl. »Gehen Sie lieber zu Ihrer Frau. Sie sollten sie in diesem Zustand nicht allein lassen.«

»Ihre Freundin ist ja bei ihr.«

»Sie braucht ihren Mann, nicht eine Freundin.« Die Stimme der Sapessozkaja klang so leidenschaftlich überzeugt, dass Swjaginzew ihr aufs Wort glaubte. Das Lebensmotto einer einsamen Frau.

»Ja, natürlich, Sie haben Recht. Ich wollte Sie bitten, diesen Vorfall diskret zu behandeln. Wenn es möglich ist.« Er sah die Sapessozkaja flehend an.

»Ich für meine Person werde jedenfalls die Klappe halten, das kann ich Ihnen versprechen. Gute Nacht.«

Sie entfernte sich in Richtung Hotel. Sich auch von Swjaginzew zu verabschieden, vergaß sie. Pal Palitsch blickte ihr begeistert hinterher. Ein Klasseweib! Und das Geld hatte sie auch nicht angenommen! Er, Swjaginzew, hätte es bestimmt nicht abgelehnt, wenn man es ihm angeboten hätte.

»Mit Ihnen wollte ich auch noch sprechen, Pal Palitsch«, sagte Mark, als die Sapessozkaja außer Sicht war.

»Vielleicht ist hier nicht der richtige Ort dafür.«

»Wir könnten in die Bar gehen, wenn sie noch geöffnet ist.«

»Die macht erst um sechs zu«, sagte Swjaginzew bereitwillig.

Das ›Richard Bach‹ war fast leer. Nur eine kleine Schar Unverdrossener schob noch die Bowling-Kugeln. Swjaginzew erkannte unter ihnen Wlad und Jurik. Aber die beiden hielten es nicht für nötig, seinen Gruß zu erwidern.

Mark bestellte ein Bier für Swjaginzew und für sich selbst einen Cognac.

Aber auch der Alkohol brachte das Gespräch nicht in Fluss, das Thema war einfach zu heikel.

»Die Zerstörung lässt sich wohl kaum kaschieren«, bemerkte Mark dann naiv.

»Sie hat gründliche Arbeit geleistet«, kommentierte Swjaginzew trocken. »Eine sehr unangenehme Sache. Ich verstehe nur nicht, warum sie das eigentlich getan hat. Denn auch wenn sie sich an nichts erinnert, wie Sie versichern ...«

»An gar nichts«, sagte Mark fest. »Das ist es ja, was mich so erschreckt.«

»Wie dem auch sei, irgendeine Logik muss sich darin verbergen!«

»Sie war einfach völlig außer sich, da gab es keine Logik.«

»Sie irren sich, irgendeine Logik gibt es immer. Selbst vollkommen sinnlose Handlungen folgen einer bestimmten Logik. Man muss die Sache nur von der richtigen Seite betrachten.«

»Ihr Traum«, sagte Mark nachdenklich. »Alles begann mit diesem Traum. Sie hat von diesen Menschen geträumt, die quasi in Eis verpackt waren. Dieser Traum hat sie vollkommen aus der Bahn geworfen. Und dann der Unsinn mit der Höhle ...«

»So einfach ist die Sache nicht. Erinnern Sie sich? Sie hat doch erzählt, sie habe dort diesen vermissten Skifahrer erkannt, Kyrill Posdjakow.«

»Darüber haben wir doch schon zur Genüge gesprochen, Pal

Palitsch. Sie hat ein Foto von ihm gesehen.« Mark schaute Swjaginzew mit milder Nachsicht an.

›Irgendwie habe ich das Gefühl, dass dich das Ganze nicht so sehr mitnimmt, wie man erwarten sollte‹, dachte Swjaginzew mit plötzlich aufkeimender Gereiztheit. ›Sitzt mit einem alten Sack an der Bar und zerlegst deine eigene Frau wie einen Frosch auf dem Seziertisch. Und das Bier, das du mir bestellt hast, ist auch nicht von der besten Sorte …‹

»Na gut, mal angenommen, es war so.« Swjaginzew musste aufstoßen und bemerkte aus den Augenwinkeln, wie über Marks Gesicht ein verächtlicher Schatten huschte. »Aber es geht nicht nur um Posdjakow. Ich habe ein wenig recherchiert. Ihre Frau, wenn ich mich richtig erinnere, hat noch eine weibliche Leiche erwähnt. Sie sagte, diese Leiche habe eine Goldkette und dazu passende Ohrringe getragen, die in Form von kleinen Blättern gestaltet waren. Nun müssen Sie wissen, dass hier vor etwa einem Jahr ein Ehepaar verschwunden ist. Sie gerieten unter eine Lawine, genau wie Posdjakow.«

»Anscheinend ist es ziemlich gefährlich hier bei Ihnen. Davon stand allerdings nichts in den Reiseprospekten.«

»Die Prospekte sollen die Leute ja schließlich auch herlocken und nicht abschrecken. Aber so sind nun mal die Berge. Und vor Zufällen ist niemand sicher.«

»Und in diesen Zufällen gibt es Ihrer Meinung nach wohl auch eine bestimmte Logik?«

»Ganz richtig. Jedenfalls, diese Frau, die letztes Jahr verschwand, trug tatsächlich genau solche Ohrringe, wie sie Ihre Frau beschrieben hat. Ich habe diese Schmuckstücke selber gesehen. Haben Sie dafür eine Erklärung?«

»Nein. Aber ich denke, es gibt haufenweise solcher Ringe und Ketten. Und außerdem, wie gesagt, ich weiß nicht, was man auf solche Aussagen geben soll.«

»Zumindest muss man sie erst einmal zur Kenntnis nehmen.«

»Glauben Sie denn ernsthaft an die Existenz solch einer Totenhöhle? Mitten in so einem renommierten Skiort? Ich finde, diese Geschichte klingt ziemlich fantastisch, selbst in der heutigen Zeit, wo ja fast alles möglich ist.«

Swjaginzew blies nachdenklich den Schaum von seinem Bier und murmelte etwas Unverständliches, vermied es jedoch, eine direkte Antwort zu geben. Wenn man es laut aussprach, wirkte das alles tatsächlich wie ein Splatter Movie. Eine schlechte Story, ein Haufen Silikonleichen, hektoliterweise Ketchup und eine Kettensäge als Hauptdarsteller.

»Was für einen Dienstgrad haben Sie eigentlich?«, fragte Mark plötzlich.

Das hatte ihm gerade noch gefehlt! Sollte er jetzt seine mickrigen vier Hauptmannssterne rauskramen und diesem Schnösel unter die Nase halten? »Ich bin im Ruhestand«, sagte Swjaginzew in bescheidenem Ton.

»Mit anderen Worten, Sie haben schon seit längerem keine Praxis mehr. Denn hier ist es ja wohl in der Regel ziemlich ruhig.«

»Das stimmt, ich kann nicht behaupten, bis zum Hals in Arbeit zu stecken. Dieser Fall ist eine Ausnahme.«

»Das dachte ich mir. Hören Sie, Pal Palitsch. Ich möchte versuchen, Ihnen einmal meine Version der Ereignisse zu erklären, obwohl es mir nicht leichtfällt, wie Sie verstehen werden. Alles, was meine Frau betrifft … Es ist einfach so, dass die Mutter meiner Frau sich das Leben genommen hat. Das ist viele Jahre her, und ich würde diese Sache lieber ruhen lassen, aber … Sie war psychisch krank, verstehen Sie? Olga war noch zu klein, um ihren Tod wirklich verarbeiten zu können. Anscheinend ist sie jetzt dabei, das nachzuholen.«

»Und hat es früher bei Ihrer Frau schon einmal ähnliche Probleme gegeben?«

»Nein, niemals, absolut gar nichts. Olga war immer ein sehr ausgeglichener Mensch. Fast zu ausgeglichen, würde ich sogar sagen. Sie ist ein wenig introvertiert, verstehen Sie?«

Swjaginzew schob die Unterlippe vor und gab einen unartikulierten Laut von sich, irgendetwas zwischen ›Hm-hm‹ und ›Mhmja‹. Er erinnerte sich düster an dieses bedeutungsschwere Begriffspaar ›extrovertiert‹ und ›introvertiert‹. Aber was man damit genau sagen wollte, das hatte er nie so recht verstanden.

»Sie macht immer alles mit sich selbst ab. Sie ist, sagen wir mal, ein sehr beherrschter Mensch. Wir haben schwere Zeiten durchgemacht, und sie hat sich immer ganz wunderbar verhalten. Aber bei unserer Ankunft hier am Flughafen gab es einen Vorfall ... Sie wurde von einer alten Wahrsagerin angesprochen, einer Zigeunerin, die ihr irgendwelchen Blödsinn erzählt hat.«

»Aha! Und was war das für ein Blödsinn?«

»Ich weiß es nicht! Irgendetwas über Leben und Tod, was diese Leute halt so faseln. Und meine Frau hat das alles wohl sehr ernst genommen. Ich vermute, dass man dort den Auslöser für ihr jetziges Verhalten suchen muss. Ihre Psyche ist irgendwie wehrlos gegen solche Angriffe. Man sollte diese Quacksalber zum Mond schicken. Aber egal. Was passiert ist, ist passiert. Zuerst kam dieser Albtraum, dann wurde dieser Traum plötzlich Wirklichkeit, in allen farbigen Einzelheiten, und heute fand ich sie draußen, nicht weit von unserer Hütte, mitten im Schnee liegen. Sie konnte sich nicht erinnern, wie sie dort hingekommen war und was sie dort wollte. Anscheinend hat sie wohl allerlei Unfug angestellt.«

»Allerdings«, kommentierte Swjaginzew bedauernd.

»Sie sprachen eben von Logik. Unter diesem Gesichtspunkt ist ihr Verhalten vollkommen logisch. Sie fühlte sich von den Eisskulpturen bedroht, diese Figuren scheinen eine besondere Wirkung auf sie zu haben. Ich habe vergessen, Ihnen zu erzählen ... Wir waren an unserem ersten Tag schon einmal in dem Eisstädtchen. Olga hat sich zwischen den Figuren verlaufen und geriet in Panik. Sie fühlte sich von irgendetwas verfolgt. Mir scheint es deshalb durchaus verständlich, dass sie versuchte, diese vermeintliche Gefahr zu zerstören; um dieser ungeheuren Angst zu entkommen.

Das entspricht präzise den üblichen Symptomen einer manisch-depressiven Psychose.«

»Sie kennen sich wohl in Psychologie aus?«

»Ganz und gar nicht«, wehrte Mark ab. »Nur so viel, wie man in den Zeitungen liest.«

»Nun ja, das scheint alles ganz plausibel.« Swjaginzew strich sich über den Bauch. »Jetzt bleibt nur die Frage, was es mit dem Skistock auf sich hat. Ihre Frau hat ihn verloren, sagten Sie.«

»Das hat sie erzählt, ja. Sie sehen, was man von ihren Geschichten halten muss.«

»Ja, ich sehe es.«

»Ich hoffe nur ...« Mark sah Swjaginzew ernst an. »Ich hoffe, ich kann auf Ihre Großmut zählen.«

»Selbstverständlich.« Swjaginzew dachte ein wenig traurig an die tausend Dollar, die immer noch in Marks Brieftasche stecken mussten. Ein einziges Mal in seinem Leben hatte ihm jemand Schmiergeld angeboten: hundertfünfzig Dollar und ein Stück Mantelstoff. Damals war es um den Diebstahl einer Pelzmütze in einer Kommunalwohnung gegangen. Idealistisch wie er war, hatte er auf das Angebot verzichtet.

»Das habe ich nicht anders von Ihnen erwartet. Ich danke Ihnen.«

»Ich habe volles Verständnis für Ihre Situation.«

»Nein, ich glaube nicht, dass Sie verstehen. Ich liebe meine Frau. Es ist mir unerträglich, dabei zuzusehen, wie sie sich quält.«

»Vielleicht wäre es ja das Beste, diesen Ort so schnell wie möglich zu verlassen.«

»Ich habe schon darüber nachgedacht. Wir reisen übermorgen ab. Vorher gibt es keine Flüge. Ich habe gestern Abend die Flugtickets bestellt.«

»Ich denke, das ist die richtige Entscheidung. Mir liegt nichts daran, das Leid Ihrer Frau zu vergrößern. Und Natalja Wladilenowna hat sich wahrhaft edelmütig verhalten. Immerhin hat Ihre Frau sie ins Gesicht geschlagen. Nein, nein!«, fuhr Swjaginzew eilig fort, als er sah, dass Mark etwas einwenden wollte. »Ich wollte damit nicht sagen, dass Ihre Frau gemeingefährlich wäre!«

»Ich verstehe vollkommen. Aber jetzt entschuldigen Sie mich bitte. Ich möchte zu meiner Frau. Ich habe mich gefreut, Sie kennen zu lernen, Pal Palitsch. Und was die zerstörten Figuren betrifft ... Ich werde mich morgen mit der Hoteldirektion in Verbindung setzen und für den Schaden aufkommen.«

Als Mark gegangen war, blieb Swjaginzew noch eine halbe Stunde allein an der Bar sitzen. Das Gespräch mit Krassinski hatte ihn bedrückt. Vor allem tat ihm Olga leid. Sonderbarerweise war er aber auch verärgert, als hätte diese merkwürdige Frau, in deren Adern der Wahnsinn brodelte, seine Erwartungen enttäuscht. Vielleicht zum ersten Mal in seinem langen und insgesamt irgendwie farblosen Leben hatte ihm wirklich daran gelegen, ein Rätsel zu lösen, und dann stellte sich heraus, dass es gar kein Rätsel gab. Alle seine Anstrengungen waren umsonst gewesen, er hatte sich lächerlich gemacht. Dieser reiche, glatt rasierte Schnösel hatte ihm alle Antworten in null Komma nichts fein säuberlich sortiert in die Hand geliefert. Er konnte den Fall zu den Akten legen und vergessen.

Während Swjaginzew noch trübselig über dieses Thema nachdachte, erschien diese blasierte Kurzhaarkatze, die beste Freundin von Olga, in der Bar. Sie ging zielstrebig zur Kegelbahn und mischte sich unter die fröhliche Gesellschaft der Bergretter. In ihrem Gesicht konnte Swjaginzew keinerlei Missstimmung, keine ungewöhnliche Betroffenheit bemerken.

Und sie hantierte gar nicht schlecht mit den Bowlingkugeln; sie spielte Wlad und Jurik mit Leichtigkeit an die Wand. Swjaginzew glaubte zu erkennen, dass sie nach kurzer Zeit schon mehrere Biere gewonnen hatte.

Swjaginzew selbst, ganz Produkt sowjetischer Erziehung, hielt Bowling und ähnliche Tätigkeiten für Erscheinungsformen kapitalistischer Dekadenz. Er fühlte sich dabei immer an das Filmmagazin ›Nachrichten des Tages‹ aus der Zeit der Stagnation erinnert. Swjaginzew hatte dieses Magazin geliebt. Er saß für gewöhnlich in der dritten Reihe des alten ›Baltika‹-Kinos, das man damals noch nicht abgerissen hatte, aß im Dunkeln Fleischpasteten für dreizehn Kopeken und schaute sich mit flammender Empörung Berichte über Rassenunruhen und Polizeiaufmärsche in Schwarzenvierteln an. Und auch den Bildern von einem fernen luxuriösen Leben, das ein einfacher Mensch wie er niemals führen würde, begegnete er mit demselben gerechten Zorn. Bowlingbahnen waren ein wesentlicher Bestandteil dieses Lotterlebens, und sie wurden von Swjaginzew konsequent verurteilt, genauso wie junge Männer, die die Dollars in Tausenderscheinen in ihren Taschen herumtrugen. Und dann waren sie auch noch geizig und bestellten das billigste Bier!

Auf diese Art und Weise kam Swjaginzew vom Bowling auf Mark Krassinski. Er liebte seine Frau, das sah jeder. Er war aufrichtig um sie besorgt. Und trotzdem, trotzdem ... Wie bereitwillig er einem fremden Menschen das Geheimnis ihrer Krankheit offenbarte, diese nüchterne, vollkommen rationale und distanzierte Analyse ihres Verhaltens – das kam ihm doch merkwürdig vor. Krassinski hatte Antworten auf alle Fragen, sogar auf die, die Swjaginzew gar nicht in den Kopf gekommen wären.

Damit begab sich Swjaginzew zu Bett. Zurück in seiner Höhle, zerriss er als Erstes die Papiere, die er zu dieser Ermittlung angelegt hatte, und schickte seinen inneren Generalmajor zum Teufel. Seine Intuition hatte ihn hereingelegt und musste bestraft werden.

Da war allerdings noch Wolodjas Buch ...

Das ›Wiegenlied für einen kleinen Igel‹ solidarisierte sich mit dem Generalmajor, als wollte Wolodja ihm irgendetwas von seinem Wolkennestchen herab sagen ... Da schaute schon sein zerzauster Haarschopf hinter einer Plüschwolke hervor, und ...

Oje, jetzt ging Swjaginzews Fantasie wieder mit ihm durch.

Er hatte eine Meise, genau wie diese Olga. Alles Einbildung, es gab keinerlei Verbindung mit der Wirklichkeit; auf den ersten Blick. Aber auf den zweiten Blick ... Vielleicht hatte ihre Krankheit ja Fähigkeiten in ihr zum Leben erweckt, von denen gewöhnliche Menschen nicht einmal träumen können, starke übersinnliche Fähigkeiten ... Swjaginzew hatte seine Papiere zwar zerrissen, aber seine Theorien spukten trotzdem noch in seinem Hirn herum. So leicht wurde er die nicht los: Wenn er sie zur Tür hinauswarf, kamen sie zum Fenster wieder hereingeflogen. Vielleicht konnte sie ja Dinge sehen, die andere nicht sahen. Denn da gab es noch ein kleines Detail, das er Mark gegenüber nicht erwähnt hatte.

Olga hatte zwar tatsächlich das Foto von Posdjakow gesehen, nur gab es zwischen ihrer vermeintlichen Vision und diesem Bild einen kleinen, aber interessanten Unterschied: den Kratzer auf der Wange.

Diesen Kratzer hatte sich Kyrill erst am Tage vor seinem Verschwinden zugezogen, wie Natalja Wladilenowna ihm erzählt hatte. Er konnte also auf dem Foto nicht zu sehen gewesen sein. Olga konnte davon gar nichts gewusst haben.

Aber all diese Überlegungen führten zu nichts. Er müsste die ganze Meute der Bergretter losjagen, um den Eingang zu dieser verdammten Höhle zu finden (Vorausgesetzt, sie existierte nicht nur in Olgas Fantasie). Aber wie sollte er das durchsetzen? Er würde sich zum Gespött der ganzen ›Windrose‹ machen, wenn herauskäme, dass er sich von den Spinnereien einer psychisch kranken Frau an der Nase herumführen ließe. Genau genommen war das jetzt schon nicht mehr zu verheimlichen. Morgen würde der bedauernswerte Ehemann bei der Direktion vorsprechen und die Sache finanziell regeln, und spätestens dann wüssten alle Bescheid.

Außerdem: Selbst wenn sich jemand bereit fände, ihm zu helfen, wäre noch lange nicht garantiert, dass sich nicht der Besitzer dieser Schauerhöhle selbst unter den Trupp der Freiwilligen mischte. Swjaginzew zweifelte nicht daran, dass man diesen geheimnisvollen

Eiskünstler im nahen Umkreis der ›Windrose‹ suchen musste. Und weiterhin war er überzeugt davon, dass in seiner – mittlerweile zerrissenen – Liste der Ermittlungsmaßnahmen ein wichtiger Punkt fehlte. Dieser Punkt, Nummer sechs, musste lauten: ›Informationen über die Bergretter zusammentragen‹.

Dieser Gedanke war ihm gekommen, als er an der Bar saß und Wlad und Jurik beim Bowling beobachtet hatte. Es schien ihm auf einmal ganz logisch: Nur die Bergretter haben die erforderliche physische Verfassung und zugleich eine ausgezeichnete Kenntnis der Umgebung. Sie kennen sich mit den Lawinen aus und wissen, wie man Lawinenopfer findet. Sie haben fast unbeschränkte Bewegungs- und Handlungsfreiheit. Für die Zimmermädchen zum Beispiel wäre es um einiges komplizierter, mit einer Leiche auf dem Buckel durch die Gegend zu spazieren.

Swjaginzew juckte es auf einmal in den Fingern. Das hätte er sich ja denken können. Er schaltete das Licht an, griff sich ein neues Blatt Papier und fing an zu schreiben:

Die Retter

Jonas	–	undurchsichtiger Typ; ein Flegel.
Wlad	–	ein Idealist, arbeitet am liebsten allein; verkappter Flegel.
Achmed	–	Schürzenjäger, hoch dekorierter Champion der Matratzenakrobatik; Flegel mit Akzent.
Jurik	–	Technikfreak und Gelegenheitsflegel.
Wasja	–	der einzige angenehme Mensch in dieser Bande; Schriftsteller.

Swjaginzew fiel auf einmal auf, dass er eigentlich nur seine persönlichen Einschätzungen niederschrieb. Ihm war bisher gar nicht bewusst gewesen, dass fast alle Retter unangenehme Gefühle bei ihm hervorriefen. So gesehen war es nicht verwunderlich, dass sie es ihm mit gleicher Münze heimzahlten. Sie hielten ihn für einen alten, nutzlosen Esel, der in der ›Windrose‹ sein Gnadenbrot fraß. Womit sie allerdings nicht weit von der Wahrheit entfernt lagen. Er hatte in der Tat vorgehabt, hier einen ruhigen Lebensabend zu verbringen, und eigentlich war ihm dieser Ort bisher bestens geeignet dafür erschienen. Die einzigen Unruhestifter waren die Berge mit ihren ewigen Lawinen, die durchaus imstande waren, sich einen Mord aufs Gewissen zu laden. Aber die konnte man schließlich nicht in Handschellen abführen.

Swjaginzew seufzte.

Bei all seiner unverwüstlichen Antipathie den Rettern gegenüber musste er allerdings zugestehen, dass keiner von ihnen als Massenmörder in Frage kam. Obwohl ... Einem Massenmörder steht es schließlich nicht auf der Stirn geschrieben, dass er ein Massenmörder ist. Im Gegenteil, Massenmörder sind in der Regel ganz liebenswerte Menschen, die niemand verdächtigen würde.

Auch die Bergretter waren ausnahmslos famose Jungs, von den Frauen umschwärmt, von den Männern beneidet. Die Kinder liefen ihnen nach, streichelten ihre Hunde, versuchten sich mit ihnen anzufreunden und wünschten sich heimlich Lawinen herbei, um die Retter beim Einsatz beobachten zu können. Manchmal gab es sogar richtige Geschichten fürs Herz. Swjaginzew erinnerte sich an eine dieser Begebenheiten, deren Helden Wlad und ein Junge namens Ljocha gewesen waren.

Dieser Ljocha hatte mit seiner Mutter in dem Zimmer gewohnt, das später jener Posdjakow mietete.

Ljochas Mutter war eine leidenschaftliche Sonnenanbeterin, und sie war in die ›Windrose‹ gekommen, nur um dieser Leidenschaft zu frönen. Sie besaß nicht einmal vernünftige Skier, nur irgendwelche realsozialistischen Rodelbretter aus dem Kaufhaus. Ljocha war zwar stolzer Besitzer eines Snowboards, aber auch das taugte eher als Blumenbrett. Und während Mama sich in der Sonne aalte, brachte ihr Söhnchen es in kürzester Zeit fertig, sich auf seinem Höllenbrett ein Bein zu brechen. Von da an saß er eingegipst auf seinem Zimmer und langweilte sich zu Tode, bis irgendwann Wlad, der an dem Bürschlein einen Narren gefressen hatte, ein genialer Einfall kam. Er wollte für ihn eine Skulptur aus Schnee bauen, damit der Ausblick aus seinem Fenster nicht mehr so trist wäre.

Es gelang ihm, für diese Aktion Jonas, Wasja und Jurik zu rekrutieren. Auf Achmeds Hilfe musste er verzichten, weil der während der Saison jede Nacht auf einer anderen Frau herumturnte. Das Unternehmen wurde ein voller Erfolg. Jurik konstruierte aus ein paar Ersatzteilen seiner Schneekanonen eine Art von Feuerspritze, mit der sie die Skulpturen vereisten. Und auch als Ljocha längst abgereist war, wuchs das Eisstädtchen immer mehr heran und füllte sich mit allerlei neckischen Kopien der Werke berühmter Bildhauer.

Swjaginzew fand die Skulpturen damals ziemlich gut gelungen, und etwas später erfuhr er auch warum. Wasja erklärte ihm nämlich, dass Wlad einige Zeit Bildhauerei studiert hatte, und zwar am Surikow-Institut. Wegen irgendeiner nebulösen Geschichte war er dann allerdings im dritten Studienjahr relegiert worden und hatte sich eine andere Karriere ausdenken müssen.

Diese Geschichte war Swjaginzew ohne besonderen Grund eingefallen, als er dort an der Bar saß; aber die Folgen ...

Pal Palitsch kratzte sich im Schritt, was bei ihm immer ein Zeichen höchster Denktätigkeit war. Die Krassinskaja hatte bei der Beschreibung dieser verdammten Höhle immer von ›Skulpturen‹ gesprochen. Vielleicht steckte ja doch ein Stückchen Wahrheit in der Sache?

Die Bergretter, mit Ausnahme von Achmed, dessen einzige Begabung in seinem Schwanz steckte, waren sehr geschickt mit ihren Händen. Der eine mehr, der andere weniger. Aber wenn er das richtig verstand, hatte es ja wunderbare Modelle gegeben, sodass gar nicht viel handwerkliches Geschick erforderlich war.

Trotzdem ... Wer immer dieser bizarre Sammler war, er wusste, dass man sein Geheimnis enthüllt hatte.

Und er würde jetzt alle erforderlichen Maßnahmen zu seiner Sicherheit treffen. Wasja Sikatschinski hätte sicher tausend Ideen gehabt, wie man solch ein Verbrechen begehen und geheim halten konnte. Diese Menschen im Eis, das war ein Sujet ganz nach seinem Geschmack. Eine Schreckenskammer des Schönen, randvoll mit Leichen, das lag voll auf seiner Linie. In seinen letzten vier Romanen war es immer um Massenmörder gegangen. Mal war es ein Pädophiler, mal ein Insektenforscher mit Botanisiertrommel und Netz, dann ein minderjähriger Massenmörder und zum Schluss ein durchgedrehter Quantentheoretiker.

Verdammt, wo steckte dieser Kerl bloß? Auf seinem Zettel hatte er vermerkt: Komme morgen Abend zurück. Morgen war mittlerweile gestern, aber von Wasja gab es immer noch keine Spur. Sollte das heißen ...?

Swjaginzew schüttelte sich und vertrieb den schnöden Gedanken, dass vielleicht Wasja irgendetwas mit diesen Dingen zu tun haben könnte. Ohne zu irgendeinem Ergebnis gekommen zu sein, schlief er ein.

Albträume hatte er nicht. Allerdings gab es da einen dicken Packen Dollars, der in seinem Traum immer weiter anschwoll und ihn penetrant verfolgte.

Gleich nach dem Aufwachen fiel Swjaginzew die ganze Geschichte wieder ein. Die Stadt aus Eis interessierte ihn herzlich wenig, er hatte für Kunst, egal in welcher Erscheinungsform, nie viel übrig gehabt. Er hatte fast sein ganzes Leben lang in Sankt Petersburg verbracht, aber das einzige Mal, dass es ihn in die Eremitage verschlug, war anlässlich eines Besuches seiner beiden Neffen, die er dorthin begleiten musste. »Es ist eine Schande, Papa«, pflegte Wolodja dazu zu sagen. Swjaginzew seufzte, aber da war nun mal nichts zu machen.

Egal, diese verdammte Eisstadt konnte ihm gestohlen bleiben, ihn beunruhigte nur der Gedanke, dass die Sapessozkaja es sich vielleicht doch noch anders überlegte und anfing, Olga Schwierigkeiten zu machen. Swjaginzew geriet darüber in solche Aufregung, dass er, ohne auch nur sein vom Schlaf verquollenes Gesicht unter den Wasserhahn zu halten, sich eilends auf den Weg zu ihr machte.

Die Sapessozkaja bewohnte Suite Nummer dreiundzwanzig im ersten Stock (Die Nummerierung der Zimmer in diesem Hotel war einigermaßen ungewöhnlich. Die Zählung begann ganz oben, im zweiten Stock.) Als Pal Palitsch bei ihrer Tür ankam, klopfte er zaghaft an, aber er erhielt keine Antwort. Er wollte gerade wieder gehen, als er bemerkte, dass die Zimmertür nur angelehnt war. Ohne über mögliche Konsequenzen nachzudenken, schob er sie vorsichtig auf und trat ein. Im selben Moment hörte er leise Stimmen, die aus dem Schlafzimmer kamen; eine Männer- und eine Frauenstimme. Swjaginzew wunderte sich ein wenig darüber, schließlich war das Leiden der Sapessozkaja über den Verlust ihres liebsten Kyrill sehr demonstrativ gewesen. Konnte man da noch an die wahre Liebe glauben?

Swjaginzew fühlte sich unbehaglich in seiner Haut, aber als er gerade den Rückzug antreten wollte, kamen die Stimmen näher.

»... ich hoffe nur, dass niemand davon jemals etwas erfährt«, sagte der Mann, und die Tür zum Schlafzimmer öffnete sich weit.

Im Türrahmen erschienen die Sapessozkaja und – Mark. Swjaginzew war die Situation höchst peinlich.

»Schönen guten Tag«, sagte er mit schuldbewusster Stimme. »Ihre Tür stand offen ...«

»Was ... Was tun Sie hier?«, rief die Sapessozkaja und schnappte vor Empörung nach Luft.

»Oh ... Ich wollte ... Ich wollte mich nur bei Ihnen bedanken«, stammelte Swjaginzew und sah die beiden mit großen Augen an.

Die Sapessozkaja trug einen raffinierten Morgenmantel, ihre Haare waren nass. Mark, der noch dieselbe Kleidung trug wie am Vorabend in der Bar, war sichtlich verlegen.

»Sie wollten sich bedanken?« Die Sapessozkaja lachte schrill. »Um neun Uhr morgens? Sind Sie völlig verrückt geworden?«

Dann schaute sie von Mark zu Swjaginzew und sagte kopfschüttelnd:

»Haben Sie beide sich etwa abgesprochen? Ich habe Ihnen doch zugesagt, dass ich diese Angelegenheit auf sich beruhen lassen werde. Reicht Ihnen das nicht? Für mich ist das Thema erledigt! Auf Wiedersehen!«

Damit schob sie die Männer beinahe gewaltsam aus dem Zimmer. Draußen auf dem Korridor blieben Swjaginzew und Mark einen Augenblick unschlüssig nebeneinander stehen.

»Haben Sie ihr noch einmal Geld angeboten?«, fragte Pal Palitsch scharfsinnig.

»Das auch.«

»Und hat sie es wieder abgelehnt?«

»Hat sie.«

»Ich an ihrer Stelle hätte es angenommen«, platzte Swjaginzew heraus.

Aber Mark schien diese Bemerkung gar nicht zu hören.

Alles vorbei.

Es blieb ihr nichts anderes mehr übrig, als ganz langsam dahinzusiechen; in ihrem Käfig hin und her zu rennen und durch die Gitterstangen auf das normale Leben der anderen zu starren. Gesunde Mütter würden ihre gesunden Kinder vor ihr Gefängnis führen und auf das Schild deuten, das daran angebracht war und worauf stand: ›Eine Wahnsinnige‹.

Heute Nacht hatte sie dieses Leuchten der Neugier in den Augen ihrer besten Freundin gesehen.

»Sonderbar, Lelischna, du siehst vollkommen normal aus!«, hatte Inka zu ihr gesagt, und es klang aus ihrem Munde wie ein Todesurteil.

Ja, noch sah sie ganz normal aus. Nur die dunklen Ringe unter den Augen verrieten ihre innere Anspannung. Aber wie lange würde diese zerbrechliche Normalität noch anhalten?

Wie sie sie anschauten! Sogar in Nataljas kurzsichtigen Augen hatte sie diesen Ausdruck großmütigen Mitleids gesehen. Selbst dieser dicke Hausdetektiv bemitleidete sie unübersehbar. Sie las ihm seine Gedanken an der Nasenspitze ab: ›Dich hat es übel erwischt, Mädchen! Trinken wir auf deine baldige Genesung oder besser noch auf einen netten Platz in einer geschlossenen Anstalt. Denn leider bist du gemeingefährlich, du schlägst unschuldige halbblinde Frauen!‹

Olga hielt sich die verbundene Hand. Seltsamerweise spürte diese Hand keinerlei Erinnerung an den Schlag. Warum hatte sie das bloß getan?

Mark kam, um Inka abzulösen (natürlich mussten sie jetzt auf sie aufpassen, so wie man ein krankes Tier bewachen muss). Olga bemerkte, dass er, fast ohne es vor ihr zu verbergen, alle spitzen und scharfen Gegenstände versteckte – Nagelscheren, Nagelfeilen, sein Schweizermesser und sogar seinen völlig harmlosen Rasierapparat mit der Dreifachklinge. Genauso hatte es ihr Vater damals gemacht, die Parallele war schockierend.

»Mark!«, rief sie ihn an, als er sämtliche potentiellen Waffen in einem geheimen Winkel verstaute. »Du hast die Skistöcke vergessen. Damit kann man wunderbar jemandem die Augen ausstechen.«

»Was soll das, Cara? Ich weiß nicht, was du meinst«, erwiderte Mark, aber seine Verlegenheit war nicht zu übersehen.

»Ich möchte mit dir reden.«

Mark setzte sich in einen Sessel, der möglichst weit weg von ihr stand. Olgas überreiztes Gehirn registrierte es fast lustvoll.

»Hast du Angst vor mir, Mark? Vor mir, deiner eigenen Frau?«

»Aber Cara, wie kommst du auf so einen Unsinn?«

»Dann erklär mir doch bitte, was mit mir los ist!«

»Das weiß ich nicht. Ich weiß es wirklich nicht.«

»Zum ersten Mal im Leben kann ich mich nicht erinnern, was ich getan habe. Glaubst du mir das?«

»Aber natürlich. Natürlich glaube ich dir, Cara«, versicherte er noch einmal in behutsamem Ton.

»Komm her zu mir ... Ich will ... Ich will jetzt ganz nah bei dir sein, ich will dich lieben.« Herrgott, warum sagte sie das? Sie erschreckte ihn nur. Sein Gesicht war vollkommen glatt. So sah er immer aus, wenn er innerlich sehr angespannt war. Warum sagte sie bloß solche Dinge?

»Ich will dich lieben ...«

»Das ist jetzt nicht der rechte Moment dafür, Cara.« Niemals war er ihr gegenüber so gleichgültig gewesen. Olga ballte die Hand zur Faust.

»Den rechten Moment wird es nicht mehr geben, Mark.«

»Was willst du damit sagen?«

»Dass du mich in eine psychiatrische Klinik bringen wirst, wo man mich mit Psychopharmaka vollpumpen wird. Man wird mich in feuchte Laken wickeln und in eine Zwangsjacke stecken!«

»Das ist doch Unsinn, Cara. Es gibt andere Lösungen.«

Jetzt hat er sich verraten, mein geliebter Gatte, mein wunderbarer Liebhaber und talentierter Manager.

»Andere Lösungen? Also hast du schon darüber nachgedacht?«

»Cara! Jetzt versuch, dich ein wenig zusammenzureißen.«

»Du sprichst mit einer Verrückten, vergiss das nicht, Mark! Bei einer Verrückten kann man nicht an den gesunden Menschenverstand appellieren. Mit mir kann man nicht diskutieren!« Sie lachte hysterisch.

»Hör auf mit diesen geschmacklosen Scherzen! Mach es nicht schlimmer, als es ist, ich bitte dich!«

»Schrei mich nicht an!«

Das war ungerecht – Mark sprach eigentlich ganz normal mit ihr, sogar übertrieben normal.

Er saß dort in seinem Sessel, so fremd und so unerreichbar weit weg. Und er war so schön in seiner seelischen Gesundheit.

»Verzeih mir, Mark ... Ich weiß selbst nicht, was ich da rede.« Sie streckte die Hände nach ihm aus, und Mark gab nach. Jetzt war er wieder so, wie sie ihn liebte. Olga barg ihr Gesicht an seiner Schulter und weinte lange und hingebungsvoll.

»Bring mich fort von hier, Mark.«

»Ja, natürlich, Cara. Ich mache mir die größten Vorwürfe, dass wir überhaupt hergekommen sind.«

»Sag, Mark ... Was habe ich noch alles getan?«

»Wozu sollen wir immer wieder darüber reden? Ich habe dir doch alles erzählt.«

»Ich bin dir so dankbar, dass du alles so gut für mich geregelt hast. Es hätte schlimm ausgehen können.« Sie schluchzte wieder auf. »Ich kann hier nicht mehr bleiben. Wenn ich auch nur einen Tag länger hier bleibe, verliere ich endgültig den Verstand. Zuhause war doch alles in Ordnung mit mir, oder?«

Olga sah ihren Mann flehend an.

»Aber natürlich, da warst du ganz in Ordnung.« Aber er wandte den Blick ab. »Zuhause wird wieder alles gut, das verspreche ich dir. Übermorgen fliegen wir beide ab. Ich habe die Tickets schon gebucht.«

»Wir beide?«

»Nun ja, du und ich. Inka bleibt hier. Ihr gefällt es hier.«

»Ach so, du hast sogar schon mir ihr darüber gesprochen? Bevor du mit mir geredet hast?«

»Natürlich, warum denn nicht?«, antwortete er, aber es klang unsicher. »Da ist doch nichts dabei. Sie gehört schließlich zur Familie.«

»Früher hast du das nicht gern so gesehen.«

»Was soll das, Olga, was willst du mir unterstellen?«

»Und warum erst übermorgen?« Ein plötzlicher Hoffnungsschimmer keimte in ihr auf: Sie würden abreisen, und alles würde wieder wie früher, sie würde alles vergessen wie einen bösen Traum, wie ihren verdammten Albtraum.

»Eher gibt es keine Flüge, Cara. Und es wäre wenig sinnvoll, unten in der Stadt in irgendeinem schäbigen Hotel zwischen Tausenden von Kakerlaken zu wohnen. Letztlich haben wir hier eine erstklassige Unterkunft.«

»Und wirst du mich jetzt nicht verlassen?«

»Unsinn! Natürlich nicht.«

»Weißt du was? Das Beste ist, du schließt mich hier in der Hütte einfach ein bis zur Abreise. Damit ich keine Dummheiten mehr mache.«

»Dieser Gedanke ist allein schon eine Dummheit! Wie kannst du überhaupt auf so eine Idee kommen?«

»Ich meine nur, dass es vielleicht für alle das Beste wäre.«

»Das Beste ist, wenn du einfach nicht mehr daran denkst.« Er sah sie ernst an. »Sei jetzt tapfer, Cara! Bitte! Lass nicht zu, dass es dich in seine Gewalt bekommt, kämpfe dagegen an! Tu es meinetwegen!«

»Ich werde es versuchen, Liebster.«

»Ja, ich weiß, du bist ein kluges Mädchen. Und du bist mein Mädchen, mein einziges ...« O Gott, wie hatte sie nur so schlecht von ihm denken können? Welcher Mann hätte so selbstlos gehandelt? Ihr Vater vielleicht, ihr eigener Vater, der so viele Jahre mit der wahnsinnigen Manana zusammengelebt und der sie niemals allein gelassen hatte. Manana wusste, wenn sie bei klarem Verstand war, was er für sie tat, und sie war ihm dankbar dafür. So dankbar, dass sie eines Tages beschloss, ihren Mann von seinem Leid zu befreien. Als Olga älter wurde, fand sie allmählich Verständnis für ihre Mutter. Sie begriff es nicht wirklich, aber mit einer Art innerem Sinn erkannte sie, dass ihre Mutter, so verrückt sie auch war, ihren Selbstmord bei klarem Verstand und vollem Bewusstsein begangen hatte.

Und sie wusste, dass ihr Vater unbewusst auf diesen Schritt

gewartet hatte. Und auch die kleine Olga hatte darauf gewartet.

Nun kam die Reihe an Mark. Auch er würde jetzt darauf warten.

Den Rest der Nacht fanden sie keinen Schlaf. Regungslos lagen sie nebeneinander, ohne einander zu berühren. Heute hatte er noch keine Angst, in einem Bett mit ihr zu liegen.

Aber wie würde es morgen sein?

Vielleicht so wie bei ihrem Vater und Manana. In dem letzten Jahr vor ihrem Selbstmord hatte der Vater im Kinderzimmer geschlafen.

Ihr Vater.

Als Mark in ihr Leben trat, entzog sich Olga ganz allmählich seiner Vormundschaft. Das heißt, genau genommen hatte dieser Prozess schon ein wenig früher eingesetzt, durch Inka, die Igor Anatoljewitsch vollständig okkupierte und seine weniger exaltierte Tochter verdrängte. Inka konnte alles sein: ein launisches Kind, das ständig um Eis und Süßigkeiten quengelt, oder die zauberhaft schöne Frau, die unbändig Liebe fordert. Nur eines war sie niemals: langweilig.

›Um so besser‹, dachte Olga. ›Sollte mir etwas zustoßen, bliebe doch wenigstens Inka dem Vater erhalten; samt ihrer Reproduktionswilligkeit. Sie wird dem Vater einen gesunden, erblich nicht belasteten Jungen schenken. Oder auch zwei. Oder einen Jungen und ein Mädchen. Natürlich würde man ein Mädchen niemals nach ihrer unglücklichen älteren Schwester Olga nennen – damit sie bloß nicht deren furchtbares Schicksal ereilte! Nein, ein Mädchen wird bestimmt Inka ähneln. Und Mark wird, bevor er zum zweiten Mal heiratet, genauestens die medizinische Vorgeschichte einer möglichen Kandidatin studieren.‹

Als sie erwachte, war Mark nicht im Zimmer. Olga suchte ihn in der ganzen Hütte, sah auch im Bad nach – keine Spur von ihm zu finden. Und er hatte nicht einmal eine Nachricht hinterlassen. Das war ein weiteres kleines Detail im veränderten Verhalten ihres Mannes. Olga beobachtete es schmerzlich berührt. Mark pflegte ihr für gewöhnlich ganz rührende und meistens sehr lustige kleine Zettel hinzulegen, die er an den originellsten Orten deponierte. Zwischen der Wäsche, in ihren Schuhen, in der Waschmaschine oder in der Mikrowelle. Und die eigentliche Botschaft dieser Briefchen war immer dieselbe: ›Ich liebe dich‹. Sogar hier in der ›Windrose‹ hatte er ihr schon ein paar davon geschrieben.

Aber das war, bevor ... Bevor dieses Halluzinationen begonnen hatten.

Sie musste sich jetzt an eine neue Realität gewöhnen, oder genauer gesagt: an eine neue Irrealität, in der es solche Zettel wohl nicht mehr geben würde.

»Mark! Du Schuft! Du gemeiner Kerl! Du hast mich verraten!« Sie stand mitten im Zimmer und schrie vor Hilflosigkeit und Trauer. Ihre Worte prallten wie kleine Geschosse von den Wänden zurück und trafen sie mitten ins Herz. Ihr Herz, das wie wild schlug.

Olga ging zur Tür, rüttelte voller Angst und Verzweiflung an der Klinke: Und wenn er sie nun wirklich eingeschlossen hätte?

Aber die Tür war unverschlossen.

›Danke, Mark, dass du mir wenigstens die Freiheit der Wahl lässt.‹

Es war ihr schier unerträglich, in der Hütte zu bleiben. Sie trat ins Freie, um ein wenig durch die ›Windrose‹ spazieren zu gehen. Einen Tag noch, dann war es geschafft! Jonas würde sie zum Flughafen bringen, und ein paar Stunden später wären sie schon in Moskau. Das gute alte Moskau, ihr geliebtes Moskau. In Moskau würde alles wieder gut werden, und sie wollte ganz bestimmt alles tun, damit Mark diese düstere Seite ihrer Familiengeschichte vergaß. Sie würde wieder eine kluge, vernünftige Ehefrau sein und ihm keine Sorgen mehr machen.

Vielleicht schaffte sie es ja doch, sich aus dem furchtbaren Teufelskreis zu befreien, diese böse Krankheit in den tiefen Schluchten der Berge zurückzulassen, so wie man ein unerwünschtes Kind auf der Schwelle eines Klosters zurücklässt.

Nur bis morgen musste sie noch warten.

Der Tag war erstaunlich klar, voller frischem, blauem Schnee, blauem Frost und blauen Bergen. Eine fantastische Palette, die schnell jeden Zweifel in ihr zerstreute: Alles würde wieder gut werden. Es schien Olga geradezu irreal, dass man vor einigen Minuten eine Sturmwarnung für das Gebiet der ›Windrose‹ ausgegeben hatte. Sie hatte es selber im Radio gehört, kurz bevor sie die Hütte verließ. Unterhalb der ›Windrose‹ waren schon Lawinen niedergegangen, und mehrere Gebirgspässe waren unter dichten Schneemassen begraben worden. Wie sollten sie jetzt in die Stadt kommen? Es konnte sein, dass sie in wenigen Stunden von der übrigen Welt abgeschnitten wären. Sie musste Mark dazu bringen, dass sie noch heute die ›Windrose‹ verließen. Hauptsache, Jonas willigte ein, sie zu bringen. Sie hatte den Eindruck, dass er sie auch schon schief ansah.

All die ausgelassenen Menschen in ihren bunten Skianzügen, die ihr auf dem Weg entgegenkamen, kümmerten sich nicht um die Launen der Natur. Sie zeigten ihre prächtigen, strahlend weißen Zähne – mindestens fünfhundert Dollar das Stück – und schenkten Olga keine Beachtung.

Und sie unterschied sich nicht von ihnen, sie war genauso wie sie alle. Das erfüllte sie jäh mit Triumph.

Sie war genau wie alle anderen, sie war wie alle anderen!

Als sie das Hauptgebäude der ›Windrose‹ erreichte, in dem die Serviceeinrichtungen untergebracht waren, einschließlich der gut ausgestatteten medizinischen Versorgungsstelle, blieb sie abrupt stehen. Das hatte sie sich ja denken können: In diesem Moment trat Mark aus der Tür der Krankenstation.

Vermutlich hatte er sich ärztlich beraten lassen, für den Fall, dass seine geliebte Frau unerwartet einen Anfall bekam.

Wieder fühlte Olga eine jähe Wut in sich aufsteigen. Das sah doch so aus, als wollte Mark sie vollkommen zugrunde richten, ihren Verstand endgültig ruinieren. Das war unerträglich!

Sie wartete, bis Mark außer Sicht war. Dann lief sie kurz entschlossen die Treppe hinauf und drückte die Tür zu der Krankenstation auf.

Der Arzt hieß Artjom Ljubowitsch. Sie kannte ihn schon, er hatte sie ja nach ihrer nächtlichen Eskapade im Schnee behandelt: ein etwa dreißigjähriger Mann mit Brille und geschorenem Schädel, der ihm eine gewisse Ähnlichkeit mit Majakowski verlieh.

Als Olga den Raum betrat, saß Artjom Ljubowitsch in lässiger Haltung hinter seinem Schreibtisch. Ihr Besuch schien ihn nicht im Mindesten zu überraschen, und das machte sie sofort argwöhnisch.

»Hallo, junge Frau!«, rief er munter. »Wir haben gerade über Sie gesprochen.«

»Ich weiß, mit meinem Mann.«

»Richtig.« Artjom Ljubowitsch lächelte väterlich.

»Und welchen Rat haben Sie ihm gegeben?« Olga versuchte es mit Ironie, das schien ihr der von jeder seelischen Krankheit am weitesten entfernte Ton.

»Was ich immer in solchen Fällen rate«, gab er zurück. »Aspirin, Senfpflaster und strenge Bettruhe. Und für die Nacht Umschläge, wenn es möglich ist. Sie sollten wirklich im Bett bleiben, mit so einer Halsentzündung ist nicht zu spaßen.«

»Ich weiß nicht, was mein Hals damit zu tun hat.«

Artjoms Lächeln wurde noch breiter, Olga konnte jetzt sogar eine Goldkrone in seinem Mund erkennen.

»Was hat er Ihnen gesagt?«

»Ihr Mann? Er brauchte Aspirin.«

»Unsinn. Wir haben genug Aspirin. Sagen Sie mir die Wahrheit! Worüber haben Sie gesprochen?«

Der Arzt rutschte unbehaglich in seinem Sessel herum.

»Er hat Ihnen alles erzählt, stimmt's?« Wieder wollte der Zorn ihr den Hals zuschnüren. Vor Aufregung wurde ihr heiß und kalt.

»Was meinen Sie – erzählt?« Ihr bemitleidenswertes Aussehen schien ihn doch ein wenig zu rühren.

»Sie wissen genau, was ich meine. Er ist zu Ihnen gekommen, damit Sie mir irgendwelches ekliges Zeug verabreichen, um mich ruhig zu stellen.«

»Ich glaube, Ihre Fantasie geht ein wenig mit Ihnen durch.«

»Meine Fantasie geht Sie wohl kaum etwas an!« Die Wut drängte jetzt mit Macht in ihren Kopf und ließ das Bild vor ihren Augen verschwimmen. Wenn sie jetzt einen scharfen Gegenstand in die Hände bekam, konnte sie für nichts garantieren!

»Bedauerlicherweise bin ich nur Chirurg«, bemerkte Artjom Ljubowitsch. »Und Sie brauchen offensichtlich einen Psychiater.«

Er wusste Bescheid. Natürlich, er wusste alles.

Olga drehte sich auf dem Absatz um und rannte hinaus.

Aber auch die frische Luft brachte sie nicht wieder richtig zu sich. Bunte Ringe drehten sich vor ihren Augen, die Trockenheit in ihrem Mund, unter der sie schon seit mehreren Tagen litt, verstärkte sich. Ihre Wut wollte nicht nachlassen, als hätte sie sich seit Tagen in geheimen Ecken ihres Organismus verborgen und bräche jetzt aus ihr hervor wie eine tödliche Flutwelle. Mühsam schleppte sie sich zurück zur Hütte. Als sie dort ankam, fiel ihr ein, dass sie vergessen hatte, die Schlüssel mitzunehmen. So etwas war ihr noch nie passiert.

Aber sie brauchte keinen Schlüssel. Die Tür war offen.

Also war Mark zu Haus, umso besser, jetzt hatte sie einen Anlass, ein ernstes Wort mit ihm zu reden.

Ja, er war da.

Er saß vor seinem Computer und tippte. Manchmal bewegten sich seine Lippen, auf seiner Stirn lag eine tiefe horizontale Falte.

»Na, bastelst du an meiner Krankengeschichte, Liebling?« Ihre Stimme klang drohend. »Darf man erfahren, wie der Befund lautet? Verfolgungswahn? Paranoide Zwangsvorstellungen? Die Patientin möchte die ganze Wahrheit erfahren, bevor sie in der Gummizelle verschwindet!«

»Wovon redest du, Cara?« Er sah sie erstaunt an.

»Du weißt ganz genau, wovon ich rede!« Endlich konnte sie sich die Anspannung von der Seele schreien. »Du läufst heimlich zu diesem ungehobelten Grobian von Arzt und erzählst ihm, ich sei verrückt! Ich habe dich gesehen!«

»Olga, ich glaube langsam, du leidest tatsächlich unter Zwangsvorstellungen!«, sagte er mit unterdrücktem Ärger. »Ich bin es langsam leid, dich ständig beruhigen zu müssen.«

»Daran habe ich keinen Zweifel. Ich weiß sogar, was du als Nächstes tun wirst. Du wirst die ganze Geschichte per E-Mail meinem Vater berichten. Damit er Bescheid weiß, dass seine Tochter genauso schizophren ist wie ihre Mutter!«

Jetzt sah man, dass Mark sich offenbar schon seit Tagen nur mühsam beherrscht hatte, dass er sich immer wieder selbst zugeredet und ermahnt hatte: ›Bleib ruhig, Mark, halt an dich!‹ Wenn er unter der Dusche stand oder auf dem Klo saß: ›Ruhig, ganz ruhig!‹ Wenn er im Bett lag: ›Bleib ruhig, Mark, man kann ihr nicht helfen, man kann nur abwarten!‹

Es war nur zu verständlich, dass ihm dann doch irgendwann einmal der Kragen platzte.

Mark sprang auf und schrie sie an:

»Verdammt noch mal, Cara! Ich habe mir wirklich redliche Mühe gegeben! Ich habe alles versucht, was in meiner Macht steht. Aber du benimmst dich einfach wie eine ausgemachte Vollidiotin! Komm her und sieh dir an, was ich schreibe!«

Sie gehorchte und trat an den Tisch. Auf dem Computerbildschirm erkannte sie lange Zahlenkolonnen.

»Verstehst du jetzt?« Ihr Zorn war auf Mark übergesprungen, und er überließ sich ihm mit ungebremstem Genuss. »Ich arbeite, verstehst du? Das ist alles: Ich arbeite. Ich muss einen Vertragsabschluss überwachen, das habe ich deinem Vater versprochen. Und nebenbei versuche ich die Konsequenzen deiner nächtlichen Heldentaten zu bereinigen. Soll ich dir erzählen, was uns das gekostet hat, nur in Geld gerechnet? Allein schon mein Gang zu dieser kurzsichtigen ...«

»Mark, bitte ...« Olga versuchte, ihn zu beschwichtigen, aber Mark war jetzt nicht mehr zu bremsen.

»Und du ... Dir fällt nichts Besseres ein, als nach Kräften meine Existenz zu unterminieren!«

Es wäre besser gewesen, er hätte das nicht gesagt.

Olga traf es wie ein Schlag. Ohne ein weiteres Wort stürzte sie ins Bad. Auf der Konsole vor dem Spiegel stand immer noch die Packung mit dem Nitrasepam. Sie nahm die Tabletten in die Hand. Eigentlich war doch gar nichts dabei, es war ganz einfach, sich selbst und ihren Mann von all diesen Leiden zu befreien.

Es konnte ja nur noch schlimmer werden.

Die Versuchung war so groß, dass Olga zu zittern begann ... Trotzdem, nein, sie konnte es nicht, sie brachte es nicht über sich. Aber sie musste sich irgendwie beruhigen. Olga leerte das ganz Fläschchen auf ihre Handfläche aus, aber dann schluckte sie nur eine Tablette, ihre Tagesdosis, die ihr Mark verordnet hatte. Ach was, Mark konnte ihr gestohlen bleiben, sie würde sich jetzt schlafen legen. Wenigstens im Schlaf konnte sie sich ein wenig von sich selber erholen.

Es klopfte heftig an der Tür. Mark fürchtete vielleicht tatsächlich, dass sie sich umbringen könnte. Sonderbar, er hatte alle scharfen Gegenstände versteckt, aber an die Tabletten, die hier direkt vor seiner Nase standen, hatte er nicht gedacht. Eine erstaunliche Nachlässigkeit. Aber vielleicht wollte er ja insgeheim, dass sie sie nahm? Er war lange nicht so geduldig mit ihr wie ihr Vater damals mit Manana. Traurigkeit und Verzagtheit verdrängten die Wut. Was war nur mit ihr, so kannte sie sich überhaupt nicht …

»Mach die Tür auf, Cara!«

Olga rührte sich nicht. Mark hämmerte mit den Fäusten gegen das Holz.

»Mach sofort auf, hörst du!«

»Es ist ja gar nicht abgeschlossen«, sagte Olga laut. Ihre Stimme klang kalt.

Mark kam herein. Als er das Häuflein Tabletten sah, sprang er vor und schlug sie ihr aus der Hand. Die kleinen weißen Pillen prasselten auf den gekachelten Fußboden und verteilten sich im ganzen Bad.

»Das hättest du dir sparen können, Mark.«

Sie bückten sich beide zugleich und begannen, die Tabletten aufzusammeln. Sie kamen sich dabei nicht wirklich näher, aber Olgas Wut war endgültig verflogen.

»Hast du wirklich geglaubt, ich könnte mich umbringen?«

»Nein …« Er schien aufrichtig erschrocken. »Verzeih mir, Cara. Vielleicht bin ich im Moment wirklich ein bisschen durcheinander …«

O Gott, das war nicht das, was sie von ihm hören wollte. Aber bevor er weitersprechen konnte, klingelte plötzlich das Telefon. Sie schraken beide zusammen. Mark lief eilig aus dem Bad, erleichtert, wie Olga fand. Sie gab die Tabletten in das Fläschchen zurück und betrachtete sich im Spiegel. ›Ich werde Manana auch äußerlich immer ähnlicher. Bald werde ich ihr in jeder Hinsicht gleichen.‹

Marks schrille Stimme riss sie aus der Grübelei.

»Was? Ja, natürlich, wir kommen sofort!«

»Was ist denn, Mark?« Olga stand in der Tür und sah ihren Mann an.

Er war weiß wie ein Bettlaken. Der Telefonhörer baumelte schlaf in seiner Hand.

»Inka!«, stammelte er.

»Was ist mit ihr?«

»Sie ... Sie hatte einen Unfall.«

Das Zimmer schien sich um sie zu drehen. Sie krallte sich am Türrahmen fest, um nicht zu Boden zu sinken. Was war das für ein Unsinn – Inka verunglückt? Sie hatten sich doch letzte Nacht noch gesehen. Das war unmöglich, das konnte nur ein schlechter Scherz sein! Typisch Inka, sie konnte es einfach nicht lassen!

»Was soll das heißen – ein Unfall?« Olga erschrak vor ihrer eigenen Stimme.

»Sie lebt«, beeilte Mark sich, sie zu beruhigen. »Aber sie scheint ernsthaft verletzt.«

»Wo ist sie?«

»Man hat sie auf die Krankenstation gebracht.«

»Wie geht es ihr? Ist sie bei Bewusstsein?«

»Ich weiß überhaupt nichts, Cara! Wir müssen zu ihr, sofort.« Er rang sichtlich um Fassung.

Auf der Krankenstation erwartete sie Artjom Ljubowitsch. Er saß rauchend auf der Vortreppe inmitten einer bunt gemischten Gruppe junger Leute, die Olga vollkommen unbekannt waren. Ihre Gesichter waren einander zum Verwechseln ähnlich, alle spiegelten den gleichen Hunger nach Abenteuer.

»Was ist passiert?«, rief Mark ihm schon von weitem zu.

Artjom Ljubowitsch antwortete nicht, er stand auf und verschwand hinter der Tür. Olga und Mark folgten ihm.

In seinem Zimmer forderte er sie mit einem Nicken auf, sich zu setzen. In seinem Gesicht las Olga nichts als konzentrierte Sachlichkeit.

Schon auf dem Weg zur Krankenstation hatte Olga einen unangenehmen Schmerz in der Magengrube gespürt. Vor ihrem inneren Auge spulten sich Bilder des Grauens ab. Inka, zerschmettert auf einem Felsen, Inka mit gebrochenen Gliedern in einer Felsspalte, Inka, blutüberströmt im weißen Schnee!

Die verdammten Berge brachten Unglück über ihre ganze Familie.

Sie saß neben Mark und brachte kein Wort über die Lippen. Wer hätte denn gedacht, dass das Unglück eines anderen Menschen sie so aus der Bahn werfen würde? Artjom Ljubowitsch ging im Zimmer auf und ab und fuhr sich mit der Handfläche über seinen rasierten Schädel.

»Ich habe ihr eine Infusion gemacht. Sie schläft jetzt«, sagte er nüchtern.

»Was ist denn nur passiert?«, fragte Mark wieder.

»Tja, sie hat sich wohl ein bisschen zu viel zugetraut«, brummte der Arzt mit gänzlich unpassender Bosheit. »Sie ist gestürzt, und wen wundert's!«

»Hat sie schwere Verletzungen?«

»Das kann ich noch nicht mit Sicherheit beantworten. Sie muss geröntgt werden.«

»Und warum ist das nicht schon längst geschehen?«, warf Olga ein. Sie erkannte ihre eigene Stimme kaum wieder.

»Weil wir hier im Augenblick nicht die Vorrichtungen dafür haben. Ich kann zurzeit nur Erste-Hilfe-Maßnahmen durchführen. Sie muss möglichst schnell nach unten in die Stadt gebracht werden.«

»Das ist ja unglaublich! Das ist ein Skandal! Ein Röntgengerät sollte doch wohl zur Mindestausstattung eines großen Skiortes gehören!«

»Natürlich«, erwiderte der Arzt ungerührt. »Aber bedauerlicherweise ist das Gerät gerade ausgefallen. Ohne jeden Grund, es streikt einfach.«

Olga schloss die Augen. Sie sah Artjom Ljubowitsch als Medizinstudenten an einer schäbigen medizinischen Fakultät in irgendeinem verschlafenen Nest. Staubige Seminare, öde Vorlesungen, feuchtfröhliche Expeditionen ins Leichenschauhaus in Begleitung der Lieblingsnutten des Jahrgangs. Saufgelage mit medizinischem Alkohol. Ungenügende Leistungen in den Hauptfächern.

»Dann veranlassen Sie unverzüglich den Transport. Wir werden sie begleiten.« Mark klang entschlossen.

»Ich nehme an, Sie wissen«, begann Artjom Ljubowitsch vorsichtig, »dass die Witterungsbedingungen nicht allzu günstig sind. Der Pass ist geschlossen, wie ich soeben erfahren habe. Leider. Aber davon abgesehen ... Sie will nicht in ein hiesiges Krankenhaus gebracht werden, sie sagt, sie habe kein Vertrauen in die örtlichen Ärzte.«

»Hat sie damit Sie gemeint?«, fragte Mark scharfsinnig.

»Nein.«

»Ich verstehe nicht: Wie kann denn der Pass geschlossen sein?«, rief Mark ärgerlich. »Das Wetter ist doch herrlich.«

»Ja, hier oben. Aber weiter unten ...« Artjom Ljubowitsch hob bedauernd die Schultern. »So ist das nun einmal in den Bergen. Es wäre vermutlich besser gewesen, Sie wären ans Meer gefahren mit Ihrer ganzen reizenden Familie.«

»Das ist ja wohl nicht Ihre Sache.«

Wieder zuckte der Arzt mit den Achseln.

»Was ist denn jetzt mit Inka?«, fragte Olga zaghaft.

»Also, wenn ich kurz zusammenfassen darf: Äußere Verletzungen sind so weit nicht feststellbar. Möglicherweise liegt ein Schmerzschock vor. Sie hat offenbar Schmerzen im Bereich der Wirbelsäule und in beiden Knöcheln«, dozierte Artjom Ljubowitsch sachlich. »Sie hat gebrüllt wie am Spieß«, ergänzte er dann nüchtern. Anscheinend litt er nicht an übertriebener Pietät.

»Und was bedeutet das?«, erkundigte sich Mark, der ein wenig blass um die Nase geworden war.

»Wie gesagt, Näheres kann man erst nach dem Röntgen sagen. Wir müssen von einer Verletzung der Wirbelsäule ausgehen.«

»Oh, nein!«, rief Olga erschrocken.

»Bisher gibt es kein Grund zu dramatisieren«, beruhigte sie Artjom Ljubowitsch sofort. »Ich sage es noch einmal, es liegen keinerlei äußere Verletzungen vor. Die Reaktion der Extremitäten ist allerdings verschwindend schwach bis gar nicht vorhanden. Das könnte auf ein Trauma der Wirbelsäule hindeuten. Aber bevor sie geröntgt wurde, kann ich nichts Genaueres sagen, wie Sie verstehen werden. Solange kann man sie nur fixieren, zur Sicherheit. Sie muss vollkommen ruhig liegen.«

»Diese sowjetische Medizin ist eine Katastrophe«, sagte Mark böse.

»Da gebe ich Ihnen vollkommen Recht«, bekräftigte Artjom Ljubowitsch.

»Können wir sie jetzt sehen?«, fragte Olga.

»Im Moment schläft sie. Sie können Sie dann etwas später besuchen.«

»Und gibt es wirklich keine Möglichkeit, sie irgendwohin zu bringen, wo sie besser versorgt ist?«

»Im Augenblick nicht.«

»Aber das ist doch unglaublich! Was tun Sie, wenn Sie auf einmal einen echten Notfall hereinbekommen?« Marks kalkulierender Verstand schien die Absurdität der Lage einfach nicht begreifen zu können.

»Malen Sie nicht den Teufel an die Wand!«, winkte der Arzt ab. »Bisher ist dieser Kelch an uns vorübergegangen. Die Pisten sind ausgezeichnet präpariert, und wenn Ihre Verwandte sich ein wenig vernünftiger verhalten hätte ... Aber wie gesagt, wir müssen erst einmal abwarten.«

»Könnte man nicht einen Hubschrauber bestellen?«

»Solange die Sturmwarnung besteht, dürfte das zwecklos sein, befürchte ich.«

»Was soll das eigentlich immer mit dieser Sturmwarnung?«

Olga sah Mark mit großen Augen an. Anscheinend war er

ernsthaft besorgt. Vor einer halben Stunde noch hätte sie sich kaum vorstellen können, dass ihn Inka, die ihm doch seit Jahren das Leben vergällte, in solche Unruhe versetzen könnte.

»Ich möchte nicht, dass sie hier bleibt. Wäre es nicht möglich, sie in ihr Zimmer zu verlegen? Wir würden uns gerne selber um sie kümmern ...«

»Das sollte sich arrangieren lassen.«

»Ausgezeichnet. Dann wäre das geklärt.«

Zehn Minuten später wurde Inka an ihnen vorbeigetragen. Sie schlief, und als Olga in ihr blasses, erschöpftes Gesicht sah, empfand sie für ihre Freundin ein heftiges Gefühl wehmütiger Zärtlichkeit. Mark ging still neben der Trage her, und als Inkas Arm zur Seite rutschte und schlaff herabbaumelte, nahm er die Hand seiner verhassten jungen Schwiegermutter und schob sie vorsichtig unter die Decke zurück.

Im Zimmer angekommen, gab Artjom Ljubowitsch ihnen letzte Anweisungen.

»Also, denken Sie daran: Sie muss vollkommen ruhig liegen, sie darf sich auf keinen Fall bewegen. In zwei Stunden komme ich noch einmal vorbei und spritze ihr ein Schmerzmittel.«

»Gut«, sagte Mark kurz angebunden. Artjom Ljubowitsch ging, und Mark drückte die Tür hinter ihm fest ins Schloss.

Olga setzte sich neben Inka aufs Bett. ›Wie schön sie ist!‹, dachte sie. ›Der Schmerz macht sie womöglich sogar noch schöner. Wenn es nur nichts Schlimmes ist! Der Vater würde es nicht überleben ...‹

Ihr Vater vergötterte seine junge Frau. Er hätte alles für sie getan. Olga war sicher, Inka brauchte nur zu ihm zu sagen: ›Igor, schmeiß dieses Ölgeschäft hin, und lass uns aufs Land ziehen, Fasane züchten‹ – er würde es tun.

Er würde alles tun. Eine Stelle als Förster annehmen, als Matrose in der Küstenschifffahrt arbeiten, Karten abreißen im Freizeitpark – Hauptsache, sie bliebe bei ihm. Glücklicherweise wäre es

Inka niemals in den Sinn gekommen, Moskau den Rücken zu kehren. Der Vater liebte Inka mit der verzehrenden Glut eines alternden Mannes. Trotzdem hatte seine Liebe niemals etwas Lächerliches, und das glich den Unterschied von beinahe dreißig Jahren aus.

›Was passiert, wenn er es erfährt?‹ Olga wurde es kalt. Wenn ihr auch nur ein Haar gekrümmt wurde, der winzigste ihrer zarten Knochen einen Kratzer abbekommen hätte, würde er den ganzen Skiort in einen Trümmerhaufen verwandeln. Und dieser kaltschnäuzige Arzt, dieser Artjom Ljubowitsch – an dessen Schicksal mochte sie überhaupt nicht denken.

Plötzlich überkam sie eine heftige Müdigkeit, gegen die sie einfach nicht ankam. Sie hätte dieses Schlafmittel nicht nehmen sollen, aber sie hatte ja nicht ahnen können, was passieren würde.

»Was ist mit dir, Cara?«, fragte Mark.

»Ich bin auf einmal schrecklich müde. Sicher von dem Schlafmittel. Es ist mir sehr unangenehm ... in so einer Situation ...«

»Aber nein, das ist vollkommen in Ordnung, Cara. Leg dich aufs Sofa, und schlaf ein bisschen. Wir müssen es Inka ja nicht erzählen.«

Er fasste sie fürsorglich um die Schultern und brachte sie zum Sofa. Sie legte sich hin, und er deckte sie mit einer Wolldecke zu. Zum ersten Mal in den letzten Tagen schien sie eine trügerische Ruhe zu finden. Das Unglück, das Inka zugestoßen war, schien sie einander wieder näher zu bringen. Alle bösen Gedanken waren vergessen, und alle Diskussionen über ihre zerrüttete seelische Gesundheit waren bedeutungslos geworden.

»Alles wird wieder gut, Mark«, flüsterte sie, suchte nach seiner Hand und drückte sie fest. »Was wirst du jetzt tun?«

»Ich werde mich wohl mit Igor in Verbindung setzen müssen und ihn informieren«, sagte Mark ernst.

Olga erschrak. »Muss das wirklich sein? Vielleicht ist es ja gar nichts Ernstes? Der Arzt hat doch gesagt, dass man noch nichts sagen kann.«

»Ich habe kein großes Vertrauen zu diesem Arzt. Was ist, wenn ihre Wirbelsäule Schaden genommen hat? Dann verlieren wir kostbare Zeit.«

»Vielleicht sollten wir wenigstens warten, bis sie aufwacht.«

»Ich weiß nicht ...«, sagte Mark ausweichend.

Jetzt wurde Olga plötzlich klar, warum Mark so besorgt war, warum er so eine hektische Betriebsamkeit entwickelte. Es ging eigentlich gar nicht um Inka, sondern um ihren Mann, um seinen Chef. Mark hatte Olga überredet, hierherzufahren, und Olga hatte Inka dazu gebracht, sie zu begleiten. Allerdings war das nicht weiter schwer gewesen, Inka war sofort Feuer und Flamme gewesen und wäre am liebsten auf der Stelle losgefahren. Aber wenn Inka jetzt tatsächlich etwas Ernstes zugestoßen war, würde man das dem Vater kaum klarmachen können. In seiner Verzweiflung würde er nach einem Schuldigen suchen, und das liefe dann darauf hinaus, dass er sie beide, Mark und Olga, zu Sündenböcken machte. Olga – als seine Tochter – wäre halbwegs aus der Schusslinie, aber Mark ... Über Mark würde sich das ganze Donnerwetter entladen. Warum war er bloß so scharf darauf war, den Vater zu informieren.

»Ich an deiner Stelle würde vielleicht noch etwas warten, bevor du so einen Anruf unternimmst«, gab sie zu bedenken. »Vater ist manchmal ziemlich unberechenbar, er ...« Weiter kam sie nicht. Die Augen waren ihr zugefallen.

Als sie aufwachte, war es dunkel. Nur am Kopfende von Inkas Bett brannte eine kleine Lampe. Sie war mit einem Tuch verhangen, das Inka irgendwann einmal aus Nizza mitgebracht hatte. Olga hatte dieses Tuch immer ganz besonders gefallen, sie hätte ihr schönstes Abendkleid dagegen eingetauscht. Aber Inka wollte es ihr partout nicht überlassen.

Olga hatte Mühe, richtig wach zu werden. Das Schlafmittel schien noch zu wirken. Auch die Trockenheit im Mund und der leichte Schwindel waren noch nicht vergangen. Sie bekam kaum den Kopf vom Kissen.

Gesprächsfetzen drangen an ihr Ohr. Aha, Mark und Inka konnten sich also doch friedlich unterhalten. Vielleicht hatten sie ja angesichts der Lage einen Waffenstillstand geschlossen.

»Es ist alles in Ordnung. In ein paar Stunden ist er hier«, sagte Mark gerade. »Er hat schon vom Flughafen aus angerufen.«

»Das ist schön.« Inkas Stimme ließ nicht eine Spur von Schmerzen erkennen. »Das ist mir die paar Blessuren wert, wenn man ihn so aus seinem Nest herauslocken kann, du hattest Recht . . .«

»Wovon redet ihr?«, rief Olga.

Mark saß auf dem Bett, an genau derselben Stelle, wo sie selber vor ein paar Stunden gesessen hatte. Er musste also genau dasselbe Bild vor Augen haben wie sie selber vorhin: das Bild einer entzückenden jungen Frau, die der Schmerz nur noch attraktiver machte. Als Olga ihn nun ansprach, fuhr er erschrocken zusammen.

»Du bist schon wach, Cara?« Im nächsten Moment stand er neben ihrem Sofa. Inka schien vergessen.

»Wir haben von deinem Vater gesprochen, Lelischna.«

Olga lächelte und räkelte sich wohlig. Gott sei Dank! Es tat wohl, Inkas vertraute, immer ein wenig heisere Stimme zu hören. Sie klang gesund und lebendig!

Olga sprang auf und lief zu Inkas Bett.

»Wie geht es dir, Inka?«

»Scheußlich! Wahrscheinlich wird Igor mich auf der Stelle sitzen lassen!«

»Du bist wohl verrückt geworden! Was ist mit deinen Beinen?«

»Ich habe keine Ahnung. Ich habe kein Gefühl in ihnen.«

Olga setzte sich vorsichtig auf die Bettkante und schlug die Decke zurück.

»Äußerlich sieht jedenfalls alles ganz normal aus.«

»Na und? Hast du etwa gehofft, dass die Knochen zersplittert aus meinen Beinen herausragen? Hätte dich das mehr befriedigt?«

»Immerhin kannst du schon wieder blöde Witze machen«, warf Mark ein. »Das ist ein gutes Zeichen.«

»Beweg mal deine Zehen!«, befahl Olga. Artjom Ljubowitsch hatte ihre Beine in stabile Schienen gebettet. Das Ganze bot einen martialischen Anblick. Im ersten Moment nach dem Unfall hatte man wohl geglaubt, ihre Beine seien mehrfach gebrochen.

Man sah Inka an, wie sie sich quälte.

»Ich kann nicht.«

Und tatsächlich, sie konnte ihre Zehen nicht bewegen, obwohl sie sich sichtlich Mühe gab. In ihrem Gesicht rollte dabei eine ganze Palette von Gefühlen ab, von trügerischer Hoffnung bis zu finsterer Verzweiflung.

»Oh, verdammt, verdammt«, keuchte sie schließlich zornig. »Warum musste das ausgerechnet mir passieren, hätte es nicht dich an meiner Stelle erwischen können, Mark, Herzchen?«

»Ich wusste ja immer, dass du rührend um mich besorgt bist.« Mark fasste Olga um die Schultern. »Aber ich muss dir leider mitteilen, dass meine Gesundheit für das Wohl des Landes und das Gedeihen des Konzerns deines Mannes um einiges bedeutsamer ist. Außerdem ... Wenn sich jemand die Beine bricht, bedeutet das, dass er sich auf dem falschen Weg befindet. Das ist ein Wink des Schicksals, meine Liebste, und zwar ein Wink mit dem Zaunpfahl.«

»Was soll das heißen, habe ich mir etwa doch die Beine gebrochen?« Schon quoll eine einsame Träne aus dem Winkel ihres rechten Auges. Greta Garbo in ihrer Rolle als ›Kameliendame‹. Olga hatte an Inka schon immer bewundert, wie perfekt sie mit ihrem Gesicht jede beliebige emotionale Nuance variieren konnte.

»So etwas passiert eben bösen Mädchen, die spät nachts mit Kegeln spielen.« Mark hatte wirklich nicht das geringste Mitleid mit der unglücklichen Inka.

Olga beeilte sich, ihre Freundin zu trösten. »Du sollst dir keine Sorgen machen. Der Doktor hat gesagt, es sind keine Verletzungen erkennbar.«

»Der Doktor!« Inka schnaubte verächtlich. »Dieser Doktor hat keine Gelegenheit ausgelassen, mich zu betatschen; eine hilflose Frau, die noch dazu unter Schock stand. Wenn nicht noch andere Leute dabei gewesen wären, hätte er mich wahrscheinlich kurzerhand vergewaltigt. Obwohl die auch ziemliche Stielaugen gemacht haben.«

»Na ja, im Endeffekt hat dann ja keiner was abgekriegt«, resümierte Mark ungerührt.

»Wie ist es eigentlich passiert, Inka? Du hast uns so erschreckt!«

»Ich bin von der Piste abgekommen und einen Abhang hinuntergestürzt, weiter nichts. Ich habe einfach einen Moment lang nicht aufgepasst, und schon war's passiert. Dann bin ich aufgewacht und hatte schreckliche Schmerzen in den Beinen und im Rücken.«

»Sei ganz ruhig. Bald kommt dein großer Zampano und wird sich um dich kümmern. Der bringt Ordnung in die Bude.«

»Hast du Vater doch angerufen?«, fragte Olga überrascht.

»Ja.« Mark versteifte sich. »Was sollte ich tun? Schließlich liegt seine Frau hier verletzt, kein Mensch weiß, wie es um sie steht, die medizinische Versorgung hier ist einfach unbeschreiblich ... Er hätte es mir nie verziehen, wenn ich ihm nicht Bescheid gesagt hätte.«

»Hast du darauf bestanden?«, wandte sich Olga an Inka.

»Wie denn? Ich habe gar nichts davon mitbekommen.«

»Das war meine alleinige Entscheidung«, sagte Mark fest.

»Und was hast du ihm erzählt?«

»Die Wahrheit. Auch, dass sie unbedingt ins Tal gebracht werden muss, dass wir aber bisher keine Möglichkeit gefunden haben, sie zu transportieren. Er ist bereits auf dem Weg hierher.«

Olga seufzte. Ihr Vater war wirklich ein wunderbarer, ein bewundernswerter Mensch. Und genauso wunderbar war seine Liebe zu der leichtsinnigen Inka. Allerdings musste man zugeben, dass Inka selbst niemals versucht hatte, seine Liebe zu gewinnen, sie hatte sich ihm niemals an den Hals geworfen. Inka war immer sie selbst geblieben: ein echtes Luxusweib, das jeden Diamanten in den Schatten stellte. Ganz anders als Olga. Olga ging vollkommen in ihrem Mann auf. Hätte ihr Vater wohl ihretwegen jemals so einen Aufwand betrieben? Sie konnte diese Frage nicht mit Gewissheit beantworten, aber sicher war, dass seine Liebe zu ihr nie so unbesonnen, so wider alle Vernunft gewesen war. Als sie jetzt daran dachte, spürte sie einen kleinen feindseligen Stich gegen ihre Freundin, ein lange vergessenes Gefühl, das sie aus der ersten Zeit der Beziehung zwischen Inka und ihrem Vater kannte.

›Du bist einfach eifersüchtig, Lelischna‹, hatte Inka damals zu ihr gesagt.

Das stimmte natürlich. Olga war eifersüchtig. Aber das war andererseits auch wieder nur die halbe Wahrheit. Olga konnte sich lange nicht daran gewöhnen, dass die beiden verheiratet waren. Die gemeinsame Kindheit hatte die beiden Mädchen fast zu Schwestern gemacht; alles hatten sie miteinander geteilt: die Puppen, die Jungs, ihre vielen kleinen Geheimnisse. Und so musste sie es in der ersten Zeit empfinden: Ihr Vater küsste ihre Schwester, ihr Vater schlief mit ihrer Schwester. Sie empfand es als Inzest.

Aber mit der Zeit hatte sie diese Ehe akzeptiert. Nur jetzt, wo der Vater alles stehen und liegen ließ, um zu seiner Frau zu eilen, erhob die alte Eifersucht wieder ihr hässliches Haupt, das sie doch für immer abgeschlagen glaubte.

»Ich sehne mich schrecklich nach ihm. Dabei ist es eigentlich nur furchtbar, wenn er mich in einem solchen Zustand sieht!«

»Ach was, er wird dich nur umso mehr lieben. Es sei denn, du hast vor, den Rest deiner Tage im Rollstuhl zu hocken.«

»Mark, hör auf!«, rief Olga. »Wie kann man so grausam sein!«

»Aber mir tut überhaupt nichts weh. Es ist nicht einmal unangenehm.«

»Weil der Arzt dir eine Spritze gegeben hat.«

»Der Arzt war schon hier?«, fragte Olga.

»Sogar schon zwei Mal.«

Aha. Wie lange hatte sie dann wohl geschlafen?

»Anscheinend habe ich alles verschlafen.«

»Na ja, gute sechs Stunden hast du selig geschlummert.«

Olga stand auf und trat an das breite Fenster. Von den Bergen war nichts mehr zu sehen, selbst die nähere Umgebung verschwand fast vollständig in dichtem Schneegestöber. Die Sturmvoraussage schien sich zu erfüllen. Olga stellte sich vor, wie ihr Vater unten im Tal verzweifelt nach ein paar Selbstmördern suchte, die ihn bei diesem Wetter auf den Berg brächten. Und wie sie ihn kannte, würde er auch welche finden; er konnte eine enorme Überzeugungskraft entfalten, wenn er wollte.

»Ich kann mir kaum vorstellen, wie er hier heraufkommen will«, sagte Inka.

»Er kommt«, beruhigte sie Mark. »Darauf kannst du dich verlassen.«

Inka machte einen Versuch, sich aufzusetzen, und ließ sich mit einem Schmerzensschrei in die Kissen zurücksinken. Olga stürzte zu ihr.

»Was ist?«

»Meine Beine! Ich fühle sie nicht ... Ich kann sie nicht einmal aus dem Bett heben!« Sie biss sich auf die Lippen.

»Du sollst jetzt auch keine Heldentaten vollbringen«, versuchte Olga ihre Freundin zu trösten. »Was hat der Doktor zu dir gesagt?«

»Dass sie wunderschöne Augen hat und eine samtweiche Haut«, antwortete Mark. »Und dass sie ihm die Ausgabe des ›Playboy‹ nennen soll, die sie mit ihren appetitlichen Kurven schmücken wird.«

»Blödmann!«, schimpfte Inka, wobei unklar blieb, ob sich das auf Artjom Ljubowitsch bezog oder auf Mark. »Dieser Schmutzfink. Na warte, wenn Igor kommt, wird er es ihm zeigen ...«

Olga erschrak. Irgendetwas in Inkas Stimme erinnerte sie an den Klang ihrer eigenen Stimme in ihrer weit zurückliegenden Kindheit: ›Na warte, mein Vater kommt gleich, der wird es euch allen zeigen!‹

»Ja«, konstatierte Mark. »Ich bin sicher, dass hier bald eine spannende Corrida stattfinden wird. Man sollte sich rechtzeitig die besten Plätze reservieren.«

»Inka, hast du nicht Hunger?«, fragte Olga fürsorglich.

»Nein ... Aber sagt mir, dass es nichts Schlimmes ist, bitte!«

»Natürlich ist es nichts Schlimmes, Inka«, rief Olga schnell. »Du darfst den Kopf nicht hängen lassen.«

»Ein wunderbarer Urlaub, wirklich ... Wir hätten doch ans Meer fahren sollen.« Inka nahm Olgas Hand und drückte sie fest.

»Am Meer ist es auch nicht ungefährlich.« Mark konnte es einfach nicht lassen. »Zum Beispiel die ganzen Scharen von Rettungsschwimmern in knappen Badehöschen, oder all die Bojen, die man beachten muss.«

»Mark, Herzchen, man merkt doch immer wieder, dass du in ziemlich beschränkten Verhältnissen aufgewachsen bist. In Acapulco gibt es keine störenden Bojen.« Inka hatte selbst eine mehr als karge Kindheit gehabt, aber in den wenigen Jahren ihrer Ehe mit Igor Anatoljewitsch hatte sie längst die luxuriösesten Urlaubsorte der Welt kennen gelernt und konnte sogar deren Namen mit der erforderlichen betonten Lässigkeit aussprechen.

»Du wolltest doch unbedingt hierherfahren«, bemerkte Mark spitz.

»Zugegeben, das war eine Dummheit«, gestand Inka. »Aber diesen Fehler mache ich nur einmal. Und außerdem bist du daran schuld, du hast mich verhext.«

»Schon klar, ich bin mal wieder an allem schuld!« Mark grinste ironisch.

›Welch sonderbare Wege das Leben bisweilen nimmt‹, dachte Olga. ›Da liegen sie sich schon wieder in den Haaren, so als wäre gar nichts passiert, als läge sie nicht gelähmt in ihrem Bett. Ob sie immer noch unter Schock steht? Vielleicht hat sie den Ernst ihrer Lage noch gar nicht richtig begriffen? Oder ist die Lage gar nicht so ernst? Vielleicht versucht Mark sie einfach nur abzulenken, damit sie nicht darüber nachdenkt? Aber wer weiß, ob sie jemals wieder laufen kann?‹ Olga wurde es eiskalt bei diesem Gedanken.

»Inka!« Olga umarmte ihre Freundin behutsam und sagte ohne jede Logik: »Ich mag dich sehr.«

»Ist es wirklich so schlimm? Werde ich nie mehr laufen können?«, versuchte Inka zu scherzen. Sie war immer noch die Alte, daran würde kein Unglück der Welt etwas ändern können.

»Das Schlimmste hast du schon hinter dir«, bemerkte Mark. »Du liegst in deinem Bett und nicht im Leichenschauhaus. Und wenn du wieder in Ordnung bist, nageln wir ein Schild an die Tür: ›Hier litt die arme Inka‹.«

Bevor Inka diese Unverschämtheit parieren konnte, klingelte das Telefon auf ihrem Nachttisch. Mechanisch streckte sie die Hand danach aus und stöhnte sofort auf. Heftige Bewegungen fielen ihr noch schwer, das war ja verständlich.

Mark hob ab und lauschte eine Weile schweigend in den Hörer.

»Gut«, sagte er schließlich. »Wir kommen.«

»Wer war das?«, fragte Olga.

»Also, Mädchen, haltet euch fest. Man hat mir gerade mitgeteilt, dass Igor schon unterwegs ist. Mit dem Hubschrauber. In etwa zwanzig Minuten werden sie hier sein.« Inkas Gesicht nahm Farbe an. Man sah, dass sie sich auf ihren Mann freute, zugleich sein Erscheinen aber auch fürchtete.

»Gib mir meine Kosmetiktasche, Lelischna«, bat sie kläglich.

»Natürlich, das ist jetzt das Allerwichtigste.« Mark grinste anzüglich.

»Ich muss mich doch für die Ankunft meines Mannes rüsten.«

»Gerüstet bist du wahrlich genug, von den Füßen bis zu den Schultern.«

Nein, irgendwie war er heute nicht in Form. Seine Scherze lagen weit daneben. Sehr weit daneben.

Olga küsste Inka zum Abschied, Mark beließ es bei einem knappen Nicken. Als sie schon an der Tür waren, rief Inka sie noch einmal zurück.

»Lelischna!«

»Ich warte draußen auf dich«, flüsterte Mark und zog sich zurück.

»Wie sehe ich aus, Lelischna?« Olga beugte sich über sie und strich ihr über die kurzen dunklen Haare.

»Prima siehst du aus.«

»Wirklich? Und warum nur prima?«

»Du bist wirklich unverbesserlich, Inka.«

»Das sage ich doch immer!«, kommentierte Mark, der gerade den Kopf wieder zur Tür hereinsteckte. »Die wird noch im Grab mit den Würmern flirten.«

»Lelischna, sag deinem Mann, dass er ein Grobian ist.«

»Ich richte es aus.« Olga lächelte und wandte sich tadelnd an Mark: »Du bist wirklich taktlos.«

Mark schloss wortlos die Tür.

»Lelischna.« Inka sah sie an. »Was soll ich tun, damit er mich nicht verlässt?«

»Gar nichts. Bleib einfach du selbst.« Olga runzelte die Stirn. Inkas Frage schien ihr übertrieben pathetisch. »Es wird alles gut, Inka.«

»Bestimmt?«

»Ganz bestimmt!«

Als Olga in die Hotelhalle kam, traf sie Mark im Gespräch mit Swjaginzew an. Olga hatte kein großes Verlangen danach, ihm zu begegnen, nachdem er unfreiwillig zum Zeugen ihres kleinen Wahnsinnsanfalls geworden war. Aber Mark winkte ihr zu kommen.

Zurückhaltend begrüßte sie Swjaginzew, aber der gab sich vollkommen unbefangen.

»Sie scheinen sich gut erholt zu haben. Sie sehen großartig aus.«

»Vielen Dank.«

»Ihr Mann hat mir gerade von Ihrer Freundin erzählt. Das tut mir sehr leid.« Swjaginzews Doppelkinn begann vor Mitgefühl so heftig zu wogen, als hätte er gesagt: ›Mein Beileid.‹

»Bedauerlicherweise lässt die medizinische Versorgung in diesem Hotel sehr zu wünschen übrig.«

»Haben Sie Probleme mit unserem Artjom Ljubowitsch?«

»Sagen wir mal, ich könnte mir vorstellen, dass er demnächst ein paar Probleme bekommt.«

Aber Swjaginzew tat, als ginge ihn das Thema nichts an. »Und Sie selbst, geht es Ihnen besser?«, wandte er sich wieder an Olga. Die Erwähnung des Arztes zog automatisch die Frage nach der Patientin nach sich, und das war in diesem Falle sie. Anscheinend sah sie hier jeder schon mit einem Bein in der Irrenanstalt.

»Mit geht es ausgezeichnet«, antwortete sie steif. »Mark, ich möchte gehen.« Ohne seine Antwort abzuwarten, drehte sie sich um und eilte davon.

»Alles Gute, Pal Palitsch.« Mark drückte Swjaginzew die Hand und folgte seiner Frau.

»Wo müssen wir hin?«, fragte Olga, als er sie eingeholt hatte.

»Am Hauptgebäude vorbei und dann nach rechts den Weg entlang. Nach etwa zweihundertfünfzig Metern kommt man zu einem Hubschrauberlandeplatz.«

Die Zeit reichte noch, einen Umweg zu ihrer Hütte zu machen und sich umzuziehen. Mark bat sie, ihren hellblauen Overall mit den weißen Streifen anzuziehen. »Darin siehst du einfach unwiderstehlich aus, Cara. Es wird deinem Vater sehr gefallen.«

Der Hubschrauberlandeplatz war trotz des weiter unten tobenden Schneesturms hell beleuchtet. Kein Mensch war zu sehen. Olga hob ihr Gesicht und starrte in den schwarzen Rachen des Himmels.

»Mein Vater ist verrückt«, sagte sie und biss sich sofort auf die Lippen. Wenn jemand in ihrer Familie verrückt war ...«

»Ein ganz normaler verliebter Mann«, bemerkte Mark sanft.

»Meine Güte, was er wohl für dieses Himmelfahrtskommando bezahlen musste?«

»Wie viel auch immer, ich hätte es auch bezahlt«, sagte Mark und nahm sie in den Arm. Sein festes Kinn grub sich in ihr Haar.

›Oh, Gott, alles ist wie früher‹, dachte sie und schloss die Augen. Als hätte es diese letzten Tage nicht gegeben.

»Mark!«

»Ja, Cara?«

»Ich möchte nicht, dass mein Vater erfährt ... dass er erfährt, was hier passiert ist. Mit mir ...«

»Ich verstehe, Cara. Mach dir keine Sorgen deswegen. Fühlst du dich auch wirklich gut?«

»Von der Sorge um Inka abgesehen, ja.«

»Ich freue mich. Aber du musst mir etwas versprechen. Wenn wir wieder in Moskau sind ...«

Olga wusste schon, was er sagen wollte. Wenn wir wieder in Moskau sind, wirst du ein braves Mädchen sein und ohne Murren alle Psychiater und Ärzte aufsuchen, widerspruchslos alle Medikamente zu dir nehmen und überhaupt alles tun, was dein fürsorglicher Ehemann von dir verlangt, der doch immer nur das Beste für dich will.

»Einverstanden, Mark«, unterbrach sie ihn.

»Dann ist ja alles gut, Cara.« Sie fühlte sein Kinn an ihrem

Nacken. »Siehst du, wir kennen uns kaum zwei Jahre und verstehen uns schon ohne Worte.«

Er fiel geradewegs vom Himmel.

Wie ein Titan, den die Götter bestraften, weil er sich ihnen widersetzte. Und ein Titan war er auch, ihr Vater; das war genau die Vorstellung, die sie seit ihrer Kindheit von ihm hatte.

Der Hubschrauber hatte für die kurze Strecke eine volle Stunde gebraucht. Später erfuhren sie die Geschichte dieses wahnsinnigen Nachtfluges in allen Einzelheiten. Der Vater hatte irgendeinen tollkühnen Piloten aufgetrieben, der schon seit einem halben Jahr ohne Lohn in seinem Luftstützpunkt herumsaß. Fünftausend Dollar, das war der Tarif, für den er bereit war, sein Leben und das seines Passagiers aufs Spiel zu setzen. Der Vater hatte ohne mit der Wimper zu zucken gezahlt.

Und jetzt sprang er aus dem Hubschrauber und kam auf sie zu. Er roch nach einem kräftigen Eau de Cologne, nach Benzin und billigem Tabak: offensichtlich war diese Klapperkiste von Hubschrauber, ein alter ›Mil Mi-2‹, in besseren Zeiten für die sowjetische Tabakindustrie im Einsatz gewesen.

Ihr Vater hatte das Rauchen unmittelbar nach seiner Hochzeit aufgegeben, nur weil er sich einredete, dass Inka den Geruch seiner kubanischen filterlosen Zigaretten nicht mochte. Als Olga ein Kind war, hatte das ganze Haus penetrant nach diesen Dingern gestunken, und nicht einmal die sensible Manana hatte ihn davon abhalten können, pro Tag seine zwei Schachteln ›Portogas‹ zu quarzen. Inka schaffte es innerhalb weniger Minuten, sie brauchte nur einmal ihr hübsches Näschen zu rümpfen.

»Wie geht es ihr?«, brüllte der Vater, während der Propeller sich noch drehte. »Lebt sie?«

»Alles in Ordnung«, beruhigte ihn Mark. Keine Begrüßung, keine Umarmung.

»Wo ist sie?«

»Wir bringen Sie zu ihr, Igor Anatoljewitsch.«

Mark war die personifizierte Hochachtung. Zwischen ihm und seinem Schwiegervater war immer eine gewisse Distanz geblieben. Der Vater war der Chef des Konzerns, Mark nur einer der leitenden Angestellten. In diesem Verhältnis hatten sich beide gut eingerichtet.

»Ist es etwas Ernstes?« Igor Anatoljewitsch konnte sich überhaupt nicht beruhigen.

»Hallo, Vater!«, brachte Olga sich endlich in Erinnerung.

»Hallo, meine Kleine.« Ein gleichgültiger Kuss auf die Wange, das war alles, was der Vater für seine Tochter übrig hatte. Der längst vergessene Hass auf Inka nahm plötzlich wieder Gestalt an und erhob sich bedrohlich über ihr.

Ja, ihretwegen wäre er nicht extra gekommen. Ein kurzer, tröstender Anruf aus dem fernen Moskau, damit hätte es sich für ihn erledigt. (›Werd schnell wieder gesund, meine Kleine. Ich liebe dich. Punkt.‹) Oder er hätte ein paar kräftige Burschen rübergeschickt, irgendwelche Sicherheitsleute aus seinem Konzern. Die hätten unten im Tal in Ruhe das Ende des Unwetters abgewartet, und erst wenn das Barometer zuverlässig wieder auf ›Schön‹ gestanden hätte, wären sie losgeflogen.

Traurig und gereizt betrachtete sie ihren Vater. Vor langer, langer Zeit einmal hatte er ihr allein gehört, der große, schöne grauhaarige Mann. Er war vollkommen – so hatte sie ihn jedenfalls immer gesehen: seine gerade Nase, die starken Wangenknochen und das Kinn eines Hunnenführers; des großen Attila zum Beispiel! Jetzt war dieses Kinn eines Hunnen in ständiger Bewegung, ein Zeichen äußerster Erregung.

»Mark, erklär mir sofort, was hier los ist.«

»Sie ist einen Hang hinuntergestürzt. Aber es besteht kein Grund zur Sorge.«

»Ist ihre Wirbelsäule in Ordnung?«

»Sie muss noch geröntgt werden«, antworte Mark ausweichend.

»Was sagen die Ärzte?«

»Die Ärzte ... Tja, das ist ein Fall für sich.«

›Armer Artjom Ljubowitsch‹, dachte Olga. ›Wenn mein Vater mit dir fertig ist, gebe ich keinen Pfifferling mehr auf dich.‹

Igor Anatoljewitsch schritt so schnell aus, dass sie ihm kaum folgen konnten.

»Ist sie transportfähig?«

»Ich denke schon.«

»Verdammt, ich hätte Matwej mitbringen sollen ... Wieso habe ich nicht gleich daran gedacht, ich alter Esel!«

Matwej Kulagin, ein brillanter Chirurg, war ein alter Freund des Vaters. Sie hatten sich zwei Jahre vor Mananas Tod kennen gelernt, als sie sich die Hand brach. Igor Anatoljewitsch dachte nicht gern an diesen Unfall.

Olga erinnerte sich düster, dass Manana sich damals zum ersten Mal gegen den Vater gewendet hatte, wie es später des Öfteren vorkam. Nur so konnte sie all ihre Verzweiflung, ihre Trauer, ihre Angst vor sich selbst nach außen tragen.

»Ist sie ... ist sie bei Bewusstsein?«

»Natürlich, Igor Anatoljewitsch. Sie erwartet Sie.«

Igor Anatoljewitsch sank in sich zusammen, als hätte man ihm die Luft herausgelassen. Man sah es ihm an, dass seine größte Angst die vor der Ungewissheit war. Jetzt, da sich die Situation allmählich klärte, ließ die Anspannung endlich nach.

Inka saß in ihrem Bett, die Hände in die Decke gekrallt, und starrte auf die Tür. In dieser Haltung fanden sie sie, als sie zu dritt ins Zimmer polterten.

Igor Anatoljewitsch stürzte augenblicklich zu ihr. Inka streckte die Arme nach ihm aus und begann zu weinen. Niemand weinte so schön wie Inka. Tragisch und stolz, aufrecht und würdig, wie eine Königin, die man in Verbannung schickt.

»Mein Mädchen ...«

»Igor ...«

»Du hast mir einen Schrecken eingejagt! Wie konntest du mir so etwas antun ...«

Olga verursachte diese rührende Szene Unbehagen. Niemals zuvor war es ihr so deutlich geworden, wie sehr ihr Vater ihre Freundin liebte. Ihre Schulfreundin mit den ewigen Tintenflecken an den Fingern und den ewig aufgeschrammten Knien, das kleine Mädchen, das er früher doch kaum bemerkt hatte. Wahrscheinlich dachten sie bisweilen daran, wenn sie eng umschlungen zusammen im Bett lagen. ›Ich erinnere mich noch genau an das Kleidchen, in dem du damals zu uns gekommen bist, so ein blaues mit weißen Pünktchen.‹ – ›Was redest du, Igor, so ein Kleid hatte ich nie.‹

»Tut dir etwas weh?«

»Nein, gar nichts.« Inka schaute Igor mit klaren Augen an: keine Panik, keine Verzweiflung war darin zu erkennen. Er sollte sehen, wie tapfer seine kleine Frau war.

»Sag mir die Wahrheit.«

»Ich sage dir die Wahrheit. Es tut mir wirklich nichts weh. Ich spüre nur meine Beine nicht, das ist alles.«

Igor Anatoljewitsch schlug die Decke zurück und beugte sich über die hübschen, gepflegten Füße seiner Frau. Er küsste jede einzelne ihrer manikürten Zehen. Olga fühlte sich plötzlich wie eine Voyeurin bei einer wilden Sexszene. Sogar Mark wurde verlegen.

»Lass uns gehen«, flüsterte er Olga zu. »Du siehst ja, sie müssen jetzt allein sein.«

»Gleich«, sagte Olga und rührte sich nicht von der Stelle. Noch nie war ihr der Vater so bemitleidenswert erschienen. Seine große, allumfassende Liebe machte ihn so viel älter. Dabei wäre sonst niemandem in den Sinn gekommen, ihn als alten Mann zu bezeichnen. Igor Anatoljewitsch war ein gut erhaltener Fünfziger und befand sich in ausgezeichneter körperlicher Verfassung. Dabei hatte ihr Vater nie besonderen Wert auf sein Äußeres gelegt. Während der Ehe mit Manana hatte er dazu weder die Zeit noch die Energie gehabt. Aber als er Inka heiratete, änderte sich das radikal, von da an trug er nur noch die besten Anzüge und die besten Hemden, benutzte edelstes Parfum. Sogar seine Wäsche ließ er sich aus England kommen. ›Wenn man eine so junge Frau hat, muss man auf sich achten‹, pflegte er zu sagen.

Aber Olgas von Eifersucht geschärfter Blick sah etwas ganz anderes. Seine Leidenschaft für Inka schien allen Saft aus ihm herauszusaugen, er war vollkommen wehrlos ihr gegenüber, ja, er dachte nicht einmal daran, sich zu wehren.

›Ich frage mich nur, wie lange du das durchhalten kannst, Vater‹, dachte Olga. Es war das erste Mal, dass sie so etwas dachte, und sie erschrak selber darüber.

»Gleich morgen früh fliegen wir von hier weg«, flüsterte der Vater aufgewühlt. »Matwej wird dich schnell wieder zurechtflicken, das verspreche ich dir.«

»Und du wirst mich nicht verlassen?«

»Wie kannst du so etwas sagen?« Igor Anatoljewitschs Gesicht verfinsterte sich.

»Und wenn ich nie wieder laufen kann?«

»So etwas darfst du nicht einmal denken!«, schimpfte er und bedeckte ihren Mund mit seiner Hand.

»Aber erzähl doch mal! Wie bist du denn hierhergekommen?«

»Eine Mitfahrgelegenheit, Liebes.«

»Aber da draußen tobt doch ein furchtbarer Sturm!«

»Ach ja? Tatsächlich? Das ist mir gar nicht aufgefallen. Wahrscheinlich, weil ich immerzu nur an dich denken musste.«

»Komm jetzt«, flüsterte Mark wieder und zog Olga am Ärmel.

In diesem Augenblick klopfte es: »Pam-pam-pa-pa-pam!« Es klang ziemlich dreist. Als Mark öffnete, erschien der rasierte Schädel Artjom Ljubowitschs in der Tür.

»Ich bin's nur«, sagte Artjom Ljubowitsch nonchalant. »Ich

wollte mal nach unserer hübschen Kranken schauen. Wie fühlt sie sich denn so?«

»Zufriedenstellend«, erklärte Mark kühl.

»Ausgezeichnet!«, konstatierte der Arzt munter und bemerkte endlich die Anwesenheit einer unbekannten Person im Raum. »Ach, wen haben wir denn da?«

»Wenn ich das richtig verstehe, sind Sie der Arzt?«, entgegnete Igor Anatoljewitsch statt einer Antwort.

»Das haben Sie ganz richtig verstanden. Und Sie sind dann wohl der besorgte Herr Papa?«

»So kann man es auch nennen.« In Igor Anatoljewitschs Gesicht zuckte kein Muskel.

»Das ist mein Mann!«, verkündete Inka herausfordernd.

Artjom Ljubowitsch stieß einen ironischen Pfiff aus: ›Was will denn so ein ausgefranster Kaktus von dieser zarten Lotosblume?‹

»So, so, dann ist es ja gut. Ich wollte Ihnen nur Ihre Spritze geben.«

»Dann tun Sie das«, bemerkte Igor knapp. Während Artjom Ljubowitsch hantierte, sah er ihm mit finsterer Miene zu.

»So, das war's. Ich komme morgen früh noch einmal vorbei«, erklärte der Arzt.

»Gehen wir einen Moment vor die Tür«, sagte Igor Anatoljewitsch und schob den vorlauten Mediziner aus dem Zimmer.

»Jetzt gibt es was auf die Ohren«, grinste Mark, der sich in der Logik männlichen Balzverhaltens gut auskannte.

»Sag ihm, er soll es nicht tun«, bat Inka, aber in ihrer Stimme hörte man den Beiklang von Genugtuung. Sie war immer ein Fan von Ritterturnieren gewesen.

»Sag es ihm doch selbst.«

Wenn der Vater unter Stress stand, war ihm alles zuzutrauen, erst recht, wenn es darum ging, einen jungen Mann in die Schranken zu weisen. Um das Schlimmste zu verhindern, folgte Olga den beiden Männern auf den Flur.

Aber ihre Befürchtungen schienen übereilt.

Artjom Ljubowitsch und ihr Vater standen am Fenster und unterhielten sich friedlich.

»Sagen Sie mir, Doktor, ist es etwas Ernstes?«

»Ich konnte keinen Bruch feststellen.«

»Sicher?«

»Es könnte natürlich ein Riss vorliegen, möglicherweise auch eine Verschiebung der Bandscheiben, aber das kann mit Sicherheit nur ein Röntgenbild zeigen. Leider können wir diese Untersuchung hier oben nicht durchführen, unser Röntgengerät ist ausgefallen. Sie muss natürlich in jedem Fall gründlich untersucht werden.«

»Aber warum kann sie nicht laufen? Warum hat sie kein Gefühl in den Beinen?« In der Stimme des Vaters stand tiefe Verzweiflung.

»Es könnte ein posttraumatischer Schock vorliegen. Leider kann ich Ihnen unter den gegebenen Umständen nichts Konkreteres sagen.«

»Wie soll ich das verstehen?«

»Wie ich sagte. Ich kann die erforderlichen Untersuchungen hier nicht durchführen.«

»Verstehe ...« Der Vater ballte erregt die Hand zur Faust, öffnete sie aber gleich wieder. »Das heißt, Sie sind hier eigentlich bloß zur Verzierung der Landschaft da, eine Arztattrappe, oder wie?«

»Ihre Frau hätte sich an die gesicherten Pisten halten sollen als derart unerfahrene Skifahrerin«, entfuhr es dem Arzt. »Dann hätten wir das ganze Problem jetzt gar nicht.«

»Was meine Frau tut und was sie lässt, das geht dich einen Scheißdreck an. Und jetzt hör mal gut zu, Sportsfreund: Ich werde dafür sorgen, dass dein komischer Laden hier dichtgemacht wird! Und du kannst froh sein, wenn du den Rest deines Lebens Schweine kastrieren kannst, bereite dich schon mal darauf vor!«

»Wollen Sie mir drohen?«, entgegnete Artjom Ljubowitsch pikiert.

»So einer halben Portion wie dir drohe ich nicht, du Quacksalber.«

Und dann entfaltete sich das Temperament ihres Vaters in vollem Umfang. Er packte den Arzt am Kragen und hob ihn einfach vom Boden hoch. Die stutzerhaften Schuhe des Arztes scharrten hilflos über den Dielenfußboden, und seine alberne Brille rutschte ihm auf die Nasenspitze.

»Nein, mein Lieber, ich habe es gar nicht nötig, dir zu drohen. Aber wenn du deine Arbeit nicht anständig machst und wenn du dir noch einmal einfallen lässt, meine Frau so schmierig anzuglotzen, dann werde ich dich plattdrücken wie eine Kakerlake. Habe ich mich klar ausgedrückt?«

»Klar genug«, krächzte Artjom Ljubowitsch, der offenbar vollkommen überrumpelt war.

»Ich höre nichts!«

»Ich habe verstanden!«

»Dann richte dich auch danach.«

Der Vater stellte den Arzt auf die Füße und war mit einem Schlag wieder ganz ruhig.

»Also, wie sind Ihre Anweisungen, Doktor?«, fragte er vollkommen sachlich.

»Wie bitte?«

»Wir fliegen morgen früh ab. Und ich möchte, dass Sie mir für die heutige Nacht präzise Instruktionen geben.«

»Es gibt keine Instruktionen, außer absoluter Ruhe. Sie darf nicht bewegt werden.«

»Gut, dann nur noch eine Frage. Ist sie transportfähig? Sind keine ernsthaften Komplikationen zu erwarten? Würde das ihren Zustand verschlimmern?«

»Ich denke, es sollte keine Probleme geben. Ich habe Ihrer Frau ein Schmerzmittel gegeben, und ich könnte ihr auch noch ein

Schlafmittel spritzen.« Der Arzt war auf einmal sanft wie ein Lamm.

»Sehr gut, dann will ich Sie nicht weiter aufhalten.«

Damit ließ Igor Anatoljewitsch den Arzt stehen und ging zu seiner Tochter.

»Komm, Kleine«, sagte er und legte ihr den Arm um die Schultern. Sein Griff war fest und vollkommen emotionslos. Olga war diese Berührung nicht angenehm. Sie spürte darin keinerlei Gefühl, weder Liebe noch Zärtlichkeit, noch Fürsorglichkeit.

Schon an der Tür, drehte sie sich noch einmal um. Der Doktor stand immer noch am Fenster und sah ihnen nach. Sein Blick, der unverwandt auf den Rücken ihres Vaters geheftet war, zeigte einen Ausdruck von Verwirrung und Respekt. Jetzt verstand Olga, warum Inka niemals ernsthaft auf den Gedanken kam, ihren Mann zu betrügen. Er war zu stark, zu machtvoll. Niemand konnte gegen ihn ankommen. Sogar der selbstbewusste Mark, ihr eigener Mann, wirkte neben ihm blass und unscheinbar.

»Wo warst du so lange?«, fragte Inka quengelig, als sie ins Zimmer zurückkamen.

»Ich habe mich ein wenig mit dem Arzt unterhalten, mein Liebling, weiter nichts.«

»Was hat er gesagt?«

»Dass du dir keine Sorgen machen sollst.«

»Wirklich?«

»Habe ich dich jemals belogen?« Wieder setzte er sich neben sie. »Morgen sind wir schon zu Haus. Dann kommen die Skier in den Keller, und sämtliche Berge und der Schnee werden einfach abgeschafft. So weit kommt es noch, dass ich dich derentwegen verliere.«

›Jetzt fangen sie schon wieder an zu turteln!‹, dachte Olga enerviert.

»Papa, wir gehen dann«, sagte sie betont deutlich.

»Ja«, sagte er zerstreut, aber sie hatte das Gefühl, dass er überhaupt nicht an sie dachte. »Ich rufe euch später in eurem Zimmer an.«

Mit keinem Wort fragte er nach ihrer Telefonnummer! Aber natürlich konnte er ihre Nummer jederzeit an der Rezeption erfahren. Wahrscheinlich war sie einfach überempfindlich.

»Wir haben kein Zimmer«, erklärte sie gezwungen, und man hörte, dass sie gekränkt war. »Wir wohnen in einer Hütte.«

»Gut, dann rufe ich euch in eurer Hütte an.«

»Wir gehen in die Bar, Igor Anatoljewitsch. Sie ist ganz in der Nähe. Also wenn Sie möchten ...«

Igor Anatoljewitsch antwortete nicht.

Mark und Olga ließen die beiden allein.

Schweigend stiegen sie die Treppe nach unten.

»Deine Laune ist nicht besonders, wie ich sehe, Cara«, bemerkte Mark schließlich.

»Ich kann das nicht mit ansehen, es ist mir widerlich«, platzte Olga heraus. Sie konnte sich nicht mehr zurückhalten. Wenigstens Mark durfte sie doch alles sagen.

»Was meinst du?«

»Meinen Vater!«

»Ich dachte, du freust dich, ihn zu sehen.«

»Das dachte ich auch. Aber dieses widerliche Geschmuse ... in seinem Alter!«

»Du bist ungerecht, Cara. Er ist ein beispielhafter Ehemann, fürsorglich und selbstlos.«

»Er ist das Musterbeispiel eines alten Knackers, der ein hübsches blutjunges Püppchen geheiratet hat. Eine lebendes Beispiel für das gute alte Sprichwort ›Alter schützt vor Torheit nicht‹«, sagte sie gallig.

»Das habe ich nicht gehört.« Mark schüttelte ärgerlich den Kopf.

»O doch, das hast du!«

»Na gut, dann möchte ich jedenfalls nicht darüber diskutieren. Er ist mein Chef.«

»Er ist vor allem mein Vater!«

Mark blieb stehen und drehte sie schroff zu sich um.

»Was ist denn bloß mit dir los?«

»Gar nichts. Hast du nicht gesehen, wie er um sie herum tanzt? ›Ach, diese armen, winzigen kranken Beinchen! Ach mein armes, unschuldig leidendes Mädchen! Ich schaffe die Berge ab, ich schaffe den Schnee ab!‹ Hast du so etwas schon mal gehört, Mark? Mit uns hat er keine zwei Worte gesprochen, er hat mich, seine eigene Tochter, kaum bemerkt, als wäre ich gar nicht da gewesen!«

»Na und? Ich würde mich genauso verhalten, wenn es um dich ginge ...«

»Wenn es um mich ginge, hätte er keinen Finger krumm gemacht!«

»Richtig. *Ich* hätte meinen Finger krumm gemacht. Ich, dein Mann, falls du nicht vergessen hast, dass so jemand existiert.«

»Ja, aber er ist doch mein Vater ...«

»Cara!« Er sah sie fest an. »Sei kein Kind! Das ist eine hässliche Eifersucht. So etwas führt zu nichts Gutem!«

»Worauf willst du hinaus, Mark? Sie sah ihm argwöhnisch in die Augen.

»Also, ich bin jedenfalls froh, dass du offensichtlich wieder voll bei Kräften bist. Alles überstanden, ja?«

»Ja. Alles überstanden. Lass uns in die Bar gehen, wir trinken auf seine Ankunft. Er ist ja trotzdem immer noch mein Vater.«

Sie betrank sich.

Sie saßen an einem kleinen Tisch in einem geschützten Winkel der Bar, und sie erzählte ihrem Mann endlose Geschichten über ihren Vater. Während Mark sie einfach reden ließ, betrank sie sich.

Sie betrank sich, wie sie es seit Jahren nicht mehr getan hatte: sinnlos, verzweifelt, maßlos. Das Stadium leichter, wohliger Beschwipstheit übersprang sie einfach, hielt sich auch beim zweiten Stadium triumphierender Angeregtheit nicht lange auf. Zu Beginn versuchte Mark noch, den Prozess irgendwie zu steuern, aber dann gab er resignierend auf.

Olga, die seit so vielen Jahren nur dann und wann geringe Mengen von Cognac zu sich genommen hatte, trank schnell und viel und alles durcheinander. Mark wurde es bald leid, immer wieder zum Tresen zu laufen und nachzubestellen.

»Warum bringst du mir denn das alles?« Olga kicherte betrunken und leerte ein weiteres Glas kalten Limonenwodka in einem Zug.

»Weil du einen hysterischen Anfall kriegst, sobald dein Glas leer ist.«

»Gib zu, du willst mich betrunken machen, stimmt's?«

»Nein, ganz bestimmt nicht. Du selbst willst dich betrunken machen.«

»Und du erlaubst es mir! Ein sehr aufmerksamer Ehemann, meine Hochachtung! Ich glaube, du willst, dass ich verrückt werde ...«

»Cara!«

»Aber merk dir!« Olga drohte ihm mit dem Finger. »Das wird dir nicht gelingen! Nie! Ich bin völlig in Ordnung!«

Sie drehte sich zum Nachbartisch, an dem ein seriöses älteres Paar saß. Halstücher in gedeckten Farben und matte Kopfhaut, die durch graue Haare schimmerte.

»Das ist mein Mann!« Olga zeigte mit dem Finger auf Mark. »Mein mich liebender Ehemann! Und er will mich in die Klapsmühle stecken. Er hält mich nämlich für eine Bekloppte, für eine Psychopathin!«

»Cara!«

»Ich lasse mir nicht den Mund verbieten!«

Olga stand mühsam auf und schwankte auf das bedauernswerte Ehepaar zu. An ihrem Tisch angekommen, plumpste sie unbeholfen auf einen Stuhl, schaute den älteren Mann intensiv an und lallte: »Werden Sie sich auch irgendwann eine hübsche junge Frau nehmen?«

Mark unternahm einen halbherzigen Versuch, sie wieder an ihren Tisch zurückzubringen.

»Geh weg!«, rief Olga und schlug mit der Hand nach ihm wie nach einer lästigen Mücke. Plötzlich begann sie, eine krankhafte Lust an ihrem Zustand zu empfinden. Jawohl, sie würde sich jetzt richtig besaufen! Jetzt erst recht! Dann könnten ihr sämtliche Psychopatholoundwasweißich den Buckel runterrutschen!

»Warum antworten Sie nicht?«, bedrängte sie den alten Herrn wieder. Seine Frau beugte sich zu ihm und flüsterte ihm etwas ins Ohr.

»He, ich will mithören! Man flüstert nicht in Gesellschaft anderer Leute! Das ist ungezogen!«, trällerte Olga. »Bestimmt finden Sie mich unmöglich, was?«
Die blassen Augen des Alten zeigten keine Reaktion.

»Natürlich, das sehe ich doch!«, konstatierte Olga.

»Cara!«, rief Mark scharf.

»Ich verstehe nicht«, murmelte der Alte auf Deutsch.

»Oh, ganz meine Meinung!« Wieder kicherte Olga und legte ihm zutraulich die Hand auf die Schulter.

Endlich verlor Mark die Geduld. Er packte Olga an den Schultern und schüttelte sie kräftig.

»Es reicht, Cara! Sie verstehen dich nicht, das sind Ausländer!«

»Ach, wirklich?«

»Es tut mir leid«, sagte Mark auf Deutsch zu dem Alten. »Komm, wir gehen nach Haus.«

Inzwischen hatten sie schon die Aufmerksamkeit der übrigen Anwesenden in der Bar auf sich gezogen. Olga war das vollkommen gleichgültig, aber dem feinsinnigen Mark offensichtlich nicht.

»Komm jetzt endlich!«

»Nein, ich will nicht in diese schreckliche Gruft. Jedenfalls jetzt noch nicht. Du willst mich bloß wieder mit Schlafmitteln vollpumpen und mir erzählen, ich hätte nicht alle Tassen im Schrank. Das stimmt aber gar nicht, ich bin ganz normal, hörst du? Hörst du, Mark?«

»Na gut«, willigte Mark überraschend ein. »Dann bleiben wir eben noch ein bisschen, wenn du unbedingt willst.«

»Ich will! Ich will, ich will, ich will! Hörst du?«

»Nur bitte verhalte dich ruhig. Ich muss kurz nach draußen, etwas erledigen.«

»Willst du zu deinem geliebten Arzt laufen, ja?« Olga lachte schrill. »Eine kleine Beratung, wie man mit einer durchgedrehten Verrückten umgehen soll, stimmt's?«

»Rede keinen Unsinn.«

Mark stand auf und verließ die Bar. Gott sei Dank. Jetzt hatte sie wenigstens für eine Weile ihre Ruhe. Olga ließ den Blick durch den Raum schweifen. Von wegen Ruhe! Warum starrten diese Leute sie bloß alle so komisch an? Hatten sie etwas gegen Limonenwodka? Oder gegen Tequila? Oder war es wegen dieser Skulpturen, die sie angeblich zerstört hatte? Davon wusste sicher schon der ganze Skiort. Und sicher auch von den Slalomtoren, die Vaters liebstes Frauchen umgerissen hatte.

Das gibt einen Spaß, wenn Inka nie mehr laufen kann. Wie will sie dann bloß ihren Männerbedarf decken? Papa wird es vielleicht insgeheim sogar freuen, weil sein kostbares Mädchen ihm dann endlich ganz allein gehört.

Warum starren die mich alle so komisch an? Wissen sie etwa von der Höhle?

Kaum waren ihre Gedanken bei der Höhle angekommen, schnürte ihr die fast vergessene, klebrige Angst den Hals zu. Sie hatte das alles gesehen, sie war sich ganz sicher. Sie hatte es so gewiss gesehen wie in ihrem Albtraum. Aber was kam zuerst – der Albtraum oder die Wirklichkeit? Die Wirklichkeit oder der Albtraum? Sie hätte nicht so viel trinken sollen. Warum hatte Mark ihr nur erlaubt, sich so zu betrinken? Und wo war er überhaupt?

»Ist dir nicht gut?«

Olga schaute auf. Neben ihr stand Jonas.

»Aha, da bist du ja! Kaum ist der ältere Bruder mal verschwunden, schon ist der jüngere zur Stelle und hofft, die Brosamen vom Tisch seines Herrn zu ergattern.«

»Du bist anscheinend ziemlich hinüber.«

Jonas setzte sich und berührte vorsichtig ihr Haar.

»Das geht dich gar nichts an.«

»Und wohin ist dein treu liebender Ehemann entschwunden? Ich habe gesehen, wie er aus der Bar gerannt kam. Er schien es ziemlich eilig zu haben.«

»Das geht dich gar nichts an.«

»Ich glaube, ich sollte dich besser nach Hause bringen.«

»Oho! Noch so ein Menschenfreund! Das muss wohl in der Familie liegen!«

»Wahrscheinlich.«

»Sag mal, Jonas, was ich dich schon die ganze Zeit fragen wollte: Wieso hat es dich eigentlich in dieses verschlafene Nest hier verschlagen? Hast du etwa nicht den Mumm, es mit der echten Welt aufzunehmen?«

»Doch, hab ich.« Er versuchte offenbar, mit ihr so zu reden, als wäre sie nicht betrunken.

»Und wo liegt dann dein Problem? Komm zu deiner Familie in unsere wunderbare Hauptstadt. Ich rede mit meinem Vater, er kann dir einen Posten in einer seiner Tankstellen geben.«

»Vielen Dank, nein.«

»Warum denn nicht, Jonas? So wunderschön braungebrannt wie du bist, wirst du großartige Chancen bei den Frauen haben. Prost!«

Sie hob ihr Glas, aber Jonas entwand es ihr mit einem geschickten Griff.

»Ich denke, du hast für heute genug.«

»He! Das geht dich gar nichts an.«

»O doch.« Er funkelte sie streitlustig an. »Ich möchte nicht, dass man dich in diesem Zustand sieht.«

»Jonas, mein Kleiner. Meinen wirklichen Zustand kennst du noch gar nicht. Aber ganz nebenbei – den kenne ich selber noch nicht. Ich erinnere mich nämlich an gar nichts. Ich soll fürchterlich in meinem Zorn sein, erzählt man sich. Ich zerstöre und verwüste alles, was mir in den Weg kommt.«

»Komm jetzt, wir gehen.«

»Ich will aber nicht. Oder halt! Ich weiß, was wir machen! Ich möchte dich meinem Vater vorstellen! Mein Vater ist nämlich gekommen, weißt du schon?«

»Ja, das weiß ich.«

»Ich werde dich mit ihm bekannt machen. Mein lieber Schwager – ein wohlerzogener junger Mann mit einem romantischen Beruf! Was hältst du davon?«

»Als dein Schwager? Davon halte ich gar nichts.«

»Als was möchtest du denn sonst vorgestellt werden?«, erkundigte sich Olga lachend.

»Überhaupt nicht. Komm jetzt.«

»Du möchtest mich wohl gerne ins Bettchen bringen, was? Möchtest du mit mir ins Bett? Ja?«

Er sah sie mitleidig an.

Eigentlich hat er jetzt Ähnlichkeit mit seinem Bruder. Er ist bloß ein anderer Typ. Er hat andere Farben. Und er ist überhaupt ganz anders. Jonas ist anders. Das klingt gut, ja.

»Nein, ich will nicht mit dir ins Bett.«

»Nanu, warum denn nicht? Gefalle ich dir etwa nicht?«

»So nicht.«

»Na, ist ja auch egal, das macht gar nichts! Ich finde schon jemanden!«

Ohne ein weiteres Wort stand Jonas auf und fasste sie an der Schulter. »Komm!«

»Nein, ich will nicht.«

»Ich habe gesagt, du sollst kommen!«

Er strahlte eine Kraft aus, der sie sich nicht widersetzen konnte. Und war es nicht sowieso egal, wohin sie gingen? Und wo sie morgen früh aufwachen würde? Irgendwo draußen im Schnee, neben der Hütte, in einer eisigen Gruft oder in ihrem eigenen Albtraum ...

In der Tür stießen sie auf Mark, der gerade zurückkam.

Jonas' Initiative rief bei ihm nicht nur Missfallen hervor, er wurde regelrecht wütend.

»He, wo willst du mit ihr hin, Sportsfreund?«

»Nach Hause. Siehst du nicht, dass sie völlig betrunken ist?«

»Ich denke, das geht dich einen Scheißdreck an.«

»Und du scheinst dich einen Scheißdreck um sie zu kümmern!«

»Ich kümmere mich sehr wohl um sie.« Mark wurde unsicher, er schien sich auf einmal vor seinem Bruder rechtfertigen zu wollen. »Ich war nur für einen Moment draußen.«

»Für einen Moment?«

»Das ist doch unwichtig. Ich hatte etwas Wichtiges zu erledigen.«

»Du hättest sie nicht allein lassen dürfen.«

»Jetzt bin ich jedenfalls wieder da. Und du hast die Finger von meiner Frau zu lassen. Das ist *meine* Frau, verstehst du?«

Jonas ballte die Fäuste, aber er trat zur Seite. Olga sah ihn jetzt wie durch einen Nebel. O Gott, sie war wirklich schrecklich betrunken, und wie furchtbar peinlich war es ihr, dass Jonas sie in diesem jämmerlichen Zustand gesehen hatte.

»Wie fühlst du dich?«, fragte Mark.

»Nicht besonders«, gab sie kläglich zu.

Mark setzte sie an einen Tisch gleich neben dem Ausgang der Bar. Der eisige Luftzug, der durch die geöffnete Tür hereinwehte, tat ihr gut.

»Ich bin gleich wieder da ...«, flüsterte sie Mark zu.

»Ich komme mit«, sagte er schnell. Er verstand sie auch ohne Worte.

»Warum hast du nur zugelassen, dass ich mich so betrinke?«, fragte sie kläglich.

In der Toilette übergab sie sich heftig, aber danach ging es ihr erheblich besser.

Dann stand sie lange vor dem Spiegel und betrachtete ihr vom Alkohol aufgelöstes Gesicht. Am unangenehmsten war es ihr, dass sie sich vor Jonas so hatte gehen lassen. Und dazu dieses dumme, peinliche Kokettieren ... Olga drehte das kalte Wasser auf und beugte sich über das Waschbecken.

Als sie wieder in die Bar trat, blieb ihr vor Schreck für einen Moment das Herz stehen. An ihrem Tisch saß ihr Vater und unterhielt sich mit Mark. Das war das Schlimmste, was ihr jetzt passieren konnte: ihrem Vater in diesem Zustand unter die Augen zu kommen. Sie versuchte, sich so nüchtern wie möglich zu geben, und setzte sich mit steifem Rücken neben Mark.

»Hallo, Papa. Was machst du denn hier?«

Igor Anatoljewitsch sah seine Tochter durchdringend an.

»Sie schläft jetzt. Und wenn man diesem Arzt und seiner Wundermedizin glauben darf, wird sie bis morgen durchschlafen. Ich dachte, ich sehe mal nach euch. Mark hat mir schon von deinen Heldentaten erzählt.«

»Was für Heldentaten?« Olga versteifte sich noch mehr. Sie hatte das Gefühl, dass ihr Rausch mit einem Schlag verflogen war. »Von welchen Heldentaten sprichst du?«

Hatte Mark ihrem Vater etwa schon alles erzählt? Wartete jetzt in Moskau schon ein gemütliches Zimmer in der psychiatrischen Klinik auf sie? Ihr Vater hatte ja genug Erfahrungen mit solchen Zimmern gesammelt.

»Du solltest nicht trinken, meine Kleine!«

Sonst nichts? Olga sah Mark dankbar an.

»Also jetzt erzählt mir erst einmal, wie es dazu kommen konnte.«

»Was meinst du denn, Papa?«

»Warum habt ihr sie allein gelassen?« Igor Anatoljewitschs Gesichtszüge verhärteten sich.

»Was meinst du damit – allein gelassen?«

»Ich möchte wissen, warum sie ganz allein auf der Piste war, warum sich weder ein Skilehrer noch sonst irgendjemand in ihrer Nähe befand. Du weißt doch ganz genau, Mark, dass mein Mädchen keine erfahrene Skifahrerin ist.«

Jetzt wird er uns mit Vorwürfen überhäufen, ohne sich einen Deut um seine Ausdrucksweise zu kümmern. Er wird sich verhalten wie auf einer seiner Firmenkonferenzen, wo er seine Untergebenen nach Strich und Faden zur Schnecke macht, damit sie nicht aus der Form kommen. Damit erzeugt er jenen legendären Gemeinschaftssinn, den man an japanischen Unternehmen beneidet und bewundert. Und wir sind für ihn auch nicht mehr als irgendwelche seiner Angestellten.

»... Man muss kein Leistungssportler sein, um hier Ski zu fahren, Igor Anatoljewitsch«, entgegnete Mark, der versuchte, sich möglichst behutsam zu verteidigen. »Aber davon abgesehen, Skifahren ist nun einmal Sport, da kann immer etwas passieren.«

»Gar nichts hätte ihr passieren dürfen. Ich habe dir meine Frau anvertraut, damit ihr nichts passiert! Das habe ich dir vor dieser Reise klipp und klar gesagt!«

Olga betrachtete ihren Vater, als sähe sie ihn zum ersten Mal. Sie konnte sich dieses Gespräch unter Männern bildhaft vorstellen: Mark und ihr Vater, bei einem Tässchen Kaffee, die Krawatten gelockert. ›Verstehst du, Mark, mein Mädchen hat es sich in den Kopf gesetzt, mit euch in die Berge zu fahren, und ich kann sie nicht daran hindern. Aber du bist mir verantwortlich für ihre Sicherheit. Und sollte ihr etwas – Gott behüte – zustoßen ...‹ Olga stand diese Szene so lebhaft vor Augen, dass ihr eine Gänsehaut über den Rücken lief. Der arme Mark hatte wider Willen die Rolle eines Hiobsboten übernommen, folglich musste ihn das Strafgericht treffen.

»Das ist Blödsinn, was du da redest, Vater«, sagte sie laut.

»Wie bitte?« Der Vater wandte sich ganz langsam zu ihr um. »Meine Frau liegt gelähmt dort oben im Bett, und ich rede Blödsinn?«

»Wenn du sichergehen wolltest, dass ihr nichts zustößt, dann hättest du ihr eben ein passendes Kindermädchen mitgeben sollen, und zwar eines, das mindestens ein paar olympische Goldmedaillen im Abfahrtslauf und im Riesenslalom vorweisen kann. Und noch zwei Biathleten als Bodyguards. Wir sind jedenfalls nicht ihre Ammen.«

Aus dem Gesicht ihres Vaters wich alles Blut. Aber Olga war nicht mehr zu bremsen.

»Oder wolltest du etwa Mark und mich als ihre Aufpasser mitschicken, damit wir all ihre Amouren säuberlich protokollieren? Du hättest diesen albernen Arzt beinahe zusammengeschlagen, nur weil du fandest, dass er deine Frau angegafft hat, du hast fünftausend Dollar zum Fenster rausgeschmissen, um hierherzukommen, und hast dabei nicht nur dein eigenes Leben, sondern auch noch das dieses armen Schluckers von einem Piloten aufs Spiel gesetzt ... Du benimmst dich wie ein kleiner Junge, Papa, dein Verhalten ist schlicht und einfach lächerlich!«

Da brach es aus ihm heraus. Die Anstrengungen der vergangenen Stunden waren einfach zu groß gewesen. Er beugte sich vor und schlug sie ins Gesicht, heftig und schmerzhaft. Olga biss sich auf die Lippen: jetzt nur nicht weinen!

»Vielleicht hast du es ja vergessen, Vater, aber ich bin zufälligerweise deine Tochter!«, sagte sie mit fester Stimme.

»Meine Tochter? Meine Tochter hätte niemals gewagt, mir so etwas ins Gesicht zu sagen!«

»Oh, natürlich!« Olga lachte bitter. »Ich bin nicht deine Tochter, ich bin Mamas Tochter. Dabei habe ich sie nie so geliebt, wie ich dich geliebt habe, nicht einmal als sie gestorben war und uns nicht mehr quälen konnte. Das bedauere ich jetzt zutiefst.« Sie spürte, wie das Blut durch ihren Kopf rauschte, so wütend war sie. »Und diese Ohrfeige werde ich dir niemals verzeihen, hörst du, dir und deinem Mädchen, dieser Hure, wegen der du uns alle verraten würdest! Du wirst es schon noch sehen! Eines Tages wirst du es begreifen!«

»Cara!« Mark, der auf einmal blass und verstört aussah, griff endlich ein.

»Ach, sieh an, mein Mann hat also doch nicht die Sprache verloren! Und warum wirfst du dich nicht in den Ring, um deine Frau zu verteidigen? Hast du etwa Angst um deine Karriere? Dafür würdest du wohl alles geben, was? Dafür schluckst du sogar solche Ungerechtigkeiten! Auf wessen Seite stehst du, Mark? Oder willst du dich auch von mir lossagen? Na los, dann tu es doch, das ist genau der richtige Moment dafür! Ich hasse euch, ich hasse euch alle!«

Sie sprang auf und stürzte nach draußen.

So, jetzt hast du es geschafft, jetzt bist du wirklich allein. Vollkommen allein. Dein Vater tauscht dich gegen die erstbeste Geliebte ein, und nicht einmal dein Mann ist imstande, dich zu verteidigen. Das Hundehalsband seines Generaldirektors schnürt ihm offenbar den Hals zu ... Ach, ihr Blödmänner, ihr Schufte, ihr Ekel!

Wie konnte er es wagen, mich zu schlagen! Er hat mich nie geschlagen, niemals, nicht einmal, als ich das ganze Service von dem teuren Kusnezow-Porzellan zerbrochen habe. Nicht einmal, als ich sagte, Manana sei verrückt.

In ihren Schläfen pochte es wie wild, vor ihren Augen drehten sich bunte Kreise, und die Beine wollten ihr den Dienst versagen. Mit letzter Kraft erreichte Olga ihre Hütte und ließ sich, so wie sie war, ins Bett fallen. Mark, ihr treuer Mark, ließ sie allein. Völlig erschöpft und zermürbt weinte sie sich in einen schweren Schlaf.

Im Traum sah sie undeutliche Gestalten, verschwommene Silhouetten, Gesichter. Das Gesicht ihres Vaters, entstellt von einer Grimasse des Schreckens oder der Verzweiflung. Marks Gesicht, voller Gram und Trauer. Inkas Gesicht, voller fröhlichem Erstaunen. Über allem – Jonas' schwarze Augen. Und immer wieder – Eis, Eis, Eis. Aber jetzt fürchtete sie sich nicht mehr davor, im Gegenteil, es wirkte freundlich, wie das eigene Haus, wenn man nach einer langen Reise zurückkehrt. Die Gestalten sagten etwas zu ihr, aber sie hörte sie nicht. Sie machten ihr Zeichen, sie solle nur ein wenig warten, dann werde das Eis ganz bestimmt schmelzen. Und schon, als gehorchte es ihren Gesten, begann das Eis zu tauen, kaltes Wasser rann über ihre Brust und brannte seltsamerweise auf ihrer Haut wie Feuer ...

Eine außergewöhnliche Naturerscheinung, eine Art Aureole, wie die Lichter des Heiligen Elm ... Sie musste unbedingt Jonas danach fragen.

Olga schlug die Augen auf.

Weiches, helles Licht strömte ins Zimmer. Die ganze Nacht hatte es nicht aufgehört zu schneien, und es schneite auch jetzt noch. Olga wusste nicht, wie lange sie geschlafen hatte, aber sie vermutete, dass es später Morgen war.

Sie stand auf und öffnete das Fenster, ließ die würzige Luft herein. Weit weg schien ihr jetzt die schreckliche Szene in der Bar, weit weg die peinlichen Gefühlsausbrüche, die sie alle heimgesucht hatten. Die Eifersucht des Vaters, die Feigheit Marks, Inkas Launenhaftigkeit, sie alle, auch sie selbst, waren wie ein Hort der schlimmsten Todsünden. Sie hatte unschuldige Ausländer brüskiert – Deutsche, wenn sie sich richtig erinnerte – und sich auf geschmackloseste Art und Weise Jonas an den Hals werfen wollen. Sie hatte ihren Vater tödlich beleidigt. Welches Recht nahm sie sich überhaupt heraus, ihn zu verurteilen und ihm vorzurechnen, wofür er sein Geld ausgab? Auch Mark hatte sie tief gekränkt – nach zwei Jahren ungetrübten Glücks! Und sie hatte eine niederträchtige Freude an Inkas Unglück empfunden – als könnten ihre Verletzungen ihre eigene Krankheit aufwiegen! Schon ein einziges dieser Vergehen verdiente die Hölle als Strafe.

Olga betrachtete ihren Mann. Mark lag ganz am Rand des Bettes und schlief, die Faust unter die Wange gelegt. Wann war er gekommen? Sie hatte ihn nicht gehört. Sie hatte gar nichts gehört. Sie war in den Schlaf gefallen wie in ein tiefes Loch, sie hatte sich nicht einmal ausgezogen. Die einzige Erinnerung an den schrecklichen Abend war ein grässlicher Kopfschmerz und die unangenehme Trockenheit im Mund. Aber daran hatte sie sich inzwischen schon gewöhnt.

Mark, verzeih mir ...

Sie griff eine Hand voll Schnee von dem schmalen Fenstersims und rieb sich damit die glühende Stirn. Dann trat sie ans Bett und hockte sich vor ihren schlafenden Mann.

»Verzeih mir, Mark!«, sagte sie leise und kläglich.

»Ich bin dir nicht böse«, antwortete er, ohne die Augen zu öffnen.

»Bist du schon lange wach?«

»Ich bin überhaupt nicht wach, ich schlafe, und ich habe die feste Absicht, bis mindestens zwölf Uhr weiterzuschlafen.«

»Bis zwölf Uhr? Und der Hubschrauber? Vater hat doch versprochen, heute Morgen abzufliegen. Oder stimmt das etwa nicht?«

»Doch. Aber erst um vier Uhr.«

»Warum so spät? Er wollte doch gleich morgens los.«

»Seine Pläne haben sich geändert. Am Nachmittag soll das Wetter besser werden.«

»Seit wann kümmert sich mein Vater um das Wetter, wenn es um seine liebste Frau geht?«

»Er will kein Risiko eingehen. Nicht seinetwegen, sondern wegen Inkas Wirbelsäule.«

»Hat er es sich sehr zu Herzen genommen?«

»Warum fragst du nicht, ob ich es mir vielleicht zu Herzen

genommen habe? Falls es dich interessiert: Ja, ich habe es mir sehr zu Herzen genommen. Und dein Vater war einfach wütend. Er meint, du habest kein Recht, dich so zu benehmen.«

»Ich weiß . . . Ich rufe ihn an und entschuldige mich.«

»Ja, aber später. Wir sind erst um vier Uhr nachts ins Bett. Er wird noch schlafen.«

»Meinst du, er kann mir noch mal verzeihen?«

»Es wird ihm nichts anderes übrig bleiben.« Mark drehte sich um, die Augen immer noch geschlossen. »Du wirst dich allerdings ziemlich anstrengen müssen. Und im Augenblick solltet du ihn lieber erst mal in Ruhe lassen.«

»War ich wirklich so schlimm?«

»O ja. Du hast Inka als Hure bezeichnet. Unter anderem.«

»Oh, Gott, hab ich tatsächlich solche Ausdrücke benutzt?«

»Und ob.«

»Aber das hab ich nicht so gemeint, wirklich!«

»Dafür meine ich es. Aber uns fragt sowieso niemand nach unserer Meinung. Du weißt doch, alles was Inka betrifft, ist sakrosankt.«

»Mark, verzeih mir.«

»Ich bin dir nicht böse, das hab ich doch schon gesagt.«

»Bitte mach die Augen auf, Mark! Ich kann so nicht mit dir reden.«

Endlich hatte er Erbarmen und schlug die Lider auf. Sie lächelte ihn ruhig an, streckte die Hand aus und streichelte sein Gesicht.

Aber sofort zog sie die Hand wieder zurück. Auf Marks Wange, dort, wo ihre Finger ihn berührt hatten, bemerkte sie einen roten Streifen.

»Was ist denn?« Mark sah den Schrecken in ihren Augen und stützte sich auf den Ellenbogen.

»Mark, hast du dich verletzt? Hast du dich geschnitten?«

»Wie kommst du darauf?« Er setzte sich rasch auf und betastete seine Wange. Dann sprang er auf, eilte ins Bad und betrachtete sich im Spiegel.

»Nein, das ist kein Schnitt ... Seltsam.«

»Mark!« Ihre Stimme klang wie der Schrei eines verletzten Tieres, verzweifelt und klagend, und er stürzte aus dem Bad.

Olga stand mitten im Zimmer und starrte mit schreckgeweiteten Augen auf ihre Hände.

»Mark, sieh doch mal!«

Sie hob ihm die Handflächen entgegen. Sie waren nass und blutig.

»Was ist das, Mark? Ist das Blut?«

Ihre Augen flehten ihn an: Sag, dass es nicht wahr ist! Sag, dass es kein Blut ist!

Mit einem Satz war er bei ihr. »Cara! Hast du dich verletzt? Gott, wie oft habe ich dich gebeten, vorsichtig mit scharfen Gegenständen zu sein!«

»Du hast doch alle scharfen Gegenstände versteckt. Ich habe mich nicht verletzt. Mir tut nichts weh.« Die Stimme wollte ihr versagen. »Was ist das nur, Mark, was ist das?«

»Jetzt beruhige dich erst mal. Komm, wir gehen ins Bad und waschen es ab. Wir waschen dieses ganze eklige Zeug einfach ab. Ja?«

In diesem Moment klopfte es laut und fordernd an der Tür.

Mark erschrak, aber dann riss er sich zusammen und ging nachsehen.

»Wir schlafen noch. Wer ist denn da?«

»Ich bin's, Swjaginzew!«

»Was wollen Sie denn, Pal Palitsch?«

»Ich muss mit Ihnen sprechen.«

Mark öffnete die Tür. Swjaginzew stand vor der Hütte und trat vor Kälte von einem Bein auf das andere.

»Ich fürchte, ich habe schlechte Nachrichten für sie«, brummte er. »Bereiten Sie Ihre Frau schonend darauf vor.«

»Schlechte Nachrichten? Was ist denn jetzt schon wieder passiert? Wovon reden Sie?«

»Wir haben heute Morgen die Leiche Ihres Schwiegervaters gefunden. Er wurde ermordet.«

Teil III

Da hast du den Salat.

Dieser dumme Satz kreiste seit zwei Stunden penetrant in Swjaginzews Kopf herum.

Da hast du den Salat.

Dabei hätte er schon längst Urlaub nehmen und die ›Windrose‹ in Richtung, sagen wir, Ewpatoria verlassen können, wo es nur feinsten Sandstrand gibt – feiner, goldener Sand. Genau, dort könnte er jetzt sein. Er hätte nur vor einigen Wochen einen kleinen, unscheinbaren Wisch an die Hoteldirektion einreichen müssen, dann wäre er jetzt nicht in der ›Windrose‹, sondern meilenweit weg. Einfach weg!

Er würde lange Strandspaziergänge machen, würde die Möwen – und sich selbst – mit Weißbrot füttern, das er vom Frühstück mitgenommen hätte; und an seinem Tisch würden natürlich nur wahnsinnig nette Menschen sitzen, denen niemals in den Sinn kam, ihn einen alten, dicken Esel zu nennen. Er würde Frauenhände küssen – die Frauen mögen das, sagt man – und sich mit den Männern über Fußball unterhalten. Es ist ein Märchen, zu behaupten, Männer unterhielten sich am liebsten über Frauen.

Er würde sich ein Doppelzimmer mit einem blasierten Ukrainer teilen, einem glühenden Nationalisten, der aus Trotz nur ukrainisch spräche und Swjaginzew ständig kleine Streiche spielte. Aber diese kleinen unschuldigen Streiche wären ihm allemal lieber gewesen als diese Riesensauerei, die man ihm hier in der ›Windrose‹ auf seine alten Tage noch eingebrockt hatte.

Eine Leiche in der Luxussuite. Das ist übler als alle Ukrainerstreiche.

Da hast du den Salat. Das trifft es.

Dabei handelte es sich nicht um eine gewöhnliche Wald-, Feld-, und Wiesenleiche, nein, sondern um die Leiche eines stinkreichen, einflussreichen Mannes, der gerade gestern erst in der ›Windrose‹ eingetroffen war.

Warum, warum zum Teufel hatte er keinen Urlaub genommen? Dann könnte sonst wer diesen Mist wegschaufeln, aber nicht er, Pal Palitsch. Er war nie ein Spezialist für Kloaken gewesen, das hatten die Kollegen damals auf seinem Revier alle klaglos akzeptiert. Wäre er bloß rechtzeitig in Urlaub gefahren!

Heute Morgen um halb acht hatte ihn ein Anruf des Portiers aus dem Schlaf gerissen. Er klang vollkommen durcheinander und hatte ihm irgendeine Horrorgeschichte ins Ohr gestottert, aus der Suite kämen furchtbare Schreie und die Gäste in den Nachbarzimmern hätten sich auch schon beschwert, und lauter so einen Unsinn.

Swjaginzew, dessen Hirn noch in Morpheus' Wolken schwebte, konnte nur dumm fragen: »Wer schreit denn da?«

Daraufhin hatte der Portier ihm umständlich erklärt, dass er das nicht wisse, es handele sich möglicherweise um Frau Schmarinowa, die die Suite gemietet habe und deren Mann am vergangenen Abend eingetroffen sei.

»Und wie lange geht das schon?«

»Seit einer Viertelstunde, aber ohne Unterbrechung.«

Na großartig, da schreit jemand eine ganze Viertelstunde lang wie am Spieß, und alles, was die ehrenwerten Nachbarn tun, ist, sich beim Portier zu beschweren.

»Und warum guckst du nicht selber nach, Iwan?«

Der Portier am anderen Ende der Leitung hatte nicht geantwortet. Die Frage war allerdings auch rein rhetorisch gewesen. Seit einem tragischen Erlebnis im vergangenen Jahr hielt Iwan geflissentlich Sicherheitsabstand zu den Zimmern. Damals hatte es ebenfalls ein ziemliches Tohuwabohu in eben dieser Luxussuite gegeben. Iwan war damals brav losgezogen, um nachzusehen. In der Suite logierte ein ›Neuer Russe‹ mit seiner Geliebten. Dieser pflegte sich regelmäßig nach Strich und Faden zu besaufen und prügelte dann seine Freundin genauso regelmäßig grün und blau. Und als Iwan, von den Beschwerden der Nachbarn herbeigerufen, mit dem Hauptschlüssel in die Suite eindrang, um erste Hilfe zu leisten, wurde er von einer Pistolenkugel empfangen, der er nur um ein Haar entging.

Die Freundin, obzwar auch diesmal wieder halb totgeschlagen, wollte partout nicht gegen ihren jähzornigen Pascha aussagen, und eine Pistole wollte sie schon gar nicht gesehen haben. Der Direktion blieb nichts anderes übrig, als sich bei dem selbsternannten Großfürsten zu entschuldigen, und Iwan war von diesem Tage an taub für solcherlei Vorfälle.

»Und was soll ich jetzt tun?«, fragte Swjaginzew mürrisch. Er hatte nicht die geringste Lust, sein weiches Bett zu verlassen.

»Weiß ich auch nicht. Aber sie veranstaltet ein fürchterliches Geschrei.«

»Na gut«, seufzte Swjaginzew resigniert. »Sag schon mal der Security Bescheid. Ich bin gleich da.«

Es dauerte allerdings geraume Zeit, bis er startklar war. Seine Vorbereitungen waren begleitet von lautstarkem Ächzen und Geschimpfe über gewisse betuchte Gäste, die glaubten, sie könnten sich alles erlauben. Er war sicher, dass es sich um eine reine Lappalie handelte. Und dafür ruinierte er sich seinen verdienten Schlaf! Was für ein mieser Job! Ein schlecht bezahlter Krisenmanager war er, sonst nichts!

Aber als Swjaginzew in der Hotelhalle erschien und das blasse Gesicht des Portiers erblickte, war ihm sofort klar: Hier ist tatsächlich etwas passiert.

»Was ist los?«, fragte Swjaginzew matt. Iwans Gesichtsausdruck gefiel ihm ganz und gar nicht.

»Die Jungs sind schon drin«, krächzte Iwan. »Radik und Kolja.«

Das waren die zwei größten Schlafmützen aus seiner Truppe, ein untrennbares Paar, das sogar bei der ›Preference‹ immer nur zusammen spielte – und immer verlor.

»Erzähl schon!«, brummte Swjaginzew mürrisch.

»Radik hat gerade angerufen. Sie haben eine Leiche.«

»Eine Leiche?«, schnaufte Swjaginzew. »Was für eine Leiche?«

»Eine männliche!«

»Verdammt! Und was ist mit der Frau?«

»Die schreit immer noch. Die Jungs kriegen sie nicht ruhig. Zum Glück wird sie langsam heiser. Sagt Radik.«

»Na gut, dann gehe ich mal rauf. Du rufst inzwischen die Direktion an. Und schaff mir unseren Medizinmann ran. Anschließend setzt du dich mit der Polizei in Verbindung. Sie sollen uns ein paar Leute schicken. Hast du verstanden?« Ohne ein weiteres Wort machte sich Swjaginzew an den Aufstieg.

Schon auf dem Gang hörte er unterdrücktes Schluchzen. Radik hatte nicht gelogen, die Frau hatte sich inzwischen ziemlich heiser gebrüllt. Aus ihrer Kehle kam nur noch trostloses Krächzen.

Die Zimmertür stand halb offen. Ohne selbst zu wissen warum, schob Swjaginzew sie nicht ganz auf, sondern schob mühsam seinen gewaltigen Bauch durch den Spalt. Das Bild, das sich ihm bot, bestätigte seine schlimmsten Befürchtungen.

Mitten im Zimmer lag die Leiche eines etwa fünfzigjährigen Mannes. Swjaginzew hatte ihn am Vorabend kurz gesehen. Es handelte sich um den Gatten der Kurzhaarkatze, der Freundin von Olga Krassinskaja. Er war außerdem der Vater Olga Krassinskajas.

Der untersetzte Radik, der Anführer des Wächterpärchens, hockte neben der Leiche. Der hoch aufgeschossene Kolja stand ratlos neben dem breiten Bett, in dem die Kurzhaarkatze lag, die Swjaginzew so wenig gefiel.

In diesem Moment empfand er für sie allerdings nichts als heftiges Mitleid.

Sie lag da und schluchzte zum Gotterbarmen, krampfhaft und verzweifelt; schreien konnte sie schon längst nicht mehr. Also gut, die Leiche hatte Zeit, die lief ihm nicht weg. Erst einmal musste er sich um die arme Frau kümmern.

»Was stehst du hier rum?«, blaffte er Kolja an. »Besorg ein Glas Wasser!«

Kolja verschwand eilig im Bad, und Swjaginzew ließ sich auf die Bettkante sinken.

Die junge Frau stand sichtlich unter Schock. Sie schien Swjaginzew gar nicht zu bemerken. Ihr Blick hing wie gebannt an dem hingestreckten Körper auf dem Fußboden.

Gerade rechtzeitig fiel Swjaginzew ihr Name ein. »Inessa! Hören Sie mich, Inessa?«

Aus Inkas Brust stieg ein dumpfes Stöhnen. Swjaginzew kramte in seinen bodenlosen Manteltaschen und brachte ein halb versteinertes, mindestens prähistorisches Mentholbonbon zum Vorschein, an dem die obligatorischen Tabakkrümel klebten.

»Möchten Sie eins?«, fragte er und streckte die Hand mit dem Bonbon aus.

Diese harmlose Frage bewirkte immerhin, dass Inka sich endlich aus ihrer Erstarrung löste. Sie hörte auf zu schluchzen und sah Swjaginzew an.

»Was?«, fragte sie tonlos.

Swjaginzew wickelte das Bonbon mit seinen dicken Fingern geschickt aus und hielt es ihr wieder hin.

»Nehmen Sie ruhig, die sind sehr lecker.«

Die junge Frau griff mechanisch nach dem Bonbon und schob es sich in den Mund.

»So ist's recht!« Swjaginzew seufzte laut und drehte sich um. »Deckt ihn mit irgendwas zu!«, zischte er Radik an. »Und macht die Tür zu, damit sich nicht die Gaffer hier versammeln. Das fehlte mir gerade noch ...«

Koljas Gesicht erschien in der Badezimmertür.

»Hier gibt es kein Glas.«

»Verdammt, wie kann man so blöd sein«, stöhnte Swjaginzew und fasste sich an den Kopf. »Da sind doch welche, mach die Augen auf!«

Auf einem kleinen Tisch standen eine angebrochene Flasche Cognac und drei Gläser. In jedem von ihnen schimmerte ein kleiner Rest einer bernsteinfarbenen Flüssigkeit. Kolja, der sich von Alkohol geradezu sexuell angezogen fühlte, warf einen verstohlenen Blick über die Schulter, leerte hastig eines der Gläser und verzog sich damit wieder ins Bad.

Radik hatte inzwischen eine Decke vom Sofa genommen und über dem Toten ausgebreitet. Jetzt lehnte er mit düsterem Gesicht am Türrahmen. Minutenlang herrschte bedrückende Stille im Raum, nur das Rauschen des Wassers aus dem Bad war zu hören. Dann kam Kolja wieder ins Zimmer und hielt Swjaginzew mit ausgestrecktem Arm das gefüllte Glas hin.

»Ich brauche kein Wasser, du Idiot«, herrschte er ihn an. »Ihr sollst du das geben!«

Inka fasste das Glas mit beiden Händen, ihre Zähne klapperten gegen den dünnen Rand des Gefäßes. Swjaginzew stand auf und lief im Zimmer umher, um ihr Zeit zu geben, sich ein wenig zu fassen. Bei dem Tisch mit dem Cognac blieb er stehen.

›Echter *Napoleon*, na, die lassen sich's gut gehen‹, dachte er betrübt. Einen Moment lang war er versucht, das legendäre Getränk zu kosten, aber er beherrschte sich. Möglicherweise waren ja Fingerabdrücke auf der Flasche, die den Ermittlern entscheidende Hinweise geben könnten. Aber das hatte Zeit bis später, das Wichtigste war jetzt erst einmal, die junge Frau zu beruhigen. Er machte kehrt und ließ sich wieder auf dem Rand des Bettes nieder.

»Sind Sie in der Lage zu sprechen?«, fragte er behutsam.

Inka nickte krampfhaft.

»Dann erzählen Sie.«

»Ich ... Ich weiß gar nichts. Igor ...« Wieder kamen ihr die Tränen, und sofort hob Swjaginzew beschwichtigend die Hand.

»Schon gut, regen Sie sich nicht auf.«

Leicht gesagt, dachte er. Aber vermutlich zu viel verlangt von dieser Kurzhaarkatze. Wie soll sie sich nicht aufregen, wenn die Leiche ihres Mannes ein paar Meter entfernt am Boden liegt.

»Ich versuche es«, schniefte sie kläglich.

»Also, ist das Ihr Mann, der dort liegt?«

»Ja?«

»Wie heißt er?«

»Schmarinow. Igor Anatoljewitsch. Ich heiße Inessa Schmarinowa.«

»Alles klar.«

»Er ist gestern Abend erst angekommen.«

Diese herzzerreißende Geschichte von der romantischen Anreise des besorgten Gatten hatte Swjaginzew ja schon von Olgas Mann gehört. Der Kerl hatte offenbar Kopf und Kragen riskiert, um trotz des Schneesturms zur ›Windrose‹ zu gelangen. Und das nur weil seine kleine Frau einen Skiunfall hatte. Starke Gefühle, würdig für das Guinness-Buch der Rekorde.

Und jetzt lag er hier in einer großen Blutlache auf dem Teppich, und seine Frau stand unter Schock und lutschte Swjaginzews Bonbons.

»Er hat gestern noch mit dem Doktor gesprochen, und der hat mir ein Schlafmittel gegeben; ein sehr bewährtes Schlafmittel, hat der Doktor gesagt, und ich würde sehr gut schlafen und ich sollte mir keine Sorgen um meine Beine machen ...«

»Und jetzt?«

Sie schniefte. »Nichts, ich spüre sie immer noch nicht. Ich spüre gar nichts ... gar nichts!«

»Ganz ruhig, regen Sie sich nicht auf. Erzählen Sie weiter.«

»Ich habe das Mittel genommen, Igor war bei mir ... Er hat genau da gesessen, wo Sie jetzt sitzen.« Sie schluchzte auf. »Er hat gesagt, wir würden heute nach Hause fliegen, sofort heute. Oh, Gott, warum ist er bloß hergekommen. Ich wollte es nicht, aber Mark ... Mark hat gesagt, Igor würde es uns niemals verzeihen, wenn wir es ihm verheimlichen, wenn wir ihm nichts von dem Unfall erzählen. Er war so böse, dass man mich hier nicht richtig untersuchen konnte. Weil ich doch nicht laufen kann ... Ich meine Mark, nicht Igor ... Mark hat ihn angerufen. In Moskau.«

Swjaginzew stöhnte matt. Die junge Frau hatte offenbar Schwierigkeiten, sich zu konzentrieren. Vorsichtig versuchte er, sie wieder in die richtige Richtung zu leiten.

»Ich verstehe. Sie sind dann also eingeschlafen, ja?«

»Daran kann ich mich nicht erinnern. Ich weiß nur, dass Igor die ganze Zeit bei mir war.«

»Und dann?«

»Dann weiß ich nichts mehr. Ich bin erst heute Morgen wieder aufgewacht. Ich wusste nicht einmal, wie spät es war, aber es war noch dunkel. Mir fiel alles sofort wieder ein. Der Unfall und Igor ... Ich dachte, er hätte sich vielleicht auf's Sofa gelegt, aber da war er nicht. Dann nahm ich an, er sei vielleicht noch in der Bar ...«

»War er denn dorthin gegangen?«

»Das weiß ich nicht genau ... Ich habe es vermutet. Ich habe gestern Abend gehört, wie Mark ... Mark ist der Mann meiner Freundin, Igors Tochter.«

»Ich bin im Bilde«, sagte Swjaginzew ungeduldig.

»Mark sagte nämlich zu Igor: ›Wir sind dann an der Bar, wenn Sie möchten, können Sie dazukommen.‹ Aber Igor ist die ganze Zeit bei mir geblieben. Nur als ich aufwachte, war er nicht mehr da. Das heißt, er war ja da, aber das wusste ich nicht. Ich war sogar ein wenig gekränkt, dass er mich allein gelassen hat, wo ich doch krank bin ...« Eine einsame Träne kullerte über Inkas Wange. »Und dann sah ich ihn. Er lag auf der Erde. Es war noch dunkel, und ich habe ihn gerufen, aber er gab keine Antwort. Ich dachte ...«

»Sie dachten, er sei betrunken auf dem Teppich eingeschlafen, stimmt's?«

»Nein ... Ich weiß nicht mehr, was ich dachte. Igor trinkt eigentlich sehr selten Alkohol, und wenn, dann nur sehr wenig.«

»Schön, und als Sie Ihren abstinenten Ehemann dort auf dem Teppich liegen sahen, haben Sie sich da nicht erschreckt?«

»Verstehen Sie ... Es waren doch ganz außergewöhnliche Umstände ... Mein Mann vergöttert mich ...«

Tja, es sah ganz danach aus. Swjaginzew wusste von Mark, dass Schmarinow einen großen Mineralölkonzern leitete, und wenn ein Mann in solcher Position seine Firma für mehrere Tage allein lässt, dann hat das einiges zu bedeuten.

»Ich dachte, dass er sich bestimmt wahnsinnige Sorgen um mich gemacht hat. Er ist doch extra mit dem Hubschrauber gekommen, und es war so ein furchtbarer Schneesturm! Und da hat er sich eben betrunken, um sich zu entspannen, dachte ich.«

»Ich verstehe.«

»Aber dann wurde es heller, und da sah ich ... Er lag so komisch, verstehen Sie? Und dann dieser dunkle Fleck ... Und er bewegte sich überhaupt nicht. Da wusste ich auf einmal, dass etwas Furchtbares geschehen war ...«

Wieder begann sie zu heulen und zu schluchzen. Swjaginzew tätschelte der jungen Frau gutmütig die von der Decke verhüllten Beine. Sie schien es nicht zu bemerken. Ach ja, beinahe hätte er es vergessen, sie hatte ja kein Gefühl mehr in den Beinen.

»Plötzlich begriff ich es ... Es war so furchtbar! So entsetzlich! Da lag er, so nahe bei mir, und ich konnte nicht einmal aufstehen, ich konnte ihm nicht helfen! Ich kam nicht einmal ans Telefon, um Hilfe zu rufen. Ich dachte, vielleicht lebt er ja doch noch, vielleicht ist er nur verletzt, und ich habe kostbare Zeit vergeudet!«

»Wie kamen Sie darauf, dass er verletzt sei?«

»Ich wollte es wohl denken. Kann man das nicht verstehen?

Wie wäre es Ihnen denn ergangen an meiner Stelle? Ist es nicht normal, dass man das Schreckliche nicht wahrhaben will?«

»Aber ja, natürlich, ich verstehe Sie vollkommen.«

O ja, er verstand sie, er verstand sie nur zu gut. Denn genau dasselbe hatte er gefühlt, als sein einziger Sohn vor seinem Haus auf dem Asphalt lag und Pal Palitsch nur immer wieder dachte: Vielleicht ist er nur verletzt, vielleicht wird alles wieder gut. Selbst als er die Wahrheit längst wusste, weigerte er sich, sie zu akzeptieren. Diese junge Frau, diese Inka, hatte dieses Gefühl so exakt beschrieben, wie er es niemals gekonnt hätte. So präzise und sachlich.

»Ich bin nicht ans Telefon gekommen, deshalb hab ich angefangen zu schreien. Einfach so, instinktiv. Ich glaube, ich schrie so lange, bis dieser junge Mann kam.«

»Das stimmt, genau so war es. Glauben Sie, Sie wären in der Lage, das alles aufzuschreiben? In der genauen Reihenfolge, so wie alles sich ereignet hat.«

»Jetzt gleich?« Inka sah Swjaginzew erschrocken an.

»Sobald es geht«, beschwichtigte Swjaginzew.

Bevor Inka antworten konnte, klingelte das Telefon. Swjaginzew sah, wie ihre Lippen anfingen zu zittern. Sie würde bestimmt eine ganze Weile brauchen, um sich wieder zu fangen, das arme Ding.

Er hob den Hörer ab und hüstelte in die Sprechmuschel.

»Hallo!«

»Ich bin es, Pal Palitsch, Iwan!«

»Was ist, hast du angerufen?«

»Das Telefon funktioniert nicht. Vielleicht wurde die Leitung bei dem Schneesturm beschädigt.«

»Aha, und wieso können wir beide miteinander sprechen?«

»Das ist doch eine interne Leitung, Pal Palitsch.«

»Verdammte Scheiße!«, polterte Swjaginzew los und blaffte in den Hörer: »Es gibt doch Satellitentelefone, Mobilfunk, irgendwas! Denk mit, Iwan, verdammt noch mal!«

»Ich hab ja mitgedacht!«

»Na also, du bist ein Prachtkerl. Ich befördere dich hiermit vom einfachen Idioten zum Denkanwärter. Wann kommen sie?«

»Keine Ahnung.«

»Was soll das heißen – keine Ahnung? Hast du ihnen berichtet, worum es geht?«

»Natürlich hab ich berichtet! Ich hab ihnen alles erzählt! Dass wir hier eine Leiche haben und so weiter, samt Ehefrau, die schreit, hab ich ihnen alles erklärt. Aber sie können nichts machen, die Pässe sind gesperrt, überall Sturm und Schneewehen. Es kommt niemand durch, nicht einmal auf dem Luftweg. Wir sollen selber Vorermittlungen durchführen, haben sie gesagt, Zeugen vernehmen und so weiter. Sie kämen, sobald die Witterungsverhältnisse es zuließen.«

»Mit wem hast du denn gesprochen?«

»Augenblick, ich hab's mir aufgeschrieben ... Wie hieß er noch, Major Rachmatullin oder so ähnlich, mit Doppel-L.«

Swjaginzew knallte den Hörer auf die Gabel.

Warum, warum nur hatte er nicht rechtzeitig Urlaub genommen?

Aber er hätte es sich ja denken können. Die meisten Pässe waren gestern schon unzugänglich. Dieser verrückte Kamikaze, der mit einem fliegenden Klappstuhl durch den Schneesturm gedreht war, war eine Ausnahme. Ein normaler Hubschrauberpilot würde unter keinen Umständen das Risiko auf sich nehmen. Und die zuständigen Ermittlungsbehörden würden auch nicht fünftausend Dollar lockermachen, um irgendeinen lebensmüden Zivilpiloten zu ködern.

Also würde er sich wohl oder übel selbst an die Arbeit machen müssen; und das in seinem Alter und mit seiner verflixten Radikulitis. Abgesehen davon hatte er nicht das geringste Verlangen nach solchen Vergnügungen.

Aber zunächst einmal musste er haarscharf überlegen, was er

jetzt mit diesem bedauernswerten Geschöpf anfangen sollte. Natürlich konnte sie nicht hier bleiben, während sie anfingen, die Räume und die Leiche ihres Mannes unter die Lupe zu nehmen. Das wäre schlichtweg barbarisch. Der reinste Vandalismus. Schon wieder dieses Wort, das schien ihm an den Hacken zu kleben wie Hundedreck. Und bloß wegen der Sapessozkaja und dieser schmutzigen Geschichte mit der Eisstadt. Tja, schmutzig war diese Geschichte allemal, wenn auch natürlich lange nicht so schmutzig wie dieser Mord.

Nein, man musste die Witwe umlagern. Am besten, er besprach das mit dem Medizinmann.

Eine leichte Unruhe in der Nähe der Tür störte Swjaginzew in seinen Grübeleien.

»Was gibt es denn da, Radik?«, erkundigte er sich ärgerlich. »Tanzen schon die leidtragenden Verwandten an?«

»Nein, das ist der Doktor. Soll ich ihn reinlassen?«

»Natürlich, immer rein mit ihm.«

Artjom Ljubowitsch drückte sich durch die Tür, warf einen flüchtigen Blick auf die zugedeckte Leiche und gab Swjaginzew lässig die Hand.

»Wie ich sehe, hast du ja sogar eine Trage mitgebracht!«, brummelte Swjaginzew beeindruckt. »Du bist ein echter Pfiffikus, Artjom!«

»Zu irgendwas muss unsereiner ja gut sein«, gab der Arzt süffisant zurück.

»Ein wahres Wort! Also, hör mal zu, Artjom, du musst als Erstes unsere trauernde Witwe irgendwo unterbringen. Sie muss hier weg.«

Swjaginzew warf einen vorsichtigen Seitenblick auf Inka und fuhr mit leiser Stimme fort: »Anschließend kommst du wieder her, und wir nehmen uns die Leiche vor.«

»Wo soll ich sie denn unterbringen?«

Swjaginzew hatte zuerst an Inkas Verwandte gedacht, die ja in einer separaten Hütte wohnten. Aber er fühlte sich im Moment noch nicht in der Stimmung, sich mit ihnen in Verbindung zu setzen, schon gar nicht mit der Tochter des Getöteten.

»Vorerst bring sie auf deine Station. Später sehen wir weiter.«

»Sie wollen mich wegbringen?«, fragte Inka, die endlich begriff, warum der Arzt anwesend war.

»Sie können nicht hier bleiben. Das verstehen Sie doch sicher!«

»Aber ich will nicht.«

»Es ist leider unumgänglich. Wir haben eine wunderbare Trage für Sie. Darauf werden Sie sich fühlen wie eine chinesische Prinzessin in der Sänfte.«

»Aber … Aber ich muss doch wenigstens Mark und Olga Bescheid sagen!«, jammerte Inka schluchzend.

»Machen Sie sich keine Sorgen. Darum werde ich mich persönlich kümmern.«

»Aber Sie verstehen nicht … Igor ist doch ihr Vater! Sie wird es mir nie verzeihen, wenn ich sie nicht sofort benachrichtige!« Inkas Augen füllten sich schon wieder mit Tränen.

»Auf ein paar Minuten früher oder später wird es ja wohl nicht ankommen. Im Gegenteil, so lebt sie noch eine Viertelstunde länger in süßer Unwissenheit.« Zu spät wurde ihm seine eigene Pietätlosigkeit bewusst. Immerhin war die junge Dame gerade eben Witwe geworden. Andererseits war sie wiederum viel zu jung, um den Rest ihres Lebens mit Heulen und Zähneknirschen zu verbringen. Und nach einer Julia sah sie ihm auch nicht gerade aus. Swjaginzew wäre jede Wette eingegangen: In ein paar Monaten schnappte die sich einen knackigen jungen Hengst, und dann hatte sie ihren verflossenen, ohnehin nicht mehr ganz jungen Ehemann im Handumdrehen vergessen. Man konnte davon ausgehen, dass sie ihr weiteres Leben nicht in grauer Armut fristen musste, denn mit Sicherheit hatte der Verblichene ihr so einiges hinterlassen – wo er sie doch so sehr geliebt hatte.

»Wie können Sie so etwas sagen!«, rief Inka empört. Sie war

wirklich wunderschön, sein Wolodja wäre ihr ganz bestimmt mit Haut und Haaren verfallen! Sie war hinreißend in ihrem Kummer, nicht einmal der Schmerz verunstaltete sie.

»Ich muss hier leider jetzt mit den Ermittlungen beginnen«, erklärte Swjaginzew unverblümt. »Also los, Sie verschwinden jetzt mit dem Doktor. Ich komme dann später noch einmal bei Ihnen vorbei.«

Radik und Kolja luden Inka auf die Trage um, und unter der Führung des Arztes verließ die traurige Karawane den Ort des Geschehens.

Als sie verschwunden waren, zog Swjaginzew ein schmutziges Taschentuch hervor, wickelte es sich um die Hand und drückte die Tür ins Schloss. Er wusste natürlich nur zu gut, dass seine Vorsicht nutzlos war. Wären irgendwelche verwertbaren Spuren auf der Türklinke zu finden gewesen, hätten sie diese Trottel von Radik und Kolja längst verwischt. Aber Vorschrift war Vorschrift, darauf hatte Pal Palitsch immer großen Wert gelegt.

Dann ließ er seinen Blick langsam durchs Zimmer wandern. Dabei kratzte er sich nachdenklich im Schritt: Konzentrier dich, Pal Palitsch, Hauptmann der Reserve, du musst jetzt wohl oder übel ein komplettes Ermittlungsteam ersetzen. Und solange ihm all die Experten nicht zur Verfügung standen – mit ihren Handschuhen, Lupen, Kameras und sonstigen Apparaturen, mit ihren chemischen Lösungen und dem ganzen Brimborium –, konnte er nichts weiter tun als zu versuchen, sich ein allgemeines Bild vom Ablauf der Tat zu machen.

Zunächst geriet die Cognacflasche in den Focus seiner Aufmerksamkeit. Sie war fast leer, aber immerhin nicht ganz!

Verdammt, er hätte den blöden Kolja nicht das Glas nehmen lassen dürfen, Idiot! Am Ende waren ausgerechnet auf diesem Glas die Fingerabdrücke des Mörders gewesen! Drei Gläser – nicht zwei oder vier, sondern drei! Das war doch merkwürdig.

Swjaginzew öffnete vorsichtig – wiederum mit Hilfe seines inzwischen nicht sauberer gewordenen Taschentuches – die Tür eines der Nachtschränke. Im untersten Fach sollte ein kleiner Vorrat von Papiertüten mit dem aufgedruckten Emblem der ›Windrose‹ liegen, eine Aufmerksamkeit der Hoteldirektion an die Gäste.

Richtig, die Tüten lagen am Platz.

Swjaginzew schnappte sich ein paar davon und verwahrte die beiden verbliebenen Gläser darin. Jetzt noch die Flasche. Er konnte es sich nicht verkneifen, sich einen kräftigen Schluck daraus zu gönnen, bevor er sie ebenfalls in einer der Tüten verschwinden ließ. Echter *Napoleon!*

Direkt aus der Flasche.

Pal Palitsch konnte nicht behaupten, dass der Geschmack der kostspieligen Flüssigkeit ihn in Begeisterung versetzte, aber immerhin rieselte ihm eine wohlige Wärme durch den Körper. Jetzt konnte er sich gut gestärkt an die Untersuchung der Leiche machen.

Swjaginzew beugte sich über den Toten und zog behutsam die Decke zurück.

Schmarinow lag auf dem Rücken. Sein Gesicht war Pal Palitsch zugewandt, durch die halb geschlossenen Lider schimmerte das Weiß der Augäpfel. Schmarinow war kein junger Mann gewesen, aber der Tod ließ ihn noch um einiges älter wirken. Um die Augen und zwischen Nasenflügel und Mund zogen sich tiefe Falten.

Aber man konnte ihn immer noch als attraktiven Mann bezeichnen. Sein Alterungsprozess verlief in jedem Fall ansehnlicher als bei Swjaginzew selber.

Pal Palitsch drehte die Leiche vorsichtig um und stieß einen leisen Pfiff aus. Schmarinows Brust war von Blut getränkt. Der Mörder hatte offenbar wahllos auf ihn eingestochen und ihm eine große Zahl von Wunden beigebracht. Die meisten davon schienen allerdings nicht allzu tief zu sein. Nur ein einziger Stich war präzise und offenbar mit großer Kraft ausgeführt worden. Er war direkt ins Herz gegangen, und soweit Swjaginzew es einschätzen konnte, war er die Todesursache.

Dann machte er sich an die Untersuchung des Zimmers. Auf den ersten Blick gab es keinerlei Auffälligkeiten. Zumindest sah es nicht danach aus, als hätten in diesem Raum Gladiatorenkämpfe oder dergleichen stattgefunden. Bei näherer Betrachtung jedoch bemerkte Swjaginzew einige Hinweise, die ihm anzeigten, dass es möglicherweise doch einen kurzen Kampf gegeben hatte: da ein umgefallener Stuhl, hier mehrere Sofakissen auf dem Fußboden – eines davon direkt neben der Leiche. Diesem Kissen widmete er seine besondere Aufmerksamkeit. Es war aufgeschlitzt worden, und Swjaginzew hatte den unbestimmten Verdacht, dass dies mit eben der Waffe geschehen war, mit der Schmarinow getötet worden war. Weiterhin entdeckte Pal Palitsch auf der Tapete direkt neben der Tür den verwischten Abdruck einer Hand, so als habe sich der Mörder beim Verlassen des Hotelzimmers an der Wand abgestützt.

Zum Schluss kroch er unter Ächzen und Stöhnen auf dem Teppich herum, und es dauerte nicht lange, da hatte er auch schon die Tatwaffe gefunden.

Es war ein Messer, genauer gesagt ein Jagdmesser, und es war bis zum Heft mit Blut befleckt. So weit Swjaginzew es beurteilen konnte, war es ein sehr kostbares Stück, mit einer bizarr gebogenen Klinge. Er war zwar kein Jäger, aber mit Messern kannte er sich ein wenig aus. Sein direkter Nachbar in Petersburg, ein Lokführer namens Mitritsch, war ein leidenschaftlicher Jäger und Freiluftsäufer gewesen, und er hatte es sich irgendwie in den Kopf gesetzt, Swjaginzew das Jägerhandwerk zu lehren. Swjaginzew hatte sich auch fast schon breitschlagen lassen, aber dann machte Wolodja Schwierigkeiten. Für Wolodja war die Jagd nichts anderes als eine verkappte Art zu morden. Hinzu kam, dass er zu jener Zeit gerade begann, an seinem Buch zu schreiben. Er hatte nun mal ein Herz für Tiere …

Kurz, Swjaginzew musste aufs Jagen verzichten, aber er hatte jede Menge über Jagdwaffen gelernt.

Ja, und deshalb konnte er sagen, dass dieser Dolch hier ohne Frage ein ziemlich kostspieliges Stück war. Sein Griff war aus Horn kunstvoll geschnitzt und stellte eine Jagdszene in tropischer Umgebung dar. Swjaginzew seufzte. Am liebsten hätte er das Ding in seiner Manteltasche verschwinden lassen. Wirklich ein wunderschönes Stück.

Auf dem hellen, matt glänzenden Griff waren ganz deutlich blutige Fingerabdrücke zu erkennen. Swjaginzew besah sich das Messer noch einmal von allen Seiten und ließ es dann erst einmal liegen, wo er es gefunden hatte.

Die erste Phase der Beweisaufnahme war damit abgeschlossen, und Swjaginzew machte sich an die Untersuchung der persönlichen Gegenstände des Opfers.

Es gab einen geräumigen Einbauschrank, randvoll mit Frauenkleidung. Die Dame putzte sich offenbar gern heraus. Aber Inkas Sachen interessierten Swjaginzew im Augenblick nicht. All diese hauchdünnen Fummelchen und Hängerchen, Strümpfchen und Höschen und Büstenhalterchen, all diese Kleider, Blusen und Hosen, die einen feinen Geruch nach Luxus verströmten.

Dieser Schmarinow hatte offenbar ein Faible dafür, sein kleines Frauchen zu verwöhnen, und er schien sogar etwas davon zu verstehen.

Swjaginzew jedenfalls hatte in seinem bisherigen Leben nie so viele teure Klamotten auf einem Haufen gesehen. Seine Ex-Frau, die Meisterin in einem Metallkombinat gewesen war, kannte nur zwei Kategorien von Kleidung: Sommerkleidung und Winterkleidung. Winterkleidung, das hieß: ein Wollmantel mit Kaninchenfellkragen, ein Wollkleid und ein Biberhausmantel. Die Sommerkleidung bot geringfügig mehr Abwechslung: ein Jerseykostüm für gelegentliche Kinobesuche sowie den alljährlichen Festakt am Tag des Maschinenbauingenieurs. Ein zweites Kostüm aus Crêpe de Chine für jeden Tag und für zu Hause, wie gehabt, der bereits erwähnte Biberhausmantel.

Swjaginzew unterzog Inkas Kleidung einer flüchtigen Untersuchung und widmete sich dann der Reisetasche ihres Mannes. Sie war so gut wie leer. Ein *Parker* mit Goldfeder, ein Palmtop, mehrere Kreditkarten, weiterhin mehrere tausend Rubel in Fünfhundertern und ein dicker Packen Dollarnoten. Zuletzt einige Geschäftspapiere in einer kostbaren Ledermappe. Weder Wäsche zum Wechseln noch Rasierzeug, weder Eau de Cologne noch Zahnpasta.

Die Nachricht vom Unfall seiner Frau musste ihn wirklich ziemlich überrascht haben.

Swjaginzew konnte sich lebhaft die Aufregung vorstellen, die dieser Vorfall bei ihren Angehörigen ausgelöst hatte. Mark Krassinski hatte bestimmt einen Heidenschreck bekommen und sofort in Moskau angerufen. Und Schmarinow hatte nicht lange überlegt und sich in das nächste Flugzeug gesetzt. Wahrscheinlich war er nicht einmal mehr nach Hause gefahren, um sich umzuziehen. Der Tote trug eine Anzughose, er hatte nur das Sakko durch einen Pullover ersetzt, den er vermutlich in seinem Büro irgendwo im Schrank aufbewahrte.

Swjaginzew zählte das Bargeld durch, wobei er feststellen musste, dass seine Finger anfingen unkontrolliert zu zittern. Er kam auf exakt 1855 Dollar. Niemals in seinem Leben hatte er so viel Geld auf einmal in der Hand gehabt.

Der spärliche Inhalt von Schmarinows Ledertasche wanderte der Reihe nach in die praktischen Papiertüten, die Swjaginzew anschließend pedantisch beschriftete. Mit dem Geld passierte ihm ein kleiner Unfall. Überwältigt von seinen niederen Instinkten, ließ Swjaginzew – nach einem verstohlenen Seitenblick auf die geschlossene Zimmertür – ein paar Hunderter in dem finsteren Schlund seiner Manteltasche verschwinden.

Der Tote konnte sie ja eh nicht mehr gebrauchen, und für seine luxuriöse Ehefrau waren solche Beträge Kinkerlitzchen.

Aber kaum waren die Scheine in der Tasche, da schämte sich Swjaginzew auch schon für sein schäbiges Verhalten.

Sein Sohn, sein toter Wolodja, hätte so eine miese Gaunerei niemals gutgeheißen.

Mit blutendem Herzen packte Pal Palitsch das Geld zurück in die Tüte, nahm den *Parker* zwischen seine dicken Finger und schrieb energisch ›1855 (Eintausendachthundertfünfundfünfzig) Dollar‹ darauf. So, jetzt waren alle relevanten Sachen von diesem Schmarinow säuberlich erfasst und sortiert.

Swjaginzew griff zum Telefon und rief den Portier an.

»Iwan? Setz dich mal mit unseren Bergrettern in Verbindung. Soviel ich weiß, hat einer von ihnen einen ganz guten Fotoapparat. Er soll damit auf Nr. 12 kommen. Hast du verstanden?«

Er warf den Hörer auf die Gabel und strich suchend im Zimmer umher. Jedes Mal, wenn er bei der Leiche ankam, stieg er mit einem großen Schritt über sie hinweg. Schließlich ließ er sich auf Inkas Bett plumpsen. Der erste Teil der Ermittlung, die Besichtigung des Tatorts, war erledigt; jetzt konnte er versuchen, die ersten Schlussfolgerungen zu ziehen.

Pal Palitsch legte sich zurück, streckte sich auf dem frischen Laken aus und schloss die Augen.

Also, was haben wir für Fakten?

Der Geschäftsmann Igor Anatoljewitsch Schmarinow trifft in der ›Windrose‹ ein, um seine Frau zu besuchen, die einen Unfall hatte. Er trägt lediglich eine kleine Reisetasche bei sich, in der sich seine Kreditkarten sowie eine größere Summe Geldes in Rubel und Dollar befinden.

In der ›Windrose‹ wird er von seiner Tochter und seinem Schwiegersohn in Empfang genommen. Die drei begeben sich zusammen ins Zimmer der Ehefrau Schmarinows, des späteren Opfers. Schmarinow bleibt bei seiner Frau, bis sie eingeschlafen ist. Als sie am anderen Morgen aufwacht, liegt ihr Mann tot auf dem Teppich mitten im Zimmer. Da sie nicht in der Lage ist, aufzustehen oder ans Telefon zu gelangen, beginnt sie zu schreien. Schließlich wird man auf sie aufmerksam. Die große Zahl und die Art der Verletzungen lassen den Schluss zu, dass man es hier nicht mit einem professionellen Killer zu tun hat. Es liegt also kein Auftragsmord vor. Die Tatsache, dass weder die Kreditkarten noch das Bargeld entwendet wurden, schließen auch die Möglichkeit eines Raubmordes aus.

Die einzige Zeugin, die Licht in diese Tragödie bringen könnte, lag zur Tatzeit in tiefem Schlaf; sie ist überdies bewegungsunfähig und außerstande, ihr Bett zu verlassen.

Am unerklärlichsten ist jedoch der Umstand, dass Schmarinow sich offensichtlich kaum gegen seinen Mörder zur Wehr gesetzt hat. Dabei wirkt er äußerlich wie ein tatkräftiger, physisch höchst potenter Mann. Um so einen Kerl zu überwältigen, braucht es einige Kraft.

Swjaginzew stand auf und ging zu dem Kissen, das immer noch auf dem Boden lag. Er beugte sich vor, soweit es seine Leibesfülle zuließ, und schaute es sich ganz genau an. Ein ganz normales Sofakissen, mit lebhaften geometrischen Mustern bedruckt. Ob Schmarinow versucht hatte, sich damit zu schützen? Das wäre allerdings ein höchst seltsames, kaum probates Mittel. Eine Frau hätte vielleicht auf so eine Idee kommen können, nach Swjaginzews Meinung. Aber es war sicher zu früh, das zu beurteilen.

Kaum war er zu diesem trostvollen Resümee gekommen, klopfte es.

Swjaginzew schlich zur Tür und fragte misstrauisch: »Wer da?«

»Ich bin es, Pal Palitsch, Artjom!«

Swjaginzew grinste befriedigt und ließ den Arzt eintreten.

»Und? Alles klar?«

»Alles klar, alles bestens. Ich habe sie erst mal provisorisch auf der Krankenstation untergebracht und ihr eine Beruhigungsspritze verabreicht. Natürlich kann sie nicht da bleiben, das ist zu weit vom Schuss.«

»Ach was, das ist genau richtig. Da wird sie wenigstens niemand mit unerwünschten Beileidsbekundungen belästigen. Telefon hat sie auch, was will man mehr? Und dir tut ein bisschen Bewegung auch ganz gut. Hat sie noch irgendwas gesagt?«

»Nein, nichts. Aber das ist ja nicht weiter verwunderlich. Sie steht noch unter Schock. Erst dieser Unfall, und jetzt das.«

»Wenn sie sich nur nichts antut . . .«, murmelte Swjaginzew.

Artjom sah ihn gutmütig an. »Keine Angst, die tut sich nichts. Ich habe Kolja und Radik bei ihr gelassen. Sie hat mich allerdings gebeten, ihr zu erlauben, sich mit ihren Verwandten in Verbindung zu setzen.«

»Und was hast du gemacht?«

»Ich habe es ihr untersagt. Unter Berufung auf Ihre Anweisungen . . .«

»Gut gemacht. Übrigens, Artjom, was sagst du zu folgendem Phänomen: Ist es möglich, dass man seelenruhig pennt, wenn direkt neben einem ein Mensch bestialisch abgeschlachtet wird?«

Der Arzt dachte eine Weile schweigend nach. Dann sagte er vorsichtig: »Sagen wir mal so: Es ist nicht vollkommen ausgeschlossen. Vor allem, wenn man unter der Wirkung eines starken Schlafmittels steht.«

»Und was war das für ein Schlafmittel?«

»Ein sehr starkes.« Artjom grinste. »Ich habe es ihr selbst vorbeigebracht. Die Wirkung sollte nach etwa zwanzig Minuten eintreten und bis zu acht Stunden anhalten. Während dieser Zeit wäre jeder Versuch, den Patienten zu wecken, ziemlich aussichtslos.«

»Scheint ja wirklich ein ausgezeichnetes Schlafmittel zu sein.«

»Ich kenne kein besseres.«

Swjaginzew dachte plötzlich, dass er dieses Wunderzeug selbst ganz gut gebrauchen könnte. Als Geheimwaffe gegen seine Radikulitis.

»Sag mal, wie heißt denn dieses Zaubermittel?«

»Der Name wird Ihnen nichts sagen.«

»Ich brauche die Angaben für die Akte.«

»Aha. Na gut, es heißt Barenium. Brauchen Sie noch weitere Details? Bezugsquellen und so etwas?«

»Im Augenblick nicht. Das heißt also, sie hat dieses Zeug geschluckt und bis zum Morgen durchgeschlafen?«

»Wie ein Säugling.«

»Und bist du sicher, dass sie es auch tatsächlich eingenommen hat?«

»Ich habe mit diesen meinen Augen gesehen, wie sie es geschluckt hat, Pal Palitsch.«

»Aha. Belieferst du eigentlich alle deine Patienten damit?«

»Nein, nur die Patientinnen. Aber bei Ihnen würde ich eine Ausnahme machen.« Artjom schmunzelte verschwörerisch.

»Äh ja, im Moment ist das allerdings nicht nötig«, brummelte Swjaginzew peinlich berührt. »Ich komme darauf zurück. Aber jetzt kümmern wir uns erst einmal um die Leiche, Artjom Ljubowitsch!«

»Eines möchte ich gleich vorweg sagen«, bemerkte der Arzt unwillig. »Wenn es um eine Obduktion geht, muss ich leider passen. Auf solche Dinge sind wir hier nicht eingerichtet.«

»Ist ja schon gut. Das verlangt ja auch keiner von dir«, beruhigte Swjaginzew den erregten Mediziner. »Die Obduktion kannst du den Profis überlassen, wenn sie denn irgendwann hier aufzutauchen geruhen. Wir beide versuchen jetzt nur, gemeinsam den Tathergang zu rekonstruieren.«

»Das dürfte doch mehr Ihre Aufgabe sein, denke ich. Sie sind hier schließlich unser Sherlock Holmes.«

Ohne ein Wort zu sagen, schob Swjaginzew den Arzt zu der Leiche und drehte sie wieder auf den Rücken.

»Was sagst du dazu?«

Artjom besah sich aufmerksam die Wunden, betastete vorsichtig die eine oder andere Stelle, drückte hier und rieb dort. Dann richtete er sich wieder auf und kratzte sich seinen rasierten Schädel.

»Na ja, die Todesursache ist offenbar eine Stichwunde im Herzen. Die anderen Wunden wären nicht tödlich gewesen, sie sind nicht allzu tief. Sieht aus wie eine Affekthandlung, das Ganze.«

»Findest du, ja?«

»Würde ich sagen. Die Stiche wurden jedenfalls vollkommen planlos ausgeführt. Sie erfolgten aus unterschiedlichen Richtungen und mit unterschiedlicher Kraft.«

»Und der tödliche Stoß – könntest du sagen, ob er eher am Anfang oder eher am Ende der Attacke ausgeführt wurde?«

»Das ließe sich höchstens bei einer Obduktion feststellen. Meiner persönlichen Einschätzung nach wahrscheinlich eher ganz am Anfang.«

»Woraus schließt du das?«

»Schwer zu erklären. Ich habe diesen Typen ja gestern kennen gelernt, also noch quicklebendig.« Instinktiv führte der Arzt die Hand an seine Kehle. »Er hat auf mich den Eindruck eines sehr kräftigen Zeitgenossen gemacht. Ich denke, er hätte sich mit Sicherheit gewehrt, er hätte nicht einfach so auf sich einstechen lassen.«

Swjaginzew schüttelte sich. Die Meinung des Arztes deckte sich exakt mit seiner eigenen Einschätzung.

»Und wann, denkst du, trat der Tod ein?«

Artjom untersuchte noch einmal die Leiche, kratzte sich wieder am Kopf und sagte dann:

»Soweit ich das sehen kann, etwa zwischen vier und sechs Uhr morgens. Den genauen Todeszeitpunkt kann natürlich auch nur eine Obduktion ermitteln.«

»Also schön, so weit, so gut. Dann kannst du jetzt verschwinden. Ich brauche von dir einen genauen Bericht über deinen gestrigen Krankenbesuch bei der Ehefrau und über dein Gespräch mit dem Opfer. Zweitens brauche ich das Protokoll deiner Untersuchung der Leiche. Und zwar alles bis heute Mittag um zwölf.«

»Punkt zwölf?«

»Punkt zwölf. Pünktlichkeit ist ein Wesensmerkmal jeder Disziplin.«

»Man sieht's Ihnen an.«

»Gut, ich will dich nicht länger aufhalten. Haben die Gäste schon Wind davon bekommen?«

»Selbstverständlich«, entgegnete Artjom. »Aber der Sensationstourismus ist noch nicht ausgebrochen. Das kommt wohl noch.«

»Das glaube ich auch. Sehr lästig. Ich kann mir lebhaft vorstellen, was das für einen Wirbel gibt«, kommentierte Swjaginzew teilnahmsvoll. »Und dabei habe ich nicht die geringste Ahnung, wann die Polizei endlich hier auftauchen wird. Alles muss man selber machen. Womit hab ich das bloß verdient?«

»Sie haben vollkommen Recht, Pal Palitsch. In Ihrem Alter liegt man lieber hinter dem Ofen, als solchen Abenteuern nachzujagen.«

»Schon gut, übertreib nicht!«

Artjoms Lippen verzogen sich zu einem Grinsen.

»Also bis zwölf haben Sie alles, wenn Ihnen das Freude macht.«

»Große Freude.«

An der Tür traf der Arzt auf die Bergretter. Sie waren zu dritt: Wlad, Jonas und Jurik. Nur Wasja fehlte, was Swjaginzew zum wiederholten Male einen schmerzlichen Stich versetzte.

Alle drei starrten wie gebannt auf die Leiche. Sie starrten so ungeniert, dass Swjaginzew das starke Verlangen überkam, den Toten wieder zuzudecken, um ihn vor ihren Blicken zu schützen. Das Verhalten der Retter erschien ihm mehr als sonderbar, schließlich hatten die drei doch oft genug mit teilweise übel zugerichteten Unfallopfern zu tun gehabt. Aber dann begriff er den Grund für ihre ungewöhnliche Neugier. Schmarinow war nicht in Schnee und Eis umgekommen, sein Tod war für sie ein irregulärer und deshalb widersinniger Tod. Nicht die Berge hatten ihn getötet, sondern ein Mensch.

»Sie brauchen einen Fotografen?«, fragte Jonas mürrisch.

»Ja, einen, nicht drei«, gab Swjaginzew genauso mürrisch zurück. »Das ist hier keine Pilgerstätte.«

Ungeachtet seiner Bemerkung schoben sich alle drei weiter ins Zimmer herein und beugten sich über die Leiche.

›Die ersten neugierigen Schwalben‹, dachte Swjaginzew betrübt. ›Bald werden ganze Schwärme eintreffen. Von den dicken Security-Krähen bis zu den hübschen Kolibris, den Zimmermädchen.‹

»Und was ist genau zu tun?«, fragte Jonas sachlich. Als Einziger bemühte er sich wenigstens um den Anschein von Zurückhaltung.

»Erst einmal muss die Leiche fotografiert werden. Dann die Tatwaffe.«

»Hat man sie schon gefunden?«, staunte Jurik.

»Man hat sie nie verloren.«

»Gibt es nur eine Leiche?«, fragte Wlad und sah sich gespannt im Zimmer um.

»Was hast du denn erwartet? Eine Neuauflage des armenischen Völkermords?«, blaffte Swjaginzew.

»Und wo ist die junge Frau?«

»Was für eine junge Frau?«, fragte Swjaginzew und spitzte die Ohren. »Kennt ihr die Frau des Opfers?«

»Klar, wir alle kennen sie«, warf Jonas ein.

»Außerdem bin ich gewissermaßen mit ihnen verwandt.«

»Das ist mir bekannt. Und was noch?«

»Was ist denn nun, lebt sie noch oder nicht?«, fragte Wlad wieder, der sich anscheinend gar nicht beruhigen konnte.

»Sie lebt, keine Bange. Also los, Jonas, du kannst anfangen. Mach einfach so viele Bilder wie möglich«, kommandierte Swjaginzew.

Während der folgenden Viertelstunde fotografierte Jonas den Toten von allen Seiten und in allen möglichen Einstellungen. Er schien dabei geradezu künstlerischen Ergeiz zu entwickeln. Er baute eine Stehlampe neben der Leiche auf und schleppte, als ihm das nicht reichte, sogar noch eine Hängelampe aus dem Bad herbei. Als er endlich fertig war, kam das Messer an die Reihe.

»Ist das wirklich die Tatwaffe?«, fragte Jurik mit brennender Neugier. »Ein hübsches Spielzeug. Das ist ein Horngriff, oder?«

»Das werden wir alles später feststellen.«

»Wirklich ein schönes Ding«, kommentierte jetzt auch Wlad. »Davon dürfte es nicht allzu viele geben. Stammt vermutlich aus dem Ausland. Aus Kisumu, würde ich sagen. Sieht jedenfalls sehr danach aus.

Swjaginzew war über Wlads Kenntnisse mehr als erstaunt.

»Kisumu? Was ist das denn?«, fragte er.

»Eine Stadt in Kenia«, klärte Wlad ihn gönnerhaft auf. »Dort werden genau solche Messer hergestellt. Mit Griffen aus Oryxhorn.«

»Woraus?«, erkundigte sich Swjaginzew ehrfurchtsvoll.

»Das ist eine Antilopenart. Aus ihrem Horn macht man in Kisumu traditionell Messergriffe. Das ist eine richtige Industrie da.«

»Ich staune. Woher weißt du das alles?«

»Von so einem Typen, der hier mal Urlaub gemacht hat. Der hatte einen ganz ähnlichen Dolch, auch mit so einer Schnitzerei, bloß ein anderes Motiv. Der Typ war Berufsjäger und schon mehrmals auf Safari in Kenia. Er hat mir von Kisumu erzählt.«

»Sehr interessant. Vielen Dank für die Information.«

Dann wandte er sich wieder an Jonas. »Wann können die Fotos fertig sein?«

»Wann brauchen Sie sie?«

»Je früher, desto besser.«

»Ich könnte sie heute noch fertig machen.«

»Das wäre großartig. Also, Freunde, dann will ich euch nicht länger aufhalten ...«

»Und was ist jetzt mit der Frau?«, fragte Wlad, dem das Schicksal seiner Bowlinggefährtin offenbar keine Ruhe ließ.

»Die ist in ärztlichem Gewahrsam.«

»Haben Sie sie etwa verhaftet? Sie ist unschuldig!«

Swjaginzew schloss müde die Augen.

»Sind ihre Verwandten schon informiert worden?«, fragte Jonas schnell. »Mark und Olga? Immerhin war er ihr Vater.«

»Bemühen Sie sich nicht. Darum kümmere ich mich selbst. Und bis dahin herrscht Nachrichtensperre, damit das klar ist. Wehe, einer quatscht. Hier läuft sowieso einiges schief. Dazu noch dieser Schnee, sämtliche Pässe sind gesperrt. Wie lange soll das eigentlich noch dauern, könnt ihr mir das sagen, ihr als Profis?«

»Tja, zwei Tage mindestens«, antwortete Jurik.

»Na großartig«, knurrte Swjaginzew und machte ein Gesicht, als hätte er in eine Zitrone gebissen: noch zwei Tage hier festzusitzen, mit einer Leiche am Hals, und genau zu wissen, dass jede Stunde, die verging, die Wahrheit nur in weitere Ferne rückte ... Das Einzige, was ihn tröstete, war die Gewissheit, dass auch der Mörder nicht verduften konnte. Er saß genauso hier fest wie sie alle.

Aber das hieß zugleich, dass er in diesem Moment irgendwo ganz in ihrer Nähe war.

Als Swjaginzew das begriff, begann es in seinen Fingerspitzen zu kribbeln.

»Darf ich mal eine persönliche Frage stellen, Chef?«, fragte plötzlich Wlad.

»Meinetwegen. Was willst du denn wissen?«

»Warum kratzen Sie sich eigentlich ständig an den Eiern?«

Swjaginzew wurde rot. Dieser Bengel war entschieden zu frech. »Ich kratze mich nicht an den Eiern, ich konzentriere mich«, blaffte er wütend.

»Ach so, verstehe. Dann ist das wohl dasselbe wie mit Kommissar Maigrets Pfeife!«

Swjaginzew platzte der Kragen. »Das reicht! Macht, dass ihr wegkommt! Los, raus hier!« Fast hätte er den Flegel am Kragen gepackt. Lachend traten Wlad und Jurik den Rückzug an. Nur Jonas blieb. Er stand einfach da und starrte wie gebannt auf die Leiche. Swjaginzew, immer noch auf hundertachtzig, fuhr ihn grob an:

»Was glotzt du? Hast du noch nie einen Toten gesehen?«

»Er ist doch ihr Vater.«

»Tja, traurig, aber wahr.«

»Sie wollte mich ihm vorstellen. Jetzt ist es zu spät.«

»Ebenfalls sehr bedauerlich, aber auch nicht zu ändern.«

»Dann will ich mal die Fotos entwickeln.«

»Ausgezeichnete Idee.«

Als Swjaginzew allein war, ging er in die feierliche Eröffnung der Schlussphase seiner Vorermittlung. Bevor er Schmarinow abholen ließ, malte er mit Kreide die Konturen der Leiche nach. Man würde ihn in einem leeren Gefrierschrank des Restaurants unterbringen. Das war zwar keine sehr pietätvolle Lösung, aber man konnte die Leiche ja auch nicht auf unbestimmte Zeit in einem warmen Raum aufbewahren. Und wie lange diese Situation noch andauern würde, war nach wie vor ungewiss.

Zum Schluss versiegelte Swjaginzew die Tür des Hotelzimmers mit ganz normalem Klebeband, das er sich an der Rezeption besorgt hatte.

Damit war die Sicherung des Tatortes abgeschlossen, und Pal Palitsch begab sich, den Arm voller Tüten mit Beweismaterial, in sein Büro.

Schmutzige Geschichte, das Ganze, dachte er immer wieder. Ganz, ganz schmutzige Geschichte.

Da hatte er sich was Schönes eingebrockt.

Dieses ganze Brimborium mit der Leiche und allem, was damit verbunden war, machte ihn völlig fertig. So eine Achterbahn war nichts für seine rheumatischen alten Knochen, das sollten wirklich Jüngere übernehmen. Jüngere und klügere Ermittler, ausgestattet mit modernster Technik und Wissen. Aber egal, er tat eben, was er tun konnte.

Jetzt stand die Befragung der Zeugen an. Vor allem die Aussagen der Verwandten mussten allesamt schriftlich festgehalten werden.

Die Verwandten.

Mit diesen Verwandten hatte es auch eine seltsame Bewandtnis. Diese ganze chaotische Familie verursachte in der ›Windrose‹ mehr Schwierigkeiten als sämtliche Lawinenopfer zusammengenommen.

Und vor allem, schien ihm, hatten dieses Schwierigkeiten gerade erst begonnen.

Aber jetzt stand Swjaginzew erst einmal die unangenehmste Aufgabe bevor. Er musste Schmarinows Tochter über den Tod ihres Vaters informieren. Bei diesem Gedanken wurde er so traurig, dass er den Beschluss fasste, sich zu rasieren.

Für Pal Palitsch ein Akt heroischer Selbstaufopferung.

Sein betagter Rasierapparat der Marke ›Berdsk‹, der eigentlich schon vor Jahren seinen Ruhesitz in irgendeinem gemütlichen Schrankwinkel oder einem ruhigen Kellerregal hätte beziehen sollen, schabte seine Bartstoppeln gnadenlos mitsamt der Haut vom Knochen. Die heilige Inquisition hätte seinerzeit ein solches Instrument zu schätzen gewusst. Swjaginzew quälte sich eine geschlagene halbe Stunde mit dem Folterwerkzeug der Gesichtshygiene herum; und immer wieder schweiften seine Gedanken ab zu dem Mord.

Je mehr er darüber nachdachte, desto weniger gefiel ihm diese Sache. Ihm gefiel diese Inka nicht, die die Tat selig verschlafen hatte, ihm gefiel dieser Schmarinow nicht, der sich einfach nicht zur Wehr setzte, wenn jemand mit dem Messer auf ihn losging; und ihm gefielen nicht diese drei Gläser auf dem Tisch.

Und diesen snobistischen *Napoleon* mochte er auch nicht! Aber das war natürlich eine reine Geschmacksfrage.

Nachdem er die Prozedur des Rasierens für abgeschlossen erklärt hatte, knotete sich Pal Palitsch umständlich seine beste – und einzige – Krawatte um, einen grellbunten Signalwimpel, den er vor gut und gern fünfzehn Jahren im Gostini Dwor erworben hatte (der Anlass für diesen Kauf war längst im Orkus seines maroden Gedächtnisses verschollen), und machte sich auf den Weg zur Hütte der Krassinskis. Ein Mann, der eine schlechte Nachricht überbringt, soll wenigstens gut aussehen. Im letzten Moment steckte er noch die Mordwaffe ein. Vielleicht hatte ja einer der Verwandten des Opfers dieses Messer schon einmal gesehen.

Natürlich musste er auch diese Inessa danach fragen.

Die frischgebackene Witwe. Nicht vergessen!

Swjaginzew brauchte für den Weg erheblich länger, als er angenommen hatte.

Daran waren erstens die zahlreichen Schneewehen schuld, durch die er seine einhundertvierzig Kilo schieben musste; zweitens der Sturm, der ihm eine steife Briese entgegenblies und ihm den Schnee pfundweise in Kragen, Mund und Ohren peitschte; und drittens die Leute.

Sämtliche Angestellten der ›Windrose‹ waren nämlich offenbar wild entschlossen, ihn in tausend kleine Stücke zu reißen und dann die Teile einzeln auszufragen. Überall Gesichter, aus denen ihm eine Mischung aus brennender Neugier und lüsternem Grauen entgegenleuchtete. Aber ein Mord war natürlich für ein so vornehmes Hotel auch ein exzeptionelles Ereignis, das den Ruf des Etablissements ernsthaft schädigen konnte. Swjaginzew hatte diesbezüglich bereits ein kurzes, aber umso deutlicheres Gespräch mit der Hoteldirektion hinter sich gebracht. Der Tenor dieser Unterredung war eindeutig: Es darf nichts nach außen durchsickern, die Gäste müssen um jeden Preis beruhigt werden.

Swjaginzew hatte nur immerzu genickt: natürlich, nichts durchsickern lassen, äußerste Diskretion, natürlich, jawohl. Höfliche Befragungen, keine Verhöre, jawohl. Und herausfinden, dass der Getötete selber schuld war, alles klar. Wird erledigt! Kein Wort zu den Gästen, selbstverständlich!

Mit vielen überflüssigen Empfehlungen eingedeckt, kam Swjaginzew aus dem Direktorentrakt nass wie aus der Sauna und beklagte zum wer weiß wievielten Mal, dass er nicht rechtzeitig Urlaub eingereicht hatte.

Und jetzt kämpfte er sich fluchend durch den Schnee, während in seinem geschundenen Leib ein irrationaler Hass auf diesen Schmarinow heranwuchs, der ihn in eine so unerquickliche Lage gebracht hatte.

Als er an die Tür der Krassinskis klopfte, rührte sich lange Zeit erst mal gar nichts.

›Vermutlich schlafen sie noch‹, dachte Swjaginzew. ›Schlechte Angewohnheit: Der frühe Vogel fängt den Wurm!‹ Endlich hörte er ein Geräusch hinter der Tür.

»Machen Sie auf!«, rief Swjaginzew fordernd.

»Wir schlafen noch!«, hörte er Marks Stimme. »Wer ist denn da?«

»Ich bin's, Swjaginzew!«

»Was wollen Sie denn, Pal Palitsch?«

»Ich muss mit Ihnen sprechen.«

Krassinski schloss auf und trat vor die Tür. Er sah verschlafen aus, seine Haare waren zerrauft, und sein Gesicht war merkwürdigerweise nass. In diesem Zustand wirkte er seltsam jung.

»Ich fürchte, ich habe schlechte Nachrichten für Sie«, meldete Swjaginzew. »Bereiten Sie Ihre Frau schonend darauf vor.«

»Schlechte Nachrichten? Was ist denn jetzt schon wieder passiert? Wovon reden Sie?«

»Wir haben heute Morgen die Leiche Ihres Schwiegervaters gefunden. Er wurde ermordet.«

Mark wurde blass, sein Kiefer klappte herunter.

»Was soll das heißen? Was meinen Sie damit: ermordet?«

»Damit meine ich, dass er erstochen wurde, in seinem Hotelzimmer.«

»Erstochen?« Marks Stimme klang schrill. »Sie müssen sich irren! Wir waren doch bis um vier Uhr noch zusammen! Da war er quicklebendig!«

»Dann sind Sie möglicherweise der Letzte, der ihn lebend gesehen hat. Die Tat wurde zwischen vier und sechs Uhr früh begangen.«

»Das kann nicht sein! Das ist vollkommen unmöglich! Sie reden Unsinn! Völligen Schwachsinn!«

»Jetzt reißen Sie sich zusammen!«, sagte Swjaginzew hart. Immerhin war dieser Krassinski ein kräftiger Bursche, den brauchte man nicht mit Samthandschuhen anzufassen.

»Das ist unmöglich ...«, wiederholte Mark noch einmal leiser.

»Darf ich reinkommen? Oder wollen wir hier draußen in der Kälte weiterreden?«

»Natürlich, bitte ...«

Das Zimmer machte auf Swjaginzew nicht den Eindruck, als hätte man dort eine behagliche Nacht verbracht. Das Fenster stand sperrangelweit offen, auf dem Teppich waren nasse Flecken.

»Wo ist Ihre Frau?«, fragte Swjaginzew leise.

»Im Bad«, antwortete Mark, und er schien seltsamerweise verlegen.

»Sagten Sie nicht, Sie hätten noch geschlafen?«

»Ich habe noch geschlafen. Olga ist wohl schon unter der Dusche.«

Einen Moment schwiegen sie.

»Wie ist es denn überhaupt passiert?«, fragte Mark dann sachlich. Er hatte sich offenbar von seinem ersten Schock erholt.

Swjaginzew gab ihm einen Überblick über seine bisherigen Erkenntnisse. Sein Bericht war ziemlich umständlich und schleppte sich teilweise in trockenem Amtsjargon dahin. Mark wurde immer ungeduldiger. Pal Palitsch ließ sich dadurch allerdings nicht stören. Ihn quälte die ganze Zeit, während er sprach, ein diffuser Gedanke, den er einfach nicht zu fassen bekam.

Irgendetwas an Marks Verhalten schien ihm sonderbar. Irgendetwas, das er gesagt oder vielleicht eben nicht gesagt hatte ...

Kurz bevor er mit seiner Erzählung zu Ende gekommen war, hatte er ihn endlich beim Wickel, den Gedanken.

Als Mark von der Ermordung Schmarinows erfuhr, hatte er mit keinem Wort nach dessen Frau gefragt!

Das war doch merkwürdig, denn immerhin war sie ja im selben Zimmer gewesen, in dem ihr Mann ermordet wurde, bewegungsunfähig, ans Bett gefesselt – im Zweifelsfall also eine unerwünschte Zeugin, die der Mörder hätte aus dem Weg räumen müssen. Aber diesen Krassinski schien das nicht weiter zu interessieren.

Warum nicht?

Swjaginzew sah Mark aufmerksam an. Er schien ihm eigentlich ein heller Bursche zu sein, mit einem klaren Blick und scharfen, energischen Falten um den Mund. Er sah aus wie jemand, der sich aus eigener Kraft hochgearbeitet hatte. Jemand, der weiß, was er will.

Als Swjaginzew seinen Bericht beendet hatte, schwieg Mark. Schließlich sah er auf und fragte:

»Also die Polizei war noch nicht am Tatort?«

»Nein, und sie wird in den nächsten beiden Tagen auch nicht hier erscheinen. Sie sehen ja selbst, wie es um die Witterungsverhältnisse bestellt ist.«

Mark stand auf und trat ans Fenster. Einen Moment schaute er hinaus. Dann beugte er sich plötzlich vor und wischte sorgfältig den Schnee von dem schmalen Fensterbrett. Anschließend schloss er das Fenster.

›Seltsam! Wozu macht er das denn?‹, dachte Swjaginzew verwundert. ›Wie kann man nur so pedantisch sein ...‹

»Ja, das ist bedauerlich«, sagte Mark und drehte sich zu ihm um.

»Bedauerlich?«

»Wenn ich das richtig verstehe, läuft der Mörder jetzt frei herum, und zwar irgendwo hier auf dem Gelände der ›Windrose‹. Denn er kann ja nicht weg, genauso wenig wie die Polizei herkommen kann. Und wer führt in der Zwischenzeit die Ermittlung durch? Sie?«

»Ganz richtig«, entgegnete Swjaginzew und neigte bedächtig den Kopf.

»Und haben Sie schon irgendwelche Ergebnisse?«

»Tja, bisher habe ich noch keine Zeugen vernommen ...«

»Was für Zeugen? Gab es denn Zeugen?«

»Das muss ich erst herausfinden. Sie waren gestern Abend mit ihm in der Bar? Nur Sie beide?«

»Nein, am Anfang war noch meine Frau mit dabei. Sie ist dann gegangen. Sie war ... Sie war ein wenig betrunken, und es war ihr peinlich, dass ihr Vater sie so sah.«

»Und Sie sind noch geblieben? Hätten Sie Ihre Frau nicht begleiten müssen? Ich meine, wenn sie betrunken war ...«

Mark druckste ein wenig.

»Sehen Sie ... Ich hatte mit Igor Anatoljewitsch einige äußerst dringende geschäftliche Fragen zu besprechen. Außerdem wollte Olga nicht, dass ich sie begleite. Sie wollte allein sein.«

»Gab es dafür einen besonderen Grund?«

»Wenn es einen gab, hat sie ihn mir nicht verraten. Manchmal sollte man in einer Ehe nicht zu viele Fragen stellen.«

»Na schön, und wie spät war es, als sie ging?«

»Ich weiß es nicht genau, cirka um zwei Uhr.«

»Apropos, Ihre Frau duscht ziemlich lange, finden Sie nicht?«

»Das ist so eine Angewohnheit von ihr.« Mark warf einen schrägen Blick auf Swjaginzew: ›Bloß weil du alter ungewaschener Ziegenbock in deiner schmierigen Krawatte dich nicht gern wäschst, heißt das noch lange nicht, dass es anderen Leuten genauso geht.‹

»Na gut, machen wir erst mal weiter. Wann haben Sie sich von Ihrem Schwiegervater getrennt?«

»So gegen vier Uhr. Ich habe ihn noch bis in die Hotelhalle begleitet ... Der Portier hat uns gesehen.«

»Daran zweifle ich nicht. Und Ihre Frau war hier, als Sie ankamen?«

»Natürlich, sie schlief schon. Ich habe kein Licht gemacht, um sie nicht zu stören, habe mich gleich hingelegt und bin eingeschlafen wie ein Stein. Ich hatte wohl auch ein wenig zu viel getrunken. Normalerweise trinke ich nämlich so gut wie gar nicht.«

›Das scheint irgendwie in der Familie zu liegen‹, dachte Swjaginzew säuerlich.

»Und wenn Sie ausnahmsweise trinken, was trinken Sie dann für gewöhnlich?«

»Am liebsten Cognac, aber höchstens ein Gläschen oder zwei.«

»*Napoleon* vermutlich, habe ich Recht?«, fragte Swjaginzew und fühlte dabei deutlich einen Geschmack nach Seife in seinem Mund. Er würde dieses verdammte Zeug im Leben nicht mehr anrühren. Wodka und Bier, darauf ließ er nichts kommen, schmeckt gut und hebt die Laune.

»Wieso *Napoleon?*«, fragte Mark verwundert.

»In Schmarinows Hotelzimmer stand eine Flasche davon auf dem Tisch. Eine Flasche und drei Gläser.«

»Ah ja ...« Mark sah Swjaginzew gönnerhaft an. »Wir haben gestern Abend noch einen Schluck zusammen getrunken. Igor, Olga und ich. Als Begrüßungstrunk.«

»Und Schmarinows Frau?«

»Inka wollte nichts trinken. Ihr komischer Doktor hat sie mit Schmerzmitteln voll gepumpt und ihr den Alkoholgenuss untersagt.«

Damit wäre diese Frage also beantwortet. Ein Problem weniger.

»Tja ... Verstehe. Haben Sie eine Idee, wer diese Tat begangen haben könnte?«

»Das fragen Sie mich?«

»Nun, Sie kannten den Toten doch sehr gut.«

»Hören Sie, Pal Palitsch, im Ölgeschäft ist praktisch jeder ein potentieller Todeskandidat. Da sind Auftragsmorde an der Tagesordnung. Bei uns hat jeder seinen Grabstein schon fix und fertig im Kleiderschrank stehen.«

»Ach ja? Wie interessant! Sie auch?«

»Meine Güte, Pal Palitsch! Das meinte ich jetzt natürlich nicht wörtlich!«

»Ja, ja, ich verstehe schon, das ist eine Metapher!«

»Eher eine Hyperbel, eine Übertreibung, verstehen Sie. Aber der Sinn bleibt derselbe. Natürlich hatte Schmarinow Feinde. Ich auch. Nicht zu unterschätzende Feinde.«

»Und dann fahren Sie in die Berge ohne einen einzigen Leibwächter? Ist das nicht ein wenig leichtsinnig?«

»Ich sagte ›hatte‹! Wir *hatten* Feinde. Inzwischen hat sich die Lage ein wenig entschärft. Es ging um eine große Ausschreibung, die einem reichlich Profit, aber genauso gut eine Kugel einbringen konnte. Wir haben sie inzwischen zu unseren Gunsten entschieden. Außerdem, wenn man einen Konkurrenten aus dem Weg räumen will, tut man das zweckmäßigerweise in Moskau, das macht erheblich weniger Aufwand.«

Marks Darstellung klang ziemlich logisch. Swjaginzew war wider Willen sogar beeindruckt: ein analytischer Kopf, alle Achtung. Dieser Krassinski hätte bestimmt bei der Miliz eine große Karriere gemacht.

Nur eine Sache machte ihn stutzig: Der erste Schock nach der Todesnachricht war überstanden, und jetzt war Mark vollkommen ruhig. Er verhielt sich, als redeten sie nicht über den Mord an einem ihm nahe stehenden Menschen, sondern über den Schoßhund der Nachbarin, der versehentlich unter die Räder gekommen war. Andererseits, was wusste er schon über das persönliche Verhältnis Mark Krassinskis zu seinem Schwiegervater. Vielleicht waren sie ja wie Hund und Katze, vielleicht spuckte der eine dem anderen in seinen *Napoleon*, sobald er ihm den Rücken zudrehte.

»Na schön, aber ich habe auch gar nicht behauptet, dass es sich um einen Auftragsmord handelt. Nichts deutet darauf hin, im Gegenteil. Soviel ich weiß, ist ein Messer eine relativ wenig verbreitete Waffe unter Killern.«

»Da dürften Sie Recht haben.«

»Tja, ein sonderbarer Mord. Auf den ersten Blick.«

»Und was ist mit dem Piloten?«, fragte Mark plötzlich. »Haben Sie schon mit dem Piloten gesprochen?«

»Noch nicht. Sollte ich das?«

»Igor Anatoljewitsch hat ihm ziemlich viel Geld bezahlt, damit er ihn durch den Schneesturm zur ›Windrose‹ brachte.«

»Wie viel?«

»Fünftausend Dollar. Ziemlich beachtlich für einen einfachen Hinflug, oder?«

»Allerdings.«

»Vielleicht ist dem Piloten das Geld ja zu Kopf gestiegen. Vielleicht hat er gedacht, bei jemandem, der so locker mit den Dollars um sich wirft, könnte noch mehr zu holen sein.«

»Einen Raubmord können wir leider ausschließen. Der Tote trug eine größere Summe Bargeld bei sich. 1855 Dollar, dazu noch ein kleinerer Betrag in Rubel und die Kreditkarten. Das Geld wurde nicht angerührt. Es ist alles noch da.«

Sie schwiegen eine Weile. Dann griff Swjaginzew in seine Manteltasche und brachte die Papiertüte zum Vorschein. Mit Hilfe seines Taschentuchs zog er das Messer heraus und legte es auf den kleinen Tisch neben Marks Computer.

Endlich zeigte sich in Marks Gesicht eine Reaktion. Seine Augenbrauen schoben sich über der Nasenwurzel zusammen, und die

Mundwinkel zogen sich nach unten. Langsam stieg das Blut in seine Wangen.

Minutenlang starrte er einfach nur das Messer an, dann hob er langsam den Blick.

»Wurde er damit getötet?«, fragte er heiser.

»Ja. Haben Sie dieses Messer schon einmal gesehen?«

»Sicher, es gehörte Igor. Es ist unverwechselbar. Eine einzigartige Arbeit. Er hat es vor etwa zwei Jahren aus Kenia mitgebracht.«

»Interessant«, brummte Swjaginzew, der gerade wieder ein heftiges schöpferisches Jucken zwischen den Beinen verspürte. »Sehr interessant. Hat er dieses Messer immer bei sich getragen?«

»Das kann ich nicht sagen. Ich glaube es aber kaum. Igor hat eine ziemlich große Sammlung von Jagdmessern, und soweit ich weiß, ist dieses hier sein Lieblingsstück. Er hat es mir gelegentlich gezeigt. Ich meine, es hat sogar einen Namen.«

»Einen Namen?«

»Ja, es hieß ... Warten Sie, ich hoffe, es fällt mir wieder ein. Ja, Ngai oder so ähnlich.«

»Was soll das denn bedeuten?«

»Das ist der Name eines Stammesgottes der kenianischen Massai, der Gott des Himmels. Von Ngai erbittet man sich Glück für Kriegszüge und dergleichen.«

Mark betrachtete das blutige Messer und lächelte bitter: Von Glück konnte man hier ja wohl nicht sprechen.

Swjaginzew erinnerte sich daran, was Wlad über das Messer gesagt hatte. Ein geradezu enzyklopädisches Wissen zeigte dieser schlichte Bergretter, wer hätte das gedacht. »Hat Schmarinow auf dieser Reise eventuell einen Ort namens Kisumu besucht?«

»Ja, tatsächlich, davon hat er erzählt. Woher wissen sie das?« Mark schien beeindruckt.

»Tja, unsereiner hat auch so seine Bildung.« Swjaginzew kam vor Vergnügen regelrecht ins Schwitzen und bedankte sich im Stillen bei Wlad.

»Das hätte ich Ihnen gar nicht zugetraut«, bemerkte Mark offen und steigerte Swjaginzews Vergnügen damit ins Unermessliche. Jetzt floss ihm der Schweiß in Strömen, und er betupfte sein nasses Gesicht mit seinem geschirrtuchgroßen Taschentuch.

»Also hat Schmarinow sein Messer nach einem Gott des Glücks benannt ...«

»Nach einem Gott des Krieges«, korrigierte Mark.

»Nach einem Kriegsgott, der Glück bringt, verstehe. Für Schmarinow waren seine geschäftlichen Unternehmungen sicher so etwas Ähnliches wie Kriegszüge, und dabei konnte er bestimmt einen Haufen Glück gebrauchen. Heißt das jetzt, dass er dieses Messer als eine Art Talisman gesehen hat?«

»Schwer zu sagen.«

»Wissen Sie, es ist nämlich so ... Ich habe seine persönlichen Sachen durchsucht, und außer dem Geld, den Kreditkarten und einer schmalen Mappe mit Geschäftsunterlagen gab es da gar nichts. Weder Rasierzeug noch Zahnbürste, nicht einmal ein Taschentuch. Das heißt, all die kleinen Dinge, die ein zivilisierter Mensch normalerweise für unverzichtbar hält, hat er auf seine Reise nicht mitgenommen – wohl aber das Messer! Ist das nicht merkwürdig?«

Mark zuckte mit den Schultern.

»Wenn das Messer für ihn eine Art Talisman darstellte, wäre das jedenfalls eine Erklärung. Einen Talisman hat man immer dabei. Interessant ist dabei nur die Tatsache, dass der Mörder ausgerechnet diesen Talisman als Mordwaffe benutzt hat. Finden Sie nicht?«

»Ich weiß nicht«, sagte Mark, und ein Schatten huschte über sein Gesicht.

›Ein wenig nervös erscheinst du mir, Bürschlein‹, dachte Swjaginzew grimmig. Munter fuhr er fort:

»Denn um das Messer zu benutzen, musste der Mörder ja zumindest wissen, dass es da ist. Ich nehme nicht an, dass Schmarinow es auf dem Nachttisch herumliegen ließ. Und dabei wurde er durch den Angriff überrascht, wie wir wissen!« Swjaginzews Hand, die schon wieder seinen Denkprozess an der gewohnten Stelle unterstützen wollte, schoss mit gestrecktem Zeigefinger in die Höhe und verhielt dort einige Sekunden wie drohend. »Ich möchte jetzt mit Ihrer Frau sprechen!«, sagte er dann plötzlich nüchtern.

»Mit meiner Frau? Warum denn?«, fragte Mark schnell.

»Warum? Ihr Vater wurde ermordet, jemand muss ihr die traurige Nachricht überbringen.«

»Ich werde es ihr sagen.« Mark stand auf und lief nervös im Zimmer umher. »Sobald Sie gegangen sind, sage ich es ihr. Wir kommen dann später bei Ihnen vorbei. Natürlich, Sie haben Recht, ich muss sie schonend darauf vorbereiten. Sie hing sehr an ihrem Vater, Sie können sich nicht vorstellen, wie viel er ihr bedeutete.«

Marks Augen suchten wieder nach dem Messer. Er sah es sich ganz genau an, Zentimeter für Zentimeter. Schließlich blieb sein Blick auf dem blutigen Griff haften.

»Wann kommt die Polizei?«

»Sobald das Wetter es zulässt.«

»Und das Messer ist bisher das einzige Indiz?«

»Nicht das einzige, aber das wichtigste.«

»Ich verstehe. Vermutlich gibt es Fingerabdrücke darauf, oder?«

»Das wird die Spurensicherung feststellen«, sagte Swjaginzew förmlich. »Ich hätte jetzt noch eine Frage an Sie. Der Vater Ihrer Frau hat doch ihre beste Freundin geheiratet, richtig?«

»Ja, das ist richtig.«

»Mir ist klar, dass meine Frage ein wenig heikel ist, aber ... Wie war das Verhältnis zwischen den beiden Freundinnen?«

»Worauf wollen Sie hinaus? Sie hatten ein sehr gutes Verhältnis.«

»Natürlich, natürlich, das glaube ich gerne.« In Swjaginzews Kopf schimmerte plötzlich ein kleines, diffuses Lichtlein auf; eine heimliche Ahnung, die sich nicht zu erkennen geben wollte. Woher diese Ahnung kam und welcher Art sie war, wollte sich ihm partout nicht eröffnen.

»Sie sind seit ihrer Schulzeit eng befreundet. So kam das alles auch zustande. Olga war diese Verbindung anfangs gar nicht recht, aber sie hat die Situation inzwischen akzeptiert.«

»Sie hat sie akzeptiert, oder sie hat sich damit abgefunden?«

»Macht das einen Unterschied?«

»Nein, Sie haben Recht.«

Einen Moment lang betrachteten sich die beiden Männer wie Sumo-Ringer vor dem Kampf. Dann hörten sie, wie ein Schlüssel umgedreht wurde. Die Badezimmertür öffnete sich einen Spalt. Mark sprang erschrocken auf. Mit zwei Sätzen war er an der Tür und schob sich eilig ins Bad.

Swjaginzew trottete fluchend hinter ihm her und beeilte sich, sein behaartes Ohr an die Badezimmertür zu legen. Verdammt, in seinem Alter musste er sich noch mit solchen Indianerspielchen abgeben!

Seine Bemühungen erwiesen sich allerdings als mehr oder weniger nutzlos. Der umsichtige Mark hatte sämtliche Wasserhähne aufgedreht, sodass Swjaginzews lauschendes Ohr zunächst nur das Geräusch fließenden Wassers vernahm. Nach einer kurzen Gewöhnungsphase jedoch gelang es ihm, wenigstens einen Teil des Gespräches zu verstehen.

»Wer ist denn da, Mark?« Olgas Stimme klang krank und farblos.

» . . . «

»Fliegen wir heute ab?«

»Das steht noch nicht fest … Ich muss dir etwas sagen, Cara …«

»Mark … Ich kann es nicht abwaschen … eine ganze Stunde geduscht … woher kommt das nur, Mark, woher …«

»Hab keine Angst …«

»Ich kann mich an nichts erinnern, Mark ...«

»Es wird alles gut ... Bleib noch hier, ich gehe ...«

»Warum denn?«

»Vertrau mir ...«

Weiter hörte Swjaginzew nicht. Er hatte gerade noch Zeit, sich wieder in seinem Sessel zu postieren, da trat Mark aus dem Bad. Er drückte die Badezimmertür hinter sich zu, als ließe er eine Mausefalle zuschnappen.

»Geht es Ihrer Frau nicht gut?«, fragte Swjaginzew teilnahmsvoll.

»Sie ist ein wenig unpässlich. Wie ich schon sagte, sie hat gestern Abend etwas zu viel getrunken.«

»Haben Sie es ihr gesagt?«

»Nein, noch nicht. Ich möchte mit ihr allein sein.«

Mark streckte das Kinn trotzig vor. Die Botschaft war unmissverständlich: ›Sieh zu, dass du Land gewinnst!‹

»Na ja, ich werde dann mal gehen«, sagte Pal Palitsch gehorsam. »Alles Gute.«

»Danke, das werde ich brauchen.«

»Ich möchte Sie bitten, später noch einmal bei mir vorbeizukommen, sobald Ihre Frau sich dazu in der Lage sieht. Mein Büro ist im Hauptgebäude, Zimmer Nummer dreizehn. Ich brauche eine schriftliche Aussage von Ihnen. Eine reine Formalität, weiter nichts ...«

»Natürlich, wir kommen.«

»Tja, dann will ich Ihre Zeit nicht länger in Anspruch nehmen. Ach, übrigens, falls es Sie interessiert, Ihre Schwiegermutter, Inessa Schmarinowa, ist unversehrt. Merkwürdig, dass Sie mich nicht danach gefragt haben.«

In Marks Gesicht zuckte es.

›Du scheinst sie wirklich nicht sehr gut leiden zu können‹, dachte Swjaginzew und erhob sich schwerfällig. Mark hielt es nicht für nötig, ihn zur Tür zu begleiten.

Wieder im Freien, seufzte Swjaginzew erleichtert auf und schob sich den Hut tief in die Stirn.

Man hätte den Besuch bei den Krassinskis durchaus als gelungen bezeichnen können, wäre da nicht dieses vage Gefühl von Unruhe geblieben, das Swjaginzew noch immer verspürte. In seinem Gespräch mit Mark war zweifellos manches ungesagt geblieben. Es kam ihm vor, als hätten sie sich die ganze Zeit auf einer Art doppeltem Boden bewegt.

Warum hatte Krassinski nicht nach Inessa gefragt?

Lag der Gedanke nicht nahe, dass man sie ebenfalls ermordet hatte?

Swjaginzew hatte zwar von Anfang an nur von einem Opfer gesprochen, nicht von zweien, aber trotzdem, es wäre doch nur natürlich gewesen, sich zu vergewissern.

Vor allem, wenn man so ein Pedant war wie dieser Krassinski, dachte Pal Palitsch boshaft. Wenn man mit so einer aalglatten Erbsenzählervisage durch die Gegend lief. Andererseits, worüber regte er sich eigentlich auf? Krassinski war ein blöder Pedant, na und? Warum beschäftigte ihn das so? Wie kam er überhaupt darauf? Ach ja, weil Mark so übertrieben ordnungsbedürftig den Schnee vom Fensterbrett geputzt hatte, obwohl es doch immer noch weiterschneite. Pathologischer Putzfimmel, hatte Swjaginzew gedacht. Sinn- und zweckloses Pedantengehabe. Genau, das war es. So was hatte Swjaginzew schon immer aufgeregt. Dabei ging ihn das einen feuchten Kehricht an. Trotzdem, eigentlich seltsam, was gab es da zu putzen?

›Rechts herum!‹, kommandierte sein innerer Generalmajor (inzwischen zum einfachen Leutnant degradiert). ›Marsch-Marsch hinter das Haus!‹

Swjaginzew seufzte wehleidig, aber er gehorchte.

Vorsichtshalber schlug er einen großen Bogen, um zu vermeiden, dass Mark ihn ins Visier bekam. Er hatte nämlich nicht das geringste Verlangen danach, bei seiner zweifelhaften Aktion erwischt zu werden. Immer wieder versank er bis zu den Knien im weichen Schnee, fluchte und zeterte, aber schließlich gelangte er doch zur Rückseite des Hauses. Da war das Fenster, das Mark so hastig geschlossen hatte.

Swjaginzew ließ sich auf den Bauch fallen und begann zu kriechen. Dabei jammerte er im Stillen vor sich hin: ›Verdammte Scheiße, was mache ich hier eigentlich. Wenn mich jetzt einer sieht, bin ich auf Jahre hinaus die Witzfigur.‹ Aber als er die Außenwand der Hütte erreichte, wurde ihm schnell klar, dass seine Unternehmung nicht umsonst gewesen war. Im Gegenteil, auf so viel Glück hätte er nie zu hoffen gewagt. Der Schnee, den Mark vom Fensterbrett gewischt hatte, lag dicht an der Wand im Windschatten, an einer Stelle, die der Schneesturm nicht erreichte. Dieser glücklichen Konstellation war es zu verdanken, dass sich das Blut, das sich mit dem verklumpten Schnee gemischt hatte, noch klar und deutlich zu erkennen war. Denn es war eindeutig Blut; es sah aus, als hätte sich jemand mit dem Schnee seine blutigen Hände gewaschen.

Swjaginzew schnaufte vor Überraschung. Jetzt hätte er eine vernünftige Spurensicherung gebraucht, eine Hand voll nüchterner Kriminaltechniker, die, ohne viel herumzureden, das Blut eingetütet und analysiert hätten. Die vagen Vermutungen, die sich vorhin in seinem Kopf gebildet hatten, nahmen plötzlich klare Konturen an.

Diese elenden Kriminaltechniker! Wo bleibt ihr bloß, verdammt noch mal!

Swjaginzew merkte auf einmal, dass er angefangen hatte, wütend vor sich hin zu brabbeln. Ärgerlich biss er sich auf die Zunge. Das gäbe ein prächtiges Bild ab für diese Krassinskis: Swjaginzew liegt platt unter ihrem Fenster im Schnee und zetert! Er wälzte sich herum, lehnte sich schwer atmend an die Wand und begann nachzudenken. Wenn er nur irgendein Gefäß dabei hätte, ein Reagenzglas oder wenigstens eine Bierdose! Dann hätte er eine Probe von dem Schnee nehmen können und später den Kriminaltechnikern von der Polizei auf dem Silbertablett serviert. Das hätte bestimmt einige hochinteressante Resultate ergeben. Tja, so eine Dose Bier, die kann man immer gebrauchen.

»Was machen Sie denn da, Pal Palitsch?«, hörte er plötzlich Marks Stimme dicht neben sich und zuckte vor Schreck zusammen. »Haben Sie sich verlaufen?«

»Verlaufen? Aber nicht doch«, krächzte Swjaginzew heiser. »Ich schnappe nur ein wenig Luft. Hier an Ihrer Hütte ist der Duft der Kiefern besonders intensiv, am intensivsten in der ganzen Gegend, finden Sie nicht?«

»Wenn Sie das sagen. Viel interessanter finde ich allerdings die Frage, warum Sie sich so stark zu unserer Hütte hingezogen fühlen?« Marks Stimme klang, im Widerspruch zum sarkastischen Inhalt seiner Bemerkung, ein wenig brüchig. »Was gibt es denn hier zu schnüffeln?«

Swjaginzew nahm ohne Eile seinen Hut ab und wischte sorgsam den Schnee von der Krempe.

»Gar nichts«, sagte er gleichmütig. »Mir sind nur ein paar rote Flecken im Schnee aufgefallen. Da wollte ich doch mal nachsehen, worum es sich dabei handelt.«

Mark trug nur eine dünne Jacke, die er sich offenbar hastig über die Schultern geworfen hatte, und an den Füßen seine Hausschuhe. Er hatte sich nicht einmal die Zeit genommen, Schuhe anzuziehen. Was hatte ihn wohl in solcher Eile aus dem Haus getrieben?

Swjaginzew hatte so eine gewisse Ahnung, was das gewesen sein konnte.

In Marks Augen blinkte ein gehetzter Funke, und Swjaginzew fürchtete plötzlich, er könnte auf den Gedanken kommen, sich eines lästigen Mitwissers gewaltsam zu entledigen. Krassinski war ein durchtrainierter junger Mann und er bloß ein alter dicker Sack. Das wäre ein kurzer, ungleicher Kampf. Zudem war die Hütte abgelegen, kein Mensch würde sie hören, niemand ihm zu Hilfe eilen. Für einen Moment dachte er ernsthaft darüber nach, sein wichtigstes Beweisstück, die Tatwaffe, zu seiner Selbstverteidigung einzusetzen; was nützte ihm der beste Beweis, wenn er ihn nicht mehr vorzeigen konnte!

Aber Mark machte keinerlei Anstalten, ihn anzugreifen. Er presste nur nervös die Lippen aufeinander.

»Sieht doch aus wie Blut, oder?«, sagte Swjaginzew leichthin. Mark war eben doch ein vernünftiger Mann, er würde sich nicht zu einem banalen Mord hinreißen lassen.

»Keine Ahnung. Finde ich nicht.«

»Aber ja, kommen Sie, sehen Sie sich's mal an!«

Widerwillig trat Mark näher und starrte auf den zerdrückten, blutdurchtränkten Schnee.

»Scheint von Ihrem Fensterbrett gefallen zu sein«, bemerkte Swjaginzew. »Möglicherweise als Sie vorhin das Fenster geschlossen haben.«

»Wie kommen Sie darauf?«

»Eine andere Möglichkeit gibt es nicht, Wertester. Es sei denn, es handelte sich um die blutigen Tränen einer Brunnennymphe, die sich vor Ihrem Fenster die Augen ausgeweint hat.«

»Ah ja, Moment ...« Mark erinnerte sich schlagartig. »Ich habe mir gestern die Hand an einem Nagel aufgerissen, als ich das Fenster schloss. Aber es war nicht weiter schlimm, nur ein kleiner Kratzer.«

»Zeigen Sie ihn mir.«

»Möchten Sie auch noch ein medizinisches Gutachten dazu?«

Alles klar, natürlich gab es keinen Kratzer, nicht die Spur von einem Kratzer. Mark hatte gelogen, und dabei so ungeschickt, dass man den Eindruck bekam, er dächte überhaupt nicht darüber nach, was er redete. *Ich hab dich am Kragen, mein Kleiner!*

»Wissen Sie, es gibt da noch etwas, das ich Sie gerne fragen würde. Etwas, das mich schon die ganze Zeit quält«, sagte Swjaginzew verträumt.

»Und das wäre?«

»Bezüglich Ihrer ... Tja, wie soll ich sie nennen? Ihrer jungen Schwiegermutter.«

»Was ist mit ihr?«

»Nichts ist mit ihr, das ist es ja gerade. Ich wundere mich nur darüber, dass Sie sich gar nicht nach ihr erkundigt haben.«

»Hätte ich das tun sollen?«

»Nun ja ... Schmarinow wurde in seinem Zimmer ermordet; in eben dem Zimmer, in dem sich auch seine Frau befand – was Sie ohne Zweifel wussten. Schließlich konnte sie ja nicht weglaufen. Jetzt denken Sie mal nach: Irgendjemand bringt ihren Mann um, während sie ein paar Schritte entfernt im Bett liegt, lässt sie aber ungeschoren. Das ist doch seltsam, oder? Da muss man doch mal nachfragen! Aber Sie haben sich nicht die Bohne dafür interessiert, was mit ihr passiert ist.«

»Na und? Sie interessiert mich auch nicht, nicht im Geringsten«, erwiderte Mark scharf.

»Nun, natürlich, das ist Ihr gutes Recht. Aber Sie haben nicht einmal aus reiner menschlicher Neugier gefragt. Und dafür kann es nur einen Grund geben.«

»Und welchen?«

»Sie wussten, dass sie lebte.«

Mark wollte etwas antworten, biss sich dann aber auf die Lippen und funkelte Swjaginzew nur böse an.

»Gut kombiniert«, sagte er schließlich.

»Nicht wahr?«

»Aber verstehe ich Sie jetzt richtig: Haben Sie mich in Verdacht? Ich habe Ihnen doch erklärt, dass ich mich von Igor unten in der Hotelhalle getrennt habe. Der Portier hat uns gesehen.«

»Na und? Um vier Uhr haben Sie sich von ihm verabschiedet, um halb fünf stiegen Sie über die Hintertreppe zu seinem Zimmer hinauf!«

Swjaginzew empfand eine sadistische Lust daran, Mark zu provozieren. »Schmarinow hat ihnen geöffnet. Sie wussten, dass seine Frau unter der Wirkung von Schlafmitteln steht und nicht aufwachen würde. Vielleicht gab es einen Streit, über irgendwelche Prozesse in Ihrem Konzern, was auch immer, das wird sich ja feststellen lassen. Sie wussten, dass er dieses Messer immer dabei hat. Sie stechen zu, direkt ins Herz, präzise und tödlich! Dann stechen Sie noch mehrmals zu, wahllos, damit es aussieht wie eine Affekttat. Anschließend verschwinden Sie auf demselben Weg, auf dem Sie gekommen sind, und begeben sich zu Ihrer Hütte. Schmarinow hat sich nicht gegen seinen Mörder gewehrt, ich vermute, einfach deshalb, weil der Angreifer eine ihm sehr nahe stehende Person war. Na, was halten Sie von meiner Hypothese? Kann man damit arbeiten?«

Mark verzog seinen Mund zu einem winzigen arroganten Grinsen und applaudierte, lange und anhaltend, bis Swjaginzew schließlich Zweifel kamen. Seine Taktik der psychologischen Kriegsführung war offenbar auf ganzer Linie fehlgeschlagen, Mark hatte sich keine Sekunde lang davon beeindrucken lassen. »Bravo!«, rief Mark, als er endlich aufgehört hatte. »Großartig, Mister Holmes. Es ist ein wahrer Genuss, Ihren Ausführungen zu lauschen. Da wäre nur ein kleines Detail, welches das Bild ein wenig stört.«

»Und das wäre?«

»Dummerweise bin ich nicht zu unserer Hütte gegangen, nachdem ich mich von Igor getrennt hatte, sondern zurück in die Bar. Dort war ich bis um sechs Uhr morgens, wenn nicht länger. Dafür gibt es jede Menge Zeugen, die Bar war ziemlich voll. Wann, sagten Sie, wurde er ermordet? So zwischen vier und sechs Uhr, wenn ich mich recht erinnere?«

»Sie erinnern sich richtig«, gab Swjaginzew missmutig zurück. Nie im Leben hatte er sich so bloßgestellt gefühlt.

»Es tut mir aufrichtig leid, Ihre Theorie ist ausgezeichnet, sie passt nur dummerweise nicht auf mich. Aber, ganz unter uns gesagt, ganz so verkehrt liegen Sie nicht. Wissen Sie, ich habe mich nicht nach Inka erkundigt, weil für mich tatsächlich von Anfang an klar war, dass ihr nichts zugestoßen sein konnte. Insofern haben Sie Recht.«

»Ah ja? Und warum waren Sie sich da so sicher?«

Mark schaute Swjaginzew versonnen an.

»Wollen Sie meine Hypothese hören?«

»Je mehr Hypothesen ich habe, desto besser. Dann kann ich mir die beste aussuchen.«

»Na gut, wie Sie wollen, dann sage ich Ihnen, was ich darüber denke. Für mich steht fest, dass Inessa selbst Schmarinow getötet hat.«

Aus seinem Ton klang eine so unerschütterliche Gewissheit, dass es Swjaginzew die Sprache verschlug. Er starrte Mark an.

»Erzählen Sie weiter!«

»Nun, die Sache ist ganz einfach. Igor ist ein sehr wohlhabender Mann, sogar mehr als wohlhabend. Er besitzt bedeutende Immobilien in Russland und im Ausland, von seinem Barvermögen gar nicht zu reden. Und Inka ist seine Haupterbin. So ein Vermögen könnte jedem den Kopf verdrehen, nicht nur so einem blutjungen Luder.«

»Ich habe das Gefühl, Sie mögen sie tatsächlich nicht besonders.«

»Ach, ich habe nun einmal grundsätzlich nichts übrig für Huren. Dieses Weib lässt doch keinen Kerl aus.«

»Sie scheinen ja gut Bescheid zu wissen.« Swjaginzew hatte auf einmal einen faden Geschmack im Mund: dieser denunziatorische Eifer gefiel ihm nicht.

»Dazu gehört nicht viel. Aber das spielt ja im Grunde auch keine Rolle. Igor hat sie blind geliebt. Eine wahre Affenliebe. So etwas habe ich noch nicht erlebt. Aber vermutlich ist das normal für Männer in einem gewissen Alter.« Dabei schaute Mark Swjaginzew mit hochgezogenen Brauen an. »Er hat sie zur Alleinerbin eingesetzt. Und zu jedem Hochzeitstag bekam sie ein Kollier aus

Brillanten, Weihnachten einen Ring mit einem dicken Saphir. Dazu alle naselang ein neues Auto. Und Nizza war für die beiden schon fast ein zweiter Wohnsitz, wenn Sie so wollen.«

»Kann es sein, dass Sie ein wenig neidisch auf Ihre Schwiegermutter sind? So ein Leben könnte Ihnen doch bestimmt auch gefallen, oder?«

»Ich verdiene selber genug. Ich würde mich durchaus nicht als armen Mann bezeichnen. Aber Inka wird jetzt ziemlich reich sein. Eine lustige junge begüterte Witwe.«

»Tja, Geld ist natürlich immer ein überzeugendes Motiv«, bemerkte Swjaginzew weise.

»Ganz meine Meinung. Sie sagten, Schmarinow habe sich nicht gewehrt. Tja, wie denn auch. Er wäre doch nie auf die Idee gekommen, dass seine eigene Frau ihm eines Tages ein Messer zwischen die Rippen schiebt. Sie ist abgebrüht genug, ihn eiskalt zu erstechen, und genug Kraft hat sie auch. Wie sagten Sie? Ein präziser Stoß, der Rest nur Camouflage. Das passt zu ihr: Hauptsache Camouflage.«

»Das können Sie sicher besser beurteilen als ich. Aber eines verstehe ich trotzdem nicht: Eine Frau, die ihre Beine nicht bewegen kann, steht auf, läuft wie ein Hase durchs Zimmer und erdolcht ihren Mann – wie geht das?«

Mark lachte laut und höhnisch. Er schien gar nicht mehr aufhören zu wollen, und Swjaginzew bekam plötzlich ein nervöses Zucken in seinem linken Auge.

»Wer, bitte schön, hat Ihnen denn erzählt, dass sie ihre Beine nicht bewegen kann? Hm? Sie selbst, sonst niemand. Dieser Hampelmann von Arzt hat lediglich festgestellt, dass man nichts feststellen kann; keine äußeren Verletzungen, kein Röntgenbild, gar nichts. Ich glaube ihr kein Wort. Da müssten schon die Knochen aus den Beinen herausragen, dann würde ich ihr glauben. Das wäre der einzige Grund, sie mit Gewissheit als Verdächtige auszuschließen.«

»Aber es gab doch Zeugen bei ihrem Unfall.«

»Zeugen! Was heißt das schon? Ich hatte selber auch schon einen kleinen Unfall, und dabei gab es auch Dutzende von Zeugen.«

»Aber ihre Beine ... Sie hat kein Gefühl darin. Der Arzt hat sie doch untersucht.«

»Diesen Arzt können Sie vergessen. Vielleicht stecken die beiden ja auch unter einer Decke. Inessa kriegt jeden Mann ins Bett, wenn sie will und wenn es ihr nützt. Und wenn sie ihn erst einmal im Bett hat, wird er folgsam wie ein Lamm. Dann formt sie ihn wie ein Klümpchen Ton.«

»Aha, und woher wissen Sie das so genau?«, erkundigte sich Swjaginzew interessiert.

Mark stutzte. »Das ... Das sieht man doch mit bloßen Augen. Solche Frauen haben eine dämonische Wirkung auf Männer, da kann keiner widerstehen.«

Swjaginzew musste ihm wider Willen Recht geben. Das klang alles sehr wahrscheinlich. Genau so ein teuflisches Weib hatte ja auch seinem Wolodja das Herz gebrochen. O Gott, wie hatte er gelitten, der arme Junge. Dabei war er für sie nur eine x-beliebige Nummer in einer langen Reihe gewesen. Zweimal hatte er sie in irgendwelche Nachtclubs ausgeführt, dabei sein Stipendium für drei Monate verprasst, dann war es vorbei mit der großen Liebe.

»Tja, trotzdem. Ich kann mir nicht vorstellen, dass man eine totale Lähmung über einen längeren Zeitraum glaubhaft simulieren kann. Es gibt doch auch noch so etwas wie physiologische Reflexe, oder wie die Dinger heißen. Die kann man gar nicht bewusst kontrollieren, also auch nicht simulieren.«

»Wenn es um ein paar Millionen Dollar geht, Pal Palitsch, ist alles möglich.«

»Und das Schlafmittel?«, zog Swjaginzew seinen letzten kümmerlichen Trumpf.

»Machen Sie sich nicht lächerlich! Die schiebt man unter die

Zunge und spuckt sie später wieder aus. Fertig ist die Chose. Die Polizei wird erst in ein paar Tagen hier erscheinen können, sagten Sie, ja?«

»Das stimmt.«

»Sehen Sie! Dann können Sie denen eine wunderbare Hypothese fix und fertig präsentieren. Ich gebe Ihnen den guten Rat: Lassen Sie Inessa nicht aus den Augen. Irgendwann wird sie sich verraten. Das Böse muss bestraft werden!«

›Das Böse muss bestraft werden.‹ Dieselben Worte hatte seine Frau gebraucht, als sie in einem Anfall geistiger Umnachtung die Eisskulpturen zerstörte. Eine spaßige Familie, meine Güte. Und jetzt hatte sie auch noch eine Leiche im Keller.

»Na schön, ich glaube, ich gehe dann mal. Ich muss ein wenig über das nachdenken, was Sie mir da erzählt haben. Irgendwie erscheint mir alles ein bisschen zu logisch.«

»Das tut mir leid. Ich hätte Ihnen gern ein paar Probleme reingebastelt, damit Sie etwas zu tüfteln haben, aber so ist das nun mal ... Glauben Sie mir, ich kenne Inessa, ich kenne sie seit mehreren Jahren. Das passt ganz genau zu ihr: eiskalt einen Mord zu planen, um sich diesen alten Sack von Ehemann vom Hals zu schaffen und endlich an sein Geld zu kommen. Es sind schon für erheblich kleinere Beträge Menschen ermordet worden.«

›Manchmal nur für eine halbe Flasche Wodka‹, dachte Swjaginzew trübselig, aber diese Weisheit behielt er für sich.

Er rappelte sich auf, drückte Mark mit resignierter Miene die Hand und trottete davon. Mark ging zurück ins Haus. Wahrscheinlich würde er seiner Frau jetzt erzählen, dass man ihren Vater ermordet hatte.

Während Swjaginzew müde durch den Schnee zurück zum Hotel schlurfte, versuchte er, seine neuen Informationen in einen Zusammenhang zu bringen. Die Hypothese von Inkas Schuld schien ihm durchaus plausibel. Alles passte perfekt zusammen, es gab ein Motiv und eine klassische Konstellation: ein verliebter alter Mann, ein berechnendes junges Luder und dazwischen viel Geld.

Alles ganz plausibel.

Trotzdem gab es da ein paar Dinge, die sich nicht recht in diese Theorie einfügen wollten.

Erstens Schmarinows Erscheinen in der ›Windrose‹. Das war ein klarer Unsicherheitsfaktor. Was hätte Inessa getan, wenn er einfach nicht gekommen wäre, sei es, weil er nicht konnte, sei es, weil er nicht wollte? Dumm herumliegen und darauf warten, dass man sie ins Tal brachte und feststellte, dass ihre Beine vollkommen in Ordnung waren? Außerdem stand normalerweise auch hier in der ›Windrose‹ ein Röntgengerät zur Verfügung, man hätte sie also auch vor Ort untersuchen können. Inessa konnte doch nicht wissen, dass das Gerät seinen Geist aufgeben würde.

Das Ausfallen des Röntgengeräts war ein reiner Zufall, der der Mörderin zwar in die Hände spielte, mit dem sie aber nicht hatte rechnen können. Bei einem sorgfältig geplanten Verbrechen darf man nicht auf Zufälle setzen.

Auf der anderen Seite stand die Tatsache, dass Schmarinow sich tatsächlich nicht gewehrt hatte. Jedenfalls nicht, wie man es von ihm erwartet hätte, sondern nur mit diesem albernen Kissen. Er musste in seiner maßlosen Überraschung unwillkürlich danach gegriffen haben.

Wirklich ein Schlaukopf, dieser Krassinski. Es passte alles wunderbar zusammen. Alles bis auf eins: die Blutflecken unter seinem Fenster.

Diese Frage hatte er nicht beantwortet. Stattdessen hatte er das Gespräch geschickt in eine andere Richtung gelenkt und ihm – zack – eine wunderbare Hypothese über den Mord präsentiert; vielleicht sogar die richtige.

Verdammt, er hätte eine Probe von dem Schnee nehmen sollen! Ein dummer Fehler! Jetzt war es wahrscheinlich zu spät, Mark hatte die Spuren natürlich längst beseitigt.

Verdammter Idiot!

Und was war das für eine merkwürdige Unterhaltung zwischen den beiden gewesen da im Bad? Krassinski hatte verhindern wollen, dass Swjaginzew davon etwas mitbekam. Deshalb hatte er sicherheitshalber die Wasserhähne aufgedreht. Olga hatte von irgendetwas gesprochen, das sie nicht abwaschen könne. ›Woher kommt das nur, Mark? Ich kann mich an nichts erinnern‹, hatte sie gesagt, und sogar durch das Rauschen hindurch hatte Swjaginzew ihre Verzweiflung gehört.

Ich kann mich an nichts erinnern. Genau dasselbe wie bei ihrem Anfall von Vandalismus in der Eisstadt. Anscheinend hatte die Gute nicht nur Probleme mit ihrer Psyche, sondern auch mit dem Gedächtnis.

»Pal Palitsch!« Eine schrille, hohe, atemlose Stimme riss Swjaginzew abrupt aus seiner tiefen Nachdenklichkeit.

Er drehte sich um. Sieh an! Die Sapessozkaja! Sie hielt ihre zerbrochene Brille wie ein Lorgnon vors Gesicht und spähte damit nach ihm aus. Es sah allerdings nicht besonders elegant aus, wie Swjaginzew nüchtern konstatierte.

»Ich suche Sie überall, Pal Palitsch!«

Das verhieß nichts Gutes. Er konnte sich auf ein kräftiges Gewitter aus Fragen und Jammereien gefasst machen. Natürlich hatte diese blinde Fledermaus auch schon von dem Mord gehört und wollte jetzt alles aus ihm herausleiern. Swjaginzew setzte ein reizendes Lächeln auf und schwor sich eisern, sie eiskalt auflaufen zu lassen.

»Sie werden ein langes Leben haben, Natalja Wladilenowna! Ich habe gerade an Sie gedacht!«

»Gott behüte! Ich habe etwas Dringendes mit Ihnen zu besprechen!«

»Dann schießen Sie los, ich bin ganz Ohr!« Swjaginzew seufzte und dachte: ›Jetzt geht's los. Wahrscheinlich hat der Rat der alten Jungfern der ›Windrose‹ sie zur Kundschafterin ernannt, all die alten Weiber, die so einen Skiort nur als Tankstelle für männliche Hormone betrachten und mit dem einzigen Ziel anreisen, ihre Testosteron-Vorräte für ein ganzes Jahr aufzufüllen. Natürlich wussten alle längst Bescheid, dass er diesen verdammten Mord am Hals hatte, und die Sapessozkaja gehörte mittlerweile ja gewissermaßen zu seinem engeren Bekanntenkreis.‹

»Vielleicht werden Sie mich ja als aufdringlich empfinden ...«

›Worauf Sie sich verlassen können!‹

»... und für ein hysterisches dummes Weib halten, aber ... Es geht darum, dass ich ihn gesehen habe.«

»Wen?«

»Na den, der mit Kyrill auf der Piste war.«

»Wie bitte?«

Swjaginzew hatte über den letzten Ereignissen den vermissten Posdjakow vollständig vergessen. Und gerade jetzt, als er mit der Leiche dieses Ölbonzen alle Hände voll zu tun hatte, kam diese Frau wieder mit ihrer albernen Geschichte an.

»Haben Sie's etwa schon wieder vergessen?«

»Vergessen? Aber nein! Niemals!«

»Also, ich habe ihn gesehen!«

»Aha! Na und?«

»Sie müssen ihn sofort verhören! Er muss Ihnen erklären, was mit Kyrill passiert ist!«

Erwartungsvoll starrte sie Swjaginzew durch ihr Behelfslorgnon an.

»Und Sie sind sicher, dass er es ist?«, fragte er und betrachtete zweifelnd ihre zu schmalen Schlitzen zusammengekniffenen Augen.

»Aber ja! Hundertprozentig!«

»Und wann haben Sie ihn gesehen?«

»Vor ungefähr eineinhalb Stunden. So lange laufe ich schon wie ein aufgescheuchtes Huhn durch die Gegend und suche Sie! Wo treiben Sie sich denn bloß herum? Was machen Sie die ganze Zeit? Das ist schließlich Ihre Pflicht!«

›Was soll ich schon machen? Kopfstehen und lachen und mit dem Arsch Fliegen fangen.‹

Swjaginzew konnte ihr den kindlichen Eifer nicht einmal richtig übel nehmen.

»Ich kenne meine Pflichten, Natalja Wladilenowna. Also schön, Sie haben ihn gesehen und auch zuverlässig erkannt, trotz des heftigen Schneetreibens. Aber sagen Sie mal: Wie haben Sie das denn fertig gebracht? Ich selbst hätte vermutlich meine liebe Not gehabt.«

»Ich verbitte mir Ihre anzüglichen Bemerkungen!«, zeterte die Sapessozkaja pikiert. »Ich weiß, dass meine Augen ziemlich schlecht sind. Aber wenn man schlecht sieht, entwickelt man seine eigene Technik, um sich zurechtzufinden. Man prägt sich zum Beispiel die Silhouette einer Person ein. Und ich habe die Silhouette dieses Mannes wiedererkannt. Er hat einen relativ kurzen Hals, trägt einen Skianzug, aber keine Kopfbedeckung, und ...«

»Ziemlich ausführliche Beschreibung ...«

»Unterbrechen Sie mich nicht! Er hat eine sehr typische Körperhaltung, daran habe ich ihn vor allem erkannt.«

»Stand er auf Skiern?«

Diese Frage brachte die Sapessozkaja sichtlich aus dem Konzept.

»Auf Skiern? Das kann ich nicht sagen ...«

»Aha.« ›Irgendwie muss ich dieses energische Mädel bremsen, sonst kann ich mir noch tagelang diesen Blödsinn anhören.‹ »Sie glauben also ...«

»Ich glaube nicht, ich bin sicher!«, fuhr sie ihm ins Wort.

Swjaginzew stöhnte auf. »Und weiter?«

»Ich bin ihm nachgegangen. Ich wollte ihn zuerst selber fragen, aber dann dachte ich, es wäre besser, Sie machten das. Das wäre korrekter. Es ist schließlich Ihre Pflicht!«

»Das sagten Sie bereits. Weiter!«

»Also, es ist einer von den Bergrettern, so ein dunkelhaariger.«

»Die haben alle dunkle Haare.« ›Außer Wasja‹, schränkte er sofort in Gedanken ein. ›Wasja hat eine ganz verräterische Haarfarbe, ein leuchtendes Kupferrot, so was gibt es nicht oft.‹

»Ich kann Ihnen den Mann zeigen. Ich kann ihn identifizieren.« ›Großartig. Wir stellen die Jungs in einer Reihe auf, jeder mit einem Schildchen in der Hand, und die Sapessozkaja defiliert an ihnen vorbei und darf raten.‹

»Natalja Wladilenowna, Sie kennen doch jeden einzelnen unserer Bergretter. Sie sehen Sie jeden Tag und unterhalten sich mit ihnen.«

»Ich weiß, und das finde ich ja so merkwürdig. Warum verschweigt er, dass er damals mit Kyrill zusammen war? Das ist doch sehr verdächtig, finden Sie nicht?«

»Verdächtig finde ich, dass Ihnen nicht eher eingefallen ist, den Mann zu erkennen.« Swjaginzew ging dieses Gespräch längst auf die Nerven, er wollte es so schnell wie möglich beenden.

»Ich habe es Ihnen doch gerade erklärt. Weil ich ihn plötzlich in derselben Perspektive und in derselben Haltung gesehen habe wie damals. Deshalb habe ich ihn auf einmal erkannt. Seine Silhouette, verstehen Sie? Er ist es!«

»Also schön, Natalja Wladilenowna, ich kümmere mich darum!«

»Sofort?«, fragte sie ungeduldig.

»Ich habe im Augenblick mit einem anderen sehr wichtigen Fall zu tun, der mich vollkommen in Anspruch nimmt.«

»Sie meinen diesen Mord? Ich sehe nicht ein, was das miteinander zu tun hat!«

Diese schlichte Feststellung verblüffte Swjaginzew derart, dass er sich beinahe rücklings in den Schnee gesetzt hätte. Ein vorsätzlicher Mord schien die Sapessozkaja nicht im Geringsten zu beeindrucken. Sie zeigte weder Angst noch Neugier oder menschliches Mitgefühl. Nur ihr braungebrannter Hengst Kyrill hatte ein unbedingtes Existenzrecht.

»Sie werden entschuldigen, Natalja Wladilenowna, aber ...«

»Verstehen Sie denn nicht?« Sie schluckte trocken und heftig, als bekäme sie keine Luft. »Was ist, wenn hier auch ein Verbrechen vorliegt? Wenn Kyrill auch ermordet wurde?«

»Natalja Wladilenowna, ich bitte Sie!«, sprach Swjaginzew beruhigend auf sie ein. »Wir befinden uns in der Wirklichkeit und nicht in irgendeinem Hollywood Blockbuster. Ein Mord reicht mir vollkommen! Eine ganze Mordserie, das ist sogar für einen großen Skiort wie die ›Windrose‹ zu viel!«

»Ich glaube, Sie wollen sich nur vor Ihren Pflichten drücken!«

»Aber nein! Natürlich werde ich die Sache verfolgen! Nur nicht gleich heute.«

»Aber wann denn?«

»Sie müssen mich verstehen ...«

»Also gut«, gab die Sapessozkaja überraschenderweise nach. »Ich habe Sie jedenfalls informiert. Jetzt sind Sie am Zug. Alles Gute, Pal Palitsch. Aber denken Sie daran: Ein Mörder mordet immer weiter.«

Damit drehte sie sich um und ging ohne ein weiteres Wort des Abschieds davon.

Sie saß in ihrem Bett und starrte auf die Tür.

In dieser Haltung fand Mark sie vor, als er zurückkehrte.

»Wo warst du, Mark?«, fragte sie mit bebender Stimme.

»Ich habe unseren Gast nach draußen gebracht.«

»Wer war es?«

»Pal Palitsch.«

»Ach ja, dieser komische dicke Mann, der immer nach Bier riecht. Was wollte er denn? Wollte er mit mir reden wegen dieser Sache? Ich möchte das alles nur vergessen. Wir fliegen heute zurück nach Moskau und werden nie mehr daran denken, nicht wahr?«

»Wir können heute noch nicht fliegen.«

»Heute nicht? Ist es wegen des Sturms? Draußen gibt es so viel Schnee ... Ob irgendjemand bei diesem Wetter Ski fährt, Mark? Was meinst du?«

Olga sprach schnell und unzusammenhängend, einfach nur um zu reden. Nur nicht schweigen. Das Schweigen lauerte überall, sogar im Rauschen der Dusche. Ja, sogar unter der Dusche hatte sie dieses Schweigen verfolgt. Warum hatte er ihr eigentlich verboten, das Badezimmer zu verlassen? Nur weil ein fremder Mann im Haus war? Hatte er das in Turkmenien gelernt? Jonas hätte sie bestimmt nicht im Bad eingesperrt mit ihrer blutenden Nase.

Ihre Nase hatte geblutet. Das hatte ihr Mark erklärt. Daher kam das ganze Blut; auf ihrem Overall, an ihren Händen. Der schwankende Blutdruck, schwankende Temperaturen, die Höhe hier in den Bergen ... Sie hatte anscheinend sehr schwache Blutgefäße, seltsam, dass ihr das nie aufgefallen war.

›Aber warum so viel Blut? Und warum hat er mich so angesehen, als müsste er mir etwas Schreckliches gestehen?‹

»Nein, es liegt nicht am Sturm. Ich muss dir etwas sagen.« Er setzte sich neben sie auf die Bettkante, nahm ihre Hand und drückte sie fest. »Es geht um deinen Vater, Cara.« Tief in ihrem Körper spürte sie auf einmal einen kleinen Eiszapfen, der mit rasender Geschwindigkeit immer größer wurde und sich immer mehr verzweigte und andere Eiszapfen hervortrieb, bis sie vollkommen davon ausgefüllt war.

»Was ist denn mit Vater?«, fragte sie ängstlich. »Wir haben doch schon darüber gesprochen. Ich werde ihn um Verzeihung bitten.«

»Das brauchst du jetzt nicht mehr.«

Er schaute sie ernst an.

»Hör mir gut zu, Cara! Ich werde immer bei dir sein, hörst du? Ich möchte, dass du das weißt. Ich werde dich niemals verlassen, was auch geschieht.«

»Natürlich. Ich werde dich auch nicht verlassen. Aber was hat Vater damit zu tun? Glaubst du, er will uns auseinanderbringen? Das wäre doch albern.«

»Er kann uns nicht mehr auseinanderbringen. Dein Vater ist tot, Cara.«

Olga sah ihren Mann an und lächelte ungläubig. In seinem ganzen Leben hatte er kein so furchtbares Lächeln gesehen.

»Wie meinst du das? Tot ...«

»Er wurde ermordet. Heute Nacht.«

»Aber ... Aber wie ist das möglich?«

Mark war ganz dicht bei ihr. »Hast du verstanden, was ich gesagt habe? Dein Vater ist tot!«

Sie sah ihm in die Augen und verstand, dass er etwas Wichtiges gesagt hatte, irgendetwas über ihren Vater, etwas Furchtbares, Unumstößliches, Unwiderrufliches; sie musste versuchen, den Sinn hinter seinen Worten zu begreifen, sie musste unbedingt verstehen, was er gesagt hatte.

›Der Vater ist tot. Er wurde ermordet.

Tot. Ermordet. Tot. Tot.

Warum tut mir auf einmal der Kopf so weh? Tot.

Ermordet. Vater wurde ermordet!‹

»Was hast du gesagt?«

»Dein Vater wurde ermordet.«

Endlich erfasste sie den ganzen schrecklichen Sinn seiner Worte. Wie ein kalter Wind durch eine angelehnte Tür kroch ihr eisiger Schrecken in die Glieder. Sie fühlte, dass sie diesem Schrecken vollkommen wehrlos ausgeliefert war, und begann zu schreien:

»Nein, nein! Das ist nicht wahr!«

Ihr starker, schöner Vater – er sollte einfach nicht mehr da sein? Dieser wunderbare Mann, der so voller Leben war, so voll von Liebe, unbesiegbar und allmächtig ... Er hatte ganz und gar Inka gehört, sie hatte ihn mit niemandem teilen wollen ... Oh, wie hasste sie ... wen? Inka oder den Vater?

Aber der Vater war jetzt tot.

Auch Manana war tot, aber es war so lange her, dass sie gestorben war. Sie war einfach aus ihrem Haus verschwunden; erst sie und dann alle ihre Sachen. Aber Manana war doch krank gewesen, geisteskrank, und der Vater nicht, der Vater war ein völlig gesunder, völlig normaler Mann gewesen. Wie konnte er so einfach sterben?

Nein, er war gar nicht gestorben, man hatte ihn ermordet.

Ermordet.

Warum waren ihre Hände voller Blut gewesen? Warum war ihr Overall voller Blut?

»Cara! Hörst du mich? Sag etwas! Hörst du mich? Hast du mich verstanden?«

›Warum kann ich nicht weinen? Ich muss doch weinen, warum kann ich es nicht? Warum, warum, warum? Weil ich nicht daran glaube, dass der Vater tot ist? Aber Mark belügt mich doch nicht! Mit so etwas scherzt man doch nicht! Mark hat mich niemals belogen. Aber warum sieht er mich so an? Nein, er hat nicht gelogen.

Der Vater ist nicht mehr da.‹

Wieder schrie sie, bäumte sich in Marks Armen verzweifelt auf. »Nein, nein, nein, das kann nicht sein, das ist doch völliger Unsinn, was du da redest, Mark! Warum belügst du mich? Nein, das ist nicht wahr!«

Dann wurde ihr schwarz vor Augen.

Als sie wieder zu sich kam, blickte sie in das nackte Gesicht der Wahrheit, das wie ein Totenschädel über ihr schwebte.

Der Vater ist tot, das ist die Wahrheit, und vor dieser Wahrheit kannst du dich nirgendwohin flüchten, nicht in die Ohnmacht, nicht in den Schlaf, nicht in den Wahnsinn …

›Woher kommt nur dieses Blut an meinem Overall?‹

Und wieder begann sie zu schreien, sie schrie und schrie, bis ihr die Stimme versagte. Mark hielt sie fest, ließ sie keine Sekunde aus seinen Armen. Sie sah sein Gesicht, eingefallen und gealtert. Er hatte plötzlich Ähnlichkeit mit dem Vater, den es nicht mehr gab.

»Wer hat das getan, Mark?«

»Ich weiß es nicht.« Sein Gesicht verdüsterte sich. In raschem Wechsel las sie darin Grauen, Mitleid und Liebe. Aber dahinter verbarg sich noch etwas anderes. Etwas, das er versuchte, vor ihr zu verheimlichen. Sie wusste es.

Etwas Grauenhaftes, etwas unsagbar Entsetzliches.

Kraftlos sank sie in den Armen ihres Mannes zusammen.

»Mark!«

»Ich bin hier, ich bin bei dir, Cara.«

»Mark, sag mir, woher kommt das Blut auf meinem Overall?«

Um zwei Uhr hatte Swjaginzew alle Zeugen vernommen und ihre Aussagen sorgfältig protokolliert. Damit war die Voruntersuchung abgeschlossen. Jetzt saß er in seiner Bude – in Zimmer Nr. 13 des Direktionstraktes – und ließ sich alles noch einmal durch den Kopf gehen.

Die ganze Sache war so unglaublich, so irreal und so schrecklich, dass Swjaginzew sogar die Lust auf sein geliebtes Bier vergangen war. Was nützte Bier, wo nicht einmal Wodka half? Außerdem wäre es wohl ziemlich unpassend, wenn er nach Fusel röche, während er den Delinquenten ihre Rechte vorlas.

Ob sie wohl kämen?

Mark und seine Frau?

Sie könnten ja auch einfach ihren Kram zusammenpacken und sich in die Berge absetzen. Oder ihren Kram hier lassen und nach unten ins Tal abhauen.

Ach was, das kann man vergessen!

Bei diesem Sauwetter werden sie sich hüten, zwischen unbekannten Bergmassiven herumzuirren. Das wäre der reine Selbstmord. Andererseits, wer weiß? Vielleicht wäre ja ein Selbstmord die sauberste Lösung, und sie haben schon alles vorbereitet. Dieser Mark ginge sicher bis zum Letzten, wenn es drauf ankäme; das war so ein extremer Charakter.

Swjaginzew seufzte.

Er hätte natürlich ein paar von seinen Leuten vor der Hütte der Krassinskis postieren können, vorhin schon, gleich nachdem ihm klar geworden war, wie sich die Sache verhielt. Zum Beispiel Radik und Kolja; die waren zwar zwei ausgemachte Holzköpfe, aber auf der anderen Seite kompensierten sie ihren Mangel an Hirn durch eine Engelsgeduld und schnelles Zupacken. Sie hätten die Hütte beobachtet und im Falle eines Falles eingegriffen.

Ja, das hätte er tun können; aber er wollte nicht.

Tja, verehrter Mark Krassinski, das war wirklich eine brillante, ausgesprochen appetitliche Hypothese, die du mir da präsentiert hast! Swjaginzew war diese Version durchaus recht, diese eingebildete Kurzhaarkatze sollte ruhig bekommen, was sie verdiente, mit der hatte er nicht das geringste Mitleid.

Aber da waren die Beweise, die er zusammengetragen hatte, und die, verdammt noch mal, waren allesamt nicht auf Seiten des guten Mark. Schade eigentlich.

Swjaginzew wuchtete seine Fleischmassen in eine bequemere Lage, und der Sessel unter ihm stöhnte zum Gotterbarmen. Verdammt, er sollte endlich Ski fahren lernen, anstatt eimerweise Bier in sich hineinlaufen zu lassen, dachte Pal Palitsch wohl zum tausendsten Male.

Dann schloss er die Augen.

Es ist gut, die Augen zu schließen, wenn man weiß ... wenn man sich vorstellen kann, was wirklich passiert ist; wenn man das Bild des Verbrechens klar vor sich sieht.

Zuerst mal der Portier! Irgendwie wollte Swjaginzew dieser Krassinski mit seinem eisenharten, sorgsam handgearbeiteten Alibi doch nicht so recht gefallen.

In der fraglichen Nacht hatte Sergej Dienst gehabt, und zwar bis um halb acht. Dann hatte Iwan ihn abgelöst und war sofort von einer wahren Flut von Beschwerden wegen des wilden Geschreis aus Nummer zwölf heimgesucht worden. Swjaginzew machte sich auf den Weg.

Sergej und Iwan bewohnten gemeinsam eine winzige Hütte unweit des Hotelgebäudes. Iwan, der eine gewisse Neigung zu apokalyptischen Übertreibungen hatte, nannte ihr Domizil mit Vorliebe ›Unser Schweizer Chalet‹. Der bescheidene Palast der Rezeptionshüter umfasste zwei separate Zimmer, (was eigentlich ein überflüssiger Luxus war, weil die beiden sich ausschließlich am Rezeptionstresen bei der Ablösung begegneten), eine winzige Küche, Bad und Toilette. Mehr braucht kein Mensch!

Swjaginzew musste lange klopfen, ehe man ihm öffnete. Sergej schlief nach seinem Dienst gerne aus. Als er schließlich seinen zerzausten Kopf zur Tür herausstreckte, war Swjaginzew schon fast am Kochen.

»Du verschläfst noch mal das Jüngste Gericht«, schimpfte er böse.

»Schön wär's, Chef«, entgegnete Sergej und gähnte herzzerreißend. »Was hab ich da schon zu erwarten? Nichts als Langeweile. Im Paradies soll's nicht mal vernünftige Pornos geben.«

»Kann ich reinkommen?«

»Was ist überhaupt los?«

»Das klären wir dann gleich zusammen.«

Und damit schob Swjaginzew den Portier mit seinem gewaltigen Bauch kurzerhand vor sich her ins Haus. Sergej blieb an der Tür zu seinem Zimmer stehen und starrte Swjaginzew mürrisch an. Er konnte es nicht vertragen, wenn man seinen Schönheitsschlaf unterbrach.

»Los, erzähl«, brummte Swjaginzew. Er hatte einen wackligen Stuhl ausgespäht, machte es sich darauf bequem und angelte bereits seine gefürchtete ›Belomor‹ aus der Tasche.

»Bei uns wird nicht geraucht«, sagte Sergej eilig.

»Was du nicht sagst! Sehr löblich!«, bemerkte Swjaginzew munter und fummelte unbeirrt eine Papirossa aus der Schachtel. Unter dem wütenden Blick Sergejs nahm er genüsslich den ersten Zug und stieß den giftigen Rauch durch die Nasenlöcher.

»Nennt man so was nicht Dienstmissbrauch, Chef?«

»So ähnlich.«

»Sie sollten sich übrigens lieber aufs Sofa setzen. Iwan hat den Stuhl frisch geleimt, und Sie sind nicht gerade ein Leichtgewicht.«

Gehorsam siedelte Swjaginzew um. Auf der weichen Matratze des Schlafsofas sank er allerdings so tief ein, dass er seine persönliche Autorität gefährdet sah. Deshalb versuchte er, die Beine übereinanderzuschlagen, um seiner Sitzhaltung mehr Würde zu verleihen. Doch der Umfang seiner Schenkel war diesem Vorhaben ganz entschieden im Wege. Nachdem er sich eine Weile abgemüht hatte, gab er es schließlich resigniert auf.

»Möchten Sie ein Bier?«, fragte Sergej beflissen.

»Her damit, Bier kann nie schaden.«

Der Portier verschwand in der Küche und kam mit zwei Dosen zurück.

»Soll ich sie für Sie aufmachen, Chef?«

»Wenn du schon dabei bist ...«

Swjaginzew nahm die Dose in Empfang, ließ den größten Teil des Inhalts in seine Kehle rinnen, seufzte einmal wohlig und machte sich sodann unverzüglich an die Befragung des Zeugen.

»Gestern Abend ist ein neuer Gast eingetroffen ...«

»Sie meinen diesen reichen Knacker mit dem Hubschrauber? Ich habe ihn in Empfang genommen. Der gehört zu der Maus von Nummer zwölf. Ein ziemlich schwerer Junge.«

»Wie man's nimmt. Also halten wir mal fest, Sergej: Dieser Gast ist gestern Abend eingetroffen, und heute Morgen war er tot. Er wurde während deiner Schicht ermordet.«

Sergej klappte das Kinn herunter. Seine Arbeitszeit brachte

es mit sich, dass er vermutlich der einzige Mensch in der ganzen ›Windrose‹ war, der noch nichts von dem Mord wusste. Als Swjaginzew das bewusst wurde, hätte er ihn fast ein wenig beneidet.

Es dauerte eine Weile, bis Sergej den Schlag verdaut hatte. Seine Nase war immer noch blass, als er schließlich stotterte: »Ermordet? In unserem Hotel? Machen Sie Witze?«

»Fällt mir nicht ein.«

»Das ist ja ein Ding! Ermordet? Wirklich?«

»Wirklich und wahrhaftig! Und zwar während deiner Schicht!«, erinnerte Swjaginzew gutmütig.

»Moment mal! Was hab ich damit zu tun? Ich habe ihn nicht auf dem Gewissen!«

»Schauen wir mal«, fuhr Swjaginzew fort, ohne sich von Sergejs Gejammer beeindrucken zu lassen. »Wir beide werden jetzt zusammen mal die letzte Nacht rekonstruieren.«

»Die ganze Nacht?«

»Genauer gesagt, die Zeit ab vier Uhr.«

»Da brauchen wir gar nichts zu rekonstruieren, das kann ich Ihnen auch so sagen ...«

»Dann los, tu dir keinen Zwang an.«

»Also, na ja, wenn es um diesen Bonzen geht, der kam in der Nacht aus der Bar, zusammen mit einem jüngeren Typen. Von der Rezeption aus kann man den Eingang zur Bar ganz genau einsehen. Da kriegt man alles mit.«

Diese räumliche Konstellation kam Swjaginzew sehr zupass. Das Vestibül war mit seinen riesigen Fenstern sehr übersichtlich angelegt. Niemand kam unbemerkt an dem Portier vorbei.

»Weiter. Sie sind dir also irgendwie aufgefallen, oder wie?«

»Na ja, sie haben sich ziemlich laut miteinander unterhalten.«

»Haben sie gestritten?«

»Nein, gestritten nicht, beziehungsweise nicht miteinander, nicht direkt, verstehen Sie?« Die Stirn des Portiers legte sich in angestrengte Falten. »Ich weiß nicht, wie ich das erklären soll. Also, sie haben über jemanden gestritten oder … diskutiert.«

»Diskutiert, verstehe. Und um wen ging es dabei? Hast du das zufällig mitgekriegt?«

»Na logisch. Es ging um eine Frau, um was denn sonst?«

»Du meinst, sie konnten sich nicht einigen, wer sie kriegen sollte? Hat der Ältere dem Jüngeren Vorwürfe gemacht? Ihn beschuldigt oder so was?«

»Nein, überhaupt nicht, im Gegenteil! Er hat ihn irgendwie bedauert oder so. Und der Jüngere – ach, Krassinski hieß der übrigens, jetzt fällt es mir wieder ein! Also dieser Krassinski schien sich wegen irgendwas zu rechtfertigen. Er bat den anderen um Verständnis. Glaube ich.«

»Glaubst du. Und wofür bat er um Verständnis? Für sich?«

»Aber nein! Ich sagte doch, es ging um eine Frau!«

»Um die Frau des Älteren vermutlich.«

»Um diese hübsche Maus? Die ist echt ein ziemlicher Feger, was? Alle Achtung! Aber ich habe gehört, sie hätte einen Unfall gehabt. Das wäre ja furchtbar! Ein Rasseweib!« Sergejs Augen verschleierten sich. »Die würde ich gern mal …«

»Vergiss es ganz schnell. Ihr Mann wurde ermordet, und sie ist jetzt eine reiche Witwe.«

»Die bleibt nicht lang allein«, sagte der Portier überzeugt. »Bei der stehen sie doch schon Schlange. Die hat französischen Charme, wie ich immer sage!«

Marks Einschätzung schien sich zu bestätigen: Die Verehrung für diese Kurzhaarkatze erreichte kosmische Ausmaße. Sergej hatte bestimmt Recht: So eine Frau bleibt nicht lange solo.

»Weiter! Sie sprachen also über die Frau des Älteren der beiden.«

»Nein. Es ging um die Frau des Jüngeren. Die ist übrigens auch gar nicht so übel!« Sergej wackelte mit dem Kopf. »Vielleicht sogar noch besser. Lange Haare und so, das mögen die Männer, oder, Chef?«

»Kann sein. Über solche Themen habe ich ziemlich lange nicht mehr nachgedacht.«

»Ich schon. Also ich würde sagen, mir persönlich ... Mir fehlt irgendetwas an ihr. Obwohl sie eine fantastische Figur hat, keine Frage! Das haben sie alle beide, da nehmen sie sich nichts, würde ich sagen. Aber trotzdem. Wahrscheinlich ist es der französische Charme, verstehen Sie, der fehlt ihr!«

Das Gespräch bewegte sich rasant in eine Richtung, die Swjaginzew nicht gebrauchen konnte. Also beschloss er, den aufgekratzten Portier wieder auf den Boden der Tatsachen zurückzuholen.

»Woran hast du denn gemerkt, dass sie über die Frau von diesem Krassinski sprachen?«

»Ich habe es gehört.« Sergej sah Swjaginzew an, als hätte er nach dem Weihnachtsmann gefragt. »Der Ältere, Schmarinow also, sagte: ›So etwas kann man nur schwer verzeihen, schon gar nicht ein Mann, und noch weniger ein Vater.‹ Und dann hat er noch gesagt, er könne die Eifersucht seiner Tochter nicht verstehen. Das sei nicht normal, hat er gesagt.«

Wieder knautschte Sergej seine Stirn wie eine trockene Zitrone, als wollte er noch die letzten Erinnerungströpfchen herauspressen. »Ja, das waren seine Worte. Und dann meinte dieser Krassinski noch: ›Sie ist vollkommen normal, sie ist vollkommen gesund.‹ Was er damit meinte, hat er aber nicht gesagt. Und dann der Alte wieder: ›Olga wird ihrer Mutter immer ähnlicher, das macht mir Angst. Dieser Ausraster heute!‹ Und der Junge: ›Warum haben Sie sie geschlagen? Sie wissen doch, wie viel Sie ihr bedeuten.‹ Und der Alte sagt darauf: ›Um mich geht es gar nicht, ich bin scheißegal, aber sie hat meine Frau beleidigt, und das kann ich niemandem verzeihen.‹ Genau, das war's. Mehr hab ich nicht gehört.«

Sergej schnaufte erschöpft. Die ungewohnte Gedankentätigkeit hatte ihm den Schweiß auf die Stirn getrieben.

»Das ist ja enorm«, meinte Swjaginzew argwöhnisch. »Wie

konntest du das denn alles so genau im Kopf behalten? Praktisch das ganze Gespräch, Wort für Wort.«

»Ganz einfach, Chef, ich habe ein erstklassiges Gedächtnis! Ich lese fünf Schreibmaschinenseiten und habe sie im Kopf. Vor allem Zahlen ...«

»Was für Zahlen?«

»Ganz egal. Multiplikation und Division in beliebiger Höhe.«

»Schau an! Du bist ja die reinste Intelligenzbestie. Das hätte ich nie gedacht!«

Sergej lächelte selbstgefällig.

»Also dann noch mal zurück zu den beiden Männern. Was war dann?«

»Dann?«

»Als sie fertig waren mit ihrer Unterhaltung.«

»Gar nichts. Der Ältere ging auf sein Zimmer, Krassinski zurück in die Bar.«

»Und das hast du auch alles gesehen?«

»Natürlich, mit diesen meinen Augen. Er hat sich umgedreht und ist wieder reingegangen.«

»Hast du alle Leute so genau im Auge?«

»Wieso nicht? Nachts gibt es ja nichts anderes zu tun. Außerdem macht es mir Spaß, die Leute zu beobachten. In welchem Zustand sie in die Bar reingehen und in welchem sie wieder rauskommen, was für Frauen sie mitschleppen und so weiter ...«

»Na gut, Sergej.« Swjaginzew stand umständlich auf. »Ich gehe dann wieder. Danke für die Informationen, du hast mir sehr geholfen.«

»Immer zu Diensten für Volk und Vaterland!« Sergej grinste und legte die flache Hand an die Schläfe. »Und stimmt das wirklich? Hat man ihn echt ausgepustet?«

»Und wie.«

»Mann, hat der ein Schwein, der Iwan! Direkt vor Ort, wenn was los ist!«

»Wart's ab, du hast ja noch ein gutes halbes Jahrhundert vor dir. Jede Menge Zeit für Abenteuer«, brummelte Swjaginzew und klopfte Sergej zum Abschied auf die Schulter.

›So, und jetzt muss ich wohl in die Bar. Tja, dieser Mark! So ein Filou! Der ach so ehrliche Mark hatte ihm doch glatt verheimlicht, dass er sich mit Schmarinow gestritten hatte. Und es musste sich sogar um eine ziemlich ernsthafte Auseinandersetzung gehandelt haben. Ein Glück, dass ihm ein Gedächtnisriese in Person des guten Sergej zur Verfügung stand. Iwan hätte wahrscheinlich alles verpennt.

Hoffen wir, dass mir das Glück weiter hold ist. Wenn alle Zeugen so sind, dürfte es kein Problem sein, diese Ermittlung zu einem guten Ende zu führen.‹

»Pal Palitsch!« Sergej kam ihm nachgelaufen, eine Jacke eilig über die Schulter geworfen. »Ich habe noch etwas vergessen!«

Der Portier machte eine schuldbewusste Miene. »Mit ist noch etwas eingefallen, ich meine, zum Thema Frauen. Sie ist doch kurz danach auch gekommen.«

»Wer?«

»Krassinskis Frau. Die, von der die beiden gesprochen haben.«

»Was meinst du damit? Wohin ist sie gekommen?«

»Na, ins Hotel.«

Swjaginzew blieb die Luft weg. Das war allerdings ...!

»Wollte sie ihre kranke Freundin besuchen?«

»Das hat sie mir nicht verraten. Sie ist wortlos an mir vorbeigesaust, ohne mich zu grüßen. Ich sagte ›Guten Abend‹, aber sie hat mich nicht einmal angesehen. Ich kenne sie natürlich auch nicht so gut, die Krassinskis wohnen doch in einer Hütte.«

»Das ist mir bekannt.«

»Aber eigentlich ist sie sonst sehr höflich. Deshalb habe ich mich ja gewundert. Sie tat, als wäre ich gar nicht da. Ich will ja nicht behaupten, ich wäre die Hauptattraktion der ganzen ›Windrose‹, aber so was ...«

»Vielleicht hat sie dich ja wirklich nicht bemerkt?«

»Das kann ich mir kaum vorstellen.«

»Sie war eben einfach in Gedanken.«

»Bestimmt! Auf jeden Fall war sie ziemlich in Fahrt, sie raste wie die Feuerwehr an mir vorbei. Die hat überhaupt nichts um sich herum gesehen.«

»Und du bist sicher, dass sie es war?«

»Halten Sie mich für schwachsinnig, Chef? Solche Haare hat keine zweite, das ist mal sicher! Das war mir schon aufgefallen, als ich sie das erste Mal gesehen habe. Rabenschwarze Haare, einfach ein Traum!«

»Weiter. Wie lange ist sie geblieben? Hast du sie noch einmal gesehen?«

»Natürlich, klar habe ich sie noch mal gesehen. Vielleicht eine knappe halbe Stunde später kam sie wieder runter. Das heißt, sie kam nicht, sie rannte! Wahrscheinlich haben sie sich wieder gestritten. Sie war vollkommen außer sich.«

»Und sonst ist dir nichts aufgefallen?«

»Nichts Besonderes, nein. Nur, dass sie sehr schnell rannte. Das ist alles.«

»Und ist sie auch in die Bar?«

»Nein, sie lief nach draußen und dann den Weg entlang, wohin, weiß ich natürlich nicht.«

»Aha. Also nochmals vielen Dank«, murmelte Swjaginzew und drückte dem Portier herzlich die Hand.

Die Aussage des Portiers ließ das wunderschöne Gebäude seiner Theorie wie ein Kartenhaus zusammenbrechen. Aber Pal Palitsch wäre nicht Pal Palitsch gewesen, wenn er sich davon ins Bockshorn hätte jagen lassen. Nein, er begann umgehend, ein neues aufzubauen. Die Fülle und Bedeutsamkeit der Informationen, die ihm da so unvermutet zugefallen waren, brachten ihn sogar ein wenig in Wallung. Vergessen waren Schnee, Sturm und auch die eisige Kälte, die in seine Fingerspitzen biss.

Schmarinow hatte also vor seinem Tod nur noch eine Person gesehen, und zwar seine eigene Tochter. Nach Sergejs Aussage, der zufällig das Gespräch zwischen den beiden Männern angehört hatte, war es in der Bar zu einem Streit gekommen, welcher mit einer Ohrfeige endete.

Schmarinow hatte seine Tochter geschlagen. Das konnte man durchaus als einen außergewöhnlichen Vorfall bezeichnen, schließlich war sie kein kleines Kind mehr, und die Schmarinow-Krassinskis gehörten auch nicht in solche Kreise, in denen es an der Tagesordnung ist, sich gegenseitig zu verdreschen.

Wenn Swjaginzew die Sache jetzt richtig deutete, hatte Olga die Frau ihres Vaters empfindlich beleidigt, so sehr, dass Schmarinow verkündete, ihr nicht verzeihen zu können. Der Grund für diese Kränkung war anscheinend Eifersucht gewesen. So gesehen schien es durchaus verständlich, wenn sie beschlossen hatte, ihren Vater noch einmal aufzusuchen, um den Zwist beizulegen.

Was war dann passiert?

Die ganze Geschichte wurde immer undurchsichtiger. Zuerst dieses fantastische Märchen von der Höhle, dann das sinnlose Wüten in der Eisstadt und die Attacke gegen die Sapessozkaja! Dazu jedes Mal ein veritabler Gedächtnisschwund zur rechten Zeit, garniert mit einer Prise vererbtem Wahnsinn – wie ihm ihr Göttergatte ja so offenherzig erläutert hatte! Das war doch eigentlich schon reichlich dick aufgetragen. Dazu noch ein deftiger Streit zwischen Vater und Tochter und zu guter Letzt ein schöner runder Mord!

Ein bisschen viel für eine kleine Familie.

Die Bar war rappelvoll.

Aber das war ja nur logisch. Wegen des anhaltenden Schneesturms waren sämtliche Pisten geschlossen, und der einzige Zeitvertreib war jetzt der Tresen.

Als Swjaginzew den Raum betrat, drehten sich zahlreiche Köpfe nach ihm um. Die Nachricht von dem Mord hatte sich inzwischen wie ein Steppenbrand über die ganze ›Windrose‹ ausgebreitet, und alle wussten, welche Rolle er darin spielte. Das Bewusstsein dieser Tatsache erfüllte Pal Palitsch merkwürdigerweise mit einem jungenhaften Stolz. ›Tja, alter Knabe, jetzt kannst du mal zeigen, was in dir steckt!‹ Dabei war es völlig unwichtig, dass vielleicht morgen schon die Kriminalpolizei mit ihrer ganzen Meute angereist kam und er sich im Handumdrehen auf der Reservebank wiederfand. Noch war es ja nicht so weit! Und bis dahin war er der Mannschaftskapitän.

Vom Gefühl der eigenen Bedeutung getragen, ruderte Swjaginzew durch die Menschenmenge zum Tresen vor. Der farbige Barmann Ariel empfing ihn begeistert: 32 riesige weiße Hauer strahlten Pal Palitsch an. Normalerweise hatte Ariel nicht viel für ihn übrig, aus rein ästhetischen Gründen. Wenn er ihm sein Bier hinstellte, dann meistens so, wie man einem Hund den Napf hinstellt. Jetzt auf einmal war er die Liebenswürdigkeit selbst.

»Einen wunderschönen guten Tag, Pal Palitsch!«, ölte er mit seinem schönsten Bariton.

»Sofern der Tag schön ist! Woran ich zu zweifeln wage ...«, nörgelte Swjaginzew sicherheitshalber. Aber Ariel ließ sich nicht aus dem Konzept bringen.

»Ein Portiönchen von Ihrem Lieblingssalätchen?«, flötete er unbeirrt. Swjaginzew war platt. Das hatte es noch nie gegeben. Sonst sah ihn dieser verdammte Schnösel nicht mal mit dem Arsch an! Und auf einmal?

»Nein, danke.« He, was war das denn jetzt? Er verzichtete auf seine geliebten Krevetten, nur um diesem Blödmann Paroli zu bieten? So ein Mist, aber jetzt konnte er keinen Rückzieher mehr machen.

»Oder ein kleines Bierchen?«

»Meinetwegen.«

Im Handumdrehen hatte der Barmann ein gut gezapftes Bier auf den Tresen gezaubert.

»Das geht aufs Haus!«, verkündete er und entblößte wieder seinen imposanten Kauapparat.

»Womit habe ich die Ehre verdient?«

»Kleine Anerkennung für verdiente Kriminalisten.«

Swjaginzew blies den Schaum vom Bier und ließ den halben Liter zügig in seine Kehle laufen.

»Noch eins?«, fragte der Barmann, der ihm höflich zugeschaut hatte.

»Danke, später.«

Jetzt hielt es Ariel nicht mehr aus. »Und wie gehen Ihre Ermittlungen voran? Kommen Sie vorwärts?«

»Geht alles seinen Gang. Hör mal, mich interessiert die vergangene Nacht.«

»Die interessiert alle.«

»Na gut, mich jedenfalls interessiert speziell Schmarinow.«

»Wer ist das?«

»Der Ermordete. Er war doch gestern hier, oder?« ›Der Ermordete‹ – auf dieses Stichwort hatte Ariel nur gewartet. Jetzt kam seine Stunde, alle Scheinwerfer richteten sich auf ihn.

»Klar, der war hier! Hab ich genau gesehen!« Verschwörerisches Augenrollen.

»Das hab ich mir doch fast gedacht. Und mit wem war er hier?«

»Na, mit dem jungen Typen und dessen Frau. Seine Tochter und sein Schwiegersohn, wie man hört.«

Tja, die ›Windrose‹ war auch nur ein großes Dorf. Hier kannte jeder jeden, und so einer wie Schmarinow fiel natürlich doppelt auf.

»Na los, lass dir die Würmer nicht einzeln aus der Nase ziehen! Erzähl schon, sind sie zusammen gekommen oder jeder allein?«

»Also zuerst kamen der Typ und die Frau, sie haben sich dahinten in die Ecke gesetzt. Das war so gegen elf. Und sie hat sich dann ziemlich sportlich volllaufen lassen, ich würde mal sagen, semiprofessionell!«

Das wusste Swjaginzew ja schon von Mark, dem großen Spezialisten der halben Wahrheiten, wenn dessen Darstellung auch erheblich zurückhaltender ausgefallen war.

»Interessant! Hat sie randaliert? Gläser umgeworfen, nackt auf den Tischen getanzt? Oder was hat sie gemacht?«

»Dazu kam es nicht. Aber sie hat große Reden geschwungen.«

»Worüber?«

»Keinen Schimmer, ich hab ja nicht zugehört. Der Laden war wie immer rappelvoll, ich musste mich um die Gäste kümmern. Alle trinken und quatschen durcheinander, dazu die Bowlingbahn. Ich habe nur gesehen, wie sie irgendwann die Leute am Nachbartisch vollgelabert hat.«

»Und weiter?«

»Dann kam Jonas herein und saß eine Weile bei ihr am Tisch. Er versuchte anscheinend, sie nach Hause zu bringen, aber sie wollte nicht.«

»Und ihr Mann?«

»Der war wohl kurz mal weg. Aber später hat er sie an einen anderen Tisch gebracht, in der Nähe vom Ausgang, wahrscheinlich weil da die Luft besser war. Man sah, dass es ihr nicht gut ging, meine Güte.«

»Aber ihr Mann hat sie trotzdem nicht nach Hause gebracht, oder?«

»Keine Ahnung, fragen Sie ihn doch selber.«

»Antworte mir einfach. Sie haben sich also an den Ausgang gesetzt. Sah es aus, als warteten sie auf jemanden?«

»Das weiß ich nicht, kann sein. Irgendwann kam ja dann der …

der Ermordete.« Ariel sprach das Wort wieder mit der besonderen Betonung des Eingeweihten. »Er hat sich zu ihnen gesetzt.«

»Und Jonas?«

»Der war da schon weg. Sie saßen eine Weile zu dritt, dann gab es ein kurzes Gezanke, und der Ermordete verpasste dem Mädel eine saftige Ohrfeige. Ziemlich saftig, kann ich Ihnen sagen! Ihr ist fast der Kopf abgefallen, alle Achtung!«

»Hast du das gesehen?«

Eine unfaire Frage: Ariel machte ein Gesicht, als hätte er einen Tiefschlag kassiert. Alles klar, er hatte im entscheidenden Moment in die falsche Richtung geguckt und gar nichts gesehen. Das würde er sich wahrscheinlich sein Leben lang nicht verzeihen.

»Jemand hat es dir erzählt, verstehe. Wer?«

»Djucha.«

Djucha war ein Kellner, dessen hervorstechender Charakterzug darin bestand, jederzeit über alles und jeden informiert zu sein, und der es zu diesem Zweck auf unbegreifliche Art und Weise fertig brachte, sich immer zur richtigen Zeit am richtigen Ort aufzuhalten.

Swjaginzew seufzte. »Weiter.«

»Sie ist aufgestanden und weggerannt.«

»Und die beiden Männer?«

»Die sind geblieben.«

»Ist ihr nicht wenigstens einer von den beiden nachgelaufen oder hat versucht, sie zurückzuhalten?«

»Danach müssen Sie Djucha fragen. Er hat alles ganz genau aus der Nähe gesehen. Ich wiederhole jetzt nur, was er mir erzählt hat.«

»Na schön, und weiter?«

»Die beiden blieben bis etwa gegen vier Uhr sitzen und redeten intensiv miteinander.« Jetzt hatte Ariel wieder Oberwasser, die Wüste war durchmessen, er war wieder Hauptbelastungszeuge. »Dann sind sie gegangen.«

»Und sind sie noch einmal zurückgekommen?«

»Der Ermordete nicht, aber der junge Typ kam kurz danach wieder und saß dann bis sechs Uhr morgens hier.«

»Allein?«

»Allein. Das heißt, irgendwann ist er rüber zur Bowlingbahn, aber das war schon gegen Morgen.«

»Was machte er für einen Eindruck?«

»Eindruck?« Solche Ausdrücke waren in Ariels Wortschatz offenbar nicht vorhanden. Nachdenklich ließ er seinen Shaker kreisen.

»Ich meine, wirkte er bedrückt oder verärgert oder so was?«

»Ist mir nicht aufgefallen. Er saß einfach da.«

»Was hat er getrunken?«

»Fast gar nichts. Er hat die ganze Zeit an einem kleinen Cognac genippt.«

»Willst du damit sagen, dass er einfach nur Löcher in die Gegend gestarrt hat, ohne was zu trinken?«

»So könnte man es nennen. Aber dann, wie gesagt, hat er angefangen, Bowling zu spielen, und gar nicht schlecht, wenn ich das richtig gesehen habe. Er hat sogar gewonnen. Ich weiß allerdings nicht mehr, gegen wen. Ist das wichtig?«

»Nicht sehr«, beruhigte Swjaginzew ihn. »Wichtig ist die Uhrzeit, zu der er die Bar verließ.«

»Das ist kein Problem.« Ariel strahlte wieder zähnefletschend. »Er ging, als wir zumachten. Das war so gegen halb sieben. Er war praktisch der letzte Gast.«

»Aha. Alles klar. Jetzt kannst du mir noch ein Bier ausgeben.«

Ariel klinkte einen Bierkrug unter den Zapfhahn und starrte Swjaginzew mit großen runden Augen an.

»Na los, frag schon«, erbarmte sich Pal Palitsch endlich.

»Wurde er wirklich erstochen?«, flüsterte Ariel mit ehrfürchtig bebender Stimme.

Swjaginzew beugte sich über den Tresen und flüsterte dröhnend: »Erstochen ist milde ausgedrückt. Und weißt du was?«

»Was denn?«

»Ich glaube, dass der Mörder jemand aus dem Hotelpersonal ist. Ihr kennt doch hier jeden Quadratzentimeter. Du, zum Beispiel, du gibst einen wunderbaren Verdächtigen ab.«

»Ich?« Ariel traten die Augen aus den Höhlen. Vor Schreck ließ er das Bier überlaufen. »Nehmen Sie mich jetzt auf den Arm, Pal Palitsch?«

»Fällt mir gar nicht ein.«

»Aber ich war doch die ganze Zeit hier, jeder konnte mich sehen. Ich bin keine Minute weg gewesen.«

»Keine Minute? Das kann ja wohl nicht sein. Du bist doch sicher zwischendurch mal zum Pullern gegangen, oder nicht? Und dabei hast du vielleicht einen kleinen Umweg gemacht und ihn um die Ecke gebracht. Nichts leichter als das!«

Er zwinkerte Ariel zu und nahm ihm das übervolle Glas aus der Hand. Die Hauptsache war getan, fehlte eigentlich nur noch die Feinarbeit.

Als Erstes kam der umtriebige Djucha an die Reihe. Er bestätigte Ariels Aussagen im Wesentlichen und fügte ihnen noch einige Farbtupfer hinzu. ›Klar, zuerst haben sie da zu zweit gesessen, am Tisch drei, der Typ und seine Ische, und die hat sich kräftig die Kante gegeben, muss ja auch mal sein, und hat ihm dabei ordentlich ans Bein gepinkelt, muss ja auch mal sein. Und dann wurde ihr das wohl langweilig, und sie hat sich an die Fritzen am Nachbartisch rangepirscht und sich dem Opa an den Hals gehängt, ja, ja. Hat seiner Mutti natürlich gar nicht gefallen, ja, und dann saß sie eine ganze Weile mit Jonas zusammen. Ihr Typ war wohl inzwischen für kleine Jungs, muss ja auch mal sein, ja, und Jonas wollte sie wohl in die Heia bringen, wie's aussah, aber von wegen, dem hat sie auch ordentlich ans Bein gepinkelt. Und dann wollten sie doch gehen, aber da kam ihr Typ zurück, und dann gab's wieder Zoff, ja, und Jonas ist dann abgehauen, und die beiden haben sich an Tisch siebzehn gesetzt, gleich neben dem Ausgang.

Dann ist ihr wohl bisschen übel geworden, und sie ist aufs Klo, kotzen vermutlich, muss ja auch mal sein. Und in dem Moment kommt der Alte, und gleich gibt's den nächsten Zoff. Erst pinkelt der Alte der Tussi ans Bein, dann die Tussi dem Alten, und der auf einmal – paff – verpasst ihr eine auf ihr hübsches Öhrchen, dass es kracht. Natürlich ist sie sauer und saust ab! Ihr Mann sofort hinterher, aber nach zwei Minuten ist er schon wieder da, hat sie wohl nicht mehr erwischt. Dann hocken die zwei Typen noch ewig da rum und quatschen, und am Ende hockt er noch ewig allein rum, aber so total in sich vergraben wie der Denker von Rubens – oder Tizian? Egal, so war das, ja, ja ...‹

Nach Djucha knöpfte sich Swjaginzew noch ein paar weniger wichtige Zeugen vor, die allerdings die Aussagen der beiden Barleute im Großen und Ganzen nur bestätigten.

Wieder saß Swjaginzew in seiner Bude – wie die Spinne im Netz.

Eine ziemlich dicke Spinne, die auf ihr Opfer lauerte.

Gegen ein Uhr erschien Artjom Ljubowitsch und brachte ihm ein sachlich formuliertes Schriftstück, das man ohne große Bedenken in die Akte heften konnte. Er hatte die Leiche gründlich untersucht und präsentierte Swjaginzew eine ziemlich erschöpfende Beschreibung des Charakters der Verletzungen.

Schmarinow hatte insgesamt dreizehn Messerstiche erhalten, von denen einer das Herz traf und zum Tode führte. Acht leichte Einstiche im Brustkorb, drei im Schultergürtel, einer gegen das Schlüsselbein. Letzterer wurde mit sehr viel Kraft ausgeführt, das Schlüsselbein war gebrochen. Eigenart und Verteilung der Wunden sprachen dafür, dass der Angriff im Affekt ausgeführt wurde.

Der kahl geschorene Doktor äußerte die Vermutung, dass der Stich ins Herz am Anfang erfolgte und alle anderen Wunden dem Opfer erst danach zugefügt wurden. Der erste Stich unterschied sich von allen folgenden ganz kardinal, so als wären sie von zwei verschiedenen Personen ausgeführt worden.

Diese Annahme äußerte der Doktor allerdings unter Vorbehalt.

Swjaginzew machte sich mit dem Gutachten gründlich vertraut und legte das Papier dann zur Seite.

»So, Artjom, und jetzt mal inoffiziell ...«

»Ich bin ganz Ohr«, sagte der Doktor.

»Was denkst du über die Zeugin?«

»Über die Zeugin?« Der Arzt wurde hellhörig.

»Diese Inessa Schmarinowa. Was hältst du von der?«

»Wie meinen Sie das?«

»Ein hübscher Käfer, oder?«

»Ach so, also von der Seite gesehen, würde ich sagen, sie ist einfach klasse. Da kann ich nur sagen: Behänge sie mit Gold und Silber, hülle sie in Seide und Brokat! Dieses Weib ist der reine Luxus!«

»Meine Güte! Du bist ja ein richtiger Dichter.«

»Ich stehe einfach auf Frauen. Sie benutze ich gerade bloß als Sparringpartner, Pal Palitsch, als Training für den Ernstfall.«

»Aha, gar nicht schlecht. Nur schade, dass ich keine Frau bin.«

»Ich würde eher sagen: Gott sei Dank! Sie sind mir nämlich zu dick und zu unrasiert.«

»Na ja, vielleicht hast du Recht«, seufzte Swjaginzew.

»Und nur damit Sie Bescheid wissen: Solche Ausdrücke wie ›Käfer‹ und so weiter pflege ich für gewöhnlich nicht zu benutzen. Aber jetzt zurück zur Sache. Was wollen Sie noch von mir wissen?«

»Hast du dich an sie rangemacht?«

»Ich mache mich an jede ran«, antwortete der Arzt ausweichend. »Reine Routine.«

»Und wie lief's bei ihr?«

»Ach Gott, wir haben ein bisschen geflirtet, weiter nichts. Werde ich jetzt an die Wand gestellt?«

»Bist du bei ihr angekommen?«

»Nein, Fehlanzeige. Sie trägt anscheinend einen qualitativ hochwertigen Keuschheitsgürtel. Vielleicht steht sie auch nicht auf rasierte Schädel.«

»Na gut, darüber wollte ich eigentlich gar nicht reden. Mich interessiert ihr Unfall.«

»Ihr moralischer?« Seit ihm Schmarinows Leiche in die Hände geraten war, schien Artjom Ljubowitschs frivoler Humor in vollem Umfange zurückgekehrt.

»Witzbold«, knurrte Swjaginzew. »Ich will wissen, wie sie gestürzt ist, welcher Art ihre Verletzungen sind und so weiter.«

»Das weiß ich nicht.«

»Das heißt, es kann sein, dass es möglicherweise gar keine Verletzungen gibt? Dass sie nur so tut, als sei sie gelähmt?«

»Was sollte das für einen Sinn haben?«

»Wer weiß. Irgendetwas könnte sie damit bezwecken.«

Artjom stand auf und reckte sich.

»Ausgeschlossen«, bemerkte er dann bestimmt.

»Mit Sicherheit?« Swjaginzews Laune sank sofort in den Keller. Mark Krassinskis Hypothese war ihm so sympathisch gewesen.

»Ich bin Arzt. Vielleicht kein besonders guter, aber so etwas kann ich doch einschätzen. So eine vollständige Lähmung kann man nicht simulieren, schon gar nicht über einen größeren Zeitraum.«

»Also vollkommen ausgeschlossen?«

»Na ja, sagen wir mal, wenn sie ein verkappter indischer Yogi wäre, dann könnte ich mir das vielleicht vorstellen, wissen Sie, so einer, der auf einem Nagelbrett pennt und vor dem Frühstück zweimal über glühende Kohlen läuft.«

Der Arzt zog eine riesige Injektionsnadel aus der Tasche.

»Geben Sie mir Ihre Hand!«

»Warum?«, fragte Swjaginzew misstrauisch.

»Na los, Sie sind doch schon ein großer Junge. Sie brauchen keine Angst zu haben.«

Mit ängstlichem Blick streckte Swjaginzew seine Hand aus.

»Streifen Sie den Ärmel hoch.« Swjaginzew gehorchte. »Und jetzt konzentrieren Sie sich. Versuchen Sie, mir vorzuspielen, Sie hätten kein Gefühl in der Hand. Befehlen Sie Ihrer Hand, nicht zu reagieren. Sind Sie bereit?«

»Allzeit bereit!« Pal Palitsch biss die Zähne zusammen, der Doktor nickte und stach zu. Swjaginzew zuckte zusammen und hätte vor Schmerz beinah laut aufgeschrien.

»War das deutlich genug?«

»Mehr als genug.«

»Sehen Sie? Und Sie wollen mir weismachen, so ein zartes Geschöpf würde bei dieser Prozedur nicht mit der Wimper zucken?«

»Haben Sie das mit ihr etwa auch gemacht?«

»Nicht ganz, aber so ähnlich. Ich musste schließlich ihre Reaktionsfähigkeit prüfen.«

»Und? Nichts? Keine Reaktion?«

»Es steht zweifelsfrei fest, dass die Patientin ein bisher nicht näher zu spezifizierendes Trauma erlitten hat. Möglicherweise wurde dabei auch die Wirbelsäule betroffen. Mehr kann ich nicht sagen, nicht einmal, ob es sich um eine vorübergehende oder dauerhafte Erscheinung handelt. Zu dumm, dass das Röntgengerät nicht funktioniert.«

»Warum funktioniert das eigentlich nicht?«

»Das weiß der Teufel. Äußerlich ist es vollkommen intakt. Genau wie unsere hübsche Patientin. Aber so ist das nun mal, man steckt nicht drin ...«

»Und wann hat das gute Stück den Geist aufgegeben?«

»Erst vor zwei Tagen. Und ich muss mir jetzt von den aufgebrachten Verwandten anhören, ich sei unprofessionell. Tja, und was diese Inessa angeht ... Ihre Lähmung ist ein Faktum, daran ist nicht zu rütteln. Simulation ausgeschlossen, wie ich schon sagte.

Vielleicht nicht absolut, aber vollkommen ausgeschlossen, wenn Sie mich verstehen.«

»Na schön, dann vielen Dank.«

»Sie scheinen ja nicht sonderlich erfreut darüber. Brauchen Sie mich noch?«

»Nein.«

»Dann darf ich mich verabschieden.«

An der Tür blieb Artjom Ljubowitsch noch einmal stehen.

»Sagen Sie, gibt es irgendeinen Verdacht gegen sie?«

»Nein, jetzt nicht mehr, du kannst ganz beruhigt sein. Apropos, wie geht es ihr eigentlich?«

»Schlecht. Ich gebe ihr immer noch Beruhigungsmittel. Aber das ist nicht weiter verwunderlich, denke ich, bei dem, was sie durchgemacht hat.«

Kurz nachdem Artjom Ljubowitsch gegangen war, erschien Jonas. Mit finsterem Blick legte er die Fotografien von Schmarinows Leiche auf den Tisch. Die Bilder waren tadellos geworden, als hätte Jonas sein ganzes Leben lang nichts anderes gemacht als Mordopfer zu fotografieren.

»Sehr künstlerisch!«, sagte Swjaginzew anerkennend.

»Jetzt übertreiben Sie mal nicht.«

Swjaginzew betrachtete sich schweigend die Bilder. Das sah ziemlich übel aus, meine Güte, seine Brust war nur noch ein einziger blutiger Brei. Der Gesichtsausdruck des Toten war vorzüglich eingefangen. Man erkannte darin nicht nur Erstaunen, sondern maßlose Verwunderung. Was war das, das ihn wenige Sekunden vor seinem Tod so beeindruckt hatte? Marks Version passte perfekt: Seine eigene heiß geliebte Ehefrau war mit dem Dolch auf ihn losgegangen. Wer würde sich da nicht wundern. Aber diese Hypothese hatte sich inzwischen bedauerlicherweise in blauen Dunst aufgelöst. Trotzdem, warum hatte ihn der Angriff so überrascht?

»Weil es nicht seine Frau war, sondern seine Tochter!« Swjaginzew erschrak: Unwillkürlich hatte er diesen Gedanken laut ausgesprochen. Wenn das jetzt jemand gehört hatte!

Dummerweise hatte es tatsächlich jemand gehört: Jonas, der immer noch neben ihm stand.

»Was sagten Sie, Chef?«

»Äh, nichts, gar nichts. Und wenn, geht es dich nichts an. Danke für die Fotos, ausgezeichnete Arbeit. Ich werde deine Dienste jederzeit gern wieder in Anspruch nehmen. Und jetzt auf Wiedersehen.«

»Sie meinten Olga, habe ich Recht? Geht es um den Mord?« Jonas kam lautlos näher. »Habe ich Recht?«

Swjaginzew hob die Augenbrauen. ›Sieh an, mein Kleiner, dein Interesse an der Frau deines Bruders hat anscheinend alles andere als sportlichen Charakter!‹

Jonas' Augen, die normalerweise so ruhig und in sich gekehrt waren, loderten jetzt in einem rasenden Feuer.

»He, he, ist ja schon gut.«

»Verdächtigen Sie sie etwa?«

»Wie kommst du auf die Idee?«

»Sie haben heute in der Bar alle ausgefragt.«

»Die Buschtrommel funktioniert ziemlich gut, wie ich feststelle. Aber so ist das nun mal, das ist mein Job: Leute verdächtigen, Zeugen ausfragen ... Ich denke, das wirst du verstehen. Und jetzt tschüs, ich erwarte Besuch, und da ist deine Anwesenheit nicht erwünscht.«

»Na gut, meinetwegen.«

Jonas' Eifer verflog unerwartet schnell. Ohne ein weiteres Wort verschwand er aus dem Zimmer.

Endlich allein, lehnte Swjaginzew sich erschöpft in seinem Sessel zurück.

Nicht die Frau, sondern die Tochter.

Die Tochter, die erblich vorbelastet ist.

Swjaginzews ganzes Wesen begehrte auf gegen diese Theorie,

aber die Tatsachen warfen den Aufstand mit Leichtigkeit nieder. Der Verdacht gegen Olga wippte schon seit einiger Zeit verführerisch mit dem Beinchen, wie eine alte, durchtriebene Hure. Und eine alte, durchtriebene Hure musste man mit angemessenem Respekt behandeln, so viel ist klar.

So weit, so gut.

Präludium.

Der Schlaukopf Mark hatte ihm, ohne es zu ahnen (oder?), das Schema des Mordes präsentiert. Man musste nur eine kleine, allerdings gewichtige Korrektur einarbeiten: Nicht Schmarinows Frau hatte den rächenden Dolch geführt, sondern seine eigene Tochter.

Sie hatten vermutlich immer schon ein schwieriges Verhältnis gehabt, Olga und ihre Freundin Inessa. Sie waren wie siamesische Zwillinge, wie Feuer und Wasser, wie Schwarz und Weiß. Aus all den winzigen Splitterchen von Tatsachen, die Swjaginzew bisher zusammengetragen hatte, ließ sich ein spannendes Bild zusammensetzen. Spannend, aber auch erschreckend.

Olga war Schmarinows einzige und sicherlich innig geliebte Tochter. Nachdem Olgas Mutter sich das Leben genommen hatte, lebten die beiden lange Zeit allein miteinander. Aber das Andenken an die Mutter hatte diese Gemeinschaft nicht nur verfestigt, sondern auch unterminiert.

Sehr wahrscheinlich fürchteten sowohl der Vater als auch die Tochter die Erinnerung an die Mutter, als könnte die Vergangenheit zurückkehren und sich in Olgas Person wiederholen. Die Rolle der genetischen Vererbung diesbezüglich ist ja längst nicht vollständig aufgeklärt. Olga hatte eine Schulfreundin, die Kurzhaarkatze (obwohl sie damals wahrscheinlich noch zwei lange Zöpfe mit Schleifchen trug). Diese Freundschaft bestand viele Jahre lang, dann schnappte sich auf einmal Olgas Vater das kleine süße Kätzchen. Und von da ab war sie seine Geliebte, Ehefrau und Tochter – alles in einem.

Ja, auch Tochter. Swjaginzew begriff.

So hatte sich die Beziehung zwischen den beiden Freundinnen von Grund auf verändert. Zweifellos musste dies eine zusätzliche Belastung für Olgas ohnehin labile Psyche gewesen sein. Olga hatte zwar einen wunderbaren Ehemann. Aber ein Mann ersetzt nicht den Vater. Einen Vater hat man nur einmal.

Swjaginzew seufzte bitter. Er und seine Frau hatten nie ein sehr nahes Verhältnis zu ihrem Sohn gehabt. Sie waren einfache, ungeschliffene Leute gewesen, die aus der Provinz nach Petersburg gezogen waren. Wolodja selber war aus ganz anderem Holz geschnitzt, er hatte keinerlei Ähnlichkeit mit seinen Eltern. Er war ein echter Petersburger, schrieb Gedichte und Märchen, und er schämte sich wahrscheinlich ein wenig für seinen ungebildeten Milizionärs-Vater.

Armer Wolodja. Armer Pal Palitsch. Sie kamen irgendwie nicht zueinander.

Olga aber hatte ihren Vater geliebt.

Es wäre besser gewesen, sie wären nicht hierhergekommen.

Bei Olga war tatsächlich im Kopf irgendetwas nicht in Ordnung. Schade, so ein nettes, liebes Mädchen. Sogar dem mürrischen Jonas gefiel sie, und die Sapessozkaja, diese giftige Fledermaus, hatte ernsthaft Mitleid mit ihr. Ihn selber hätte sie auch beinahe an der Nase herumgeführt mit ihren fantastischen Geschichten.

Und dann diese Eisstadt. Das Eis war offenbar eine Art fixe Idee von ihr, eine Verkörperung des Bösen schlechthin, des Bösen, das ausgerottet werden musste. Vielleicht war es ja das mütterliche Erbgut, das sie zu solchen Handlungen trieb.

Swjaginzew zog sein Taschentuch hervor und rieb sich über das verschwitzte Gesicht. Diese psychologischen Meditationen waren verdammt anstrengend.

Schließlich dieser böse Streit mit dem Vater, in dessen Verlauf er sie schlägt. Das wirft sie endgültig aus dem Gleis, sämtliche Sicherungen brennen durch. Der Vater aber bemerkt nicht die Warnsignale, er weiß nicht, wie es wirklich um sie steht. Vielleicht hat er die erbliche Vorbelastung seiner Tochter verdrängt, vielleicht ist es ihm auch gleichgültig geworden. Jedenfalls kümmert er sich nicht darum.

Als Olga ihn später in seinem Zimmer aufsucht, macht er einen entscheidenden Fehler. Er erkennt nicht, dass die Kraft des ererbten Wahnsinns seine Tochter treibt. Olga aber sieht vor sich nur ein Ziel: das Böse ausrotten. Und das Böse ist in diesem Moment für sie der Vater, der sie geschlagen hat.

Sie ist schon nicht mehr bei sich, sie weiß nicht, was sie tut. Und erst, als er das Messer in ihrer Hand sieht, begreift der Vater, in welchem Zustand sich seine Tochter befindet – zu spät. Und weil er nicht rechtzeitig begriffen hat, ist er nicht darauf vorbereitet, er reagiert nicht wie ein vernünftiger Mensch. Anstatt sich effektiv zu wehren, greift er nach dem Kissen! Natürlich will er seiner Tochter keine Gewalt antun. Aber warum hat er ihr das Messer nicht einfach abgenommen? Er war ein kräftiger Mann, er wäre ihr allemal überlegen gewesen. Oder hat der Wahnsinn ihre Kräfte verzehnfacht und aus dem schwachen Weib eine übermenschliche Furie gemacht?

Wie auch immer, diese Frage zu beantworten war Aufgabe der Psychiater, nicht seine.

Auf jeden Fall war alles sehr schnell gegangen. Der Portier hatte gesehen, wie sie kam und wie sie ging. Mehreren nächtlichen Spaziergängern war sie ebenfalls aufgefallen. Sie war ihnen aufgefallen, weil sie rannte.

Sie rannte hin und her.

Jetzt erklärten sich auch die Blutspuren im Schnee auf der Fensterbank.

Sie war in ihre Hütte gegangen und hatte sich schlafen gelegt – um als die andere Olga wieder zu erwachen. Aber als sie aufwachte, waren ihre Hände besudelt vom Blut ihres Vaters. Sie wusste nicht, was das für Blut war und woher es kam.

Aber Mark begriff. Und er legte alles daran, seine Frau zu schützen. Deshalb versuchte er, die Schuld an dem Mord auf Inessa zu schieben. Er hasste seine ›Schwiegermutter‹, das bezeugten alle, die näher mit ihnen zu tun hatten. Er hätte ihr gerne die leckere Witwensuppe versalzen. Natürlich wusste er ganz genau, was wirklich geschehen war. Genau denselben Gedankengang, den Swjaginzew jetzt vollzog, hatte er auch vollzogen, nur viel früher.

Aber was erhoffte er sich? Dass Olga ungeschoren aus der Sache herauskam? Sie müsste sich so oder so in Behandlung begeben. Aber es war natürlich ein Unterschied, ob sie in eine gute Privatklinik ginge, vielleicht sogar im Ausland, oder ob sie in irgendeiner staatlichen psychiatrischen Anstalt durch die Mangel genommen würde und anschließend für den Rest ihres Lebens in der engen Gummizelle eines Frauengefängnisses schmorte.

Mark liebte seine Frau, und das verdiente Respekt.

Swjaginzew stand auf und trat an sein verschneites Fenster. Der Sturm wollte nicht aufhören. Aber das war ihm ganz recht. Solange dieses Wetter anhielt, solange die Pässe geschlossen blieben, war Olga relativ sicher und relativ frei. Mark musste natürlich klar sein, dass die Ermittler früher oder später seine Frau ins Visier nehmen würden. Die blutigen Kleidungsstücke hatte er wahrscheinlich längst beseitigt. Ein sinnloser Zug, der ihn nur zum Mittäter machte. Die Mörderin mochte wahnsinnig sein, doch auf ihn traf das keinesfalls zu. Außerdem nahm Swjaginzew an, dass sich auf dem blutigen Messergriff ihre Fingerabdrücke befanden. Das würde man umgehend feststellen.

Kommen sie, oder kommen sie nicht?

Swjaginzew griff zum Telefon und rief den Portier an.

»Iwan? Schick mir ein paar von den Jungs rauf. Nach Möglichkeit welche, die denken können. Und zwar gleich.«

Als er den Hörer wieder auf die Gabel legte, dachte er traurig, dass Iwan ihm vermutlich wieder Radik und Kolja schicken würde.

Zehn Minuten später klopfte es.

»Herein!«, rief Swjaginzew. Die Tür ging auf, und Radik und Kolja schoben sich herein. Na also, du entwickelst im Alter prophetische Qualitäten, Pal Palitsch.

»Was sollen wir tun, Chef?«, brummte Radik.

»Nichts, mein Kleiner. Ihr sollt einfach nur warten.«

›Ich war bereit zu töten. Ich habe getötet. Ich töte.‹

Der Weg von der Hütte zum Hotel beanspruchte erheblich mehr Zeit, als Mark angenommen hatte. Alle paar Schritte bückte sich Olga, griff in den Schnee und wusch sich damit die Hände.

»Mark?«, rief sie kläglich. »Mark, sieh doch mal, hab ich noch Blut an den Händen?«

»Aber nein, Cara, deine Hände sind vollkommen sauber. Sei nicht dumm!«

»Mark, da sind Flecken an meiner Jacke! Das ist doch Blut! Oder? Ist das nicht Blut?«

»Nein, das ist kein Blut.«

»Mark, da ist es wieder! Ich wasche es ab, und jedes Mal kommt es wieder!«

»Das ist Unsinn, Cara. Hör endlich auf damit, sonst werde ich wirklich böse!«

»Mark, sag, der Vater lebt doch, oder? Es ist nicht wahr, dass er tot ist!«

»Cara, ich verstehe dich ja, das ist alles sehr schwer für dich ...«

»Sag mir die Wahrheit! Was ist das für Blut?«

»Ich habe dir die Wahrheit gesagt.«

»Wenn du mir jetzt wieder erzählst, ich hätte Nasenbluten gehabt, dann werde *ich* böse! Irgendetwas verheimlichst du vor mir! Warum war dieser Swjaginzew bei uns?«

»Um uns zu informieren.«

Olga ließ sich in den Schnee fallen und begann zu weinen.

Mark beugte sich zu ihr nieder und berührte ihre kalte Wange mit den Lippen. Olga roch stark nach Baldrian. In den letzten Stunden hatte er ihr immer wieder Tropfen eingeflößt. Es gab Momente, wo sie in abgrundtiefes Schweigen verfiel, und dann bekam Mark wirklich Angst. Es wäre ihm lieber gewesen, sie hätte geschrien, ihren Kopf auf den Boden geschlagen, sich ihre wunderbaren Haare gerauft.

Endlich, kurz bevor sie – viel zu spät – bei Swjaginzew ankamen, gelang es ihm, sie ein wenig aufzurichten. Gott sei Dank hatte dieser Rentnerdetektiv ihnen keine schriftliche Vorladung mit einem festen Termin zugestellt. Er hatte sie einfach gebeten, in seinem Büro vorbeizukommen.

›Mit diesem Swjaginzew muss ich viel, viel vorsichtiger sein, viel, viel vorsichtiger!‹, sagte sich Mark immer wieder im Stillen. ›Dieser alte, nach Bier und muffiger Altmännereinsamkeit riechende Kerl ist nicht so blöde, wie es auf den ersten Blick scheint. Und lange nicht so simpel.

Der kann uns noch einige Probleme machen.‹

»Steh auf, Cara! Du wirst dich noch erkälten, wenn du hier im Schnee liegen bleibst!«

»Na und? Anscheinend tue ich doch sowieso nichts anderes mehr, als im Schnee zu liegen. Ich schlafe im Schnee, ich esse Schnee, wasche mich mit Schnee ... Immer und immer ist Schnee um mich herum, überall, immerzu Schnee!«

»Komm jetzt. Wir sind schon zu spät dran.«

»Warum denn zu spät? Wo wollen wir denn hin? Müssen wir Papas Leiche identifizieren? Aber eine Leiche kann doch nicht mein Papa sein, oder? Jetzt habe ich mich doch nicht mehr mit ihm versöhnt. Ich habe ihn nicht um Verzeihung gebeten. Wahrscheinlich ist er jetzt sehr böse auf mich.«

»Cara!«

»Dabei war ich immer so lieb und artig! Ich habe ihn so geliebt. Ich hatte doch nur ihn.«

»Und was ist mit mir? Du hast doch mich! Und ich werde immer bei dir sein.«

»Ja, du wirst immer bei mir sein . . .«

»Komm jetzt.«

Endlich brachte er sie dazu aufzustehen, und sie gingen weiter den kaum sichtbaren Pfad zum Hotel entlang. Nur einmal blieb sie noch stehen.

»Was ist denn jetzt wieder, Cara?«, fragte Mark besorgt.

Sie hob den Kopf in den kalten Wind, der ihnen entgegenblies. »Mark, du weißt doch alles. Du kennst die Wahrheit.«

»Welche Wahrheit?«

»Du weißt, dass ich ihn getötet habe.«

Sie begann zu lachen – grässlich, gequält, verzweifelt, mit der letzten Kraft, die ihr geblieben war. Für einen Moment glaubte er, sie würde einen neuen Anfall bekommen. Er nahm sie in die Arme und hielt sie fest.

»Das ist alles vollkommen unwichtig. Für mich ist das unwichtig, hörst du?«

Den Rest des Weges sprachen sie nicht mehr.

Im Zimmer Nummer dreizehn wurden sie schon erwartet. Der dicke Swjaginzew und zwei finster dreinblickende Burschen, auf deren Stirnen in dicken Buchstaben geschrieben stand: ›Vorsicht, bissiger Hund.‹

Swjaginzew stemmte sich aus dem Sessel und streckte seinen Besuchern die Hand entgegen.

»Mein Beileid«, sagte er zu Olga, die ihn teilnahmslos anblickte. Erst nach einigen Sekunden, als sie endlich den Sinn seiner Worte begriffen hatte, öffnete sie die bleichen Lippen: »Wo ist er? Kann ich ihn sehen?«

Swjaginzew tauschte einen Blick mit Mark, und der schüttelte stumm den Kopf.

»Im Augenblick nicht, Frau Krassinskaja.«

»Was ist mit Inka?«

»Es geht ihr gut. Sie lebt.«

»Ja. Sie lebt«, echote Olga.

»Nehmen Sie doch Platz«, forderte Swjaginzew endlich auf.

Mark drückte Olga in einen Sessel, setzte sich dicht neben sie und nahm ihre Hand in seine.

Swjaginzew, der das bevorstehende Gespräch während der letzten Stunde immer wieder im Geiste vorbereitet hatte, kam plötzlich völlig aus dem Konzept. Vor ihm saß keine blutdürstige Bestie, sondern eine schöne, vom Schmerz gebrochene junge Frau. Vom Schmerz gebrochen, ja, so war es. Olgas Wangen waren aschgrau, ihre Augen stumpf und eingefallen, nur der Mund glänzte wie eine offene Wunde.

Das arme Ding.

Sie weiß nicht, was für ein grauenhafter Dämon in ihr wohnt und sie quält. Diese arme Mörderin, sie ist das sanfteste Geschöpf, das man sich vorstellen kann. Swjaginzew rief sich zur Räson: ›Bleib ruhig, sonst nimmst du sie gleich auf den Schoß und schaukelst sie wie ein kleines Kind, das seinen Lutscher verloren hat.‹

»Bitte, fragen Sie.« Marks feste Stimme riss Swjaginzew aus seiner Nachdenklichkeit.

»Ja, schreckliche Sache das, wirklich schrecklich. Eigentlich habe ich alle Zeugen bereits verhört ... befragt, meine ich. Alle, die als Zeugen in Frage kommen. Fehlen nur noch Sie, die nächsten Angehörigen. Es ist natürlich eine reine Formalität, aber bedauerlicherweise nicht zu umgehen, Sie werden verstehen.«

»Natürlich«, brachte Mark heraus. »Verbrechen sind bei uns reine Formalität.«

»Äh ... ja.« Swjaginzew räusperte sich und blätterte verlegen in seinen Papieren. »Ich möchte Ihnen einige Fragen stellen. Zu dem heutigen Tag und vor allem zur vergangenen Nacht. Fühlen Sie sich imstande, mir zu antworten?«, wandte er sich an Olga.

»Ja«, hauchte sie, ohne aufzusehen.

»Dann fangen wir an. Wenn Sie erlauben, schreibe ich mit. Sie können das Protokoll anschließend unterzeichnen.«

»Bitte sehr«, erklärte Mark.

»Erzählen Sie mir zunächst von dem Abend, an dem Ihr Vater in der ›Windrose‹ eingetroffen ist«, begann Swjaginzew.

»Das wissen Sie doch alles«, sagte Mark ungeduldig. »Er kam mit dem Hubschrauber, und wir haben ihn auf dem Landeplatz abgeholt. Dann ...«

»Moment«, unterbrach Swjaginzew. »Sie haben vergessen zu sagen, warum er überhaupt gekommen ist.«

»Weil ich ihn angerufen und über den Unfall seiner Frau informiert habe, ganz einfach. Natürlich hat er sich sofort auf den Weg gemacht. Etwas anderes war von ihm auch nicht zu erwarten. Er vergötterte Inka.«

»Hat seine Frau Sie gebeten, ihn anzurufen?«

»Nein, das war meine alleinige Entscheidung. Aber Igor Anatoljewitsch hätte es mir niemals verziehen, wenn ich ihn nicht informiert hätte.«

»Nein, er hat mir nicht verziehen«, flüsterte Olga.

»Wie bitte?« Swjaginzew schaute sie irritiert an. Aber Mark sprach schon weiter, und er wandte sich wieder ihm zu.

»Jedenfalls ist er gekommen, wir haben ihn abgeholt und zu seiner Frau gebracht. Wir saßen dann noch ein Weilchen zusammen und tranken einen kleinen Cognac. Kurz danach kam der Arzt, und Igor Anatoljewitsch hat mit ihm gesprochen.«

»Was wurde gesprochen?«

»Das weiß ich nicht, sie gingen vor die Tür.«

»Aha. Und weiter?«

»Meine Frau und ich haben uns dann zurückgezogen. Es war klar, dass die beiden erst einmal allein sein wollten.«

»Wohin gingen Sie?«

»Meine Güte, Pal Palitsch! Das ist Ihnen doch alles bekannt! Wir sind in die Bar gegangen! Inka hatte ein Schlafmittel genommen, sodass man annehmen konnte, dass sie bald schlafen würde. Ich habe Igor Anatoljewitsch gesagt, dass wir in die Bar gingen, und wenn er wolle, könne er noch dazukommen.«

»Und was taten Sie in der Bar?«

»Nichts. Trinken, reden, was man so tut.«

»Keine besonderen Vorfälle?«

»Nichts, was irgendjemanden außer uns interessiert.«

Swjaginzew warf einen Seitenblick auf Olga, die immer mehr in sich zusammenzusinken schien. Am liebsten hätte er ihr beruhigend über den Kopf gestreichelt.

»Sind Sie noch in der Lage zuzuhören?«, fragte er sanft.

Olga sah ihn mit leerem Blick an. »Ja, natürlich, ich höre zu ...«

»Na gut, dann also weiter. Sie saßen und unterhielten sich, und dann kam Ihr Schwiegervater.«

»Richtig.«

»Und was passierte dann?«

»Was soll dann passiert sein? Was wollen Sie denn jetzt von mir hören?«

›Du weißt ganz genau, was ich hören will. Ich will von dir hören, was mir schon tausend andere Leute berichtet haben. Also los, erzähl schon, du bist doch ein kluges Köpfchen.‹

Aber Mark schwieg. Da beschloss Swjaginzew, den Stier bei den Hörnern zu fassen.

»Frau Krassinskaja, man hat gesehen, dass es zwischen Ihnen und Ihrem Vater in der Bar zu einem Streit kam. Stimmt das? Können Sie sich dazu äußern?«

»Olga!«, fuhr Mark sofort dazwischen. »Du musst darauf nicht antworten. Das ist hier kein offizielles Verhör. Er ist überhaupt nicht bevollmächtigt, uns zu vernehmen!«

Das war allerdings ein Schlag unter die Gürtellinie. Natürlich hatte Swjaginzew keinerlei Vollmacht außer seiner Security-Lizenz für die ›Windrose‹, und die war nicht viel wert. Aber das musste er ihm ja nicht gerade aufs Butterbrot schmieren!

»Warum denn, Mark?«, sagte Olga mit tonloser Stimme. »Das macht doch nichts. Natürlich antworte ich ihm. Es stimmt doch, wir haben uns gestritten. Er hat uns vorgeworfen, wir hätten nicht genug auf Inka aufgepasst. Er war so ungerecht. Wir sind schließlich nicht ihre Kindermädchen.«

»Und weiter?«

»Ich war wohl ein wenig betrunken und habe ihm ziemlich böse Dinge gesagt.«

»Haben Sie ihn beleidigt?«

Olga hob den Blick und sah Swjaginzew direkt in die Augen. »Ja«, sagte sie ruhig. »Ich habe ihn sehr beleidigt.«

»Und er hat sie geschlagen.«

»Ja.«

Wieder konnte Mark nicht an sich halten. »Jetzt reicht es aber, Pal Palitsch! Sehen Sie nicht, dass Sie sie quälen?«

Olga legte behutsam ihre Hand auf seinen Arm.

»Es ist schon gut, Mark. Er hat mich geschlagen, und ich bin weggelaufen.«

»Um welche Uhrzeit war das?«

»Um Gottes willen, das weiß ich wirklich nicht. Die Uhrzeit hat mich in dem Moment am wenigsten interessiert.«

»Und Sie, Mark? Können Sie sich an die Uhrzeit erinnern?«

»Nicht genau. Es muss irgendwann nach Mitternacht gewesen sein.«

»Und Sie haben nicht versucht, Ihre Frau zurückzuhalten? Das finde ich merkwürdig.«

In Marks kalten, sonst so selbstsicheren Augen glomm ein kleines Fünkchen auf, das Swjaginzew fast nach Panik aussah.

»Ich wollte es ... Aber sie war schon weg. Ich habe sie nicht mehr gefunden.«

»Aha. Und deshalb sind Sie zurück in die Bar gegangen zu Ihrem Schwiegervater.«

»Ja. Wir hatten schließlich auch noch einiges Geschäftliches zu besprechen. Zurzeit wird in unserem Konzern eine ziemlich heikle Transaktion vorbereitet.«

»Und das war Ihnen wichtiger als Ihre Frau?«

»Arbeit ist Arbeit. Die Konkurrenz nimmt keine Rücksicht auf meine privaten Probleme.«

»Verstehe. Wie lange haben Sie gesprochen?«

»Bis gegen vier Uhr. Dann habe ich meinen Schwiegervater in die Hotelhalle begleitet und bin selber wieder zurück in die Bar. Dort blieb ich bis etwa um sechs. Anschließend ging ich schlafen. Ich bin erst aufgewacht, als Sie an unsere Tür klopften.«

»Und Ihre Frau?«

»Die schlief, als ich kam.«

»Haben Sie noch mit ihr gesprochen?«

»Ich sagte doch, sie schlief. Ich habe nicht einmal Licht gemacht, ich wollte sie nicht stören.«

»Sehr rücksichtsvoll«, murmelte Swjaginzew versonnen. Dann wandte er sich wieder an Olga.

»Frau Krassinskaja, nachdem Sie aus der Bar weggelaufen waren, sind Sie da sofort nach Hause gegangen?«

»Ja.«

»Und Sie haben sich schlafen gelegt?«

»Ja.«

»Und Sie haben durchgeschlafen bis zum Morgen?«

»Ja.«

»Sind Sie sicher?«

Olga bot einen bejammernswerten Anblick. Sie sah aus, als würde sie jeden Moment zusammenbrechen. Mark war auf hundertachtzig.

»Hören Sie augenblicklich auf damit! Beenden Sie Ihre penetrante Fragerei! Ich dulde nicht, dass Sie meine Frau dermaßen quälen!«

»Beruhigen Sie sich, Herr Krassinski. Ich habe wirklich nicht die Absicht, Ihre Frau zu quälen. Alles, was ich will, ist, die Wahrheit herauszufinden.«

Aber Swjaginzew wusste, dass ihm der heikelste Punkt dieses Gesprächs gerade erst bevorstand. Er hätte jetzt liebend gern jemand anderen an seinem Platz gewusst, aber er hatte diese Sache nun einmal am Hals und musste sie zu Ende bringen. Also holte er tief Luft und machte weiter.

»Sind Sie sicher oder nicht?«, fragte er wieder und sah Olga fest an.

Sie antwortete nicht.

»Natürlich ist sie sicher!«, brauste Mark wieder auf.

»Na schön, wie Sie wollen. Bedauerlicherweise gibt es allerdings mehrere Zeugen, die Sie gesehen haben, als Sie um kurz nach vier Uhr morgens das Hotelgebäude betraten und wenig später wieder verließen. Zu einem Zeitpunkt also, als sich Ihr Vater bereits in seinem Zimmer befand.«

»Nein!«, brach es aus Olga heraus. »Nein, nein!«

»Heißt das, Sie wollen bestreiten, dass Sie noch einmal im Hotel waren?«

»Ich ... Das kann einfach nicht sein. Es kann nicht sein, oder, Mark?«

»Natürlich nicht, Cara, das ist doch völliger Blödsinn!«

»Sie bestreiten also diese Tatsache. In dem Fall werde ich mir erlauben, Sie mit einem der Zeugen zu konfrontieren.« Swjaginzew griff zum Telefon, sprach ein paar Worte in die Muschel und legte wieder auf. Dann wartete er. Zwei Minuten später klopfte es, und der Portier Sergej trat ein.

»Setzen Sie sich, Sergej Alexejewitsch«, sagte Swjaginzew förmlich, und Sergej zuckte sogar zusammen bei so viel ungewohnter Höflichkeit.

»Das geht schon, ich bleib lieber stehen.«

»Hinsetzen!«

Sergej knickte erschrocken die Knie ein und hockte sich auf die Kante des Stuhls, den Swjaginzew ihm angewiesen hatte.

»Unser Portier Sergej Alexejewitsch Mulez«, stellte Swjaginzew ihn vor. »Er dürfte Ihnen ja bekannt sein.«

Mark zuckte schweigend mit den Achseln.

»Also, Sergej Alexejewitsch. Erzählen Sie uns, was Sie gestern Nacht gesehen haben.«

»Was meinen Sie jetzt?«

»Ich meine diese junge Dame.«

»Ach so, ja, die habe ich gesehen, klar.«

»Wann genau haben Sie sie gesehen?«

»Na ja, wie ich sagte, das war so nach vier. Sie kam ins Hotel reingestürmt und sauste die Treppe rauf. Und so zwanzig Minuten später kam sie wieder runter, zischte an mir vorbei und ab nach draußen.«

»Haben Sie sie gefragt, wohin sie ging?«

»Hätte ich sollen? Ich wusste doch, wo sie hingeht. Auf Zimmer Nummer zwölf wohnt ihre Freundin, die den Unfall hatte.«

»Und Sie haben sich nicht gewundert, dass sie um vier Uhr morgens einen Krankenbesuch macht?«

»Ooch ... Wir sind doch freie Menschen. Hier kann jeder tun und lassen, was er will.«

»Und ist Ihnen irgendetwas Ungewöhnliches an ihr aufgefallen? Wirkte sie verstört oder erregt?«

»Kann ich nicht sagen. Sie ist einfach an mir vorbeigerast, ziemlich eilig, das war's. Sonst ist mir nichts aufgefallen.«

Olga hatte den Portier die ganze Zeit mit brennenden Augen angesehen. Jetzt richtete sie sich plötzlich auf:

»Sind Sie ganz sicher, dass ich es war?«, fragte sie, kaum dass sie ihre Stimme kontrollieren konnte.

»Das wollte ich auch gerade fragen, Sergej Alexejewitsch. Sind Sie sich absolut sicher, dass es sich um die hier anwesende Person handelt?«

»Natürlich!« Sergej warf sich in die Brust. »Sie war nur anders angezogen. Sie trug einen blau-weißen Skianzug, Overall und Jacke. Außerdem hatte sie eine Brille mit getönten Gläsern auf.«

»Eine Brille?« Swjaginzew war bass erstaunt.

»Meine Frau hatte in den letzten Tagen ein wenig entzündete Augen«, beeilte sich Mark zu erläutern. »Vom Schnee. Deshalb trägt sie manchmal eine Brille.«

»Verstehe. Und gestern Abend, trugen Sie da die Brille auch?«

»Was spielt das für eine Rolle?«, brauste Mark wieder dazwischen.

»Trugen Sie sie oder nicht?«

»Ja«, sagte Olga kaum hörbar.

»Und warum heute nicht?«

»Ich habe sie wohl vergessen. Aber das ist nicht schlimm, die Augen tun mir schon nicht mehr weh.«

»Na schön. Vielen Dank, Sergej, Sie können dann gehen.«

Der Portier verließ den Raum. Als er die Tür sorgfältig hinter sich zugezogen hatte, herrschte einen Augenblick Stille.

»Möchten Sie noch weitere Zeugen hören, die Sie in dieser Nacht und zu dieser Uhrzeit gesehen haben?«, fragte Swjaginzew sachlich.

»Nein ...«

»Also geben Sie zu, dass Sie im Hotel gewesen sind?«

»Ich ... Ich erinnere mich nicht.« Olga bedeckte das Gesicht mit den Händen und begann zu weinen. »Ich erinnere mich nicht! Ich kann mich einfach nicht erinnern!«

»Verdammt noch mal, jetzt muss aber wirklich Schluss sein!«, tobte Mark wieder los.

Na gut, jetzt konnte Swjaginzew wohl wirklich aufhören. Sie konnte sich nicht erinnern. Dieselbe Situation wie bei der Geschichte mit der Sapessozkaja. Sie erinnert sich nicht daran, was sie getan hat. Das arme Ding.

»Können Sie mir sagen, woran Sie sich noch erinnern?«, fragte er vorsichtig.

»Ich ging zu unserer Hütte ... Nach dem Streit mit meinem Vater. Ich habe mich gleich hingelegt, ich hatte schreckliche Kopfschmerzen. Ich habe immer noch Kopfschmerzen. Es kann nicht sein, ich kann nicht da gewesen sein! Aber ich erinnere mich nicht!«

Swjaginzew sah sie nachdenklich an. Wie einsam sie in diesem Moment wirkte. Als gäbe es um sie herum keinen Menschen, als befände sie sich in einem vollkommen luftleeren Raum.

Wie ferngesteuert zog Swjaginzew seine Schreibtischschublade auf, in der sich sein wichtigstes Beweisstück befand.

Schmarinows Messer. Das Jagdmesser Ngai. Die Mordwaffe.

Ohne recht zu wissen, was er tat, legte er das Messer vor sich auf den Tisch. Olga starrte es wie gebannt an.

»Haben Sie diesen Gegenstand schon einmal gesehen?«, fragte Swjaginzew. »Kennen Sie dieses Messer?«

»Das ist Papas Messer«, sagte Olga mechanisch. »Sein Lieblingsmesser. Das schönste aus seiner Sammlung. Er trägt es oft bei sich ...«

»Mit diesem Messer wurde Ihr Vater gestern ermordet«, sagte Swjaginzew langsam und deutlich und beobachtete sie dabei genau.

Da brach sie zusammen. Sie rutschte aus ihrem Sessel, schrie und trommelte mit den Fäusten auf den Fußboden, keuchte, heulte. Und dann, bevor Mark ihr zu Hilfe eilen konnte, erbrach sie sich.

Mark war außer sich vor Wut. »Nehmen Sie das weg, Sie Idiot! Sie Vieh!«, brüllte er Swjaginzew an. »Packen Sie das weg, verdammt noch mal!«

Swjaginzew war selber wie vom Donner gerührt. Er wusste selber nicht, was er mit dieser Aktion eigentlich bezweckt hatte. Aber diese extreme Reaktion hatte er sicher nicht erwartet. Olga kauerte immer noch auf dem Fußboden, wimmerte und schnappte krampfhaft nach Luft.

»Dafür werden Sie sich zu verantworten haben, das verspreche ich Ihnen!«, schrie Mark weiter auf Swjaginzew ein. »Das verspreche ich Ihnen! Und wenn ich Sie mit meinen eigenen Händen ...«

»Nein!«, sagte auf einmal Olga leise. »Lass doch, Mark, es hat keinen Sinn. Du weißt doch die Wahrheit. Es ist sinnlos, bitte …«

»Cara!«

»Es ist vorbei, Mark. Ich kann nicht mehr.« In ihren Augen, mit denen sie jetzt Swjaginzew anblickte, war eine so entsetzliche, so eiskalte Leere, dass sich seine Nackenhaare sträubten.

»Es hat keinen Sinn, Mark. Ich kann nicht mehr. Ich wollte töten, und ich habe getötet.«

»Was redest du da, Cara?«

»Ich habe meinen Vater getötet. Er hätte uns alle verraten ihretwegen. Ich weiß noch … Ich habe ihn so beleidigt, da in der Bar … Ich hatte Unrecht, ich wollte ihn um Verzeihung bitten. Aber ich komme nicht an gegen diese furchtbare Wut in mir. Ich kann mich nicht daran erinnern, wie ich es getan habe. Aber ich habe ihn getötet.«

»Cara!«

»Lass, Mark, du weißt es doch, du kennst die Wahrheit. Lieber Mark! Du wolltest mich schützen. Du hast behauptet, ich hätte Nasenbluten gehabt. Aber das war nicht mein Blut. Es war das Blut meines Vaters. Jetzt ist das geschehen, was ich mein Leben lang so sehr gefürchtet habe. Jetzt hat mich das Schicksal meiner Mutter eingeholt. Mark, du kannst mich nicht mehr lieben. Du kannst nicht mehr bei mir bleiben. Es ist vorbei. Alles ist vorbei. Ich bin nicht mehr ich. In unserem Venedig, da war ich noch ich selbst. Ich erinnere mich an alles. Aber als du mich dort im Schnee liegend gefunden hast, als ich diese Frau geschlagen habe, da war ich schon jemand anders. Ich erinnere mich an nichts. An gar nichts. Und so wird es jetzt immer sein, Mark, diese Gedächtnislücken werden immer länger und länger werden. Und irgendwann werden sie zu einem einzigen, festen Band zusammenwachsen. Und dort bin ich nicht mehr ich selbst, das bin nicht mehr ich, verstehst du? Sondern ein völlig anderes Wesen. Ein Wesen, das man an die Kette legen und einsperren muss. Du musst mich verlassen, Mark, du darfst mich nie mehr wiedersehen! Versprich mir das, Mark!

»Das kann ich nicht.«

»Du musst es!«

»Nein.«

»Ach, es ist ja auch ganz gleichgültig. Ich habe ihn getötet.«

Swjaginzew konnte den Blick nicht von ihr lösen. Vor seinen Augen verwandelte sich ihr Gesicht in das Gesicht einer Greisin. Nie in seinem ganzen Leben hatte er eine so furchtbare Verwandlung erlebt.

»In unserer Hütte ...« Sie hob den Blick zu ihm. »In unserer Hütte ... in einem Koffer liegt der Skianzug, den ich gestern getragen habe. Mark hat ihn dort versteckt, er wollte ihn später beiseiteschaffen, vergraben oder verbrennen, ich weiß nicht, ihn jedenfalls irgendwie vernichten. Er ist voller Blutflecken. Papas Blut. Und meine Hände waren voller Blut. Sie sind immer noch voller Blut. Nehmen Sie den Anzug, Pal Palitsch. Als Beweismittel ...«

Swjaginzew schwieg betreten. Es wollte ihm das Herz zerreißen.

»Mark ... Ich liebe dich, Mark. Aber jetzt ist alles vorbei.«

Ja, alles war vorbei.

Olga hatte darum gebeten, sie für eine Weile allein zu lassen. Ihr Geständnis hatte Mark vollkommen gebrochen. Er, der noch gestern das Musterbild des erfolgreichen, sorgfältig gepflegten jungen Geschäftsmannes dargestellt hatte, wirkte heute grau und verloren. Er war vollkommen am Boden zerstört.

Swjaginzew hatte nicht das geringste Verlangen danach, ihm den Todesstoß zu versetzen.

»Ich verstehe, wie es Ihnen jetzt gehen muss, Mark.«

»Sie verstehen gar nichts.«

»Ich würde Ihnen gern helfen, Ihnen und Ihrer Frau.«

»Dafür ist es zu spät.«

»Es tut mir sehr leid.«

Mark schwieg und starrte ins Leere. In diesem Moment schien er dem Wahnsinn näher als Olga.

»Ich hätte wahrscheinlich genauso gehandelt wie Sie, wenn es darum gegangen wäre, die Frau, die ich liebe, zu retten. Seit wann wussten Sie, was passiert ist?«

»Ich weiß nicht ... Ich glaube, als ich ihre blutige Kleidung sah und das ganze Blut an ihren Händen ... Da ahnte ich, dass uns ein großes Unheil bevorsteht. Dann kamen Sie und brachten die Nachricht von dem Mord. Aber ich konnte nicht ... Ich konnte sie nicht aufgeben, ich konnte sie nicht im Stich lassen. Als Sie berichteten, dass Igor ermordet wurde, war mir klar, dass sie es getan haben musste. Oh, Gott, warum ist er nur hergekommen? Ich hatte doch die Flugtickets schon bestellt. Ohne Inkas Unfall wäre alles ganz anders gekommen. O Gott, dabei war ich selbst es, der ihn angerufen hat. Ich habe ihr Todesurteil unterschrieben. Und mein eigenes auch.«

»Sie müssen sich nicht die Schuld daran geben. Sie können nichts dafür. Früher oder später wäre es so oder so dazu gekommen.«

»Aber es hätte diesen Mord nicht gegeben, verstehen Sie nicht? Ich hätte die besten Ärzte für sie gefunden, sie in die besten Kliniken gegeben. Ich hätte jeden Preis gezahlt, nur damit sie gesund wird. Ich hätte jedes Opfer auf mich genommen ...«

»Tja, offensichtlich. Warum haben Sie eigentlich versucht, die Schuld auf Inessa zu schieben? Sie sind doch ein kluger Mann, Mark. Es war reiner Zufall, dass die Polizei nicht sofort am Tatort erschienen ist. Man hätte die Spuren gesichtet, und alles wäre in kürzester Zeit ans Tageslicht gekommen. Die Fingerabdrücke Ihrer Frau auf dem Messer, der blutige Handabdruck an der Wand ... Sie hätten sie nicht retten können.«

»Ich weiß. Ich war einfach außer mir.«

»Als Sie mir Ihre Hypothese über Inessas Schuld darlegten, machten Sie allerdings nicht diesen Eindruck, im Gegenteil. Ihre Argumentation war perfekt. Ich hätte Ihnen fast geglaubt. Es schien die einzig logische Erklärung.«

»Ich weiß nicht, warum ich das getan habe. Ich wusste nur, dass meine Frau da unter der Dusche stand und verzweifelt versuchte, sich das Blut von ihren Händen zu waschen. Ich wollte sie schützen. Igor konnte doch sowieso niemand mehr helfen.«

»Ich fürchte, Ihrer Frau kann jetzt auch niemand mehr helfen.«

»Sie muss behandelt werden. Wozu haben wir Ärzte und Medikamente? Das muss doch möglich sein!«

»Selbst wenn man sie heilen könnte, das Trauma dieses Mordes würde sie niemals los.«

»Aber Sie müssen sie doch verstehen! Sie wusste ja nicht, was sie tut. Es war ganz entsetzlich für sie, als sie es erfuhr. Wissen Sie, was es heißt, jeden Tag, jeden Augenblick damit zu rechnen, in ein schwarzes Loch zu fallen, den Verstand zu verlieren, sich an nichts zu erinnern? Zu denken, dass sich Ihre Persönlichkeit in jedem Moment in zwei vollkommen unabhängige Teile aufspaltet? Die letzten Tage waren die Hölle für mich. Warum sind wir nur hierhergekommen? Diese furchtbare Zigeunerin da im Flughafen … Es ist, als hätte sie Olga programmiert.«

»Mark, seien Sie nicht kindisch. Das sind Äußerlichkeiten. An all dem trägt niemand Schuld, höchstens ihre unglücklichen Erbanlagen.«

›Ihre unglücklichen Erbanlagen‹ – das hätte Wolodja sagen können.

Arme Olga, da war sie jetzt allein in seinem Zimmer. Sie wollte niemanden sehen. Wahrscheinlich würde sie lange Zeit keine Menschen mehr sehen können.

Inzwischen bereiteten Radik und Kolja die Hütte der Krassinskis vor. Mit dem Einverständnis von Mark und auf Olgas eigene Bitte hin sollte sie sich dort so lange aufhalten, bis die Polizei eintraf. Mark hatte zwar darauf gedrängt, dass auch er in die Hütte zurückkehren durfte, aber Olga lehnte dies kategorisch ab.

Sie wollte ihr Schicksal allein tragen.

Swjaginzew, der sich hundeelend dabei fühlte, befahl den Wächtern flüsternd, alle Fenster zu fixieren und die Klinken von den Türen abzumontieren, als Sicherheitsmaßnahme, falls Olga einen erneuten Anfall bekäme.

Die Wächter selbst richteten sich in einem separaten Zimmer ein. Mark erklärte sich bereit, für diese Zeit in Swjaginzews Büro umzuziehen. Dort gab es ein Sofa und sogar ein kleines Bad.

Swjaginzew fand wie angegeben Olgas Overall in einem der Koffer. Seine Vorderseite war verschmiert mit getrocknetem Blut. Weder Olga noch Mark waren auf den Gedanken gekommen, den Overall zu waschen. Aber wie auch, Olga war längst nicht mehr zurechnungsfähig, und Mark ... Mark hatte ja vorgehabt, das kompromittierende Kleidungsstück bei der nächstbesten Gelegenheit zu vernichten.

Swjaginzew ließ den beiden Zeit, damit sie in Ruhe voneinander Abschied nehmen konnten. Es war ein schwerer Abschied, eine Trennung auf unbestimmte Zeit, vielleicht für immer.

Sie sagten sich letzte Worte. Schwiegen ein letztes Mal gemeinsam. Er hielt ihre Hand fest in seiner, aber sie spürte die Berührung kaum.

»Ich liebe dich, Cara ...«, flüsterte er die alten, tausendmal gesagten Worte. »Ich werde dich nie verlassen, ich werde dich niemals im Stich lassen. Ich suche dir die allerbesten Ärzte, du wirst wieder ganz gesund, du wirst wieder ganz die Alte, und dann ist alles wie früher.«

»Mark, du weißt ganz genau, dass nichts mehr so sein wird wie früher. Es wird gar nichts mehr sein.«

»Das glaube ich nicht.«

»Mark, ich glaube jetzt selbst, dass ich meinen Vater getötet habe. Versuche nicht, dagegen zu kämpfen. Du bist frei. Ich möchte, dass du frei bist. Kümmere dich um Inka.«

Mark verzog schmerzlich das Gesicht, aber er überwand sich. »Ja, natürlich.«

»Vater hat sie so geliebt.«

»Ja, ich weiß.«

»Bring sie von hier weg.«

»Ja.«

»Mark, hast du das Schlafmittel weggelegt? Es ist nicht mehr im Bad.«

»Wie kommst du jetzt darauf?«, fragte er erschrocken.

»Ich werde es brauchen.«

»Wozu?«

»Was für eine Frage? Ich kann nicht schlafen mit dem, was ich über mich weiß. Ich möchte wenigstens für einige Zeit Vergessen finden.«

»Ich denke, es ist besser, wenn das Mittel nicht in deiner Reichweite ist.«

»Mark, versteh doch! Hast du Angst, dass ich sie alle auf einmal nehme? Dass ich mir das Leben nehme?«

Marks Gesicht wurde von einer Grimasse verzerrt.

»Es ist sicherer so.«

»Bitte … Ich verspreche dir, dass ich mir nichts antun werde. Ich bin nicht bereit dazu. Noch nicht. Ich will einfach nur schlafen.«

Schließlich ließ er sich erweichen. »In der Tasche mit der Skiausrüstung, an der Seite. Da, wo sonst die Brillen sind«, sagte er unwillig.

»Danke, Mark. Und jetzt gehe ich.«

»Warte!«

»Lass doch. Wir werden uns ja wiedersehen. Ganz bestimmt. Noch bin ich deine Frau.«

»Du wirst immer meine Frau sein.« Mark drückte sie noch einmal fest an sich. So wie wohl tausend Mal in der Zeit ihrer Ehe. Aber zum ersten Mal erwiderte sie die Umarmung nicht.

»Bis bald, Cara!«

»Leb wohl, Mark!«

Sie löste sich von ihm und ging zu Swjaginzew, der ein wenig abseits mit den beiden Wächtern wartete. Mark schaute ihr lange nach, aber sie drehte sich nicht mehr um.

Sie hatte Mark gesagt, sie sei noch nicht bereit. Aber das hatte sie nur gesagt, um ihn zu trösten.

Sie war bereit.

Nach dem, was geschehen war, konnte sie nicht mehr weiterleben.

Der liebe Mark, jetzt würde sie nie mehr erfahren, ob er sie verstanden hatte oder ob er wirklich dachte, sie brauche das Schlafmittel nur, um den Mord an ihrem Vater für einige Zeit zu vergessen. Als könnte sie das vergessen! Im Nebenzimmer spielten die Wächter Karten. Das Kartenspiel war ihr einziges Laster. Ansonsten waren sie recht nett. Nicht besonders hell im Kopf, aber sehr taktvoll. Sie belästigten sie nicht und sahen in ihr auch nicht ein wildes Tier, das man an die Kette gelegt hatte. Sie klopften an, bevor sie in ihr Zimmer kamen. Sie fragten höflich nach, ob sie Hunger habe, denn sogar ein zum Tode Verurteilter hat ein Recht auf eine letzte Mahlzeit.

Ein zum Tode Verurteilter.

Ja, sie war zum Tode verurteilt.

Sie fand das Schlafmittel in der Tasche bei der Skibrille, wie Mark gesagt hatte. Die Brille war auch noch da, eine Turbo C. A. M. für 134 Dollar. Von den Tabletten gab es nur fünfunddreißig Stück

Diese Tabletten waren jetzt ihre einzige Hoffnung, sich vor sich selbst zu retten.

Sie war eine Mörderin.

Die Mörderin legte die Tabletten zu einem Kreis, baute Sechserreihen daraus, reihte sie zu einer langen Schnur, baute Ellipsen, Quadrate und eine Pyramide. Im Vorgefühl des Todes hat die Beschäftigung mit der Geometrie etwas Tröstliches. Den Trost der Parallelen, die sich im Unendlichen begegnen.

An diesem Punkt, dort wo alle Parallelen zusammenliefen, hatte sie ihren Vater getötet.

Das Furchtbarste war, dass sie diese schwarze, erbarmungslose Hälfte, die so etwas hatte tun können, in sich überhaupt nicht fühlte. Diese Raserei, loderte sie in ihren Augen? Sagte ihr Mund diese wahnsinnigen Worte? Waren es wirklich ihre Hände, die das Messer geführt hatten?

Sie spürte noch immer das Blut ihres Vaters an ihnen.

Sie war eine Mörderin. Eine Vatermörderin.

Der Vatermord ist die schlimmste aller Sünden. Sie durfte nicht weiterleben. Auch die beiden Wächter, die da bei ihren Karten saßen, waren bestimmt dieser Meinung. Swjaginzews Leute. Swjaginzew selbst zählte nicht.

Er war eigentlich doch ein feiner Mensch, wie sich jetzt gezeigt hatte. Er behandelte sie nicht wie eine wahnsinnige Verbrecherin, schüttete nicht seinen gerechten Zorn über sie aus. Das einzige Gefühl, das ihn bewegte, war Mitleid. Mitleid mit der jungen, schönen, wohlhabenden Frau, die so plötzlich in zwei Teile zerfallen war, in einen guten und einen bösen.

›Aber diese Olga, die ich nicht kenne und an die ich mich nicht erinnere, wollte doch auch das Böse vernichten.‹

Das hatte sie gesagt, diese kurzsichtige Fledermaus, die sie geschlagen hatte. Das Böse in den Figuren aus Eis: ›Das Böse muss vernichtet werden!‹

Olga stöhnte auf, so sehr quälte sie der hoffnungslose Versuch, die Logik ihrer wahnsinnigen Hälfte zu begreifen. Denn irgendeine Logik musste es doch geben, sogar im Wahnsinn, sogar in einem Mord!

Warum wollte ihr diese Grenze zwischen Verstand und Wahnsinn immer wieder entgleiten? Warum bekam sie sie nie richtig zu fassen?

Die Psychiater hätten ihr bestimmt sehr viel darüber sagen können.

Schade, dass sie ihnen nicht mehr zuhören konnte.

Olga legte die rosa Tabletten wieder zu einem Quadrat. Kleine rosa Pillen, in die der lateinische Buchstabe F eingeprägt war. Seltsam, warum eigentlich ein F, wenn sie doch Nitrasepam hießen? Aber das spielte jetzt auch keine Rolle mehr. Eigentlich war ein F sogar besser. F wie Freiheit. Das passte viel besser zu ihrer Situation. Ja, bald würde sie frei sein. Jonas hätte sie vielleicht retten können. Jetzt, an der Schwelle zu ihrem Tod, konnte sie endlich ehrlich zu sich selbst sein.

Jonas erregte sie.

Erregte sie so sehr, wie es Mark niemals getan hatte. Nein, das war nicht richtig, das wäre unehrlich ihrem Mann gegenüber. Sie fühlte sich zu Mark sehr hingezogen, und sie empfand – manchmal – eine echte Zärtlichkeit für ihn. Er war zu gut für sie, zu vollkommen sogar in seiner Liebe. Seine Leidenschaft war immer lupenrein perfekt, es gab keine Zwischentöne oder Nuancen, nur rationales Weiß und praktisches Schwarz. Seine Leidenschaft kannte keine Launen, sie kannte keine Temperaturschwankungen, keine Müdigkeit. Jonas war ganz anders. Jonas war ein wilder Junge, ein wildes Tier, und wie ein wildes Tier war er manchmal müde vom Jagen. Jonas, mit dem sie ... Aber jetzt war es schon gleichgültig, was sie wollte. Es war nicht mehr wichtig.

In ein paar Minuten würde sie die Tabletten schlucken, und dann war gar nichts mehr wichtig. Die Wächter würden natürlich ein paar Unannehmlichkeiten ihretwegen bekommen, leider. Aber mit einer kräftigen Standpauke und einer halben Stunde Schwitzen hatten sie das auch überstanden.

Sie musste sie um ein Glas Wasser bitten – um den Tod hinunterzuspülen.

In der Ecke piepste auf einmal das Notebook. Mark hatte wohl vergessen, es auszuschalten. Seltsam, dass er es nicht mitgenommen hatte, wie den Ordner mit den Papieren. Mit einem wehmütigen Seufzer betrachtete sie das Gerät: Sein Notebook schien ihr jetzt wie die letzte Erinnerung an ihr gemeinsames Leben, an eine glückliche Vergangenheit. Aber im nächsten Moment hatte sie sich schon wieder im Griff. Der Computer war Marks Verbindung zu seiner Arbeitswelt. Sogar hier musste er immerzu arbeiten. Aber das ging sie jetzt nichts mehr an. Diese Welt ging sie nichts mehr an: eine Welt, in der man vom Tod des Vaters noch nichts wusste.

Ihr Vater war tot, und sie trug die Schuld daran.

Sie schaute auf den Bildschirm. Das Symbol für eine neu eingegangene E-Mail blinkte. Möglicherweise etwas Wichtiges? Diesen Gefallen konnte sie ihm noch tun – den letzten. Einen sonderbaren Namen hatte diese E-Mail, sonderbar und so bekannt, so vertraut wie das Pistazieneis, das sie in ihrer Kindheit so gern gegessen hatte.

›PAATA‹.

Olga wurden die Knie weich. Paata, so hieß ihr liebster Teddybär, den ihr der Vater zum fünften Geburtstag geschenkt hatte. Manana hatte ihn Paata genannt. »Wenigstens ein georgischer Name in unserem Haus«, sagte sie. Paata verbrachte ihre ganze Kindheit und die ersten Jahre ihrer Jugend mit ihr. Er verschwand, kurz bevor sie Mark begegnete. Der letzte Georgier, der das Haus verließ. Ach, wie hatte sie ihn geliebt, ihren alten Teddy!

›PAATA‹.

Merkwürdige Nachricht. Als wollte ihr jemand einen Gruß aus ihrer längst vergessenen Kindheit schicken.

Jetzt konnte Olga sich nicht mehr zurückhalten. Sie öffnete die E-Mail und las. Es dauerte lange, bis sie begriff, was da stand.

Dann musste sie lächeln: Der Text war sehr kurz, aber das musste auch so sein. Ein paar Worte nur, mehr durften sie ihr nicht schicken, von dort, wo sie jetzt waren.

»Ich warte auf Dich. Hab keine Angst. *Tschemi Patara gogonija.* Manana.«

Tschemi Patara gogonija – mein kleines Mädchen. So hatte Manana sie als Kind immer genannt.

Olga lächelte wehmütig.

Erst die Zigeunerin im Flughafen, dann dieser Albraum ... Auf diesem Weg hatte Manana sie warnen wollen: ›Bleib zu Hause in deinem ruhigen, richtigen Leben, folge mir nicht!‹ Aber Olga hörte nicht auf sie. Sie hatte ja nie auf ihre Mutter gehört.

Nein, Ihr Lieben, euer kleines Mädchen wird keine Zeit verlieren. Ich komme zu euch. Ich muss mir nur bei den Wächtern Wasser holen.

Olga hob schon die Hand zur Türklinke, als sie in dem anderen Zimmer ein gedämpftes Klopfen hörte. Jemand begehrte Einlass in die Hütte. Wenn es nur nicht Mark war! Sie hatte ihn doch extra gebeten, nicht zu kommen. Er durfte nicht kommen, er durfte sie jetzt nicht stören!

Sie hörte Schritte: Einer der beiden Wächter ging zur Tür und öffnete. Olga lauschte mit angehaltenem Atem. Wann würde das endlich aufhören?

Wenn es nur nicht Mark war, der plötzlich spürte, was sie tun wollte. Olga ging wieder zu ihrem Bett, auf dem die Tabletten verstreut waren. Ach, egal, eigentlich war es auch schon gleichgültig, sollte er doch kommen. Er konnte jetzt auch nichts mehr verhindern, selbst wenn er ihr die Tabletten wegnahm. Sie würde einen Weg finden, wenn auch vielleicht einen weniger schönen, weniger sauberen. Man kann einen Menschen nicht davon abbringen, wenn er fest dazu entschlossen ist.

Lautes Poltern und Stöhnen rissen sie aus ihren Gedanken. Plötzlich wurde ihre Tür weit aufgerissen, und ein Mann mit einer riesigen Skibrille stürmte in ihr Zimmer. Bevor sie Zeit hatte zu erschrecken, erkannte sie ihn.

Jonas.

Er war so, wie sie ihn sich immer in ihrer Fantasie ausgemalt hatte: das düstere Gesicht von Schnee überkrustet; Schnee überall, im Haar, auf den Brauen, auf den Wangen, auf dem entschlossenen Kinn ... Warum nur trägt er niemals eine Mütze?

Jonas.

Sie war so überrascht über sein Erscheinen, und gleichzeitig hatte sie es sich so sehr gewünscht, dass sie sich ihm ohne zu überlegen in die Arme warf. Sie legte den Kopf an seine kalte Brust und weinte bitterlich.

Jonas.

Er presste sie an sich und sagte nur zwei Sätze:

»Pack deine Sachen. Wir gehen.«

»Nein ...«

»Mach schon, sonst muss ich dich mit Gewalt wegschaffen.«

»Du verstehst nicht, du weißt ja gar nichts ...«

»Ich weiß alles«, sagte er schroff und schob sie von sich. »Beeil dich, wir haben nicht viel Zeit.«

»Ich kann nicht mit dir gehen. Ich kann dir das nicht aufladen. Jonas, ich bin wahnsinnig, und ich weiß nicht, wann mein Wahnsinn wieder ausbrechen wird. Ich bin eine Verrückte, verstehst du, eine banale Verrückte. Ich leide an Persönlichkeitsspaltung.«

»Du bist nicht verrückt. Pack endlich deine Sachen.«

Und sie konnte ihm nicht länger Widerstand leisten.

»Aber ich weiß nicht, was ich mitnehmen soll«, sagte sie kläglich.

»Du musst gar nichts mitnehmen. Zieh dich einfach nur warm an, das reicht.«

Während Olga seinem Befehl Folge leistete, ging er im Zimmer umher und sah sich um. Als er die Tabletten entdeckte, die sorgfältig auf dem Bett ausgelegt waren, raffte er sie wütend zusammen und schleuderte sie in eine Ecke.

»Hattest du vor, dich umzubringen?« Der Blick, mit dem er sie ansah, war beinahe hasserfüllt. »Das hätte ihnen so gepasst.«

»Hat das jetzt noch irgendeine Bedeutung?«

»Nein, keine. Bist du fertig?«

»Ja. Wo willst du hin?«

»Fragen später. Vorerst merk dir nur eins: Du bist nicht verrückt! Hast du verstanden? Du bist nicht verrückt!«

»Ja«, sagte sie kaum hörbar.

»Ob du mich verstanden hast?«

»Ja, ich hab dich verstanden.«

»Ausgezeichnet. Dann los.«

Er streckte ihr die Hand hin, und sie ergriff sie, wie man einen rettenden Strohhalm ergreift. Sie gingen zusammen durch das Zimmer der Wächter. Beide waren bewusstlos, aber Jonas hatte sie sicherheitshalber gefesselt und mit Handschellen an den Heizkörper gekettet.

»Was hast du mit ihnen gemacht, Jonas?«

»Nichts. Morgen früh sind sie wieder auf den Beinen.«

Sie traten aus der Hütte und schlossen die Tür fest hinter sich. Immer noch schneite es, und Olga kam es so vor, als hätte sie noch nie in ihrem Leben Schnee so schön gefunden. Vor der Hütte stand eine merkwürdige Maschine, die wie ein winziges Boot auf Kufen aussah.

»Was ist das?«

»Ein Motorschlitten. Ein wunderbares Fahrzeug, es wird dir Spaß machen.«

Er setzte sich ans Steuer und sah sie an.

»Worauf wartest du?«

»Was muss ich machen?«

»Setz dich hinter mich.«

Und wieder fühlte sie sich von einer unwiderstehlichen Kraft angetrieben. Sie kletterte auf den Sitz hinter Jonas und legte die Arme um seinen Leib.

»Setz den Helm auf, er liegt im Gepäckfach«, rief er und startete den Motor.

»Und du?«

»Ich hab's dir doch schon gesagt, ich kann nichts auf dem Kopf haben. Bist du fertig?«

»Ja.«

»Dann halt dich gut fest, es geht los!« Und der Schlitten schoss vorwärts.

»Wo fahren wir hin?«, rief sie gegen den Fahrtwind an.

»Das wirst du schon sehen. Möglichst weit weg von hier, weg von diesem miesen Loch.«

»Warum tust du das, Jonas? Sie werden doch sofort wissen, dass du es warst. Und die Wächter werden es auch bezeugen.«

»Das ist mir scheißegal«, gab Jonas leichthin zurück. »Das spielt jetzt keine Rolle mehr. Alles, worauf es mir ankommt, das bist du. Ich will dich nicht verlieren.«

»Wie meinst du das?«

»Wie ich es sage. Vor allem will ich nicht, dass du mir vom Schlitten fällst.« Er drehte sich zu ihr um, und zum ersten Mal sah sie ihn lächeln.

»Aber Jonas, ist das nicht gefährlich? Es schneit doch so!« Sie spürte plötzlich, wie das Leben in sie zurückkehrte, ja, sie fühlte ganz deutlich, dass sie niemals zuvor so sehr hatte leben wollen wie jetzt.

Dann schlief sie ein. Ohne Schlafmittel, trotz des Schnees, trotz der Kälte, trotz der Erschütterungen, im Schlaf fest an Jonas' Rücken geklammert.

Das Erste, was sie sah, als sie wieder erwachte, war Jonas.

»Na, du hast aber einen gesunden Schlaf«, meinte er kopfschüttelnd.

»Entschuldige ... Wo sind wir hier?«

»Dort, wo dich niemand finden wird.«

Jonas' Worte brachten sie augenblicklich in die trostlose Wirklichkeit zurück. Einfach mit Jonas durchzubrennen, auf alles zu pfeifen – das war ein schöner, kurzer Traum, für den sie teuer bezahlen musste. Schon bereute sie es, dass sie ihm nachgegeben hatte. Man kann nicht vor sich selber davonlaufen, auch nicht mit einem Motorschlitten, auch nicht eng an den Rücken eines Mannes geschmiegt, der aufrichtig helfen will.

Nein, er wollte ihr nicht helfen, er wollte sie retten. Er wollte sie für sich retten. Verzweifelt drückte sie ihre Fäuste gegen seine Schulter.

»Es ist sinnlos, vollkommen sinnlos!«

»Nein, das ist absolut nicht sinnlos«, widersprach er trotzig. »Oder willst du etwa den Rest deiner Tage in einer psychiatrischen Anstalt verbringen?«

»Das wäre für alle das Beste.«

»Daran zweifle ich nicht. Vor allem für die, die dir diesen bösen Streich gespielt haben.«

»Was meinst du damit?«

Aber er wich der Antwort aus. »Komm«, sagte er knapp. »Sonst frieren wir hier noch fest.«

Die Hütte stand so plötzlich vor ihnen, als wäre sie eben aus dem Boden gewachsen. Olga war maßlos verblüfft. Das winzige Häuschen war auf drei Schritte Entfernung nicht zu erkennen. Wie hatte Jonas es in dem dichten Schneesturm so zielsicher finden können? Das war ihr ein vollkommenes Rätsel.

»Was ist das?«, fragte sie verdattert.

»Das war mal eine Basisstation für Bergsteiger. Fünfhundert Meter weiter beginnt die Route. Aber die Hütte wird seit Jahren nicht mehr benutzt. Ich bin durch einen Zufall darauf gestoßen und habe sie mir ein wenig zurechtgemacht. Hier können wir in Ruhe abwarten.«

»Was abwarten?«

»Was auch immer.« In Jonas' Stimme lag eine Drohung, aber Olga hörte sie nicht. »Komm, wir gehen rein.«

Als sie die Hütte betrat, begriff sie sofort, dass Jonas diese Entführung gut vorbereitet haben musste. In einem kleinen Kamin glomm ein Feuer, daneben war ein reichlicher Holzvorrat aufgestapelt. Die Einrichtung bestand aus einem hölzernen Tisch und ein paar Bänken, die an den Wänden angebracht waren. Ein Bettgestell war sorgfältig mit Kiefernzweigen ausgelegt. Darauf lagen Schlafsäcke.

»Es ist gemütlich hier«, sagte Olga.

»Für die erste Zeit sollte es reichen«, gab Jonas zurück, der schon mit dem Holznachlegen beschäftigt war.

»Für die erste Zeit?« Olga sah ihn traurig an. »Willst du mich bis zum Sankt Nimmerleinstag in den Bergen verstecken?«

»Schauen wir mal. Jedenfalls musst du erst einmal untertauchen, bis das alles ausgestanden ist.«

»Es wird niemals ausgestanden sein. Ich hätte nicht mitkommen sollen. Ich weiß überhaupt nicht, was in mich gefahren ist.«

Olga hockte sich neben Jonas und schaute in das lustig auflodernde Feuer. Warum war sie aus der Hütte weggelaufen? Daran war doch nicht nur Jonas schuld. Sie hätte einfach ablehnen können, hätte sagen können, ich bleibe hier und warte auf meine gerechte Strafe. Er hätte sie ja wohl nicht tatsächlich mit Gewalt fortgeschleppt!

Sie sah ihren Retter verstohlen an, sah sein kräftiges Kinn, seine festen Lippen. Doch, der hätte sie bestimmt entführt, hätte sie einfach genommen und in die Freiheit getragen. Alles kam ihr vor wie ein Traum, aber ein Traum, wie sie ihn seit langem nicht mehr hatte: klar und zauberhaft real.

Nirgendwo eine Spur von Wahnsinn.

Wahnsinnig kamen ihr jetzt allein die Tabletten vor, die sie auf ihrem Bett hin und her geschoben hatte.

»Warum hast du das getan?«, fragte sie.

»Weil ich es tun musste«, antwortete er, ohne sie anzusehen, und legte dabei noch mehr Holz auf das Feuer.

»Aber weißt du denn nicht? Mein Vater wurde ermordet.«

»Alle wissen es.«

»Und dass ich es getan habe, wissen das auch alle?« Sie brachte diese Worte kaum über die Lippen, aber sie musste es sagen.

»Ja, inzwischen wissen sie es.« Er machte keine Anstalten, sie zu belügen.

»Hast du denn keine Angst?«

»Wovor?« Jonas schien ehrlich erstaunt.

»Dass du in der Nacht aufwachst und ich stehe mit einem großen Messer in der Hand über dir.«

»Ich habe kein Messer. Höchstens einen Eispickel.«

»Noch besser.«

»Wenn es dich tröstet, werde ich gar nicht schlafen.«

»Das wäre bestimmt sicherer.«

Er betrachtete aufmerksam ihr Gesicht und fing auf einmal an zu lachen. Er lachte und lachte und wollte gar nicht mehr aufhören, bis Olga es allmählich leid wurde, auf den erlösenden Schlussakkord dieser Tirade zu warten.

»Wofür hältst du dich eigentlich?«, fragte er, als er sich endlich wieder beruhigt hatte. »Für eine Killermaschine?«

»Ich möchte eigentlich nicht mit dir darüber reden. Aber da ich nun schon einmal diese Dummheit begangen habe, mit hierherzukommen, will ich dich doch warnen. Sei vorsichtig, Jonas. Nimm dich vor mir in Acht!«

»Soll das eine Drohung sein?«

»Vielleicht. Du hast jedenfalls eine reale Chance, Zeuge meines Wahnsinns zu werden. Mit ein bisschen Glück kannst du dabei zusehen, wie er ausbricht. Mir selbst ist das allerdings bisher noch nicht gelungen.«

»Und deinem Mann?«

»Warum fragst du das?«

»Weil ich finde, dass er eigentlich bei dir sein sollte, nicht ich.«

Aha, so war das also! Sogar jetzt, gebrochen und des Mordes beschuldigt, musste sie noch als Zankapfel im schwelenden Bruderstreit herhalten! Als Bauernopfer in ihrem eifersüchtigen Spiel. Es ging Jonas gar nicht um sie. Alles, was ihn interessierte, war, gegen seinen Bruder zu opponieren. Wenn Mark, der alles getan hätte, um sie zu schützen, sie für wahnsinnig hielt, dann musste Jonas natürlich unbedingt behaupten, sie sei normal. Olga schloss die Augen und wartete auf die Woge des Zorns, die sie inzwischen so gut kannte. Sie hatte in letzter Zeit schon aus geringerem Anlass die Kontrolle über sich verloren. Aber seltsamerweise kam die Woge nicht.

Völlige Windstille.

Da war nur eine leichte Bitterkeit in ihr, darüber, dass Jonas sich mehr für seinen Bruder interessierte als für sie.

»Was willst du damit sagen?«, fragte sie.

»Er hat zugelassen, dass sie dich einsperren und dir auch noch zwei Wachtposten vor die Nase setzen! Er hat den Schwanz eingezogen und sich feige verdrückt!«

»Nein, das stimmt nicht! Ich selbst habe darauf bestanden. Mark wollte es eigentlich nicht. Er hat mich angefleht ...«

»Und als du ihm nicht nachgegeben hast, ist er schließlich brav abgezockelt, stimmt's?« Dem musste sie zustimmen.

»Was hättest du denn an seiner Stelle getan?« Das war eine provokative Frage. Darin klang eine verbotene Vertrautheit an, eine Vertrautheit die zwischen ihnen nicht bestand.

»Ich hätte nicht an deine Schuld geglaubt. Ich hätte nicht geglaubt, dass du wahnsinnig bist.«

»Und die offensichtlichen Tatsachen hättest du einfach ignoriert?«

»Was denn für Tatsachen?«

Armer Jonas. Irgendwie scheinst du einfach nicht zu begreifen. Manana, die ihr aus der Vergangenheit ihre liebenden Hände reichte, der ermordete Vater, die Gedächtnislücken, die Albträume, die Halluzinationen, die Eishöhle, das Eis, das sie ständig verfolgte …

Stockend und unzusammenhängend, sich immer wieder unterbrechend erzählte sie ihm alles, von Anfang an, von der Prophezeiung der Zigeunerin im Flughafen bis zu der Botschaft Mananas, die per E-Mail gekommen war.

Als sie geendet hatte, waren die ersten Scheite im Kamin heruntergebrannt, und Jonas legte neue nach. Dann wandte er sich zu ihr um und nahm ihre Hände.

»Ich habe darüber nachgedacht, die ganzen letzten Tage. Und ich bin zu dem Ergebnis gekommen, dass ich von all dem nichts glaube. Sieh dir mal deine Hände an. Hab keine Angst, sieh sie dir ruhig an! Glaubst du wirklich, dass diese Hände deinen Vater ermorden konnten? Fühlst du irgendeine Erinnerung in ihnen? Der Körper hat ein eigenes Gedächtnis, du kannst darin forschen. Siehst du irgendetwas in dem Gedächtnis deines Körpers, erkennst du irgendein Zeichen? Was sagen dir deine Hände? Wir haben einen Menschen getötet? Nein, das sagen sie nicht! Hör auf sie!«

Olga schloss wieder die Augen. Er sprach die Wahrheit. Sie fühlte nicht das Geringste. Ihre Hände schwiegen.

»Du verstehst nicht, Jonas. Du appellierst an die Hände von Olga Krassinskaja, und deren Hände sind wirklich unschuldig. Aber es gibt noch eine andere Hälfte von mir, und der gehören diese Hände auch.«

»Was für ein Blödsinn!«, fuhr Jonas sie ärgerlich an. »Warum versucht man dir ständig einzureden, dass du schizophren bist, dass du eine gespaltene Persönlichkeit besitzt? Und warum willst du unbedingt daran glauben?«

»Ich habe eine unschuldige Frau geschlagen. Ich selbst kann mich nicht erinnern, es getan zu haben, aber sie kann es.«

»Kannte sie dich so gut? Ich habe sie ein paar Mal erlebt, sie ist fast blind. Vielleicht hat sie sich das nur ausgedacht?«

Jetzt musste Olga lachen.

»Jetzt redest du aber Blödsinn! Wozu sollte sie sich das ausdenken? Glaub mir, diese Geschichte ist nicht so spannend, dass es lohnte, seine kreative Fantasie zu bemühen.«

»Die kreative Fantasie vielleicht nicht, aber die kriminelle durchaus.«

»Was soll das denn jetzt, Jonas? Ich habe diese Frau nie zuvor gesehen. Wir haben uns einmal kurz auf der Toilette unterhalten, das war alles.«

»Ich rede ja auch nicht von ihrer kriminellen Fantasie.«

»Wessen denn sonst?«

Jonas antwortete nicht.

»Siehst du, das weißt du selber nicht.«

»Hör mal, bevor ihr hierhergekommen seid, ist dir da so etwas schon einmal passiert?«

»Nein, niemals.«

»Das heißt also, kaum bist du hierhergekommen, ging das ganze Elend los? Findest du das nicht merkwürdig?«

»Du vergisst meine Mutter.« Nur mit Mühe brachte sie diese Worte über die Lippen. »Es war in mir angelegt, und früher oder später musste es hervorbrechen.«

»Na schön, aber warum ausgerechnet jetzt? Warum nicht ein wenig früher oder ein wenig später?«

»Eine Aneinanderreihung von Zufällen, weiter nichts.«

»Eine Aneinanderreihung von Zufällen? Sehr interessant! An einen einzigen Zufall hätte ich ja noch glauben können, aber eine ganze Reihe? Nein, da steckt schon böse Absicht dahinter.«

»Aber wessen?«

Wieder schwieg Jonas. Aber jetzt war es das Schweigen des Wissenden.

»Sag mal, gefällt es dir etwa, die Verrückte zu spielen? Vielleicht schmeichelt das ja deiner gepeinigten Seele?«

»Was soll das?«

»Dann sag mir doch, warum du so leicht nachgegeben hast? Warum hast du nicht gekämpft, dich nicht gewehrt?«

»Wie sollte ich mich gegen die offensichtliche Realität wehren?«

»Offensichtlich für wen? Für deinen Mann? Für die Frau deines Vaters? Für den alten Esel Swjaginzew? Für eine halbblinde Frau? Für einen Idioten von Portier?«

»Reicht das nicht?«, fragte sie bitter.

»Nein, mir reicht das nicht!«

»Was brauchst du denn noch?«

»Entsinnst du dich noch, womit das alles begann?«

»Ja, mit dieser Zigeunerin im Flughafen.«

»Nein, die Zigeunerin hat nichts damit zu tun. Die ist höchstens ein Beweis dafür, dass es Menschen gibt, die in die Zukunft schauen können. Das ist wissenschaftlich erwiesen. Ich meine etwas anderes. Wann fingen die Leute um dich herum an, dir nicht mehr zu glauben, ab wann dachte man, du leidest unter Halluzinationen? Seit wann glaubtest du selber daran? Wann?«

»Seit dem Vorfall mit der Höhle«, sagte Olga langsam.

»Genau, seit dem Vorfall mit der Höhle.« Er schien sich darüber sogar zu freuen. »Du wolltest allen beweisen, dass du sie tatsächlich gesehen hattest. Und irgendjemand ... Ach, verdammt, natürlich nicht irgendjemand, sondern dein Mann, dein eigener Mann brachte deine erbliche Belastung ins Gespräch. Wie sollte man einer solchen Frau glauben können? Sie ist krank, nichts anderes. Hätte es diese Höhle nicht gegeben, man hätte sie erfinden müssen.«

»Ich habe sie erfunden.«

Jonas beugte sich nahe zu ihr und strich ihr mit der Hand sanft übers Haar.

»Nein, das hast du nicht. Die Höhle existiert tatsächlich. Und die Toten darin auch.«

»Was? Was sagst du da?«

»Ich sage, dass ich dir glaube. Und wenn jemand einem Menschen glaubt, heißt das, er ist nicht verrückt. Und jetzt wird geschlafen. Morgen haben wir einen anstrengenden Tag vor uns ...«

Swjaginzew erwachte mitten in der Nacht.

Normalerweise war seine Radikulitis schuld, wenn er nachts aufwachte und bis zum Morgengrauen trübe an die Wand starrte. Aber die Radikulitis verschonte ihn gerade, und eigentlich hätte er mindestens bis sieben Uhr durchschlafen sollen.

Aber der Wecker zeigte drei Uhr.

›Ich werde wohl alt‹, dachte Swjaginzew. ›Präsenile Bettflucht. Verdammt. Wahrscheinlich werden die Nächte ab jetzt nur immer länger und länger, und in jeder dieser schlaflosen Nächte werde ich mein ganzes schäbiges Leben durchleben, jede Nacht einen anderen Abschnitt durchkauen. Das reinste Horrorkino mit der schmutzigen Tapete seines Zimmers als Leinwand. Tja, so würde es wohl werden.

Aber vielleicht lag es auch bloß am Essen. Kein Wunder, bei dem, was er allabendlich so vertilgte: Kalbsnierchen mit gedünstetem Gemüse, dazu vier Dosen Bier – das war einfach zu viel, sogar für seinen abgehärteten Magen.

›Ab Morgen gibt es nur noch Kefir und Magerquark‹, dachte Pal Palitsch betrübt.

Unter dem jämmerlichem Gequietsche seines Bettes wälzte er sich auf die andere Seite, aber auch das half nichts: Er wollte einfach keinen Schlaf finden. Der fiese Generalmajor in seinen Eingeweiden hatte eine Lagebesprechung angeordnet, und Swjaginzews Anwesenheit war obligatorisch.

Warum zum Donnerwetter ging ihm dieses Mädel bloß nicht mehr aus dem Kopf?

Es lief doch wunderbar! Sobald der Schneesturm vorbei war, würde die Polizei eintrudeln, und Swjaginzew hatte wahrlich alles getan, um ihr die Arbeit zu erleichtern. Er lieferte irgendeinem mürrischen Miliz-Major die Mörderin auf dem Silbertablett und bekam dafür einen feuchten Händedruck. Die Fingerabdrücke auf dem Messer würden die Identität der Mörderin zweifelsfrei beweisen (Swjaginzew hatte nicht den geringsten Zweifel daran, wessen Abdrücke das sein würden), und man würde nicht zögern, Olga Krassinskaja hinter Gitter zu setzen.

Man wird sie des Mordes anklagen, ein psychiatrisches Gutachten erstellen und sie für schuldunfähig erklären. Dann wird man ihr in einer Klinik endgültig den Rest geben. Schade um ihr prächtiges schwarzes Haar, es wird nicht lange dauern, und es ist grau und stumpf.

Seltsamerweise war es der Gedanke an ihr schönes Haar, der ihn in diesem Moment am meisten betrübte.

Ihr Haar, das jedem sofort ins Auge fiel, dem sie einen Großteil ihrer Schönheit verdankte. Ganz bestimmt hegte und pflegte sie es, wie man ein kleines Kind pflegt, ganz bestimmt kannte sie tausend Kniffe und Tricks, besaß unzählige teure Spülungen und Shampoos und wer weiß was noch alles.

Nein, es hatte keinen Zweck, er konnte nicht mehr schlafen.

Er setzte sich auf und schaltete die Nachttischlampe an. Mit einem Griff hatte er schon sein Allheilmittel, das ›Wiegenlied für einen kleinen Igel‹ zum Vorschein gebracht.

›Aber heute keine Orakelspiele‹, mahnte er sich selbst. ›Wolodja hat bei diesem ganzen fiesen Fall noch nicht einmal richtig gelegen.

Denk dran: Keine Orakelspiele! Auf keinen Fall! Seite dreizehn, Zeile dreizehn von oben . . .‹

Sich selber für seine Schwäche scheltend, schlug Swjaginzew das Buch auf und las.

›*Es war dem Fuchs ganz leicht gefallen, sich für den Igel auszugeben. Ein Mützchen aus Kiefernnadeln, das aussah wie das Stachelkleid des Igels, reichte aus. Jetzt konnte er nach Herzenslust Schaber-*

nack treiben und nachher dem Freund die Schuld in die Schuhe schieben.‹

Swjaginzew starrte auf die Seiten und spürte, wie eine kalte Hand nach seinem Herzen griff und zudrückte. Das hatte ihm gerade noch gefehlt!

Klapp das Ding zu!

Klapp sofort das Buch zu, und hör ein für alle Mal auf, diese Seiten als Tarotkarten zu missbrauchen! Kyrillische Buchstaben sind keine wedischen Runen, und Druckerschwärze ist kein Kaffeesatz! Mach das Buch zu, der Fall Schmarinow hat sich erledigt. Die Schuldigen sind gefunden, sie sind überführt und geständig und werden sich ihrer gerechten Strafe nicht entziehen.

Aber ein Geständnis war noch lange kein Beweis.

Warum nur konnte er nicht an ihre Schuld glauben? Etwa nur deshalb, weil ihn ihr trauriges, verstörtes Gesicht und ihre schwarzen Haare so berührten? So auffällig üppige, tiefschwarze Haare, wie man sie nur selten trifft. Swjaginzew kratzte sich heftig zwischen den Beinen. Zum Glück konnte ihn niemand dabei sehen und anzügliche Bemerkungen machen.

Auffällig üppige schwarze Haare.

Sie waren auch dem Portier sofort aufgefallen. Schwarze Haare, getönte Brillengläser und der blau-weiße Skianzug. Ein sehr auffälliges Kleidungsstück. Die Krassinskis waren erst seit kurzem in der ›Windrose‹, man kannte sie noch nicht so gut. Außerdem wohnten sie in einer separaten Hütte und ließen sich nur selten im Hotelgebäude blicken. Sergej konnte sich eigentlich nur ein sehr oberflächliches Bild von Olga Krassinskaja gebildet haben. Und in diesem Bild spielten ihre schwarzen Haare zweifellos eine dominierende Rolle.

Keine Chance, er musste sich aufraffen und zu der Besprechung mit seinem inneren Generalmajor schleppen.

Swjaginzews Hirn kam langsam auf Hochtouren.

An dieser ganzen sonnenklaren Geschichte gab es etwas, das ihn ziemlich verwirrte. Die Zweifel, die so leicht von unwiderlegbaren Argumenten und Tatsachen zerstreut worden waren, kehrten mit vervielfachter Kraft zurück.

Mark; natürlich.

Anstatt auf Olga musste er sich auf ihren liebenden Ehemann konzentrieren, der sie so selbstlos und aufopfernd zu schützen suchte.

War seine Mühe tatsächlich so selbstlos?

Unpassenderweise verspürte Swjaginzew auf einmal Durst. Er tastete neben dem Bett nach einer vollen Dose, riss sie routiniert auf und ließ sich das Bier in seine trockene Kehle laufen. Dann dachte er weiter.

Die Umstände, unter denen er die Krassinskis kennen gelernt hatte, waren ziemlich befremdlich gewesen. Olga Krassinskaja hatte angeblich eine mysteriöse Horrorhöhle gefunden, mit einem Haufen von Eisleichen darin. Reiner Blödsinn natürlich, aber er musste der Sache nachgehen. Was er auch getan hatte. Seltsam war nur, dass der besorgte Gatte es kaum erwarten konnte, ihm zu berichten, dass die Mutter seiner Frau an einer Geisteskrankheit gelitten habe und durch Selbstmord aus dem Leben geschieden sei. Ein ziemlich intimes Detail der Familiengeschichte, und dabei kannte er Swjaginzew erst seit ein paar Stunden.

Mark war ein sehr stolzer Mann. Um das zu begreifen, brauchte man ihm nur einmal ins Gesicht zu sehen. Passte es zu solch einem Mann, die peinlichsten Familiengeheimnisse dem erstbesten Fremden anzuvertrauen? Nein, das passte nicht, es sei denn ...

Es sei denn, er verfolgte damit einen bestimmten Zweck.

Mark hatte seine Frau von Anfang als potentielle Irre dargestellt. Daran konnte kein Zweifel bestehen. Und dann war diese Sache mit der Eisstadt passiert. Ebenfalls ein sehr sonderbarer Vorfall, wenn man in Betracht zog, dass es dabei nur zwei Zeugen gab: die Sapessozkaja und Olga. Wobei Olga nicht zählte, denn sie konnte sich an nichts erinnern. Um den Ablauf des Geschehens zu rekonstruieren, war man auf die Darstellung der Sapessozkaja angewiesen. Die einzige unwiderlegbare Tatsache waren die zerstörten Skulpturen, sonst nichts. Aber die hatte ja theoretisch jeder zerstören können; genau genommen auch die Sapessozkaja selbst. Dann hatte sie ihre Brille zertreten und war stracks zu Swjaginzew gerannt, um Genugtuung zu verlangen. Mark hatte ihr ja sogar Geld angeboten, er hatte es ihr förmlich aufs Zimmer getragen; regelrecht aufgedrängt, musste man sagen. »Damit niemand davon erfährt!« Das waren ungefähr seine Worte gewesen, wie Swjaginzew sich erinnerte. Aber sie hatte das Geld nicht genommen, und zur Direktion war sie trotzdem nicht gegangen. Also was sollte dann die ganze nächtliche Aktion? Wozu hatte sie das dann alles veranstaltet? Und warum hatte sie so schnell einen Rückzieher gemacht? Nur weil sie plötzlich Mitleid mit Olga bekommen hatte? Befremdliche Logik. Alle Leute schienen bei diesem Fall einer befremdlichen Logik zu folgen – die sich allerdings in eine eiserne Logik verwandelte, wenn man dem Ganzen ein kriminelles Ziel unterlegte. Die Aktion der Sapessozkaja war prädestiniert dafür, Olgas Unzurechnungsfähigkeit zu belegen. Was hatte Mark damals in ihrem Zimmer gewollt? Ihr Geld anbieten? Wirklich? Das hatte sie doch schon in der Nacht davor abgelehnt. Und dann war seine jugendliche Schwiegermutter verunglückt. Verletzungen, die man nicht diagnostizieren konnte, weil aus unerfindlichen Gründen der Röntgenapparat nicht mehr funktionierte. Und Mark hat nichts Eiligeres zu tun, als ihren Mann anzurufen und ihm von dem Vorfall zu berichten. Dabei wusste er genau, dass Schmarinow Hals über Kopf anreisen würde.

Dann die Bar. Das war der archimedische Punkt in diesem Fall. Olga und Mark gingen in die Bar, und Olga fing auf der Stelle an, sich systematisch zu betrinken. Was hätte jeder normale liebende Ehemann getan? Er hätte versucht, seine Frau aus der Gefahrenzone zu schaffen, bevor sie sich vollends blamierte. Aber Mark tat nichts dergleichen. Verschärfend kam noch hinzu, dass Jonas,

Marks Bruder, für ihn in die Bresche springen wollte. Auch er versuchte, Olga nach Hause zu bringen, wenn man den Aussagen des Kellners Djucha glauben konnte.

Mark jedoch verhinderte das.

Er blieb in der Bar und ließ es zu, dass Olga komplett aus dem Rahmen fiel. Warum? *Weil er unbedingt wollte, dass Schmarinow diese idyllische Familienszene mitbekam*.

Olgas Vater hatte nichts übrig für Alkohol, das hatte ihm Inessa ja deutlich zu verstehen gegeben. Trotzdem hatten sie in ihrem Zimmer kräftig Cognac gebechert. »Einen kleinen Cognac«, wie Mark sagte. Schmarinow war freilich nicht Swjaginzew, der eine ganze Flasche meinte, wenn er von ›einem kleinen Wodka‹ sprach. Für Pal Palitsch war ein halber Liter eine Standardmenge. Aber die Flasche *Napoleon* war fast leer gewesen. Er wäre nicht Pal Palitsch, wenn er das nicht sofort präzise registriert hätte. Was Alkohol anging, war er schnell und genau!

Schmarinow musste also einen gewissen, nicht unerheblichen Teil von dem Cognac zu sich genommen haben, denn seiner Frau war nach der Einnahme von Schlafmitteln der Genuss von Alkohol untersagt, wie Artjom Ljubowitsch, der hauseigene Möchtegernschürzenjäger, ausgesagt hatte.

Demnach hätte sich Schmarinow in zumindest angetrunkenem Zustand in die Bar begeben, wo er auf seine ebenfalls nicht mehr nüchterne Tochter traf. Der Konflikt war vorprogrammiert, und er fand folgerichtig statt.

Ergebnis dieses Streits: Olga läuft Hals über Kopf davon.

Und Mark, was tut Mark? Ihr Mann, der sie bis zum Wahnsinn liebte, der alles für seine Frau tat, was er nicht müde wurde, lauthals zu deklamieren. Ihm war doch klar, in welchem Zustand sie sich befand, er musste doch befürchten, dass sie irgendwelche Dummheiten anstellen würde. Und anstatt ihr hinterherzulaufen und sich um sie zu kümmern, ging er einfach wieder zurück in die Bar und wetzte sich dort geschlagene zwei Stunden lang die Hosen auf dem Barhocker blank. Dann brachte er seinen Schwiegervater ins Hotel und scharwenzelte vor der Rezeption herum, obwohl er sich genauso gut gleich an der Tür von ihm hätte verabschieden können. Aber gut, das konnte man ja noch irgendwie begründen: gemeinsame Arbeit, Respekt vor dem Älteren und Chef, die verwandtschaftliche Beziehung. Damit ließ sich teilweise auch erklären, dass er mit Schmarinow in der Bar blieb, anstatt sich um seine Frau zu kümmern.

Aber was tat er danach, als sein Schwiegervater gegangen war?

Das war nun wirklich vollkommen unerklärlich. Jetzt hätte man doch erwarten können, dass er sich endlich auf schnellstem Wege zu seiner Frau begab. Stattdessen jedoch machte er auf dem Absatz kehrt und ging – wieder in die Bar! Und da hockte er die ganze Nacht und spielte den einsamen Kasper für den Barmann. Wenn er wenigstens getrunken hätte, aber nichts da. Er hat einfach nur dagesessen. Und dann, als ihm wohl selber klar wurde, dass das einen seltsamen Eindruck machte, fing er an, Bowling zu spielen.

Aber bis dahin hatte er schon eine volle Stunde sinn- und ziellos herumgesessen.

Seltsam begriffsstutzig bist du, Mark. Du hättest sofort anfangen sollen, die Kugeln zu schieben, anstatt Löcher in die Luft zu starren.

Aber immerhin musste man zugeben, dass ihn unzählige Leute dabei gesehen haben. Ariel versicherte, er sei fast der letzte Gast gewesen. Das hieß erstens, dass er die Bar verließ, als Schmarinow mit Sicherheit schon tot war. Und es hieß zweitens, dass er ein wasserdichtes Alibi in der Tasche hatte, als er ging.

Brauchte er etwa ein Alibi?

Wozu?

Hier liefen Swjaginzews Überlegungen fest, und er beschloss, diese Frage auf später aufzuschieben.

Wichtiger schien ihm im Augenblick die Frage, welcher Art die Beziehung zwischen Mark und Olga war. Genau genommen war es natürlich Krassinskis Privatsache, in der Bar herumzuhängen und sich einen Scheißdreck um seine Frau zu kümmern. Das brauchte im Grunde niemanden zu interessieren. Und das würde es auch nicht, wenn Mark nicht permanent herumerzählte, wie leidenschaftlich und hingebungsvoll er seine Frau liebte.

Swjaginzew versuchte, die Abläufe in der Hütte zu rekonstruieren.

Er hatte Krassinski von dem Mord an seinem Schwiegervater erzählt und ihm das Messer gezeigt.

Bei dieser Gelegenheit hatte Mark gefragt, wann die Polizei eintreffen werde. Das heißt, um es genau zu sagen, es war in dem Moment, als er die Tatwaffe sah. Und dann erwähnte er die Fingerabdrücke auf dem Griff.

Warm, wärmer, am wärmsten, Pal Palitsch!

Swjaginzew wuchtete seinen massigen Leib aus dem Bett und begann, im Zimmer umherzulaufen.

Mark hatte ihm zu verstehen gegeben, dass er bereits eine Vorahnung, den Mord betreffend, hatte, bevor er, Swjaginzew, kam: Das Blut an den Händen seiner Frau und an der Kleidung ließ keine andere Deutung zu. Als Swjaginzew ihm dann berichtete, was vorgefallen war, und ihm das Messer präsentierte, verwandelte sich der Verdacht in Gewissheit.

Nun war es durchaus logisch, dass ein liebender Gatte, der seine Frau mit allen Mitteln retten wollte, nach der Polizei und den Fingerabdrücken fragte, aber nur zu dem Zweck, um eine Möglichkeit zu finden, sie zu beseitigen. Ein scharfer Verstand hätte einen Weg gefunden, diese Aufgabe zu lösen.

Mark jedoch hatte das nicht getan, obwohl er wissen musste, wessen Fingerabdrücke an dem Messer waren.

Weiter, Pal Palitsch, vorwärts!

Mark hatte ruhig zugesehen, wie der einzige, aber wichtigste Beweis gegen Olga wieder in Swjaginzews Manteltasche verschwand.

Und im Lichte der Theorie, die sich gerade in Pal Palitschs

Hirnkämmerchen bildete, war die Tatsache, dass die Polizei durch das schlechte Wetter behindert war, eine unerfreuliche Verzögerung, nicht eine zusätzliche Chance. Denn erst dann konnten die Fingerabdrücke amtlich identifiziert und Olgas Schuld festgestellt werden. Swjaginzew war dafür weder ausgerüstet noch autorisiert, er konnte nur herumlaufen und Zeugen befragen.

Dann war Mark zum Fenster gegangen. Swjaginzew war sich fast sicher, dass er damit eine bestimmte Absicht verfolgte, es war ziemlich auffällig gewesen, wie er da den blutigen Schnee von der Fensterbank wischte, obwohl dafür keine Notwendigkeit bestand. Er sah voraus, dass Swjaginzew Verdacht schöpfen und dass er sich um das Haus herumschleichen würde, um seine Vermutung zu überprüfen.

Aber vielleicht verhielt sich die Sache auch ganz anders?

Diese indianerartige Anschleichaktion war eigentlich schon höhere Schule, das konnte man von so einem alten, hüftlahmen und übergewichtigen Esel wie Swjaginzew nicht unbedingt erwarten. Zumindest konnte Mark nicht sicher sein, dass er das tun würde.

Warum also war er Swjaginzew gefolgt?

Die Antwort war so klar und simpel, dass Swjaginzew für eine Sekunde direkt schwindlig wurde. Natürlich, so passte alles zusammen! Aber wenn das stimmte, dann ein dreifaches Halleluja auf diesen Schneesturm! Dieser wunderbare, nützliche Schneesturm, der Mark so zuwider war, erwies sich für Swjaginzew als ein teurer Komplize. Jetzt musste er handeln, jede Verzögerung konnte zur Katastrophe führen.

Swjaginzew riss seinen Mantel von der Garderobe, schnappte seinen Hut und stürzte aus dem Zimmer.

Der Schneesturm legte sich. Die Wolken rissen auf, und durch die Lücken hindurch schimmerten die Sterne. Noch nie waren sie

Swjaginzew so lebendig erschienen. Er bemerkte weder die Schneeverwehungen, durch die er sich kämpfen musste, noch seinen Bauch, der irgendwo weit unten rhythmisch schaukelte. Immer wieder befragte er sich: Nein, er konnte sich nicht irren, einen anderen Weg gab es nicht. Nur so und nur hier hatten *sie* das Hauptbeweismittel loswerden können. Und *sie* mussten sichergehen, denn dieses Beweisstück hätte sie hundertprozentig verraten.

Er schlug einen Bogen um die helle Halle des Hotels und trabte in Richtung Innenhof. Vor ein paar Tagen noch war er ebenfalls beleuchtet gewesen. Nach der Zerstörung der Skulpturen allerdings hatte die Direktion die Illumination abgeschaltet, um den deprimierenden Eindruck der Verwüstung zu kaschieren. Und diese Dunkelheit hatten *sie* sich zunutze gemacht.

Als Swjaginzew in den Hof gelangte, eilte er sofort zu einer großen, gut abgeschirmten Nische, hinter der eine Zufahrt für Lastwagen lag. Hier standen mehrere geräumige Container, in denen der gesamte Müll der ›Windrose‹ gesammelt wurde. Diese Container, die mit hermetisch schließenden Deckeln versehen waren, wurden für gewöhnlich alle drei Tage geleert. Die letzte Leerung hätte regulär am Tag nach dem Mord erfolgen müssen, war jedoch aufgrund der schlechten Witterungsverhältnisse ausgeblieben. Der Schneesturm hatte das gesamte Programm durcheinandergebracht, und jetzt wartete der Müll, wie die gesamte ›Windrose‹, auf besseres Wetter.

Swjaginzew starrte auf die riesigen Behälter, und sein Mut sank. Das war eine Arbeit für einen Herkules, diese Dinger waren die reinsten Augiasställe. Er hätte ein ganzes Heer von Helfern gebraucht, um sie alle zu durchsuchen. Aber wie sollte er eine solche Aktion legitimieren? Man würde ihn einfach auslachen.

Swjaginzew kratzte sich nachdenklich an der einschlägigen Stelle und überlegte, was er selber an *ihrer* Stelle getan hätte. In welchen Container hätte er das Beweisstück versenkt?

Vermutlich gleich in den ersten, weil man die Dinger möglichst schnell loswerden wollte.

Kaum eine halbe Stunde später wurde er fündig. Während dieser Zeit hatte seine Kleidung den Müllgeruch der Container vollständig in sich aufgesogen, wenngleich man auch konstatieren musste, dass dieser Geruch sich kaum von seinem körpereigenen Odeur nach Bier, Schnaps und billigem Tabak unterschied. Eine Mülltüte nach der anderen hatte er aus dem riesigen Berg hervorgezogen und untersucht, und er fühlte sich, als hätte man ihn selber durch den Müllschlucker geschickt.

Aber das Ergebnis war es ihm wert.

Er hatte gefunden, wonach er suchte.

Eine schwarze, unschuldige, für einen normalen Müllsack viel zu leichte Plastiktüte. Schon bevor er sie aufgeregt aufriss, wusste er, dass er am Ziel war.

Eine dunkel getönte Skibrille, ein blauweißer Skianzug und eine Perücke.

Prächtige lange schwarze Haare – die Visitenkarte von Olga Krassinskaja.

Endlich ist SIE bei mir.

Die Frau meines Lebens.

Ich kann SIE berühren, oder auch nicht, ganz wie ich will. SIE hat die ganze Zeit darauf gewartet.

Wie sich herausstellte, hat SIE etwas mit diesem Mord zu tun. Vielleicht hat SIE diesen Mord sogar begangen, ich halte das für immer wahrscheinlicher. Ich selbst bin ein Mörder, ich wittere den Mord. SIE hat einen Menschen verloren, der IHR nahestand. Das heißt, sie glaubte nur, dass er ihr nahestand. Denn von heute an, von dieser Nacht an, bin ich derjenige, der IHR am nächsten ist. SIE war vollkommen ahnungslos. SIE war einfach gern mit mir zusammen, die ganze Zeit wartete SIE darauf, dass ich in SIE eindringe. Aber hätte ich das tun können, ohne den Faden zu zerreißen, der uns immer stärker und stärker verbindet? Kann ein Künstler sein Modell fleischlich lieben?

Auf diese Frage habe ich bis heute keine Antwort gefunden.

Ich weiß, was IHR an mir gefällt. Es ist die Wildheit, das Ursprüngliche. Das erregt SIE, davon kann SIE nicht genug bekommen. Oh, wie SIE darauf wartet, dass ich in SIE eindringe.

Ich hätte nicht hierherkommen dürfen, zu IHR. Auch wenn ihre Unterkunft ein wenig abgelegen ist und vor dem Morgengrauen kaum jemand IHRE Abwesenheit bemerken wird. Aber ich kann nicht mehr warten. Ich kann nicht mehr ohne die Frau meines Lebens sein, ohne die wichtigste, die zentrale Figur meiner Sammlung. Wie mag sich ein Mensch fühlen, der so stark traumatisiert ist, vor allem, wenn diese entsetzlichen Traumen eigentlich gar nicht existieren? Aber ich weiß es ja. Ich habe es selbst herausgefunden. Sie hat sich zwar über meinen Scharfsinn gewundert, aber sie hat ihm nicht vertraut. Aber vor allem will sie mit mir zusammen sein. Als ich ihr erzählte, dass die Höhle tatsächlich existiere, ist sie neugierig geworden. Ich habe ihr versprochen, dass wir sie uns zusammen ansehen werden.

Ich weiß, dass es ihr gefallen wird.

Sie war bereit, mit mir zusammen zu sein, und jetzt ist sie mit mir zusammen.

Sie wird sich sehr wundern.

Aber jetzt hat das keine Bedeutung mehr.

Allmählich kam Swjaginzew wieder zu sich.

Auch wenn er insgeheim gehofft hatte, diese Dinge zu finden, war er jetzt doch von seinem Fund vollkommen überwältigt. Eines war sicher: Jetzt waren *sie* fällig. Aber zunächst musste er sich um Olga kümmern, die zu Unrecht Beschuldigte, die doch selbst irrtümlich an ihre eigene Schuld glaubte. Und er, Swjaginzew, hatte das Seine dazu beigetragen.

Aber noch war es nicht zu spät, den Irrtum zu korrigieren, und genau das würde er auch tun, und zwar unverzüglich, ehe …

Ehe sie sich etwas antat.

Dieser Gedanke überkam Swjaginzew siedend heiß. Die liebe, sanfte Olga, die sich immer noch in dem Glauben befand, ihren Vater getötet zu haben. Dabei hatte er selber sie dazu gebracht, diese Tat zu gestehen, er selber hatte diesen Gedanken unterstützt, wenn nicht gar ausgelöst. Als ihm das bewusst wurde, stöhnte Swjaginzew auf. Nein, verdammt, er sollte nicht erst bis zum Tagesanbruch warten, je eher er ihr die frohe Nachricht überbrachte, desto leichter würde es für sie. Obwohl noch nicht klar war, wie sie die Wahrheit aufnehmen würde. Sie kam ja gewissermaßen vom Regen in die Traufe. Sogar ein ganz gesunder Mensch könnte da leicht den Verstand verlieren, erst recht jemand, der ohnehin schon unter Schock steht.

Und wenn sie auf einmal wirklich beschließt, sich das Leben zu nehmen?

Nein, er durfte keine Verzögerung mehr zulassen. Auf der Stelle würde er sich zu ihrer Hütte begeben, um sie zu erlösen.

Warum, zum Donnerwetter, konnte er sich bloß mit diesen verflixten Skiern nicht anfreunden? Auf Skiern wäre er wesentlich schneller vor Ort, es wäre überhaupt leichter, sich durch diese Schneemassen zu bewegen.

Nein, wenn diese miese Geschichte ein gutes Ende nähme, würde er Ski laufen lernen. Unbedingt!

Während des gesamten Weges zur Hütte der Krassinskis schwor er sich immer wieder, dass er sehr bald und auf jeden Fall ein guter Skifahrer würde, ach was, ein hervorragender Skifahrer, ein Meister des Riesenslalom, ein Snowboarder, ein gefürchteter Freestyler, ein ... Je näher er seinem Ziel kam, desto ausgefallener wurden seine Schwüre.

Olga war so traurig und so still gewesen, sie hatte auf ihn den Eindruck eines Menschen gemacht, der eine nicht mehr umkehrbare Entscheidung getroffen hatte. Wenn er zu spät kam, würde er sich das niemals verzeihen.

Aber dazu kam es nicht mehr ...

Als er schließlich vollkommen erschöpft bei der Hütte eintraf, fand er dort nur zwei ziemlich bewegungsunfähige Idioten namens Radik und Kolja vor. Sie waren verschnürt wie zwei Postpakete und darüber hinaus mit Handschellen an die Heizung gekettet worden, in nächster Nähe vom Telefon, und doch zu weit weg, um es zu erreichen. Radik, der geistige Führer des Duetts, war wach und starrte ihn mit finsterem Gesicht an. Kolja schlief wie ein Baby.

Swjaginzew war so verblüfft, dass er für einen Moment sogar vergaß, weshalb er eigentlich gekommen war.

»Was ist denn hier los?«, japste er.

Radik stieß seinem Freund den Ellenbogen in die Rippen. Kolja fuhr hoch und stammelte etwas Unverständliches.

»Wer hat euch denn so verarztet? Zwei solche Kleiderschränke?«

Radik runzelte beleidigt die Stirn.

»Wer das war, habe ich gefragt, zum Donnerwetter?«

»Einer von unseren Leuten, denke ich«, vermutete Radik vage.

»Kannst du dich ein wenig genauer ausdrücken?«

»Nicht ganz. Ich hab ihn ja nicht erkannt.«

Swjaginzew öffnete schweigend die Handschellen und befreite die beiden Jammergestalten von ihren Fesseln. Dann sah er sich im Zimmer um. Es sah aus, als wäre ein Wirbelsturm hindurchgefegt. Die Stühle lagen am Boden, der Tisch stand quer im Raum, Spielkarten waren überall verstreut.

»Und ihr habt euch einfach so einpacken lassen wie ein paar kleine Jungs, oder wie?«

»Es ging alles zu schnell«, mischte sich jetzt Kolja ein.

»Zu schnell, verstehe.« Swjaginzew hob zwei Spielkarten vom Boden auf: eine Herzdame und ein Pikbube. »Wie ich sehe, habt ihr Karten gespielt ...«

»Ja und? Ist das verboten?«

»Meine Güte, euch kann man nicht mal einen Hamster bewachen lassen, geschweige denn einen Menschen.«

»Sie hätten uns warnen müssen, Chef! Dann wären wir auf der Hut gewesen.«

»Geht mir bloß aus den Augen!«

Während die Wächter sich noch aus den Stricken wickelten, betrat Swjaginzew den Käfig, aus dem Olga entflohen war. ›Wer hat sie wohl befreit? Und wenn es nun Mark selbst war?‹

Bei diesem Gedanken wurde Swjaginzew ziemlich mulmig zumute. Wenn es so wäre, hieße das, dass seine ganze Theorie keinen Pfifferling wert war und dass er sich in einem Menschen geirrt hätte wie nie zuvor. Nein, reiß dich am Riemen, Pal Palitsch, das ist ja ganz einfach zu überprüfen. Du brauchst einfach nur zum Telefon zu greifen und in Zimmer Nummer dreizehn, Direktionstrakt, anzurufen.

Aber das hatte auch Zeit bis später.

Swjaginzew ging im Zimmer umher und warf einen Blick in das Notebook, das angeschaltet auf dem Tischchen stand. Tja, so ist das bei echten Geschäftsmännern, nicht einmal im Urlaub können sie ganz von der Arbeit lassen. Er berührte die Tastatur, und der Bildschirm leuchtete auf. »Ich warte auf Dich. Hab keine Angst. Tschemi Patara gogonija. Manana.«

Swjaginzew hatte nicht die geringste Ahnung, was dieser Text bedeuten sollte, und das ärgerte ihn. Es ärgerte ihn so sehr, dass er die Wächter zu sich rief.

»Hört mal«, sagte er ohne große Hoffnung. »Weiß einer von euch, was das hier bedeutet: Tschemi Patara gogonija?«

Radik sah Swjaginzew an, als hätte er ihn aufgefordert, die Zahl Pi bis zur fünfundzwanzigsten Kommastelle auszurechnen. Aber der unverbesserliche Dummkopf Kolja antwortete melancholisch:

»Mein kleines Mädchen.«

»Wie?«, schnappte Swjaginzew verdattert. »Was sagst du?«

»Mein kleines Mädchen. Tschemi Patara gogonija heißt ›Mein kleines Mädchen‹. Das ist georgisch.«

»Sieh mal einer an!«, staunte Radik und sah seinen Kollegen beeindruckt an.

Swjaginzew ließ sich vor Staunen auf einen Stuhl sinken.

»Woher weißt du das?«, fragte er. In Koljas Physiognomie waren nicht die geringsten Hinweise auf eine kaukasische Herkunft zu entdecken.

»Mein Patenonkel ist Georgier. Und meine erste Frau auch.«

›Aha‹, dachte Swjaginzew. ›Das wäre immerhin eine Erklärung. Eine temperamentvolle Georgierin. Die hat dir wahrscheinlich auch den Verstand aus der Birne geheizt.‹

»Davon hast du mir ja nie etwas erzählt!« Radik war immer noch völlig überwältigt von Koljas Fähigkeiten.

»Du hast mich ja nie gefragt.«

Swjaginzew dachte plötzlich, dass das Glück, wenn es denn einmal zu einem gekommen ist, auch für lange bleibt. Wer hätte denn gedacht, dass dieser Einfaltspinsel Kolja besondere Qualifikationen im Georgischen besaß. Der Sinn der Botschaft wurde immer klarer. Olgas Mutter war Georgierin gewesen. ›Mein kleines Mädchen‹, damit konnte natürlich nur Olga gemeint sein. Und wo sollte diese georgische Mutter, die schon seit Jahren tot war, warten? Wer hatte diese Nachricht an Olga geschickt? Die Tote sicher nicht, auch wenn die seelisch reichlich zerrüttete Olga die Botschaft sehr wohl als Gruß aus dem Jenseits hätte auffassen können. Möglicherweise sogar als Handlungsanweisung. Also wer war es?

Höchste Zeit, Mark anzurufen.

Swjaginzew hob den Hörer ab und wählte. Wenn er nicht jetzt abnimmt, dann ...

Mark nahm sofort ab. Er klang, als hätte er nicht geschlafen.

»Swjaginzew. Habe ich Sie geweckt?«

»Nein. Ich kann nicht schlafen. Was gibt es?«

Swjaginzew wählte seine weiteren Worte mit großer Sorgfalt.

»Ich rufe aus Ihrer Hütte an.«

»Ist etwas passiert?«, fragte Mark schnell.

»Ja. Ich habe leider eine schlechte Nachricht für Sie«, antwortete Swjaginzew mit tragisch gesenkter Stimme.

Mark deutete diesen Satz auf seine Weise, nämlich genau so, wie Pal Palitsch es erwartet hatte. Für Sekunden herrschte am anderen Ende der Leitung erschüttertes Schweigen.

»Es ist meine Schuld, ganz allein meine Schuld. Sie hat Tabletten genommen, stimmt's?«

›Du bist zu voreilig, mein Lieber, viel zu voreilig. Und damit bist du in die Falle getappt, mein Vögelchen.‹

»Möglicherweise«, antwortete Swjaginzew ausweichend.

»Natürlich, das Nitrasepam. Sie hat in der letzten Zeit so schlecht geschlafen. Ich wusste doch, dass sie die Tabletten hat. Warum habe ich bloß nicht daran gedacht?«

»Sie haben Recht, da liegt ein Tablettenröhrchen.«

»Wann ist es passiert? Ist es wirklich schon zu spät? Vielleicht kann man sie ja noch retten!«

Wieder falsch. Diese Frage hätte viel schneller kommen müssen.

»Nein, es ist zu spät. Aber Sie trifft keinerlei Schuld. Sie hat ihren Entschluss ganz allein getroffen.« *Verdammt, was quatsche ich eigentlich für ein dummes Zeug?* »Aber es ist wohl immer noch besser als das, was sie ansonsten erwartet hätte.«

»Ich komme sofort.«

»Ich warte auf Sie. Es tut mir sehr leid.«

Swjaginzew legte auf und ging wieder zurück zu den Wächtern.

»So, jetzt aufgepasst, wir müssen uns beeilen. Radik, du gehst in mein Büro.«

»Da, wo jetzt ihr Mann ist?«, fragte Radik sicherheitshalber nach.

»Ganz genau, da wo ihr Mann ist. Allerdings wartest du, bis er weg ist, dann erst gehst du rein. Und nimm einen Umweg, damit du ihm nicht begegnest.«

»Und was soll ich da im Büro tun?«

»Du durchsuchst seine Sachen.«

»Wonach soll ich denn suchen?«

Swjaginzew, nahezu traumwandlerisch gelenkt von seinem Spürsinn, richtete seinen zigarrenförmigen Zeigefinger auf das Notebook.

»Nach so einem Teil wie diesem da. Hast du verstanden?«

»Was gibt es da zu verstehen? Das ist ein Computer.«

»Ganz richtig!«, brummte Swjaginzew zufrieden. Er kramte seinen Schlüsselbund aus der Manteltasche, fummelte den Büroschlüssel vom Ring und gab ihn Radik.

»Und ich?«, fragte Kolja, der bisher schweigend zugesehen hatte.

»Du bleibst hier. Möglicherweise wird deine physische Kraft vonnöten sein. Obwohl ich diesbezüglich so meine Zweifel habe, nachdem, was ihr euch hier geleistet habt ...«

»Machen Sie sich keine Sorgen, Chef. Wir wurden einfach überrumpelt!«

»Schon gut. Also zisch ab, Radik. Sobald du was gefunden hast, ruf mich an. Und mach fix, sonst liege ich hier wie ein Fisch auf dem Trockenen und zappele.«

»Bin schon weg.«

Swjaginzew legte sich aufs Bett, um sich in der Zeit, bis Mark eintreffen würde, eine Strategie zu überlegen. Dabei fasste seine Hand automatisch das Glasröhrchen mit den Tabletten. Er hielt es sich dicht vor die Augen und blinzelte kurzsichtig.

Aha, tatsächlich Nitrasepam.

Und wenn sie nun ...

Aber dann bemerkte er die rosa Tabletten, die überall im Zimmer verteilt herumlagen, so als hätte sie jemand in einem Wutanfall weggeworfen. Rasch stand Swjaginzew auf und griff wieder zum Telefon. Diesmal rief er den Arzt an. Es dauerte lange, bis sich Artjom Ljubowitschs verschlafene Stimme meldete.

»Was ist denn los, verdammte Scheiße?« Eine angemessene Ausdrucksweise für einen Vertreter seines ehrwürdigen Berufes.

»Hier ist Swjaginzew.«

»Ach du Scheiße. Was wollen Sie von mir?«

»Kennst du das Mittel ›Nitrasepam‹? Das sind solche rosa ovalen Pillen.«

»Kenne ich. Was ist damit?«

»Was ist das für ein Medikament?«

»Ein ganz normales Schlafmittel. Haben Sie endlich genug von Ihrer Schlaflosigkeit?«

»So könnte man es nennen. Na gut, dann entschuldige, du kannst weiterschlafen.«

»He, moment mal! Was sagten Sie gerade? Rosa ovale Tabletten?«

»Das sagte ich, ja.«

»Das kann aber kein ›Nitrasepam‹ sein«, krächzte Artjom Ljubowitsch, der offenbar langsam wach wurde.

»Nicht? Und was dann?«

»Wurden diese Tabletten als Schlafmittel eingenommen?«

»Soweit ich weiß, schon.«

»Einen Augenblick ...« Der Arzt legte den Hörer hin. Swjaginzew hörte Schritte. Einen Moment später war er wieder zurück. »Gibt es irgendeine Prägung?«

»Was für ein Ding?«

»Eine Prägung, irgendein Buchstabe oder so was ...«

Swjaginzew untersuchte eine der Tabletten.

»Sieh an, da ist tatsächlich was ... Ein lateinisches F.«

»Erstaunlich«, sagte der Arzt nach kurzem Schweigen. »Dieses Medikament wird eigentlich nicht in Apotheken verkauft. Man verwendet es nur in Kliniken. Es handelt sich um einen starken Tranquilizer.«

»Nur in Kliniken?«, wunderte sich Swjaginzew.

»Ja, dieses Mittel darf ausschließlich in der stationären Behandlung und unter strenger ärztlicher Kontrolle verwendet werden. Andernfalls besteht die Gefahr einer Kontraindikation.«

»Was zum Teufel heißt das denn wieder?«

»Erregungszustände, unbeherrschbare Wutanfälle ...«

Genau davon hatte Olga doch berichtet. Diese unkontrollierbaren Gemütszustände, Jähzornanfälle und so weiter ... Swjaginzew war auf einmal so aufgeregt, dass er sogar vergaß, nach dem Namen des Medikaments zu fragen.

»Hör mal, Artjom, ist die Schmarinowa noch im Krankenzimmer?«

»Nein, die ist Ski fahren. Scherz beiseite, wo soll sie denn sonst sein?«

»Du musst gut auf sie aufpassen, hörst du? Am besten holst du dir noch jemanden dazu, es ist sehr wichtig!«

»Ich verstehe nicht ...«

»Achte darauf, dass ihr nichts passiert!«

»Was soll ihr denn noch alles passieren? Ich würde meinen, es hat sie auch so schon übel genug erwischt.«

»Geh hin und bleib bei ihr. Und noch was: Du hast mir doch erzählt, dass dein Röntgengerät ganz plötzlich den Geist aufgegeben hat, stimmt's?«

»Von diesem Thema hab ich schon wunde Stellen auf der Glatze ...«

»Und zwar erst vor zwei Tagen, oder?«

»Genau.«

»Wer war an diesem Tag bei dir?«

»Da war nicht viel los. Diese halbblinde Fledermaus kam vorbei wegen ihrer Brille ...«

»Sapessozkaja?«

»Genau. Dann die beiden alten Deutschen, die wollten sich die technische Ausstattung ansehen. Dann ein junger Blödmann der sich beim Sonnenbaden die Nase verbrannt hat. Und Mark. Er wollte Aspirin für seine Frau.«

»Ausgezeichnet, Artjom. Gut gemacht! Aber jetzt saus los zu Inessa Schmarinowa.«

Olga erwachte von einer ungewohnten Leichtigkeit. Ihr Kopf tat nicht mehr weh, und auch die Trockenheit im Mund war verflogen.

Wenn sie jetzt die Augen aufschlug, dann lag er vielleicht gar nicht mehr neben ihr, der Mann, der ihr in dieser Nacht eine so wahnsinnige Hoffnung auf Rettung gegeben hatte – eine Hoffnung, die so wahnsinnig war wie sie selbst. Wenn sie jetzt die Augen aufschlug, würde sie feststellen, dass sie in ihrer Hütte lag, auf ihrem Bett, und neben ihr die Tabletten, die sie immer noch nicht genommen hatte.

Und so ließ sie die Augen geschlossen und lag einfach nur ganz still da, als eine Hand ganz leicht ihre Wange berührte.

Also war es doch wahr. Sie hatte sich das alles nicht bloß eingebildet.

Die Hand glitt tiefer und erreichte ihre Lippen, und da konnte Olga sich nicht länger beherrschen. Sie küsste diese Finger, die nach Rauch und Tannenharz rochen.

»Schläfst du nicht?«, fragte er flüsternd.

»Nein ...«

»Dann mach die Augen auf, bitte.«

»Nein. Wenn ich die Augen aufmache, dann fängt der ganze Albtraum wieder an.«

»Es gibt keine Albträume mehr, das verspreche ich dir. Mach die Augen auf.«

Also los, trau dich, Olga. Zuerst versteckte sie sich noch hinter halbgeschlossenen Wimpern, noch immer hatte sie Angst, daran zu glauben. Aber er war ganz nah, dieser Geruch nach Rauch und

Tannenharz und nach einem heißen, sehnsüchtigen Körper. Er rief nach ihr, leise und fordernd, und Olga konnte nicht anders, sie musste seinem Ruf folgen.

Ja, er war ganz nah bei ihr: Sie sah seine sonnengebräunte Haut mit dem leichten Bartanflug, der ihm so gut stand, sah seine anthrazitfarbenen Augen und die vom langen Warten schmal gewordenen Lippen.

»Jonas …« Das Atmen fiel ihr schwer, und sie wünschte sich sehnlich, durch die Öffnung dieser Lippen einzutreten, wie man in fremde, aber wunderschöne Städte tritt. Städte, erfüllt von dem Geklapper der Milchkannen und dem Gebell der Hunde, voller Kopfsteinpflaster und blumengeschmückter Fensterbretter, voller Kinder und voller Frauen, die auf die Kinder warten. Städte, in denen es keinen Schnee gibt, in denen ein ewiger, überreifer August herrscht mit dem herben Geruch nach Quitten.

Und mit dem Geruch der Kiefern, der in seine braune Haut eingedrungen war.

»Jonas«, sagte sie wieder.

Er küsste sie zärtlich und keusch, ganz anders, als man es von diesem wilden Tier erwartet hätte, das hinter seinen Augen lauerte.

»Ich liebe dich«, sagte er.

»Nein, bitte, nein …«, erschrak sie plötzlich. »Du darfst mich nicht lieben.«

»Ich kann nur dich lieben, keine andere außer dir.« Er drängte sich an sie und zog sie fest in die Arme.

Und sie glaubte sterben zu müssen, wenn sein Gesicht dem ihren noch ein einziges Mal so nahe käme, weil ihr Herz diesen wunderbar verrückten Geruch seiner Haare einfach nicht ertrüge.

Jonas.

Sie durfte ihm dieses Leid nicht aufbürden.

Olga versuchte, sich seiner Umarmung zu entziehen, aber sie hatte einfach nicht die Kraft dazu.

Sie seufzte schwer.

»Was ist?«, fragte Jonas kaum hörbar.

»Wir müssen zurückgehen. Du musst mich zurückbringen.«

»Nein!« Und er presste sie nur noch stärker an sich.

»Es hat doch keinen Sinn, vor sich selber davonzulaufen, versteh doch. Und wenn du mich ans Ende der Welt brächtest, es würde nichts ändern. Das was in mir ist, nehme ich überallhin mit. Ich trage das Böse in mir ...«

Jonas stieß sie fast grob aus seiner Umarmung und rückte von ihr ab. Sofort fühlte sie sich verlassen und einsam. Oh, Gott, wie tödlich, wie kalt war diese Einsamkeit.

»Nimm mich in den Arm«, bettelte sie kläglich.

Wieder berührte er mit den Fingerspitzen ihre Lippen. »Olga, hast du denn nicht verstanden, was ich dir heute Nacht erklärt habe? Ich glaube dir. Du kannst gar nicht wahnsinnig sein, weil diese Höhle nämlich tatsächlich existiert.«

»Woher weißt du das?«

»Ich weiß es. Wir werden hingehen. Und niemand wird es mehr wagen, dich verrückt zu nennen.«

»Aber Vater ...«

»Man hat dich gemein hintergangen, warum willst du das nur nicht begreifen?«

»Aber wer? Wer sollte mich hintergehen?«

Jonas antwortete nicht. Er stützte sich auf den Ellenbogen und küsste sie wieder, so wie vorhin, zärtlich und keusch. Ganz und gar nicht so, wie sie es sich wünschte.

»Steh auf«, sagte er. »Ich werde sie dir zeigen ...«

Als sie wenig später aus der Hütte traten, hatte sich der Sturm fast ganz gelegt. Nur noch vereinzelt fielen Schneeflocken.

»Siehst du«, sagte Jonas. »Der Sturm ist fast vorbei. Das ist gut, so fällt uns der Weg leichter.«

»Ist es weit?«, fragte Olga.

»Nein, nicht sehr. Du wirst keine Zeit haben, müde zu werden.«

Nach kaum einer halben Stunde mäßigen Fußmarsches waren sie schon bei den Felsen, zwischen denen sich Olga ein paar Tage zuvor verirrt hatte. Jonas beschleunigte das Tempo, sodass sie kaum mit ihm Schritt halten konnte.

»Nicht so schnell«, bat sie keuchend.

»Entschuldige. Wir sind fast da. Noch ein paar Minuten ...« Sie bogen um einen riesigen Gesteinsbrocken, und Jonas blieb stehen. Wenige Schritte vor ihnen ragte die stumpfe Nase eines Motorschlittens hinter einem Felsen hervor. Sie hatten ihn beide gleichzeitig bemerkt.

»Wann hast du den denn hierhergebracht?«

»Verdammt!« Jonas fluchte leise. Dann drehte er sich um und sah sie an. »Hier ist es. Warte.«

Er brauchte nicht lange zu suchen. Am Fuße der schneeverwehten Felswand klaffte ein schmaler Spalt: der Einstieg.

»Bleib hier«, forderte er sie auf.

»Nein. Ich gehe mit dir.«

»Bleib hier. Es dauert nicht lange.«

»Nein. Der Weg hierher war so lang. Mein Weg war so lang.«

»Olga, ich bitte dich!«

»Nein.«

Ohne ein weiteres Wort ließ er sich auf die Knie nieder und verschwand im Inneren des Felsens. Olga folgte ihm. Einige Minuten lang standen sie schweigend da, um sich an die Dunkelheit zu gewöhnen. Olga erkannte alles bis in die letzten Einzelheiten wieder. Ihr Herz schlug wie rasend: Die Höhle existierte tatsächlich! Jetzt konnte sie niemand mehr für verrückt erklären. Wenn sie jetzt in die ›Windrose‹ zurückkehrten, war sie nicht mehr allein, sondern zu zweit, und der dicke Swjaginzew würde es nicht mehr wagen, ihr nicht zu glauben.

Ja, sie erinnerte sich ganz genau: Von hier aus führte der Weg zu der großen Kaverne. Aber seltsam, von dorther, wo der schmale Gang sich zur eigentlichen Höhle weitete, strahlte jetzt ein diffuses, schwankendes Leuchten herüber, wie von zahlreichen Fackeln. Und merkwürdige Geräusche drangen an ihr Ohr ... Ein dumpfes, gleichmäßiges Dröhnen, ähnlich wie eine Flugzeugturbine ...

Diese Geräusche schienen einen seltsamen Eindruck auf Jonas zu machen. Fast hätte sie ihn in der Dunkelheit des Ganges verloren. Es dauerte einige angstvolle Sekunden, dann sah sie seine Gestalt ein paar Schritte vor sich am Eingang zu der großen Kaverne, eine dunkle Silhouette vor dem unheimlich flackernden Licht. Gleich würde er sich darin auflösen.

Es blieb ihr nichts anderes übrig als ihm eilig zu folgen.

Ihm zu folgen – nichts anderes zählte.

Swjaginzew hatte die kostbaren Mülltrophäen auf seinem Bett ausgebreitet: die Brille, jetzt sorgsam in Plastik verpackt (mit bloßem Auge waren auf dem dunklen Glas die Fingerabdrücke zu erkennen), die schwarze Perücke und den Skianzug. Es war exakt der gleich Skianzug wie der, den er in der Hütte der Krassinskis gefunden hatte, mit dem einzigen Unterschied, dass jener, das heißt Olgas, mit Blut verschmiert war. Dieser hier hingegen war sauber. Swjaginzew untersuchte ihn sorgfältig, betrachtete ihn von allen Seiten, krempelte auch die Taschen um, und plötzlich hielt er einen winzigen Gegenstand in der Hand. Als er erkannte, worum es sich dabei handelte, war er für einen Moment fassungslos. Aber seine Fassungslosigkeit verwandelte sich rasch in pure Freude. Von so einem Glück hätte er nicht zu träumen gewagt.

Der Gegenstand war ein Bonbon.

Oder, um es präziser zu bestimmen: Es war sein – ehemals – höchsteigenes Karamellbonbon, inklusive Tabakkrümeln und dem winzigen Stück von einem Straßenbahnticket, das immer noch eigensinnig daran festklebte. Jenes Karamellbonbon, das er Olga dort in den Bergen zugesteckt hatte und das sie aus reiner

Höflichkeit in ihrer Tasche hatte verschwinden lassen, anstatt es angeekelt wegzuwerfen. Swjaginzew erinnerte sich ganz genau daran. Was für ein Glück, dass sie dieses verdammte Bonbon nicht gegessen hatte! Und dass sie es nicht weggeworfen hatte!

Damit war es zweifelsfrei bewiesen: Dies hier war Olgas Skianzug. Demnach war der andere, blutbefleckte, in dem sie aus ihrer Ohnmacht aufgewacht war, nur eine Kopie ihres eigenen Anzugs, eine Fälschung, ein falscher Zwilling, der Olga eines Verbrechens überführen sollte, das sie nicht begangen hatte. Vor Aufregung bekam Swjaginzew heftige Blähungen, und das Geräusch, mit dem er sich schließlich erleichterte, fiel mit einem Klopfen an seiner Tür zusammen.

Auf dem Treppenabsatz stand Mark: mit Schnee in den Haaren, die Skijacke nicht geschlossen, im Gesicht alle Trauer der Welt – die personifizierte Verzweiflung.

»Kommen Sie rein«, sagte Swjaginzew.

Mark folgte seiner Aufforderung, und Swjaginzew schloss hinter ihm ab. Vor der Tür, die in Olgas Zimmer führte, stand Kolja.

»Wo ist sie?«, fragte Mark schnell.

»Setzen Sie sich erst einmal«, sagte Swjaginzew ruhig und schob ihm einen Stuhl zu.

»Wo ist sie?«, wiederholte Mark eindringlich.

»Der Arzt ist auf dem Weg, sie muss untersucht werden«, log Swjaginzew genüsslich.

Mark sah Pal Palitsch verständnislos an.

»Darf ich sie nicht sehen?«

»Doch, natürlich, nur etwas später.«

Mark wollte aufspringen, aber Kolja hob drohend sein Kinn: ›Bleib sitzen und kusch, Halunke!‹ Man musste neidlos zugeben, dass Kolja ziemlich Furcht einflößend aussah – wenn man ihn nicht kannte.

»Ich verstehe nicht«, sagte Mark.

In diesem Moment klingelte das Telefon. Swjaginzew hatte auf dieses Klingeln gewartet, so sehr, wie er niemals in seinem Leben auf irgendetwas gewartet hatte. Aber er beherrschte sich und ließ es dreimal läuten, bevor er den Hörer abhob.

»Ich bin's, Chef«, erklang Radiks fröhliche Stimme.

»Das höre ich. Und?«

»Melde gehorsamst: musste bedauerlicherweise die Aktentasche aufbrechen; das Schloss wurde beschädigt!«

»Man wird dir vergeben.«

»Es ist da. Genau so ein Scheißding, wie in der Hütte auf dem Tisch steht. Und noch so ein Pillenröhrchen.«

»Beschreib es mir!«

»Augenblick, ich sehe mal nach ... Das sind Tabletten drin ...«

»Wie sehen sie aus?«

»Rosa.«

»Oval?«

»Ja.«

»Vorzüglich. Komm her.«

»Zu Ihnen?«

›Was für ein Blödmann!‹, jammerte Swjaginzew im Stillen.

Mark sah Swjaginzew argwöhnisch an.

»Ist etwas nicht in Ordnung?«

»Doch, doch. Wir können jetzt rein.«

Kolja trat zur Seite und ließ die beiden ins Zimmer.

Mark sah sich verdutzt in dem leeren Raum um und drehte sich dann zu Swjaginzew um.

»Und wo ist ... Wo ist Olga?«

»Olga ...?« Swjaginzew mümmelte nachdenklich an seinen Lippen. »Tja, Olga ist weg. Ich habe doch gesagt, ich habe eine schlechte Nachricht für Sie.«

»Ich dachte, sie hat sich das Leben genommen?«

»Ach ja? Und wie kommen Sie darauf, dass sie das getan haben könnte? Haben Sie so etwas erwartet? Haben Sie sie vielleicht zu dieser Tat getrieben?«

»Sind Sie verrückt geworden?« Ein Schweißtropfen rann Marks Schläfe hinunter.

»Geben Sie es auf, Mark«, sagte Swjaginzew sachlich. Er setzte jetzt alles auf eine Karte. »Ich weiß alles.«

»Wovon reden Sie?« Mark sah Swjaginzew mit glasigem Blick an.

»Das wissen Sie ganz genau.«

»Ich habe nicht die geringste Ahnung, was Sie meinen.«

»Doch, das haben Sie«, sagte Swjaginzew mit Nachdruck. »Und mit dieser E-Mail haben Sie ein wenig zu dick aufgetragen.«

»Was für eine E-Mail?«

»Tschemi Patara gogonija, meine Güte. Und dann auch noch den Namen ihrer Mutter ins Spiel zu bringen! Sie wollten die Sache möglichst schnell über die Bühne bringen, was? Bedauerlicherweise mussten wir Ihren Aktenkoffer aufbrechen. Sie hatten versäumt, uns den Zifferncode des Schlosses mitzuteilen.«

»Dafür werden Sie sich zu verantworten haben!«, sagte Mark und atmete schwer. »Sie haben keinen Durchsuchungsbefehl!«

»Ach, das ist kein Problem.«

»Probleme werden Sie bekommen! Dafür werde ich sorgen!«

»Ja, mit dieser E-Mail haben Sie einen schweren Fehler begangen, Mark. Das war allerdings nicht der einzige. Ihren ersten Fehler begingen Sie erheblich früher, und der war schon verhängnisvoll.«

Mark lief unruhig durchs Zimmer, ließ sich schließlich in einen Sessel fallen und schlug die Beine übereinander.

»Erzählen Sie ruhig weiter, Swjaginzew. Ich finde es außerordentlich interessant, was für abstruse Ideen in so einem pensionierten Majorsschädel sprießen. Oder war es Hauptmann? Mit Spezialgebiet Familienstreitigkeiten und Schlägereien unter Betrunkenen?«

»Hauptmann«, sagte Swjaginzew mit Würde. »Und ich hatte während meiner Dienstzeit durchaus mit einigen Morden zu tun.

Wenn auch niemals mit einem dermaßen zynischen Mord wie diesem.«

»Sehr originell, alle Achtung!«, rief Mark, und wie um seine Worte zu unterstreichen, begann er zu lachen. »Ich soll meinen Schwiegervater ermordet haben? Sind Sie völlig durchgedreht? Ich war zur Tatzeit in der Bar, tausend Leute haben mich gesehen! Wie soll ich ihn denn getötet haben? Mit meinem Astralleib vielleicht? Ihre Theorie ist vollkommen absurd!«

»Sie kennen meine Theorie ja noch gar nicht.«

»Ach so? Na, dann bin ich ja mal gespannt. Schießen Sie los!«, sagte Mark betont lässig. »Es ist bestimmt sehr unterhaltsam zu hören, was in dem überhitzten Hirn eines Vollalkoholikers alles so vor sich hin köchelt.«

»Es dauert auch nicht lange.«

»Das höre ich gern.«

»Die Vorbereitungen Ihres Unternehmens werde ich jetzt im Einzelnen mal beiseitelassen. Ich denke, es war eine glänzende Idee, eine fast perfekte Idee. Vor allem war sie genial einfach: Ihrer Frau einzureden, sie sei verrückt, sie trage die Erblast ihrer Mutter in sich, und so lange auf sie einzuwirken, bis sie zusammenbricht und sich das Leben nimmt. Und nebenbei beseitigen Sie gleich noch ihren Vater. Das war wirklich wunderbar eingefädelt. Sie erledigen Schmarinow mit Hilfe seiner eigenen Tochter und räumen damit beide aus dem Weg, besser ging es nicht.«

Swjaginzew hatte plötzlich riesige Lust, diesen kleinen Halunken nach Strich und Faden zu verprügeln, aber er beherrschte sich.

»Alles, was Sie dazu brauchten, war eine geeignete Komplizin. Oder war es vielleicht umgekehrt? War sie das Hirn, die treibende Kraft?«

Mark saß starr in seinem Sessel und antwortete nicht. Swjaginzew fuhr fort.

»Jedenfalls kamen Sie zu dritt hier in der ›Windrose‹ an, eine kleine, aber feine Familie. Vielleicht nicht ganz so fein, denn die junge Schwiegermutter und der Schwiegersohn können sich nicht besonders gut leiden; aber so ein bisschen Hund und Katze spielen ist ja im Grunde ganz amüsant. Übrigens, die Sache verlief dann viel besser, als Sie erhofft hatten. Olgas plötzliche Phobie vor Eis und Schnee, ihre Wahnvorstellungen von irgendeiner Höhle ... Diese Dinge müssen wir natürlich alle noch klären, aber das hat Zeit ... Also, die Ereignisse spielen Ihnen in die Hand, Sie können Ihren Plan sogar noch optimieren. Die Stadt der Eisfiguren, zum Beispiel, in dem gut abgeschirmten Hof, der nur von zwei Zimmern aus einsehbar ist, die passte Ihnen wunderbar in den Kram. Die Stadt wurde zerstört, und Ihre Frau liegt schlafend vor Ihrer Hütte im Schnee. Das haben Sie wunderbar arrangiert, Mark. Und als sie zu sich kommt, erzählen ihr alle Leute, sie habe seltsame Dinge getan, die sie in Wirklichkeit gar nicht getan hat. Sie habe in einem Anfall von Raserei einen Haufen Eisskulpturen zerstört, auf eine ihr vollkommen fremde Frau eingeschlagen, ihr die Brille von der Nase gerissen und zertreten, und lauter solchen Unfug. Ich rede jetzt von der Sapessozkaja, der Sie dann mit Ihrem Geld auf den Pelz gerückt sind. Wir alle, einschließlich Olgas Freundin Inessa, der Sapessozkaja und meiner Person, haben unser Bestes getan, sie davon zu überzeugen, dass sie das alles tatsächlich getan habe. Sie selbst jedoch konnte sich an nichts erinnern! An gar nichts! Und so kam es dazu, dass sie begann, an ihrem eigenen Verstand zu zweifeln. So entstand in ihr die Idee, sie sei geisteskrank wie ihre Mutter. Einen Verdacht, den Sie so sorgfältig, dabei aber so unauffällig wie möglich unterstützten. Mit der Zerstörung der Skulpturen allerdings haben Sie noch ein weiteres Ziel erreicht, nämlich dass man die Beleuchtung des Innenhofes abschaltete – logischerweise, nachdem dort nun nichts mehr zu beleuchten war. Und das wiederum war eine unabdingbare Voraussetzung für Ihre weiteren Pläne.«

»Ich bin beeindruckt! Sie hätten Fantasy-Autor werden sollen!«, unterbrach Mark Swjaginzews Ausführungen.

»Damit könnten Sie Recht haben. Möchten Sie weiterhören?«

»Natürlich, es ist sehr amüsant.«

»Weiter verlief alles ganz nach Plan. Olga, die inzwischen vor sich selber Angst bekommen hat, fleht Sie an, mit ihr abzureisen. Sie willigen zum Schein ein, wohl wissend, dass Sie noch nicht abreisen können. Denn Sie erwarten ja noch die Hauptperson: Igor Anatoljewitsch Schmarinow. Aber Olga dringt weiter in Sie, die ›Windrose‹ möglichst schnell zu verlassen, und Ihre Weigerung könnte sie argwöhnisch werden lassen. Deshalb beschließen Sie, die Sache ein wenig zu beschleunigen: Sie inszenieren Inessas Unfall.

Anschließend haben Sie nichts Eiligeres zu tun, als Ihren Gatten anzurufen. Sie wissen ja genau, dass er sich umgehend auf den Weg in die ›Windrose‹ machen würde, um jeden Preis. Dummerweise kommt Ihnen die Sturmwarnung dazwischen. Eine unangenehme Komplikation, doch es ist zu spät, Ihren Plan zu stoppen. Und Schmarinow kommt tatsächlich, er kann nicht anders. Seine Frau ist ihm sogar wichtiger als seine eigene Tochter, die schon längst auf die Ersatzbank abgeschoben ist. Ich nehme an, Sie haben manches Mal mit Ihrer Frau über ihre Eifersucht gesprochen, und darüber, wie ungerecht der Vater sie behandelte. Und so passiert, was passieren musste: es kommt zum unvermeidlichen Streit zwischen Vater und Tochter. Allerdings ist sie danach tatsächlich in die Hütte zurückgegangen, und ich vermute, sie ist dort auch sofort eingeschlafen. Aber Sie sind ihr nicht gefolgt, Sie, der treusorgende, liebende Ehemann. Sie blieben, um sich ein Alibi zu verschaffen. Sie wollten auf Nummer sicher gehen.«

»Tja, womit Sie selber zugestehen, dass ich ihn nicht umgebracht haben kann«, sagte Mark süffisant.

»Richtig. Schmarinow wurde nicht von einem Mann ermordet, sondern von einer Frau. Von Ihrer Komplizin. Sie hat ihn getötet, als er aus der Bar auf sein Zimmer kam. Mit einem genau berechneten, präzisen Stich ins Herz. Vielleicht hat er noch versucht, sich zu wehren, aber er hatte keine Chance. Anschließend bringt sie ihm noch eine Reihe weiterer Stiche bei, sodass es aussieht, als habe jemand unbeherrscht auf ihn eingestochen. Die Formalitäten sind beachtet, der Affekt belegt. Wer von Ihnen beiden hat das Messer mitgebracht? Sie? Oder Ihre Komplizin?«

»Was für ein Blödsinn.«

»Nun ja, lassen wir das mal dahingestellt. Der Mord war gar nicht der schwierigste Teil der Operation. Wichtiger war, was danach geschah. Ihre Komplizin verließ das Hotel über die Hintertreppe, den normalerweise niemand benutzt, weshalb sie sich relativ sicher sein konnte, keinem Menschen zu begegnen. Sie geht durch den Innenhof, der ja zu diesem Zeitpunkt vollkommen dunkel ist, und kehrt durch den Haupteingang wieder zurück ins Hotel. Der Portier erkennt sie ...«

»Wen erkennt er? Er erkennt meine Frau!«, fiel Mark ihm ins Wort. »Die Mörderin ihres Vaters. Das Messer stammt aus seiner Sammlung, auf dem Griff sind ihre Fingerabdrücke. Das werden Sie doch nicht bestreiten, oder?«

»Nein, das bestreite ich nicht. Die Fingerabdrücke auf dem Messergriff, das ist allerdings Ihr größter Trumpf. Dazu die Aussagen der Gäste in der Bar über den Streit mit ihrem Vater, die Aussage des Portiers und so weiter. Aber das Messer ist das Kardinalstück, genug, Ihre Frau für immer hinter den Mauern einer psychiatrischen Anstalt verschwinden zu lassen. Aber das reicht Ihnen nicht. Sie darf nicht am Leben bleiben, damit ...«

»Jetzt reicht's!«, brach es endlich aus Mark heraus. »Ich bin nicht mehr bereit, mir Ihre Spinnereien anzuhören! Wo ist meine Frau?«

»Sie ist nicht hier. Aber sie hat Ihnen etwas hinterlassen.«

Swjaginzew stand auf und ließ sich von dem finster dreinblickenden Kolja eine schwarze Tüte geben. Wie ein Zauberkünstler das Kaninchen aus dem Hut, brachte er daraus eine Perücke, eine dunkle Brille und einen Skianzug zum Vorschein.

»Erkennen Sie diese Sachen?«

»Wo haben Sie das her?«, entfuhr es Mark unwillkürlich, aber sofort unterbrach er sich. »Was ist das?«

»Ich glaube, dass uns Ihre Komplizin alles ganz genau erklären wird, zumal sich auf dieser Brille ihre Fingerabdrücke wunderbar erhalten haben. Sie konnten ja nicht ahnen, dass der Sturm Ihre Pläne dermaßen durcheinanderwirbeln würde. Aufgrund des Sturmes wurde der Müll nicht pünktlich abgeholt – womit sie fest gerechnet hatten! Es ist ein schwerer Fehler, mein lieber Mark, Beweisstücke in der Nähe des Tatortes abzulegen. Ich verstehe schon Ihren Gedanken – ab in den Müll und weg sind sie. Man braucht sie nicht zu vergraben, nicht zu verbrennen, sie werden von einem Müllwagen bequem abgeholt und so weiter. Dummerweise wurde nichts daraus.«

Mit einem Schlag war alle Selbstsicherheit, alle Dreistigkeit aus Marks Gesicht verflogen. Seine Haut war aschgrau, er wirkte auf einmal unrasiert. Sein Atem ging schwer.

»Ich . . .«

»Das hier ist Olgas Skianzug, und zwar der echte. Ich vermute, Sie haben dafür gesorgt, dass sie ihn bei dem Treffen mit ihrem Vater trug, habe ich Recht?«

»Nein!«

»Warum regen Sie sich so auf? Sie haben doch niemanden ermordet!«

»Nein, ich habe niemanden ermordet.«

»Aber Ihre Komplizin. Sie hat auch der schlafenden Olga in Ihrer Hütte den gleichen, nur mit dem Blut ihres Vaters besudelten Skianzug angezogen.«

»Ich habe ihn nicht ermordet, das haben Sie selber gesagt . . .«

Swjaginzew trat ganz dicht an Mark heran, beugte sich zu ihm hinunter und knurrte böse:

»Und trotzdem sind Sie ein Mörder! Sie haben Ihre eigene Frau langsam ermordet, indem Sie ihren Lebenswillen zerstört haben!

Sie haben ihr über einen längeren Zeitraum einen starken Tranquilizer verabreicht, ein sehr modernes, sehr wirksames Mittel. Übrigens ganz hübsche Tabletten, rosa mit einer prägnanten Kennzeichnung: dem lateinischem Buchstaben F. Dieses Mittel hat allerdings interessante Nebenwirkungen: Es erzeugt Angstzustände und unkontrollierbare Wutanfälle. Phänomene, die Olga verständlicherweise für Symptome ihres ausbrechenden Wahnsinns hielt. Aber davon wird sie uns sicher noch berichten.«

»Ich ...«, stammelte Mark. Er bot einen jämmerlichen Anblick. »Nein ...«

»O doch! In Ihrem Aktenkoffer, in dem sich auch ein zweites Notebook befindet, mit dessen Hilfe Sie Ihrer Frau diese originelle Einladung ins Jenseits schickten, haben wir genau solche Tabletten gefunden. Hübsche kleine rosa und ovale Tabletten ... Sie wollten Ihre Frau in den Wahnsinn und schließlich in den Selbstmord treiben.«

»Ich ... Ich wollte es nicht. Sie war es ... Sie.«

»Wer – sie? Ihre Komplizin?«

»Ja«, brachte Mark schließlich hervor. Sein Widerstand war gebrochen. »Inka ... Sie wird behaupten, ich hätte mir das alles ausgedacht. Aber das ist nicht wahr, Sie dürfen ihr nicht glauben ... Sie war es, sie hat alles geplant, schon vor einem Jahr. Sie wollte Igor loswerden. Nachdem er sie zur Alleinerbin eingesetzt hatte. Sie wollte sein Geld ...«

»Und Sie wiederum wollten seine Stelle einnehmen, habe ich Recht? Welch rührende Eintracht ...«

»Nein ... Es ging immer nur um sein Geld. Sie ist ein gieriges Luder, für sie zählt nichts außer Geld und ihrem Vergnügen. Und Männer! Sie ging mit jedem ins Bett.«

»Mit Ihnen auch, nehme ich an? So einen perfiden Plan kann eigentlich nur ein Liebespaar ausführen.«

Marks Gesicht verdunkelte sich.

»Sie hat mich erpresst. Sie hat herausgefunden ... Es ging um zwei geschäftliche Projekte, die schiefgegangen waren ... Informationen, die zur Konkurrenz durchsickerten ... Sie ist ein furchtbarer Mensch, sie hat einen perversen Verstand. Und Igor war ihr im Weg. Sie war überhaupt nur des Geldes wegen mit ihm zusammen, sie wollte das ganze Geld an sich raffen.«

»Und deshalb haben Sie diesen Plan entworfen?«

»Sie! Sie hat diesen Plan entworfen! Ich sagte doch, sie hat einen perversen Verstand. Und sie kannte Olga ja von klein auf, sie wusste über all ihre Ängste und Komplexe genau Bescheid.«

»Tja, wirklich ein sehr feiner Plan. Alles war bis ins kleinste Detail vorbereitet. Die Perücke, die Brille, der Skianzug und so weiter ... Und dann ihr kleiner Unfall ... Zufälligerweise stellte das Röntgengerät seinen Betrieb genau an dem Tag ein, als Sie bei dem Arzt Aspirin für Ihre Frau holen wollten. Seltsamer Zufall, nicht wahr? Oder doch nicht? Denn das Röntgengerät hätte ja sofort alles an den Tag gebracht, richtig?«

»Ich bitte Sie ...«

»Und dann dieser Streit in der Bar. Er war vorprogrammiert. Olga stand seit Tagen unter dem Einfluss starker Medikamente. Es blieb ihr quasi nichts anderes übrig, als einen Jähzornanfall zu bekommen und auf ihren Vater loszugehen. Und Zeugen gab es genug. Ein wunderbares Motiv für den späteren Mord. Als Schmarinow aus der Bar in sein Zimmer kommt, ersticht ihn Inessa kaltblütig – mit einem einzigen, genau berechneten Stich. Wahrscheinlich hat sie sogar dafür geübt. Er kam nicht dazu, sich zu wehren, er hätte sich niemals vorstellen können, dass seine Frau, die Frau, die er über alles liebte ...«

Swjaginzew machte eine wegwerfende Geste.

»Ja, sie hat geübt. Eine indische Technik, man spürt keinen Schmerz mehr.« Mark sprach unzusammenhängend, seine Augen blickten glasig. »Sie ist ein furchtbarer Mensch, glauben Sie mir. Sie hat mich gezwungen ... Sie hat mir meinen Willen genommen ...«

»Ich glaube allerdings nicht, dass sie Sie lange überreden musste. Sie tötet also Schmarinow, zieht den Skianzug an, setzt Perücke und Skibrille auf. Dann über die Hintertreppe raus aus dem Hotel und durch den Vordereingang wieder rein. Sie weiß genau, dass sich die Aufmerksamkeit des Portiers vor allem auf ihr üppiges rabenschwarzes Haar richten wird. Was er sonst noch sieht, sind die dunkle Brille und ein markanter Skianzug. Zwanzig Minuten später kommt sie wieder herunter, geht wieder am Portier vorbei aus dem Hotel. Das Messer trägt sie bei sich. Sie geht in Ihre Hütte, zieht Olga, die unter Wirkung des starken Schlafmittels steht, den blutigen Skianzug an, beschmiert auch ihre Hände mit Blut und sorgt dafür, dass ihre Fingerabdrücke auf dem Messergriff landen. Sie selbst zieht sich irgendetwas Unauffälliges an – vermutlich haben Sie für diesen Zweck geeignete Kleidungsstücke bereitgelegt – und kehrt ungesehen zurück ins Hotel. Die belastenden Beweise hat sie in eine Tüte gesteckt, die sie unterwegs in den Müllcontainer wirft. Niemand sieht sie dabei, denn im Innenhof ist es stockfinster – wofür Sie ja gesorgt hatten. Natürlich war es auch Inessa, die, bekleidet mit Brille und Perücke, die Skulpturen zerstört hat. Die Sapessozkaja war dabei gewissermaßen Ihr Versuchskaninchen. Sie hatten sich kurz zuvor kennen gelernt, so wie man sich an einem solchen Ort halt kennen lernt. Alles klappte wunderbar. Die kurzsichtige Frau orientierte sich an dem schwarzen Haar und identifizierte Inessa einwandfrei als Olga. Und alles hätte auch weiterhin wunderbar geklappt, wenn Sie – ich sage: Sie – nicht einen verheerenden Fehler begangen hätten!«

»Was für einen Fehler?«

»Als ich zu Ihrer Hütte kam und Ihnen von dem Mord an Schmarinow berichtete, haben Sie mit keinem Wort nach Inessa gefragt. Natürlich nicht, denn Sie wussten ja, dass ihr nichts passiert war. Das war aber ein kapitaler Schnitzer, so deutlich, dass sogar ich, pensionierter Hauptmann der Miliz mit Spezialgebiet Schlägereien zwischen Betrunkenen, es bemerken musste. Das war einfach nicht normal, jeder hätte gefragt, schon aus reiner Neugier. Sie haben es im Grunde auch selbst gemerkt und versucht, Ihren Fehler zu vertuschen. Deshalb sind Sie mir gefolgt. Ich dachte zuerst, es sei wegen des blutigen Schnees gewesen, den Sie vom Fensterbrett gewischt hatten. Aber ich war für Sie ja nur ein verblödeter Bulle, Sie kamen gar nicht auf den Gedanken, dass mir Ihre beiläufige Bewegung aufgefallen sein könnte. Nein, der Grund war, dass Sie Ihren Fehler ausbügeln wollten. In Ihrer Not machten Sie einen genialen Schachzug, gewissermaßen eine Attacke mit dem Springer. Sie präsentierten mir das wahre Bild des Mordes in allen Einzelheiten inklusive des Motivs. Ihr Verhalten wirkte glaubhaft: sie wollten scheinbar den Verdacht von Ihrer Frau ab- und auf Ihre verhasste Schwiegermutter umlenken. Aber eines machte mich stutzig: die Geschwindigkeit, mit der Sie mir diese wunderbare, so fein ausgearbeitete Theorie präsentierten – wo Sie doch gerade erst von dem Mord erfahren hatten. Das ließ eigentlich nur einen Schluss zu: dass Ihre Theorie der Wahrheit entsprach und dass Sie selber in den Mord involviert waren.« Swjaginzew schwieg erschöpft. In die Stille brach das Klingeln des Telefons.

»Hallo?«, fragte Pal Palisch mit schwacher Stimme in die Sprechmuschel.

»Ich bin's, Artjom«, erklang die aufgeregte Stimme des Arztes am anderen Ende der Leitung. »Ich bin in der Krankenstation ...«

»Und?«

»Inessa ist verschwunden ...«

Nur wenige Sekunden nach Jonas erreichte sie die große Kaverne.

Was sie dort erblickte, ließ sie zu Eis erstarren.

Die Figurengruppe hatte sich verändert. Eine der Statuen, die, die einmal Kyrill gewesen war, hatte jemand herausgelöst und an die Seite gestellt. Das Zentrum der Komposition gehörte jetzt ... Inka.

Als Olga sie erkannte, schrie sie gellend auf und stürzte zu Boden. Ihre beste Freundin war tot. Sie schaute Olga mit weit geöffneten, blinden Augen an. Ihre gekräuselten Lippen, das kurze Haar, die leicht angehobenen Brauen gaben ihr noch den Anschein von Leben, aber Inka war tot. Ihre Gestalt war von den Füßen bis zur Taille in Eis eingegossen. Ein kleines Gerät, das Olga damals für eine Wasserpumpe gehalten hatte, spuckte einen dünnen Strahl aus Schnee und Eis. Der Strahl war jetzt zur Seite gerichtet und ergoss sich ohne Sinn über die Wände der Höhle.

Olga hockte auf der Erde und starrte Inka an. Der Anblick der toten Freundin dort auf ihrem Sockel war so grauenhaft, dass sich ihr der Magen umdrehte. Sie fühlte, wie ihr schwarz vor Augen wurde.

Ein gedämpfter Aufschrei aus einer Ecke der Höhle brachte sie wieder zu sich.

Auf dem Boden der Höhle wälzten sich zwei Körper. Der eine der Kämpfer war Jonas, der andere ein Mann, den sie schon einmal gesehen hatte, gleich am ersten Abend, draußen im Schnee vor der Bar. Ein eckiges, unrasiertes Kinn und ein Hund an seiner Seite. Jemand hatte ihn gerufen.

Jurik.

Ja, er hieß Jurik, er war einer der Bergretter.

Jonas und er wälzten sich kämpfend am Boden, hielten einander im Würgegriff, versuchten sich gegenseitig umzubringen.

Der Mann mit dem Namen Jurik war bedeutend schwerer als Jonas. Olga bemerkte, dass Jonas' Kräfte bereits nachließen, aber immer noch leistete er Widerstand.

Seine schwächer werdende Stimme brachte sie endgültig zu sich.

»Olga! Lauf weg! Lauf weg von hier!«

O Gott, wie sollte sie weglaufen, wenn Jonas in Gefahr war?

Seine Lage wurde jedoch immer kritischer: Jurik lag jetzt auf ihm und drückte mit dem Knie auf seinen Hals. Noch einen Augenblick und ...

Ihre Entscheidung fiel innerhalb einer Sekunde: Schon stand sie neben dem Apparat, der wie eine kleine Kanone aussah, drehte seinen eisernen Rüssel herum und richtete den eisigen Strom auf Jurik. Der Strahl traf seinen stumpfen Hinterkopf und riss ihn zu Boden. Olga sah, wie sich sein schwarzes Haar und seine Schultern blitzschnell mit einer Eiskruste überzogen. Jonas sprang auf, löste den Gürtel von seinem Skianzug und schlang ihn um Juriks Hände. Sekunden später lag Jurik, gefesselt und hilflos, in grotesk verkrümmter Haltung am Boden.

Schwer atmend kroch Jonas von dem Gefesselten weg und lehnte sich an die Felswand.

»Schalt das Ding aus, bitte«, bat er erschöpft und deutete mit dem Kinn auf die Kanone.

»Ich ... Ich weiß nicht, wie das geht.« Olga ließ sich neben ihm zu Boden fallen. Immer noch war sie außerstande, ihren Blick von Inka zu lösen.

»Geh weg ... Du darfst nicht hier bleiben. Die Höhle existiert, und jetzt wissen wir auch, wem sie gehört. Wir müssen den anderen Bescheid sagen ... Swjaginzew ... geh ...«

»Nein ... Nein, das ist Inka. Er hat Inka getötet.«

»Das wusste ich nicht ... Ich habe die Höhle gestern erst entdeckt. Die ganze Zeit habe ich danach gesucht. Ich wusste doch, dass du die Wahrheit gesagt hast. Zu viele Menschen sind einfach so verschwunden. Und Wasja ... Wasja hat mir gezeigt, womit er sie getötet hat ... Aber ich wollte es nicht glauben, ich dachte, es sei irgendein blödes Spielzeug ... Es war ein Messer, das er an einen Skistock montiert hatte.«

»Ihn habe ich auch damit getötet«, erklang Juriks heisere Stimme hinter ihnen, eine Stimme klirrend von Eis, so wie alles um sie herum. »Schade, dass ich dich nicht gleich zusammen mit ihm kaltgemacht habe, Jonas. Dann lägst du jetzt auch unter der Slalompiste, wie er. Ich habe ihn vergraben und anschließend die Piste fein sauber planiert. Stell dir vor, jetzt würden die Leute alle über dich hinwegsausen! Jeden Tag, jedes Jahr, immer weiter! Ein schöner Gedanke, oder? Dann habe ich dieses hübsche Briefchen geschrieben, das war die simpelste Sache der Welt. Und ihr habt alle daran geglaubt.«

»Ich habe die ganze Zeit gesucht ... Gestern habe ich sie erst gefunden ... Die kleine Spalte, der Eingang zu der Höhle .. «

»Du hast verhindert, dass ich mein Werk vollende!« Endlich brach Juriks Wahn hervor. Seine Stimme klang weinerlich und verzückt. »Ich werde dich bestrafen! Ich werde dich töten! Aber nicht so wie meine Modelle! Nein, ihnen gebührt das Los der Auserwählten, von einem großen Bildhauer für die Ewigkeit bewahrt zu werden! Ja, ich bin ein großer Bildhauer, und du hast verhindert, dass ich mein Werk vollende! Du hast verhindert, dass ich meine Komposition vervollkommne, du hast verhindert, dass ich die Frau, die ich liebe, für die Ewigkeit gestalte. Ich habe so lange auf sie gewartet, so lange nach ihr gesucht. Sie hat sich nicht einmal gewundert, als sie starb! Ihr Gesicht war voller Liebe, weil sie gar nicht spürte, wie sie starb ... Weil ich in ihr war ... Inessa! Der schönste Name, den man sich denken kann. Für mein Werk, für die Ewigkeit. Und du hast alles verdorben. Ihr versteht überhaupt nichts, nichts versteht ihr ... Meine Kunst ist die Kunst der Zukunft, eine Kunst, in der das Leben den Tod aufhebt, und der Tod das Leben ... Irgendwann werdet ihr das begreifen, und dann ...«

»Halt den Mund!«, schrie Olga unbeherrscht.

»Sag deiner kleinen Schnecke, sie soll still sein ... Ihr seid ihrer unwürdig, ihr seid meiner unwürdig ... Ich bin groß! Groß, weil ich dies geschaffen habe ...«

Es war unerträglich, ihm weiter zuzuhören.

»Lass uns hier weggehen«, flüsterte Jonas.

»Und Inka?«

»Wir können ihr nicht mehr helfen.«

»Und er?«

»Er bleibt hier ... Er kann nicht weglaufen. Lass uns gehen, wir müssen ihnen Bescheid sagen, da oben ...«

Als sie aus der Höhle hinaus an die frische Luft kamen, ließen sie sich erschöpft in den Schnee fallen. Dort lagen sie, Kopf an Kopf, und schwiegen. Nur ihre erstarrten Finger, in denen sie noch die eisige Kälte der Höhle spürten, berührten einander.

»Wir müssen gehen, Olga, wir müssen gehen«, sagte Jonas immer wieder.

Zum ersten Mal seit zwei Tagen kam die Sonne hinter den Wolken hervor, und sogar der Schnee fiel langsamer.

Der Sturm war vorbei ...

Der beste Krimi aus St. Petersburg – unbedingt lesen!

Viktoria Platowa
DAS RITUAL DER
LETZTEN NACHT
Roman
416 Seiten
ISBN 978-3-404-15750-1

Warja ist ein Mädchen für pikante Aufträge. Eines Morgens muss sie feststellen, dass Olef, ihr »Klient« für die letzte Nacht, tot neben ihr liegt, ein Messer in der Brust. Der Auftrag hatte ihr von Anfang an nicht gefallen: Um Olef, den weltberühmten Cellisten, der zu einem Gastspiel nach Petersburg gekommen war, zu verführen, sollte sie sich in eine Kopie seiner vor einem Jahr verstorbenen Frau Alla verwandeln. Warja beschließt zu ihrem Auftraggeber zu fahren. Doch als sie ankommt, ist auch dieser tot. Dann gerät die schöne Warja selbst unter Verdacht …

Bastei Lübbe Taschenbuch

»Platowas Romane gehen unter die Haut«

TITEL MAGAZIN

Viktoria Platowa
DER SCHWEIF
DES TODES
Thriller
416 Seiten
ISBN 978-3-404-15443-2

Als Nastja nach St. Petersburg fährt, um nach langer Zeit ihren Bruder zu besuchen, kommt sie zu spät: Kirill Langer ist tot – angeblich nahm er sich im Wahn das Leben. Das zumindest sagt die Polizei. Und auch der Zustand der Wohnung scheint eine klare Sprache zu sprechen: Stereoanage und Fernseher sind zerstört, an die Wände sind Hunderte von Marienkäfern gekritzelt. Doch Nastja will an diesen Selbstmord nicht glauben – zu seltsam erscheinen ihr die Umstände. Warum hat ihr Bruder in Spiegelschrift GOOD-BYE LADY-BIRD an die Fensterscheibe geschrieben? Warum gibt es keinen Abschiedsbrief? Und warum rief seine Freundin Mitsuko sofort die Polizei an, bloß weil ihr Bruder nicht zur verabredeten Zeit kam? Dann findet Nastja in Kirills Jackentasche einen Drohbrief – und sie hat keinen Zweifel mehr: Kirill wurde ermordet …

Bastei Lübbe Taschenbuch

»Platowas Romane gehen unter die Haut und setzen sich dort lange fest.«

TITEL-MAGAZIN

Viktoria Platowa
DAS BLUT
DES LEOPARDEN
Thriller
464 Seiten
ISBN 978-3-404-15301-5

Eigentlich wollte die junge Natalja nur einen entlaufenden Hund zurück zu seiner Besitzerin bringen, doch findet sie deren luxuriöse Wohnung zwar einladend, aber scheinbar verlassen vor. Natalja kann der Versuchung nicht widerstehen und lässt sich in dem eleganten Heim nieder. Ganz ungestört bleibt der häusliche Friede allerdings nicht, so meldet sich ein Unbekannter, der sich nach dem Verbleib eines gewissen »Leoparden« erkundigt. Dass Natalja in der Wohnung ein Flugticket ausgestellt auf den Namen eines gerade ermordeten Bankiers vorfindet, trägt auch nicht zur Enspannung der Situation bei. Und als die junge Frau in einem Koffer unter dem Bett auf ein blutbeflecktes Herrenhemd stößt, ergreift sie erschreckt die Flucht …

Bastei Lübbe Taschenbuch